Renaissance
Tome I

Michel Daeffe

Renaissance
Tome I
Roman

LE LYS BLEU
ÉDITIONS

© Le Lys Bleu Éditions – Michel Daeffe

ISBN : 979-10-377-3545-4

Le code de la propriété intellectuelle n'autorisant aux termes des paragraphes 2 et 3 de l'article L.122-5, d'une part, que les copies ou reproductions strictement réservées à l'usage privé du copiste et non destinées à une utilisation collective et, d'autre part, sous réserve du nom de l'auteur et de la source, que les analyses et les courtes citations justifiées par le caractère critique, polémique, pédagogique, scientifique ou d'information, toute représentation ou reproduction intégrale ou partielle, faite sans le consentement de l'auteur ou de ses ayants droit ou ayants cause, est illicite (article L.122-4). Cette représentation ou reproduction, par quelque procédé que ce soit, constituerait donc une contrefaçon sanctionnée par les articles L.335-2 et suivants du Code de la propriété intellectuelle.

À ceux qui m'ont inspiré…

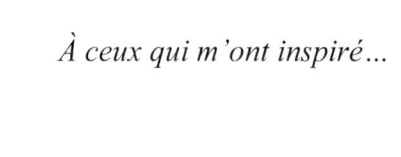

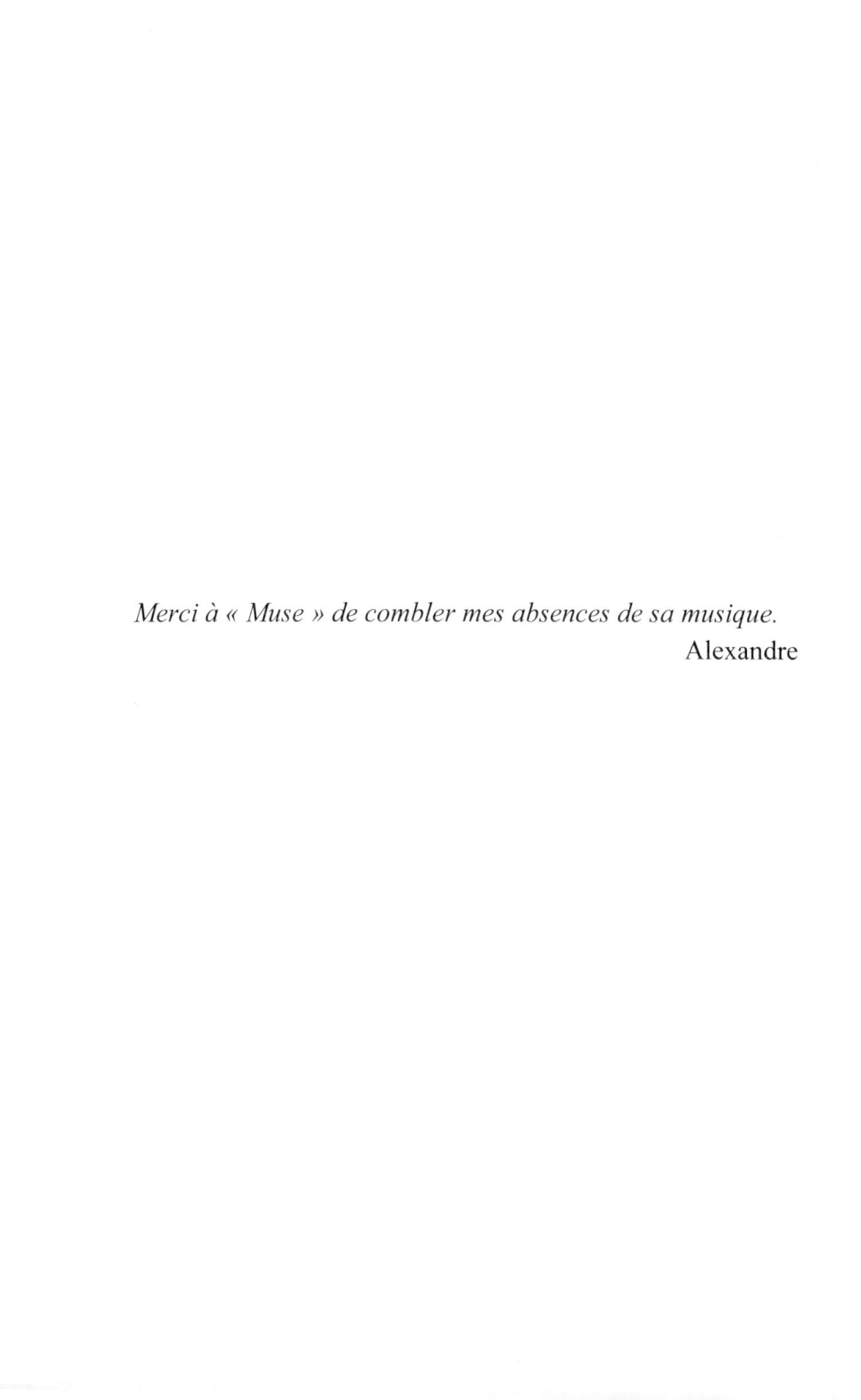

Merci à « Muse » de combler mes absences de sa musique.
Alexandre

There is nowhere left to hide – In no one to confide – the truth burns deep Inside – and will never die…
　　　　　　　　　　　　　　　　Sing for absolution

Chapitre 1
Le rêve, Alexandre

Et des reflets aveuglants m'agressèrent avec une violence absolue.

Un éblouissement inconnu et puissant me parcourut comme une onde électrique, au travers de mon corps prisonnier, jusqu'au plus profond de ses entrailles. La lumière m'enveloppa progressivement d'une étrange pellicule et seul le temps, géniteur des sens, aurait pu m'aider à ressentir et à distinguer, à comprendre, peut-être, pour l'essentiel. Je fus pris de frissons, ces extraordinaires réactions que mon corps apprendrait à déclencher, ensuite, au fil des heures et des jours à venir, et qui deviendraient instinctives, souvent défensives.

Les sons, eux aussi, s'organisèrent et devinrent petit à petit plus distincts, désagréables et agressifs. Je me sentais oppressé, dangereusement oppressé, comme si tout mon corps allait être broyé par je ne savais quelle force extérieure d'un environnement rassurant et hostile à la fois. Il m'était impossible d'agir. Je découvrais une énergie nouvelle que je n'avais jamais ressentie jusqu'alors. Elle ne changeait rien pourtant, tout semblait parfaitement organisé. Je subissais... Avant l'insoutenable présent, j'étais soumis, déjà, comme si tout avait été préparé pour moi à l'avance, rien que pour moi.

Ma tête – mais était-ce bien ma tête ? – allait éclater, écrasée par les parois auxquelles je ne pouvais échapper. Ce que j'avais été n'était rien par rapport à ce que l'instant que j'étais en train, sinon de vivre, plutôt de supporter, allait m'apporter, me destiner. Mon enveloppe se déformait, ma protection me lâchait ; la douleur grandissante, lentement, descendait, n'épargnant aucun centimètre, aucun espace de ma conception, comme un test de résistance au monde auquel je serai confronté et qui m'attendait. Un battement devint perceptible, accélérant son rythme au fur et à mesure que le temps, interminable, passait. Je ne reconnaissais plus celui auquel je m'étais accoutumé, je ne le remarquais plus, il ne dominait plus, et cet autre, bien plus rapide, martelait mon mouvement que je ne contrôlais pas et qui m'angoissait. Tout cela arrivait alors que je ne demandais rien et n'avais rien demandé. J'aurais tant voulu que rien ne changeât mais, au contraire, que tout pût continuer, indéfiniment, ou peut-être mieux encore, que rien du tout n'arrivât, pas même ce que je pensais être, sans fondement véritable, sans repère : l'unique raison d'être, avant cette agression, sans nul doute la plus bouleversante, de toute mon existence. Alors que, progressivement, la pression augmentait et que l'opposition des forces confrontées était sur le point de basculer, m'obligeant à une évidente soumission, la cadence s'accélérait et mon sang se répandait dans tous les moindres canaux, avide d'espace et de liberté néanmoins contrôlée. Il suffisait de si peu pour que tout explose et que je me vide de mon être et de ce qui le composait. Un simple défaut, un simple grippage d'un mécanisme naturel. Je ne savais pas trop s'il n'aurait pas mieux valu qu'il en soit ainsi et que la douleur s'arrêtât tout net, que tout puisse être oublié avant d'avoir été ; je ne la supportais plus, je ne savais pas qu'elle pût exister de la sorte. Dans cet univers si hermétique, si protégé, des questions déjà, pourtant, se posaient. L'expérience commençait, apportant ses premières pierres au jugement et à la réflexion. Pourquoi, comment, quand, pour qui, pour combien de temps ? Dès lors que ces questions furent posées, il leur fallut trouver des réponses. Le mécanisme était installé. Il suffisait que le temps le provoque et le mette en action. La turbulence et la confusion du moment dominaient et cette quête de compréhension importait finalement encore assez peu, elle pouvait attendre plus tard. L'apaisement. Après l'apaisement, sans doute plus encore. Mais c'était déjà demander au temps d'apporter ses réponses, d'espérer innocemment une issue, car attendre signifiait surmonter le moment et seul le présent échappait à l'incertitude à laquelle l'avenir se soumettait. La survie de mon être et l'ébauche de mon existence étaient en balance. Et pourquoi d'ailleurs l'idée de toutes ces questions, pourquoi fallait-il que je m'en pose autant et après si peu de temps ? Une sorte de programmation avait été mise en route d'une façon inexorable où tout y avait été inscrit, un dosage d'ingrédients étranges et multiples, étrangers à moi-même tout d'abord, bien avant que je ne *fus* pour la première fois, mais qui allaient faire partie intégrante de mon être tout entier. Il n'y avait pas de souvenirs, aucune référence à un passé quelconque, sinon l'impression d'un bien-être que l'on m'interdisait de prolonger et pour laquelle, je crois, j'en voulus un peu à la terre entière de m'en avoir privé définitivement. Je voulais hurler ma douleur, mon refus d'aller finalement au-delà. Avais-je mal, à cette idée de devoir trouver des réponses et de découvrir des vérités qui m'attendaient, troublantes et nécessaires, ou bien était-ce, comme je croyais le penser, à cause de ma réticence et ma lutte pour freiner ma lente progression ? Tout était lié finalement et l'un n'allait pas sans l'autre, comme moi-même je l'étais encore, pour quelques instants seulement, une sorte de brève éternité. J'étais effrayé, tourmenté. Aucun son ne pouvait sortir de ma gorge, je voulais tant appeler au secours, demander assistance, je ne savais même pas de quelle sorte. Aux étranges battements, que je venais de découvrir, qui semblaient sortir ou émaner de moi et dont je n'en comprenais pas la cause, s'ajoutait un brouhaha indescriptible qui, lui, m'apparaissait totalement étranger à moi-même. Je n'étais peut-être pas seul et l'idée aurait pu me rassurer si cette souffrance que je subissais n'avait pas continué à grandir et broyer mes nerfs, l'un après l'autre, inexorablement et sans exception.

La lumière, elle aussi, semblait s'acharner contre moi. Je m'étais habitué à l'obscurité qui n'en était pas une vraiment, plutôt une sorte de voile d'images sans images, de lumière sans lumière, dans ma détention dont il m'était impossible de remonter le souvenir dans le temps. Rien, en effet, ne m'autorisait à associer cette impression de vécu à une quelconque notion d'habitude. Ce voile avait donc été tout ce dont je disposais, tout ce dont j'avais un vague souvenir, une sorte de fenêtre sur la liberté sous conditions et c'était tout ce qui importait pour moi. J'étais bien et je crois, très heureux. De cela, on voulait m'arracher, ce n'était plus qu'une question de minutes, de secondes. Un enlèvement, oui, c'était cela. Et personne ne semblait, en apparence, présent pour l'empêcher ; des témoins, rien de plus, regardant immobiles, regardant impuissants, comme interdits, coupables peut-être, coupables sans doute. Tout était peut-être trop tard, tout était peut-être impossible, et mon salut pouvait ne plus être à leur merci. De ma béatifique existence dans laquelle j'aspirai à demeurer, j'allais passer à une autre, forcé et contraint, sous une menace qu'on inventait pour moi, une menace qui, mais je ne le savais pas vraiment, aurait pu modifier ce même salut et abréger mon parcours initiatique démesuré dont la densité était à la hauteur de tout ce qui se préparait pour moi et pour les autres avec lesquels, fatalement, j'allais être appelé à partager ce qui m'appartenait, ces mêmes autres envers lesquels j'aurais toutefois moi aussi mon incidence. Ni moi-même ni ceux-là n'avions encore une quelconque idée de tout ce qui se préparait. Ils ne pouvaient imaginer, ces mêmes autres, ces témoins responsables, le degré du supplice que j'endurais en ces interminables minutes. Nous partagions, moi et tous ces gens invisibles, une même conscience pourtant, ce qui faisait d'eux des coupables et moi l'innocent, en vivant l'effroyable expérience du rapt de mon isolement, de mon bien-être et de mon bonheur écourtés.

Et puis l'étau sur mon crâne et mon visage se relâcha, libérant un véritable soulagement. La lumière m'apparut encore plus intense et les sons plus clairs. L'étranglement se porta pourtant alors autour de mon cou et je crus un instant que la douleur se ferait plus violente et que toutes mes fonctions de survie m'abandonneraient, que tout finirait alors pour de bon, qu'il n'y avait même pas eu de véritable commencement sinon cette étrange impression de vécu irrationnel auquel je m'étais ostensiblement attaché. Au lieu de sentir l'étranglement se prononcer, plus étouffant encore, comme je m'y étais attendu, il se desserra au contraire, à moitié rassurant, étrangement rassurant, me laissant presque espérer un retour à la paix d'avant la vague de violence qui m'avait pris au plus profond de ma radieuse insouciance. Tout résonnait dans ma pauvre tête, les écarts de tonalité m'étourdissaient plus encore. Rien ne se passait pour me redonner un semblant d'équilibre, tout au contraire pour effacer mes uniques repères. J'étais *saoul* de cette résonance indéfinissable, affolante que plus rien ne semblait pouvoir désormais filtrer. Les aigus se jouaient des graves en s'imposant par séquences courtes, pour disparaître enfin quelques fractions de seconde plus tard. Ils étaient minoritaires, nouveaux pour moi, du moins je ne les avais jamais remarqués. Ils m'irritaient. Leur agression était en harmonie avec ce que je ressentais. Harmonie, comment pouvais-je faire cette allusion alors que tout n'était que chambardement, bouleversement, séisme ? Avais-je tant vécu déjà pour mesurer l'ampleur de tels dégâts ? Les mélodies étaient-elles déjà en moi, avec ce qui sonnait vrai et ce qui sonnait faux ? Les alarmes s'étaient bien déclenchées, résonnaient en moi en écho, ma défense restait en alerte et il ne fallait se laisser à penser que mes premières souffrances arrivaient à leur terme. D'autres, immédiates attendaient, d'autres encore à venir, plus tard, sournoises, en éveil permanent. J'avais besoin d'un remède qui m'aiderait à oublier ce que je ne connaissais qu'à peine. Ce présent si brutal qui n'avait rien derrière lui ou presque, sinon ce vide aux dimensions protectrices que tout ce qui suivrait s'appliquerait à faire oublier et qu'il valait mieux après tout oublier à tout jamais. Pour l'instant, je savais que l'on m'en arrachait, comme un viol écrit et organisé par un *Système* accepté et auquel la société apportait sa complicité et reconnaissait son inaction, sa distance, son incompréhension. Je crois que mon corps avait déjà programmé ses besoins, ses incompétences, ses capacités à se battre, à se défendre, ou bien ses tendances à se laisser anéantir, à se laisser pénétrer par les maux et à mendier les thérapeutiques artificielles. Tout balançait alors, sans m'en rendre vraiment compte, tout se jouait, alors que je progressais dans le chemin que l'on me forçait à prendre, contre une volonté inutile que j'économisais et que j'épargnais peut-être pour plus tard, un hypothétique *plus tard* que les sursauts de peines et de tortures auraient dû m'interdire de penser et d'imaginer.

Mes épaules, puis mes bras, eurent la sensation d'être broyés par cette même force étrange qui s'était dissipée quelques instants indéfinis que j'avais peut-être eu la faiblesse d'apprécier. Mes bras furent plaqués le long de mon corps malmené que plus rien ne semblait protéger.

Ma résistance n'eut aucun effet, elle n'avait même pas eu l'occasion de se révéler, annihilée à l'origine de sa manifestation primaire. Ma tête seule avait retrouvé un semblant de mobilité, tout le reste était paralysé, privé du moindre mouvement. Et je ne sentais plus rien, ma tête encore peut-être, bien que dans un misérable état. Je m'attendais au pire, la reprise de l'affreuse pression sur mon crâne, ma mâchoire et mes oreilles ; cela en serait alors fini pour moi. Cette hypothèse ne pouvait être qu'invraisemblable. Il s'agissait d'un enlèvement. Rien n'aurait justifié l'aboutissement de ces épreuves par un quelconque néant insipide ; je n'avais rien à payer, je n'avais aucune dette, mais le savais-je vraiment ? Quelle était la sentence ? Celle de souffrir pour payer, ou de souffrir pour souffrir de souffrir, encore et encore ? À qui et pour qui allait-on me remettre car la fin absolue tardait à venir, le temps qui s'écoulait me prévenait du contraire. Le transfert se poursuivait dans un chaos de peines angoissantes. Il me tardait d'en finir, de savoir enfin où j'allais et ce qui m'y attendait ; mieux encore : d'en finir pour de bon ; je n'avais plus de forces et je me résignais au coup fatal, à l'optimale douleur qui m'épargnerait de toutes les questions et me ferait échapper aux réponses que je ne tenais pas vraiment à entendre et pour lesquelles je n'étais pas prêt non plus à partir en quête. Je sentais une présence active, celle de mon ravisseur sans doute. J'avais si mal et pourtant, j'étais étonnamment convaincu qu'il me ménageait et qu'il respectait minutieusement un contrat de commanditaire agissant pour le compte de je ne savais qui. Le temps semblait important, tout comme l'état du colis que finalement j'étais apparemment devenu. Qu'il fasse vite en tout cas ; j'avais froid, ma tête était abasourdie de cette cacophonie invraisemblable dont je ne trouvais aucune signification !

Des craquements fissuraient mes parois auditives et les sons s'y engouffraient comme à la recherche des moindres volumes d'accueil, rejetés tout aussi vite, me replongeant ainsi dans un demi-silence cotonneux quasi identique à celui de mon univers antécédent, celui dont il me restait encore quelques souvenirs, mais pour combien de temps encore ? Les battements cessèrent quelques instants, un simple instant sans doute, très court, inappréciable, effroyable en lui-même. Tout semblait s'être figé. La lumière blanche s'était intensifiée comme pour me signifier qu'un dénouement était probable, rapidement, que l'issue de ce transfert arrivait à son terme et que j'allais en connaître la raison véritable. Les ténèbres sans fond, sans dimensions, s'installèrent et je voulus m'agripper, sans succès, pour ne pas tomber. Je ne tombai pas. Des milliards d'étranges points invisibles instables étaient là, inatteignables, sans structures, sans matière, tapissaient l'impression d'un univers qui n'était rien et n'existait pas. La lumière blanche me manquait et j'eus encore plus froid, les sons me manquaient eux aussi. La douleur, même elle, me priva d'un repère qui m'avait aidé finalement à me situer, à marquer la différence entre le réel et le néant dans lequel je venais, semblait-il, de sombrer et où je n'avais rien à faire ni à ressentir, et où rien ne comptait. Elle avait disparu, tout avait disparu et rien n'était venu en remplacement. Un vide glacial inqualifiable, indescriptible, des instants optimaux de solitude extrême, sans aucun rattachement, sans aucune matière ni dimension sinon celles de l'inexistence, c'était dans cet univers sans nom et dont personne ne peut véritablement parler et décrire les éléments, que je venais de basculer. L'inconscience absolue fit que je n'existais plus, qu'aucun univers ne dimensionnait plus ce que les sources et références de vécu et d'incarnation autorisent à définir. Ni moi-même qui n'étais plus, ni les autres, ces témoins ridicules et arbitres inconséquents de la destinée qui me concernait, n'appartenaient alors à un quelconque réel, si tant est que, pour les instants intemporels du moment, il fut question d'un quelconque réel… Le noir se confondit à la lumière mais peut-être était-ce l'inverse ? Les compositions de l'un et de l'autre étaient en fission et l'inconcevable mélange des genres conduisant à l'indéfinissable se produisit. Dans une ultime énergie cellulaire oubliée qui n'avait de valeur que dans un très inexplicable besoin de recréation des éléments, mon corps réagit et retrouva sa définition après l'annihilation de ses frontières avec cet autre extérieur où j'étais amené et où, coûte que coûte, il semblait fatal que l'on m'impose de me retrouver. Les dimensions étaient autres, plus grandes, plus troublantes, plus évolutives. Les premières m'avaient mal préparé à ces nouveaux instants. Trop organisées, trop programmées. J'en avais été plus l'enjeu que l'acteur. À l'abri de tout, ces univers protégés m'avaient été imposés, ils avaient été prescrits contre plusieurs refus, des signes simples qui n'en disaient apparemment pas assez sur ce qui n'aurait pas dû se passer, sur ce que je n'aurais jamais dû être ou bien ce que je n'aurais jamais dû engendrer. Et si toutefois les dimensions étaient tombées, les frontières glaciales du verre puis celles de la chair, faussement protectrices, les nouvelles dimensions se préparaient à m'engloutir, m'absorber et faire de ce que j'étais à peine et que j'avais voulu ne pas être, un destin, compliqué qui avait été écrit qu'il serait, contre toute attente.

Ce sursaut me fit produire un mouvement de mes bras délivrés que je m'attendis à sentir immédiatement plaqués à nouveau contre mon corps. Il ne suffisait que d'une simple pression ; ma force retrouvée n'était qu'un principe, une onde d'existence qui n'avait de valeur que par ce qu'elle représentait, le refus de tout subir. Mon ravisseur n'intervint pas. C'était comme si lui-même subissait, qu'il avait accompli l'essentiel de l'irréparable, que le contrat se poursuivait et qu'il ne disposait plus désormais d'un moindre recours pour modifier le cours des événements. Rien ne pouvait arrêter le processus. C'était irréversible, la machination dont j'avais été l'objet allait arriver à son terme alors que tout avait été possible pour la compromettre, mettre fin à l'irréparable. Comment rivalisaient les énergies du mal et du bien ? Qui gérait les proportions ? Qui avait décidé de la tournure des événements ? Quelle énergie subtile avait fait que le mal était un bien, que je devais délivrer le message, rappeler ce qui avait été et ce que ni rien ni personne n'était en droit d'interdire. Il se devait que je sois, que je révèle, que je lève le mensonge, un jour, peut-être, ou bien jamais. La vérité, pour moi, s'organisait ; pour elle, je me préparais. Il suffisait que je sois et que, sans en faire plus, je témoigne ainsi d'un passé, un fabuleux passé de sentiments et d'émotions trop exceptionnels pour ne pas les distinguer et les matérialiser d'un signe dans le temps, dans l'espace dimensionnel vertigineux où l'on me propulsait.

Mes poumons se gonflèrent comme jamais ils ne l'avaient fait et je me mis à crier tant les douleurs passées étaient si présentes encore et tant l'absence de références volumétriques m'effrayait et perturbait ma notion d'équilibre et de sécurité. Les décibels n'y changèrent rien et n'arrêtèrent rien. Il me prit à douter que mes cris eurent réellement lieu ou qu'on pût les entendre. Quand tout fut expiré, qu'il ne resta rien dans les deux minuscules poches hermétiques, le sourd battement que j'avais déjà entendu et qui avait remplacé celui auquel je m'étais si agréablement habitué, reprit sa chamade, faisant vibrer mon corps jusqu'aux oreilles, jusqu'au bout de mes doigts, de mes dimensions. L'absence de mes cris, aussi imaginaires qu'ils avaient pu l'être, aussi vrais qu'ils avaient été ignorés, me rappela que le temps comptait et qu'il fallait recommencer encore et encore. Ma poitrine dégoulinante se souleva à nouveau et à nouveau, je me mis à crier. Mes bras et mes mains s'agitaient dans tous les sens, cherchant à agripper ce qui aurait pu freiner ma progression, mon transfert, mais en vain, tout comme ma résistance était vaine face aux déséquilibres des forces en opposition. Mes mouvements étaient presque libres, jusqu'au bas du tronc ; seules mes jambes étaient encore prisonnières de l'étau coulissant sur mon corps malmené. Les sons qui étaient parvenus jusqu'à moi, extérieurs et résonnants dans la liquidité de mon environnement, se firent alors plus violents. Je les avais vaguement, très vaguement, perçus, inquiétants, arrivant par vagues successives, dans les fissures de ma protection. Ils me prévenaient sans doute de ce qui m'attendait. Mais je ne savais que faire de ces alertes incompréhensibles. Elles semblaient étrangement comparables à celles que j'allais moi aussi produire, un peu plus tard, aussitôt qu'il me fût possible de faire quoi que ce soit. Je criais ma peine et ma souffrance. Je devais découvrir plus tard que cette peine était en effet partagée et que je n'étais pas seul à souffrir. Il m'aurait été réconfortant de l'avoir su, peut-être, mais en étais-je bien certain ? L'univers où mon exécuteur allait me précipiter criait ses malheurs et ses angoisses sans attendre, sans me laisser le temps de m'y préparer. Rien, semblait-il, ne laissait supposer qu'il ait pu y avoir de quelconques signes d'espoir et de bonheur inconnus. La subtilité ne m'avait pas encore atteint et l'incompréhension annihilait mes sens. Il ne m'apparaissait que violence et souffrances infinies.

La pression se fit alors encore plus aiguë mais libératrice. Je me sentis propulsé dans un dehors imprécis et sans dimensions perceptibles. Ma gorge s'était dégagée, tout mon corps se sentait libéré et la sensation s'évacua dans un cri puissant qui me parut provenir de mes entrailles. Un long râle extérieur balaya ces courts instants que je crus être une éternité, une sorte d'écho à ma propre manifestation. La lumière devint rouge et prononça la totale absence de repère, l'isolement absolu qui semblait s'installer, l'agitation grandissante qui accélérait le temps et les dernières secondes qui me restaient d'un attachement incomparable et si parfait. La même impression d'étouffement me reprit et je suffoquai, sans douleur véritable. La lumière rouge s'était liquéfiée, pénétrant à l'intérieur de moi comme au travers d'une coque de navire en détresse. Et j'étais en détresse, je ne savais plus si la couleur écarlate marquait une fin, ma fin, celle d'une histoire où je n'avais eu aucun rôle sauf d'être un enjeu, le prix d'un compte à régler, ou tout simplement la conséquence d'un douloureux déchirement. Les sons parvinrent à nouveau difficilement, filtrés par l'élément qui dominait mon univers et que l'on utilisait pour me livrer, à l'Y de mon yang.

Une étrange douleur domina alors toutes les sensations accumulées, décisive, tranchante. L'éclat de la couleur nouvelle s'estompa, sans remplacement. Un silence extrême suivit comme pour arrêter définitivement le temps. Je crus reconnaître, pour autant qu'il m'était possible de penser alors, l'intervention finale de mon ravisseur, l'issue définitive d'un contrat respecté et duquel je n'avais eu aucune chance d'échapper.

La peine, subtile dans sa résonance à travers les fibres de mon corps transporté, apporta d'autres frissons en excès et j'eus immensément froid, privé de toute protection, de toute proximité rassurante. J'avais peur, peur que rien ne s'arrête enfin...

Il me manquait déjà. *Il* n'était pas au rendez-vous. Je savais qu'*il* ne viendrait pas, j'en avais été averti par un curieux signal, une onde maléfique et annonciatrice. Un tremblement, une pulvérisation de chair après un degré de douleur intense dans et au dehors de mon enveloppe. Pourquoi fallait-il que je sois à ce rendez-vous, sans cette raison essentielle, sans *lui*, sans eux qu'ils étaient et que sans eux je n'aurais pas été ? Un autre était venu à sa place, objet d'un mensonge et d'une machination diabolique, sans doute première du genre et dont *il* était à des années-lumière de penser et de croire.

La lumière se fit plus vive encore, extrême, et les sonorités plus perceptibles, moins étouffées. J'en reconnaissais certaines tonalités sans pouvoir pour autant les associer vraiment à des images ou à de vagues souvenirs que, soit une amnésie, soit une absence totale d'expériences, avaient radicalement occultés de mes sens en délire.

Des traînées rougeâtres subsistaient encore au travers de ma vision floue de l'environnement qui m'accueillait mais un éclat blanc lumineux tapissa progressivement le voile imprécis de cette perception nouvelle qui semblait être l'objet de tout ce voyage dans le temps et l'espace. Enfin, j'allais découvrir la raison du tourment et de la souffrance auxquels je venais d'être associé. La raison qu'inconsciemment, j'espérais à ne pas être confronté. Mais j'étais en vie, bien en vie, et manifestement, quelle que pût être la genèse des tractations me concernant, ma mise au néant n'en faisait pas partie, bien au contraire.

Un commencement enchaînait à une fin ou peut-être était-ce une fin qui enchaînait à un commencement. Le dépassement de ma résistance venait de s'effectuer et il ne restait plus rien des forces qui m'avaient aidé à ne pas être totalement contrôlé, totalement manipulé. Une lassitude sans limite avait enveloppé mon corps tout entier, me le faisant oublier. La douleur déchirante et originelle, la toute dernière de cette opération de commando, n'allait être qu'un bref souvenir, et rien plus tard, dans sa sensation, ne devait me la rappeler, sous une quelconque similitude. Elle serait unique, incomparable à tout jamais ; je l'avais déjà étrangement oubliée. Elle avait tant de signification pourtant. Une marque se devait de rester, pour la forme, pour la vie, pour ma vie. Elle-même, dans l'habitude, s'oublierait. Je partageais encore cet affreux enlèvement, et même si tout contribuait dans ces étranges instants à faire croire à une solitude absolue, je savais que je n'avais pas été seul à souffrir ni à m'inquiéter pour un indéfinissable aboutissement que j'avais atteint et qui allait me lancer sur une quête invraisemblable de mes raisons d'exister et de subsister.

Chapitre 2
L'absent

Le piaillement des oiseaux bariolés malmenait le silence naturel de l'endroit, silence qui n'en était pas un en lui-même sinon cette respiration permanente des éléments jamais au repos, variant de temps à autre, d'une place à une autre. L'air regorgeait de cette humidité qui fait confondre sa frontière avec la surface de l'eau dominante, à ces milliers de kilomètres de l'endroit que l'on venait de désigner pour moi, comme destination provisoire. Le soleil n'arrivait à traverser l'épaisse toison végétale que par de rares endroits, s'infiltrant au hasard des faiblesses ordonnées de la canopée en lasers envoûtants. Des combats de survie se donnaient là aussi, plus violents encore, ne laissant pas de places aux plus faibles, aux plus vulnérables. La vie devait être forte et vigoureuse pour s'y maintenir ; sans cette dotation d'énergie, aucun espoir possible de maintien n'y était envisageable et la matière morte qui pouvait être un aboutissement, elle-même était appelée à disparaître. Il grouillait des créatures malignes et dominantes, des plus insignifiantes et fatales aux plus impressionnantes et parfois les moins résistantes. La végétation camouflait les méfaits des unes et des autres, une sorte de confrérie et de complicité diaboliques d'où rien en vérité ne ressortait et où seul ne pouvait s'installer que le mystère.

Il ne restait rien de *son* corps, strictement rien. La nature, dans sa variété et son efficacité s'était chargée de tout, d'un nettoyage total, comme si elle avait voulu tout effacer d'un passé que l'intégralité, ou presque, accablait et que tant, au contraire, inspirait à comprendre.

Six mois déjà s'étaient écoulés depuis l'accident. L'absence s'était précisée, une absence inhabituelle, plus réelle, sans coupure, sans espoir de changement. Le vide avait finalement annihilé l'absence ; c'était mieux ainsi peut-être, pour tout le monde, ceux qui restaient et qui savaient enfin qu'ils n'auraient jamais la réponse, celle qu'ils craignaient, sans se l'avouer véritablement, de connaître un jour. J'aurais tant souhaité, pourtant, qu'il soit présent ce jour-là. Il était absent pour moi, comme il l'avait été pour les autres, des mois auparavant. Sa présence aurait déjoué le mensonge dont lui et moi étions en définitive l'objet, sans compter l'autre, cet autre qui avait pris sa place et dont il avait voulu, bien avant, prendre la place à lui aussi. Nous restions deux à ne pas savoir : l'autre, pour quelque temps encore, et puis moi, mais pour beaucoup plus longtemps, et cela allait être, sans que je le veuille, ma raison de continuer d'être, et une éternité encore insoupçonnée.

L'enfer de feu et de bruit avait imposé sa loi, quelque temps, quelques minutes seulement et s'était fait respecter. Tout s'était étrangement arrêté face à l'inhabituel, même cet autre maelström végétal et animal qui régnait en maître.

Quand les dernières fumerolles furent balayées par les premiers tourments d'un orage plus naturel à cette saison et que les premiers coups d'aile d'un ara aux aguets eurent claqué dans l'espace brutalisé de la forêt pour annoncer la fin de la trêve imposée, le sang qui s'écoulait alors sous les nénuphars déchirés, mon sang, comme l'encre des calamars, se dissémina lentement dans les eaux déjà troubles de l'igapo violé.

L'explosion avait curieusement épargné son corps. La mutilation se fit sous l'eau, efficace, dans l'ordre des choses de là-bas, sans cérémonie, sans paroles inutiles qu'il aurait fallu prononcer et sans l'embarras de leur choix. Le linceul vert s'était reformé au-dessus de lui, peut-être l'unique marque de respect qu'il méritait et que la forêt affamée lui accordait. Il avait suffi de quelques heures, trois jours peut-être tout au plus mais ni Dieu ni personne ne le savait vraiment. Était-ce bien important après tout ?

Six mois auparavant, il avait pourtant décidé que l'on pourrait disposer de son corps au cas où le destin avait décidé de sa fin, du moment où d'un tout, tout bascule en un rien... Il en avait informé sa famille et avait écrit son souhait. Cela avait été pour lui une sorte de révélation tardive, pour compenser ce qu'il n'avait pu faire plus tôt : les études de médecine qu'il avait choisi de ne pas entreprendre quand tout ou presque l'encourageait à les faire, et cette absence d'implication concrète vers les autres. Il avait été touché par un article sur les dons d'organes, tous ces gens en attente, en survie conditionnée. Mieux valait tard que jamais, *jamais valait moins que trop tard* !

La faune avait eu écho de sa décision, de son choix ; pourquoi fallait-il après tout que la science, la médecine seulement... La nature a ses droits, dont celui de décider autrement des destins manipulés. Elle venait violemment de le rappeler.

Son ordinateur qu'il avait emporté pour écrire son voyage s'était trouvé pulvérisé par la violence du premier choc. Il avait écoulé un fleuve de sentiments entre ma mère et lui, gardé leurs secrets, écourté leurs séparations, multiplié ses espoirs. L'écran s'illuminait de ses émotions. Il avait vu les mots s'y inscrire, se bousculant, souvent *pléthoriques*. Il les inventait parfois, sans même le savoir, ignorant les alertes ondulées rouges placées en dessous de ces mêmes mots et dont le doute ridicule s'acharnait en vain à modifier ce que seul, le silence d'une présence, peut exprimer.

Les touches des lettres, des points, des accents, avaient été arrachées du clavier ; seules les parenthèses avaient résisté, dures et impitoyables, rappelant les tourments, polluant les bonheurs et fragilisant les espoirs.

Les mots du disque dur avaient été projetés dans l'espace, pour retomber dans une pluie de lettres, douces et déliées comme celles de la plume des amants qui s'écrivent plus qu'ils ne se disent. Un arc-en-ciel peut-être, comme la portée de messages. Des fleurs, certainement, en guise de trésors, blanches et lumineuses, là où les lettres s'étaient écrasées...

Son téléphone cellulaire avait, quant à lui, échappé au carnage du ciel et à la curée de la terre et de l'eau. Six mois après, il était toujours là, deux mètres en dessous du niveau de l'eau. Une pellicule gluante verdâtre le recouvrait, comme une protection contre les coups de gueule des caïmans de passage en proie à des appétits absolus. Il avait gardé sa réserve d'énergie, une de ces provisions de forces qui font surmonter les montagnes, défier les tempêtes, dominer les dangers, un peu comme celle que je venais de consumer et dont j'avais tout à douter de l'existence.

Tout avait commencé en France, près de l'Atlantique, comme si le destin nous avait réservé les moyens d'une fuite rapide et nécessaire afin d'échapper à la Vérité pour laquelle on crève souvent de voir révélée. La côte ciselée y découpait là les réalités. Les marées tumultueuses brouillaient les limites, induisaient en erreur. C'était rassurant pourtant de ne plus trop savoir, de ne plus trop savoir où se situer. Les mouettes elles-mêmes, indécises, se laissaient entraîner dans les imprévisibles folies des vents tourbillonnants. Les rochers solides et puissants essayaient en vain d'affirmer la frontière fragile, recevant l'authenticité des lames percutantes et les rejetant en ressacs écumant de mensonges, de questions et de doutes. Personne d'autre que *lui* n'avait autant été confronté à cette règle. Il venait d'en payer le prix, la mort sans crédit et l'absence d'une autre vérité dont il avait cessé définitivement de croire : *moi*.

Nombreux étaient ceux qui avaient franchi la limite, bien au-delà des côtes, pour oublier et se faire oublier, puis revenir un jour, presque certains d'un apaisement et d'une vérité hors de son temps, presque gommée. Un jour peut-être ou bien jamais. Le temps enferme les histoires et ordonne ses acteurs, puis son débordement péremptoire les rend à leurs libertés. Je ne pouvais imaginer que sa mémoire resterait toujours aussi vive, que rien ne le ferait oublier, que la mesure du temps qui passe n'avait rien d'égal à la force des sentiments qui avaient fait de lui quelqu'un d'exceptionnel, diabolique aussi et si attachant à la fois.

Chapitre 3
Tenue de soirée

Je l'avais reconnue tout de suite en rentrant dans le lobby de l'hôtel, malgré la foule présente pour célébrer l'événement. Sa silhouette élancée et féline me fascinait toujours. Elle tenait un verre de champagne dans sa main droite, à la hauteur du bas de son décolleté, sobre et, en même temps, provocant. Les bulles agitées s'élevaient dans le verre et, sans avoir vécu vraiment, s'écrasaient à la surface du breuvage, éphémères comme les acteurs de l'événement. Elle n'avait pas bu encore, attendant quelques instants. J'espérais qu'elle faisait durer ces moments de retenue pour moi, pour faire tinter son verre à celui qu'une hôtesse m'avait aussitôt proposé à mon arrivée. Sa main se recouvrait de la fraîcheur bienvenue d'une petite pluie invisible qui tombait du bord de son verre. Elle regardait à droite et à gauche, balayant l'horizon des visages avec intensité ; ses yeux s'activaient plus que son visage qui restait presque immobile, une façon de masquer son inquiétude, son impatience. Sa robe noire élégante rayonnait son goût du raffinement et son plaisir d'être regardée, appréciée et sans doute aussi celui d'être restée séduisante et de séduire encore, malgré le temps, malgré les marques qu'il avait tracées sur son visage et qu'elle s'efforçait d'accepter. Elle tolérait certains signes de son âge mais en avait défini leur limite, s'autorisant ainsi une discrète connivence avec quelques soins de beauté choisis, de « maintien de beauté », rajoutait-elle toujours avec une certaine ironie. Elle les plaçait en évidence dans sa salle de bain, afin de ne pas oublier ces dérives d'un refus de se laisser dominer par le temps ; un abandon de soi n'aurait pas été elle, elle si douce mais si combative et courageuse à la fois.

Elle avait plein de projets et l'impression aussi parfois, cependant, que les années ne lui suffiraient pas. Sans détour, le miroir lui renvoyait chaque jour le même message, le même conseil : celui de devoir saisir tout ce qui pouvait contribuer à ralentir les aiguilles, à rajouter des battements à l'horloge, à réduire l'écoulement de l'eau de la clepsydre de la vie. Ses cheveux noirs avaient eux aussi commencé à subir les effets du temps et le gris du ciel d'automne s'était installé, mais sans excès, celui tout au plus d'un ciel de fin d'été. Elle les avait rassemblés en un chignon en désordre qu'elle avait toujours peine à réussir et à maintenir en place. Je me moquais souvent d'elle, de son air de bohémienne parfois qui lui allait si bien. Mon Esméralda à moi, ma mère ; je ne m'étais jamais lassé de la regarder et de lui dire, bien souvent, combien elle était belle. Elle avait fini par en être convaincue et savait que rien n'irait contre cela, ni les années, ni les gens, ni les images du passé. Tant que je serai ici ou là, pour le lui rappeler... J'étais heureux de cette confiance qu'au fil du temps j'avais réussi à lui faire prendre. Elle me cachait la partie de cette incertitude vis-à-vis d'elle-même qu'elle avait malgré tout, autant qu'elle pouvait le faire, mais je ressentais parfois dans ses propos, l'absence de l'assurance qu'au contraire elle avait essayé de m'inculquer depuis ma plus jeune enfance. Elle y était finalement parvenue je crois. Je feignais de ne pas voir sa fragilité quant à l'estime qu'elle avait en elle et pour elle. Je jouais des mots et des allusions pour passer des messages, pour aviver sa confiance. Les mots, elle en connaissait bien l'essence et les subtilités. Elle aussi feignait de ne pas les entendre et c'est dans les silences des bruits de nos échanges que nous avancions, que nous progressions ensemble.

Quels qu'avaient pu être les endroits où nous nous étions trouvés, chacun de nous, et les distances qui, trop souvent, nous avaient séparés, les mots avaient toujours trouvé leurs chemins et combiné leurs intensités pour construire nos confiances réciproques et personnelles. Finalement, il n'y avait que nous deux. Nous deux qui n'avions été qu'*un* depuis si longtemps, malgré tout ce qui virevoltait et s'agitait autour de nous d'une façon permanente et que nos vies à chacun nous imposaient. Je ne savais qui de nous deux était le yin ou le yang mais une chose était certaine : de nous émanait une extraordinaire source de QI qui nous portait et nous rendait invulnérables. Nous le pensions. Et seule cette certitude comptait véritablement...

Son sourire m'avait toujours apaisé, effaçant les angoisses et appréhensions qu'elle laissait donc parfois transparaître. Il était unique, non pas qu'il était seulement celui de ma mère mais parce qu'il modelait singulièrement son visage, retroussant sa lèvre du haut, d'un côté seulement et faisant apparaître ainsi une ou deux de ses dents, comme une petite vitrine d'une parfaite dentition, sans défaut, et dont j'avais hérité de l'irréprochable disposition et de l'éclatante blancheur. J'attends toujours ce moment merveilleux quand une femme se met à sourire, quand elle montre un bonheur, un plaisir que les mots, inutiles ou superflus, trop lents sans doute pour dire tant, abandonnent à l'effet de la simple beauté. Et je crains toujours d'être surpris à voler ces images sans y être invité, et de rougir de cette agréable effronterie. Aucun, à ce jour, n'a trouvé son égal. Cette tension légère, que j'aime à retrouver chez ma mère, chaque fois que je la revois.

Je ne l'avais jamais appelée par son prénom, cela m'aurait assurément embarrassé et elle aussi sans doute. Et j'avais perdu très tôt l'habitude d'interpeller un père trop bien souvent absent et, ce manque à ma vie, car c'était bien de ce grand vide dont je devais souffrir au cours de mon enfance, ne pouvait donner que plus de signification au mot *maman* que j'employais pour m'adresser à elle. C'était une forme de respect qui nous convenait à tous les deux et ce mot sublime qui disait « je t'aime » quand elle se sentait seule et tourmentée et « j'ai besoin de toi, de ton aide, de te parler, de t'entendre... » quand à mon tour j'avais besoin de son réconfort, ce mot qui répondait intimement à nos attentes. Lorsque l'on me parlait d'elle, c'était toujours *Laurence*, comme si l'on ne l'avait jamais associée à sa vie de mère, à sa vie d'adulte que depuis longtemps elle était devenue. Je répondais en traduisant par *maman*, un exercice auquel je ne faisais même plus attention et dont les autres ne s'apercevaient pas, eux non plus.

Quant à moi, j'avais toujours été pour elle *Honey,* sans vraiment trop savoir pourquoi. Un jour, alors que la curiosité du gamin que j'étais à l'époque avait dépassé toutes les acceptations d'un quotidien suffisamment rassurant, je m'étais décidé à le lui demander. Je devais avoir cinq ou six ans peut-être ; avant, je ne m'étais pas posé la question pensant sans doute que c'était vraiment mon nom véritable, que j'étais né avec et que je le garderais toute ma vie. Malgré tous ses efforts pour maîtriser ses émotions, je savais si elle était tourmentée ou bien apaisée et sereine. De la même façon, elle savait interpréter ma façon de m'adresser à elle, bien que j'étais très attentif, tout comme elle, à garder et gérer une partie de mes inquiétudes. Elle m'avait alors répondu, avec une hésitation dont je n'avais pas compris l'entière signification : « Tu es sucré comme le miel, Alexandre, et tu sais combien maman aime le miel ! » Cela m'avait suffi et convaincu. C'est vrai qu'elle aimait le miel, que ses étagères de cuisine n'en manquaient jamais et qu'elle faisait toujours ce petit détour par une rue de notre ville où se trouvait un petit magasin de produits naturels. Mais tout de même ! *Honey*, quel surnom pour un enfant et quel surnom pour l'adulte que j'étais devenu ! Honey fut donc le premier mot anglais que j'appris et compris dans tous les sens de sa signification. Maintenant, après toutes ces années, je n'avais plus de raison particulière à creuser un peu plus cette étrange réponse, ni même le souvenir précis de ce besoin d'explication d'il y a dix-sept ou dix-huit ans déjà.

Un petit groupe de personnes s'était agglutiné autour d'elle. Il me semblait en reconnaître quelques-unes que j'avais dû rencontrer lors d'une précédente présentation de livres. J'avais l'impression que c'était, une fois de plus, les mêmes personnes, qu'elles ne changeaient pas, avec les mêmes allures, les mêmes comportements, les mêmes rires ; c'était moi qui avais grandi mais ce changement n'avait eu nul effet sur les remarques agaçantes auxquelles j'étais confronté lorsque nous rencontrions les gens dans la rue et puis au cours de ces occasions plus mondaines quand j'eus l'âge d'y être mêlé. Souvent, elles ne me reconnaissaient pas. Cela aurait été bien ainsi mais ma mère avait voulu qu'il en soit autrement. Voulu je n'en suis pas certain, accepté plutôt. Et puis, je ne pouvais pas en vouloir à ma mère de ressentir le besoin de m'introduire dans ce monde à elle qui ne me mettait guère à l'aise en vérité et ainsi, de parler de moi, comme toutes les mères, et de me présenter *son* entourage. Elle était fière de son fils, de moi, comme je l'étais d'elle. Plus encore sans doute que de ses livres. C'était son secret à elle sans doute, un de ses secrets. Elle avait laissé faire une incursion de sa vie d'écrivain dans la mienne et de celle de mon existence dans son monde de femme écrivain, célèbre, disait-on, qu'elle menait depuis plusieurs années. Elle méritait sans conteste cette célébrité, avec la passion qui oblige à reconnaître les vertus et les exigences, et la discipline qu'elle s'imposait et qui impose le respect et la reconnaissance. C'était en réalité autre chose qu'un simple laisser-faire, qu'une simple brèche au *si bien partagé*, une méthode de savant dosage que seule ma mère possédait et qui, au contraire, ne laissait rien au hasard ou à la simple levée de frontières scrupuleusement établies. Elle tenait intensément à réussir d'un côté comme de l'autre. Je n'étais pas toujours certain de l'équilibre parfait de ses préférences. Parfois, je pensais compter plus que ses livres et que sa notoriété. D'autres fois, il me semblait que c'était tout le contraire et je ressentais alors une contrariété que je m'accordais en silence et qui m'affectait dans les moments difficiles que je pouvais avoir, lorsqu'éloigné d'elle. C'était peut-être tout simplement que j'avais besoin de « plus d'elle » quand tout allait moins bien pour moi et que la combinaison des deux ingrédients de son bonheur me paraissait ambiguë et pas à mon avantage. Je n'aurais jamais dû douter et m'en voulais d'avoir mal traduit les mots et les silences que nous utilisions et que je connaissais pourtant si bien. Elle n'aurait rien cédé de ce qu'elle m'avait donné et me donnait encore pour recevoir plus des autres de ce qu'ils lui accordaient déjà, avec leur sincérité et leur hypocrisie aussi dont elle n'était pas dupe, ou bien pour se plonger plus encore dans sa production littéraire dont elle était sans nul doute encore capable.

Les dîners et cocktails étaient pour elle des événements incontournables au cours desquels elle acceptait de répondre aux questions, sans réserve apparente ; elle n'en avait pas le choix vraiment mais elle le faisait avec naturel et je crois même qu'elle éprouvait un besoin réel de parler de ses livres, de ses personnages, après tant de moments de solitude extrême que les écrivains, me rappelait-elle souvent, ressentent devant l'écran vierge de leur ordinateur ou de leur feuille blanche. Son calme, son enthousiasme faisaient bon ménage et tout le monde, en dehors des envieux habituels, lui reconnaissait une maîtrise attirante. Elle avait l'habitude de l'exercice qui pouvait se répéter plusieurs fois par an, à Paris principalement et parfois aussi, en province, dans les librairies où son agent l'invitait à venir signer ses bouquins. Au cours des cinq dernières années, elle s'était même rendue à l'étrange, aux États-Unis et quelques pays d'Europe. Je n'avais jamais réussi à l'accompagner, toujours à cause de ces études et de ces examens qui ne me laissaient que peu de liberté…

Je ne voulais pas la décevoir malgré l'absence de promesse que ni elle ni moi, nous nous étions imposés à l'égard de l'autre. Il me fallait être là, auprès d'elle, ce jour-là. L'éducation qu'elle m'avait donnée et fait donner s'inscrivait dans une démarche de réussite professionnelle sans compromis et la règle du jeu avait été claire dès le début. Mais il ne s'agissait pas d'un jeu où la chance et le hasard avaient un rôle essentiel. C'était plutôt un apprentissage de la vie dont le commandement essentiel était de se battre, de résister et de gagner. Il ne s'y trouvait pas une quelconque allusion à la défaite. Pas de carte *chance*, pas de carte *repassez par la case départ*. Avancer… Avancer comme si de rien n'était, comme si l'horizon ne s'arrêtait pas, comme s'il n'y avait pas de fin et que, plus loin, toujours plus loin, il y avait quelque chose à voir, à prendre ou à glaner, pour demain et les jours qui suivraient. Si j'ai parfois pu douter là aussi de cette attitude rigoureuse qui m'avait privé d'une autre partie de sa présence et de son temps dont j'avais eu vraiment tant besoin, je m'en étais accommodé car il y avait eu dans ses explications et ses points de vue une conviction sans équivoque qui m'avait marqué à tout jamais.

Les sorties de ses livres étaient toujours des moments de grande pression pour elle, de grande joie et d'intenses émotions qui se répétaient, mais différemment, à chaque fois. Ses sollicitations à Paris semblaient lui coûter le plus. Elle restait très vague sur ses passages occasionnels à la télévision. Je savais qu'elle y était de temps en temps invitée mais elle ne précisait jamais ni la date ni la chaîne sur laquelle on pourrait la voir. Elle le mentionnait, simplement, parce qu'elle devait partir un peu plus longtemps et qu'elle devait justifier une plus significative absence. Elle effaçait une sorte de trace d'elle-même qu'il lui semblait laisser, trop personnelle, trop recherchée et, paradoxalement, trop publique. Je respectais à la fois cette intimité violentée à laquelle elle se soumettait et sa volonté de l'oublier et d'en écarter sa famille et ses amis. C'était une personne pudique, pleine de simplicité qui devait se conformer aux exigences des circonstances, aux paillettes du monde au sein duquel elle était finalement parvenue, comme elle en avait rêvé, toute jeune déjà, sans jamais trop y croire pourtant, malgré sa certitude qu'un jour *peut-être*, cette force qui l'avait toujours inconsciemment guidée et qui l'avait aidée à surmonter les périodes de temps difficiles, finirait par l'emmener là, justement, où elle rêvait d'aller, ou bien de se réfugier.

Son éditeur du moment, avec qui elle travaillait depuis sept ans, publiait ainsi son onzième roman. Le plus difficile, le plus beau comme elle me l'avait confié, à l'écriture de l'épilogue de son livre. Je ne l'interrogeais jamais à propos du sujet du roman sur lequel elle travaillait. Il me paraissait évident qu'elle ne le souhaitait point et qu'en aucune manière, elle ne se laisserait aller à en parler avec qui que ce soit. Je ne savais même pas si quelqu'un de proche ou de son entourage professionnel était dans la confidence et lui donnait conseil. Il valait mieux pour moi de ne pas le savoir, ne devinant pas comment j'aurais réagi à cette confiance étrangère qui se serait mise entre elle et moi. Je me persuadais qu'il n'y avait personne et qu'il était préférable de ne pas chercher à connaître plus que ce qu'elle estimait suffisant et nécessaire de savoir. Il y avait suffisamment d'autres choses pour assouvir ma soif, de tant de vérités me concernant, de tant de mystères la concernant, tant de choses à savoir pour comprendre pourquoi j'étais là, elle ici et lui tout là-bas. Mais elle avait réussi à installer une sorte de paix, un bonheur dans lequel, malgré les vicissitudes de son existence et de sa solitude, elle m'avait installé ; cette paix que je croyais avoir acquise pour toujours et que certains, et mon destin, pour sa part aussi, s'ingéniaient à remettre en question.

Un homme, que j'observais, lui posait le bras sur son épaule, de temps à autre et, à mon grand étonnement, elle ne semblait pas fuir la familiarité que je croyais reconnaître entre eux deux. J'hésitai à m'approcher plus. Peut-être avais-je tort de m'inquiéter, peut-être aurais-je dû au contraire être rassuré ? Un tourbillon de sentiments s'engouffra au travers de ma protection que je m'étais créée vis-à-vis d'elle, ma conviction qu'elle était suffisamment forte pour n'avoir besoin de personne d'autre que moi. J'avais conservé mes images d'enfant et d'adolescent, mes conceptions de l'amour et de la confiance, pensant qu'il y avait des règles perpétuelles et immuables, que rien ne pouvait changer, ni les hommes, ni les sentiments. J'aurais dû savoir ou deviner, il ne me suffisait que de me regarder, voir comment j'avais moi aussi changé.

L'énorme salon était surchauffé et bruyant. Quelques années en arrière, un nuage bleuté aurait plané sur l'assemblée, comme dans les vieux films, comme dans les rêves. L'oxygène bleuté avait cédé sa place à celui référé par la loi, incolore, inodore, invisible. La clarté et la transparence de l'espace donnaient ainsi plus d'authenticité et de réalité à ce qui, pourtant, était encore une fois de plus pour elle, l'accomplissement d'un rêve exceptionnel dont il lui était impossible de douter désormais.

J'étais arrivé en retard dans cet hôtel du 6ème arrondissement, boulevard Pasteur, où elle avait réservé deux chambres. Elle n'avait pas pu m'attendre. La réception se déroulait Porte Maillot et il m'avait fallu, à moi également, prendre un taxi. Nous avions pourtant convenu, pour la première fois, d'arriver ensemble à la réception. J'avais loué un costume « élégant », pour l'occasion, genre smoking, mais moins amidonné, moins guindé, un peu contre l'avis de ma mère. Louer un vêtement était presque inconcevable pour elle. C'était comme si des peaux pouvaient se prêter, se louer, s'échanger. Un peu dans le même registre, les livres, selon elle, ne pouvaient guère se louer, à peine s'échanger ou se prêter. Il n'y avait pas derrière cela une quelconque arrière-pensée d'intérêt mercantile. Ses livres la faisaient vivre très confortablement désormais mais l'argent, me rappelait-elle souvent, ne faisait pas tout. Il permettait surtout *de ne pas faire* ce que l'on ne tient pas à faire et tout simplement de pouvoir dire *non* aux tentations bassement matérielles. Elle n'avait cependant pas insisté sur cette affaire de location et je lui en étais reconnaissant, tout comme j'appréciais sa façon d'accepter ce que les autres pouvaient voir et qu'elle ne voyait pas ou ne voulait pas voir. Je n'avais pas vraiment l'habitude de porter un costume, encore moins un de ce genre et c'était la première fois que j'avais dû faire un choix, sans personne pour m'influencer, sans personne pour me conseiller. Je m'étonnais de me laisser attirer par ces obligations de paraître, de correspondre aux exigences normées de la société. Rien ne m'obligeait vraiment à le faire. Mais je voulais l'éblouir, elle, ma mère, ou bien peut-être Laurence Martin. Je voulais les éblouir toutes les deux mais surtout cette mère qui, inconsciemment, n'avait cessé de le faire avec moi.

Elle m'avait toujours pris en charge, décidant de ce qui serait mieux pour moi, décidant de ce que je devais porter, de ce que je devais dire, de ce que je devais faire. Même s'il y avait encore le temps, c'est du moins ce qu'il me semblait et ce qu'il me convenait de penser, il fallait bien, cette fois, tourner la page, tourner une page, et avancer dans l'histoire. Les sélections et les entretiens des écoles pour lesquelles je m'étais préparé ne m'en avaient pas donné beaucoup l'occasion car ma mère, chaque fois, veillait scrupuleusement à ma présentation. Son assentiment était pour moi un gage de réussite, bien qu'elle essayait de me persuader d'un contraire justement dosé et raisonnable. Les cravates m'étouffaient un peu, comme une laisse des convenances et j'oubliais, par défaut, le rituel des gestes magiques à reproduire les nœuds authentiques. Je comptais sur elle ; je savais qu'elle avait mémorisé chaque croisement, chaque séquence. Sept mouvements, comme les sept jours de la semaine, un par jour et le dernier pour le dimanche, comme elle disait avec humour. Elle le faisait comme elle racontait une histoire. Je devais inconsciemment y retrouver d'autres instants forts entre elle et moi, une sorte d'intimité exceptionnelle et intrigante quand elle se plaçait derrière moi et qu'elle commençait cette sorte de cérémonial qui m'avait agacé au début, m'agaçait encore il n'y avait pas si longtemps que cela et me donnait tant de plaisir pourtant. Elle remontait d'abord le col de ma chemise, sans geste brusque, contournant lentement mon cou de ses doigts enseignés.

« Ne bouge plus Honey, s'il te plaît, sinon je ne vois plus ce que je fais ! » me rappelait-elle à chaque fois alors je me m'agitais volontairement devant elle et le miroir qui reproduisait mon jeu de gamin. Une fois la maîtrise du fils retrouvée, elle déposait ensuite avec précision la cravate au niveau de la cassure de la chemise, respectant des longueurs précises de part et d'autre du col relevé puis ses bras sur mes épaules, ses mains, dans le miroir, devenaient mes mains disparues et ballantes, et s'activaient méthodiquement. Son visage restait caché derrière le mien la plupart du temps et j'attendais de le voir réapparaître à nouveau, l'espace de quelques secondes, toujours sur la droite, alors qu'elle faisait un bref contrôle du résultat en cours. Je sentais la chaleur envahissante de son corps tout près du mien. J'aurais souhaité parfois qu'elle oublie quelques phases de la méthode pour qu'elle s'embrouille et reprenne ses gestes, pour que le temps prenne lui aussi son temps, que la semaine compte quatorze jours. « Lundi, je remonte le col de la chemise, mardi je passe la cravate au dos du col en prenant soin de respecter les longueurs, de mettre le petit bout à gauche... ». Son corps restait toujours à une certaine distance du mien, quelques millimètres tout au plus et, quand je sentais qu'ils étaient de trop, s'établissant comme un véritable barrage, je reculais discrètement. Peu importait si elle s'en rendait compte. Elle se penchait alors encore un peu plus et nos millimètres de décence se volatilisaient et je sentais sa poitrine s'écraser sur mon dos qui m'apprenait, à chaque fois, à connaître l'intensité de tels contacts et la signification du bonheur.

Quand elle avait terminé de former le nœud, un triangle parfait, sans froissure, elle le faisait ensuite coulisser le long de l'extrémité fine de la cravate, feignant de ne pas s'arrêter. Et je feignais d'étouffer. Elle rabattait ensuite le col, refermait un de ces moments que je passais avec elle et que je n'admettais qu'à moi-même adorer. « Tu es beau comme un prince ! Tu ne devrais pas avoir besoin de ces artifices finalement mais il ne faut rien laisser au hasard. On juge aussi un peu par les apparences. Il suffit de le savoir et il faut que tu en sois conscient. »

Le souffle de ses mots s'écrasait sur mon cou et puis, le charme cessait, la distance se réinstallait comme toujours, la phase du dimanche était arrivée, la fin de la trop courte semaine et c'était alors que je ressentais quelque chose qui m'était familier et qui était comme une sorte de réplique à ce que j'avais, une fois, il y a bien longtemps, intensément vécu, douloureusement subi.

Je m'étais toujours étonné de l'aisance avec laquelle elle effectuait tous ces gestes que je considérais comme purement masculins. Comment avait-elle appris, pour qui et avec qui ?

Cette connaissance sur tant de choses ne cessait de m'interpeller. J'essayai de me souvenir quand elle l'avait fait pour la dernière fois. Je devais avoir dix-sept ans peut-être, ou plutôt seize, j'avais fait durer le plaisir, ce plaisir parmi tant d'autres, comme si, inconsciemment, je me doutais que ce serait la dernière fois.

À aucun moment je n'eus la révélation, et encore moins la certitude, que la personne avec qui, un jour, j'avais tant souffert, c'était elle. L'inconscience fait sans doute parfois que nous savons, sans attendre d'autres preuves que ces évidences intérieures qui font partie de nous et qu'il nous met mal à l'aise de chercher à comprendre et à définir.

Cela faisait trois semaines que je ne l'avais pas revue, deux semaines ou presque que je ne lui avais pas parlé. Il ne nous arrivait que très rarement de rester sans nouvelles aussi longtemps et, bien qu'il m'était important d'être présent ce soir-là, tout comme cela l'était pour elle, pour une autre forme de partage qu'elle avait avec moi depuis si longtemps, je ne suis pas certain que j'aurais assisté à cette nouvelle consécration de ma mère, au risque de la décevoir et de me rajouter aux autres absents que je devinais dans sa vie, dans son quotidien, s'il n'y avait eu que cette seule raison de lui plaire.

Les dernières années m'avaient construit une autre vie, une vie à moi, parallèle à celle que je continuais de mener avec elle mais qui, insidieusement, sans m'en rendre compte vraiment, prenait de plus en plus d'importance. Mes amis y trouvaient leur compte, mes amies surtout.

Je n'avais pas trop prêté attention à ma gueule d'ange que la nature m'avait donnée, dont ma mère, elle encore, était à l'origine. Du gamin maigre et timide que j'avais été jusqu'à l'âge de onze ans, j'étais devenu ensuite un assez bel adolescent, grand et blond, qui ne laissait pas les filles du lycée indifférentes. Je ne m'en étais pas rendu véritablement compte, de cela non plus ; je ne trouvais même pas cela normal, ni même anormal. En vérité, je crois tout simplement que je m'en moquais un peu. Je n'y faisais simplement pas attention.

Comme un défi à moi-même, et pour casser l'image de gamin malingre et faible que j'avais peut-être de moi-même, et surtout que je me sentais donner, je m'étais forcé à trouver ma place dans l'équipe de rugby du lycée, bien que peu enclin à recevoir des coups et moins encore sans doute à en donner. Les débuts avaient été difficiles, vraiment difficiles et il m'avait fallu beaucoup de temps pour me faire accepter, pour trouver ma place et pour m'imposer. Ma mère ne s'était pas opposée à ma décision, bien qu'en elle-même, elle ne m'avait laissé, je crois, que trois ou six mois avant d'en avoir assez et de jeter l'éponge. L'éponge, à sa grande surprise, je n'eus jamais l'intention de la jeter. Bien au contraire. Au terme d'efforts incalculables sur ma condition physique, je réussis véritablement à bluffer mes camarades d'équipe et à devenir un coéquipier apprécié, presque incontournable et sur lequel tout le monde comptait. Le coach avait été très critique vis-à-vis de moi, inhumainement critique à mon sens mais, dans la brutalité de sa façon de nous entraîner, appliquant la même méthode que celle qu'on lui avait perfusée, à grosses doses et grande concentration mais qui avait visiblement fait ses preuves. Il savait donc ce qu'il faisait, ce diable de coach, il savait que j'avais besoin d'une perfusion d'énergie par les mots et les discours on ne peut plus musclés qu'il me ressassait constamment au cours de nos entraînements.

« Secoue-toi Alex, secoue-toi ! J'sais pas ce qu'on attend de toi dans l'équipe, tu t'accroches, tu t'accroches, c'est vrai mon pote, mais c'est pas suffisant ! Regarde devant toi, la ligne, pas derrière – tu perds ton temps, c'est nul, tu perds *mon* temps ! Fais de la couture à la place... J'suis même pas sûr qu'on te garderait dans le cours. T'as la tête ailleurs, t'es pas là mon pote, pense aux autres, ils en veulent eux, ils rentrent dedans. J'te donne encore deux semaines. Après, tu dégageras et j'prendrai un autre qui bave d'envie de jouer dans l'équipe. Ses quatre-vingts kilos nous feront du bien. Alex, la prochaine fois que j'vois ta mère, faut que j'lui dise. Faut que j'l'appelle, si j'la vois pas cette semaine. Faut qu'elle soit au courant. Mais j'pense pas qu'elle va t'envoyer une avoinée que tu mérites. Si ton père se montrait un peu aussi, i pourrait t'stimuler un peu. Y a que les pères qui comprennent l'esprit d'équipe, l'intérêt des victoires. Remarque... Antoine, Antoine Dugas, lui non plus j'ne vois pas son père, pas une seule fois, mais lui, il a tout compris, il se bouge le cul, sans que j'aie besoin de le lui botter. Alex, secoue tes fesses... »

Cela a duré, longtemps, toute la première saison, mais je ne voulais pas craquer, pour moi, pour maman, pour les copains. Daniel, le prof de sports et entraîneur de notre club était vigilant et recherchait, mine de rien, et avec un certain succès, les moindres potentiels qui pouvaient être exploités. Et il y en avait, il fallait seulement qu'on les trouve et qu'on me le dise. Et pourtant parfois, il m'arrivait sincèrement de le détester avec ses :

« C'est caca, joue côté ouvert. Tape pas au pied, lève la tête, c'est caca. On n'est pas des branquignols ! C'est mou tout ça ! On n'est pas au club Mickey. T'as des cannes ou quoi ? »

J'étais à deux doigts de tout balancer, le ballon, l'équipe et le Daniel en question, surtout lui. Alors, je relevai la tête, je ne voulais plus être un branquignol. Tout peut-être, mais pas ça. Laurence, elle aussi, de concert avec lui, m'encourageait, voyant les effets que la « méthode » pouvait avoir sur moi. À eux deux, ils formaient une bonne équipe, sans le savoir. Du mental pour maman, du mental et du physique pour le coach. Mais les mots n'étaient pas les mêmes, tout juste le ton parfois qui semblait les rapprocher. Elle ne me l'avoua jamais, mais elle apprécia le support que mes années de rugby apportèrent à sa stratégie vis-à-vis de ma personnalité, de mon éducation, de ma préparation à la vie à laquelle j'allais être forcément confronté. Ne fallait-il pas, après tout, faire mentir les apparences, toutes ces apparences dont la vie s'affuble et desquelles cette même vie vous taille des costards, vous imprime des étiquettes ? Même mes mains, à leur manière, s'étaient accordé cette liberté. Plus exactement, elles avaient préféré rester neutres. S'abstenir d'en trop dire sur mon compte. Ce n'était pas plus mal. Il y avait suffisamment de choses prêtes à participer à la curée de ma personnalité. Maman avait attendu pour m'en parler, attendu que l'occasion se présente et que je sois disposé à entendre une différence que la vie, curieusement, m'avait accordée. Mes mains. Je n'avais pas de *ligne de vie* ! Étrange pour certains, sans signification pour d'autres, je me rangeai alors dans le camp des seconds. Cela me convenait, l'ésotérisme m'échappant et ne m'apportant ni réconfort ni espoir, en ce temps, d'un avenir plus heureux et mieux préparé. Et c'était préférable, mieux aussi de ne pas trop savoir avant l'heure, pour autant qu'il m'aurait été possible de savoir ce sur quoi je pouvais ou ne pouvais pas compter. Laurence avait choisi le moment pour révéler ce détail. C'était un de ceux qu'elle avait décidé qu'il fût, disséquant à sa façon et pour ce qu'elle considérait être mon bien, une part de Vérité.

Je n'avais jamais vraiment pensé à la difficulté qu'avait pu représenter le seul fait d'avoir à m'élever seule. Quelque chose semblait avoir manqué à cette éducation. Ou bien était-ce quelqu'un ? Indéniablement, un père avait manqué, pour sa contribution aux décisions à prendre et aux choix vers lesquels il était raisonnable de se porter, pour arbitrer quand il l'aurait sans doute fallu, parfois. Ces parfois voulaient dire *souvent,* tant ils se répétaient encore et encore, quand elle ne savait que faire, que le sol s'effaçait sous ses pieds et que les interminables nuits n'apportaient pas leurs foutus conseils. Somme toute, mon père avait manqué sur trois points : un, pour cette éducation où j'aurais parfois aimé une sorte d'arbitrage, un autre pour moi seul et ce qui était de la présence rassurante dont j'avais eu besoin, et le dernier et non pas le moindre, pour l'image que j'avais des parents des autres gamins de mon âge et de celle que je devais donner aux autres. Il y en avait peut-être un quatrième, plus intrigant pour l'enfant que j'avais été, une de ces facettes de la vie que l'on a peine à imaginer, à croire, à penser possible, l'absence de l'amant qu'il avait été, légalement, vis-à-vis de ma mère. Le fait de devoir porter tout le poids des responsabilités engagées l'avait contrainte parfois à des prudences excessives, à des priorités contestables et à des lassitudes compréhensibles mais polluantes, aussi à trop d'attentes égoïstes, mais ô combien humaines et naturelles !

Ma mère sut faire face à tous ces vides et un fruit, sans qu'il fût celui du hasard, fut son complice, comme moi-même, mais d'une autre façon, je réussis à l'être aussi. Le sport fut pour moi une sorte de remplacement, une perfusion, le complément à un entourage incomplet. Je crus, tout comme elle, qu'il le fût. Et nous n'eûmes pas tort. Ni entièrement raison. J'appris à perdre mais aussi à gagner, je pris goût à vaincre et à aller jusqu'au bout de mes ressources, défier mes fatigues et mes découragements, surpasser mes colères. J'appris non seulement à perdre mais aussi à encaisser, aux premiers temps. J'appris à partager aussi avec les autres ces moments de gloire mais aussi de défaite. J'appris à regarder les gens qui nous regardaient, à reconnaître les effets que nous avions sur certains d'entre eux. Les adversaires, les copains de l'équipe, ceux qui nous regardaient et avaient une sorte d'admiration. Les filles surtout. Mais il fallut du temps pour m'en rendre compte, plus qu'à mes équipiers qui comprirent vite et profitèrent du *phénomène*.

Je me souviens du premier jour où je portai le *T-shirt* de l'équipe ; c'était l'apothéose, une sorte d'aboutissement à un premier projet sérieux. Les séances de musculation firent partie de l'apprentissage innocent mais réfléchi dans lequel je m'étais totalement investi. Elles ne furent pas sans effet et les résultats outrepassèrent largement leur légitimité à elles aussi, contribuant à un rayonnement dont je pris quelque temps, dans ma candeur, à mesurer les effets. Je portais les cheveux longs depuis la classe de seconde et n'avais pas changé de style depuis lors. Le vent complice parfois me donnait la touche fatale ; la belle crinière blonde faisait son effet.

J'étais physiquement tout le contraire d'un père qu'occasionnellement j'allais retrouver, au cours des deux ou trois pèlerinages annuels que j'effectuais comme une tradition, une obligation, mais aussi un besoin, la recherche d'une autre affection, d'un autre partage. Au fur et à mesure que le temps avait passé, je m'étais aperçu que non seulement nous ne nous ressemblions pas, mon père et moi, mais nous nous situions également aux antipodes de la planète pour tant et tant de choses. J'avais même fini par me demander comment ma mère avait pu se retrouver avec lui ; ils n'avaient rien en commun, plus rien en commun, désormais. Ils avaient dû s'aimer, certes, oublier les différences. Les avaient-ils seulement remarquées ? Et j'étais apparu, l'enfant de malvoyants qu'ils étaient, porteur d'un vain espoir de lucidité, si vain que je ne réussis pas à ressouder les liens qui avaient fini par leur faire défaut, ces liens qui rendent aveugles et qui font tout oublier : l'invraisemblance, l'irréalisme, tout comme les épreuves qui font franchir les pires obstacles et qui vous font douter de tout. Mais j'étais là, désormais, avec en réserve l'effet du lourd fardeau d'un premier échec pour moi et dont je ne pris conscience que bien longtemps après. Malgré tout ce qui nous séparait, mon père m'appréciait. Lui aussi m'aimait, mais à sa façon. Je n'avais pas pensé qu'il y avait plusieurs façons pour cela. Pourtant, il m'avait ainsi démontré le contraire.

    Ma mère avait beau eu faire, se substituer à l'autre et presque tout me donner de ce qu'elle avait de disponible, quelque chose m'avait toujours manqué malgré tout. Je n'avais pourtant pas manqué d'affection ni d'amour, les ingrédients du bonheur m'avaient été fournis. Le soin particulier que chacun d'entre eux avait pris pour m'apporter sa part de bonheur fit que, peut-être, pour finir, je bénéficiai de plus d'amour que n'importe quel autre enfant.

L'étrange coup de fil que j'avais reçu la semaine précédente m'avait décidé à la revoir au plus vite. J'avais fait part à maman de mon incertitude à venir la rejoindre à Paris pour cette journée qui représentait tant pour elle. J'expliquai, sans trop de conviction sans doute, mes contraintes à moi, celles de *ma* vie, mes partages. Mais je lui avais aussi laissé comprendre mon désir de venir, le plaisir que j'aurais à la féliciter et à partager, une fois de plus, avec elle, son propre bonheur. Des mots de trop, frôlant l'engagement, pour dire mon intention. C'était presque l'erreur d'une décision à laquelle il ne pouvait qu'être difficile d'échapper ensuite. Mais d'une pierre de plaisir à donner, deux coups à marquer, celui du bonheur en effet à nous retrouver et de partager l'événement, et l'autre, de l'impliquer dans un tourment que j'étais seul à supporter et qui pesait au quotidien depuis qu'il s'était présenté à moi. Mes autres engagements n'étaient rien en comparaison, je pouvais en disposer, les remettre à plus tard, ou bien à jamais. Nul n'était mieux placé que moi pour en estimer leur importance, pour autant que mon jugement fût aussi fiable que l'intuition que ma mère semblait posséder en bien des domaines.

Faiblesse ou pas, je ne voulais pas trop y réfléchir, les sous-entendus de l'appel téléphonique m'avaient fait décider de saisir l'opportunité. Il me fallait la voir au plus vite, lui parler, comprendre peut-être ce que j'avais à comprendre. En usant ainsi du prétexte, j'espérai ne pas trop l'inquiéter en lui parlant de ce tourment du moment, face à elle, sans la déviation de sens que peuvent transposer lettre, email ou conversation téléphonique.

La femme n'avait rien dit d'elle-même. Quelques mots seulement, hachés, comme découpés d'un journal et collés sur une voix, des phrases indigestes parlant d'un mensonge auquel j'étais apparemment associé. Je n'avais pas reconnu la voix, une voix sans accent, sans âge, sans références, si neutre et tellement ignoble. Une voix falsifiée, dissimulée. Un appel anonyme, perturbant, sans courage. Sans origine, sans numéro. C'était la première fois que je ressentais une réelle inquiétude. J'avais préféré attendre une occasion de revoir ma mère pour lui en parler, voulant ainsi lui épargner de partager mon angoisse avant cet autre moment important de sa vie. J'attendrais que nous nous retrouvions seuls ensuite, une fois que les invités nous auraient laissés nous retrouver, presque comme avant…

Mais il me fallait encore patienter. D'autres invités arrivaient encore et le bourdonnement des conversations s'amplifiait petit à petit, protégeant les libertés de paroles, les limitant en espace, seulement dans l'espace car rien vraiment ni le temps, encore moins le temps, ne peut véritablement préserver leur substance et les mots finissent toujours par trouver un chemin.

C'était *sa* journée, un autre jour qui compterait dans sa vie, qui compléterait un de ses chapitres. Je m'en voulais presque de l'impliquer dans une affaire à laquelle je prêtais peut-être trop d'attention, les propos étaient ceux d'une personne dérangée dont j'étais devenu, sans doute, par les méfaits du hasard, la proie et la victime innocente. Les gens perturbés en mal de reconnaissance et de soins ne manquaient pas et, sans être pourtant en mesure d'en comprendre les raisons ou bien de me le faire expliquer par des gens avisés, j'en avais cependant pris pleinement conscience.

L'hésitation à mesurer le fondement de ma démarche aurait dû me conduire à plus d'élégance et attendre un peu, un jour au moins, choisir un meilleur moment pour autant qu'il pouvait y en avoir un. Je n'eus pas cette élégance, ne pris pas cette précaution. L'inquiétude, pas n'importe quelle inquiétude car il me semblait déjà la connaître, eut donc raison de moi, de mon impatience à savoir. Le temps paraissait déjà me filer entre les doigts, je ne savais pas quand, à nouveau, je pourrais, une fois de plus, la revoir. Et je devais savoir. Elle seule pouvait, ma conviction était entière, me rassurer. Tout m'avait semblé si clair entre nous, nous ne nous étions jamais cachés quoi que ce fut. Je ne pouvais imaginer de secret, de véritable secret, en dehors des simples interrogations que j'avais pu avoir, comme tous les enfants.

Je m'inquiétais inutilement... Sans doute. Mais je me sentais incapable de l'épargner de mon tourment.

Je ne voulais pas prolonger son attente de me voir et je m'approchai un peu plus, saluant au hasard des visages qui n'avaient pourtant rien de familier. On se détournait sur mon passage et je sentais comme une radiation des regards. Je dominais un peu l'assistance et ma tignasse de viking au sommet de mon mètre quatre-vingt-cinq jurait un peu avec le soin apporté aux coiffures des invités. Je savourais inconsciemment ma différence et l'effet qu'elle générait. Il ne fallut pas longtemps à ma mère pour m'apercevoir alors que j'avançais avec difficulté dans l'océan de gens de lettres, de journalistes et d'invités comme moi, ralenti comme les textes par les ponctuations d'usage, rythmant les effets.

Je me décidai à marcher vers elle plus lentement pour préserver ma coupe de champagne fragile et malmenée que je passais maladroitement d'une main à l'autre. Elle m'avait vu et c'était l'essentiel. Son visage s'engorgea alors d'une autre expression de bonheur que j'étais seul à remarquer. Je ne vis plus qu'elle et l'exclusivité me laissa alors l'unique avantage de presque tout savoir de ce qu'elle pensait lorsque l'alchimie du croisement de nos regards s'effectua. Elle me fit un signe discret de sa main gauche, comme un complément à ce qu'elle laissait déjà transparaître. Mes paupières complices répondirent au message, presque sans mon contrôle, comme en réaction à un soleil aveuglant qu'il faisait aussi au-dehors.

Paris et la France connaissaient un début d'automne agréable qui estompait les effets de rentrée toujours associée à un recommencement du travail, à un recommencement des contraintes et des obligations que l'été avait souvent tendance à me faire oublier. Personne n'échappait à cette faiblesse de l'oubli bienfaiteur malgré tout. Septembre et octobre étaient pour moi synonymes d'énergie délirante à rendre et à déployer. Ces deux mois m'indisposaient car leur voracité ne semblait pas me laisser de réserves suffisantes pour passer novembre, que je détestais plus encore. C'était plus des souvenirs d'enfance qui s'affichaient en moi au nom et à la vue de ces mois inscrits sur le calendrier qu'une réelle affectation de ma vie actuelle mais ils étaient forts et imprégnés et j'eus souhaité m'en débarrasser à tout jamais pour consacrer l'énergie gaspillée à d'autres besoins et d'autres envies à exhausser.

Une série de flashs se mirent à crépiter autour d'elle comme une annonce d'orage et de fin de beau temps. Les photographes s'imposaient dans l'assemblée, indifférents à son élégance, à son raffinement, aux odeurs sucrées et subtiles qui s'enchevêtraient. Tout n'était peut-être qu'artifices excessifs mais il y avait quelque chose d'enchanté et de magique.

L'avant-dernier livre de Laurence Martin avait inspiré un film, il y avait trois ans et l'on parlait déjà d'une version cinéma pour son dernier roman. Le premier film avait été un succès et pourtant ma mère n'y avait pas retrouvé tous les sentiments qu'elle s'était attachée à donner à ses personnages ni les ingrédients d'une histoire qui font d'un texte, de trois cent cinquante et quelque pages, un rendez-vous quotidien du lecteur où se mêlent, dans une divine proportion, distance émotionnelle et profond attachement. Ma mère disait souvent qu'elle comprenait tous ses personnages, qu'elle ressentait leurs sentiments et que la magie et le succès des textes venaient d'une transposition précise et détaillée de l'observation, qu'elle soit auditive ou bien visuelle, dans un univers remanié de mensonges et de contre sentiments.

« Seuls les choix des mots et l'habilité à les positionner et à les intégrer dans un décor d'artifices de la langue peuvent restituer toute l'implication à passionner le lecteur, le transporter dans un univers pourtant irréel qui finit par faire croire à l'invraisemblable le plus étonnant et le plus passionnant. Rien ni personne ne peut égaler la valeur des mots et ce qu'ils déchaînent dans nos perceptions personnelles. Les images se créent individuellement, avec leurs différences d'interprétations et leurs dosages d'effets qu'ils peuvent avoir sur chacun de nous. Alors, parfois elles se recoupent ou bien diffèrent totalement et le succès ne doit pas nécessairement se concevoir que dans l'unicité. C'est la magie de la traduction, en fonction des expériences et des conceptions, de la diversité des effets qu'elle peut avoir qui fait que l'on peut oublier ainsi, dans l'espace et l'exercice de la lecture, un présent, un passé souvent ordinaires, et espérer, en vain bien souvent, un hypothétique futur transcendé. »

J'aimais, rarement le faisait-elle avec moi, sa façon de m'expliquer sa passion. Elle parlait de son travail comme d'un roman ou plus exactement, ses explications étaient une histoire en elles-mêmes avec, comme caractères principaux, ses sentiments et ses passions délirantes.

Le grondement des paroles échangées résonnait dans les éclairs artificiels qui se plaquaient sur les expressions recherchées des visages, en les immobilisant pour plus de liberté à leur inventer des tourbillons de propos et de sentiments mercantiles sur les pages des journaux, pour un jour, un jour ou bien plus longtemps.

Je n'avais pas pu savoir comment la fin d'après-midi et la soirée devaient se passer. Je lui avais parlé très brièvement au téléphone et j'espérais qu'elle ne serait pas retenue trop longtemps, que nous pourrions discuter pendant le dîner, ensemble, comme à la maison, autrefois. La foule présente ne me laissait pas vraiment d'espoir de pouvoir disposer de beaucoup d'intimité avec elle, même dans une ou deux heures. Je ne faisais vraiment qu'espérer. Elle m'avait demandé de rester deux ou trois jours avec elle, mais je devais repartir le lendemain, avant midi. Il me resterait la tranquillité feutrée du petit salon de l'hôtel, sentant bon le café, avec le buffet de scrambled eggs, de saucisses et bacon faussement britanniques, de viennoiseries véritablement parisiennes, pour le petit déjeuner du matin suivant. De ce luxe matinal, il n'échapperait qu'une heure tout au plus, pour nous confier, synthétiser nos moments essentiels passés loin de l'autre. Je ne m'attendais pas à ce qu'elle me donne une explication simple et immédiate, mais je voulais qu'elle commence à me livrer son interprétation, une idée quelconque, une réassurance dont j'avais vraiment besoin.

Je continuais à avancer dans l'orage de grondements et d'éclairs qui s'espaçaient et figeaient l'égrainement du temps.

Lorsque je fus à une dizaine de mètres d'elle, elle s'écarta de l'homme que j'avais remarqué et tenta en vain de s'avancer. J'avais envie de fuir cet entourage immédiat qui la privait de liberté et altérait son envie de courir vers moi. Je commençais à sérieusement étouffer dans cet univers de corps consommant, restituant leurs calories, bloqués dans cet énorme embouteillage de salon et dans les tailles oppressives des habits guindés que je portais moi-même. Sans doute devait-elle ressentir la même claustrophobie ! Je croyais penser plus à elle qu'à moi à cet instant. Je croyais. Je voulais presque penser pour elle ; je doutais, en même temps, qu'elle faisait ce qu'il fallait pour être heureuse mais j'étais, j'imagine, à la frontière du déraisonnable. Elle avait sa vie, il fallait m'en convaincre et elle n'attendait plus mon approbation, ni s'encombrait d'autant de scrupules pour prendre désormais ses décisions, pour vivre ce qu'elle avait envie de vivre. Et cela devait se produire depuis un certain temps, sans m'en apercevoir, en me tenant écarté, pour mon bien, et pour le sien. Ce parallélisme progressif de nos vies s'était fait sans heurts, sans déceptions, sans interférences de nos bonheurs, de notre bonheur. Elle avait formidablement bien géré, bien mesuré. Le dosage avait été effectué avec toutes les qualités dont elle savait faire preuve et qu'elle seule, et de cela j'étais convaincu, pouvait manipuler et rassembler pour produire un extraordinaire pouvoir, étrange et sans nul doute efficace, celui dont elle avait toujours été animée et qu'elle radiait en permanence tout autour d'elle. Le résultat m'avait convenu durant toutes ces années. Lui seul m'avait suffi et je n'avais guère réfléchi au mode de fonctionnement qu'utilisait ma mère, pas plus qu'aux combats qu'elle avait menés et qu'un passé la conduirait à en mener bien d'autres encore. Elle pouvait s'estimer satisfaite, je l'étais pour nous. J'espérais qu'elle pourrait m'en parler, un jour, me dévoiler certains de ses secrets, ceux pour lesquels je n'avais pas eu la moindre idée et dont elle m'avait tenu éloigné pour nos biens respectifs.

Je m'enfonçai dans l'essaim de ces femmes et de ces hommes que je croyais être ses admirateurs, ses familiers, ses connaissances, que sais-je encore, ses détracteurs aussi peut-être, pour m'y noyer avec elle. Ils s'écartèrent pour me laisser respirer, pour me laisser l'approcher. Comme des témoins, ils étaient là. Pas ceux d'un jour dont je n'avais plus les images, dont je n'avais jamais eu, en vérité, les images précises, mais d'autres, différents, avec pour identique objet des regards : ma mère et moi, cette fois sans la douleur, sans l'agression des transferts, mais peut-être avec les mêmes interrogations et les mêmes absences.

« Honey ! Je t'attendais, mon verre recherchait le tien. Je suis heureuse que tu sois ici, je craignais que tu aies manqué ton train... J'aurais été déçue ! J'ai laissé mon téléphone à l'hôtel... »

Elle m'embrassa, ignorant l'assistance, comme si nous étions seuls, comme si tout s'était effacé autour d'elle sinon mon image et l'indescriptible résultante de nos sentiments réunis au présent. Elle passa son bras autour de mon cou. Je dus m'incliner un peu, comme je devais désormais le faire depuis quelques années, comme si rien n'avait changé ni le temps ni l'espace, défiant ainsi tout ce qui peut séparer. Je respirai son parfum, il m'était familier et me rassura dans l'espace inconnu et complexe où je venais de la retrouver. Nos coupes s'entrechoquèrent et dirent les mots pour nous, privant les autres qui nous regardaient de ce qui n'appartenait qu'à nous deux, de nos émotions qu'ils auraient pu révéler. L'instant de silence unique de la foule, face au nôtre, résonna en une onde invisible et intense. Ma mère porta enfin le pétillant breuvage à ses lèvres sans me quitter du regard. Je fis de même et ce fut comme si nos lèvres s'étaient retrouvées, comme si nos chaînes s'étaient rompues. Elle souriait de ce même sourire que j'avais tant de plaisir à regarder. L'infranchissable demeurait respecté avec le regret qui faisait de notre relation, un véritable bonheur.

« Tu connais Jean ? Jean Kalfon, mon éditeur depuis maintenant sept ans, sept ans déjà. Tu l'as rencontré, il y a quatre ans, à Bordeaux, au Salon du livre ; nous étions restés une semaine dans la région, pour visiter le littoral et découvrir quelques vignobles. C'était pendant tes congés de Pâques. Je présume que vous ne vous seriez pas reconnus dans la rue, bien que parfois certains visages restent gravés dans nos mémoires...

— Je me souviens parfaitement, maman. Il avait fait un temps de chien mais nous nous étions bien amusés malgré tout. Bien sûr que je reconnais monsieur Kalfon. C'est à cette occasion que j'ai appris ton nom d'auteur. Il était grand temps de l'apprendre. *Laurence Martin.* Cela m'avait fait quelque chose de l'apprendre. Fallait-il que je ne sois pas trop poussé par la curiosité pour ne pas l'avoir su bien avant ou bien étais-je trop occupé par mes études ? Le secret, pour autant qu'il en ait été un, avait été bien gardé. Je n'ai toujours pas eu l'explication de *Martin*. Un jour maman, un jour, tu me diras tout ? Mais peut-être que monsieur Kalfon sait tout cela déjà ?

— Jean ! Tu peux m'appeler *Jean*. J'ai assez dû *Monsieur Kalfon*, Alexandre ! Ça me fera plaisir. Vraiment. Tu n'as pas changé, finalement. Je t'aurais reconnu. Tes cheveux... Oui, tes cheveux et tes yeux. Ta taille, cependant, m'impressionne.

Là, c'est difficile de dire le contraire, tu as un peu changé. J'espère que je n'ai pas perdu autant de centimètres que toi, tu en as gagné ! Cela a dû te servir pour jouer au rugby. Enfin, faire du sport. Je suis sincèrement content de te revoir... Mais sans doute pas autant que Laurence. Pour ce qui est de ce que tu crois ne pas savoir d'elle, Alexandre, je ne pense pas être en mesure de t'apprendre grand-chose et quoi qu'il en soit, c'est à elle de le faire et à personne d'autre. »

Je n'étais impressionné ni par le discours ni par le comportement de monsieur Kalfon. Il semblait connaître un peu trop de ma vie. Et j'appréciais encore moins la familiarité qu'il affichait vis-à-vis de ma mère. Cette façon de conseiller, de me conseiller et de la conseiller. Quel rôle s'était-il approprié ? Elle avait dû lui parler de moi. Après tout, il devait bien exister d'autres gens que moi avec lesquels, elle partageait un peu de sa vie. J'en étais, à regret, convaincu et aujourd'hui m'en apportait une autre preuve. Ce n'était pas sans difficulté que j'acceptai cette réalité, me consolant à penser qu'il n'y avait que moi qui savais vraiment l'essentiel et qu'elle me dévoilerait ses secrets, le moment venu, ou bien jamais, ni à moi ni encore moins aux autres.

« Voici François ! François Chaumont, directeur des éditions Kalfon et Daniela, son épouse, qui travaille également dans la maison.

Et puis Esther Molène-Stoeklé, chargée des relations avec la presse, avec Éric, dont j'ai oublié le nom de famille – désolé Éric – son adjoint et collaborateur.

François Bernard Illevin, dit FBI, et Fiona son amie. FBI, comme tu peux l'imaginer, n'est pas un agent d'investigation mais mon agent avec qui je travaille depuis que j'ai rejoint cette maison d'édition. C'est lui qui a la charge de la promotion des livres et qui organise, pour moi et mes confrères, la plupart des tournées, que ce soit dans les librairies, les salons et autres manifestations du genre, les séances de dédicace, etc., etc., etc. Je ne m'occupe de rien, c'est lui qui fait tout et je dis oui ou je dis non, mais je n'ai pas souvenir de lui avoir dit une seule fois "non" pour une quelconque raison...

— Tout cela est vrai en partie Laurence, mais j'ai toutefois le souvenir d'une télé que vous avez refusée, au tout début de votre arrivée, si ma mémoire est bonne. Et je suis certain que vous n'avez pas oublié non plus !

— Votre mémoire est excellente François Bernard. Dieu sait que vous m'avez suffisamment reproché de l'avoir fait, n'est-ce pas ?

— Je n'avais pas tous les éléments Laurence et ne pouvais pas comprendre. Cela étant, j'ai pu apprécier votre décision. Je rappelle ce détail, Alexandre, tout simplement pour dire que Laurence, enfin... ta mère... elle ne fait pas n'importe quoi et aussi que je ne lui propose pas de faire non plus n'importe quoi. Elle a une bonne vision des choses et mon argumentation doit, à chaque occasion, tenir la route et être convaincante. Sans vouloir la flatter, elle peut désormais se permettre d'être plus sélective que certains de ses collègues qui recherchent à tout prix une bonne dose de notoriété. Nous nous comprenons bien maintenant et c'est bien ainsi ; un vrai bonheur de travailler ensemble. »

Ma mère écoutait ses remarques avec attention. Elle appréciait visiblement cet homme qui me paraissait honnête et tout plein de bonnes intentions.

Elle poursuivit ses présentations. Ils travaillaient tous pour l'éditeur de ma mère. J'étais étonné du nombre de personnes impliquées pour la publication des livres. C'était un univers duquel j'avais été délibérément exclu et qui jouait pourtant, à voir ma mère y évoluer avec autant d'aisance, de connaissances et de plaisir affiché, un rôle important dans sa vie. En dehors de Jean Kalfon, je n'avais pas souvenir de les avoir jamais rencontrés. Ils étaient respectueux et attentifs à ce qu'elle disait ; une sorte d'admiration à son égard leur imposait cette attitude un peu contraire à ces gens qui d'ordinaire parlent beaucoup, écrivent et communiquent copieusement.

Jean Kalfon intervenait parfois, soufflant les noms de famille à ma mère qui peinait parfois à les retrouver mais qui ne semblait pas non plus, trop faire d'effort. C'était, après tout, ses collaborateurs à lui et il jouait son rôle ; Jean jouait son rôle de patron des éditions Kalfon et il me semblait, malgré ma méconnaissance de ce milieu et le peu de sympathie qu'il m'inspirait, qu'il le faisait bien.

Ma mère poursuivit :

« Je suis très heureuse que tu sois auprès de moi, Alexandre, cet après-midi. C'est la première fois que nous sommes vraiment ensemble pour célébrer pleinement une sortie de mes livres. Mais il n'y en a pas eu autant que cela après tout, du moins de cette nature. La modestie avec laquelle j'estime sincèrement être associée m'abandonnerait-elle ? Je sais qu'il n'y a pas d'agent de presse ici, du moins tout près de nous et en ce moment, que nous sommes donc presque en famille et c'est pour cela que je me laisse aller à cette confidence qui ne sera pas reprise dans je ne sais quel canal médiatique. Mais c'est vrai, je suis comblée d'avoir mon fils avec moi et mon émotion d'être ici, avec tout ce monde, cette autre famille, n'en est que plus grande.

— Vous n'aimez toujours pas la Presse, Laurence, n'est-il pas vrai ? »

Le visage de ma mère se figea un peu, je vis aussitôt l'impact de la remarque à laquelle elle essaya de ne pas montrer trop d'importance. Je connaissais trop sa sensibilité pour ne pas le remarquer. Esther Molène réveillait des souvenirs, une expérience passée, malheureuse, à voir le visage de ma mère se métamorphoser en l'espace de ces mots prononcés.

« Vous avez raison Esther, je ne suis pas inconditionnelle des journalistes mais nous avons besoin d'eux, nous le savons bien.

— Et eux aussi ont besoin de nous. Plus encore sans doute. Une véritable dépendance qui leur fait dépasser les lignes blanches de temps à autre, qui leur fait oublier certains respects et les fait aller au-delà de l'information et de la vérité.

— Quand bien même la Presse t'entendrait parler de l'importance de la présence de ton fils cet après-midi, je ne pense pas que l'on pourrait manipuler et faire beaucoup de commentaires sur ce que tu viens de dire. C'est tellement évident et normal ! » reprit Kalfon.

— Je préfère qu'ils soient à l'écart. L'interprétation des sentiments est multiple.

— Heureusement qu'il en est de même pour les écrivains aussi. Les différentes interprétations... Vous exploitez cela à merveille Laurence, avec un talent infini qui vous vaut tant de succès.

— Merci, Daniela. Mais ce ne sont que des romans où tout le monde est décrit et où personne n'est décrit véritablement, où la part de mensonge et de celle des réalités sont exploités pour susciter l'intérêt, sans intention autre que celle de capter l'attention, de surprendre, de conduire subtilement sur de fausses pistes. Rien de plus. Il n'y a pas d'intention de faire de mal, de nuire à quiconque, du moins intentionnellement. C'est vrai que j'écoute la rue dès que l'occasion se présente ; je devine ses troubles, m'associe aussi à la joie qui s'en dégage, je reprends même parfois des conversations que j'entends mais tout reste anonyme et je réutilise les mots, les phrases dans d'autres situations, avec des personnages souvent bien différents.

Malgré tout, je n'ai pas de haine véritable vis-à-vis de la Presse, comme certains peuvent aimer à le penser, encore faut-il que la *personne* soit respectée. Bien sûr, les gens ont le droit de savoir, surtout quand il s'agit de personnes publiques, mais il y a une façon de faire savoir, de préserver ce qui doit être préservé et ce que l'on demande que ce soit préservé. Pas tout jeter en pâture. Naturellement, c'est à nous de faire attention, c'est à moi de faire attention, de dire seulement ce qui peut être dit et de ne pas se laisser aller à la moindre confidence, voilà tout. Je sais Esther, je sais qu'il n'y a pas de gloire sans les médias, pas de reconnaissance facile sans l'intervention de la Presse, si elle le veut bien. Vous avouerez qu'il est dommage que le talent ne soit pas porté simplement par le propre talent, non pas que j'en aie plus que d'autres mais ce serait tellement plus juste. Vox populi... Je rêve, je sais. Mais cet instant précis n'est-il pas qu'un rêve aussi, après tout ? Serait-il possible sans elle ? J'espère que oui, sincèrement, je l'espère...

— Faire attention, c'est bien cela car même avec l'expérience, il est facile de tomber dans les pièges, répondre à des questions sans le vouloir vraiment. La rançon d'une certaine gloire en quelque sorte, tu as raison Laurence. On s'y fait, tu t'y es faite. Et tu as appris, avec le temps. Ta méfiance est justifiée, après tout. Nous avons eu de la chance de ne pas avoir eu encore, nous autres, à nous justifier pour une raison ou une autre ! reprit Kalfon

François Chaumont s'empressa de rajouter :

« Nous ne serons pas épargnés si nous en donnons l'occasion Jean. Rien n'est définitif et il est raisonnable de rester prudents et vigilants ; un scandale est vite arrivé et même si un brin de publicité peut donner un coup de fouet à nos ventes, il ne s'agit pas de faire n'importe quoi et la solidarité entre nous est essentielle.

— Toute cette conversation me paraît bien sérieuse. Nous sommes ici pour célébrer la sortie "d'Aller-Retour", rien de plus, et d'assurer tout simplement sa promotion. Alexandre va penser que nous vivons dans un monde dur et sans cœur, un monde sans loi, irrespectueux de tout.

— Vous avez raison, Jean, mais Alexandre doit apprendre un peu du milieu dans lequel vit Laurence... Nous n'avons pas l'occasion de le voir trop souvent. Il est bien de partager pour comprendre vraiment la vie des autres ! Laurence est sa mère et son passé et puis, indirectement, son avenir. Certainement son passé, un peu moins son avenir, désormais, mais elle l'aura été aussi, forcément. Comme beaucoup d'entre nous, une sorte d'atavisme l'empêchera parfois de dormir, et puis il se rassurera par ce qu'il sait et par ce qu'on lui aura suffisamment expliqué. C'est parfois décevant de trop savoir sur ce que l'on est et d'où l'on vient, vraiment, mais c'est moins inquiétant que de se poser trop de questions.

— J'ai tenu Alexandre écarté du milieu littéraire, Esther, c'est vrai et il peut en savoir un peu plus maintenant qu'il termine ses études et qu'il ne sera pas dépendant de tout un tas de facteurs aléatoires pour réussir et gagner sa vie comme cela peut être le cas pour les écrivains. Trop de dépendances, trop d'importance donnée à la chance. Je ne l'ai pas souhaité jusqu'alors pour lui et ne le souhaite toujours pas. J'ai plus confiance dans la reconnaissance d'un travail, disons, plus... terre à terre. Et nous avons tout le temps et il a tout le temps pour apprendre de ce monde qui m'a tenu parfois éloigné de lui. De plus, il a sa vie à organiser avant cela, regarder devant lui et non pas derrière lui et encore moins derrière moi...

— Ce que je veux dire, ma chère Laurence, c'est qu'il est bon et sans doute mieux qu'Alexandre n'ait pas à s'inquiéter plus tard, s'il lui arrivait d'avoir des envies d'écrire dont il ne comprendrait pas les raisons. En lui faisant découvrir un peu de votre vie, il n'aura pas à chercher et à se demander ce qui l'animera peut-être, un jour, du besoin d'écrire, ne serait-ce que ce qui concerne votre propre expérience. Professionnelle, naturellement ! Il n'est jamais trop tard pour le faire. Les parents qui font trop de mystères avec leurs enfants le regrettent souvent, ensuite. Mais je n'ai pas d'enfant, et je suis sans doute mal placée pour avoir un quelconque avis. Ne le prenez pas mal Laurence, je vous vois tous les deux ensemble pour la première fois. Je savais, sans avoir vu, et maintenant je dois reconnaître que j'ai vu, sans en savoir plus pour autant. C'est normal, n'est-il pas vrai, puisque tout cela n'appartient qu'à vous deux ? »

Je ne comprenais pas pourquoi, subitement, le monde se réveillait pour m'apprendre d'où je venais et avec qui et quoi j'étais en compétition, dans l'ordre des intérêts de ma mère à propos de la vie.

Malgré mon désir de me retrouver seul, au plus vite, avec elle, je découvrais avec une curiosité indéfinissable ceux avec lesquels elle travaillait. Jean Kalfon était plus proche d'elle que tous ses collaborateurs ; le tutoiement qu'il s'autorisait vis-à-vis de ma mère m'agaçait profondément. Elle ne semblait pas s'en offusquer et les autres respectaient la liberté qu'il prenait avec elle et que j'avais peine à comprendre et à accepter. Il me convint de penser qu'elle écrivait et passait en fait la plupart de son temps éloignée de la maison d'édition et ses rapports avec elle n'étaient pas ceux d'un quotidien qui peut à la fois rapprocher ou bien imposer des réserves. Je m'inventais des explications qui convenaient à mes sentiments et me rassuraient mais il restait néanmoins, derrière tout cela, une sensation de malaise et d'inconnu.

Un couple de ce que je crus être de journalistes s'approcha de nous et Jean Kalfon nous pria de l'excuser quelques instants :

« Je vous retrouverai comme prévu ce soir au "Temps qui passe" vers vingt et une heures. Je suis désolé que vous ne puissiez pas vous joindre à nous Esther. J'espère que Laurence ne vous en tiendra pas rigueur ! Les femmes, parfois, m'étonnent dans leurs relationnels. Je dois vous laisser, ne m'en veuillez pas, c'était convenu avec nos amis de la presse. »

L'homme en blouson râpé sentait le tabac et son rasage datait de quelques jours. Sa chemise impeccablement blanche jurait avec la toison noire qui dépassait généreusement en dehors de son col de chemise entrouvert de trois boutons. Une cravate n'y aurait pas trouvé sa place et n'y avait sans doute jamais trouvé sa place. Elle aurait dérangé, et sans doute dérangeait-elle depuis pas mal de temps. C'était peut-être pour trouver la parade à un quelconque « classement » social, pour flirter, un jour de plus, avec l'hypocrisie, cette compagne accommodante qui se prête au jeu des familles, surtout quand il n'y en a pas autant que sept et que l'on peut vous en coller facilement une à la peau, à cause de ce que vous dites, de ce vous pouvez porter et de ce à quoi vous ressemblez le plus. Lui, semblait confondre apparences, ostentation, provocation, inconvenances et sortait donc avec toutes les petites cousines de la compagne en question. Sa chaîne d'imposants maillons d'or écrasait la fière pilosité, pesant au moins vingt cravates qu'un innocent textile aurait rêvé d'abriter. Le téléphone cellulaire accroché sur le devant de sa ceinture restait muet, en trêve de nouvelles, de grands titres, de colonnes à la une. Il ne pouvait cependant être réellement éteint. Cela aurait été comme si le cœur du poilu avait cessé de battre, comme si tous les tuyaux avaient été débranchés et que les spasmes espérés des informations dont il était en quête auraient pu ne plus avoir leur effet.

Comme son collègue, la jeune femme portait des jeans délavés. Ceux-là, au moins, moulaient de longues et élégantes jambes qui terminaient dans des santiags marron foncé profilées, comme le reste de son corps. Je l'excusais, elle, d'apparaître aussi différente des autres femmes. Sa différence, un peu provocatrice, lui allait tout de même plutôt bien.

« Jean y a droit aussi, mais il a l'expérience des interviews. Il m'a appris certaines attitudes à avoir. Je regrette de ne pas l'avoir rencontré plus tôt. J'aurais pu éviter quelques erreurs… » me glissa discrètement ma mère à mon oreille.

Esther Molène s'approcha de moi et me prit par le bras, s'intercalant, sans invitation, entre ma mère et moi. Eric Bardin (« Bardin, Bardin Éric, Éric tout court », s'était-il présenté quand ma mère avait eu le blocage sur son nom) ne put s'empêcher d'arborer un sourire que je ne sus vraiment interpréter, un sourire qui pour moi, toutefois, ne dégageait pas d'ondes de sympathie ; il connaissait bien Esther et ne fut pas surpris de son « hijacking ». J'étais méfiant à l'égard de tous ces gens étrangers et qui prétendaient, sans le dire vraiment, en savoir plus sur ma mère que moi-même. Des idées, des pensées pernicieuses et éphémères, rien de plus sans doute. Ou bien un simple débordement de jalousie passagère, un de ces accès si faciles, toujours prêt à rendre service quand on se sent démuni. L'absence de mes repères habituels lorsque j'étais avec elle me déstabilisait et m'obligeait à me mettre sur mes gardes. Un dédale d'interprétations sans doute, qui plus est, non fondées. Une sorte d'impression. Mais je n'étais, à cet instant, certain de rien, ni des autres, ni d'elle et encore moins de moi. J'étais certes devenu indépendant et pourtant, malgré la distance que j'avais prise par la force des choses, je me rapprochais d'elle, dans une relation désormais plus virtuelle que jamais, où se mêlaient méfiance, égoïsme, et ce rôle protecteur, qu'à mon tour, j'estimais devoir jouer. Tout cela faisait beaucoup à assumer et, quand le quotidien, mon quotidien, avait son flot d'aventures et d'expériences, j'oubliais ces rôles et les laissais s'échapper dans la force de l'eau de la vie, sans le remarquer vraiment, l'eau de la vie d'un jeune homme de mon âge.

« Je regrette sincèrement de ne pas pouvoir me joindre à vous ce soir, j'aurais tant aimé faire un peu plus connaissance avec vous, mon cher Alexandre. J'espère que nous aurons une autre occasion, prochainement. Passez une excellente soirée, Laurence. Je vous contacterai en début de semaine prochaine, il ne faut pas trop perdre de temps. Votre bouquin est et sera un énorme succès et il faudra, comme nous en avons déjà parlé, concrétiser son adaptation. Je vous laisse ma carte, Alexandre. Si vous repassez à Paris, passez-moi un coup de fil ou un email, je compte sur vous, j'aurai grand plaisir à vous revoir. Vous serez mon invité à déjeuner, ou mieux encore, à dîner, mon travail ne me laissant que peu de temps libre, quelques soirées seulement, mais je me libérerai, si besoin était de le faire. Ou bien alors n'ai-je que du temps libre que j'emploie à mon travail qui, de ce fait, n'en est pas vraiment un… »

Je ne savais que penser de cette femme, délibérément intrigante, avec une réputation qui se dessinait sur le regard des autres, au fil de ses paroles, une femme sans doute envieuse du succès de ma mère. Cela s'entendait. Je l'entendais. J'étais plus réceptif que la plupart ; plus sensible aussi peut-être à l'amertume, aux mots cinglants. À vrai dire, je ne l'appréciais déjà guère, bien qu'elle n'avait pas de relation privilégiée avec Laurence et ne retirait rien, en apparence, de ce qui est existait entre ma mère et moi. Je ne pouvais pas en dire autant de certains autres, et Jean Kalfon en faisait partie.

Laurence (c'était plus elle que ma mère, à cet instant), en m'entraînant vers un autre groupe d'invités, me glissa quelques mots au sujet d'Esther : « Je n'aime pas trop cette femme, mais elle connaît bien son métier. Elle sait tout plein de choses et a énormément de relations, ce qui n'a rien d'anormal, vu ce qu'elle fait. Je m'en méfie un peu. Fais de même Honey, si toutefois tu étais amené à la rencontrer à nouveau… Pour être sincère, j'espère que tu n'auras pas à croiser son chemin. »

Le message était simple. Tous ceux que ma mère m'avait adressés jusqu'alors avaient toujours été sans ambiguïté et j'avais l'intention de porter à celui-là le même intérêt et d'y accorder la même valeur. Ils avaient un peu changé de forme au fil du temps, devenant plus directs, sans artifice ni fioriture, mais peut-être fût-ce simplement moi qui grandissais et qui devenais plus sensible aux mots et aux réalités qu'ils exprimaient et que je comprenais de mieux en mieux. Son écriture avait dû sans doute changer aussi, indépendamment de l'évolution des attentes de ses lecteurs. Avec l'expérience des jeux de la syntaxe, celle du choix des mots, la connaissance des goûts, elle avait appris à toucher, émouvoir, surprendre également. J'étais un de ses lecteurs auditifs qui avait servi de toile de fond à l'enrichissement de sa façon de communiquer, sans que je le veuille et sans doute aussi sans qu'elle s'en aperçoive véritablement. Cela avait été un long processus travaillé que l'absence de son compagnon, plus que celle d'un mari, avait depuis tant d'années contraint à être efficace et compensatoire. Je ne savais ce qu'il en aurait été de toute cette construction si elle avait continué de vivre avec mon père, avec toutes les divergences que je ne cessais de découvrir à chaque fois que je le revoyais et à chaque instant que je consacrai à les imaginer ensemble. Tout semblait s'être réalisé comme si ma mère avait eu besoin de tout ce qui s'était créé autour d'elle pour devenir ce qu'elle était devenue. Cela allait au-delà de la simple expérience du bien et du mal, du bonheur ou du malheur. Une exploration du monde, au plus profond des abysses de l'inconnu des matières du cœur et de l'esprit où tout est à comprendre et à rechercher, où l'imagination n'est qu'une forme d'effet pour s'amuser des interprétations et véhiculer des idées.

Je n'étais pas surpris de sa mise en garde. Esther faisait partie du clan Kalfon depuis une dizaine d'années et avait su se faire apprécier et prouver des qualités relationnelles dont il était admiratif et grâce auxquelles il attendait d'elle un maximum de résultats. Ma mère en était consciente et savait qu'il ne lui apporterait rien d'émettre son propre avis en ce qui la concernait, en dépit de l'écoute qu'elle-même pouvait avoir auprès de Kalfon. Elle s'accommodait de la situation, malgré ses réticences et une méfiance que je n'avais pas encore de raisons particulières à trouver déraisonnables ou bien injustifiées. Pour ce qui était d'Esther Molène, il me paraissait peu probable de revoir cette femme, aucune raison en apparence ne me poussait à le penser. Elle savait beaucoup mais je n'avais pas le sentiment qu'elle détenait les réponses à mes propres interrogations.

Instinctivement, je desserrai mon nœud de cravate. C'était comme un étau pour mon larynx. Je souffrais de cet horrible sentiment, des nuits parfois, d'étouffer, ces rêves récurrents au cours desquels se mêlaient douleur, effroi, torture, suffocation. Il faisait terriblement chaud. Le haut plafond ne suffisait pas à absorber l'air chaud qui se dégageait de ces corps rassemblés ; les ventilateurs dorés tournaient sans conviction, balayant la lumière et les sons qui s'égaraient dans l'espace avide de clinquant et d'émotions.

« Pas encore Hon ! S'il te plaît. Tu es si élégant. Accorde-moi encore quelques instants cette image de toi, cette classe. Elle me flatte, tu sais... Tu as si bien réussi ton nœud et puis, pour une fois que nous sommes ensemble, parmi tous ces gens... Le nœud, d'ailleurs, c'est bien toi qu'il l'a fait, n'est-ce pas ? » Et elle me sourit, un peu malicieusement, serrant mon bras d'une si douce énergie.

« Très bien, maman, c'est bien parce que c'est toi, du moins je pense que c'est toi car tu m'apparais un peu différente de ce que j'ai l'habitude de voir... »

Je ne sais pas si elle entendit la fin. Un petit groupe de personnes l'avait invitée à le rejoindre. Daniéla Chaumont s'était séparée de son mari et avait également rejoint le groupe.

Ludovic Solisse et Marie-Christine Larivière racontaient comment ils avaient hésité à se lancer dans l'écriture à deux du « thriller » médiéval qui était sorti de chez Kalfon, en début d'année, comment l'idée leur était venue et les règles qu'ils s'étaient fixées pour cette aventure littéraire assez peu prisée. L'aventure n'avait pas dû être que littéraire. Leur façon d'intervenir, de se regarder, de s'écouter mutuellement ne laissait pas vraiment d'équivoque. Ils se connaissaient bien, très bien. Mais je ne voyais peut-être que ce que je voulais voir ; sept cent quarante-trois pages (ils insistaient sur ce chiffre pour je ne sais quelle raison, une sorte de chiffre fétiche, un message codé plein de signification et de souvenirs), sept cent quarante-trois pages donc d'histoire romancée et bien documentée, écrites à deux mains, ne pouvaient avoir conduit qu'à une bonne connaissance réciproque du cérébral qui avait manipulé justement chacune de ces mains, ou bien n'étaient-ce que la conséquence de cette connaissance, avec des conventions strictes de travail et des goûts et intérêts nécessairement partagés ? Les plaisirs d'alcôve n'y avaient peut-être pas, finalement, trouvé leur place ? Une simple et merveilleuse envie d'écrire à deux, écrire seulement et laisser les idées copuler et engendrer un bouquin à l'image de chacun, avec les traits qu'on lui veut, les sentiments, les silences, le temps, la fin et les défauts qu'on lui accorde. Si tel avait été le cas et qu'il n'avait laissé libre cours qu'à ses idées et qu'au sperme des lettres et des mots pour enfanter un tel pavé, je l'aurais sincèrement regretté pour lui car Marie-Christine Larivère générait quelque chose qui allait au-delà de son agréable parfum et de sa longue chevelure rousse, ce flot embrasé qui descendait sensuellement vers un corps absolument sans défaut. Je regrettai qu'elle ne m'invitât pas, elle, à la revoir ou bien qu'elle ne me laissât pas sa carte, pensant que Ludovic Solisse avait peut-être fait finalement le même constat, avant moi, sur cette femme et que sur les trois ans passés à écrire leur livre et à faire leurs recherches, une partie leur avait servi à ponctuer le temps et les chapitres, puis à vivre parallèlement, une autre histoire.

Ils saluèrent chaleureusement Laurence et Daniela me présenta :

« Marie Christine Larivière et Ludovic Solisse... Je vous présente Alexandre, le fils de Laurence. La face cachée de Laurence en quelque sorte...

— Je ne savais pas qu'il existait une face cachée. Enchanté*s* Alexandre. J'espère que vous avez hérité des dons de votre mère et peut-être vous consacrez vous déjà à l'écriture ? » reprit Solisse.

— J'ai sans doute hérité de plusieurs de ses qualités, du moins je l'espère, mais je n'ai jamais considéré de suivre sa passion et elle-même ne m'a pas vraiment incité à le faire. C'est sans doute moins populaire et moins excitant que d'écrire des bouquins, mais je suis dans le « commercial », le monde des affaires. Et je compte bien m'y épanouir !

— Un monde dur également et sans merci !

— Aussi sans doute, mais peut-être moins aléatoire. On est plus vite opérationnel, semble-t-il !

— Sans aucun doute, mais comme a dû vous le dire Laurence, l'écriture est une passion, une véritable passion. Beaucoup n'ont pas la patience de persévérer malgré tout. Il faut non seulement faire preuve d'une sorte d'excellence mais se trouver aussi sur le chemin de la chance.

— Maman m'a tenu un peu au dehors de son monde *à elle*. C'est un choix que je respecte et pour lequel je lui en suis reconnaissant. J'adore ce que je fais. Mais qui sait si je n'aurai pas des choses à écrire plus tard, à propos de ce que je prévois de faire, de ce que j'aurais aimé faire, de ce que la vie va me faire voir ; mais le moment n'est, en tous les cas, pas encore venu.

Marie Christine et Ludovic continuèrent de répondre aux questions, sans se faire prier. Ils répondaient même aux questions que l'on ne leur posait pas. De l'anticipation, une volonté d'évacuer ce qui les avait portés, de partager, de donner une image. Ils avaient dû faire le bonheur des émissions de télé, celui aussi des journalistes de la presse écrite. Le succès les portait encore, ils étaient jeunes et pleins d'avenir. Ensemble ou bien séparément, c'était difficile à dire. Un des deux avait sans doute ce qui ferait la différence et qui serait nécessaire à régir certains constats dont celui confirmant qu'il est plus difficile de se souvenir de deux noms que d'un seul. Malgré son indifférence vis-à-vis de moi qui avait le don de m'agacer quelque peu et sans doute très injustement, j'espérai toutefois que ce serait elle et non pas lui…

Le champagne continuait de couler généreusement, sans trop de restriction. Nous étions à Paris, dans Paris, et personne n'avait l'intention de quitter la capitale après la soirée qui s'annonçait bien remplie et longue, pour la plupart des gens présents, invités ou invitants.

Le brouhaha était devenu un grondement qui rendait les conversations encore plus inaudibles qu'elles ne l'étaient déjà aux premières minutes de mon arrivée et j'étais persuadé que beaucoup, dans cette ambiance somme toute assez décontractée et animée, s'ils avaient été interrogés sur la raison de leur présence à ce cocktail, auraient été bien en peine de répondre à la question. Je me souviens moi-même m'être demandé, à la suite de quelques flashs histiocytaires, aussi rares furent-ils, ce que je faisais dans cet endroit, plongé dans un entourage d'inconnus où je n'étais rien ou presque, où je passais moi-même pour un inconnu, malgré ma dégaine, ce genre de lieu où l'on cherche à s'accrocher à une connaissance pour se prouver que l'on existe et, pire encore, où l'on se sent obligé de se pincer pour matérialiser ces instants d'étrange dérive incontrôlée.

J'avais le sentiment d'avoir perdu mon identité. L'appel téléphonique dont je voulais parler à ma mère n'était sans doute pas étranger à cette désagréable sensation.

Malgré mes égarements dans cette bulle de temps et d'espace où nous nous trouvions tous agglutinés, malgré aussi toute cette sorte de frénésie verbale et de consommation d'alcool et d'amuse-gueules, et où, forcément, je me retrouvais entraîné, il ne m'échappait pas, quant à moi, que j'étais là aussi pour partager le bonheur de ma mère et de ceux qui travaillaient pour et avec elle.

Esther Molène repassa devant moi avant de partir et de quitter le salon de l'hôtel. Elle me sourit. Je lui souris en peine de ne savoir que faire d'autre. Certains commençaient aussi et enfin à partir, laissant derrière eux de précieux espaces pour se déplacer, autrement que les bras collés le long du corps. Madame Molène revint vers moi et m'adressa un autre « À très bientôt, Alexandre. Je serais déçue par un total silence de votre part... Bon séjour à Paris. Je dois y aller, excusez-moi ! ».

Je ne savais pas trop quel âge lui donner ; une quarantaine peut-être. Elle avait un air de Rita Hayworth, ce qui n'avait rien pour me déplaire. Un style qu'il lui convenait de se donner, un air qui avait pu avoir ses effets. Et qui pouvait encore en provoquer bien d'autres. J'avais un étrange pressentiment qu'ils pourraient m'atteindre et que je ne ferais rien contre pour m'y opposer, que je pourrais au contraire aller à leur devant, par plaisir et par besoin de savoir, de la vie, de la mienne, de la sienne sans doute et avant tout, celle de Laurence Martin.

Ma mère continua de répondre aux sollicitations des uns et des autres, ceux qui tardaient à partir, ceux pour lesquels le temps ne comptait pas, ceux pour lesquels le temps n'est qu'un tout indéfinissable, sans coupures, sans découpages en secondes, minutes, heures et journées. Ce temps où la nuit poursuit le jour qui lui-même poursuit la nuit. Ce même temps qui est un refuge et qui fait de tous les endroits un chez-soi permanent. Pas de ces endroits sordides où l'on crève de froid et de faim l'hiver. Celui où je me trouvais appartenait à un monde artificiel mais confortable où l'errance n'était pas la même. Tant mieux, après tout, me disais-je, pour tous ces gens aux besoins superflus. Ils profitaient et faisaient profiter, certains plus que d'autres certes, mais je découvrais un univers grouillant de titres et d'activités dont je n'avais guère d'idées auparavant. Où certains écrivent et d'autres découvrent puis décident des plaisirs à faire passer et à faire partager, transformant les manuscrits uniques en copies alignées dans les rayons de librairies. Tout cela prend du temps, ce temps qui durait cette soirée et dépassait l'étalonnage qu'on en avait décidé. Et c'est ainsi, que, plus l'heure avançait et plus je me rendais compte qu'il m'en restait de moins en moins pour parler enfin avec ma mère, seul à seule.

Avant de partir au « Temps qui passe », maman me proposa enfin de prendre un verre – c'était plus un prétexte qu'une nécessité de reprendre un autre verre – dont je n'avais rien à faire, ni elle non plus d'ailleurs – dans le bar de l'hôtel où d'autres déjà, des visages qu'il me semblait reconnaître, s'étaient attablés comme dans un refuge d'altitudes et de sommets littéraires où les vertiges des succès peuvent étonnamment indisposer, de différentes façons.

Je crus un instant que nous ne resterions pas et qu'il nous faudrait chercher un autre endroit tant il y avait du monde, là aussi. Un couple nous remarqua entrer et dut ressentir mon impatience à m'installer quelque part, de nous réfugier ma mère et moi, enfin, et de disposer d'un moment sinon d'intimité, d'une sorte d'éloignement de cette foule vorace et envahissante. Nous regardions tout autour de nous, espérant voir une table se libérer. Un homme me fit un signe en levant la main, discrètement, comme pour marquer une sorte de complicité entre nous et, quand je pris ma mère par le bras pour l'entraîner vers eux, ils se levèrent ensemble pour nous permettre de nous *retrouver*. Je pensai qu'il avait reconnu ma mère, il la dévisageait et son propre visage s'était illuminé d'un plaisir dû à elle, au simple fait de la voir, de lui offrir ce havre de paix. Les fauteuils étaient encore chauds de leurs corps. Instinctivement, je pris celui que la jeune femme occupait, ma mère ne remarqua pas ce choix ou bien alors cacha-t-elle son amusement. J'étais jeune, mais j'avais déjà accumulé bien des réflexes et d'attitudes parfois curieuses qui, bien souvent, m'étonnaient. C'était étrange de voir mes propres habitudes se prendre, pensai-je, qu'elles fussent bonnes ou mauvaises. Certaines me collaient déjà sérieusement à la peau, mais je les supportais mieux que la cravate et le costume dont je m'étais affublé ce jour-là. Elles faisaient partie de moi, ne dérangeaient personne, puisqu'apparemment on ne m'en avait pas fait les remarques, du moins pas encore. D'autres, j'avais peut-être à m'en méfier, à apprendre à les contrôler, avant qu'il fût trop tard et que les gens que je fréquentais m'eussent classé parmi les individus à éviter ou bien même les parias, ou bien même les deux, pour autant qu'ils différaient les uns des autres.

Un billet de vingt euros se défroissait dans une soucoupe décorée du logo de l'hôtel, attendant d'être récupéré, avec d'autres pièces de monnaie, par une des serveuses qui bougeaient comme des abeilles dans une ruche surchauffée.
Elle hésita à les prendre avant d'entendre notre commande. « Deux Perrier, s'il vous plaît, avec des tranches de citron, si c'est possible ! » C'était aussi une de nos habitudes partagées de prendre cette boisson quand ni l'heure ni l'envie ne nous apportaient un semblant d'originalité ou bien de besoin particulier. Cette dérobade à décider n'était vraiment pas un trait de ma mère, ni même de moi, qui aimions toujours avancer, mais elle nous servait tout simplement à court-circuiter cette futilité de choix sans importance, à passer à autre chose pour laquelle nous réservions notre énergie. Une simple habitude, car c'en était une, qui ne faisait de nous ni des bons, ni des mauvais et, conscients du fait, nous n'avions pas trouvé la nécessité d'en changer, mais surtout d'en sourire.
La serveuse ramassa adroitement les verres du couple précédent, puis le pichet à eau et plaça le tout sur son plateau. La soucoupe en dernier. Un ordre personnel méticuleux ou bien des souvenirs de formation de service en bar, c'était difficile à dire mais elle faisait son travail avec efficacité, et même avec un certain plaisir. Elle donna un coup de torchon humide avec un exercice d'équilibriste que ma mère regarda avec concentration. Je remarquai l'agréable odeur déplacée par l'agitation calculée du torchon. C'était autre chose que celle des éponges et des surfaces de tables en formica des cafés de quartier où l'on ne trouve pas le temps de changer l'eau

croupissante, pas le temps, pas l'intérêt, et où l'intention est là, sans plus, sans justifier plus d'action. Portant son regard vers moi, maman sembla vouloir me dire : « Tu vois, elle sera peut-être l'un de mes personnages dans mon prochain bouquin. Comme je le disais tout à l'heure, je ne peux m'empêcher de regarder, d'écouter, de deviner, d'inventer, quel que puisse être l'endroit où je me trouve, quel que soit le moment. Je m'imprègne de tout ce qui s'agite autour de moi et puis je l'écris ». Je répondis à son regard et à son silence de mots par un sourire qui, pour elle, comme bien souvent, était sans équivoque. Je la comprenais. C'était si facile entre nous, cela avait été si facile jusqu'à présent. Pourquoi fallait-il que maintenant, il en soit autrement ? Pourquoi fallait-il que j'entreprenne de savoir plus qu'il me suffisait de connaître déjà ? Mais il y avait eu cet appel téléphonique. Sans lui, je n'aurais peut-être pas succombé à la tentation. Ce n'était pas une tentation comme les autres. Plus un vide en moi que je devais avoir depuis très longtemps et avec lequel j'avais peut-être toujours vécu, depuis ma naissance, depuis toujours. J'avais toujours trouvé les moyens pour l'oublier et je crois que, tant bien que mal, j'avais réussi à vivre avec et à lui trouver la place qu'il méritait d'avoir. Il m'arrivait même de m'étonner d'y repenser parfois, sans raisons véritables et à des moments les plus inattendus, les plus inappropriés, quand les rares moments de solitude se mettaient eux aussi à m'étourdir.

La serveuse revint vers nous avec les deux grands verres reconnaissables. Les tranches de citron y prenaient leur jacuzzi. Elle les déposa devant nous, sur des rondelles cartonnées assorties, puis quelques biscuits salés. La soucoupe de la note trouva sa place en dernier, devant moi. Dernière à arriver, dernière à repartir. Elle ajouta un bref « Et voilà ! » puis se dirigea vers une autre table.

Dans la lumière tamisée du bar, ma mère me paraissait encore plus belle. Les quelques faiblesses de la peau de son visage étaient estompées par la douceur diffuse de l'éclairage.

Elle était belle à regarder. Cela me rendait heureux de le faire et il me semblait qu'il fallait faire le plein de son image, de son charme et de tout ce qu'elle dégageait. Pourtant, je ne pouvais renoncer à ce dont j'avais l'intention de lui révéler. Je me serais accommodé d'un peu de lâcheté un jour comme celui-là car c'était le sien que, pour presque la première fois, elle me conviait vraiment à partager.

« Je me demandais s'ils allaient enfin se décider à partir et à nous laisser en paix, nous laisser surtout un peu de temps !

— Ce n'est pas une journée comme les autres, Honey. J'ai hésité avant de te proposer de venir.

— Pourquoi ?

— Parce que je savais que l'on ne nous laisserait pas vraiment l'opportunité d'être seuls, tous les deux et que tu pourrais te sentir éloigné de moi. D'un autre côté, je pensais aussi qu'il était temps que tu partages un peu plus de ma vie, l'autre, celle dont je t'ai tenu écarté.

— Était-ce vraiment nécessaire ?

— Je ne sais pas vraiment. Tu es la personne qui compte le plus pour moi. Peut-être ne te l'ai-je pas fait suffisamment comprendre ?

— Tu as déjà tous ces gens pour partager… Cette autre vie… N'est-ce pas suffisant aussi ?

— Certains d'entre eux comptent plus que d'autres, sans doute, mais aucun n'est en compétition avec toi.

— J'avais, je crois, l'exclusivité pour l'autre partie de toi. Ça me suffisait, maman.

— Celle-là aussi, surtout celle-là, c'est vrai. Mais le temps passe, Alexandre, et tout ce qui contribuera à nous réunir, nous rapprocher, d'une façon ou d'une autre, à te voir, quelques heures, quelques minutes, j'ai bien l'intention de ne pas le laisser passer et d'en profiter, pour toi, comme pour moi.

— Que veux-tu dire ?

— Tout simplement que tu mènes ta propre vie depuis quelque temps déjà et que je te vois moins qu'avant... C'est normal et c'est la vie.

— Avant ! Tu veux dire quand tu ne m'appelais jamais par mon prénom ?

— Si tu veux. Tu restes toujours mon Honey, rien n'a vraiment changé. Enfin, presque rien. La soirée m'a contrainte à une certaine "formalité". C'est un peu inévitable. Je ne m'expose pas trop, tout du moins autant que je peux le faire. Et tu sais très bien ce que je veux dire. Tu...

— Tu veux dire que tu ne "*m*'" exposes pas trop !

— C'est un peu cela aussi, forcément.

— Tu me protèges toujours ?

— Je *nous* protège, toi bien sûr, moi aussi, et...

— Et ?

— Et... personne d'autre en particulier.

— Mon père aussi, peut-être ?

— Peut-être.

— Il n'a pas l'air d'en avoir besoin pourtant ?

— On pense toujours être très forts, presque intouchables, mais on est vulnérables.

— Tu ne m'as jamais donné l'impression que tu l'étais toi, vulnérable.

— Tu as raison de parler d'impression. Je suis vulnérable, comme tout le monde. Et je le suis encore plus depuis que l'on parle de moi, depuis que l'on s'intéresse à moi. Un peu trop à mon goût mais c'est un des prix à payer je présume.
— Depuis que tu es Laurence Martin ?
— Depuis que je suis Laurence Martin !
— Peut-être aussi depuis que tu n'es plus Laurence Legrand ?
— J'ai été à la fois, je veux dire en même temps, Laurence Legrand et Laurence Martin, Honey. Je t'ai expliqué tout cela, après que tu aies rencontré Jean à Bordeaux. Tu avais insisté pour comprendre, pour savoir ; je pensais qu'il était temps que tu en saches un peu plus. Le temps était venu de le faire. De commencer sérieusement à le faire.
— Je crois me souvenir que je t'avais demandé pourquoi tu avais choisi le nom de Martin et que tu n'avais pas repris ton nom de jeune fille, comme cela se fait pour les femmes après les divorces.
— C'était une partie de tes interrogations du moment, effectivement.
— Tu n'as toujours pas répondu à celle-là !
— Laquelle ?
— Pourquoi Martin ?
— J'aimais bien ce nom à l'époque. Un nom banal, facile à retenir. Et je voulais qu'il commence par M. Je voulais que les initiales soient LM.
— L comme Laurence, soit, mais pourquoi M ?
— Alexandre... Pourquoi ai-je voulu que tu t'appelles Alexandre ? Il n'y a pas de raison particulière. Il n'y a pas de raison et d'explication pour tout, vraiment pas. Heureusement Honey, car cela permet à l'imagination de fonctionner,

autrement la vie serait trop fade, sans initiative, trop aseptisée. Il n'y aurait peut-être même pas d'écrivains ? Tu imagines ta mère sans histoires à raconter ? C'est vrai qu'il aurait été plus facile de reprendre mon nom de jeune fille. Administrativement parlant. Mais il n'aurait plus correspondu à ce que j'étais devenue. La petite fille ou la très jeune fille avait grandi, avec son expérience. Je tenais à changer, tourner la page – tu vois, j'ai du mal à ne pas faire allusion aux bouquins, à mettre la vie en parallèle avec eux ! Bouquins de vies, pages de vie que l'on tourne.

— Un jour, tu seras peut-être un peu moins secrète.

— Un jour peut-être. Je te dirai tout ce que je ne sais pas moi-même. Il faudra m'aider Alexandre à trouver toutes les réponses aux questions que tu te poses. Quant à celles que je me pose moi-même…

— On peut commencer un peu maintenant alors, juste un peu, et je vais d'ailleurs te donner un premier indice. C'est pour cela que je suis… »

Elle ne me laissa pas terminer. Se redressant sur son fauteuil, elle avança sa main vers moi, comme pour m'inviter à ne plus insister. Elle semblait agacée, fatiguée sans doute. Je ne l'avais jamais vraiment sentie en perdition, mal à l'aise, comme elle m'en donnait le sentiment à cet instant. Je m'en voulais un peu de ne penser qu'à moi, de casser l'euphorie de cette journée à laquelle elle m'avait convié, de lui imposer cette conversation maintenant. J'aurais dû attendre deux ou trois jours, puis l'appeler au téléphone, quand elle serait plus disponible. Échappant ainsi à un face-à-face inhabituel entre nous, elle aurait eu la possibilité de cacher son trouble, de trouver la parade pour conserver ses secrets, son secret, ce que je m'imaginais nous éloignait un peu l'un de l'autre. Un secret, s'il y en avait un… Il m'aurait fallu continuer de vivre quelques jours encore avec ce tourment qui s'était installé en moi. Quelques jours, ou bien quelques semaines, quelques mois peut-être même et je ne me sentais pas ce courage-là. Quelle différence pourtant cela aurait-il fait après tout ? Ce n'était qu'un prix à payer pour l'épargner, aujourd'hui surtout, demain encore et après. J'aurais voulu, moi aussi, à mon tour, ne pas l'exposer, la laisser en dehors de tout cela comme elle avait dû le faire bien souvent avec moi, mais il me fallait savoir, comprendre. J'avais eu mes vingt-trois ans en mars dernier, et c'était comme si au bout de mes deux cent soixante-seize mois d'existence, mon chemin s'orientait enfin, que le voile qui m'avait enveloppé jusqu'alors pourrait enfin se lever. Je n'étais pas certain des raisons qui m'animaient dans cette quête incertaine. Il n'y avait peut-être rien à trouver. L'incertitude est rassurante en elle-même, elle donne le courage d'avancer, de voir un peu plus loin, sans s'inquiéter d'un quelconque passé inconvenable. Ma mère avait raison, il n'y a pas d'explications à tout, pas de certitudes de trouver les réponses aux questions que l'on se pose. C'est cela la vie, avec ses contradictions, ses incohérences, ses défis, ses incompréhensions et, pour ceux qui comme moi sont convaincus de l'existence d'explications : sa vérité. Des vérités elle savait inventer des histoires ; de mon histoire, de l'invention de ce que je croyais être, je voulais quant à moi trouver une vérité et l'absence de conviction m'enhardissait hasardeusement. Elle continua, calmement :

— Est-ce bien le moment, Alexandre ? Je ne t'ai pas vu depuis quelques semaines. Tu vas commencer ton stage dans trois semaines et tu vas partir avant cela quelques jours chez Maria. Et plus que tout, je t'ouvre ma porte aujourd'hui, celle que tu as rarement franchie, celle qui donne sur le monde qui me passionne, celle de l'autre Laurence. Comme je viens de te le dire, j'ai hésité, avant, à le faire. Je ne veux pas penser avoir commis une erreur. Surtout pas. Je suis tellement heureuse que tu sois avec moi aujourd'hui. Je me suis accommodée d'absences suffisamment longtemps Honey.

— Il ne faut pas m'en vouloir. Accorde-moi que tout cela est bien étrange. Cette avalanche soudaine de secrets dévoilés...

— Avalanche est un bien grand mot !

— Cette Esther Molène. Ses allusions à tes relations avec la Presse. Ses allusions au passé que tu représentes pour moi, au futur, à mon avenir que tu m'as construit. Sait-elle des choses que d'autres ne savent pas ou bien ne veulent pas évoquer devant moi ?

— Esther sait tout plein de choses. C'est son boulot avant tout ; et cela... ajouté à une certaine, comment dirai-je... une certaine malice à manipuler les histoires, exagérer les faits, tenir compte un peu trop des ragots et potins du milieu.

— Y a-t-il des choses que l'on dit de toi, au sein de l'assemblée de cet après-midi ?

— On parle, oui, on parle.

— Avec ou sans raison ?

— Il y a toujours des raisons de parler de quelqu'un. Je ne laisse pas indifférente. À force de vouloir trop cacher, on suscite des curiosités. C'est difficile de faire taire. La meilleure chose est de laisser dire et d'attendre.

— Attendre que le *bruit* s'estompe ?

— C'est un peu cela.

— N'y a-t-il pas cependant une part de vérité dans ce que disent les gens ?

— Ils ont au minimum une chance sur deux d'avoir raison.

87

— Elle, si bien informée, comme tu le reconnais, ne peut-elle pas avoir totalement raison ?
— Certains peuvent voir juste, effectivement.
— Tu veux dire que...
— Je ne veux rien dire du tout, Hon. Je ne sais pas vraiment ce qu'elle insinue. Elle traduit à sa façon ce que j'ai pu dire, ce que l'on a pu extirper de moi dans les interviews. C'est assez facile d'amorcer ainsi des réponses, espérant ouvrir une brèche dans la discrétion et la confidentialité auxquelles je suis très attachée.
— On ne respecte pas ces valeurs, *tes* valeurs ?
— Pas dans mon cas, apparemment. Pas dans ce milieu.
— Et tu en souffres ?
— Oui et non. Oui parce que je ne suis pas la seule qui risque de subir les mauvais effets, et non parce que je me considère, suffisamment, comme forte pour le supporter et que, pour moi-même, je me moque très sincèrement de ce que l'on peut dire de moi.
— À cause de nous, on revient toujours un peu à cela ?
— Oui, c'est un peu cela mais je ne dirais pas à *cause de vous*.
— Que faut-il dire alors ?
— Que c'est *grâce à toi* que je réagis, que je réponds aux insinuations, que je suis une femme qui défend sa vie et fait respecter ce à quoi elle est attachée.
— Grâce à papa et à moi, tu veux dire !
— Oui...
— À quoi bon cette volonté d'intriguer, de tirer des conclusions sans véritable fondement ?
— Un plaisir certain, je présume. Il faudrait leur demander, à ces gens.
— À Esther...

— Elle aussi donc. Je ne sais pas vraiment jusqu'où elle est capable d'aller…

— Jusqu'à nuire à quelqu'un ?

— Je ne sais pas mais je crois qu'elle pourrait en être capable si certains la « dérangeaient », étaient une menace pour elle. J'ai besoin d'elle, elle a besoin de moi. On fait en sorte de s'entendre et de travailler d'une façon constructive. Et de ce fait, je ne la dérange pas. À ce qu'il me semble mais le sais-je vraiment ?

— Et Jean l'apprécie.

— Il aurait tort de ne pas l'apprécier.

— Ils couchent ensemble ?

— C'est leur affaire. Jean a du charme, elle aussi. Ils sont libres tous les deux et quand bien même… Tout cela n'a pas d'intérêt vraiment. Elle a voulu « accrocher » ton attention. C'est sa façon de faire. Et puis, elle ne serait pas la première à qui tu fais tourner la tête.

— Je la sens capable de faire la même chose. Mais je suis un peu jeune pour elle et pas vraiment libre.

— Je ne pense pas que ce serait un problème pour elle. Si tu permets, rappelle-toi ce que je t'ai dit à son sujet. Il est sage de garder ses distances avec elle. Moi-même je le fais mais c'est pour les raisons que je viens de t'expliquer. En dehors du contexte du travail, de l'Édition, je n'ai peut-être pas autant que toi à perdre. Elle ne peut pas interférer dans ma vie personnelle, pas autant que dans la tienne, en tous les cas.

— Elle semble assez incontournable dans la maison, n'est-il pas vrai ? Quoi qu'il en soit, il me paraît assez peu probable que j'aurai à faire avec elle, maman.

— C'est juste au cas où …

— Maman, avant que nous rejoignions tout ton petit monde Kalfon, j'ai peur en effet de n'avoir demain matin ni le temps ni le courage peut-être de t'en parler mais il faut que tu saches que j'ai reçu un étrange appel téléphonique, il y a deux semaines. Et si tu ne m'accordes pas le mot d'*avalanche*, comme tu l'as fait tout à l'heure, il faudra que tu m'expliques comment tout cela peut s'appeler.

— Quel coup de fil ?

— Un coup de fil comme on les aime, ceux qui te secouent comme des séismes auxquels on ne s'attend pas, ceux que tu aimerais associer à tes doses normales de cauchemars, les vrais cauchemars et qui, en fait, n'en sont pas. Un vrai coup de fil, anonyme bien sûr. Tu espères que c'est un cinglé ou une folle qui t'appelle, c'est ce que j'ai essayé de faire. Mais quand j'entends ce que j'ai entendu aujourd'hui ici, tu comprendras que j'ai encore plus de raison de m'inquiéter et de me poser des questions.

— Tu n'as pas reconnu la voix ? Le numéro de téléphone ?

— Une voix de femme, visiblement modifiée. Le numéro ne s'est pas affiché. Cependant, elle connaissait mon numéro de cellulaire.

— Tout plein de gens ont connaissance de ton numéro, ce n'est pas difficile de l'avoir. Qu'a-t-elle dit ?

— Tout simplement, maman, « que je devais fouiller un peu mon passé et que je n'étais pas celui que tout le monde pense que je suis... Que je devais chercher la vérité ! »

— Qu'a-t-elle dit d'autre ?

— Qu'elle « pourrait m'aider si je le voulais... » Rien de plus et elle a raccroché.

— Je suis désolée qu'elle ait pu te perturber avec ses divagations. Je crois qu'il faut t'empresser d'oublier tout cela

90

rapidement Alexandre. Il doit s'agir d'une personne un peu perturbée, très perturbée, comme il y en a, plus qu'on le pense, en mal d'affection ou de reconnaissance. Je ne sais pas vraiment quoi te dire pour te rassurer. Ta vie Alexandre est celle d'un garçon de vingt-trois qui a été élevé par sa mère, aussi bien qu'elle ait pu le faire, et qui a subi les effets de la séparation de ses parents, passant un peu de son temps chez son père, et un peu plus avec sa mère. En dehors de cela...

— Mais pas des parents vraiment comme les autres !

— Des parents sont des parents, quand ils aiment leurs enfants, séparés ou pas, avec leurs différences, les différences qui les font souvent d'ailleurs se séparer quand ils les découvrent, quand ils découvrent l'importance qu'elles représentent et que le reste ne semble plus suffisamment important. J'avais mon travail, il avait le sien, chacun avec nos engagements, et malgré tout quelque chose qui a continué de nous lier, de nous faire regarder dans une même direction, quelque chose malgré tout, toujours en commun, quelqu'un : toi !

— Que devrais-je faire alors ? Tu avoueras que c'est, pour le moins, très étrange.

— Je viens de te le dire. Essaie d'oublier. Je sais que ce n'est pas facile. J'ai eu des coups de fil un peu étranges aussi, il y a quelques années. Ce n'est pas agréable, voire inquiétant. Il faut en parler comme tu le fais.

— Tu l'avais fait avec papa ?

— Quoi ? Fait quoi ?

— En parler à papa...

— Non, nous n'étions déjà plus ensemble. Je m'étais confié à un ami, mais cela revient au même. Il ne faut pas garder cela pour soi. Tu verras qu'il s'agissait d'une désaxée d'un soir, en

91

proie à un excès d'alcool ou à une déprime d'âme en peine. Tu me diras, Hon, si elle revient à la charge. Il y a toujours des moyens de faire localiser les appels, si toutefois cela devenait nécessaire.
— Mais ces quelques mots. Ceux d'Esther. Ne trouves-tu pas que...
— Une coïncidence, rien de plus. Esther n'est pas aussi diabolique que cela. Déjà, je ne vois pas comment elle aurait eu connaissance de ton numéro de téléphone, même si, encore une fois, n'importe qui peut obtenir un tel renseignement. Je ne vois pas l'intérêt d'une telle démarche. Et puis ce n'est pas elle, ce n'est pas son genre. Esther dit ce qu'elle a à dire quand elle a envie de le faire et c'est pour moi une qualité. Ce n'est pas son style, je t'assure. Nous n'avons pas de différend. Oublie cela, oublie cet appel Alexandre. Et oublie-la, elle aussi, pour cette raison et toutes les autres raisons dont je viens de te parler...
— Tu ne sembles pas étonnée de ce coup de fil ?
— Bien sûr que si. Ce n'est pas le meilleur moment pour avoir affaire avec cela...
— Y a-t-il de bons moments ?
— Ce n'est pas ce que je veux dire. Tu as reçu cet appel, tu viens ici un peu plus tard et tu rencontres tous ces gens qui, pour la plupart, te découvrent et font des commentaires. Je comprends que tu puisses faire des rapprochements.
— J'étais inquiet, avant même de les rencontrer, maman !
— Oui, mais cela aurait été plus facile d'oublier, rapidement.
— S'il ne s'agit pas d'une personne perturbée mais quelqu'un qui veut délibérément me nuire, nous nuire, elle a bien réussi son coup.

— Encore fallait-il qu'elle sache que tu viendrais ici, à Paris...

— S'il s'agit d'une personne de ton *entourage* parisien, il n'y avait rien de plus facile. Tu avais dû dire que je serais ici, non ?

— Oui je l'avais dit, à certains.

— Tu vois bien.

— Tu parles de mon entourage *parisien*, comme s'il s'agissait d'un monde hostile.

— Je ne le connais pas bien et on redoute un peu ce que l'on ne connaît pas bien.

— C'est sans doute cela.

— Tu as peut-être trop tardé à me le présenter. Je m'y serais familiarisé.

— Il nous aurait dévoré nos années de sérénité peut-être. J'ai fait ce que je pensais être le mieux. Il ne faut pas avoir peur de ce monde-là, Honey. Sans lui, je ne serais sans doute pas ce que je suis.

— L'autre personne.

— L'autre personne, si tu veux. Mais comprends bien que j'ai toujours fait en sorte que...

— Je sais, maman, je te demande de me pardonner. Je dois mal m'exprimer. Je ne voulais pas t'offenser.

— Bien sûr que non. Bien sûr que non. Tu t'exprimes parfaitement bien et je comprends ton tourment. Ce sont des tourments qui peuvent inspirer...

— Maman, toi et tes histoires !

— C'est bien que tu parles d'histoires. Ce ne sont parfois que des histoires.

— Mais un véritable coup de fil.

— Oui, en effet... Tu me diras, s'il y en a d'autres ? Promis ?
— Je te promets.
— Tu en as parlé à d'autres personnes, à Maria ?
— Pas même à Maria !
— Tu n'as pas l'intention de la mettre dans la confidence ?
— Non, pas vraiment. C'est quelque chose qui *nous* concerne et personne d'autre.
— Tu as raison. D'où ta promesse à tenir.
— Je la tiendrai. Mais j'espère que...
— Qu'il n'y en aura pas d'autres. Et tu verras qu'il n'y en aura pas d'autres.
— J'espère sincèrement que tu dis vrai.
— Je l'espère aussi.

Elle avait retrouvé son calme habituel, presque rassurant.

Le sujet de conversation tourna donc court, un peu trop court à mon goût. Je m'attendais, sans doute à tort, à plus de compassion, plus d'intérêt et de réflexion à ce qui malgré tout, depuis quelque temps, taraudait la tranquillité que j'aspirais à gagner définitivement, par le jeu de certains détachements, la décoction d'axiomes qui n'attendaient qu'à être cueillis et que j'avais sans doute trop ignorés jusqu'alors. Laurence me demanda alors comment notre relation se passait, comment Maria voyait sinon l'avenir, les mois à venir, avec moi, les études, ce que nous aimions le plus partager, la liberté que nous nous donnions l'un et l'autre, si elle venait passer Noël avec nous, dans l'Est. Avec le froid du dehors, les arbres blanchis par les givres et courbés sous les tombées de neige de plomb. Et chez nous, au-dedans, auprès du crépitement du feu de bois et dans la chaleur de nos conversations et du croisement de leurs mots.

Ma mère n'avait pas considéré mes conquêtes précédentes très sérieuses et ne voulait pas leur attacher trop d'importance, ne pas succomber, comme beaucoup de mères, à une curiosité déplacée et malsaine. Elles avaient pourtant été assez nombreuses, ou tout simplement raisonnables pour un garçon de mon âge, un garçon que la nature, en plus, n'avait pas injustement traité. Mais j'avais gardé une sorte d'indépendance qui lui convenait et me convenait. Avec Maria, c'était autre chose. Ma mère s'aperçut très vite de la différence de relation quand mes visites pour la voir s'espacèrent, quand mes appels téléphoniques devinrent plus rares eux aussi, moins réguliers. À cela aussi, elle s'était préparée mais elle voulait toutefois en savoir un peu plus sur celle qui s'était immiscée plus sérieusement entre nous. Préparée sans doute, tout en espérant être bien en avance par rapport au jour où le besoin s'inviterait.

Vingt-trois ans. Je n'étais pas vraiment certain qu'elle réalisait le temps qui s'était passé depuis que sa vie avait basculé, depuis que j'étais devenu un chapitre important de son passé, de son existence, de ce qui avait été pour elle, le plus important. Elle en prit pleinement conscience aussitôt qu'elle vint me voir à nos matchs de rugby. J'avais déjà mon public et sa découverte ne fit que confirmer la raison de sa crainte, celle de me voir m'éloigner d'elle, trop tôt, bien trop tôt pour elle. Elle y faisait allusion de temps à autre, dans nos moments les plus intimes, quand nous étions vraiment proches, que rien au monde menaçait d'altérer notre complicité, pas même l'illusion patente d'absence de tout mensonge de notre monde en question.

Maria avait prévu de retrouver ses parents à l'île Maurice pour le Nouvel An, peut-être même pour Noël si toutefois je me décidais à partir avec elle. Je n'avais pas encore décidé. Maria était convaincue du contraire et savait que ma décision de passer

Noël à Charleville-Mézières était déjà prise. Je ne voulais pas rompre déjà cette habitude, plus encore ce bonheur qui l'était aussi bien pour moi que pour ma mère. Je ne savais d'ailleurs pas si je serais, un jour, capable de le faire, sans état d'âme, sans un quelconque regret. Était-ce cela devenir vraiment adulte quand plus rien de votre passé ne vous impose un minimum de contrainte ou la moindre nostalgie, quand tout ce qui était important finit par s'éloigner des référentiels de votre vie ? Quand « l'actuel » devient omniprésent et vous frappe d'amnésie de complaisance ? Je n'en étais pas capable en tous les cas, ni pour moi ni pour elle. Pas encore et j'espérais, peut-être inutilement, que je ne le serais jamais et qu'elle-même tant qu'elle vivrait, ne montrerait aucun signe de lassitude et d'ennui pour ces moments engorgés de véritable bonheur partagé.

Noël, pourtant, ne signifiait pas pour moi des parents réunis avec leurs enfants, comme pour la plupart des familles. J'étais enfant unique. Mon père avait accepté la convenance de Noël qui semblait lui coûter un peu, à ce qu'il disait, sans animosité, lorsqu'il sentait que j'étais sur le point de lui poser la question de savoir s'il ne serait pas trop déçu de ne pas me voir pour les fêtes de fin d'année. J'espérais qu'il disait la vérité, j'espérais sincèrement. Tant que je fus un enfant, ses cadeaux importaient, hélas, plus que tout. Et ses cartes de Noël que je plaçais sur la cheminée.

« Mon cher Alex,

Encore une autre année vient de se passer. Je n'aurai pas le bonheur, encore une fois de passer Noël avec toi. Tu me manqueras, comme toujours... Mais je comprends bien. Parfaitement bien. Tu es bien chez ta maman. Avec tes habitudes. Tu l'embrasseras d'ailleurs très fort, ta maman, pour moi...

Ton père »

C'était toujours les mêmes mots, presque la même ponctuation, comme s'il avait écrit les cartes en avance, pour dix ou quinze ans. Il y rajoutait souvent aussi un semblant de lettre, quelques mots, mais à part, une brève note où il faisait allusion à ce que nous avions fait ensemble, pendant mes séjours chez lui, un peu de ce qu'il faisait de sa vie (mais il restait assez discret) et surtout à ce qu'il avait l'intention de faire au cours de l'année à venir, à ce qu'il me réservait pendant mes prochaines visites. C'était toujours un peu inhabituel et excentrique mais il voulait rattraper exagérément un temps perdu qui n'avait de perdu que la différence de valeur des autres regagnés. Ma mère n'avait jamais osé dire que j'avais de la chance en lisant avec moi les programmes proposés et se contentait de quelques banalités forcées que j'essayais d'interpréter à ma façon. Je lui répondais et lui envoyais également une carte pour l'occasion et sans doute, moi-même aurais-je pu aussi les écrire d'avance pour quelques années. À celles que j'étais à même d'écrire et dont ma mère toutefois voulait vérifier l'absence de fautes, je rajoutais toujours, sans qu'elle le sache : « Maman t'embrasse. » J'ai espéré longtemps qu'un jour peut-être... Mais ce jour n'est jamais arrivé. Malgré leurs silences l'un envers l'autre et leur volonté de paraître comme de vieux amis séparés, ils ne s'aimaient définitivement plus. Et il m'arriva parfois de penser que je pouvais en être la cause. Plus encore aujourd'hui.

Comme je m'y étais attendu, elle ne me posa pas la question. Elle savait elle aussi. Je n'eus pas à lui dire non plus que je pourrais les rejoindre pour le jour de l'an, Maria et ses parents. L'idée avait pris un peu de temps à s'installer dans mon esprit mais depuis quelques jours, malgré la relative urgence de se préparer à un tel voyage, je reculais dans le projet avec un « peut-être » qui avait tout d'un prédateur de décision. Maman me proposa de m'offrir le billet d'avion, pensant que mon hésitation, qu'elle avait remarquée, venait peut-être du fait que je pouvais avoir une gêne passagère dans mes propres finances. J'avais travaillé plusieurs étés consécutifs et m'étais construit un petit matelas d'argent raisonnable qui me donnait une réelle impression d'indépendance et dont j'étais très fier. Sans compter l'argent de poche que généreusement elle m'avait donné régulièrement et celui que, d'une façon plus aléatoire, mon père lui aussi tenait à me remettre quand je lui rendais visite, dans la maison qu'était celle de la famille, où il avait continué à vivre après notre départ...

Je revenais souvent avec des dollars canadiens. Puis ce fut les francs et les euros, le temps qu'il retournât passer en France un peu plus tard, moins exotiques mais tout aussi bienvenus et excitants. Quelle que pouvait être son origine, l'argent trouvait son chemin dans mon compte en banque et je montrais toujours une grande fierté à faire les démarches de change, même si ma mère devait m'accompagner pour signer les documents, avant ma majorité.

J'appris plus tard que presque tout l'argent versé par mon père, la pension alimentaire, à propos de laquelle leurs avocats avaient statué, avait été mis de côté, pour moi, sur un autre compte, jusqu'à mes vingt ans. Les avocats avaient statué, là aussi.

Laurence l'avait utilisée au tout début de leur séparation, faute de pouvoir s'en sortir seule. Et puis, ses livres commencèrent à se vendre, très bien se vendre et elle s'imposa cette règle de gérer mon éducation, notre vie à nous, qu'avec ses seuls moyens. Elle ne me mit au courant qu'à ma majorité, insistant sur la régularité des versements de Jean Paul, sa responsabilité en la matière. J'avais maintenu les deux comptes, préservé leurs significations.

« Je peux te proposer ce voyage comme cadeau de Noël, si tu préfères ? Je n'ai pas encore réfléchi à ce que je pourrais t'offrir, il y a encore le temps, mais ce pourrait être une idée ?

— Je ne sais pas encore, pas vraiment. Je n'ai pas décidé. Et puis, je…

— Et puis ?

— Et puis rien, il me faut tout simplement réfléchir. Ce voyage n'était pas prévu.

— C'est une opportunité de passer quelques jours au soleil, avec Maria.

— Et ses parents.

— Oui, et cela te dérange ?

— Peut-être aussi.

— Qu'il y a-t-il d'autre ?

— Tu le sais bien, maman !

— Pas cette histoire d'appel téléphonique !

— Cela et tout un tas d'autres raisons…

— Honey, tu sais qu'en dépit du fait que l'on se retrouve moins souvent ensemble, je suis toujours là pour t'écouter et le téléphone ne sert pas qu'aux "perturbés" qui l'utilisent d'une façon malsaine. Or, tu ne m'as pas appelé ou bien écrit. Pas récemment, en tous les cas. Mais je ne t'en fais pas le reproche. Je pourrais t'appeler, tout aussi bien.

— Tu ne veux pas me déranger. Donner à Maria l'impression que…

— Que je suis une mère accaparante, boulimique de son petit enfant.

— Ce n'est pas cela. Tu sais ce que je veux dire. Nous n'en avons jamais parlé directement, mais cette liberté…

99

— Oui, j'y tiens. Pour toi, comme pour nous.

— Et j'apprécie tout cela. Tout en sachant que nous sommes toujours là l'un pour l'autre.

— L'un pour l'autre ! On parle comme de vieux amants... C'est étrange. Mais c'est bon. Alors, Hon, pourquoi hésites-tu à partir ?

— C'est difficile à t'expliquer et je ne pense pas que nous ayons le temps ce soir et à peine plus demain matin. Je regrette même de t'avoir fait part de ce coup de fil.

— Tu as bien fait, au contraire. Il fallait le faire.

— Penses-tu que je devrais en parler à papa ?

— Je ne peux pas t'en empêcher mais je ne crois pas qu'il aura plus de réponses à te fournir que moi.

— Tu n'as pas de réponse !

— Il n'en aura pas non plus, je le crains. Ne l'implique peut-être pas plus que nécessaire. Tu me disais qu'il avait quelques problèmes avec son ex-amie. Et il a eu aussi certains problèmes de santé récemment. Tout ceci est d'ailleurs peut-être un peu lié, non ?

— Tu as sans doute raison, maman, comme presque toujours.

— Comment cela, *presque* toujours ?

— Presque toujours et tu sais bien. Il m'est arrivé d'avoir raison.

— Tu as souvent raison, plus que tu ne penses. On ne s'en rend pas toujours compte et les autres se gardent bien de te le confirmer. C'est un peu dommage pour ceux qui sont en manque de confiance.

— As-tu laissé passer des occasions de me *rassurer* ?

— Je ne crois pas et je n'ai pas senti en toi un tel besoin d'être rassuré. Ou bien alors...

— J'ai simulé ?
— J'espère que non.
— Ne sois pas inquiète à ce sujet. Je n'ai pas simulé. En revanche, le moment semble venu d'être sincèrement rassuré.
— Rassuré ? Plus encore ?
— Je crois que c'est assez évident. Mais je vais faire le vide de cette tourmente et comme tu le dis, essayer d'oublier.
— Je ne peux pas vraiment faire plus.
— Tu es là en effet et ta présence, où que je sois, aussi étrange que cela puisse paraître, est rassurante.
— Tu veux me faire plaisir en disant cela.
— Si en plus, ma confiance en nous…
— Oui, elle me fait du bien. De me le rappeler en tous les cas. Je n'en doutais pas mais parfois, même pour nous, les mots sont importants.
— Qui, mieux que toi, peut en être convaincu ?
— Personne, Honey… Personne. »

Je vérifiai le montant de la petite note repliée avec soin et pincée sur le bord de la soucoupe rouge sombre au logo de l'hôtel, puis déposai le règlement. Ma mère me laissa faire, me regardant intensément comme si des mots à dire qu'elle n'avait pas prononcés cherchaient une issue pour s'échapper. Et puis elle sourit à nouveau. « Merci Hon, pour le drink, et surtout, surtout d'être venu… ».

Un concierge de l'hôtel nous accompagna jusqu'à un taxi qu'il avait réservé à ma demande et je laissai maman s'installer sur la banquette arrière de la Mercedes noire avant de le faire moi-même, dans le ravissement de cette situation, moi avec mon superbe costume et la plus belle femme du monde à mon bras. J'aurais aimé entendre le crépitement des flashs immortalisant l'événement : « Laurence Martin et son fils Alexandre quittent incognito la cérémonie de sortie de son dernier livre chez Kalfon... ». La Presse, pour une fois, pour nous, pour cette unique fois.

Aucun journaliste pourtant n'était là et notre destination, en principe, ne nous obligeait pas à passer par les berges du pont de l'Alma...

Ma mère dont je ne supposais aucune arrière-pensée, « l'affaire » Diana datait déjà de quelques années, demanda au chauffeur de passer par les Champs-Élysées. « J'aime bien les Champs, surtout quand je n'ai pas à y marcher, plus, maintenant en tous les cas ; j'aime toujours l'élégance de l'avenue, sa symétrie, l'architecture de l'ensemble. Dommage que l'on n'y retrouve plus trop l'élégance des passants. ».

Comme un paquebot, la belle berline voguait dans le flot des voitures et des lumières. Les immeubles blancs, tels de distants icebergs de studios de cinéma, défilaient lentement de part et d'autre au travers des hublots rectangulaires du taxi. Le chauffeur respectait la recommandation de ne pas rouler trop vite. Je voyais ses yeux dans le miroir qui nous regardaient fréquemment avec insistance, en quête d'un vague souvenir de ce que nous pouvions lui rappeler. Il demanda à ma mère si elle travaillait à la *télévision*. Elle répondit que non et qu'il devait la confondre avec quelqu'un d'autre. Il sembla déçu de sa réponse et lança un « ah bon ! » dubitatif, dont le ton prenait à l'exclamation l'interrogation de ce qu'elle sous-entend, la plupart du temps. Ma mère se sentit alors obligée de lui dire qu'elle avait participé récemment à une émission littéraire et que, peut-être, s'il l'avait regardée, il aurait pu la voir et l'entendre répondre à l'interview en question. Laurence Martin doutait toujours un peu de l'importance de l'audience pour ce type d'émission. Les horaires de passage n'étaient pas toujours des plus favorables pour des audiences confortables. Elle en était parfaitement consciente et en toucha quelques mots au chauffeur, afin qu'il puisse se disculper d'avoir manqué l'émission, à l'heure où elle était passée, pour lui faire comprendre aussi que l'on peut avoir, peut-être, d'autres intérêts. Ses yeux continuèrent pourtant leur enquête, dans la réflexion du petit miroir fixé au pare-brise. Il n'insista pas. Ma mère ne fit rien pour exciter sa curiosité en répondant strictement à cette simple question, sans trop s'étendre et surtout sans laisser de prétextes à d'autres que l'homme pouvait avoir en réserve, et sur laquelle elle ne se sentait pas forcément prête à s'étendre. Mais il semblait avoir l'habitude des hasards de rencontres, des courses à garder en mémoire et à conter parfois à ses collègues de boulot, ou mieux encore, à sa famille, tous plus ou moins affamée des cancans sur les célébrités qu'il lui arrivait fréquemment de croiser et de transporter. Avec l'expérience, il avait appris aussi à s'adapter aux clients. À leurs besoins de discrétion, ou bien d'extravagance affichée. Ce miroir devait avoir tant vu de visages différents, lu tant de sentiments dans leurs expressions. Il ne faisait que de retransmettre pour oublier bien vite et effacer les images, laissant la place à d'autres, différentes à chaque fois.

À la place de la Concorde, ma mère me suggéra de faire stopper le taxi et de terminer la fin du parcours, à pied. La nuit était belle et le ciel plein d'étoiles. Je trouvai l'idée surprenante et agréable à la fois. Je réglai le montant de la course. Le chauffeur, en casquette, nous ouvrit la porte, avec un cérémonial qui me fit sourire. « Vous êtes Laurence Martin, n'est-ce pas ? J'ai lu votre dernier livre et vais lire celui qui vient de sortir. Je vous ai vu dans l'émission de Jean Bernard Simon. C'est de cette émission que vous m'avez parlé, n'est-ce pas ? Je n'étais pas certain. J'ai pourtant l'habitude des visages. J'aime bien ce que vous faites, madame. Dommage que je n'ai pas un de vos livres à vous faire signer... » Il avait regardé la télévision, sacrifié un peu de son sommeil pour les livres, écouté leurs auteurs.

J'étais un peu surpris de le savoir lecteur de romans. Il me donnait plutôt, en effet, l'impression d'être un habitué d'un quotidien sportif, ou d'un journal à scandales. À tort visiblement. Je n'avais pas encore cette capacité à percevoir les tendances littéraires des uns et des autres et cette lacune justifiait, sans pour autant la permettre, cette précipitation de jugement. J'avais ce plaisir particulier à m'être trompé, celui qu'il ne faut jamais exclure parfois, qui rehausse les autres et auquel on accorde le soin de vous rapetisser. Le fait qu'il put reconnaître ma mère dans la rue, comme cela, sans annonce, m'avait aussi quelque peu époustouflé, étonné, plus encore même que le simple fait que cet homme était un *littéraire* camouflé en chauffeur. La surprise n'enlevait rien à la satisfaction et la fierté d'être le fils de Laurence Martin. Bien au contraire. Ma mère parut presque tout autant surprise bien qu'il lui arrivait, me confia-t-elle plus tard, qu'on la reconnaisse et la salue dans la rue, et non seulement à Charleville.

« Envoyez votre livre à mon nom, chez Kalfon, ou bien déposez-le avec votre carte et je vous le dédicacerai, si vous le souhaitez. Je le ferai avec plaisir... ». Ma mère aimait apporter les moindres bonheurs quand elle en avait l'occasion, sans effet de genre particulier, dans la simplicité que je lui connaissais bien et que tout le monde, sans doute aussi, ressentait en sa compagnie. Le chauffeur s'inclina pour la saluer lorsqu'elle sortit de la voiture, la casquette sous le bras. « Bonne fin de soirée, madame, monsieur ! Je passerai chez Kalfon. Il m'arrive assez souvent d'aller dans le quartier. Et je viendrai le récupérer un peu plus tard. Il vous faudra le temps de le récupérer, de le signer et de le ramener ou de le retourner. Ce n'est pas pressé, madame, j'attendrai bien quelques semaines, s'il le faut. Merci. Bonne fin de soirée. ».

Nous marchâmes sans parler et notre conversation se poursuivit silencieuse, comme souvent où nous succombions à cette surdose d'étrange émotion.

À peine ma mère venait-elle de prendre mon bras que la grosse limousine noire se rengagea à nouveau dans le flot des voitures, ses feux rouges arrière laissant derrière eux une traînée lumineuse qui, comme tracée par de l'encre sympathique, disparut au bout de quelques secondes. Le grondement grave du moteur s'estompa rapidement, absorbé par l'explosion de ceux de moindres cylindrées qui laissaient leurs chevaux galoper autour de la colonne. Ma mère me regarda et tout disparut autour de moi : Paris s'effaça et rien vraiment ne comptait plus alors. Les lumières furent sa lumière, les odeurs son parfum, l'élégance de l'avenue son charme, les mystères de Paris son mystère et son secret. « Il doit m'envier ! » finissais-je par dire. « T'envier pour quoi ?

— De sortir avec toi, ce soir.

— Tu penses qu'il croit que…

— Que tu sors avec un de tes groupies ? Oui, je parierais que c'est le cas.

105

— Je ne sais pas. Je n'aime pas trop l'idée, Alexandre. Nous n'avons pas vraiment le même âge et cela se voit, ne trouves-tu pas ?

— Les groupies peuvent avoir tous les âges, les amants aussi. Et puis pas tant d'années que cela nous séparent. Tu le sais bien. Cela te dérange-t-il donc qu'il puisse penser que tu t'amuses un peu ?

— Que je m'amuse ? Pas vraiment, du moins je ne le crois pas. Je ne voudrais pas qu'il s'imagine n'importe quoi cependant.

— Tu as le droit de prendre du bon temps, non ?

— Oui, mais pas avec n'importe qui.

— Des hommes plus mûrs et plus responsables ?

— Hon, s'il te plaît, ne gâchons pas la soirée !

— Tu as raison. C'est ta journée, c'est un peu aussi "notre" journée dans le monde, puis dans l'anonymat de Paris – s'il n'y avait pas eu ce chauffeur !

— Je suis heureuse que tu parles de "notre" journée ; je voulais tant la partager avec toi »

Et puis, Paris reprit le dessus et m'envahit alors de ses allures et de ses variétés habituelles. Quelques coups de Klaxon retentirent sans raison pour mettre fin à mon égarement dont il m'aurait plu de profiter plus longtemps. Les vapeurs d'essence et d'huile chaude se mêlèrent aux audacieux effluves de la végétation du parc de l'Orangerie toute proche qui traçait avec le rond-point de la colonne comme un point d'exclamation devant le charme et la beauté qu'elle représentait et la passion unique qui, à nouveau, à cet instant, nous élevait au-dessus de tout. C'était l'un des meilleurs moments pour se promener dans la ville, dans son cœur et ses battements et non son hystérie, dans sa préparation de la nuit qui s'était déjà installée mais qui laissait encore du temps, aux gens, qui comme nous, poursuivait le jour, pour qu'il n'en finisse pas vraiment.

J'étais ravi de pouvoir prolonger le temps, ralentir la course folle. Ravi de pouvoir marcher simplement, comme cela, presque sans savoir où nous allions, avec cette intime conviction que nous ne voulions pas aller là où l'on nous attendait, là où les obligations reprendraient le dessus, où tout de nous se diluerait, dans le bruit, l'indifférence et les intrigues. Nous tenions à notre émotion et voulions la faire durer, sans partage autre que le nôtre...

Je me demandais si j'aurai pu être en compagnie de cette femme, ou bien d'une autre, de son âge, si elle n'avait pas été ma mère, si je me serais laissé séduire par ce qu'elle représentait pour les autres, si j'aurais pu oublier tout ce que personne ne peut vraiment oublier, les différences, la différence fut-elle unique, celle de tout ce qui n'est pas conforme, de tout ce qui peut interdire ou amène à penser qu'au-delà des principes vous attendent les jugements des autres et de vous-même. Je ne savais pas vraiment. Je ne savais pas non plus si elle-même avait cette même réflexion. Il m'aurait plu de savoir, dans cet autre tourbillon de questions, mais je n'osai point lui demander. Nous étions sans doute la réponse. Il suffit de se demander pour finir de douter, sans réussir pourtant à convaincre les autres. Et peu importe les autres, quand on est forts, que tout est sincère, que les montagnes ont toujours leurs sommets et leurs refuges et que le reste finalement n'a que bien peu d'importance. Mais c'était ma mère, et non pas Laurence, qui serrait mon bras ce soir-là. Parfois elle devait être Laurence, dans d'autres circonstances et d'autres compagnies. Il m'était difficile d'y penser, d'imaginer. On appartient tous au club des « autres » qui jugent et oublient trop souvent l'essentiel, celui de laisser vivre et de laisser aimer. Alors, je fermai les yeux avec la violence espérée qui pourrait balayer cette appartenance dont je ne me faisais vraiment pas gloire.

Mais j'étais avec elle et il était important pour moi de naître à nouveau, mais dans son univers où là aussi elle avait décidé de m'accueillir.

Mon téléphone interrompit les premiers pas que nous avions commencés à faire en direction du pont de la Concorde et du Palais Bourbon. Aucun numéro ne s'affichait sur le cadran lumineux et un frisson parcourut mon corps, me rappelant le trouble que j'avais réussi à oublier dans ces nouveaux instants de bonheur que je vivais à Paris avec elle…

Elle se rendit compte aussitôt de mon trouble. « Qu'y a-t-il ? Tu ne réponds pas ?

— Il n'y a pas de numéro qui s'affiche…

— Hon, tu sais très bien qu'ils ne s'affichent pas toujours. Enfin, cela ne me regarde pas après tout… En dehors de l'appel de cette folle… »

La sonnerie cessa avant que la messagerie se mette en place et je me sentis prématurément soulagé. J'aurais dû savoir…

Alors que nous nous apprêtions à reprendre nos pas, la sonnerie se remit à tinter. Je ressortis aussitôt mon téléphone de ma poche et j'appuyai cette fois sur la touche verte de prise d'appel, sans parler, sans m'annoncer, attendant de reconnaître une voix, de savoir qui voulait me parler. Aucun numéro n'était apparu. L'appel provenait de la même personne et elle ne voulait pas laisser de message mais me parler, sans décalage, jubiler à nouveau de l'effet produit sur moi… Peut-être…

Mais la voix de Maria nasilla au travers du petit haut-parleur, gâchant sa douceur et la mélodie de son timbre. Mon visage se décrispa, mes dents relâchèrent leur pression et mes mâchoires cessèrent de reproduire sur mes joues les ondulations d'inquiétude que je détestais voir chez les autres, ce signe révélateur d'émoi ou d'agacement que je m'efforçai pourtant de ne point laisser apparaître à quiconque. Maria avait appelé d'un *autre* téléphone, de celui de chez ses parents m'assura-t-elle. Leur numéro était pourtant enregistré et il aurait dû apparaître sur le petit écran lumineux. Tout l'écran était resté vert, anonyme, immensément creux.

« Je voulais savoir comment la journée s'était passée, avec Laurence, enfin, avec ta mère. Tu attendais tant cette journée... ». Elle l'appelait « Laurence » et non « ta mère », un peu comme tous ces gens que j'avais côtoyés tout au long de la journée. Était-ce parce qu'elles ne s'étaient rencontrées que deux ou trois fois ou bien que Maria en savait plus de Laurence que de ma mère, je ne savais pas, je n'y avais pas vraiment réfléchi, jusqu'à maintenant, jusqu'à ce qu'elle m'appelle ?

« ... Et aussi et surtout, te rappeler que je pense beaucoup à toi et que j'attends de te revoir demain avec impatience. Au cas où tu l'aurais oublié, au cas où le scintillant et l'éclat de Paris, celui des belles femmes des salons mondains, et aussi des cocktails huppés, au cas où tout cela te monterait un peu à la tête... »

Je présume que je ne l'avais pas oublié, que je ne l'avais pas oubliée, elle qui s'était installée dans ma vie et que je comptais garder, non pas par possession mais par le sentiment de certitude qu'elle était celle destinée à m'entendre et accueillir le connu et l'inconnu de moi-même, m'aider à « m'apprendre » en ce que je pouvais être et ce que je pouvais engendrer par elle, par l'addition de nos êtres. J'essayais de me convaincre que je ne l'avais pas oubliée. Ces dernières heures m'avaient envahi comme une marée sur la grève, l'engloutissant mètre après mètre, du fait de son mécanisme ordonné et efficace auquel rien ne peut échapper.

« Tout va bien Maria, ma mère est avec moi maintenant et nous allons dîner avec certains de ses amis, de sa boîte d'édition. Nous y allons à pied, afin de marcher un peu dans Paris et d'oublier pour moi toutes ces belles femmes... »

Je m'amusais souvent à titiller sa jalousie, voir et écouter ses réactions. C'était une perte de temps et, à mon grand regret, sans effet. C'était un don certain qu'elle avait. Et que je n'avais pas.

— La maison Kalfon ? Où il doit y avoir d'ailleurs d'autres belles femmes aussi, sans doute ?

— Je m'étonne que tu te souviennes du nom de sa maison d'édition. Je n'ai pas souvenir de t'en avoir parlé.

— Je m'intéresse à toi, et je m'intéresse donc un peu à ce qui est proche de toi. Ce n'est pas de la curiosité malsaine. Juste un peu d'intérêt qui n'a rien d'exceptionnel. J'aime le fils de la dame de chez Kalfon après tout ! Non ?

— Il n'en demeure pas moins que tu sembles en savoir autant que moi sur ma mère et que ce que j'ai mis des années à apprendre, tu le sais déjà au bout d'une année ou presque. Enfin...

— Ce qui compte pour moi, Alex, c'est que je vais te retrouver demain. À quelle heure comptes-tu arriver ?

— Le TGV arrive à 15 h, je crois, mais je te confirmerai une fois que je serai en route. Je t'appellerai sur ton cellulaire.

— Tu peux appeler sur le téléphone fixe de mes parents. Nous ne bougerons pas d'ici. Mes parents ont des invités, demain midi. Comme le déjeuner risque de traîner en longueur, je pourrai me soustraire à tout ce petit monde avec un bon prétexte de venir te chercher à la gare. On ira prendre un verre avant de rentrer. J'ai mis de côté toutes ces fois que j'aurais pu t'embrasser si tu n'étais pas si loin de moi et je te rendrai cela, sans en oublier une seule, à l'unité près. Je te préviens, cela prendra du temps. Tiens-toi bien. J'espère que tu te seras bien rasé ?

— Tu es…

— Adorable, c'est cela ?

— Oui, c'est cela sans doute. Bien que ce ne soit pas tout à fait ce que je voulais dire vraiment, je….

— Quoi donc alors ? C'est mieux qu'adorable ?

— C'est mieux qu'adorable, oui

— Dis-le-moi.

— C'est beaucoup trop pour être dit, comme cela par téléphone, Maria. Je t'aime. Il faut que l'on y aille.

— Je t'aime aussi ou plutôt non, je ne t'aime pas. C'est mieux que cela aussi, et ça ne se dit pas. Bonne soirée. Embrasse ta mère pour moi et félicite-la, également de ma part. Ce succès, son fils que je…

— Funny girl ! À demain Maria ! Fais attention à toi !

— À toi aussi !

Ma mère regardait au loin, fuyant ce que je disais. Ses yeux reflétaient les lumières des becs de gaz et des voitures qui tournaient en manège, ils rejetaient aussi mes paroles, par gêne, par crainte, pour le sentiment qu'elles devaient déclencher en elle, pour les contrevenants qu'elles sous-entendaient dans notre relation.

« Tu vois, tu t'es inquiété pour rien !

— Je ne m'inquiète pas pour rien, maman. J'ai eu ce coup de fil. Je ne l'ai pas inventé et tu reconnaîtras qu'il ne s'est pas passé à n'importe quel moment... » répondis-je avec un agacement évident qui la surprit tout autant que moi.

« Comment va Maria alors ?

— Bien, merci. Elle te félicite pour ton succès, elle félicite Laurence Martin plus exactement. Elle semble elle aussi en savoir sur toi autant que moi, sinon plus. Elle connaît ton éditeur. Je me demande si elle ne connaît d'ailleurs pas Jean, Esther, et les autres !

— Tu exagères un peu, ne trouves-tu pas ? Les Parisiens ne connaissent pas bien Paris, pas même la tour Eiffel parfois, enfin certains n'y sont même jamais montés. Les enfants ne connaissent pas toujours leurs parents, les amis, leurs amis. Tu avoueras que j'essaie de rattraper un certain retard, le seul retard que je reconnais sans doute avoir laissé s'établir avec nous. Non ?

— D'autres semblent d'ailleurs le faire aussi, d'une autre façon.

— Honey, je veux sincèrement que tu sois persuadé que ce que j'ai fait jusqu'à présent, je l'ai fait pour le bien de nous tous.

— De *nous deux*, tu veux dire !

— Nous tous... Nous tous. Nous ne sommes pas vraiment seuls, je te l'ai dit, même si le temps que nous avons passé ensemble, nous l'avons passé sans personne d'autre. Les absents sont toujours présents quand même, Hon, n'oublie pas cela... Je commence à avoir un peu froid, et un peu faim aussi. Et un peu soif. Un *Glenmorangie* ferait l'affaire.

— Tu en es *revenue* au whisky. Je pensais que, comme papa, tu étais passée définitivement au Bourbon.

— Si l'on t'entendait parler de moi ainsi, on pourrait croire, ou s'imaginer que je suis *légèrement* portée sur l'alcool, ne trouves-tu pas ? C'est ce genre de remarque que l'on reprend et exploite par la suite. Ces bribes de paroles ou bien de textes, que l'on amplifie, ou bien que l'on sort de leurs contextes. Mais il n'y a personne d'autre que moi pour l'entendre. Sans quoi, notre chauffeur aurait appris demain matin dans son quotidien que je me laisse aller à ce moyen d'oublier. Je plaisante, bien sûr mais malgré tout, ce n'est pas tout à fait faux Alex. Mais de là à ne plus rien vouloir dire ni écrire... Il y aura toujours des gens mal intentionnés autour de nous.

— Tu en connais ?

— Pas vraiment, Hon, je les devine. Je sais qu'ils sont présents dans toutes les sociétés et sous différentes formes. J'essaie seulement de ne pas les provoquer. Je ne peux pas faire plus ni moins. Ce ne sont pas eux qui m'empêcheront désormais de vivre.

— L'ont-ils fait, dans le passé ?

— Peut-être... Quand j'étais jeune et avec moins d'expérience, forcément.

— Peut-être... *Sans doute*, dois-je comprendre ? Et le bourbon alors ? Puisqu'il n'y a personne pour t'entendre...

— Ah oui... Le bourbon. J'avais en effet oublié que Jean Paul était resté fidèle à cet élixir ! C'est étonnant. Je pensais que les années l'auraient détourné là aussi. Il aimait bien changer pourtant, régulièrement. Il ne supportait pas l'idée de devoir s'ennuyer dans de quelconques habitudes.

— Tu parles des boissons ?

— Et de ses... Des boissons, bien sûr ! Mais ce devait être à mon tour, cette fois, de trouver un nouveau goût, de m'étourdir avec autre chose, afin de changer un peu, d'apprécier une autre forme d'alcool...

— Il te... Tu avais confiance, je veux dire, euh...

— Tu veux savoir s'il me trompait ?

— Tu parles de lui comme s'il t'avait déçu.

— La seule chose que je puisse te dire est que j'ai été déçue de notre relation, oui bien sûr : *déçue*. On l'est toujours dans ces cas-là. Mais pas plus déçue de lui que j'ai pu l'être de moi. Nous nous sommes déçus, Honey. Pour le reste, c'est une affaire, tu l'accorderas, qui ne concerne que moi. Que moi et que lui. Qu'il m'ait trompée ou pas n'est pas le plus important. Si j'ai un jardin secret, la réponse s'y trouve et y restera. Comme dans tout jardin secret, il y a des ronces et des épines, mais aussi, rassure-toi, tout plein de belles choses à voir, à regarder, et dont je suis fière. Mais c'est *mon* jardin. Disons que nous nous sommes trompés, Jean Paul et moi...

— Cela ne veut pas dire exactement la même chose.

— Il y a si peu de différence. Il suffit d'un peu plus de lucidité pour en être convaincus.

— Tu as mis un peu de temps pour l'acquérir ?

— Acquérir quoi ?

— Cette lucidité...

— On met toujours trop de temps pour réaliser ce genre d'erreur et on fait tout pour reporter à plus tard l'échéance fatale. Surtout quand on partage quelque chose d'important en commun. Un enfant... »

Elle m'avait repris le bras fermement, le serrant de la parenthèse de sa main, me signifiant d'avancer où nous avions convenu, encore une fois, de nous diriger, de laisser le passé au passé puisque, contrairement à ses livres au travers desquels elle avait besoin d'y retourner, – et de cela je n'avais pas conscience encore –, elle en avait tourné la page.

Nous longeâmes la Seine du Palais Bourbon jusqu'à l'Institut de France, quai Anatole France puis quai Voltaire et Malaquais. Je voulais marcher jusqu'à Notre-Dame mais ma mère, avec un certain regret, me fit comprendre qu'elle commençait à se sentir inconfortable dans les chaussures qu'elle avait décidé de porter pour l'occasion et que l'élégance, comme bien des choses auxquelles les femmes semblent attachées, avait ses contraintes et imposait une conduite astreignante. Laurence voulait, ce soir-là, outrepasser les règles, au moins déroger un peu, pour moi et le temps qu'elle voulait m'accorder. Elle y trouvait un plaisir vivifiant mais qui avait ses limites. La journée avait été longue et l'adéquation n'était évidemment pas facile à réaliser.

« Je voulais être élégante, presque parfaite, pour autant que l'on puisse l'être vraiment à un quelconque moment. De quoi aurais-je eu l'air, auprès de toi, si je n'avais porté ces hauts talons ? Ton mètre quatre-vingt-cinq m'aurait coûté quelques années de plus aux yeux du chauffeur de taxi… »

« Quatre-vingt-sept ! » répliquai-je et nous partîmes dans un fou rire qui caressa la rive opposée jusqu'à la Conciergerie que nous apercevions s'embraser du halo crayeux des allogènes d'un bateau mouche glissant, silencieux, sur l'encre noire de la Seine.

Une sirène de voiture de police captura nos rires échappés et puis celle d'une ambulance prit le relais. Des éclairs bleutés percutaient les façades et perturbaient la lente nonchalance de cette belle fin de soirée d'automne de leur agression d'urgence.

Laurence passa son bras derrière mon cou pour garder l'équilibre et souleva une de ses jambes pour dégager sa chaussure. Elle passa sa main sous son pied et la tête levée vers le ciel étoilé, comme si elle avait oublié ma présence, se laissa aller à un petit gémissement de peine et de soulagement. Je ne pouvais et ne voulais l'associer qu'à une marque de soulagement puisqu'il s'agissait de ma mère. Mais en vérité, cette petite manifestation plaintive avait tout d'un signe de plaisir, un peu identique à celles que j'avais déjà entendues, par celles, les quelques rares, avec qui j'avais eu l'occasion d'apprendre puis de comparer les différents degrés de jouissance que le plaisir, quel qu'il soit, subtilement, fait varier. Je regardais sa bouche entrouverte et, réalisant que je la regardais avec insistance, elle remit sa chaussure et repassa son bras autour du mien. « Excuse-moi, Alexandre, ces chaussures me font un peu mal. Je ne les ai portées que deux ou trois fois. L'élégance, comme je t'ai dit, a un prix. Celui, souvent, de souffrir ». Elle semblait gênée d'avoir dévoilé un bref instant d'elle-même, un de ceux qu'on n'admet et ne partage que dans les intimités les plus exclusives. Pas celles qu'une mère peut avoir avec son fils, aussi proches qu'ils puissent être l'un de l'autre. Elle m'avait appelé Alexandre, volontairement, d'un ton différent, pour souligner la différence, marquer la limite qu'elle m'expliquait, quand les moments eux aussi étaient exclusifs entre nous et que j'étais encore enfant.

Après l'Hôtel des Monnaies, nous nous engageâmes dans la rue de Seine et, sans avoir à traverser le boulevard Saint-Germain dont ma mère venait de me confier son plaisir à s'y promener parfois lorsqu'elle venait à Paris, nous arrivâmes au « Temps qui passe ». Deux lampes de portes cochères éclairaient la façade et l'affiche des menus. Trois thuyas en pots se tenaient en sentinelles immobiles. Je poussai la porte et précédai ma mère dans l'établissement qu'elle semblait bien connaître et où elle-même semblait être bien connue. Une femme, que je devinai être la patronne, s'avança vers nous d'un pas calculé. Elle me salua puis s'adressa à ma mère.

« Madame Martin, très heureuse de vous revoir ! Monsieur Kalfon vient d'appeler pour me demander de vous prévenir qu'il serait un peu en retard, une bonne demi-heure, m'a-t-il précisé. Mais presque tous les autres sont arrivés. Je vous ai installés au fond, j'ai dû placer des tables ensemble. Vous êtes un peu plus nombreux que d'habitude, me semble-t-il ? J'ai commencé à servir le Champagne... Les consignes de monsieur Jean. Vous préférez peut-être autre chose ? Monsieur, peut-être ? Un ami de madame Laurence ?

— C'est mon fils, Yvonne. Mieux qu'un ami.

Hon, tu suis les consignes ou veux-tu boire autre chose ? »

Nous commençâmes par une coupe et ma mère commanda un *Glenmorangie* sans attendre. J'en restai à la nébuleuse boisson, une sagesse qu'il m'aurait été utile d'avoir eue la soirée de mes dix-huit ans que j'avais voulu célébrer, comme un grand, avec mes copains et copines dont ils me rappellent, de temps à autre, l'inhabituelle image que j'avais laissée de moi-même, à cette occasion.

Yvonne nous accompagna jusque dans une sorte d'arrière-salle, le côté un peu plus intime du restaurant qu'une basse séparation en bois partageait en deux. Deux ventilateurs de plafond brassaient l'air autour de boules lumineuses, faisant leur figuration, eux aussi. Leur aspect ancien et leurs palles astiquées donnaient toutefois un air d'authenticité à l'établissement presque centenaire. Je souris à l'idée de les voir se mettre à tourner en sens inverse et à refouler d'incalculables quantités de discussions, de rires et d'échanges, certains littéraires plus que d'autres, de flatteries sincères et de médisances encore plus sincères, à coups de battements, en mal de dévoiler toutes ces paroles prononcées ou ces demi-mots forcément supposés. Des peintures sans valeurs apparentes et des lithographies, certaines gribouillées de signatures que je ne pouvais pas voir mais que j'aurais aimé aussitôt déchiffrer, décoraient les murs et me faisaient penser à des oreilles dont on affuble les murs souvent sans raisons. Ici, c'était différent car il y avait beaucoup à entendre, beaucoup à découvrir, à répéter. Les indiscrétions... Qui aurait pu se méfier de tableaux, de photos, et de ces brasseurs d'air au plafond nicotinisé ? J'avais du mal à m'imaginer qui, de tous ces écrivains qui font la une des magazines et des prix littéraires, avaient pu passer ici, la veille, ou bien passeraient demain, pour se laisser aller à parler plus qu'à écrire ; demain, et tout ce temps qui s'était accumulé dans ce rendez-vous embaumé des arômes de cuisine et des parfums intrigants de femmes, des after-shave à la mode des hommes pourtant mal rasés, ce temple accepté *des gens* que l'on dit *de Lettres*. Toute cette vie faisait partie de celle de ma mère et je me mis à me rendre compte de tout cet espace d'existence dont je m'étais trouvé écarté et dont enfin, et sans insistance de ma part, elle avait décidé pour je ne sais quelle raison précise, de me dévoiler quelques bribes seulement, pour commencer, pour me rendre une part de mon héritage auquel j'avais le droit de prétendre.

Ils étaient tous installés déjà et lorsqu'ils nous virent arriver, ils levèrent leurs coupes vers nous, pour nous accueillir. Deux places étaient libres, côte à côte. François Chaumont invita ma mère à s'installer près de lui. Je ne doutais pas un seul instant que l'autre place était réservée pour monsieur Kalfon, « Jean », comme il aimait se faire appeler, du moins par ceux qui estimaient pouvoir l'appeler ainsi et qu'il incitait à un tel privilège sélectif. J'étais un de ceux-là, sans doute, à cause de maman, mais aussi un de ceux qui n'estimaient pourtant pas devoir le faire. Enfin, j'étais disposé à faire l'effort, malgré ma réticence, à peine convaincu qu'il était nécessaire de ne pas montrer que je ne le faisais que pour elle. Daniela m'invita à me placer près d'elle, à la seule autre place qui restait disponible. François Bernard Illevin et Fiona étaient là eux aussi, je les avais reconnus. Je cherchais en vain Ludovic Solisse et Marie Christine Larivière qui, apparemment, avaient décidé de poursuivre le récit de leur histoire personnelle d'auteurs dans d'autres lieux. Je le regrettai. Leur passion et leurs excès avaient éveillé en moi une sorte de curiosité. Pas nécessairement la plus saine, la plus appropriée à ce qu'ils étaient vraiment, après tout : des auteurs confirmés authentiques. Je voulais en savoir un peu plus de leur relationnel, de ce qui avait contribué à les réunir dans cette écriture commune à quatre mains.

Autour de la grande table reconstituée, je remarquai des visages encore inconnus d'autres personnes. Sans doute travaillaient-elles aussi pour la maison d'édition et sans doute ne m'avaient-elles pas été présentées au cours du cocktail ? Il y avait toute cette soirée pour faire connaissance.

Malgré le plaisir que j'éprouvais à découvrir l'entourage de Laurence Martin, la soirée ne m'inspirait guère, elle m'inquiétait plutôt, pour le temps qu'elle allait me voler de celui que j'aurais pu mieux passer avec ma mère. Mais je lui faisais cadeau de ma présence et il me semblait être le temps d'oublier un peu ce qui avait en partie, insidieusement, animé ma démarche de la rencontrer au plus vite... Je trinquais ma coupe de champagne avec celle de Daniela.

« À votre santé, Alexandre, et à celle de votre mère ! Vous devez être fier d'elle, comme elle doit sans doute l'être de vous. Laurence, votre maman, est une personne que j'apprécie beaucoup. Elle est différente des autres écrivains. Simple et généreuse, secrète et discrète. Je la connais depuis qu'elle travaille avec la maison Kalfon. Elle n'a pas changé au cours des années, au cours de ses succès. Ils ne lui sont pas montés à la tête. Certains devraient prendre modèle. Je suis heureuse pour elle, ce succès qu'elle mérite. François l'apprécie beaucoup et a beaucoup de plaisir à travailler avec elle ; nous parlons souvent d'elle, même quand elle est retirée tout là-bas, dans ses Ardennes sauvages. Dommage qu'elle ne veuille pas se rapprocher un peu plus de Paris, dommage pour nous en tous les cas, mais je la comprends, je peux très bien comprendre son choix... J'espère qu'elle sera bientôt récompensée par un prix, bien que cela ne soit pas très important pour elle. Elle le sera, bientôt, j'en suis certaine. Son nom est souvent avancé. »

Daniela parlait avec sincérité de maman, sans excès, choisissant ses mots, écartant tout le superflu. Tout sonnait juste et mesuré. J'aurais voulu lui faire dire tout ce que je ne savais pas encore de ma mère, ce que je n'avais jamais su et que je ne saurais peut-être jamais. Je n'aurais même pas su dire quoi, précisément. Je me contentai de l'entendre, de me délecter de ses vérités et de la passion de son travail dont, au travers de ses impressions sur Laurence Martin, elle en délivrait, petit à petit, les ingrédients comme une recette de cuisine, unique et inégalable. Elle parlait d'une voix douce et mélodieuse et son visage s'amplifiait des déliés des mots sur lesquels elle voulait insister. Elle savait que ma mère ne pouvait l'entendre, elle savait aussi qu'il était implicite que notre conversation resterait *notre* conversation, rien de plus et que seul « Le temps qui passe » pouvait entendre lui aussi, sans rien révéler non plus de ces confidences volées.

Au contraire d'Esther, elle ne fit aucune allusion à un passé médiatique, ou quelque peu agité, auquel ma mère aurait pu être confrontée. Rien. Elle n'était pas de ceux qui parlent sans trop savoir, qui essaient de savoir plus pour justifier de leurs écarts, et qui persistent dans le faux ou l'inventé, faute de trouver les failles au travers desquelles ils sont avides de s'infiltrer.

« Vous connaissez bien Esther Molène, Daniela ? » me risquai-je à lui demander.

« Je la connais bien, forcément. Professionnellement, rien de plus. C'est une personne qui maîtrise parfaitement bien son boulot. Une pro, si vous préférez. Elle connaît beaucoup de monde. Il n'y a rien à lui apprendre et Jean, Jean Kalfon, fait tout pour la garder dans la maison. Une pro qui fait d'elle une femme très sollicitée. Je n'aime pas trop ce genre de dépendance, mais c'est humain... Je vois que vous l'avez assez vite remarquée, Alexandre, on ne reste pas insensible à sa personnalité, homme ou femme, pour des raisons différentes, peut-être, sans doute, mais elle est *intéressante*.

Ce n'est pas une amie, si je peux me permettre cette confidence et si ça répond aussi peut-être à la question que vous vouliez me poser indirectement... Je pense que ce qu'elle vous a dit sur votre passé, celui de votre mère, ses insinuations sur votre futur, les zones d'ombre dont la vie est parfois composée, que tout cela ne vous a pas laissé indifférent. Elle prêche le faux parfois pour savoir le vrai. Une méthode comme une autre qu'elle n'est pas la seule à utiliser. Je ne sais pas s'il faut vraiment lui prêter attention, du moins sur sa façon de tirer les vers du nez aux gens. Elle aime savoir. Je ne sais pas de quoi elle est capable, si d'aventure elle apprend des choses que personne ne connaît, sur le compte d'individus qui "l'intéressent". Là, je ne sais vraiment pas et ne veux pas savoir… »

J'avais eu la réponse, en effet, à laquelle je pouvais m'attendre. Plus encore d'ailleurs que ce auquel la réserve et la discrétion habituelles de Daniela censuraient dans une très juste et naturelle mesure qui lui donnait cette personnalité sympathique. Le ton tranquille que Daniela avait conservé pour m'avouer son sentiment avait, malgré tout, une subtilité qui m'invitait à ne pas essayer d'en savoir plus et j'étais invité à me contenter de cette confirmation de la personnalité d'Esther que tout le monde, visiblement, n'appréciait pas. Je ne pouvais dire s'il s'agissait d'une simple jalousie qui peut exister avec les femmes entre elles, ou bien celle un peu différente qu'il arrive de voir aussi entre les hommes, sans compter celle plus étrange encore qui se manifeste entre les hommes et les femmes. Toutes ces agitations envieuses qui sont à l'origine de tant de débordements de comportements.

Esther était proche de Jean et cela suffisait peut-être à nourrir la critique. Kalfon était après tout, le patron. Daniela, manifestement, ne semblait pas avoir d'animosité particulière contre cette femme et ne voulait pas en avoir. Elle ne s'en intéressait pas plus que nécessaire ; ses sentiments se résumaient à ces quelques banalités, simples mais sans ambiguïtés malgré tout, et que je pouvais prendre comme une banale mise en garde amicale.

Ma mère, quant à elle, n'appréciait guère Esther pour les différentes raisons qu'elle avait bien voulu me confier : son goût des indiscrétions et des secrets d'alcôves. Elle voulait me prévenir d'un certain danger à entrer dans son jeu, à répondre à ses avances. Esther avait dû faire tomber certains. D'autres, sans le savoir, attendaient leur tour. Dans le fond, Daniela et ma mère étaient sur la même longueur d'onde mais l'une pouvait avoir plus à perdre que l'autre.

Jean arriva une heure après nous. Il s'excusa de son retard. Yvonne l'accompagna jusqu'à la place qui lui avait été réservée ou, sans doute, qu'il s'était fait réserver, celle auprès de ma mère. Je remarquai qu'Yvonne tutoyait monsieur Kalfon. J'étais surpris de cette familiarité mais l'établissement d'Yvonne, le *Temps qui passe,* servait après tout de QG aux éditions Kalfon, de lieu de passage incontournable et, immanquablement, elle avait fini par faire partie de la grande famille « Kalfon ». Les bureaux se trouvaient à deux pas, un vieil immeuble de cinq étages avec une façade un peu noircie par les poussières du temps, comme la couverture cartonnée d'un énorme livre poussiéreux dans lequel, je n'avais pas encore été invité à pénétrer. La patronne remplit elle-même la coupe du maître du pétillant breuvage, un privilège qui ne pouvait se gagner qu'au fil du temps, des confidences, et d'une solide amitié sans faille et à laquelle Jean semblait tenir ; une façon de se rassurer sur les incertitudes et les fragilités des environnements rapprochés.

Il regarda fixement Laurence puis avança sa coupe vers elle. Maman prit son verre de scotch et l'avança vers lui. Elle lui sourit puis tourna son visage dans ma direction, quelques secondes, deux ou trois, tout au plus, suffisamment pour m'envoyer un message interdit à tout autre que moi et dont quelques clignements de paupières, et de cils tels de petits éventails, avaient la charge de propulser jusqu'à moi. Et puis elle se retourna vers François, pour trinquer à nouveau avec lui, accentuant ma confusion de ses sentiments et l'épais brouillard invisible qui l'entourait, protecteur et isolant.

La chronologie des gestes avait sans doute leur signification et leur importance. Un rituel qui variait selon les gens, les assemblées. Je n'en savais pas assez d'eux pour traduire ces symboles. Il m'en suffisait pour deviner un peu. Je n'avais pas grand-chose à espérer de cette soirée. J'étais même presque convaincu que je n'apprendrais plus rien sur celle qui, à quelques mètres à peine de moi, continuait de m'échapper encore. Laurence Martin. Ma mère, pourtant, était là, elle aussi, plus proche, plus rassurante. La distance ne comptait pas autant mais me dérangeait pourtant pour d'autres raisons. Du moins, je m'efforçai de croire aux certitudes que j'avais vis-à-vis de ma mère.

Fiona resta silencieuse pendant que je parlais à Daniela. Elle regardait devant elle comme si un de ses rêves défilait devant elle, l'emmenant heureuse, sans partage et plus encore, sans personne. Elle semblait savourer le plaisir qui fusionnait dans son visage et dans ses gestes.

« Vous êtes Fiona, n'est-ce pas ? » me hasardai-je à lui demander, quand Daniela fut prise à partie dans une conversation voisine et qu'après s'être excusée de devoir répondre, je décidai de m'immiscer dans l'univers invisible de Fiona. « Oui, Alexandre, c'est bien moi, effectivement, bien vu. Avec tout ce monde auquel vous avez été présenté, vous avez droit, je l'espère à quelques jokers. Mais vous n'en aurez pas besoin pour moi. Je suis... euh, oui, je suis flattée, on peut dire ça... »

Fiona sortit vite de son rêve mais continua à donner la même impression de bonheur et de plaisir à être là d'où elle venait, et là aussi où elle se retrouvait, tout près de moi. Et puis, tout bascula et devint tout le contraire de ce qu'elle avait été depuis mon arrivée à table, intarissable de paroles, me posant une multitude de questions sur mes études, mes intentions professionnelles, combien de temps j'avais l'intention de rester à Paris, combien de fois j'y venais, comment je trouvais Paris. Si ma mère ne me l'avait pas présentée au cours du cocktail, rien n'aurait laissé supposer qu'elle travaillait pour la maison d'édition. Pas d'allusions aux livres, pas d'allusions à Laurence ni à d'autres auteurs, pas de commentaires sur ses collègues de Kalfon. C'était surprenant. Presque rafraîchissant, dans l'étouffement que je commençais, à nouveau, à ressentir. Elle se comportait comme une vieille tante qui voit son neveu deux fois l'an et dont elle est fière pour des raisons dont elle n'est pas vraiment certaine. Elle devait pourtant n'avoir que dix ans de plus que moi. Quinze peut-être, pour être moins diplomate. Son maquillage ne l'avantageait pas vraiment. Il était excessif, sans subtilité. Un peu comme ce qu'elle portait. Son inélégance, tellement marquée et presque grotesque, sonnait pourtant faux. C'était comme si elle l'avait délibérément voulu. Une sorte de masque grossier. Peut-être voulait-elle ressembler à cette vieille tante à laquelle elle me faisait penser ? J'étais convaincu que cette enveloppe était une parade, une façon de paraître et d'éloigner les prédateurs. Car pourtant, il y avait bien quelqu'un d'autre dans sa vie, quelqu'un dont elle devait tenir compte, ce FBI à travers qui elle aurait dû ou pu se sentir rassurée et forte.

    François Bernard était, à l'inverse d'elle, tiré à quatre épingles. Il devait être ainsi la plupart du temps, je ne pouvais pas l'imaginer portant des vêtements sans goût, sans cette touche de raffinement masculin. Il me paraissait être, je crois, un homme soigné et bien éduqué, bien dans ses « baskets ». Mais pas dans n'importe quelles « baskets » et surtout pas n'importe quand ni n'importe où. Des *baskets* de luxe.

Je ne cessais de m'étonner de voir les contradictions chez bon nombre de couples. Je m'en amusais. Certaines ne devaient pas avoir de réelles valeurs, encore moins de significations précises, faute de quoi, de tels aveuglements ne pouvaient être, a priori, que suicidaires, à plus ou moins long terme.

Je lui parlai, avec beaucoup de liberté, de ce qu'elle voulait entendre et savoir de ma vie d'étudiant, avec ses appréhensions, ses difficultés et ses attentes. Elle écoutait avec beaucoup d'intérêt, souffrant de ne pas m'interrompre plus souvent qu'elle le faisait dès qu'il lui semblait avoir manqué un détail précis de ma narration, dans le brouhaha montant des conversations de la longue table qu'un carrousel d'assiettes et de bouteilles animait activement. Et le cliquetis des couverts qui s'entrechoquaient comme les lames des épées au cours d'un duel, celui d'un autre jour qui arrivait et qui voulait en finir avec celui dont nous vivions les derniers instants.

De temps à autre, Daniela me glissait un mot ou deux, me demandait si tout allait bien, si j'avais assez à boire, si Fiona me laissait profiter du dîner et ne m'imposait pas un interrogatoire en règle.

« Fiona est une femme adorable, elle s'intéresse à tout, aux gens, aux cultures. Elle voyage beaucoup, passe ses vacances à parcourir le monde. Au grand désespoir de François Bernard qui a peur en avion et qui haït en conséquence les longs voyages. Mais il est très tolérant et ne lui met apparemment pas de pression quelconque. »

Daniela s'était rapprochée de moi et me parlait dans l'oreille. Je sentais ses syllabes s'écraser, sans violence, sur mon tympan. Sa voix était douce et elle décomposait ses mots avec une infinie et agréable clarté. Sa bouche me semblait un brasier délicieux où j'aurais été tenté de laisser fondre mes lèvres. Fiona reprenait un peu le fil de son rêve, mi-consciente de ce que l'on disait d'elle, et de là où elle était repartie sans réel transport de son esprit.

« Elle parle aussi plusieurs langues. Peut-être aurez-vous l'occasion de lui faire évoquer son dernier voyage, cet été, au Pérou ? À moins que ce soit l'hiver dernier, je ne sais plus, j'ai du mal à suivre tous ses voyages, tant son enthousiasme est intarissable au fil des saisons qui passent et qu'elle mesure en milliers de kilomètres. Un vrai globe-trotter de bout de femme. »

Fiona ne fit au contraire aucune allusion à ses voyages. Elle m'écoutait. Je n'avais jamais eu cette impression d'écoute aussi attentive, en dehors de celle de ma mère, sans doute.

Je n'avais pas souvenir non plus d'un père me posant autant de questions. Ce n'était pas faute de s'intéresser à moi. Il savait lui aussi m'écouter et puiser dans mes propos ce qui m'interpellait, ce qui pouvait me freiner, me faire hésiter à agir. C'est ce qu'il savait faire le mieux : agir, mais sans trop promettre, sans trop s'avancer et il apportait bien souvent des solutions, *ses* solutions que son expérience lui dictait et les autres, qu'il trouvait par le biais de son cercle étendu et fiable de ses connaissances. J'en avais pour preuve tous les contacts qu'il m'avait donnés pour trouver des stages dont celui, d'ailleurs qui m'attendait prochainement, dans huit semaines, et pour six mois. Ce n'était pas n'importe quels contacts, pas de ces contacts stériles que parfois le temps se met à faire rouiller ou bien qu'il foudroie d'amnésie ; les siens étaient réactivés en permanence, il vérifiait toujours le poids qu'ils pesaient encore quand il venait à faire ses extraordinaires rapprochements entre hommes et besoins, besoins et hommes, s'assurant de la fiabilité des uns et des autres... Il ne me restait plus que deux mois en effet avant de partir.

La préoccupation de trouver une expérience professionnelle étant passée depuis la fin de l'an dernier, je m'étais mis à penser à d'autres choses, plus ou moins sérieuses et, d'un seul coup, l'échéance s'était rapprochée comme une grande marée d'équinoxe qui fait submerger tous les grains de sable de la plage de la vie, ceux mêmes les plus hauts retirés. N'ayant pas l'âme d'un pêcheur sur la grève, je ne ressentais pas un réel enthousiasme pour le bain professionnel et l'expérience dont j'allais bénéficier, cette mise en condition de la vie telle qu'elle est vécue pour la plupart. J'avais apprécié mes années d'études mais je me posais néanmoins des questions sur le choix du domaine dans lequel j'avais décidé de m'investir. Qui de mes amis ne s'en posait pas ? Cette simple question modulait mon inquiétude et je me préparais du mieux que je pouvais.

J'avais écarté la possibilité de partir au Canada, à cause de Maria. Je ne lui en avais tout simplement pas parlé, voulant éviter de la faire se sentir coupable de cette décision qui n'était autre que la mienne. Décision que mon père regrettait profondément. Il espérait profiter de moi pendant l'hypothétique séjour. Son retour en France pendant trois ans ne lui avait pas apporté tout ce dont il attendait d'une absence de l'hexagone de près de vingt ans et d'une expérience qui l'avait fait évoluer dans son entreprise.

Il avait en effet semé cette expérience, son expérience avec ses méthodes et son efficacité, son implication généreuse dans l'entreprise, sur un sol étranger et inconnu à débroussailler ce qu'il fallait commercialement viabiliser, mais les alluvions de la Seine avaient déjà apporté à Paris l'engrais nécessaire aux succès accélérés et presque assurés. Malgré un surplus d'énergie qu'il avait dû dépenser ici à Paris et les luttes intestines qui se donnaient entre les anciens et les jeunes diplômés aux dents longues, les rares moments qu'il s'adonnait à parler de lui laissaient à penser qu'il avait été plus déçu par sa situation personnelle que par les aléas pourtant évidents, de sa vie professionnelle.

Mon père ne faisait jamais état de ses frustrations, quelles qu'elles pouvaient être et, lorsqu'il *nous* annonça son intention de repartir au Canada, malgré les perspectives que Paris pouvait lui offrir, nous fûmes livrés à nos propres déductions, par un jeu de raccourcis qui arrangeaient tout le monde, lui se contentant de dire que l'essentiel de sa vie professionnelle était effectué et qu'il était un peu tard pour rattraper un quelconque temps perdu, nous, ma mère surtout, car j'étais encore bien trop jeune et naïf, nous contentant de penser qu'il n'en avait que pour son boulot et que le reste importait finalement peu. Comme il n'aimait pas vraiment Paris, Paris qui avait attiré son ex-femme, celle qui était restée ma mère, c'était sans trop de regret. Il était reparti tout là-bas où il avait retrouvé ses amis et certaines de ses habitudes. Mais pas celles qui s'étaient installées dans sa maison, au fil des années. Il avait dû se séparer du « ranch » où j'avais passé les premières années de ma vie et où j'étais revenu ensuite, quand ce lien entre mes parents, si lointain dans le temps et l'espace, ne voulait plus rien dire, à peine encore la parenthèse à l'intérieur de laquelle nous avions vécu tous les trois, au trop lointain tout début. J'avais appris cette vente avec beaucoup de tristesse ; je perdais une racine de ma vie. Dans l'égoïsme de l'enfance et l'irréalisme fréquent des adultes, je trouvais encore les moments passés là-bas, trop courts et inachevés. Le grand lasso à capturer les bêtes et les gens égarés n'avait été que dans ma tête d'enfant, un autre rêve dont j'aurais pu me passer.

Jean Paul, mon père, s'était ainsi remis en contact avec l'une de ses anciennes secrétaires de BaxterCo, alors qu'il travaillait dans l'est de la France, Corinne. Une femme dont, à plusieurs reprises, il m'avait fait l'éloge, une femme que, malgré son modeste statut, les plus grands de la boîte écoutaient. Peut-être regretta-t-il ensuite de m'avoir donné un choix ? Peut-être, mais il se garda bien, une fois de plus, de se découvrir comme il savait trop le faire lorsqu'il s'agissait de ses regrets. Il ne fit donc pas de commentaires lorsque je lui fis part de mes intentions et du choix dont il était, de toute façon, à l'origine.

Il était au courant de ma relation avec Maria et c'était pour lui une raison suffisante du choix que je m'étais résolu à prendre. Il n'avait pas encore rencontré mon amie. Il y avait encore le temps. Je craignais un peu cette rencontre, je craignais qu'il trouve dans Maria l'écoute dont il me semblait avoir été privé depuis longtemps et que je n'avais pas été capable de lui accorder. Ce n'était que l'esquisse d'un sentiment : une simple impression. Mais je n'étais, en tout cas, pas trop pressé de le voir succomber à l'humaine tentation de parler de lui, à celui ou celle qui finirait un jour, peut-être, par gagner sa confiance. Maria pourrait être cette personne et je n'étais pas prêt, pas même disposé à en savoir plus de la vie et des sentiments de mon père, par la bouche d'un autre, ou d'autres, comme cela commençait à se faire et à mon grand regret pour ma mère.

Mais si lui savait me comprendre sans me poser de questions, j'avais aussi, de mon côté, quelques certitudes le concernant, dont celle qu'il n'était pas vraiment heureux. Du couple que ma mère et mon père avaient formé, j'avais l'intime conviction que c'était lui qui avait payé le prix fort des ravages d'une séparation. Peut-être en avait-il été la cause principale, je ne pouvais le dire. Ma mère s'en était plutôt bien sortie. Presque tout contribuait à le croire. Presque tout ! Comment pouvais-je vraiment le savoir ? Elle était partie avec l'essentiel et l'essentiel que j'étais et que tous deux convenaient à me faire croire que j'étais, elle l'avait emporté avec elle pour l'installer à sa façon et le faire grandir, sans partage, sauf peut-être avec celui de sa passion d'écrire. Il m'en était resté suffisamment mais on n'a jamais assez, pour être vraiment heureux, surtout quand on est un enfant.

BaxterCo avait racheté une de ses concurrentes allemandes au cours de l'année deux mille quatre, confortant ainsi une sorte de conglomérat tentaculaire européen dont Jean Paul et quelques autres, autodidactes de son espèce, avait énormément contribué à la construction. Bien qu'elle était à quelques mois de mettre fin définitivement à sa carrière, Corinne s'était personnellement beaucoup impliquée pour me trouver un stage à la direction du marketing basée à Frankfurt, diligentée certes par mon père mais avec un empressement étonnant que rien ne justifiait plus vraiment après autant d'années, pas même les meilleurs rapports qu'ils pouvaient avoir d'une collaboration exemplaire forcément sclérosés et engourdis par le temps en question. Impliquée, elle l'avait été aussi à me trouver un logement, prévenir certaines de ses connaissances personnelles de mon arrivée dans cette région d'Allemagne où je pourrais me retrouver, au tout début, *un peu seul*, sentiment dont elle s'était aussitôt empressée de s'excuser, ne sachant pas vraiment qui j'étais ni comment j'étais à même, ou pas, de gérer ce genre de situation.

J'avais rencontré Corinne, au préalable, à deux ou trois occasions quand mon père avait eu besoin de rentrer en France et de voir ses collègues outre rhénans. J'ai gardé un vague souvenir de ma première rencontre avec elle. Elle était restée quelques instants tétanisée par mon apparition. Il me semblait pourtant ne rien avoir d'anormal, ni dans le comportement ni dans mon accoutrement qu'il m'arrivait certes, parfois, dans mes égarements d'adolescent, de livrer à quelques excentricités.

Les premières secondes de silence et d'étonnement nous avaient tous mis mal à l'aise, figeant le temps, fixant l'impression que je lui faisais ce jour-là et dont elle ne donna aucune explication. Je devais avoir treize ou quatorze ans. C'était resté très clair dans ma mémoire, au contraire de son étonnement qui restait pour moi, inconsciemment, un de mes premiers mystères. Je me souvins de ces premières paroles :

« Tu es exactement comme je t'imaginais, tel que sur la photo que Jean Paul m'avait montrée. Tes yeux bleus vont faire tourner les têtes de tes copines, Alexandre, si ce n'est déjà fait ! Ils sont irrésistibles ! »

Je m'étais contenté de rougir un peu. En vérité, je n'avais guère de choix sinon de laisser passer cet afflux de sang et de prétendre, bien gauchement, une certaine indifférence. J'avais déjà entendu ces aimables réflexions et cru vainement pouvoir maîtriser leur effet sur mon rythme cardiaque. Il me fallait encore apprendre un peu à contrôler mes émotions. Comme il me fallait attendre, pour mieux me rendre compte de ce que je procurais auprès des autres.

Les *filles*, en effet, lui avaient déjà donné parfois raison. Elles avaient déjà fait allusion à mes yeux, certes en d'autres termes, mais ils voulaient dire la même chose et je n'y avais guère prêté attention. Je n'avais même pas encore commencé à jouer au rugby ; je me souviens de cette époque où je n'avais pas trop confiance en moi, où je doutais de l'impression que je pouvais donner aux autres. Les filles étaient sensibles à ma frimousse, mais je n'avais pas souvenir d'en avoir vu aussi bouleversées par ma simple présence, comme Corinne avait pu l'être, ce jour-là. J'entendais toutes sortes de choses, pas toujours celles que l'on apprécie d'entendre et j'étais, comme d'autres sans doute, plus réceptif aux marques d'antipathie de certains que la jalousie ou bien la méchanceté gratuite poussaient, sinon aux violences physiques, aux violences verbales, dures et assassines.

Je reçus ma part de mots déplacés ne pouvant, au contraire des coups corporels, m'y soustraire totalement. Certains m'atteignaient comme des coups de poing. C'était plus le cœur qui prenait finalement mais pas pour très longtemps car ma mère, en me voyant abattu, dépité, devinait les bagarres verbales et je lui en parlais. Les ecchymoses partaient moins vite qu'elles étaient arrivées mais elles, au moins, partaient. Ma mère avait toujours en réserve les pommades de tendresse et concoctions de mots appropriés. J'évitais de faire des maladresses, de provoquer les querelles mais ne je n'étais plus certain alors d'avoir eu raison de cette volonté, d'en avoir toujours eu les moyens ou d'avoir toujours été à même de discerner la dimension des paroles, l'amplitude de la signification des mots. C'était peut-être ce qui faisait la différence entre le monde des adultes et celui des enfants et des adolescents. Une autre façon d'apprécier, ou de ne pas apprécier, de réagir ou de ne pas réagir. De simples mots pour les enfants, sans retenue parfois, l'archétype de l'honnêteté véritable, sans artifice, dure parfois mais sans fioritures, en opposition au silence quelquefois hypocrite pour les adultes avec leurs mots inadaptés, incompréhensibles et inquiétants. Certains enfants étaient plus silencieux que d'autres, plus incertains du sens des mots. Je faisais partie de ceux-là, pourtant.

Corinne s'était tue ce jour-là. Car elle n'avait pas les mots qu'il fallait en me voyant… Et ces yeux bleus, de qui les tenais-je, vraiment ? Ni Jean Paul ni Laurence… Il fallait sans doute remonter un peu dans le temps, celui des familles, ou celui simple du Temps lui-même.

BaxterCo avait tissé une toile commerciale impressionnante. Les opportunités pour s'installer quelque temps aux quatre coins du monde avaient été assez nombreuses. Mon père avait préféré rester au Canada. Il avait pris à cœur cette branche de l'Entreprise qu'il avait montée et fait grandir au fil des années, s'impliquant dans le rachat méthodique de sociétés canadiennes et américaines avec lesquelles BaxterCo travaillait déjà. Il respirait le business. Il était le poumon de la boîte. Les autres entreprises satellites languissaient de cet afflux vivifiant d'oxygène en surplus. C'était naturel pour Jean Paul. Les négociations et les regroupements allaient bon train.

C'était pourtant en Allemagne que j'allais passer ces six mois. Rien ne l'avait obligé à me le proposer. Néanmoins, il l'avait fait et ce n'était sans doute pas sans arrière-pensée. Il avait apprécié son expérience dans l'Est. Il le soulignait parfois mais il fallait déchiffrer.

J'avais téléphoné à Corinne pour lui annoncer mon choix. Elle s'attendait à mon appel mais pas nécessairement à mon choix. Le Canada paraissait plus vraisemblable, à cause de Jean Paul, mais elle n'était pas vraiment étonnée. L'enthousiasme s'entendait dans sa voix :
« Alexandre, je suis très heureuse de pouvoir faire quelque chose pour toi. Je... Je suis ravie de t'aider. M..., euh, ton père je veux dire, Jean Paul, nous avons été très proches, toujours. Le travail, oui le travail, on a fait grandir la boîte, moi plus modestement bien sûr, mais j'y étais, dès le début. Lui aussi et bien d'autres que tu ne connais sans doute pas et dont on ne t'a jamais parlé. Tu seras un peu chez toi, en quelque sorte. Cela fait si longtemps que je ne t'ai pas vu, je ne sais même pas si je devrais te tutoyer maintenant. Vingt-deux ans ? Vingt-trois peut-être, je ne· sais plus trop bien. Tu ne m'en voudras pas j'espère, de cette petite hésitation. Quand Jean Paul m'a contacté, c'était une surprise. Il avait été assez silencieux ces temps derniers. Quand il a fait allusion à toi, et m'a demandé un coup de main, j'étais heureuse qu'il fasse appel à moi. Tant de souvenirs... Rappelle-moi la semaine prochaine, je pourrai te donner des informations. À moins que je le fasse, si tu me donnes ton numéro personnel... »
Elle était émue, véritablement émue. Ce fut elle qui me rappela pour me confirmer que j'étais accepté pour le stage, me donner les premières informations et répondre à certaines des

questions que je pouvais me poser. J'avais la nette impression d'émouvoir, pour je ne sais quelle raison, cette femme que je connaissais si peu et qui, somme toute, me connaissait finalement plutôt bien...

« J'espère que tout ira bien pour vous, Alexandre. Avec une telle motivation, je ne peux pas douter qu'il puisse en être autrement. Ces stages que vous devez effectuer, est-ce votre école de commerce qui vous les propose ou bien est-ce ...

— Excusez-moi, Fiona ! »

Mon téléphone venait de sonner. Une femme était en ligne. À l'annonce de mon nom, « Alexandre Legrand », elle s'excusa :

« Je suis désolée, j'ai dû composer un mauvais numéro. C'est un autre Alexandre curieusement à qui je voulais parler, mais pas vous. Une étrange coïncidence. Désolée encore... » et elle raccrocha sans que j'aie eu le temps de comprendre la coïncidence des prénoms, de rapprocher sa façon de parler, de prononcer, à un possible visage, puis à un nom. Sa voix n'était pas camouflée mais elle ne m'était pas familière. Son numéro de téléphone ne s'était malheureusement pas affiché.

« Rien de grave j'espère, Alexandre. Vous êtes si pâle. Je ne sais pas comment vous avez pu entendre quelque chose avec tout ce bruit ici...

— Rien de grave, Fiona, merci. Juste un faux numéro, comme cela arrive de temps en temps.

— Un faux numéro qui vous a visiblement perturbé malgré tout. Votre visage Alexandre... Reprenez un peu de vin, laissez-moi vous servir, je crois que vous en avez besoin !

— Je ne pense pas que ce soit nécessaire. Un peu de fatigue, rien de plus. Je ne suis pas habitué à ces soirées. Et puis le voyage. Plus de vin n'arrangera rien, ne pensez-vous pas ? Une bonne nuit et ça sera passé. Vous me demandiez pour les stages, avant cette interruption. Eh bien, c'est mon père qui m'a aidé. Il connaît pas mal de monde. Un peu comme maman, mais dans un autre domaine, à des milliers de lieues du sien... J'aurais bien aimé trouver quelque chose seul mais c'était plus facile. Tout le monde fait appel à ses connaissances, je n'ai pas fait exception.

— Vous voyez souvent votre père, Alexandre ?

— Je le voyais plus souvent quand j'étais enfant. Maintenant...

— Maintenant, vous avez grandi et menez votre vie. Dommage tous ces divorces. Beaucoup de gens blessés, des adultes, des enfants. C'est sans doute à cause de cette peur que je ne me suis pas encore engagée avec François Bernard. Je m'en veux un peu de tant hésiter. Vis-à-vis de lui surtout ; personnellement, ce n'est pas très important...

— S'il tient à vous, il attendra le temps qu'il faudra.

— Sans doute avez-vous raison. Mais sa patience a été mise à rude épreuve ; alors...

— Alors, il ne faut pas effectivement trop *abuser*. On peut sans doute perdre patience mais... Il faut voir.

— On verra, en effet. J'aime bien faire ce que je veux aussi. Et cela n'est pas trop bien précisé dans les contrats de mariage.

— On n'est pas obligés de se marier pour être heureux, après tout !

— Non, c'est vrai, ni de se remarier.

— Pourquoi me parlez-vous de remariage ?

— Je pensais à Laurence. Elle semble être heureuse, sans avoir eu à le faire. Regrette-t-elle seulement ses années avec votre père ?

137

— C'est un sujet que nous n'avons jamais abordé. C'est son affaire et je me garde bien de l'interroger à ce sujet. Elle semble heureuse, elle est heureuse je crois ; c'est ce qui importe pour moi.

— Ne vous méprenez pas sur ce qui pouvait apparaître comme une question, Alexandre, une indiscrétion si vous préférez ! Cela ne me regarde pas de savoir si votre mère était heureuse avec votre père ou pas. C'est simplement qu'il me paraît tout à fait possible de ne pas regretter des bonheurs passés s'ils sont remplacés par d'autres, nouveaux, sans *contrat* officiel. Mais je crois que vous avez raison. Elle porte sur elle une joie de vivre, un bonheur calme et paisible. Et j'en suis ravie pour elle, et pour vous. Mais je crois que nous nous sommes écartés dans notre conversation. Tout ceci ne me concerne pas, Laurence et vous, je veux dire, et la valse de mes hésitations nuptiales n'offre pas un grand intérêt non plus pour vous. Je ne sais plus comment nous en sommes venus là ?

— J'ai mentionné mon père... Pour les stages.

— C'est cela. Effectivement. En fait, pour tout vous dire, ou presque tout, j'ai voulu rentrer dans une école de commerce, après mon bac et une prépa. Mes parents m'en ont dissuadé. Mon père était journaliste. J'ai donc fait l'école de journalisme, à Paris. C'est comme cela que j'ai commencé à voyager, beaucoup voyager. C'était nouveau, passionnant. Vous savez comment ça marche, avec les parents qui veulent retrouver dans leurs enfants des copies améliorées de ce qu'ils sont ou ont été. Et puis j'étais jeune.

— Vous l'êtes encore.

— Oui merci, c'est encore vrai. Mais j'ai accepté de faire certaines choses, professionnellement, que je n'accepterais plus maintenant. Je n'ai pas attendu d'en arriver là, d'avoir l'overdose de mentalité parfois exécrable qui te fait prendre des décisions précipitées et sans lendemains faciles, et de voyeurisme indélicat que vous connaissez sans doute. Et j'ai rencontré FBI, vous savez, à un de ces cocktails comme celui de cet après-midi où j'avais été invitée. Et puis on a fait un voyage ensemble, tout à fait par hasard, nous avions réussi à nous placer côte à côte dans l'avion. Sept heures, côte à côte, vous imaginez, pour faire connaissance, sans être dérangés par les pique-assiettes de cocktails.

— Et lui aussi, invité à un même cocktail, c'est curieux !

— Et lui aussi, forcément. Il travaillait déjà chez Kalfon. Après l'avion, et quelques heures volées sur nos missions respectives, là où nous avions été dépêchés, on s'est mis à sortir ensemble. Il y avait un poste à prendre à la promotion. J'ai tiré ma révérence au journal. Ils n'ont pas très bien compris. Mon père non plus d'ailleurs. Personne n'a vraiment aimé ni apprécié. Il n'y avait que moi. C'était peut-être la meilleure décision que je n'avais jamais prise et que je ne prendrai sans doute aussi jamais à nouveau, jamais encore en tout cas. Et j'en suis très heureuse. J'ai mis plus de temps à m'y faire que si j'avais été en école de commerce, eu la formation adéquate, mais je dois dire que je m'en suis assez bien sortie. Je ne pouvais plus décemment et financièrement considérer de nouvelles études, j'en avais passé l'âge et je ne voulais pas vivre sur les économies que j'avais péniblement réussi à mettre de côté. Je ne pense pas qu'ils regrettent de m'avoir intégrée, c'est François Bernard qui aurait pu s'en mordre les doigts le premier. Je ne pouvais pas le mettre dans la m... Enfin, le mettre en difficulté, si vous préférez. Vous savez, quelquefois, les recommandations, on ferait mieux de s'en abstenir. Sous prétexte de vouloir donner un coup de main à quelqu'un...

— Vous voulez dire que mon père, avec moi, il pourrait...

— Non, bien sûr que non, lui au moins vous connaît bien. Ce n'est pas comme si vous étiez le fils d'un copain ou d'une copine. En plus, il doit avoir bien confiance en vous ?

— Je l'espère en tous les cas. C'est un peu dommage malgré tout d'avoir quitté le métier de journaliste, non ?

— Sans doute un peu, je reconnais. Mais je l'ai fait pendant sept ans. J'ai appris beaucoup, compris aussi pas mal de choses, réutilisé cette connaissance, cette expérience, en les adaptant. Il fallait trop souvent dépasser certaines règles, certains aussi de mes principes. Et puis quand on ne sent plus bien, il faut changer. Je reviens toujours à cela, mais c'est un peu comme le mariage, quand cela ne va plus, il faut considérer autre chose, en limitant les dégâts...

— Les dégâts, vous voulez dire, les enfants ?

— Les enfants aussi, mais les sentiments, simplement les sentiments. Ça peut faire tant de mal et obliger à douter de tout.

— Je crois comprendre, Fiona.

— Les principes sont assez simples finalement. Et puis, je continue de voyager. Cependant, c'est naturellement à mes frais désormais et je dépense beaucoup d'argent. Sauf bien sûr pour ceux qui concernent les salons, les manifestations liées à mon boulot mais c'est essentiellement en France. J'ai de la chance là aussi. François ne m'oblige pas à rester en permanence auprès de lui. Il a confiance en moi et connaît mon besoin de voir le monde, pire encore pour lui, de le parcourir. Il déteste l'avion... »

Mon téléphone m'avertit une seconde fois d'un appel, peu de temps après. C'était apparemment la même personne. Les mêmes termes d'excuse. Un frisson parcourut mon corps. Les heures de la nuit avancée commençaient à perfuser leurs premières fraîcheurs dans mes veines, comme des intraveineuses qui s'irriguent sous votre peau et dont on sent les effets se répandre au rythme des pulsations du cœur. La nuit se réveillait et me rappelait ses confins. La voix de cette femme résonnait, prisonnière, dans l'espace cotonneux de ma tête. Je n'hallucinais pourtant pas et décidai de fermer enfin mon portable.

Les palles des ventilateurs continuaient de brasser l'air du temps qui passait, les mots qui, chargés de l'alcool des passions et des verres, s'égrainaient librement dans une autre de ces nuits parisiennes où les fards n'ont plus guère d'importance à cette heure. Yvonne s'était finalement installée à notre table, oubliant un peu son protocole de l'accueil. Elle restait vigilante pourtant sur le service et faisait, de temps à autre, certains signes discrets que je remarquais néanmoins et auquel le personnel de salle restait pleinement attentif, à cette heure de la nuit qui n'autorisait pourtant pas encore au repos. Un petit nuage bleuté stagnait au-dessus de notre table, hésitant, avant de se trouver happé par le brassage cuivré de la ventilation du plafond, et pour enfin se reconstituer à un identique en sursis.

Jean s'était mis à fumer le cigare, balayant constamment l'espace devant lui d'une main décidée et efficace. Je ne savais pas si c'était pour mieux laisser circuler ses paroles, ou moins indisposer ceux qui étaient assis près de lui, ou bien mieux voir maman qu'il ne cessait de regarder.

Elle, ne fumait pas, elle n'avait jamais fumé. Je n'en avais pas gardé le souvenir et elle n'en avait pas éveillé le moindre qui pouvait subsister. Elle ne semblait pas incommodée par l'odeur vraie et âcre de la feuille de tabac.

Jean Paul n'avait pourtant pas eu suffisamment de temps pour lui passer cette accoutumance. Lui, fumait beaucoup et n'avait pas cessé de le faire malgré les recommandations des uns et des autres. Et de moi, déjà petit, qui faisais écho aux avertissements des grands. Personne n'avait finalement réussi à le dissuader.

« Tant que j'aurai assez de souffle pour jouer au basket, courir, faire du vélo, taper dans un ballon, je ne me priverai pas de ce plaisir. Il n'y a pas de raison. Vraiment pas de raison… »

Il fumait des cigarillos parfois, rarement de *barreaux de chaise* comme il disait. Des barreaux de chaise… Quand occasionnellement des invités de mon père lui proposaient « un barreau de chaise », je me posais toujours cette question de savoir ce que c'était. L'allusion m'était restée, longtemps, totalement étrangère. Je ne faisais pas l'association avec le cérémonial d'ouverture des étuis de cigares, le bruit sec de coupure des bouts effilés, celui des longues inspirations pour le démarrage des petits brasiers qui rougissaient par à-coups, du bruit aussi des rejets d'air enfumé qui s'échappait des coins des bouches s'activant comme des soupapes molles de moteur. Toutes ces images m'intriguaient, m'étonnaient, mais je ne les aimais pas. Elles m'isolaient de la compagnie des grands. Je ne restais pas trop longtemps en leur présence, leurs discussions que je ne saisissais pas et puis cette odeur qui me prenait à la gorge et me faisait tousser. Une puanteur pour moi, l'enfant, une enivrante inhalation pour ces grands, les adultes, une distinction parmi d'autres des deux mondes, une étape à franchir d'appréciation que j'étais encore loin de considérer à l'époque. Et puis Jean-Paul m'expliqua un jour :

« Regarde, Alex, sous ta chaise, tu as ta réponse ! »

Il y avait quatre cigares reliant les pieds de ma chaise. J'inspectai les autres chaises. C'était le même constat. On aurait pu faire des boîtes entières de cigares avec toutes ces chaises et ces fauteuils. Je n'avais pas remarqué jusqu'alors que je m'asseyais sur du tabac !

« Je ne te conseille pas d'essayer d'en fumer. Les vrais sont déjà difficiles à allumer. Ceux-là, il n'y a que les vieux grands-pères qui puissent le faire, avec beaucoup d'expérience. Je plaisante, Alex. Mais tu avoueras que c'est très ressemblant. » Et il avait éclaté de rire, avant de passer les doigts d'une de ses mains dans ma tignasse un peu rebelle.

Il aimait bien m'expliquer certaines choses, souvent à propos de ce qui m'interpellait du monde des adultes et de leur façon de se comporter, de parler, de rire de sujets qui ne m'amusaient pas vraiment. Comme maman pourtant, il pouvait rester silencieux ou bien changeait de sujet quand la réponse l'embarrassait.

J'étais content que maman ne fume pas, qu'elle n'ait jamais fumé en ma compagnie. J'aimais trop ses parfums, *le* parfum qu'elle dégageait, toujours, et qui, lui, m'avait tant enivré. Ce soir-là, ce n'était pas son parfum qui dominait. Jean Kalfon imposait son monde à lui. J'y étais mêlé, un peu contre ma volonté.

Le restaurant s'était vidé, petit à petit ; des couples étaient rentrés, avaient déjeuné puis étaient repartis, certains à bout de conversation, d'autres obéissant aux divisions du temps du jour et de la nuit. Certains autres encore s'en retournaient avec leur ennui, ou bien avec des flammes ravivées et des menus à la carte de nuit blanche à volonté, de draps invitants, de jeux interdits ou répondant aux conformités. Des couples n'affichaient qu'un seul regret, celui que le temps ait tant et trop passé, celui de constater ses dégâts et de ne revivre peut-être que de lointains mais émouvants souvenirs par des silences et des regards, sans les corps, épuisés, par lesquels ils ne pouvaient plus autant s'exprimer...

Le taxi nous ramenait enfin à l'hôtel.

Yvonne avait contacté une société de taxis et, en dépit du délai annoncé, « une dizaine de minutes tout au plus » dont elle nous avait fait part, un véhicule arriva devant le restaurant à vive allure, stoppant net dans un petit crissement de pneus, une bonne demi-heure plus tard. J'étais on ne peut plus satisfait de l'annonce de son arrivée. L'attente m'avait semblé interminable. Maman, elle, avait continué de parler avec Jean et François Chaumont. Le temps, pour eux, semblait ne plus compter. Tout paraissait si naturel. La nuit prolongeait le jour et le jour nouveau s'apprêtait à s'abattre sur Paris qui ne s'arrêtait pas de vivre, comme si rien ne pouvait y changer, comme si la nuit n'existait pas et qu'elle était blanche comme le jour, blanche comme les traits de fatigue qui s'étaient installés sur les visages à l'insu des gens qui, de toute évidence, s'appliquaient à l'ignorer.

Fiona sembla navrée de devoir interrompre notre conversation. Elle faisait partie de ceux qui confondent le jour et la nuit, qui font durer les nuits jusque dans les jours ou bien alors peut-être les jours dans les nuits : qu'importe de savoir si la vie commence la nuit ou bien le jour. De ceux aussi qui tardent à rejoindre le trait d'union qui marque la limite des obscurités et des lumières naturelles, ce rectangle blanc, vu d'en haut, où les corps se retrouvent et s'enlacent, par pur plaisir de l'attente des étreintes, de la jouissance des jouissances à venir et des abandons les plus absolus.

Yvonne lui apporta son bonnet jaune et vert assorti à une longue écharpe tricotée d'une possible grand-mère. L'affublement avait quelque chose de touchant, d'enfantin et de naturel. Le mauvais goût qu'il diffusait attirait tout autant qu'il repoussait. Fiona s'en servait comme d'une autre peau qu'elle pouvait ôter au gré de la confiance que les instants lui inspiraient. Tout cela lui convenait et convenait finalement aux autres. Personne ne pouvait rester insensible à l'apparent mauvais goût. FBI l'avait remarqué lui aussi mais, à la différence des autres, il avait été marqué et séduit par ses étranges effets. Il avait eu raison de ne pas s'être laissé berner par cette carapace trompeuse dont Fiona savait s'envelopper.

Elle m'embrassa d'une façon très naturelle et se dit ravie de ma présence à ses côtés pendant le dîner, espérant qu'une autre occasion se représenterait pour que nous puissions poursuivre cette première rencontre inachevée, poursuivre aussi le chemin d'une amitié à peine ébauchée. Elle ne parla pourtant pas d'amitié. Je l'avais traduit de ce qu'elle avait pu dire, des sous-entendus, et de ses sourires mais le mot, lui-même, elle ne le prononça pas. Je restai néanmoins convaincu de l'exactitude de mon interprétation. Ce n'était pas difficile. Je lui dis plus ou moins les mêmes choses. Je ne sus qu'elle en fut sa propre traduction mais j'imaginai qu'elle ne fût pas très différente. La jeune femme me plaisait bien malgré tout l'ennui qui avait fini par s'installer en moi à la fin de la soirée, une fatigue plutôt qu'une lassitude quelconque vis-à-vis d'elle. J'espérai qu'elle n'eût pas remarqué mon désir de partir et de quitter « Le temps qui passe » et surtout les gens qui, contre toute attente, n'en finissaient pas de rester. J'espérai qu'elle crût à mon souhait de la revoir, elle et FBI, un jour prochain, car je le pensais sincèrement.

François s'approcha de nous et passa son bras autour du cou de Fiona comme des adolescents que tous les gestes trahissent et qui se sentent seuls au monde puis, soulevant avec un sourire malicieux un côté de son bonnet, il lui embrassa le lobe de l'oreille. Cela lui fit fermer les yeux et remonter son épaule en inutile protection. Il avait dû se pencher vers elle. Fiona portait des chaussures basses et donnait, là encore, plus d'importance à son confort qu'à son apparence. Elle était naturelle, transparente, dans sa façon d'être et de parler, d'écouter et de vouloir savoir. Elle restituait l'intégralité de ce qu'elle était, de ce que sa mère avait engendré. Son corsage entrouvert m'avait révélé un autre aspect de sa modestie. Elle avait vu mon regard s'échapper du sien puis s'égarer sur elle. Elle buvait mes paroles mais cette délectation dont je me flattais mais que rien vraiment ne justifiait ne l'empêcha pas de voir mes yeux effrontés plonger dans le bâillement en désordre et faire le trop évident constat d'un corps simple et sans prétention.

Elle ne montra ni gène ni semblant d'émotion, laissant à l'incartade le temps de passer et attendant enfin de retrouver à nouveau mon regard. J'espérais que la lumière diffuse du restaurant, comme une complice discrète, m'avait aidé à masquer un peu mon embarras. Mon sang avait été pulsé sur tout mon visage et redonné ainsi un semblant de réveil à la vie. La soirée ne m'avait pas épargné des variances de couleurs que les émotions encore m'imposaient. Fiona s'était abstenue de commentaires pour celle dont elle était indirectement responsable. Ma pâleur occasionnée par l'appel téléphonique l'avait troublée. Elle s'était sans doute amusée, en silence, de l'autre changement.

Tout le monde feint de ne pas les voir mais ils savaient que l'on savait, l'adolescence n'était plus qu'un presque lointain souvenir déjà pour eux, et ils savouraient d'autant plus le spectacle qu'ils offraient en partage.

« Alexandre, je présume que Fiona vous a fait part de son dernier voyage ? Elle ne peut Généralement pas s'en priver. Une nouvelle oreille attentive… C'est toujours une aubaine !

— Tu es mauvaise langue, François, c'est moi pour une fois qui ai écouté. Alexandre a eu la gentillesse de me parler de ses études, celles que j'aurais aimé faire. Quant à toi, je peux imaginer que tu as parlé du prochain Goncourt, des "nominables" potentiels et du différend que tu as avec François Chaumont, pas exactement un différend mais des points de vue quelque peu divergents, sur ce que l'on peut appeler des pressions que vous pouvez mettre sur les jurés…

— Des conseils, Fiona, des conseils seulement ! Tu sais bien ce que je veux dire. Donc effectivement, je dois avouer que nous avons beaucoup parlé de cela, mais tu n'es pas en reste avec cette actualité et ces discussions, quand tu n'as pas la compagnie d'Alexandre. Je suis content que tu aies pu changer un peu de sujet, sortir de nos livres et de nos échéances littéraires qui marquent les saisons. Comment nous en échapper alors que nous ne parlons que de rentrées littéraires ? Nous avons donc du mal à sortir de notre propre quotidien. Notre passion nous perdra un jour ! Alors que l'on aura oublié tout le reste, manqué d'autres choses importantes. Mais on ne peut pas faire ce que nous faisons sans passion… Je crois, Fiona qu'il ne faut pas retenir Alexandre plus longtemps. Nous pourrions continuer de parler encore longtemps. Ce sera peut-être pour une autre fois. Ravi, Alexandre, que vous ayez pu vous joindre à nous, que vous ayez pu venir avec Laurence. J'espère que ce n'est qu'une première occasion.

— Je serai moi-même ravi de vous revoir. J'ai cru comprendre que Fiona a beaucoup à faire partager, ses voyages, son travail aussi. Je n'ai rien appris ce soir. Trop dit et trop parlé de moi-même... », me contentai-je de répondre.

François Bernard me broya les phalanges d'une poignée de main amicale qui, pourtant, ne put ignorer l'agonie et la plainte macabre qu'elles gémirent en craquements. Fiona pouvait être rassurée par la compagnie de son ami. Encadrée, gardée de son corps. Du haut de son imposante carrure, il lui fallait plus de quatre épingles pour être « tiré » comme il l'était, mais c'était une réussite, tout comme celle de pouvoir irradier avec succès, de sa personne, le côté sécurisant dont Fiona semblait avoir besoin. La monture de ses lunettes était classique, sans logo, sans prétention, rondes avec des bordures fines et noires et des branches qui s'accrochaient aux deux cercles à mi-hauteur. Il les tenait un peu sur le bout de son nez, un nez généreux qui laissait de l'espace pour les avancer ou les reculer à sa guise, facilitant les occasionnels réglages optiques dont il avait fait usage durant le dîner. Il avait cet air « intellectuel » dont certains disposent d'une façon naturelle, certains que l'on peut d'ailleurs imaginer naître avec les lunettes pré installées sur le nez et dont les années altèrent si peu la physionomie. Ce n'était pas vraiment qu'une apparence dont on pouvait s'étonner. Il était, dans son genre, un intellectuel, un intellectuel inconscient de son état. Il sentait encore l'après-rasage, un after-shave que je devinais de chez Boss. Pour sa coiffure, il me semblait dommage qu'il ait été au-delà de l'efficacité dont il semblait particulièrement faire preuve, d'une manière générale et presque radicale. Il avait en effet dû souffrir d'une calvitie partielle et, pour mettre un terme à l'indisposition dans laquelle elle l'avait conduit, il avait décidé de se raser complètement le crâne. On voyait très bien là où son système capillaire essayait encore de s'imposer et de s'opposer à la brutalité du rasoir qu'il devait passer quotidiennement. Ses cheveux avaient dû être noirs comme les plumes du corbeau. FBI le redevenait un peu, dans la métamorphose du fil des journées et des nuits. François Bernard était une brute gentille qu'on aime avoir comme ami.

Ce fut alors au tour de Daniela de me tendre la main. Elle s'était approchée de nous trois, FBI, Fiona et moi-même, alors que nous préparions notre départ. Elle était grande et distinguée, elle aussi, à peine la cinquantaine, la femme du Directeur de Kalfon. Sa discrétion m'avait convenu et j'avais aimé la façon dont elle ne m'avait pas vraiment parlé des gens. Son impression sur ma mère n'était pas ambiguë pourtant, pas plus que celle que j'avais d'elle mais c'était sans doute parce que j'étais plus réceptif à ses messages la concernant qu'à tous les autres. Je savais de qui elle parlait, pour qui plutôt elle s'avançait à donner quelques-unes de ses impressions et de ses sentiments.

Son maquillage cachait subtilement les quelques alertes des méfaits des années passées. Son rouge à lèvres était quant à lui moins discret, amplifiant l'aspect charnu et sensuel du contour de sa bouche. Il ne m'avait pas échappé que les rebords de ses verres à boire alignés sur la table, comme les pages de livre, avaient imprimé de longs paragraphes d'une histoire d'amour, de passions d'hier et de demain, sans les mots, sans ponctuation, avec juste les soulignements des lettres absentes.

Le contact de sa main fut comme une tendre caresse ; il n'avait rien à voir avec la poignée de main amicale façon « FBI », c'était plus l'antinomie velours béton que celle du jour et de la nuit qu'au fond François Bernard et Fiona formaient ensemble : une sorte de parfait complément qui faisait que l'un n'allait pas sans l'autre ni ne pouvait vraiment s'en dissocier. Un autre coup de béton m'aurait fait grimacer et peut-être gémir honteusement ma douleur. J'avais pourtant connu certaines brutalités, des douleurs de tibias labourés, de côtes maltraitées, de plaies ouvertes, d'entorses à répétition, de ligaments déchirés, d'épaules déboîtées, j'avais aussi toujours eu en moi cette idée originelle de la douleur qui pouvait hanter parfois certaines de mes nuits d'insomnie, celle-là surtout m'obsédait ; je venais d'en découvrir une autre, étonnante, différente et que je n'espérais pas perverse. Celle dont on est quelquefois prévenu par avance et pour laquelle on se prépare, comme l'on peut, de l'agression.

On s'aventure à identifier les gens aussi par leurs poignées de main et certains se retrouvent ainsi classés au chapitre des brutes invétérées, brutes par plaisir de l'être ou bien dans l'innocence et l'inconscience totales de leurs montagnes de force. Et puis, il y a les autres, tous les autres, ceux que l'on oublie plus rapidement ou que l'on veut oublier. Ce soir-là, personne ne s'était donné la peine de me prévenir ou bien n'en avait pas trouvé le temps. Je m'étais donc laissé surprendre. Je leur en voulais à tous. J'aurais voulu que la douleur se répercute jusqu'au plus profond d'eux-mêmes. Je pardonnais à peine à ma mère qui, forcément, savait. Mon souvenir de cette première rencontre en resterait imprégné pour longtemps. En me frottant discrètement les phalanges meurtries, je ne pus m'empêcher de sourire en pensant à la menue Fiona…

Cela étant, j'oubliai les interminables adieux auxquels je dus me soumettre avec les autres. Qui saluai-je encore, qui m'accorda encore des paroles sympathiques avant de monter dans le taxi ? Tout avait fini par tourner autour de moi et j'avais ainsi succombé à la brume anesthésiante du petit matin qui s'installait autour de moi et dont je n'avais pas encore appris à m'habituer.

Le dernier souvenir que je gardai de ce monde indécis du « Temps qui passe » fut celui de Jean Kalfon qui s'était réinstallé à la table, près d'Yvonne, une Yvonne aussi fraîche qu'à notre arrivée. Il regardait intensément ma mère se diriger vers la sortie. Je ne savais plus si je l'avais salué avant de partir, cela m'était finalement égal. Il était là, derrière un petit nuage d'un dernier cigare de la soirée ou d'un des premiers du matin.

La porte s'ouvrit enfin. Un souffle libérateur d'air extérieur me fit revenir à moi. La nuit était fraîche. Ou bien était-ce tout ce monde, l'inefficace rotation des palles des ventilateurs, l'air prisonnier du « Temps qui passe », l'alcool aussi sans doute, la confusion dans laquelle j'avais vécu ces dernières heures ? À peine sorti, quelques mèches de ma tignasse blonde s'agitèrent aussitôt, soulevées par de petits tourbillons du vent de septembre, tels de petits feux follets endiablés qui brûlaient leur immédiate liberté. J'étais heureux de revivre, de respirer, heureux de quitter cet univers, heureux d'aller vers un repos qui ne cessait de se réduire au fur et à mesure que les heures s'écoulaient, mais qui allait enfin arriver.

Ma mère m'avait suivi. Elle s'installa rapidement à l'arrière de la voiture et je fermai sans attendre sa portière, tel un garde du corps pressé de terminer sa mission, sans encombre. En contournant le taxi pour m'y installer près d'elle, de l'autre côté, je remarquai trois personnes qui se tenaient debout, près de la porte d'entrée du « Temps qui passe ». Elles n'étaient pas sorties sur le trottoir. Deux dont j'étais certain et une autre que je ne distinguais pas très bien. Il y avait Yvonne et Jean Kalfon. Ils s'étaient levés à leur tour. Lorsque la voiture démarra, il leva une main, comme un « au revoir » qui ne pouvait s'adresser qu'à ma mère, certainement pas à moi, il me voyait à peine.

J'indiquai le nom de l'hôtel au chauffeur. Il acquiesça de la tête, sans demander l'adresse. Je voyais une partie de son visage dans le rétroviseur. Il avait d'énormes poches sous les yeux. Son front se ridait au rythme des lampadaires qui défilaient au-dessus de nous. Il n'avait pas l'air en très bonne santé mais la lumière blafarde et intermittente nous donnait à tous un air encore plus cadavérique que celui que la fatigue déjà, en première couche, nous avait étalé sur nos visages. Une étrange odeur se dégageait à l'intérieur du taxi. Un mélange de cuir et de pommade médicamenteuse qui m'incitait à penser que l'homme se soignait pour un rhume ou un quelconque inconfort de santé. Il ne dit pas un seul mot de tout le voyage. Cette course paraissait être pour lui un calvaire, une de trop. J'espérais pour lui que ce fut la dernière de je ne sais quelle partie du jour ou de la nuit dans laquelle nous nous traînions, dans laquelle moi surtout, je me traînais. Ma mère avait l'air d'avoir bien supporté, jusqu'à ce qu'elle s'écroule sur la banquette arrière, ce long débordement dans un autre jour. Ses yeux avaient encore les reflets qui indiquaient une large suffisance de ressources et de moyens pour contrer l'ahan fatal que, finalement, ses lèvres comme les miennes nous interdisaient de laisser échapper. Maman quitta des yeux Paris illuminé et me regarda avec tendresse. Elle prit une de mes mains et la serra puis, l'amenant à sa bouche pour l'embrasser elle me dit :

« Merci, Honey, d'être venu. Je savais que ce serait un peu dur pour toi mais tu ne peux savoir combien, pour la première fois peut-être, j'étais si heureuse de fêter un de mes livres, avec ceux que j'aime et respecte, mes quelques vrais amis je crois et surtout toi… Tu as l'air ravagé par la fatigue ou bien l'ennui. J'en suis désolé. Encore quelques minutes et tu pourras te reposer. Moi aussi d'ailleurs, car je suis également un peu à la limite. Je le cache peut-être un peu mieux que toi, voilà tout… »

Elle libéra ma main et s'appuya contre moi, laissant le premier virage la presser contre moi, pour se caler ainsi confortablement, jusqu'au bout du parcours. L'odeur du tabac dans ses cheveux se rajoutait au curieux mélange qui régnait déjà. Ils s'étaient fortement imprégnés de la puanteur des nuages de cigares. Je détestais cette odeur, plus encore ce soir, mais je me gardai de faire le moindre commentaire à ce sujet.

« J'ai remarqué qu'ils avaient ton Aberlour au "Temps qui passe". Ton Scotch préféré apparemment !

— C'est moi, semble-t-il, qui leur ai fait découvrir. Je me plaignais, au début que je fréquentais l'établissement, de ne pas trouver ce Scotch, plus pour taquiner un peu que critiquer vraiment car Yvonne dispose d'une très bonne sélection. Et puis, un jour, Yvonne me l'a proposé en remplacement du Glemorangie qu'elle réussissait à me "vendre" à chaque fois. Depuis, elle le propose à ses clients, le conseille fortement à ceux qui ne connaissent pas. C'est cela Alexandre, le commerce. Tu sais cela aussi bien que moi, sans doute mieux, d'ailleurs. Tout le monde s'y retrouve et chacun est content.

N'est-ce pas là l'essentiel ? Et c'est peut-être aussi cela la marque non pas d'un Scotch mais celle d'une certaine amitié.

— Ce n'était pas un reproche. Je faisais seulement remarquer qu'ils te connaissent bien "Au temps qui passe !"

— Depuis le temps, c'est un peu normal. Yvonne est la patronne depuis vingt-cinq ans. Je l'aime bien. Elle est accueillante, toujours d'une humeur égale, un mot gentil quand il le faut. Elle a perdu son mari il y a deux ans. C'est lui qui faisait la cuisine. Il apparaissait rarement en salle. C'était toujours elle. Elle n'a pas arrêté de travailler. Une semaine, tout au plus. Personne, en dehors des habitués, n'aurait pu imaginer qu'elle avait perdu celui avec qui l'aventure de ce restaurant avait commencé. Ils s'entendaient bien. Elle a eu de la chance de trouver cet autre chef, malgré tout. Elle voulait qu'il y ait une certaine continuité aux fourneaux, quelque chose d'assez traditionnel mais de créatif. Elle a présenté ses exigences et n'a reçu que trois ou quatre candidats à la succession. Elle a gardé le premier qu'elle avait pris à l'essai pendant un mois. Mais ce n'est plus tout à fait la même chose.

— On pense qu'ils s'entendaient bien... Certains aiment à faire penser...

— Pourquoi dis-tu cela ?

— Pas de raison particulière. Peut-être qu'il est impensable pour certains d'avouer qu'ils ne sont pas heureux ? C'est tout. Pour garder la face.

— Je ne sais pas. Il est possible que tu aies raison... Yvonne a son franc-parler. Rien ne l'obligeait à dire ce genre de chose... Je ne pose pas trop de questions sur les couples en général, je présume que les gens sont heureux ensemble. J'ai vu que tu as beaucoup parlé avec Fiona ? J'espère qu'elle ne t'a pas trop "accaparé" ?

— Avais-je vraiment le choix ? J'étais assis à côté d'elle. Et de la femme de François Chaumont. Toutes deux charmantes, je dois dire.

— Je sais que ce n'est pas dans ce genre de situation, coincé à table, que l'on peut rencontrer un maximum de monde. Mais tu avoueras que tu n'étais pas le plus mal "servi". Je les connais assez bien toutes les deux, elles sont adorables.

— Tu ne m'aurais pas laissé m'asseoir près d'Esther ?

— Elle n'était pas là, à quoi bon poser la question ? Et, je n'étais pas à l'origine du plan de table !

— Never mind, maman !

— Tu as raison... Je suis content d'aller me reposer un peu. À quelle heure est ton train, demain ?

— 11 h 30, mais je vais voir si je peux changer. Je ne pourrai pas tenir le coup autrement. Mais il faudra que j'en discute avec Maria tout d'abord car nous avons, en principe, un dîner avec ses parents et des amis, demain soir. Je veux être présentable et en forme relative. Cela m'arrangerait si ce dîner pouvait être annulé mais j'en doute, Maria ne m'ayant rien dit ce soir.

— À quelle heure espères-tu partir, alors ?

— 14 h 30, si c'est possible, je verrai. Mais pas plus tard. Je veux prendre le petit-déj avec toi maman ; nous avions convenu...

— Bien sûr, j'y compte aussi. Le dernier petit déjeuner que nous avons pris ensemble me paraît si lointain... »

Comme les rayons balayant l'écran d'un radar d'une tour de contrôle aérien, les lampadaires faisaient glisser d'avant en arrière du taxi des faisceaux lumineux, égrainant une à une les dizaines et centaines de mètres qui nous séparaient de notre hôtel. La circulation était fluide. J'étais étonné pourtant qu'il

155

puisse y en avoir encore autant à cette heure indue du petit matin. Notre voiture se faufila facilement dans le dédale des avenues, puis des rues. Bien que sonné par le poids des heures accumulées depuis mon arrivée à Paris, je réalisai que notre chauffeur n'avait pas pris le chemin le plus court. Je ne fis pas de commentaire, ne voulant pas indisposer notre cadavérique chauffeur et l'obliger à desserrer les dents pour d'improbables explications cohérentes. Ma mère ne remarqua rien, je la sentais s'écraser de plus en plus sur moi. Elle était confortable. La voiture avait remonté une partie du boulevard Saint-Germain. Nous passâmes devant l'église de Saint-Germain qui était encore restée illuminée. Arrivés au bout de la rue Monge, le chauffeur récupéra le boulevard Arago sur une centaine de mètres pour continuer tout droit et s'engager à droite sur le boulevard Saint-Jacques.

Un essaim de voitures de police s'était formé place Denfert Rochereau. Les képis de policiers réfléchissaient de deux bandes blanches les faisceaux des codes de la voiture. Deux agents nous firent signe de circuler, de ne pas ralentir. Une couverture était étalée sur la chaussée et deux hommes accroupis s'affairaient à je ne sais quelle tâche. De réanimation vraisemblablement ou quelque chose d'assez peu réjouissant. Des gyrophares aveuglants fouettaient le périmètre en alerte d'éclairs bleuâtres. Ils continuèrent quelque temps à imprimer leur message d'une détresse anonyme sur le bas du plafond avant de l'habitacle, telle la marque d'un pouls qui luttait pour survivre.

Tout ne devenait pour nous qu'un passé, sans vécu et encore moins sans lendemain ; nous roulions, oubliant le déjà oublié d'un Paris sans cesse en émoi, sans cesse en survie, sans cesse en recherche d'exister. Et puis le profil de la tour Montparnasse apparut entre deux rangées de maisons. Une silhouette géante qui se découpait dans le ciel pollué des clartés artificielles encore actives pour quelques heures seulement et que quelques néons blafards de bureaux délimitaient dans l'espace aérien. Quand la voiture s'immobilisa quelques minutes plus tard devant le « Mercury », ma mère se redressa d'elle-même, ne confondant pas cet arrêt à celui d'un des rares feux tricolores qui avaient perturbé notre transfert dans Paris.

Le chauffeur annonça le prix de la course, sans même se retourner. Ma mère avait déjà ouvert son sac à main et saisi quelques billets. Elle tendit un compte rond au chauffeur, l'invitant à garder la monnaie. Elle avait fait attention au montant affiché au compteur, comme de chaque détail qui lui paraissait important et qu'elle observait. C'était le sac que je lui avais offert l'an passé, pour son anniversaire, un cadeau pour lequel elle m'avait tant critiqué. Elle avait raison. Ce sac Gucci était déraisonnable et dépassait de loin les moyens d'un étudiant lambda que j'étais et n'étais pas à la fois. J'avais plus de moyens que la plupart de mes amis, sans être fortuné pourtant, mais c'était des moyens propres que j'avais su préserver et dont je disposais quand bon me semblait.

Le taxi repartit. La petite lumière en haut du véhicule n'avait pas été rallumée, par oubli ou bien par signe de la fin d'un service, un service minimum, sans paroles, sans regard, marqué cependant par cette odeur qui resta accrochée à nous quelque temps encore après. Les deux voyants rouges arrière disparurent rapidement, au coin d'une rue, à quelques dizaines de mètres seulement, comme deux virgules sur la page de macadam noir qui racontait l'avenue Pasteur.

Les drapeaux européens flottaient au-dessus de l'entrée, se déployant et s'enroulant à nouveau sous les effets d'un vent indécis. Nous piétinâmes sans considération l'ondulation de leurs ombres difformes. Il nous tardait de rentrer et de retrouver nos chambres ; pas même ces ombres symboliques n'auraient pu nous arrêter ni même nous ralentir. Et puis le tourbillon de la journée se termina par la rotation de l'énorme porte d'entrée de l'hôtel que je dus pousser avec force pour lui donner suffisamment d'élan. Nous pénétrâmes enfin dans le grand hall de faux marbre. Il était presque désertique. Un couple récupérait sa clé de chambre. L'homme était débraillé, son col de chemise ouvert et son nœud de cravate complètement défait ; il avait ôté sa veste et la tenait négligemment par-dessus son épaule. La femme tenait ses chaussures par les lanières et se cramponnait au comptoir d'accueil de l'autre main, sans assurance. Elle semblait avoir bu et l'homme, quant à lui, ne remontait guère l'image du couple que tous deux formaient. Elle commença à traverser le hall en direction des ascenseurs. La distance était une épreuve et je m'attendais à la voir s'affaler sur le sol à tout moment. Elle n'avait apparemment pas bu le verre fatal qui lui aurait interdit cette traversée d'océan dallé et, tant bien que mal, toujours sans ses chaussures, elle réussit à atteindre le clavier de boutons d'étages. Son ami avait une démarche plus assurée mais il avait préféré se donner le maximum de moyens et ne pas compromettre sa propre traversée qu'il choisit donc de faire en solitaire. L'ascenseur avala la femme éméchée puis ce fut au tour de son compagnon d'être mastiqué par les deux mâchoires métalliques qui se refermèrent gloutonnement sur le couple. Ces images des gens qui disparaissent dans les ascenseurs m'avaient toujours quelque peu fasciné ; le dernier cliché avant qu'ils regagnent leurs chambres ou un quelconque salon. Ou ne regagnent pas, personne vraiment ne le sait. Et puis pour quelle raison, pour poursuivre quelle sorte de nuit ou de matin, pour s'aimer ou se déchirer, se retrouver peut-être et faire une paix temporaire ? Cette incertitude m'interpellait souvent. J'aurais aimé savoir bien souvent, comme pour ces deux épaves en détresse, presque seules et ensemble pourtant.

C'était un peu comme pour moi qui ne savais pas dans quel ascenseur j'avais bien pu monter et si j'en étais vraiment ressorti. Et si j'en étais ressorti, étais-je resté vraiment le même ? C'était l'ascenseur de ma vie dans lequel je me trouvais peut-être encore et j'aurais aimé savoir si je devais en sortir et à quel étage, à quel moment... Parfois je me disais que j'en étais sorti et que pour savoir tout ce qui semblait m'avoir échappé et comprendre tout ce qui paraissait si important à comprendre, il me faudrait y remonter et redescendre, redescendre où tout avait commencé. Il me faudrait un groom, plusieurs grooms, je ne savais pas vraiment, un guide des étages. Il me faudrait de l'aide. Je m'étais décidé à comprendre et me rassurer pour ce dont je n'étais point certain. Il me faudrait en parler à d'autres, d'autres personnes que celle qui, je le croyais de plus en plus fort, ne m'avait pas tout dit ni tout raconté.

Ma mère sortit au troisième étage. Je m'avançai avec elle, pour quelques fractions de seconde seulement. L'éclairage du couloir me confiait sa fatigue, ses années aussi sans doute. Elle voulut passer son bras autour de mon cou. Ce fut moi qui le fis.
« Bonne nuit, maman. Je passe te prendre tout à l'heure, à neuf heures quarante-cinq. Ils arrêtent le service du petit déjeuner à dix heures trente. Ça nous laissera assez de temps pour nos "bacon and eggs" et pour parler un peu. Dors bien en attendant et merci à toi de m'avoir invité à être auprès de toi...

— Dors bien aussi, Hon, repose-toi et c'est moi qui te remercie. Je... Non, rien, je voulais juste te dire qu'il ne faut pas te soucier. Te soucier de cet appel. Ce n'est sans doute rien. Essaie d'oublier... Pense plutôt à Maria. Tout ce qui t'attend de bien. Le reste, surtout cela, n'a pas beaucoup d'importance... ».

J'appelai l'ascenseur à nouveau. Quand je commençai à pénétrer à l'intérieur, ma mère avait disparu, derrière une autre porte, avec ses propres mystères. Et le mien.

J'appuyais sur le cinq...

Chapitre 4
La veille, à quelques rues de là, dans Paris

La porte s'ouvrit en grondant comme un tonnerre lointain. La cabine reflétait ses occupants de ses trois miroirs impeccablement propres, dépourvus de la moindre marque de doigts ou d'une quelconque preuve de défaillance du service d'entretien d'immeuble. Une odeur synthétique et quelque peu prétentieuse d'épices exotiques était diffusée en permanence, par courtes périodes préréglées. Personne ne pouvait se laisser prendre à ce piètre subterfuge mais l'imitation de senteurs d'horizons lointains s'avérait néanmoins rassurante, après une journée de travail, après un éloignement plus ou moins prolongé. C'était l'odeur que les habitants associaient à leur *chez eux* duquel ils se rapprochaient.

Les numéros s'étaient allumés, les uns après les autres, prenant le temps de se passer le relais. Le chiffre sept s'immobilisa enfin et resta affiché.

L'immeuble était bien tenu, les prestations répondaient aux attentes de ses résidents. Un soin particulier avait été donné à la décoration et l'on avait insisté sur l'irréprochabilité et l'efficacité du nettoyage. Des plantes grasses luxuriantes avaient été repiquées dans un petit jardin entouré d'une palissade de verre qui remontait jusqu'en haut du plafond. Un des panneaux de verre servait de porte au gardien pour accéder à l'intérieur. C'était comme un énorme pilier végétal soutenant le hall de l'entrée. Des projecteurs mettaient adroitement en valeur l'épanouissement de tout ce petit univers qui vivait prisonnier et se donnait en spectacle. Un thermomètre intérieur indiquait vingt-huit degrés en permanence, l'hiver comme l'été. Parfois, on pouvait voir un homme en blouse blanche extirper les feuilles jaunies, les fleurs fanées, et les mauvaises herbes qui osaient apparaître au travers des gros galets ronds qui servaient de garniture au sol. C'était à peine s'il ne les retirait pas avec des pincettes médicales. Il ressemblait plus à un chirurgien qu'à un jardinier, encore moins à un gardien. Des étiquettes de plastique dans l'épaisseur desquelles des lettres avaient été soigneusement gravées indiquaient les noms des plantes. C'était presque un labo, mais un labo de bon goût et de luxe.

Ce jardinage « in vitro » avait quelque chose de fascinant, d'irréel, où tout ce qui s'y trouvait semblait subir, domestiqué et où le naturel paraissait totalement contrôlé et déplacé de son milieu d'origine. Des tiges velues d'où partaient des feuilles intrigantes et quelques fleurs, rares et diaboliquement étranges, défiaient les parois de leur cellule. Certaines s'arc-boutaient pour essayer en vain de s'échapper, d'autres se recroquevillaient sur elles-mêmes après leur échec et semblaient attendre d'avoir repris leur énergie pour réessayer une autre tentative d'évasion. Des reptiles y auraient trouvé leur place ; on aurait pu les imaginer, immobiles, enroulés sur eux-mêmes, engourdis par la chaleur et l'ennui, leurs langues coulissant de leurs gueules, en unique signe d'existence... Ils étaient ailleurs, libres sans doute et donc plus dangereux. Certaines sortes de vipères aussi. Parmi tant d'autres espèces.

Aucun luminaire n'était suspendu ni accroché aux murs. Seules de petites vitrines, similaires à celles parfois des bijouteries, produisaient l'éclairage du hall d'accueil. Des miroirs réfléchissants démultipliaient l'énergie des ampoules camouflées avec ingéniosité dans la pierre. Le principe était simple, sobre et efficace. La même conception avait été reproduite dans les couloirs des étages avec de subtils effets de couleurs.

Esther sortit sur le palier du septième.

Les résidents étaient essentiellement des couples jeunes, sans enfants et des célibataires. L'immeuble n'avait pas été conçu pour accueillir les familles. Le promoteur l'avait voulu ainsi. Les appartements ne disposaient donc que d'une chambre mais certains disposaient d'une chambre et d'un bureau. Et tout avait été conçu pour que le bureau ne soit pas aménagé en chambre. Sans avoir toutefois conditionné à outrance le concept des logements, songer à le modifier apparaissait comme un véritable défi à son créateur et comme un appel aussi à un découragement financier et cérébral. Sarah n'avait pas eu écho de telles transformations dans l'immeuble. D'ailleurs, une grande majorité des appartements avaient été acquis par des investisseurs pour les mettre en location. Pas d'enfants, pas de cris, pas de marques de doigts sur les murs, les vitres... C'était, en ce sens, très bien pensé.

Esther avait, quant à elle, acheté son appartement, cinq ans plus tôt. Elle avait été aussitôt impressionnée par la superficie et la luminosité, cent quinze mètres carrés pour un trois – quatre pièces. À Paris, dans le quartier où il se trouvait, c'était un luxe auquel elle n'avait pas résisté. Elle était encore avec son ami à l'époque, un jeune expert judiciaire, qu'elle avait fréquenté pendant deux ans.

Il était plus jeune qu'elle, cinq ans, cinq *petites* années, comme il aimait bien souvent le lui rappeler, quand elle avait besoin d'être rassurée. Au début, cela l'avait un peu gênée et puis il l'avait tranquillisée et elle s'était fait une raison. Ce jeune directeur de laboratoire de médecine légale, malgré son sérieux et son implication dans la recherche génétique, avait réalisé que la vie ne se résumait pas qu'au travail et à ses à-côtés les plus divers et variés et qu'il était peut-être temps de laisser un peu de place à l'amour, l'amour vrai avec ce qui l'accompagne et vient en prime, avant et après, et qui oblige souvent à réfléchir. Il en connaissait vaguement l'existence mais ne s'y était pas encore risqué, de peur de ne pas y retrouver ce quelque chose qui faisait la différence et dont, après tout, il s'était bien passé jusqu'alors. Dans cette période de perméabilité aux recettes supposées du bonheur, il était tombé follement amoureux d'elle.

Ce n'était pas sans raison et ce n'était pas le premier qu'elle avait fait vaciller d'un socle de béton armé. Mais *il* était différent et elle s'était raisonnée d'agir avec lui autrement qu'elle avait pu le faire avec les autres, de ne pas le manipuler, de ne pas le désarmer totalement et de ne pas le jeter à la poubelle après la date d'expiration qu'elle s'appliquait souvent à déterminer.

Elle n'avait pourtant partagé ce territoire de cent quinze mètres carrés qu'un peu plus d'une année avec lui. Elle était propriétaire de l'appartement et c'était plus facile pour elle. Un bon apport financier personnel qu'elle avait pu mettre sur la table, composé d'argent économisé sur une quinzaine d'années et d'un héritage assez conséquent d'un oncle dont elle avait été la seule à figurer comme bénéficiaire sur un testament qui avait fait grand bruit dans la famille, à l'époque. Malgré cet argent tombé du ciel, en tous les cas inattendu, elle avait dû faire une demande de prêt auprès de sa banque, mais sur dix ans seulement. La perspective de rembourser mensuellement l'argent emprunté pendant toute cette période l'avait déprimée. Mais l'argent lui manquait. La banque lui fit une simulation, enjolivée certes mais réaliste, ne cachant pas de surprise dévastatrice. Esther était une femme expéditive et un tel contrat établi sur dix ans de sa vie lui avait paru comme un pacte avec le diable. Réduire la durée de remboursement l'aurait contrainte inévitablement à lui faire vendre son âme par-dessus le marché, pour l'aider à compenser en partie la différence des remboursements. Elle était prête à bien des sacrifices mais pas à celui-là. Restait le pacte, il était incontournable. Elle voulait cet appartement. Le type de la banque, plus diabolique que le diable lui-même, lui avait fait comprendre qu'à son âge, dix ans n'étaient rien et que bien des emprunteurs auraient aimé se limiter à une telle échéance. Elle avait mâché son discours, goûté ses paroles puis les avait enfin avalées, sans indigestion excessive. La banque, ou plutôt son serviteur, pouvait être satisfaite. La cliente n'était pas n'importe quelle cliente et sa mastication, lente et soigneuse, se démultipliait à l'arrière de sa mâchoire en d'inquiétants signes de difficultés pour déglutir le marché proposé. Rien n'était joué, il fallait à tout prix trier les mots avec la plus extrême minutie et se garder d'un superflu dont elle n'aurait pas été dupe. Le tri fut, à croire, suffisamment efficace car, malgré une réticence toujours présente, elle finit par signer néanmoins le contrat.

Depuis le départ de son flic en blouse blanche, ou plutôt depuis qu'elle l'avait sommé de partir, elle vivait officiellement seule. Elle avait gardé un contact avec lui, lui et quelques-uns de ses amis du barreau, il en avait beaucoup. Malheureusement pour elle, il s'était fait plus d'amis femmes que d'amis hommes. Comme certains trouvent les infirmières irrésistibles, il trouvait les femmes en robe noire et col blanc très « sexy ». Il leur en avait bien rendu justice, sans donc trop réfléchir, avant de rencontrer Esther qui, pour quelque temps, allait corriger sa version de l'esthétisme féminin. Les connaissances de son ami avec la magistrature étaient un *plus* pour elle ; cela pouvait toujours servir. Et puis, elle l'avait aimé, véritablement aimé. Ce n'était pas rien pour une personne telle qu'Esther. Après tout, c'était lui qui avait tout gâché en franchissant la ligne jaune. Elle avait été sincère dans son engagement de la traiter différemment. S'il avait su se tenir lui aussi… Elle n'avait donc pas pardonné, elle ne l'avait pas prévenu, il n'avait qu'à savoir, se renseigner un peu sur ce qu'elle trouvait d'offensant…

Depuis leur séparation, elle ne s'était plus trop posé de questions. Elle vivait sa carrière comme elle l'aimait, elle vivait désormais sa vie personnelle comme elle l'avait longtemps menée avant qu'il ne bouleverse, ce salaud, son quotidien. L'âge finalement n'importait plus autant pour elle qu'avant. Elle aurait au moins appris cela de lui. Elle prenait la vie comme elle se présentait, la partageait avec ceux qui acceptaient ses humeurs et l'éphémère de ses sentiments qu'elle s'imposait et qu'elle imposait. Elle ne cherchait pas vraiment et laissait plutôt faire le hasard. Elle aimait le plaisir, elle aimait l'incertitude et l'inconnu des plaisirs que les autres pouvaient lui donner, elle avait aimé aussi les plaisirs solitaires. Ses godemichés qu'elle avait conservés, quelque part dans un des tiroirs de meuble de chevet de sa chambre, lui rappelaient parfois qu'après tout, ils étaient là, en veille, au cas où l'attente deviendrait insupportable ou que l'envie en avait assez d'attendre.

Esther sortait plus qu'elle ne recevait, pour satisfaire son corps. Elle avait conditionné sa vie et ce réglage limitait drastiquement les exceptions. Jean Kalfon était l'une d'entre elles. Il avait accepté cette longue parenthèse du jeune expert, respecté son choix et la stabilité qu'elle semblait désirer après toutes ces années de vagabondages sentimentaux dont il avait, lui-même, déjà bien profité. Leur liaison avait commencé quelques mois après qu'il l'eût embauchée à l'édition. Rien n'avait été programmé à l'avance. Il l'avait choisie, impressionné par la maîtrise qu'elle avait d'elle-même, le réseau de connaissances qu'elle semblait avoir et qu'elle sous-entendait à juste titre, la connaissance qu'elle avait des médias, des journalistes, des autres maisons d'édition, des acteurs du monde juridique dont elle devait développer le périmètre quelque temps après.

Tout cela avait un peu occulté la femme qu'elle était, ses attributs féminins que personne d'autre que lui n'ignorait vraiment, les fantasmes qu'ils ne pouvaient que provoquer forcément. Il mit quelques mois à poser son regard d'homme de chair sur le relief parfait de son corps, à mettre aussi un peu d'ordre dans sa vie personnelle et mouvementée, à s'apercevoir que ce qu'il avait alors restait incomplet et que le temps, pour lui aussi, pressait et qu'il fallait profiter, plus encore qu'il ne le faisait déjà.

Esther n'avait pas résisté longtemps à Kalfon. Il lui avait plu à elle aussi mais dès le début, un acharné du travail, un passionné de succès avec la rigueur qu'il savait se donner à lui-même et aux autres, un peu comme elle, une sorte de masochisme tourmenté et permanent qu'eux seuls, comprenaient et appréciaient. Au fil du temps, leurs rencontres étaient devenues de plus en plus rapprochées. Cette habitude qui s'installait et que ni l'un ni l'autre finalement ne souhaitaient vraiment, avait fini par la déranger un peu, rogner sur son capital de liberté qui était, comparé à tous les autres, même celui financier, le plus important et le plus conditionnant à son bonheur.

Jean Kalfon était imprévisible. À l'inverse d'Esther qui était curieusement organisée et fiable dans un certain quotidien, Kalfon ne respectait pas le temps, mélangeant le jour et la nuit, le travail et la vie personnelle, confondant l'envie à l'énergie. Il pouvait tout aussi bien engager une conversation sur un sujet quelconque du travail, au lit, quelques instants seulement après son orgasme personnel, que dans son bureau où là le discours coulait, plus limpide, sans besoin d'haleine à reprendre. Les costumes trois pièces qu'il portait en quasi permanence ne le confortaient pas plus dans ses argumentations que sa propre nudité sous ou sur les draps qui n'étaient pour lui qu'un simple cadre de travail à peine différent. Il faisait là, avec elle en tous les cas, une énorme erreur d'appréciation. Elle avait pourtant pensé que, peut-être, en le faisant venir chez elle, son comportement serait différent. Mais rien ne semblait l'influencer dans ce domaine. Un lit restait un lit, pour s'ébattre et débattre.

La décoration différente de l'appartement d'Esther, décoration *de très bon goût*, avait-il reconnu lors de sa première visite, était vite devenue une partie de l'environnement qui n'offrait pas d'intérêt particulier, une simple habitude. Esther avait un côté sentimental certain dont personne ni elle-même, ne connaissait véritablement la portée ni les effets. Elle était certes dure et intransigeante avec les hommes, mais une vraie sentimentale, avec un vrai besoin de moments tendres et exclusifs de toute pollution à la forme de bonheur à laquelle elle était profondément attachée. Elle appréciait que l'on tienne compte de certaines de ses attentes sans qu'elle ait vraiment à les décliner avant les rapports, comme la *check-list* des consignes de sécurité avant l'envol d'un sept cent quarante-sept. Elle aussi, voulait décoller, voler très haut dans le ciel, atterrir et puis parcourir à nouveau la même check-list, mais à l'envers, sans sauter de lignes, et pour cela : prendre le temps. Cela allait bien au-delà du plaisir de s'envoyer en l'air. La déco de la chambre était son ciel à elle, elle faisait partie du voyage.

Ce dont Esther était certaine, c'est qu'elle connaissait bien Jean Kalfon, mieux que bien d'autres à l'édition qui prétendraient du contraire, et qu'en repartant sur une autre sorte de relation, géographiquement déplacée, il y aurait de fortes chances à ce que tout soit plus volatil, plus incertain et limité dans le temps. Elle appréciait la proximité de sa propre poubelle et non de celles des autres dont elle pouvait être l'instrument... Il lui était arrivé de s'installer chez lui plusieurs semaines d'affilée. Elle y avait déplacé une partie de sa garde-robe, le rejoignait le soir plus tard, après son départ, ou bien partait avant que lui feigne de regagner une grande maison vidée de toute âme, en bon divorcé qu'il était. Cette façon nouvelle d'avoir un amant habituel, chez elle, lui convenait. Elle pouvait ainsi changer, à tout moment, la serrure de son appartement s'il le fallait, écartant en même temps l'humiliation potentielle de devoir être invitée à dégager ses affaires, situation qu'elle voulait, à tout prix, ne plus jamais connaître à nouveau.

Jean Kalfon ne cachait pas sa liaison avec elle quand on lui en touchait un mot mais il se contentait de l'admettre, sans commentaires. Très peu, d'ailleurs, n'avaient osé lui en parler ; on aurait même préféré qu'il n'en fût rien de cette affaire. Le sujet était quand même délicat. FBI et François l'avaient fait, comme cela, afin de savoir ce qu'il en était vraiment, quand un jour, la discrétion des deux amants avait manqué de la discipline habituelle qu'ils s'étaient fixée. Mais cette discussion était une affaire d'intimité et de complicité entre « types » qui côtoyaient les mêmes *gonzesses*. Tout cela le regardait, lui, le patron, et personne à l'édition ne voulait réellement s'aventurer sur ce terrain quelque peu « glissant » et contrariant.

C'était un peu la même chose avec elle, à la différence près que c'était une femme et qu'elle était plus sensible aux commentaires qui, somme toute, allaient forcément plutôt bon train. Elle s'en amusait. Elle ne pouvait pas les ignorer, le sujet n'ayant pas été déclaré cent pour cent *tabou*. Tout le monde était au courant cependant de l'emprise qu'elle pouvait avoir sur les hommes, sur lui par voie de conséquence, des dégâts qu'elle pouvait faire par un simple claquement de doigts. C'était cela qui *inquiétait*. La tolérance d'Esther était pesée et aucune alerte d'overdose ne s'était heureusement déclenchée jusqu'alors.

Peu après le départ forcé et précipité de Christian dont elle avait volontairement fait état, Kalfon s'était manifesté à nouveau et l'avait revue, chez elle, mais elle avait remarqué son absence, aussi bien quand il lui faisait l'amour que lorsqu'il lui parlait au travail. Il n'était plus celui pour qui elle occupait soi-disant tant de place, se disait fréquemment occupé et préférait éviter de l'inviter chez lui.

Rien ne l'aurait empêchée, ce soir-là, d'aller au « Temps qui passe », rien vraiment sauf qu'elle savait que Jean n'aurait pas été à l'aise de l'avoir auprès de lui et, même si elle trouvait toujours un certain plaisir dans n'importe quelle sorte de compétition, elle avait préféré décliner une confrontation qu'elle estimait plus ou moins inévitable, préféré aussi éviter la tentation de lui envoyer une déferlante de reproches et de questions embarrassantes pour lesquels la facture risquait malgré tout d'être lourde. Pour autant que la confrontation en question se serait limitée à lui, en termes d'hostilités... Elle avait préféré trouver un prétexte quelconque, lié à son boulot et Kalfon l'avait pris pour argent comptant. Elle ne voulait pas non plus ouvrir un boulevard à une nouvelle liaison routinière avec Kalfon, mais de cela, elle seule pouvait en décider. Ni lui ni personne ne pouvait interférer dans ses intentions, ses envies, de prendre et de donner. Elle doutait cependant des rôles qu'elle avait attribués à chacun d'entre eux. Son patron n'avait pas attendu qu'elle se retrouve seule pour partager la partie partageable de sa vie, que ce soit celle de la nuit ou bien du jour. Avait-il seulement été fidèle pendant leur liaison ? Elle le pensait et avait eu cette confiance quasi absolue qui vous maintient debout alors que tout vous indique que ce que vous venez de vivre n'a été finalement qu'un ridicule mensonge. Il avait tant d'occasions, tant de femmes dont il pouvait attendre des faveurs, dont il pouvait disposer, en échange de reconnaissances, ou bien en provisions d'appréciations multiples et variées. Il n'en abusait pas, ne voulait croire qu'à la simple magie de son charme.

    Avec elle, c'était différent, il n'y avait pas le moindre soupçon d'intérêt pécuniaire ou professionnel. L'argent entre les deux n'était pas un pont de rattachement. Elle avait toujours refusé toute marque de générosité de sa part. La place qu'elle tenait dans la maison Kalfon, elle l'avait acquise par son boulot, ses capacités et pas son *cul*. Elle n'aurait jamais laissé quiconque sous-entendre la moindre allusion à une réussite usurpée au jeu du sexe et des nuits érotiques. Ses ongles étaient suffisamment longs et incisifs pour faire regretter les moindres propos tendancieux.

Elle détestait se sentir mise à l'écart de ce genre de soirée, mais il valait mieux qu'il en soit ainsi, pour une fois, une autre fois encore. Ce n'était pas une soirée pour elle, elle ne s'y était pas préparée et Esther ne se sentait à l'aise que lorsqu'elle se sentait forte. La concurrence aurait pu quelque peu la toiser, ce soir-là, faute de ce rassurant sentiment d'invulnérabilité. Ses semonces de l'après-midi, pendant le cocktail de *la* Martin, comme cyniquement elle se plaisait à tronquer le prénom de Laurence, n'avaient pas vraiment fait mouche mais ravivé au contraire les possibles parades. Il valait mieux finalement être absente que faible et désarmée. Les dernières semaines avaient été éprouvantes et elle avait décidé de récupérer un peu de repos, de réfléchir sur son propre avenir, oublier la versatilité des hommes, de ses hommes. Cette décision lui coûtait pourtant plus qu'elle ne l'avait imaginé.

Elle s'était surprise à composer, sans hésiter, le code d'accès de l'immeuble. Il était changé tous les mois ; le jardinier en avait sans doute la charge aussi, il lui suffisait de troquer sa blouse blanche contre celle en bleu. Cela l'avait mise de bonne humeur en ce début de triste soirée de retranchement, sans compter l'odeur des épices qu'elle était ravie d'inhaler à nouveau comme celle de l'opium dont Fiona leur avait tant parlé à tous, un de ces soirs chez Yvonne, peu de temps après son retour d'un long périple dans la Chine profonde où elle avait bourlingué pendant sept ou huit semaines, où elle s'était aussi laissé transporter parfois.

Elle avait acheté deux plats préparés du traiteur du quartier, une entrée de Saint-Jacques à l'ail et un crumble de tomates et courgettes qu'elle adorait et que lui seul, estimait-elle, était capable de préparer d'une façon aussi inimitable. Esther savait cuisiner, mais simplement. Elle ne s'estimait pas créative en matière culinaire, bien qu'on lui avait soutenu souvent le contraire. Elle répétait qu'il lui faudrait plus de temps, temps dont elle ne disposait pas vraiment et dont elle n'espérait pas non plus disposer, ses priorités étant là aussi parfaitement établies et la cuisine ne venant pas non plus en première position…

Elle déposa son sac et ses quelques achats sur le paillasson de son entrée. Elle était la seule à son étage à en avoir mis un devant sa porte, peut-être même la seule, d'ailleurs, de tout l'immeuble. Les autres résidents se contentaient raisonnablement des deux énormes tapis-brosses du hall d'entrée régulièrement nettoyés et remplacés. Pour Esther, il ne pouvait y avoir de porte d'entrée sans tapis, sans ce qui était pour elle ce détail d'accueil et de chaleur, sans ce qui pouvait être pour certains une révélation partielle de la personnalité des occupants du logis. Cela l'était en tous les cas pour Esther. « Truth is my Home » pouvait-on lire sur le paillasson de l'appartement 17 du septième étage… Elle avait vu le même chez Christian et l'avait bien aimé. Il faisait encore sourire ses invités, malgré l'habitude qu'ils avaient de le voir, quand elle recevait, pour partager un repas, boire un verre et discuter jusque très tard dans la nuit, mais rarement pour *coucher*.

Chacun y allait de ses commentaires, avec les précautions que l'on savait préférables.

Le chat vint se frotter le long de ses jambes quand elle rentra dans l'appartement. Elle le repoussa d'un pied, sans violence mais avec fermeté et il se retrouva à glisser sur le parquet deux mètres plus loin. Il avait l'habitude et savait, selon sa trajectoire, l'humeur dans laquelle sa maîtresse se trouvait. Ce soir-là, la boule de poils noirs savait qu'elle n'était pas dans l'un de ses meilleurs jours. Elle était vite revenue à la réalité de la soirée.

Elle alluma la lumière de la cuisine et déposa son sachet de plats préparés sur un des quatre tabourets en plastique très *design* qui entouraient la grande table de bois blanc du même ensemble.

Faisant sauter ses chaussures en même temps qu'elle marchait vers sa chambre, elle réalisa qu'elle n'avait pas vraiment faim et que son enthousiasme pour dîner de ses appétissants mets était retombé comme un soufflet raté qui n'avait d'autre destin que de retomber depuis le tout début de sa préparation, raté comme ne pouvait que l'être cette maudite soirée.

Elle alla tout ranger dans le réfrigérateur, sans attendre, décidant de garder les plats pour plus tard, demain sans doute, après-demain, peut-être... Il lui arrivait parfois d'oublier ce qu'elle avait de périssable dans l'espace réfrigéré. En le découvrant, elle se fâchait alors contre elle-même et le chat qui filait, sans demander son reste, faisant du dessous du canapé son habituel refuge. La poubelle prenait alors bruyamment le relais. Le couvercle refermait ses colères.

Sur le petit meuble à étagères du couloir, la lumière rouge du répondeur de son téléphone clignotait dans un *tempo* nonchalant. Comme un facteur désabusé qui ne veut pas savoir quelle nouvelle il apporte, elle signalait un message vocal, sans précision du temps de l'appel ni celle de l'origine, ni encore moins de sa raison et de son contenu. Un, ou plusieurs, ce qui rendait ses pulsations lumineuses encore plus vagues et imprécises. Comme un cœur qui battait indifférent à toute émotion.

D'habitude, c'était la première chose qu'elle faisait : écouter ses messages, ceux qu'elle attendait et ceux, bien souvent, auxquels elle ne s'attendait pas et que sa curiosité la poussait à prendre connaissance. La plupart étaient personnels ; seuls quelques appels professionnels se faufilaient au travers de son système de filtrage. Ce soir, elle n'avait pas la tête à cela, ni pour les uns ni pour les autres. Elle passa devant sans s'arrêter, ni même peut-être la voir. Elle voulait être tranquille. Sa bonne humeur en arrivant en bas de l'immeuble n'avait pas duré très longtemps et l'espace de sept étages avait suffi à la ternir, elle ne savait pas trop comment ni pourquoi. Et le chat moins encore.

Elle jeta la veste de son tailleur sur le fauteuil près de la grande porte-fenêtre et, après avoir défait rapidement la fermeture éclair, elle fit glisser sa jupe qu'elle laissa s'écraser sur le parquet sans la retenir, dans un bruit étouffé de motte de neige tombant d'un toit. Elle eut ce frisson de solitude qui vous ébranle quand tout vous semble vide, la vie, les lendemains, le passé, quand tout vous paraît si grand et que vous vous sentez si petit. Les dimensions prennent parfois certaines démesures indépendamment des valeurs matérielles que l'on a pu leur donner à certains moments donnés. Elles sont conformes à la rationalisation nécessaire des sois de chacun et vous rappellent constamment la fragilité des états, des perceptions. La difficulté d'acquisition et la fragilité du bonheur, sa temporalité permanente.

Esther se jeta sur son lit *king size*, du côté droit comme elle avait l'habitude de le faire, chez elle ou bien ailleurs. Lui aussi paraissait un immense océan au littoral invisible. Elle passa sa main dans ses longs cheveux roux et plia une de ses jambes. Sa combinaison descendit du genou jusqu'au haut de la jambe, découvrant ainsi les premiers motifs d'un collant à la mode que seuls d'exceptionnels instants consentaient à laisser découvrir.
Elle ferma les yeux et se mit à penser. À penser à Christian, afin de penser à quelqu'un d'autre que Kalfon qui n'était, après tout, qu'un vieux con ne pensant qu'à lui, convaincu que tout le monde gravitait autour de lui et qu'il en était le moteur. Et puis, Christian lui manquait aussi. C'était vrai en partie, mais c'était insuffisant pour lui faire oublier celui par lequel, finalement, elle s'était laissé apprivoiser, celui qui allait sans doute l'oublier ce soir pour une autre, une autre qui ne serait pas n'importe quelle autre. C'était cela avec Kalfon, il choisissait et le faisait bien. Elle ne pouvait même pas imaginer qu'il s'amuserait avec les premières « traînées » qui s'offriraient à lui. Il avait bon goût et c'est un peu cela qu'elle lui reprochait et appréciait à la fois en lui. La belle chair mais aussi le bel esprit.

Les derniers mois n'avaient pas été de son côté, à Esther, elle qui gérait si bien sa vie et savait disposer des autres comme elle l'entendait. Ses mâles, dernièrement, semblaient l'entendre d'une autre façon. C'était peut-être un juste retour des choses. Ce n'était peut-être qu'un mauvais passage, une fragilité temporaire que les hommes ressentaient et dont ils voulaient profiter. Mais il y en avait d'autres avec lesquels tout redeviendrait normal. Peut-être, rien n'était vraiment certain. Des images défilaient sur ses yeux fermés, incohérentes, sans liens, comme des passages de film recollés au hasard. Elles n'avaient pas de sens. Cette journée n'avait pas de sens.

La lumière des néons de la ville s'infiltrait par la grande fenêtre et tapissait les murs de leurs couleurs bariolées. Certaines s'arrêtaient puis réapparaissaient par intervalles réguliers. Esther n'avait pas pris la peine de tirer les rideaux, pas pris la peine d'allumer la grande lampe à pied. Les dessins de son collant prenaient des formes différentes aux changements de couleur. Deux perles reluisaient dans la pénombre et descendaient doucement sur ses joues. Vaincue et dévoilant en solo sa faiblesse, elle allongea sa jambe. La solitude et la démesure temporaire de l'espace n'avaient pas eu leur contentement du spectacle dont l'éphémère et subtile beauté venait de disparaître sans avoir à peine existé.

Elle resta ainsi allongée quelque temps. Sans pourtant s'endormir. Ses yeux avaient arrêté le temps. Son corps lui avait échappé. Oubliant l'écrasement des substances, les sens qui relient à la vie en mouvement, Esther reprenait une nouvelle énergie.

Le téléphone la sortit de sa rêverie tourmentée. Elle n'avait pas installé d'extension de la ligne téléphonique dans sa chambre, là aussi par choix, par volonté de marquer les territoires, d'imposer des règles, d'organiser sa vie. Son téléphone cellulaire était interdit de séjour, lui aussi, dans la pièce aux sentiments. Le répondeur se mit en route. C'était une voix de femme. Elle laissa un message. Esther ne réagit pas, n'essaya pas d'entendre.

Elle n'aurait même pas bougé si elle avait reconnu la voix de Christian. Pourquoi l'aurait-il appelé d'ailleurs ? Cela faisait plusieurs semaines qu'il n'avait pas donné signe de vie. Il savait qu'elle revoyait Kalfon. Et puis, il avait sa fierté. Esther l'avait viré. Et même s'il la comprenait, même s'il avait compris ses premières réactions et qu'il avait essayé, par le fait, de recoller les morceaux de leur couple, le temps lui avait permis de réfléchir et de réaliser qu'après tout, s'il avait été aussi important dans sa vie qu'elle le prétendait, elle aurait pu lui laisser une chance de repartir à zéro, presque à zéro. Quand bien même l'aurait-elle fait, il n'était pas certain qu'il en aurait accepté les conditions. Elle aurait forcément imposé des règles, des exigences bien à elle, bien plus drastiques. Aussi irrecevables qu'elles auraient pu l'être, il aurait apprécié de pouvoir y réfléchir, de pouvoir s'expliquer encore, et de trouver un impossible compromis. Il était ulcéré par ce manque d'indulgence et sa décision qui était sans appel. Il lui aurait été important d'être rassuré, non seulement à propos de lui-même, mais aussi sur le fait qu'Esther n'était pas la personne méprisante dont elle avait fini par se donner l'image. Il avait un peu de mal d'ailleurs à comprendre pourquoi elle le revoyait, Kalfon, elle qui semblait donner tant d'importance à l'âge, aux différences, aux règles de jeux. Combien de fois il avait dû lui répéter que sa vue des différences ne rimait à rien et que l'essentiel est de s'apprécier tels que l'on est. Il s'en voulait de l'avoir convaincue. Rien n'y aurait changé sans doute, se disait-il, après coup.

Elle vivait comme elle l'entendait. La différence d'âge avec Kalfon ne pouvait pas lui avoir échappé, mais elle ne s'était plus encombrée de ces scrupules ridicules. Elle, finalement, ne s'embarrassait de rien. Ce n'était que simulacres de gêne, de principes. Pour se rendre plus humaine peut-être, tromper son monde, pour mieux dominer ensuite. La situation, pourtant, avec Christian était différente, elle avait vraiment donné à leur relation une autre dimension. À moins que, là encore, ce ne fût qu'un sordide calcul...

Mais peut-être n'était-ce qu'autant de questions sans réponses, faute de ne pas les avoir posées alors qu'il était peut-être encore temps. L'on sait bien que les gens essaient de parler, à leur façon, dans des signaux codés, pour éviter de poser ces questions sans détour, avec la brutalité des mots et la gaucherie de leur choix. Car l'on a souvent peur des réponses, à force de trop vouloir savoir le pourquoi des choses. Et l'on s'accommode et se complaît à voir l'autre passer à côté, à reconnaître que les décodages ont été inopérants et l'on est presque satisfaits qu'aucun des messages ne se soit croisé et que les problèmes, finalement, ne demeurent que de simples malentendus. On entend ce que l'on veut entendre, on ne dit pas ce que l'on ne veut pas faire entendre. Esther aurait voulu qu'il en soit autrement avec Christian. Mais de cela, lui aussi était passé à côté.

Quand les images dans sa tête s'affolèrent plus encore, hystériques, troublantes et sans espoir d'une quelconque logique, d'un message qui se construit comme un puzzle que chaque pièce, petit à petit, identifie, Esther rouvrit les yeux pour enrayer sa tourmente et se redressa sur son lit. Elle replia ses jambes et, entourant ses genoux serrés de ses deux bras, elle enfonça son visage dans la protection charnelle formée. Ses cheveux enveloppèrent l'abstrait refuge, le temps d'une longue expiration de toutes ces images insensées, le temps de retrouver son corps, de renoncer au présent et de penser au lendemain. L'oreiller était resté incrusté de son vertige profond, tel un moulage raté d'une vérité esthétique parfaite, tel aussi un inquiétant constat d'instants de désordre et de désillusions.

Elle marcha vers sa salle de bain, ignorant à nouveau le téléphone en alerte.

L'eau se mit à couler en torrents multiples dans les reliefs de son corps qui retrouvait enfin ses dimensions. Un bien-être l'envahit, effaçant le présent tout juste passé.

Elle enfila son peignoir et continua à sécher ses cheveux avec une serviette qu'elle transforma en turban d'opérette.

Esther ne buvait pas, du moins dans le sens que l'on donne lorsque l'on parle de boire mais il y a des moments dans la vie des hommes, et tout autant dans celle des femmes parfois, où l'alcool répond mieux au besoin de nourriture. Cette autre faim, elle réalisa que finalement, elle l'avait et qu'elle devait l'assouvir. Elle passa alors derrière le meuble bar du coin salon et se servit une dose généreuse de Martini rouge dans laquelle elle fit plonger trois cubes de glace du mini réfrigérateur contre lequel se calaient d'autres bouteilles, la plupart entamées. La lame affilée du couteau découpa en deux un des citrons qu'elle gardait toujours en réserve et retourna une des moitiés dans une soucoupe égarée de la pile ; puis, avec plus de soin mais le même détachement mécanique, elle trancha lentement une rondelle qu'elle laissa tomber sur les petits icebergs de l'amer océan captif du verre et de l'interminable soirée que seul le temps, sans maître ni raison, dirigeait à sa guise.

Elle rapprocha le repose-pied et s'enfonça dans son fauteuil de tissu beige, serrant dans sa main le verre qui la sauverait, telle une bouée, d'un possible naufrage. Sur la lampe guéridon, tout près du fauteuil, Esther avait disposé une bouteille de vodka. C'était un fond qui restait d'une soirée, il en restait peut-être un quart, peut-être moins. Elle n'aimait pas vraiment ces alcools forts, trop puissants, encore moins leurs effets imprévisibles qu'ils pouvaient voir sur elle. Ils la rendaient vulnérable, elle le savait et s'en méfiait. Ce soir, c'était différent, elle était déjà soumise. À la solitude. Il pourrait l'aider à l'en délivrer.

La bouteille était couchée sur la moquette lorsqu'elle se réveilla tard le matin, vide. Il faisait encore nuit au-dehors et la lumière de la lampe continuait de brûler l'obscurité. Son verre était renversé dans le creux de ses cuisses et le V de son peignoir s'était mis en majuscule. La serviette était restée accrochée à un coin du dossier du fauteuil et les flammèches de sa chevelure en désordre s'étaient répandues au gré des tourbillons du naufrage. Il avait eu lieu... Le jour allait se lever, dans la routine de l'existence avec une lumière nouvelle. C'était réconfortant, malgré tout, de savoir qu'un autre départ se répète ainsi chaque jour. Esther vivait de cette conscience.

Les deux rondelles blanches s'agitaient dans tous les sens, de haut en bas, de droite à gauche, se percutant comme pour s'affirmer dans l'espace limité, pour s'imposer. Une petite écume se formait à la surface pour se concentrer sur les bords et former un cercle parfait. Leur chuintement variait d'intensité et finit enfin par se taire. Elles étaient venues à bout, enfin, l'une de l'autre et disparaître, sans vainqueur ni vaincue. Esther tendit la main pour saisir le verre et avala la boisson d'un trait.

Sa tête et sa nuque étaient douloureuses. Une quinzaine de minutes à attendre encore, avant le soulagement.

Les spots de la cuisine intensifiaient les cernes autour de ses yeux. Elle devait se préparer et partir au travail. Elle fit couler un café et toasta deux tartines. La vie se mit à sentir bon à nouveau. Sept stations de métro la séparaient de son bureau. Il lui arrivait d'y aller à pied, surtout l'été, surtout au mois de juillet, surtout quand Paris se vidait de son trop-plein d'effervescence et devenait avide d'espace nouveau. Esther s'arrêtait trois semaines en août, se gardant une semaine pour le ski, généralement en février.

Les bruits au-dehors s'intensifiaient ; elle pouvait les deviner plus que les entendre réellement. On ne pouvait en effet vraiment faire mieux en matière d'isolation et la résidence ne présentait guère de défauts. Les bennes à ordures étaient en patrouilles et grognaient de l'excès de déchets, broyant, ingurgitant, écrasant dans une mécanique répétitive et rythmée. Les éclairs stroboscopiques de leurs gyrophares orange détaillaient cette mécanique en images infernales d'acier gris et de plastique jaune et vert. Des hommes en combinaisons orange croisées de bandes réfléchissantes assistaient les machines et attendaient le rejet des poubelles. Tout résonnait dans la tête assourdie d'Esther du tintamarre de sa lente récupération d'une nuit d'égarement. D'internement peut-être plus encore. Les bruits n'étaient finalement qu'au-dedans. Les éboueurs étaient en fait, simplement au repos.

Quelques passants marchaient en bas dans sa rue, leurs baguettes sous le bras, leurs sachets de croissants encore chauds dans la main. Certains circulaient à vélo, infidèles à leurs propres quartiers. Quelques voitures seulement, sans âmes pourtant et presque discrètes, passaient sans s'arrêter. On aurait cru le silence. Il aurait suffi de peu de choses pour l'imaginer tel qu'il est à la campagne, plus encore sans doute, à la montagne.

C'était dimanche matin. Esther mit quelque temps pour se mettre à la bonne page de son agenda, à se régler sur le temps qu'il était vraiment. Les bennes mirent encore quelque temps à dégager les croisements des rues de sa tête et de son imagination. On jetait même des cadavres de bouteilles dans les alvéoles des containers de son crâne. Chaque choc lui provoquait une douleur. Il lui fallut une bonne dizaine de minutes supplémentaires pour qu'enfin, le carrousel de ferrailles et de fantômes de plastique s'arrête et que le calme s'installe, vide de toute interférence.

Elle ressentit un certain plaisir quand elle réalisa que, finalement, elle n'avait pas à partir au bureau, qu'elle n'aurait pas à justifier de sa gueule de bois, à ceux qui la remarqueraient, dans des silences éloquents. Elle se traîna jusque dans sa chambre et s'allongea sur son lit, du même côté, sans prendre la peine d'ouvrir l'unique page de son livre de tissu et de s'y glisser. Elle se rendormit à nouveau, cette fois dans un sommeil confortable et détendu. Les murs clignotaient encore des lumières des enseignes, avant l'arrivée silencieuse du jour dominical qui se préparait, pacifique et réparateur.

Elle se réveilla aux alentours de quatorze heures trente. Le soleil envahissait la chambre. La vitre de la grande baie émettait des craquements secs, par instants presque réguliers, en s'imprégnant de la chaleur rayonnée, comme si le jour s'étirait et assouplissait les articulations du temps devant lui. Un manège aérien d'une multitude de petites particules de poussière évoluait dans le grand faisceau lumineux, effectuant des figures lentes et désordonnées qui s'activèrent dans une folie générale quand Esther se décida à se lever et bouger un peu.

Elle regarda au travers de la vitre pour retrouver ses repères. Le ciel était d'un bleu acier inhabituel et le soleil éblouissant. Un homme au huitième, dans l'immeuble d'en face, était installé sur son balcon, accoudé sur le rebord. Il détourna son regard quand il l'aperçut. Elle le voyait souvent le week-end plus occupé à rêver qu'à lorgner ou mater les voisines. Il avait une trentaine d'années et c'est tout ce qu'elle savait de lui. Si peu. Machinalement, elle fit glisser ses mains sur l'encolure de son peignoir blanc et puis resserra le nœud de la ceinture livrée à son propre laxisme d'une journée de repos. Enivrée rapidement par la clarté du jour déjà bien avancé et, bien que captivée du regard néanmoins confortant de cet homme, elle se retourna et marcha, pieds nus, sur la chaleur du parquet, vers la salle de bain. Elle versa quelques sels dans la baignoire et l'eau commença à mousser, parfumée, invitante et colorée.

Elle prit le temps, savoura ce luxe si simple et si extraordinaire à la fois. Dès qu'elle eut fini de lire Cosmo, elle sortit de son bain. Elle l'avait acheté à la hâte, en début de semaine, juste avant de monter dans le TGV, en rentrant à Paris. Ce n'était pas pour elle sa lecture habituelle ; elle avait toujours un bouquin, en roue de secours de l'ennui de certains de ses déplacements, qu'elle glissait avant de partir, dans son sac ou son attaché-case. De chez Kalfon ou bien d'une autre maison d'édition, afin de voir ce qu'ils avaient pu manquer ou de se conforter dans leurs décisions de rejets qu'ils avaient décidés.

Ce jour-là, elle avait terminé un roman à l'aller ; il fallait donc « meubler » le temps du retour… Lire pour elle était une façon de vivre ou plutôt d'apprendre à vivre ce que les autres peuvent vivre ou bien penser, ou bien imaginer. C'était aussi penser, s'imposer un cérébral qu'elle regrettait de ne pas pouvoir elle-même proposer aux autres. Les deux savoirs d'écrire et de lire souffraient, selon elle, d'une antinomie malheureuse qu'il n'était pas raisonnable d'ignorer.

Pendant l'ennui des articles qu'elle avait eu peine à lire, l'eau avait refroidi et il était temps de s'activer un peu. Mais s'activer pour quoi faire ? Elle n'avait rien prévu, sa mémoire défraîchie ne voulait rien lui rappeler, pour ce dimanche, et elle avait décliné plusieurs invitations, croyant à un lendemain de soirée difficile. Il l'était ce lendemain, difficile, pourri sans doute, mais pas vraiment comme elle l'avait imaginé. Il n'y avait que le soleil pour en adoucir l'amertume. Et puis elle avait faim. Les Saint-Jacques et le crumble de légumes n'allèrent pas dans le vide-ordures. C'était, au fond, un repas du dimanche. Sans avoir à le préparer, sans avoir à aller le chercher. Le traiteur fermait à midi et demi, le dimanche ; il aurait été trop tard, et le choix, minimum…

Le téléphone était resté silencieux depuis son réveil et Esther céda à la curiosité, sa curiosité qui faisait d'elle ce qu'elle était et décida d'écouter ses messages. Plusieurs fois en effet, le répondeur avait tourné, essayant de capter, d'enregistrer quelques mots, quelques paroles, mais rien souvent, sinon la désagréable sensation d'une respiration anonyme, d'un silence volontaire. L'impression d'une intimité violée, d'une intrusion invisible et pesante. Il y en avait finalement assez souvent comme ceux-là. Esther n'y prêtait plus vraiment attention. Ce n'était pas ces trois appels sans origine déclarée qui allaient l'inquiéter. Elle admit cependant en elle-même qu'elle avait bien fait de les ignorer tous, hier soir, et d'attendre maintenant pour les entendre, entendre leur silence.

    Il y avait heureusement un message d'un des amis de Christian qui, régulièrement, prenait des nouvelles, proposait de prendre un verre et de venir la rejoindre après le travail, un soir de la semaine, dans un troquet, rue des Saints-Pères, où il avait son cabinet d'avocat. Charles était patient, prenait son temps pour essayer de prendre sa place, petit à petit : une place, sans trop savoir laquelle. Pas d'empressement, il avait déjà payé chèrement cette sorte d'erreur. Son divorce datait d'une année. Son ex-femme avait la garde de leur unique fille qu'il voyait régulièrement. Même les avocats connaissent ces sortes de sanctions d'unions mal verrouillées, sentimentalement bâclées au profit d'un physique auquel on a tendance à trop faire confiance et qui, finalement, fait oublier l'essentiel.

    La voix de Charles Renaudin était claire et chaude. Elle avait une trace d'accent du Sud dont la longue vie parisienne avait fini par prendre quasiment le dessus. Avec sa curieuse façon de prononcer son nom, « Esther ». Elle était parfaitement au courant de sa situation et comprenait son comportement. Christian le plaignait, trouvait qu'il n'avait pas été assez incisif et montré trop de générosité à l'égard de son ex. Mais il s'était confié directement à elle, une fois que Christian et elle s'étaient séparés. Elle savait aussi qu'il n'avait qu'à se baisser pour ramasser les filles à la pelle, la profession et le statut aidant. Il lui semblait ne connaître que ce type d'individus et, au fond d'elle-même, le regrettait un peu, malgré toute la convenance à laquelle elle les associait.

Son cabinet marchait bien et il avait pris deux partenaires. Une belle affaire, avec de bons résultats, une belle réputation acquise au fil du temps. On lui soumettait des « cas » les uns plus intéressants et difficiles que d'autres. C'était presque l'embarras du choix et ce choix, il le faisait, redistribuant à son entourage proche ou plus éloigné, selon l'intérêt qu'ils avaient.

S'approprier les malheurs et vicissitudes des vies des autres pour les en extirper, et en faire une affaire d'agent, c'était sa vie. Gamin déjà, il le faisait, arrangeait les « affaires » dans les cours de récré, à l'amiable, sans coups ni heurts. Il avait cette façon bien à lui de réconcilier les uns aux autres, au pire de mettre un terme aux règlements de compte, toujours au profit des plus faibles, sans attente de retour. Il n'était cependant pas insensible aux carambars, ou malabars qu'on lui offrait souvent, avant ou après certaines affaires de potaches. Au fil du temps, les paiements changèrent de goût et le sucré de l'enfance donna la place à l'insipide des chiffres. Malgré le florissant de son cabinet, il avait dû pourtant « troquer » son 4X4 BMW pour une berline plus adaptée à sa comptabilité personnelle. Rien, cependant, ne l'aurait fait se séparer de sa Triumph Sprint 955 qu'il lui arrivait d'enfourcher de temps à autre, pour prendre l'air, décompresser un peu, comme il le faisait au cours de ses virées en solo qui n'étaient pas particulièrement populaires et que sa femme lui reprochait ouvertement. Elle n'avait pas tort. Il la trompait avec sa 955 qui était pire finalement qu'une véritable maîtresse sur laquelle il aurait peut-être été plus facile de fermer les yeux. Charles ne voyait pas dans cette relation mécanique, de dommages collatéraux susceptibles d'attirer les foudres de la Justice, ce tabernacle des grands principes, du respect des droits et des devoirs dans lequel il évoluait pourtant au quotidien.

187

L'expérience lui avait appris en effet à tout examiner, tout gratter, tout remettre dans des contextes où, dans le plus aride des déserts, la moindre mauvaise graine pouvait germer.

Charles pensait que... Ou plutôt, n'avait pas pensé, pas comme il l'aurait fallu pour lui-même. Seulement pour les autres, les clients qui payaient ou pour lesquels il s'investissait. Partir comme cela, sur son monstre métallique, c'était sa façon de tout laisser derrière lui quand les exigences du quotidien dépassaient sa capacité à leur faire face, quand le bébé pleurait ou manifestait ses caprices et que la mère, comble de tout, devenait excédée et accusatrice. Il avait beau rentrer après chaque virée, la mauvaise graine entendait bien germer. Charles ne ressemblait en rien cependant à ces gens qui rentrent tard du boulot pour éviter les contraintes de famille en prétextant des dossiers importants, il y avait tant de ces excuses bidons que ses associés s'employaient à utiliser chez eux comme alibis et qu'il considérait profondément crapuleuses, presque sordides. Charles déclinait souvent aussi les dîners d'affaires et les invitations à d'interminables parties de golf dont personne ne conteste les exigences avantageuses et confortables, en temps et en lieu. Charles essayait de rentrer le soir à des heures socialement acceptables. Il haïssait d'ailleurs le golf, trop frustrant, trop exact, trop précis. Il préférait s'accoupler au galbe du carénage de son bolide et slalomer dans les rues de Paris, puis avaler des kilomètres d'asphalte sur les petites routes de campagne qu'il connaissait sur le bout de son guidon.

Jacqueline Renaudin avait fait appel à un « confrère » qui s'était bien chargé de leur dossier de séparation. Elle avait eu la décence de ne pas piocher dans leur vivier commun d'amis et de connaissances. Il n'était pas certain qu'elle aurait trouvé beaucoup d'enthousiasme auprès d'eux si elle l'avait fait et ce fut pour éviter un quelconque refus qu'elle avait choisi brillamment cette option. C'était plus par souci d'efficacité que par décence à son encontre mais Charles avait fini par la comprendre. Il s'en voulait de pas avoir assumé plus sérieusement son rôle de père, non pas à cause de l'utilisation que l'on avait faite contre lui de son inaptitude mais surtout pour sa fille auprès de laquelle il avait fini de se rapprocher, au cours des deux dernières années, au fil du tourment qui était arrivé à le rattraper avant qu'il ait eu le temps de la rejoindre véritablement. Pourquoi avait-il pris autant de temps pour réagir et mettre fin à l'inévitable, lui qui savait si bien atteindre Chevreuse dans le temps d'un éclair à l'échelle de sa faim d'asphalte, en dépit des circulations et des dangers permanents ?

Le message de Charles était court, tout ce qu'il pouvait y avoir de court :
« C'est Charles, je te rappellerai... Tu dois être occupée. Je pensais que tu donnerais suite à mon dernier message. Bon week-end *Essethère* ! »

Et puis il y avait ce long message, le seul digne de ce nom, laissé également samedi soir, hier soir, il était environ vingt et une heures trente et une longue soirée commençait alors pour elle :
« Bonsoir Esther, je ne m'attendais pas vraiment à t'entendre ce soir. Je ne m'étais pas trompée. Tu as raison de persister encore quelque temps dans le célibat et de profiter. Après, ce sera plus difficile comme tu ne le sais peut-être pas bien encore. C'est Hélène. Je voulais savoir si tu avais regardé l'émission de Luc Demoineau, la semaine dernière, "Entre

guillemets" ? Il y avait Laurence Martin, dont je t'ai plusieurs fois déjà parlé et que tu me sembles connaître toi aussi. Au sujet de son dernier bouquin. Bref, si tu as l'occasion de me rappeler, cela me ferait plaisir de t'entendre. Même si tu ne l'as pas regardée, tu pourras me donner les dernières nouvelles te concernant. Tes dernières conquêtes, le boulot... peu importe. Rien de spécial en ce qui me concerne. Séverine ne s'est pas encore fixée. Je ne la vois que très rarement. Guillaume et Hughes passent de temps à autre, mais ils sont bien occupés avec leurs familles. Guillaume est toujours en Allemagne, comme tu sais. Je présume que tu n'entends pas trop parler d'eux. Je te laisse Esther. Bon dimanche. À bientôt, j'espère. »

Hélène ne s'annonçait jamais comme « tante Hélène » et pourtant, elle était bien la sœur de Julien Stocklé, le père d'Esther. L'état civil pouvait le prouver. Seul l'était civil pouvait d'ailleurs le faire. Pour le reste, il ne restait pas grand-chose de l'esprit de famille entre Hélène et les Stocklés. Il avait d'ailleurs eu à peine le temps d'exister, de devenir cette sorte de soutien indéfinissable qui vous rend fort et confiant, qui vous rappelle qu'il y a toujours une porte où frapper quand tout va mal et que le monde semble vous abandonner.

Hélène n'avait plus revu sa famille depuis presque vingt ans. Elle n'avait pas assisté aux obsèques de ses parents, malgré l'appel que chacun lui avait lancé pour les revoir, avant qu'ils ne s'en aillent, à tout jamais. Julien était intervenu personnellement auprès d'elle pour qu'elle fasse l'effort de leur rendre une ultime visite avant qu'il ne soit trop tard, non pas pour obtenir d'elle un semblant d'indulgence car *les parents* pensaient leur attitude légitime, mais leur permettre simplement de la revoir et de lui dire qu'ils n'avaient jamais vraiment cessé de penser à elle. Julien n'utilisa pas les bons mots, s'embrouillant dans des explications malhabiles et, dans les hésitations de ses propres remords, Hélène ne vit pas la passerelle qu'il voulait installer devant elle. Elle ne pouvait comprendre que l'on puisse ainsi tant changer, tout changer d'un passé définitivement écrit. Son frère ne l'avait en effet jamais soutenue, ralliant sans réserve la cause des parents et du reste de la famille. De cela, elle avait gardé un souvenir amer et impérissable. Elle lui en avait voulu pour cette attitude qu'elle avait considérée comme lâche et injuste ; il l'avait rejetée comme il avait rejeté ses enfants, rejeté aussi André, un type bien pourtant, sous tous rapports, répondant aux critères de la famille. Mais ces critères n'étaient que de vagues ressemblances qui ne lui avaient jamais permis d'espérer à un quelconque blanc-seing de la famille.

Les relations entre Julien, sa famille et Hélène avaient souffert d'obstinations stériles et d'absence évidente de discernements, de raisonnements et la pierre avait fini par prendre la place du cœur des Stocklés. Il resta toujours chez Julien un inavoué sentiment de culpabilité, inavoué et surtout inavouable vis-à-vis de ceux dont il avait pris le parti. À cause de cette incertitude latente, Julien laissa à Esther la liberté de voir sa tante et André, son mari, qu'elle aimait bien et dont elle souffrit de la dramatique disparition, et leurs trois enfants.

Elle passa ainsi bon nombre de vacances d'été avec les Kultenbach et finalement grandit un peu avec Guillaume, Hugues et Séverine. Les cousins restèrent longtemps en contact jusqu'à ce que la vie et leurs occupations les retiennent et les séparent dans l'espace et le temps.

Avec le recul, Esther avait apprécié l'attitude de son père. Hélène avait été une seconde mère pour elle. Une autre mère plutôt car elle trouvait en elle ce qui paraissait manquer dans celle qui en avait le titre. Sa mère biologique, celle qui l'avait portée, nourri au sein, lui apportait l'essentiel mais ce complément lui était important et l'avait aidée à mieux comprendre la vie, plus vite que tous les autres enfants.

Quand il lui arrive de repenser à ces moments de l'enfance où tant de choses échappent à la compréhension et que l'importance n'a de nom que pour ce qui peut entraver le simple bonheur que l'on se construit alors, Esther se demande encore pourquoi elle semblait tant compter aussi pour sa tante, peut-être plus encore que ses propres enfants. Avait-elle saisi tout le sens des mots de ce temps passé, la subtilité des attitudes ? Nul ne pourrait dire, pas même elle. Esther restait réservée à son propos et s'était interdit toute conclusion facile et sans doute si peu fondée. La disparition tragique d'André, la liaison de sa tante et ses démêlées avec la police ne remirent pas en question l'estime qu'Esther avait toujours eue pour elle. Tout cela, au contraire, et en dépit de tous les autres de la famille, semblait les avoir finalement rapprochées.

Esther ne voulut pas la rappeler aussitôt. Elle n'était pas d'humeur à discuter de Laurence. Surtout pas en ce moment. Ni même de personne. Elle en savait suffisamment de Laurence Martin. Son nom suffisait à l'irriter. Ce qu'elle ne savait pas encore, elle craignait de le deviner. Deviner, c'était cela, plus des suppositions que des faits reconnus et incontestables. Elle, et Kalfon. Rien ne s'était échappé de l'hypothétique liaison. Rien n'avait transpiré. Tout pourtant paraissait si évident, tellement vraisemblable. Laurence était une femme, sans homme, une belle femme, raffinée, comme Kalfon les appréciait.

Il lui fallait penser à autre chose. Comme oublier ce qui inquiète, ce qui fait mal et indispose ? Oublier ce dimanche pourri dont le soleil ne brillait finalement que pour les autres. Elle retourna dans sa chambre et, ouvrant un des battants de la porte-fenêtre, s'avança sur le balcon baigné de lumière.

Le TGV quittait lentement la gare de Lyon. Alexandre s'était installé dans la quatrième voiture, près d'une fenêtre. Laurence l'avait accompagné jusque sur le quai, comme elle l'avait fait si souvent depuis qu'il avait commencé à voyager seul. Les quelques heures de sommeil avaient suffi pour effacer les marques de fatigue de la longue journée d'hier et elle avait retrouvé ses traits habituels qui l'émerveillaient toujours autant. Alexandre espérait, quant à lui, succomber rapidement aux restes de fatigue dont la nuit, trop courte, n'était pas venue à bout.

Chapitre 5
Six mois plus tard

— Que veux-tu savoir exactement, Alexandre ? J'apprécie ta mère pour ce qu'elle est, pour ce qu'elle représente chez Kalfon, c'est un bon écrivain ; pour le reste...
— Pour le reste ?
— Pour le reste : rien, il n'y a rien d'autre à ajouter. C'est une femme, comme moi, avec ses défauts et sans nul doute ses qualités. Tu sais, ou peut-être ne sais-tu pas encore, que les femmes, parfois, entre elles, ne sont pas très tendres. Souvent, c'est sans raison, des méfiances peut-être, c'est difficile à expliquer. Et puis il y a aussi, comment dire...
— De la jalousie ?
— On peut dire cela, je ne sais pas si c'est le terme exact. Une « indisposition » à partager certaines choses, certaines choses de la vie, des passions, des envies... Le simple fait d'y penser, de croire possible tout un tas de choses. Les relations entre femmes peuvent être comme l'huile et le vinaigre, plus vinaigre qu'huile finalement d'ailleurs. Mais il peut aussi se former une belle vinaigrette, toujours sujette à se séparer, avec le temps, l'inaction...
— Des envies, des passions... Des hommes aussi, probablement !
— Des hommes aussi, sans doute, également.
— Et... C'est le cas avec ma mère ?
— Je n'en suis pas certaine, Alexandre mais presque convaincue. Mais c'est une affaire entre nous, qui ne regarde

que nous et je ne crois pas que j'ai envie d'en discuter avec toi. Quant à ta mère, j'aurais peine à croire qu'elle veuille en discuter avec toi, même si tu es *son fils*.

— Je comprends cela, Esther, mais si tel était le cas, je veux savoir jusqu'où peut aller cette jalousie ?

— Je ne crains rien de Laurence. C'est une femme droite et qui prône la paix, toujours, c'est facile de décoder ce qu'elle dit. Elle respecte les gens et ne veut pas blesser. Toutefois...

— Je ne pensais pas à la crainte que tu pouvais avoir. Je pensais à celle qu'il lui serait justifié d'avoir si tu n'as pas cette même réserve que celle que tu lui accordes. Pour ce dont tu pourrais être capable de lui faire ou bien de lui dire, directement ou bien plus subtilement, par je ne sais quel moyen !

— Que veux-tu dire ?

— Remuer son passé, la discréditer auprès des siens ? Je ne sais pas, je ne te connais pas bien, Esther, et je ne sais pas de quoi tu es justement capable, tu peux comprendre cela, n'est-ce pas ? Je ne veux pas que l'on traîne ma mère dans la boue ni que l'on touche à l'un de ses cheveux.

— Qui te parle de la traîner dans la boue ? Qui te dit que j'ai l'intention, moi, de lui nuire en quoi que ce soit ? Je n'ai aucune raison de détester ta mère. Son succès m'est complètement égal, je côtoie plein de gens qui connaissent le succès, autant de femmes que d'hommes, d'ailleurs et si je devais m'opposer et...

— Et ?

— Et passer mon temps à régler des comptes avec ceux qui réussissent. Ce n'est pas moi, cela, Alexandre. J'ai suffisamment à faire. Et je n'ai pas non plus de comptes à te rendre...

— Il ne s'agit pas de son succès, Esther.

— Peux-tu être un peu plus précis ?

— Tu viens d'en parler.
— Je parle beaucoup. Précise et ne jouons pas aux devinettes !
— Et Kalfon ?
— Quoi, Kalfon ?
— Tu couches aussi avec lui ?
— Ça ne te regarde pas. C'est ma vie et c'est la sienne. Celle des adultes, des vrais adultes, cela n'a rien à voir avec toi et ne te regarde pas.
— Et ma mère, Esther ?
— Quoi ta mère ?
— Elle couche avec lui ?
— Je n'en sais rien et je ne tiens pas à vraiment le savoir.
— Peur d'avoir mal, sans doute !
— Tu ne sauras rien, Alexandre ! Tu ne sauras pas parce que je ne sais pas. Pourquoi toutes ces questions ? Surtout celles qui concernent ta mère. Je m'étonne que tu ne saches pas un peu plus d'elle, vous n'êtes pas des étrangers après tout, et vous semblez si proches l'un de l'autre. Qu'elle ait mis une distance quand tu étais enfant, je comprends qu'elle n'ait pas voulu tout te dire, mais maintenant que tu n'es plus *son* petit garçon, je ne te comprends plus vraiment.
— J'ai l'impression de ne rien savoir de ma mère et que, malgré les années passées, Laurence Martin se refuse à être ma mère.
— C'est bien mon avis, aussi… Alors tu pensais qu'en couchant avec moi, j'allais t'apprendre tout ce que tu voulais savoir de ta mère. J'espère que tu n'as pas fait cela dans ce simple but, Alexandre !
— Tu n'as donc rien à me dire ?
— Rien, Alexandre, rien du tout. Rien à t'apprendre, sinon un peu des plaisirs du sexe, mais je dois dire que malgré ton

jeune âge, tu sembles savoir pas mal de choses sur les femmes et leur sensibilité. Ne gâche pas cette nuit s'il te plaît, l'amour ne doit pas s'échanger, il ne doit pas avoir de prix, il se donne, sans rien en échange.

— Sauf s'il n'est que physique peut-être, non ?

— Cette idée ne me traverse pas l'esprit quand il s'agit de moi, et d'un autre avec moi ! Quand on est avec moi et que l'on me baise, Alexandre, c'est que l'autre le veut bien, et que *je* le veux bien. Ainsi, chacun y retrouve son compte, une jouissance partagée même si finalement chacun la ressent dans son coin d'inconscient, ce petit coin d'égoïsme dont on ne parle jamais vraiment. Cela n'empêche pas ma présence, l'illusion si tu préfères, d'un peu d'amour, avec le A majuscule si tu veux, même si les lettres n'ont que bien peu d'importance dans ce genre de situation...

— Et les french letters ?

— Très amusant ! Tu devrais quand même faire attention, Alexandre. Tu aimes *dangereusement*. Et moi qui n'ai rien dit, je ne suis guère plus raisonnable. Rien vu, pas réfléchi, c'est absurde. Tu m'as trop mis en confiance. Toi pourtant qui n'as pas confiance en moi. Mais le mal est fait, si mal il y a. Je ne sais si tu joues beaucoup ainsi avec d'autres que moi, mais rappelle-toi bien que c'est dangereux.

— Je sais, c'est inconscient. D'habitude, je...

— Tu te protèges et protèges l'autre ! L'exception donc ! Quelle chance d'être de la partie ! Pauvres fous que nous sommes...

— Tu ne réponds pas à mes questions, tes conseils te servent de dérobade !

— J'aimerais t'aider mais je ne vois pas comment. Pourquoi t'es-tu mis cette idée en tête ? Pourquoi en saurais-je autant sur ta mère ? Je ne suis pas, hélas, la bonne personne. La relation que j'ai avec elle n'est que professionnelle. Nous ne parlons que boulot. Pas de nos mecs. Je ne suis pas sa confidente et elle n'est pas la mienne. C'est peut-être dommage que nous n'ayons rien à nous dire en dehors des questions strictement professionnelles dont nous devons parler l'une et l'autre. Elle a besoin de moi et j'ai besoin d'elle, comme j'ai besoin de plein d'autres et que plein d'autres ont besoin de moi. C'est comme cela et tu devrais le comprendre. Tellement basique, et donc tellement ennuyant, pour toi en tous les cas. Je regrette. Mais je n'ai pas eu vraiment l'impression que tu pensais beaucoup à ta mère en me baisant, Alexandre !

— Baiser, comme tu le dis, ce n'est pas vraiment cela.

— Alors, c'était quoi d'autre, Alexandre ? De l'amour ? Avec les sentiments qui vont avec ? Tu veux rire. Tu me connais à peine. Si tu crois que c'est avec cela, sans compter ton objectif de me faire cracher ce que tu veux ou voudrais entendre, que l'on peut parler d'amour, ce n'est pas ma conception... On a baisé *ensemble* si tu préfères, mais on n'a rien fait d'autre. Mais je n'ai pas détesté, j'avais aussi envie de baiser, ce soir. N'es-tu pas d'accord ? C'est vrai, tu es jeune et tu manques sans doute encore un peu de discernement. C'est peut-être plus facile quand tu n'as pas encore fait mûrir tes sentiments. J'ai oublié sans doute. Mais au tout début, je ne baisais pas vraiment. J'aimais ceux avec qui... Maintenant, je peux me contenter du sexe, rien que du sexe.

— Si tu préfères... Alors, on baisait. C'est toi qui as fait allusion à l'amour après tout. Cela ne change pas grand-chose. Mais pour répondre à ta question : non, Esther, je ne pensais pas à elle.

— Alors, c'est mieux ainsi, tu me rassures et on pourrait être quittes. Je hais les dettes, Alexandre, tout ce qui m'oblige à me lier à quelque chose, à quelqu'un. Mais... Ne me dis pas que tu pensais à quelqu'un d'autre, quelqu'une d'autre ?

— Personne d'autre.

— Il vaut mieux pour toi. Tromper est un exercice difficile qui nécessite de l'expérience, certains appellent cela de l'indifférence, d'autres de l'égoïsme et il me paraît difficile pour toi d'en avoir suffisamment. On apprend, avec le temps, seulement le temps. Et chaque fois que tu le fais et que tu t'en veux de le faire. Chaque fois que tu culpabilises. Cela étant, tu regardes ce que les autres font, ou disent, et tu t'habitues, tu relativises et tu apprends tellement bien à mentir et trouver des excuses...

— Je ne pensais à personne d'autre, ça te va ?

— Ne t'énerve pas, Alexandre. Je voulais simplement te mettre en garde...

— Tu n'as pas à me mettre en garde. On a baisé. Si tu avais à me prévenir de quelque chose, me donner ce service, il fallait le faire avant, pas maintenant.

— Tu vois, Alexandre, sans que tu le veuilles, ou bien que tu le reconnaisses, tu auras au moins appris quelque chose.

— De quoi parles-tu ?

— De la baise. Tu parles bien de cela maintenant ? Il n'y avait rien de plus que cette voluptueuse dépense d'énergie. Et il n'y avait rien en cela qui obligeait à penser aux autres... C'est moins culpabilisant que de faire l'amour à quelqu'un avec qui tu ne devrais pas te trouver et pour qui tu ressens des sentiments...

— Merci, Esther, de me rassurer, au cas où... où j'en aurais eu besoin.

— Tu sais ce que je veux dire. La difficulté est de ne pas trop s'attacher. L'erreur, celle de commencer à réfléchir, de faire durer, ne serait-ce qu'une nuit entière...

— Je pense comprendre tout cela. Il n'y a pas besoin d'attendre ton... euh, d'attendre...

— Mon âge ? C'est ce que tu veux dire, n'est-ce pas ? Alors, dis-le. Il faut rappeler ces choses-là, ces vérités qui peuvent mettre les distances. Celles qui te confirment si simplement qu'il ne s'agit surtout pas d'amour mais seulement de besoins respectifs. C'est bien, Alexandre. Et forcément, ça ne peut pas me faire du mal de l'entendre puisqu'il n'y a rien dans tout cela... Juste le sexe. Juste nos besoins. Des besoins même différents : les miens, les tiens. Qui sait s'ils ont même vraiment des liens en commun ?

— Ce n'est pas ce que je voulais dire.

— Ce n'est pas important et ce n'est surtout pas une raison suffisante pour mentir. Tu ne sais pas trop bien le faire encore. Un autre conseil : ne le fais que lorsque c'est nécessaire et réfléchis bien avant de t'embarquer dans cet art, pour le moins délicat.

— J'apprends vite, Esther. C'est tout ce que je voulais dire.

— Tu es certainement rapide à faire beaucoup de choses...

— Esther, si tu ne veux pas ou ne peux pas me parler de ma mère, de Laurence, sais-tu quelque chose de particulier sur moi ?

— C'est décidément une obsession chez toi. Savoir quelque chose de toi, c'est savoir quelque chose de ta mère, ne crois-tu pas ? Pourquoi devrais-je savoir quelque chose sur toi ? Qu'entends-tu d'ailleurs par quelque chose ? Ta mère, puis toi. Pourquoi pas ton père, après tout ? Vas-y, demande-moi à propos de ton père, de son passé, de son présent, de ses relations avec les dames ! Demande-moi !

— Pourquoi pas lui aussi effectivement !

— C'est peut-être plus facile de parler de lui, de ton père, que veux-tu savoir ? Demande-moi. Oh, Alexandre, tout ceci frise le ridicule. Je crois qu'il faut arrêter...

— Est-ce toi qui m'as appelé, il y a à peu près six mois ? C'était un peu avant que je te rencontre au cocktail pour la sortie du bouquin de Laurence. Un certain mardi soir. Vers vingt et une heures ? Précisément le 23. Tu devrais te souvenir... Quoique, au rythme où tu vis, tu dois oublier pas mal de choses. Mais un coup de fil que l'on donne, volontairement, à un inconnu, comme celui que j'étais alors pour toi...

Esther pressa l'interrupteur de la petite lampe de chevet qu'elle retrouva, d'une main incertaine, dans l'obscurité étouffante de la chambre. Un faisceau de lumière douce se répandit sur le lit, comme une caresse satinée. Esther s'était recouverte du drap, le froissant d'une main, puis avait basculé son visage sur l'autre bras pour regarder Alexandre. Le voile lumineux ne l'indisposait pas malgré la provocante image qu'il révélait de lui et pour laquelle il ne semblait pas ressentir la moindre gêne. Allongé sur le dos, il tenait son front dans le creux de l'une de ses mains et, les cheveux ainsi repoussés en arrière, il regardait dans le vague inerte de l'écran blanc du plafond. Son autre main perpétuait le rapport qu'il venait d'avoir – à moins que cela fût de l'amour – et reliait les deux amants, indifférente au drap et à la pudeur qu'Esther s'imposait et qu'il ne comprenait pas vraiment. Ses doigts serrèrent la cuisse qu'Esther, dans son mouvement, avait avancée vers lui ; ils tenaient sans force, sans précision, prêts à tout relâcher. Il aurait pu être avec une autre femme, il aurait eu le même geste, ce geste qu'il y a deux jours à peine, il avait eu plusieurs fois avec Maria. Esther admirait son intégrale nudité, s'étonnant du calme apparent de son corps en contraste avec l'esprit agité qui l'animait alors. Elle balayait son corps de regards gourmands et avides. Sans même regarder, sans même entendre plus encore des mots et des silences qui en disent tant, il était conscient de l'effet qu'il produisait sur elle, des points qu'il était en train de marquer et de l'indélicatesse des moyens qu'il utilisait pour y parvenir.

Après ces longs instants de silence, il se retourna vers elle. Une mèche de sa longue tignasse blonde retomba sur ses yeux puis, se contentant de ce seul habillage, il s'ouvrit à elle. Il lui parla de cet étrange appel, de ce rêve récurrent d'enlèvement et de souffrances. Il fit allusion aux autres appels téléphoniques qui n'avaient fait que de raviver ses craintes et ses émotions. Il espérait qu'elle se trahirait, par son comportement, des mots à double sens, par tout ce qui paraît difficile à taire des mensonges trop pesants et injustifiés, pensant aussi que sa propre honnêteté conduirait peut-être à une autre. Mais au fil de ses mots, il oublia ce marché silencieux et le prix qu'il avait estimé de ses confidences. Elle le laissa parler, sans l'interrompre, car elle n'avait rien à dire, juste écouter, essayer de comprendre. C'était la première fois qu'il parlait ainsi de lui-même, non pas de ce qu'il était mais de ce qu'il lui restait à savoir et que sa vie, l'autre vie, s'acharnait à lui rappeler. Il n'avait trouvé ni l'occasion ni le courage de le faire avec Maria. Maria que, pour la première fois, il trompait.

Il parla sans réserve de ses doutes, négligeant ses attentes. Ce n'était plus qu'une autre libération. Et puis, Alexandre s'arrêta enfin d'épancher tout ce *trop* insupportable et inconnu qu'il avait au fond de lui, ce *trop* qui représentait tout ce qu'il avait de plus impartageable et dont, pourtant, il attendait de se libérer depuis si longtemps. Tout lui semblait avoir été dit de ce qui hantait parfois, trop souvent, ses nuits, de ce qui avait été ravivé après l'habitude qui s'était installée mais ne guérissait rien, celle avec laquelle il avait fait une sorte de compromis, le compromis d'un passé étranger et d'un présent plus réel, enviable à bien des égards. Et puis il se tut. Comme si tout avait été dit.

Le long silence se poursuivit quelque temps encore, les mots absents laissant la place à la ponctuation des sens laissés en alerte, comme une conclusion silencieuse à des questions décidément restée sans réponses. Esther n'avait pas bougé de tout ce temps. Elle l'avait écouté, oubliant un peu de son extase jusqu'à ce qu'il cesse de parler, après qu'il ait prononcé gravement ses derniers mots comme ceux d'un chapitre d'un long et intrigant récit.

« Tes baisers ont un goût d'inquiétude, de solitude, Alexandre !

— Les tiens, de chips au vinaigre !

L'espace d'une seconde, Alexandre regretta sa remarque qu'il trouva peu raffinée mais Esther se mit à rire de bon cœur, amusée par l'invraisemblance de sa remarque. Il fut rassuré par une autre invraisemblance, celle de sa réaction.

— Je sais que j'en mange souvent mais tu n'es pas censé le savoir. Saurais-tu lire dans les haleines des gens, reconnaître les excès buccaux ? À quoi pensais-tu vraiment ? Tu m'amuses et m'inquiètes en même temps. Dis-moi vraiment ! Cela m'intéresse. Je fais beaucoup d'excès…

— C'est moins drôle et pas aussi surprenant que ce à quoi tu t'attends sans doute mais c'est un goût de certitudes et d'expériences, d'amour aussi sans doute mais pour lequel la majuscule hésite à s'appliquer », me trompé-je ?

— Tu n'es effectivement pas aussi amusant mais les vérités ne sont pas souvent drôles à entendre.
— Désolé.
— Tu ne l'es pas vraiment et tu n'as pas à l'être. Que puis-je faire pour toi, Alexandre ? Qu'ai-je à voir dans tout cela, dans cette inquiétude dont j'ai reconnu si facilement le goût ? À moins que c'était celui de *blues* d'Auvergne ?

Il se mit à rire à son tour, propageant l'amusement partagé, d'ondes successives secouant tout le lit.

— Je ne sais pas, Esther, je ne sais plus vraiment. J'espérais tant que tu pourrais me faire avancer. Après ces allusions, tes sous-entendus.
— Quelles allusions ? Quels sous-entendus ?
— Celles que tu as faites en septembre, lors de cette soirée, pour la sortie du livre de Laurence, ma mère... À Paris, souviens-toi bien. Je n'ai pas rêvé, pour une fois. Oui, Esther, souviens-toi de ton traité d'atavisme, le besoin de savoir ce que nous sommes et d'où nous venons. Cela m'était adressé, n'est-ce pas ? Sinon à ma mère ?
— Je ne me souviens pas vraiment ; Laurence avait dû être provocante et j'avais peut-être réagi sur le sujet, je ne sais plus. C'est du passé, Alexandre ; il ne faut pas tout prendre ce que je dis au premier degré ni ce que les autres peuvent dire... Nous venons de faire l'a... enfin, nous venons de passer un bon moment ensemble je crois ; et je ne t'ai pas forcé, je ne me suis pas sentie obligée. Nous avons eu envie l'un de l'autre. Le moment ne me paraît pas le plus propice pour poser toutes tes questions, lesquelles, tu avoueras, me semblent pour la plupart quelque peu indiscrètes et déplacées... Ah, ces gens qui peuvent baiser et parler affaires en même temps ! Je ne sais pas, c'est

tellement désolant. Je ne sais pas faire cela. Je sais faire beaucoup de choses, vraiment beaucoup de choses, mais pas cela.

— Il n'y a rien d'indiscret dans le fait de te demander pourquoi tu as fait ces allusions !

— Quand tu parles de Kalfon !

— Je ne parlais pas de Kalfon à l'instant.

— C'est bien ce que je pensais, tu confonds vraiment tout. Je comprends que tout soit un peu brouillé dans ton esprit. J'apprécie toutefois que tu m'aies parlé de toi aussi librement. Je t'ai écouté. Mais je ne peux faire que cela. Et cela, cependant, il faut que tu essaies de le comprendre et de l'accepter. Je ne suis dans aucune confidence te concernant ni ta mère. Pourquoi le serais-je ? Je n'ai rien à voir avec vous et vous n'avez rien à voir avec moi. Enfin, vous n'aviez rien à voir avec moi, avant que tu ne couches avec moi !

— Ma mère ne t'a pas provoquée comme tu le dis. Pas ce jour-là dans tous les cas. J'étais avec vous, tu l'admettras. Peut-être as-tu d'ailleurs profité du fait que je sois présent pour...

— Pour ?

— Je ne sais pas, justement, Esther. Il n'y a que toi qui puisses me le dire.

— Cela suffit, Alexandre. T'es cinglé. Je n'ai rien à dire et ne veux rien inventer pour te satisfaire.

— Je suis désolé, vraiment désolé, Esther, je...

— Regrettes-tu cette nuit ? Laisse-moi penser que tu n'as pas fait tout cela dans le seul but de me faire parler...

— Pourquoi fais-tu allusion à *tous ces gens* qui parlent et copulent en même temps ? Tu en connais donc autant que cela ?

— Suffisamment pour que je le remarque et que je commence à m'en fatiguer. Et c'est quoi aussi ces sous-

205

entendus auxquels tu fais allusion ? Précise un peu ta pensée si tu veux éprouver ma mémoire.

— Oui, ta façon de me laisser comprendre que ma mère m'a tenu écarté de certaines choses quand j'étais môme et dont elle devrait me parler maintenant ou dont elle aurait dû me parler.

— Penses-tu être vraiment le seul à être privé de vérité ? Alexandre, sois raisonnable, personne ne dit jamais vraiment tout et personne ne sait vraiment toute la vérité. Et puis, il vaut peut-être mieux omettre de dire plutôt que de mentir. Souvent les gens gardent certains secrets, pour ne pas blesser, pour laisser croire aux autres ce qui semble mieux leur convenir et peut-être même les rendre heureux. On ne peut pas non plus en vouloir à ceux qui veulent savoir, ceux qui n'acceptent pas de rester dans l'ombre. Tu fais partie, sans doute, de ceux-là. Au risque d'être déçu du voyage Alexandre ! Je ne t'en voudrais pas si j'étais convaincue qu'il n'était pas dans tes intentions d'avoir été aussi loin pour aboutir à tes fins, pour savoir ce que tu n'es peut-être même pas censé découvrir. Maintenant, je commence à m'interroger et je n'aimerais pas avoir le sentiment d'avoir été trompée.

— Qu'est-ce que cela changerait pour toi ? Qui me dit que tu n'es pas en train de te confronter indirectement à ma mère, de la provoquer, en m'invitant chez toi, en t'offrant à moi ? Ta volonté de me revoir était sans équivoque, tu avais suffisamment insisté, devant elle, ce jour-là, quand tu m'as rencontré pour la première fois. N'ai-je pas raison ?

— Alexandre, je pense que c'est assez. Tu n'es qu'un gamin et le monde des adultes semble encore t'échapper. Ta mère ne t'a peut-être pas, finalement, bien préparé à la vie. Celle des adultes en tous les cas. On peut ne pas tout réussir, c'est humain. Il faudrait que je relise ses premiers bouquins, il est possible que j'y trouverais certaines indications. Tu devrais d'ailleurs toi-même…

Esther n'eut pas le temps de terminer ce qu'elle cherchait à lui faire comprendre. Alexandre d'un mouvement rapide et agile, s'était retourné complètement et avait placé sa main sur la bouche d'Esther. Surprise par la soudaineté de son comportement et, regrettant d'avoir remis la lumière, aussi douce pouvait-elle être, Esther crispa tout son corps et ne put s'empêcher de fermer les yeux. Son cœur se mit alors à battre à cent à l'heure… Elle suffoqua quelques dixièmes de seconde. L'air lui parut alors si essentiel à la vie…

Chapitre 6
Retour au présent, départ pour l'Allemagne

J'avais décidé de prendre l'avion pour me rendre à Francfort. Cela me paraissait le plus approprié pour le premier voyage. J'étais plus indécis pour les fois suivantes, le temps ne serait peut-être pas aussi calculé et n'aurait peut-être pas autant d'importance. Peut-être même qu'il n'y aurait pas d'autres voyages, tout était encore tellement confus. Il m'était en effet important de partir le plus tard possible de Paris et de profiter au maximum de mes deux jours dans la capitale avec Maria. Les autres alternatives n'étaient d'ailleurs pour moi ni de prendre le train, ni la voiture, ni enfin l'autocar, que savais-je encore, mais il y avait celle en effet de ne pas partir, de tout remettre en question et de prendre enfin, à la place, simplement un peu de bon temps. L'idée, fallut-il me l'avouer, fit quelques épuisantes allées et venues dans mon esprit, mais ne s'accorda pas avec mes convictions contre lesquelles elle n'avait en fait pas de grande chance d'aboutir. Je renonçai donc très vite à cette idée ridicule de tout reconsidérer et de ne pas aller jusqu'au bout de notre décision. Il m'avait plu pourtant de rêver un peu de ce caprice de gamin et j'étais ainsi d'autant plus satisfait d'y avoir renoncé. Je n'avais plus alors qu'à me faire une raison et accepter le fait de partir.

Il était évident qu'une fois installé là-bas, les repères seraient bouleversés, dans le temps et l'espace mais, une fois l'idée acceptée, l'envie de m'attarder dans Paris à laquelle je me sentais alors soumis, n'avait plus sa justification, et Paris ne devait être qu'une étape, simplement une étape, sur ce long parcours initiatique qui m'attendait et duquel je ne pouvais lâchement me dérober.

L'option train avait eu la faveur de Maria, insistant sur le côté pratique me permettant d'emporter avec moi un maximum d'effets personnels, tout ce qui pourrait finalement m'aider à m'habituer rapidement à ma nouvelle vie. Quelques-uns de mes repères quotidiens faisaient selon elle partie intégrale de ma vie, ceux auxquels je lui avais donné l'impression d'être tellement attaché. J'étais conscient de ces besoins compensatoires auxquels je m'efforçais de ne pas trop donner d'importance. Pourtant, elle, partant à l'autre bout du monde et moi, de mon côté, en plein cœur d'une vieille Europe de traditions, au milieu d'une sorte de nulle part, loin des horizons des mers et océans, loin de tous mes amis, l'importance se révélait plus sérieuse que je ne voulais le penser.

Il arrivait parfois à Maria de réfléchir et de décider pour moi, plus que je le faisais pour elle. Peut-être avait-elle raison ? Ma mère l'avait fait elle aussi bien longtemps mais d'une façon différente, utilisant d'autres moyens. Elle savait insister sur certaines choses mais plus subtilement, feignant de n'être pour rien dans les décisions que je prenais et qui, en vérité, pouvaient être, pour certaines, nulles autres que les siennes. Je finissais ainsi par me laisser manipuler par ses stratégies finement élaborées et je me demandai alors jusqu'à quel point ma mère ne finissait pas par se convaincre elle-même de sa neutralité dans ce que, difficilement, je me décidais à faire parfois. « Pourquoi » demandait-elle après coup, « je peux comprendre ta décision, mais... ». Son subterfuge pouvait même jusqu'à dire qu'elle aurait fait peut-être autrement, elle, mais que « c'était à moi de voir et que c'était *mon* affaire... ». Quant à ma décision de partir en Allemagne, elle n'avait pas eu sa part habituelle d'influence et s'était contentée de constater. J'en étais satisfait.

Je n'étais pas intervenu quant au choix que Maria avait dû faire ni n'avais commenté sa décision. Nous avions plus évoqué la séparation que la distance qui nous séparerait. Je n'appréciai pas particulièrement sa décision et l'exercice du silence et de la maîtrise du soi, du moi, furent quelque peu mis à l'épreuve.

J'avais écarté l'idée de partir au Canada et Maria n'avait pas émis d'avis particulier. Elle s'était contentée d'un simple « pourquoi pas ? » à l'évocation de la destination. J'avais eu la faiblesse de penser qu'elle resterait en Europe, d'y trouver un intérêt, le même peut-être que celui vers lequel mes idées convergeaient. Mais c'était absurde, complètement insensé et sans doute animé d'un brin d'égoïsme que je ne voulais sans doute pas vraiment admettre.

Je ne réagis donc pas quand elle m'annonça qu'elle partirait sans doute au Japon. Il me paraissait important alors de ne montrer ni surprise ni déception et Maria prit cela comme argent comptant. Elle avait raison. L'exercice était pourtant plus difficile que d'habitude mais j'avais tenu tête à cet autre tourment, désillusion, déception, allons savoir. Je l'avais fait. Je montrais trop souvent mes émotions, même pour de simples futilités. C'était donc *sa* décision, *son* choix, une question personnelle à laquelle il ne m'appartenait pas de m'opposer, donner un avis pollué de mes intérêts personnels. L'idée pour elle de me voir traverser l'Atlantique n'avait pas semblé la déranger, elle aurait visiblement compris et s'attendait à ce choix. Elle était plus mûre, plus adulte ; les mêmes années d'existence lui avaient mieux profité qu'à moi. Mais son passé était clair, sans ombres ni incertitudes, et l'avenir pour elle était presque déjà rédigé. Elle ressentait ma psychasthénie occasionnelle, ce vide intérieur, cette pièce manquante que je criais apparemment trop fort dans les silences que la situation et mes humeurs m'imposaient parfois.

Maria n'essayait jamais de casser ces silences mais, au contraire, les admettait quand ils passaient sur nous, comme de sombres nuages de pluie. Elle les tolérait, pensant qu'ils étaient d'étranges exutoires nécessaires à mon équilibre, avant que je puisse trouver un quelconque remède à une carence intérieure dont je ne lui avais jamais vraiment parlé, un mal dont un jour, lorsque le moment serait venu, je serais à même de lui parler. J'appréciais sa discrétion, la patience qu'elle montrait à m'attendre, à attendre ce moment que je tardais à enfin reconnaître. Mon silence m'était donc encore imposé. Je n'étais pas vraiment encore prêt.

Nous avions donc décidé d'aller chacun de nos côtés pour rencontrer et découvrir l'*Entreprise*, histoire aussi de mettre notre relation à l'épreuve, afin de faire quelque chose de *différent*, de connaître des expériences qui nous enrichiraient tous les deux et de nous retrouver dans les situations les plus appropriées aux cursus de nos études.

Elle avait commencé le japonais depuis deux ans ; moi, je poursuivais l'Allemand que je pratiquais depuis la sixième, deuxième langue enseignée à Charleville et à laquelle je n'avais évidemment pas pu échapper. J'aimais plutôt bien cette matière, sans doute parce qu'elle me le rendait bien en me laissant faire facilement des progrès, sans trop m'impliquer et que j'avais eu l'encouragement de mes deux parents, malgré le désolant décalage qu'ils avaient à le manifester, l'un après l'autre, mais jamais ensemble. Mon père parlait couramment cette langue étrange, gutturale et chuintante, qui déformait nos bouches. Il disait que c'était bien de la parler, que l'Allemagne était un extraordinaire vivier d'entreprises de toutes sortes et que, même s'il fallait aller travailler au fin fond de l'Afrique, le *germanique* serait toujours un atout supplémentaire pour *faire de la négoce*. Il n'avait pas vraiment tort, sauf dans sa démonstration pour me le prouver en partant à l'antipode du pays en question, le Canada, qui plus est, pour développer, là-bas, l'export sur *l'Asie* ! Mais il avait plutôt bien réussi sa carrière et c'est cela, globalement, que j'avais retenu et qui motivait mon enthousiasme.

Mon père n'avait jamais été très présent aux moments les plus forts de mon enfance, je l'avais toujours écouté cependant, même si les occasions de le faire avaient été trop rares à mon goût. Il était une sorte de modèle, une référence. Je n'en avais point d'autre, en dehors de celle de ma mère à qui, naturellement je n'avais pas l'intention de ressembler, rien d'anormal puisqu'étant une femme, aussi spéciale pouvait-elle être, et le modèle que je recherchais était celui d'un homme en qui j'avais confiance et qui représentait quelqu'un d'important et sans doute de moins mystérieux qu'elle pouvait l'être, parfois, trop souvent.

Alors, je continuais de suivre les vieux conseils de Jean-Paul et je partis ainsi à Francfort. Il dut d'ailleurs s'en vouloir un peu de m'avoir mis ses idées en tête. L'Allemand m'avait donc ainsi détourné de lui et sans doute aurais-je traversé à nouveau l'Atlantique s'il n'y avait pas eu cette connivence entre les effets de son enseignement de père et la réceptivité que je leur accordais. Je me retrouvai alors privé d'une occasion de lui parler, de vivre un peu sa vie, de le voir et le comprendre cette fois en adulte.

Faire de la négoce : la première fois qu'il avait utilisé ce subtil composite de mots, j'avais été intrigué. Je devais avoir sept ou huit ans, j'avais fait semblant de comprendre, ne voulant pas paraître stupide et ignorant. Ma mère, très tôt, m'avait appris à utiliser le dictionnaire. Il ne fallait pas, disait-elle, *rester dans l'incompréhension des mots, tant ils sont nombreux et tant il est facile de rester écarté du sens des conversations et des lectures.* Comme il n'y avait pas de dictionnaire français chez Jean-Paul, au Canada (il disait en avoir égaré deux au cours de ses divers déménagements) j'avais dû accepter d'attendre de retourner en France pour vérifier et enfin comprendre. Je n'avais jamais aimé, en effet, rester en retrait, ne pas savoir interpréter ce que les adultes exprimaient, quand j'étais enfant. Cela n'avait pas vraiment changé après toutes ces années et, si toutefois j'avais enfin intégré le monde des adultes et de leurs conversations, les attitudes, les réactions, les ambiguïtés personnelles des uns et des autres continuaient toutefois de m'interpeller et de m'isoler d'eux, d'amplifier l'inconfort évident que « l'énigmatique » et « l'incompris » provoquaient en moi, comme si ma part d'inconnu hérité à ma naissance n'en pouvait supporter d'autre.

L'attente me fit, hélas, oublier. Je passai à d'autres choses, une fois de retour en France et l'occasion ne se représenta pas de me pencher sur la question. Il n'y avait que Jean Paul pour me parler de *business, d'affaires, de commerce* et donc de *négoce*.

Ce ne fut donc pas avant l'année suivante où je retournai le voir que la scabreuse expression redevint un sujet de confusion et de total inconfort. Je m'aventurai ainsi à parler de « mégoce », mal préparé aux pièges innombrables de la forêt de phonétismes qui entourait l'encore étriquée clairière de mes connaissances en français. Mégoce – mes gosses. Tous ces parents qui parlaient de leurs gosses ! C'était si facile de me prendre les pieds dans le tapis, moi et mes petites jambes, ces raccourcis pour grandir, vainement. Rien ne pouvait me laisser présumer que mon père serait pris d'un extraordinaire fou rire que je fus bien en peine, sur le moment, de savoir interpréter. J'étais embarrassé, hésitant entre une colère cutanée et le ralliement à son amusement qui, quelque part, me rassurait sur une part de bonheur dont il me semblait privé à tout jamais. Pour ce qui était du bonheur en général, du sien et de ceux que j'aimais, il y avait en effet des sentiments et des impressions que je ressentais facilement et d'autres qui m'échappaient ou que je ne pouvais comprendre, par choix et par incompétence. Sur le bonheur des autres, j'avais le sentiment d'en savoir suffisamment, un peu plus en tout cas que la plupart des enfants de mon âge. Celui de mon père et de ma mère m'importaient beaucoup.

Je choisis donc de rejoindre Jean-Paul dans son hilarité, de ne pas gaspiller le temps, celui que nous passions ensemble, celui auquel je donnais tant d'importance. Je ris aussi et, après la vague hésitation qu'il n'eut pas le temps de remarquer, je m'approchai de lui, en dodelinant de la tête. Il me frappa affectueusement l'épaule puis passa sa main dans ma tignasse, tignasse que je commençai déjà à laisser vivre sa vie.

« Fiv, ta mère ne te dit rien pour tes cheveux ? Elle-même si soignée et si scrupuleuse sur ton look ! Mais ça te va bien, je dois avouer. Tu m'as bien fait rire, you know ! »

Le son des mots, la musique des mots, la confusion des situations où ils s'entendent...

Faire de la négoce ou *faire faire à mes gosses*, quelle était la différence après tout pour un enfant de mon âge ? Si peu, et tellement à la fois. Je revoyais souvent l'image de mon père, son expression du bonheur, face à celle du ridicule, dans lequel je m'étais innocemment jeté. Aucun dictionnaire général de français, aucun lexique spécialisé n'aurait pu alors me venir en secours. L'important n'était pas encore de comprendre mais de partager. J'apprenais, en même temps, et sans m'en rendre compte, les bases de la sagesse qui porterait ma raison...

Comme pour prolonger le présent, mon père persista longtemps à ne pas parler de commerce mais de négoce, tant l'expression lui rappelait cet intense moment d'hilarité et de partage, un de ces trop rares moments où il m'arrivait d'oublier la séparation de mes parents, d'oublier un peu ma mère, d'oublier surtout qu'elle n'était pas avec nous.

Maria n'avait pas considéré un seul instant de venir avec moi en Allemagne. Elle avait évoqué l'idée de nous séparer et d'aller chacun de notre côté. La suggestion m'avait étonné mais semblé recevable, suffisamment raisonnable pour que je la rejoigne dans cette idée. Cette conciliation facile ne sembla pas l'étonner. Pourtant, me connaissant mieux que je me connaissais moi-même, elle dut savoir que cette séparation me coûtait, et me coûterait. Peut-être voulait-elle m'aider à grandir encore un peu plus, mûrir, pour que je sois totalement acceptable, pour me rendre une partie de liberté qu'elle pouvait culpabiliser de m'avoir enlevée. Il m'arrivait souvent de faire allusion à cette chère liberté, mais c'était de *ma* liberté dont je parlais, celle dont quelque chose de mon passé me privait. Je ne pouvais lui en vouloir, j'étais resté si vague, elle ne pouvait deviner. J'avais à apprendre à faire confiance aux autres, je n'en étais qu'à apprendre à apprendre. Il m'était difficile d'imaginer qu'elle pourrait être la première à payer l'imprévisible facture de mon *apprentissage* et quelque chose en mon for intérieur s'évertuait ainsi à me dissuader de l'aspect raisonnable du choix que nous avions pris. Et j'ai longtemps espéré qu'elle changerait d'avis.

Au cours des trois derniers mois avant le commencement de nos stages, les jours s'étaient égrainés, vides du moindre espoir, de la moindre allusion à une reconsidération de sa part. Maria n'affichait pas facilement ses sentiments. Je pensais au début de notre relation que c'était une forme d'égoïsme, d'insensibilité aux sentiments. Il me fallut quelque temps pour m'y habituer et surtout pour comprendre que ce n'était, en fait, qu'une façade, une façon de paraître, qu'elle avait construite au cours des longues années de pensionnat auxquelles elle avait dû se soumettre et au cours desquelles elle avait dû imposer sa propre personnalité protectrice, vis-à-vis de l'environnement de son école.

La sélection de nos stages respectifs n'avait pas été facile à faire, beaucoup de ceux qui nous avaient été proposés ne présentant que peu d'intérêt à nos aspirations. Notre niveau d'exigence était élevé, peut-être déraisonnable, mais si toutefois nous n'avions pas l'absolue conviction de savoir précisément ce que nous voulions ni de pouvoir décliner une liste exhaustive de nos attentes, nous n'avions en revanche aucun doute sur ce que nous ne voulions pas. Cette exigence m'avait conduit à faire appel à mon père qui, mieux que quiconque, avait compris ce à quoi j'aspirais et ce à quoi je ne voulais pas être confronté. Maria avait fait de même avec le sien. Je lui avais proposé l'aide de Jean Paul. Elle m'avait fait la même proposition avec son père. Les intentions étaient louables. Elles n'étaient qu'une sorte de politesse et de convenance dont nous ne voulions pas être plus dépendants que nécessaire. C'était bien ainsi. Une abdication devant elles aurait été contraire aux règles que, tous deux, nous nous étions prescrites. Fortes et empesées de nos exigences, nos propres recherches et celles de nos écoles s'étaient avérées relativement décevantes. De ce fait et compte tenu de toutes ces défiances que nous avions fini par maîtriser, tout remettre en question avait fini par me paraître alors, à mes yeux, une profonde erreur...

Il pleuvait une sorte de tristesse. C'était un dimanche et nous avions eu du mal à trouver un taxi pour nous emmener à Charles de Gaulle. Maria s'était blottie contre moi, à l'arrière de la voiture, un peu comme l'avait fait ma mère, quelques mois auparavant, mais sans cette retenue qui faisait la différence. Je ne voulais pas trop la regarder. Je ne savais pas si elle essayait de retenir des larmes qui m'auraient, stupidement, fait plaisir, mais je savais que mes yeux auraient trahi l'état pitoyable dans lequel, moi-même, je me sentais, alors. Je ne le voulais surtout pas. L'essuie-glace balayait la pluie, essuyait mes larmes, épargnant mes joues de leurs tristes sillons, épargnant mon embarras si j'avais eu à admettre la faiblesse qu'elles pouvaient signifier. Alexandre le rugbyman, en proie aux attaques des sentiments, marqué par un essai supplémentaire de sa résistance aux aléas de la vie ! Un *test-match* comme un autre, avec peut-être un vainqueur et un vaincu, ou mieux encore, l'insipide goût d'un résultat moins scabreux : celui d'un match nul.

Le vol de Maria pour Osaka partait seulement le lendemain après-midi et elle devait passer la nuit chez une amie que je n'avais jamais rencontrée et dont elle m'avait pourtant souvent parlé. Nous avions laissé ses affaires chez elle, avant de partir. Marine avait dû s'absenter et avait laissé un jeu de clés chez sa concierge, en bas du vieil immeuble, rue du Ruisseau, pas très loin du Sacré-Cœur. Je ne savais pas que nous pourrions y trouver encore une de ces anciennes loges de concierges et, qui plus est, occupée. Une porte et une fenêtre intérieures, avec des rideaux fleuris, comme j'avais dû en voir dans des films en noir et blanc. Une odeur de cuisine, de potage aux légumes, envahissait tout le corridor de l'immeuble. Ça sentait les années cinquante, soixante peut-être. La concierge n'avait pas vieilli, c'était la même, j'avais dû l'apercevoir dans un de ces films, dans un de mes rêves, en noir et blanc eux aussi. Elle nous avait dévisagés, inspectés de la tête au pied, la méfiance dans les yeux. Elle avait raison, nous étions d'un autre temps, bientôt sans toi ni moi.

Maria avait frappé à la porte. Quelques secondes s'étaient échappées. On entendait des bruits de cuisine qu'on interrompait, d'une casserole que l'on repose, d'une cuillère que l'on retourne sur une assiette. Elle apparut à la porte, un torchon à la main :

« Oui ? C'est à quel sujet ? Je ne suis pas là le dimanche, en principe ! C'est sur l'écriteau… »

Mais elle était là… Les vingt-quatre images secondes défilaient devant nous, avec certes un peu d'usure. Mais malgré les rayures, le son était clair, sans craquement, l'accent presque parigot qu'il fallait. Elle roulait ses yeux sur nous. Ils étaient plus redoutables qu'un portique de sécurité d'aéroport.

« Nous venons récupérer des clés, des clés qu'a dû vous laisser Marine Chaplin. Elle nous a dit que vous nous les remettriez pendant son absence ?

— Ah oui, c'est vrai, j'avais oublié, la petite blonde bien sympathique du cinquième ? Elle a de la chance aussi que je ne sortais pas aujourd'hui. Mais j'aime bien rendre service quand je peux. Elle sort souvent Marine et reçoit tout autant. Mais ça va, ils ne font pas trop de bruit, dans l'ensemble. C'est pas comme ceux du deuxième. Il y a eu des réclamations. Dites donc ! Il n'a pas l'air de faire très beau dehors, vous êtes trempés. Je vais vous chercher les clés. Vous dégoûtez, je ne veux pas vous faire attendre ! Le temps que vous montiez les étages, vous serez secs. L'ascenseur est en réparation... »

Elle revint avec un petit trousseau de clés et le remit à Maria. « Vous devez les garder jusqu'à son retour, m'a-t-elle dit. Ne les perdez pas car je crois qu'elle a perdu ses doubles. C'est pas bon marché d'en refaire ! » Elle avait mis son torchon sur l'épaule, comme un garçon de café. Elle nous regardait tour à tour, essayant de savoir ce que nous pouvions être. L'interrogation se lisait sur son visage et la privait d'un sourire qu'elle aurait bien aimé avoir avec nous et que sa bouche attendait de pouvoir élargir.

Maria aurait l'occasion de remonter le temps à nouveau, d'apercevoir ce sourire inachevé, dans son entier, le soir, peut-être, en passant devant l'étonnante loge dont seule la lumière colorisée et variante du tube cathodique pouvait faciliter la rencontre des deux univers. La concierge au tablier bleu. Celle aussi à la broche dorée épinglée à son corsage de dentelles du dimanche, la seule marque d'un jour presque différent. Méfiante mais efficace, rassurante aussi, après une aussi longue expérience. Je gardai l'odeur des poireaux et des carottes bouillis très longtemps et ne fus pas mécontent, toutefois, de l'oublier puis de m'en séparer. L'envie grandissante qu'elle me donnait de vomir, peut-être, en était la raison...

J'avais donc tranché, je n'avais plus de choix et il fallait me présenter à BaxterCo, le lundi matin, à huit heures trente, avec la légendaire ponctualité teutonique à respecter sur laquelle Corinne avait longuement insisté et que je ne pouvais, en aucun cas, ignorer.

La circulation m'inquiétait un peu et je craignais d'avoir été un peu négligent sur le temps qu'il nous faudrait pour traverser Paris et nous rendre à l'aéroport. J'avais pris un billet avec un tarif promotionnel et l'idée de manquer mon vol et de devoir en racheter un autre pour le suivant que d'ailleurs il n'y avait peut-être pas, ne me faisait pas particulièrement plaisir, surtout pour cette occasion qui n'avait rien d'un voyage d'agrément. Je n'avais simplement pas envie de partir, je n'avais en fait, plus du tout envie de partir. Le moment de le faire pourtant approchait au fil de l'asphalte avalé sous les roues du taxi. L'idée d'un possible renoncement s'amenuisait, s'étiolait malgré de vaines tentatives pour s'imposer. Les « va et vient » d'hésitation s'emballèrent à nouveau dans ma tête, toujours aussi ridicules et épuisants mais je les laissai faire leur triste numéro. Ils avaient trouvé en moi à ces moments d'incertitude un terrain favorable d'où je n'avais pas vraiment les moyens de les soustraire. Mon esprit était encombré mais mes résolutions ne laissaient pas d'options aux tentations multiples et aux changements de voie qui convoitaient les fissures de mes certitudes et de l'édifice d'un passé, et tout autant d'un présent que je m'efforçais de restaurer et surtout de renforcer. Je m'en voulais un peu de ces hésitations, éphémères certes, mais récurrentes. Elles se produisaient malgré moi et ébranlaient mes résolutions et une tranquillité que je n'arrivais jamais à gagner sans effort. Maria partirait donc, de toute façon, quoi qu'il pût arriver avec moi.

Nous convînmes de nous quitter dans le taxi que Maria garderait pour retourner à Paris. Je n'avais pas envie de ces effusions de départ, pas envie de la voir agiter sa main derrière les vitres, pas envie de me sentir partir en isolation derrière ces parois de verre, comme si je fuyais une épidémie, comme si je devais l'épargner d'une quelconque maladie. Nous nous étions injecté le mal de nous séparer, avec l'antidote possible du temps et de la force de nos sentiments. Et puis, je n'avais pas de temps à perdre et moins encore d'argent à perdre pour de telles gamineries.

Le chauffeur me demanda à quel terminal je devais me rendre et essaya de me rassurer en me disant que nous y serions à temps.

Juste avant qu'il ne stationne devant la porte automatique et alors que la voiture commençait à ralentir, Maria passa ses deux bras autour de mon cou et m'embrassa avec passion et tendresse.

« Tu feras attention à toi, n'est-ce pas ? Passe-moi un petit coup de fil ou un SMS quand tu seras arrivé, s'il te plaît ! » Maria montrait plus d'enthousiasme pour le téléphone que je ne le faisais désormais moi-même. Cela n'était pas encore devenu une phobie véritable mais je craignais toujours un peu d'entendre à nouveau cette même voix camouflée, calme, trop calme, je la craignais et je l'espérais tout autant, espérant d'en apprendre quelque chose. Deux fois seulement pourtant. D'autres que moi auraient sans doute déjà oublié. Je ne comprenais pas ce second appel. Rien n'y avait été dit. Tout juste mon nom prononcé. Avant de raccrocher. C'était pire encore, ce silence construit et malfaisant. Plus maléfique encore pour faire peser l'inquiétude. La voix sans émotion était la même, le même timbre, l'impénétrable silence entre les mots. C'était elle. C'était un des rares doutes que je n'avais pas. J'espérai qu'elle aurait ce regret de ne pas aller jusqu'au bout de ses intentions. Tout sans doute ne fut cependant que savant calcul. J'imaginais les lèvres collées de sa bouche, prêtes à se séparer, étirées par les mots hésités, ceux d'un bien à partager ou d'un mal à répandre. C'était étrange. Comme si j'allais revivre à l'envers, remonter le fleuve de ma vie, si court encore mais si tumultueux, puis redescendre ensuite et comprendre les deux rives, les découvrir vraiment tel qu'elles étaient pour être enfin paré aux Océans de ce que serait mon lendemain.

    J'embrassai Maria à nouveau et ne lui répondis pas. Les essuie-glaces s'étaient arrêtés de balayer tout ce qui dérangeait à cet instant. Je sortis rapidement et récupérai mes deux lourds bagages dans le coffre du taxi. Le chauffeur, comme pour gagner du temps lui aussi, mais sans doute n'était-ce que par simple indifférence, ne s'était pas donné la peine de sortir. Maria, elle aussi, resta paralysée sur le siège arrière du véhicule. J'avais claqué la porte derrière moi, une sorte d'invitation à ne pas en faire de trop. Elle comprenait, je savais, nous savions, et faisions comme si nous avions maintes fois répété alors que, pourtant, c'était pour nous une situation nouvelle, une première fois. Nous nous découvrions, dans la vie et dans ce qu'elle entraîne.

J'avais repéré un chariot abandonné au milieu d'une énorme flaque d'eau. Je n'avais ni la légèreté ni la souplesse d'une danseuse d'opéra et, malgré tous mes efforts pour atteindre efficacement le caddy, mes chaussures furent instantanément submergées d'eau, mon appréciation de la profondeur de la flaque complétant la défaillance générale en matière de stratégie. Furieux, je me mis à pousser un juron que ma mère ne m'avait sans doute pas enseigné, ni mon père d'ailleurs, lui-même plutôt respectueux du beau français. Je l'imaginais froncer les sourcils en m'entendant, sans dire quoi que ce soit, ou bien alors en faisant les commentaires appropriés qu'elle savait trouver parfois encore avec moi, tout en s'efforçant de s'épargner les rides superflues occasionnées par l'exercice. Elle n'était pas présente et je n'eus droit ni à l'une ni à l'autre des formes de remontrance, ces gentilles remontrances qu'il me prenait quelque temps à digérer et à tirer profit. Je n'aurais pas été d'humeur ! Il y avait Maria. J'étais convaincu qu'elle avait pu lire le débordement verbal sur mes lèvres, tant je l'avais prononcé avec force et colère. Après un bref et dernier regard en direction du taxi qui repartait et emportait mon amie, je m'engouffrai dans l'aérogare, la machine à distribuer des destinations, la machine à séparer, celle aussi à réunir, à broyer les distances. Là où les sourires et les pleurs sont inclus dans le service, les uns servis d'un côté des cloisons de verre, les autres, du côté opposé. Foutues vitres, foutus verres. Étrange transparence grâce à laquelle tout se voit, rien n'est mystère. Mais même de cela, je n'étais plus vraiment convaincu.

L'enregistrement de mon vol n'était pas encore terminé. Une vingtaine de personnes attendaient devant l'unique comptoir encore ouvert. Je pensai à Maria, dans le taxi, retournant à Paris, le défilement inversé des mêmes images muettes qu'elle allait revoir à nouveau sur les écrans des vitres, celles des bétons audacieux, celles aussi des panneaux commerciaux de cosmétiques, de masques de visage et de l'humanité à cacher, toute derrière, silencieuse pour l'heure elle aussi, le va et vient des essuie-glaces peut-être encore pour effacer les dernières larmes de pluie, celles du temps et les nôtres. Le chauffeur annoncerait le montant de la course, sans se détourner puis demanderait s'il lui faudrait une fiche. Le claquement de la portière mettrait un terme à la rêverie de Maria, réelle et intime, dont je n'osai deviner la substance. Elle retrouverait ensuite les effluves de la cuisine d'Odette, la concierge. Elle devait s'appeler Odette, je ne sais pour quelle raison. Il me convenait de lui donner ce prénom, chacun en possède un ; les animaux, les objets en ont même parfois, cet ordre des choses me rassurait et me rassure toujours. C'était le mien et il me convenait ainsi. Il est encore le même aujourd'hui. S'il me fallait accepter certaines inconnues de moi-même, je faisais toujours en sorte que le monde qui m'entourait me soit aussi familier que possible, du moins, le moins indéfini qu'il pouvait être. Je pensai beaucoup à Maria, et j'essayai en même temps de penser à d'autres choses ridicules et futiles qui gravitaient autour d'elle, à cet instant, qui n'avaient pas vraiment d'importance et dont je me moquais presque totalement. Elle, allait me manquer, vraiment me manquer. Quant au reste, bien sûr : l'odeur de la soupe aux poireaux, le taxi, Marine, son amie, l'escalier en colimaçon de la rue du Ruisseau où nous venions de nous étourdir, le craquement des marches, tout ce manège de bagatelles continuait à tourner, brassant l'air privé de son parfum, tourner sans ne rien vouloir dire, sans même prétendre à me faire oublier ce qui allait nous arriver. Inefficace subterfuge. Hélas ! Le processus l'était, je devais l'admettre, comparé au raz de marée qui se préparait, attendant de balayer le passé mais surtout notre avenir. Je l'imaginai, ma Maria, s'en retournant à Charles-de-Gaulle, dans un autre taxi, puis effectuant l'enregistrement de son vol, seule, comme une grande qu'elle était et que je regrettais un peu qu'elle fût. Et puis ce serait les douze longues heures de vol qui allaient me l'enlever d'une proximité raisonnable à laquelle je m'étais habitué et que j'acceptais comme un compromis à nos obligations personnelles. C'était comme si l'eau de la mer se retirait tout au loin, bien plus loin qu'à son habitude, menaçant de revenir en furie pour tout arracher, tout effacer. Je ne savais même plus quand j'allais la revoir. Nous en avions parlé, le sujet avait été abordé, sans l'enthousiasme habituel des choses amenant des plaisirs, mais rien de définitif n'avait été vraiment décidé. Six mois au Japon sans revenir étaient une possibilité, une forte probabilité… Six mois en Allemagne sans revenir n'en étaient, en tous les cas, pas une pour moi. Je n'avais pas suggéré l'idée de faire un saut au Japon pour la revoir, elle ne l'avait pas fait de son côté. Il faudrait attendre un peu et voir si le besoin allait pointer le bout de son nez. Un besoin que je ne doutais pas de voir arriver et auquel je m'étais financièrement préparé. Il fallait matérialiser ce type de besoin par un prix à payer, pour fausser la vraie valeur qu'il représentait et détourner celle, plus élevée, d'une potentielle déception. Ces tristes préoccupations ne réussirent pas cependant à me faire oublier l'inconfort grandissant dans l'univers tarsien et trempé de mes pieds, celui donc de mes chaussures. Ce dont j'étais pour l'instant certain, c'était qu'il me faudrait les enlever pendant le vol et me préparer à l'idée de devoir supporter l'agonie d'avoir à les enfiler à nouveau à l'arrivée et cela, sans le chausse-pied fourni des vols long-courriers... Sans parler du juron libérateur que j'aurais voulu partager avec la planète entière, il m'aurait tant plu de saisir un microphone et d'annoncer à l'assemblée présente autour de moi, dans l'amplification des haut-parleurs, avec l'écho de toute la structure de l'aérogare, et plus que tout autre chose, combien Maria *me manquerait*. Je ravalai mon juron indigeste, je ravalai ce dont je me trouvai privé de dire... Au lieu de cela, le *jingle* mièvre d'ADP (les aéroports de Paris, je savais, depuis le temps !) annonça le message de la fin imminente de l'enregistrement du vol pour Francfort. J'étais arrivé juste à temps, deux ou trois passagers s'étaient encore présentés derrière moi, écarlates et tout transpirants. Mon inconfort se révélait sous une tout autre forme.

La balance annonça vingt-deux kilogrammes pour mes deux valises. J'avais été raisonnable dans mon attirail de survie outre-Rhin. Il me semblait pourtant peser une tonne ou plus. Le petit bagage cabine contenait peut-être l'essentiel : mon appareil photo numérique, quelques CDs, mon micro-ordinateur et quelques clés USB dont je ne voulais pas me séparer.

« Bon voyage, monsieur Legrand ! ». Elle ne m'avait pas reconnu, mon nom apparaissait sous ses yeux, mais elle faisait bien son boulot, l'agent en uniforme qui enregistrait les passagers. Ma mère aurait peut-être eu un meilleur accueil, plus spontané, plus enthousiaste, enfin... pas exactement ma mère, plutôt Laurence Martin ! Je pensais aussi à elle à cet instant, en voyant tous ces gens assis sur les bancs métalliques du terminal, en train de lire des bouquins dont j'ignorais les genres et les titres. Je n'avais jamais remarqué de livre où son nom d'auteur apparaissait, je n'avais en fait jamais cherché, j'avais toujours fui son nom, fui cette partie d'elle-même, distribué ainsi en pâture aux quidams inconnus et auquel, jusqu'à il y avait quelques jours, elle m'avait tenu écarté, pour mon bien, le sien et donc logiquement le nôtre. C'était peut-être pour cette raison que j'avais renoncé à lire, lire pour le plaisir de s'évader autrement que par les voyages, le rêve, ou bien par les produits de « substitution », l'alcool aussi peut-être, et de me contenter quant à moi des canards de presse de tous genres et de mes bibles d'économie. Je m'étais donc désintéressé de cette littérature. Une privation dont je ne souffrais pas vraiment. Mes lectures étaient plus sérieuses, plus enrichissantes. Enfin, je m'en persuadais.

 Personne ne connaissait vraiment ma relation avec Laurence Martin et les étudiants parlaient plus de leurs parties de jambes en l'air de la veille que de leur lecture du dernier roman de tel ou tel auteur. Mon évasion, je la trouvais avec le sport et la musique. Maria et moi parlions beaucoup, à nos moments perdus, du moins durant ceux que nous ne voulions justement pas perdre, de l'actualité, des études et des difficultés que nous rencontrions et que nous partagions, de nos révoltes aussi face aux injustices du monde. Le temps ainsi, avec toutes ces préoccupations de notre âge, déjà nous manquait. Nous partagions beaucoup de choses, avions les mêmes envies. Les études similaires que nous menions nous rapprochaient nécessairement et les points communs se découvraient au gré des situations, au fur et à mesure que nous progressions ensemble, sur ce même chemin, et que d'autres malgré tout parvenaient aussi à nous éloigner. Rien, ainsi, ne nous garantissait de continuer à partager les vues que nous avions, nous ne pouvions échapper à l'incertitude de ce jeu auquel chacun, un jour, tente sa chance avec l'aléatoire sentiment d'avoir eu raison. Le moment n'était pas encore venu de considérer si cette perception, finalement, était bien raisonnable, objective et nous conduirait à un bonheur sans contrat et sans embûches. Maria comptait par-dessus tout et la contrainte que notre relation m'occasionnait me libérait du reste. J'étais conscient de cette faiblesse, de ma faiblesse. Et j'en craignais un peu ses conséquences. Pourquoi faut-il que nous placions l'insaisissable, l'instable, le fragile, l'incompréhensible, le réversible des hommes et des femmes dans le fondamental prioritaire de nos vies, *pensais-je souvent* ? La musique, le sport ne s'altèrent pas. Ma mère aurait dit la même chose, sans doute, de l'écriture ou de la lecture. Ils ne faillissent pas au plaisir qu'ils sont censés apporter.

Comme un signe que je ne voulus pas prendre au sérieux, je me retrouvai au fond de la cabine, près des toilettes. Une sorte de punition pour les retardataires, les derniers à s'enregistrer ; je retrouvai les mêmes personnes que j'avais côtoyées au comptoir. Même erreur, même châtiment. Presque normal après tout. Les trois derniers passagers semblaient heureux d'être à bord, et de trouver des sièges disponibles, peu importait leur emplacement. Ils étaient encore essoufflés et la couleur de leurs visages annonçait une apoplexie imminente. Le fin du fin des sièges, ce fut moi qui l'obtins. Dernier rang, côté couloir ! J'aurais pu ouvrir la porte à chacun des clients ! Une telle proximité peut être utile, parfois. Je n'eus donc aucun scrupule ni hésitation à retirer mes chaussures sans attendre l'activation du recyclage de l'air de la cabine qui se trouva alors en fort grand péril. Je me laissai aller à en sourire.

Corinne avait proposé de venir m'accueillir à l'aéroport de Francfort. Elle passait beaucoup de temps en Allemagne, pour des missions de *paramétrages*, avec la France et plus précisément avec l'Alsace d'où, à l'origine de l'entreprise, l'outre-Rhin et le Benelux étaient gérés et commercialisés à distance et avec les partenaires présents sur le terrain, avant que ne s'installe physiquement la *tête de pont* de BaxterCo dont Jean-Paul avait donc été l'instigateur. Elle me fit comprendre aussi qu'une partie de sa vie s'y trouvait également et, lorsqu'elle fit cette brève incartade dans son monde personnel, j'eus l'impression qu'elle voulait justifier de sa présence et me disculper ainsi d'un possible sentiment de dépendance vis-à-vis d'elle. L'heureuse coïncidence de sa présence au bureau de Francfort au moment où je devais arriver, pour autant qu'elle en serait une, n'était franchement pas pour me déplaire. C'était plus une volonté à elle, d'être là, à m'accueillir. Rien ne l'y obligeait. Elle s'était occupée de tout, m'avait expliqué dans les moindres détails les particularités des habitudes à Frankfurt, anticipant l'essentiel des questions que je pourrais me poser les premiers jours. Je connaissais l'adresse du logement où je devais rester, celle de l'entreprise, bien longtemps avant de m'y retrouver. Elle m'avait également communiqué le nom de l'agence immobilière et celui de la personne auprès de qui je devais m'adresser pour récupérer les clés de mon *deux pièces,* un dimanche soir, aux environs de vingt-deux heures. Toutes ces attentions m'avaient étonné, je n'en comprenais pas bien la signification mais, au-delà de cette incompréhension, je les appréciais sans autres considérations. C'était la première fois que j'allais passer autant de temps en Allemagne. J'y avais fait quelques visites, soit avec Jean Paul, soit avec ma mère mais je connaissais plus le pays par ce qui m'en avait été dit et ce que j'en avais appris à l'école que par un véritable séjour. Et puis, il y avait eu aussi une expérience linguistique scolaire de trois ou quatre jours, le séjour le plus long que j'avais pu y passer. Nous avions été hébergés dans le pensionnat d'une école avec laquelle notre collège avait l'habitude d'organiser des échanges. J'avais dû y célébrer mes treize ans, sans ceux avec qui j'avais l'habitude d'être entouré pour marquer l'événement de l'addition de mes années. Un semblant de fête avait été organisé pour l'occasion. Je n'avais eu qu'une seule hâte : celle de rentrer chez moi et rapidement. Ni moi, ni ma mère n'étions très favorables aux échanges scolaires et moi, bien moins qu'elle encore ! Nous pouvions en effet traverser la frontière quand nous le voulions, cela nous convenait bien.

Ce souvenir d'anniversaire me revint quand j'eus à déterminer les dates de mon bien plus long séjour cette fois en Allemagne. Je devais terminer le 28 mars, une chance… Je voulais fêter le prochain avec Maria et maman, et quelques amis communs habituels de nos sorties et d'extravagances cycliques. Il y aurait tant de choses à fêter, nos retrouvailles, une autre année qui se rajouterait bien sûr à mon état civil, un autre chapitre de je ne savais quel livre mais un passage d'une histoire qui commencerait, ne sachant ce qu'il pourrait m'apprendre ni m'apporter. Un se terminerait en tous les cas, quoi qu'il pût arriver ensuite. Alors, l'idée d'arriver dans cette ville que je ne connaissais pas du tout, en fin de soirée, ne m'inspirait guère. C'était comme si Corinne avait deviné mon sentiment. Mais on ne devine pas les sentiments des autres sans bien les connaître. C'était possible que nos brefs échanges par téléphone, que ma voix, mes réponses aux questions qu'elle avait pu poser, ou bien mes propres questions, avaient trahi un peu d'appréhension, de crainte et peut-être même de regret. Je n'avais pas souvenir, en tout cas, de l'avoir interrogée sur des points particuliers qui aient pu éveiller des soupçons car j'étais, malgré tout, à défaut de le retrouver là où il avait vécu, véritablement heureux de faire un autre pas vers celui que je ne connaissais pas encore suffisamment. Le temps m'en avait manqué, les opportunités, et puis le détachement qui s'était solidifié entre ceux qui m'étaient les plus chers. J'apprendrais bien de lui au travers des souvenirs qu'il m'avait confiés et que je pourrais peut-être reconnaître en refaisant une partie du chemin qu'il avait parcouru il y avait si longtemps déjà et que le temps en question, inexorablement, s'évertuait à faire oublier.

J'eus quelques scrupules à ne pas répondre favorablement à la demande de Corinne d'arriver à Francfort un peu plus tôt que l'horaire que je lui avais annoncé. Je ne cachai pas les raisons de cette arrivée tardive et elle comprit, sans insister, me souhaitant de passer un bon week-end à Paris avec Maria. Elle faisait allusion à mon amie comme si elle connaissait tout de ma vie, et de mes proches. J'avais dû sans doute lui parler d'elle auparavant. Des paroles parfois vous échappent, sans que vous y fassiez trop attention, incitées par la force des sentiments et du besoin de partager, quelquefois même, avec les premiers venus. Il me convenait de penser qu'elle avait retenu l'essentiel de ce qui importait pour moi.

Mon père m'avait prévenu du dévouement de Corinne, dévouement *inconditionnel* m'avait-il dit. Lui-même, d'ailleurs, avait pu faire allusion à Maria. Peut-être... Il avait ajouté, comme pour se dédouaner de possibles conclusions faciles, que plusieurs de ses patrons, avec lesquels il en avait discuté, partageaient la même opinion d'elle. Elle avait été son assistante plusieurs années avant de partir au Canada ; elle connaissait bien la boîte, depuis pratiquement sa création. Elle avait côtoyé, de près ou de loin, tous les collaborateurs et, nul ne pouvait en douter, avait une bonne idée de tout ce qui gravitait autour de chacun d'entre eux. Elle avait appris à travailler avec Jean Paul, savait comment il travaillait, avait toujours anticipé ses décisions et, l'équipe qu'ils formaient, était presque exemplaire. Au nom de cette complémentarité, de ce relationnel efficace, de l'attachement qui s'était créé avec le temps, elle avait peut-être ainsi décidé de me régler un acompte sur une sorte de dette qu'elle considérait lui devoir ; c'est ce que j'avais cru comprendre et ce que mon père avait conclu de cette volonté absolue de m'aider. Il ne lui restait que peu de temps à passer à BaxterCo avant son départ en retraite mais l'enthousiasme, le sien, était resté intact, tout comme sa reconnaissance vis-à-vis de mon père.

L'avion se mit en approche d'une façon tourmentée. C'était plus que des turbulences. On le sentait se déporter sur la droite, sur la gauche. La cabine silencieuse devint encore plus silencieuse. Quelques craquements pourtant. La météo avait été annoncée agitée, sans plus de détails. Personne en vérité n'en voulait savoir plus. Pas même Alexandre. L'équipage éteignit l'éclairage et regagna ses sièges. On allait enfin atterrir.

Je vis, au travers du lointain hublot, la jetée télescopique s'approcher de la carlingue de l'avion et se mettre en contact comme un baiser d'accueil que l'Allemagne réservait aux nouveaux arrivants. Il ne me restait que quelques minutes, deux ou trois, quatre peut-être, tout au plus, pour enfiler mes chaussures. À ma grande surprise, l'opération se fit sans trop de difficultés. Il était vrai que le vol n'avait duré que soixante-dix minutes, que chaussettes et chaussures n'avaient eu guère le temps de sécher et que mes pieds n'avaient su profiter de l'aubaine de liberté que l'incident de la flaque avait déclenchée. Une désagréable sensation de *déjà vu* me replaça pourtant dans le même inconfort lorsque je me penchai dans l'allée de l'avion pour serrer mes lacets. Tout le monde s'était levé et s'affairait à récupérer les indescriptibles bazars des gueules béantes des coffres de rangement. Des annonces sonores étaient faites sans que quiconque y prête la moindre attention. Placé à la dernière rangée, je prenais mon temps avant que la passerelle aspire un à un tous les passagers pour les déverser, de la même façon, dans le hall d'arrivée de l'aérogare. Lentement, comme à la fin d'un long cortège des mêmes pénitents, je m'avançais vers la sortie, porté par une sorte de sentiment de fatalité. Je préférai penser que j'étais porté par une décision que j'avais prise, et non pas par une autre dont je n'avais pas le contrôle. Je reconnus l'odeur de caoutchouc, typique de celle des conduits télescopiques d'aérogares. Celui dans lequel nous avancions machinalement oscillait désagréablement sous nos pas conditionnés. Les formalités simplifiées de la zone Schengen se passèrent sans difficulté et je récupérai mes deux valises, heureux de les retrouver intactes, de les récupérer tout simplement. Elles arrivèrent en premier, le privilège non voulu de les avoir enregistrées en dernier et d'être sorti, là aussi, en tout dernier, du long cigare volant. J'avais souvenir de quelques-uns de mes déplacements au Canada au cours desquels mes bagages s'étaient égarés, au mal vouloir de l'informatique et des aléas techniques ou humains du monde du transport aérien… J'étais soulagé. La première étape du séjour était passée, presque sans surprise.

Comme la plupart des passagers, j'avais pu récupérer un chariot pour porter mes valises et économiser mon énergie que je sentais s'évanouir en cette fin de journée pas comme les autres. Au sec, cette fois. Les autorités aéroportuaires avaient vu suffisamment grand pour traiter tous ses clients sans distinction et ne pas rajouter d'affliction supplémentaire à celle déjà appliquée à l'égard des derniers pénitents en voyage à se présenter à l'enregistrement. Bien sûr, il n'y avait pas eu d'accueil exotique avec des colliers de fleurs de houblon ou de saucisses du pays, mais l'efficacité était là et je n'attendais personnellement rien de plus pour convenir d'un voyage acceptable.

De l'autre côté du grand hall où nous nous étions agglutinés le long de l'interminable serpentin à bagages, des visages inconnus s'étaient pressés contre les parois vitrées comme pour regarder un spectacle qui n'avait pourtant rien d'insolite. Nous en étions, sans le vouloir, les modestes acteurs, écrasés par la lumière blanche des lampes halogènes qui amplifiait les airs hébétés que le conditionnement du voyage donnait à tous. J'osai une reconnaissance panoramique de tous ces visages, espérant y reconnaître quelqu'un, illusoire espoir puisque je n'étais déjà plus certain de reconnaître Corinne. Je ne l'avais pas rencontrée très souvent et encore moins récemment. Elle m'avait vaguement parlé d'un ensemble vert qu'elle porterait, élégant, bien français, d'une femme mûre de bientôt soixante ans qu'il me serait difficile de manquer. Corinne s'était un peu moquée avec ce descriptif qui voulait tout et ne rien dire. Pourtant, j'espérais la reconnaître avant qu'elle-même, la première, me fasse signe et me donne le premier sourire. Car elle, m'avait-elle dit, me reconnaîtrait…

J'avais gardé cette habitude de balayer de mon regard anxieux les groupes d'hommes et de femmes, d'enfants aussi, dans ces terminaux d'arrivées, ces gens qui venaient pour accueillir, prendre en charge, rassurer, mettre un terme aux attentes, aux séparations. Je cherchais toujours mon père, ou bien ma mère, mais jamais les deux à la fois, à Méribel pour l'un ou bien Charles de Gaulle, pour l'autre. Il m'aurait tant plu de les voir me saluer de la main, mon père serrant ma mère, son bras sur son épaule à elle, derrière les vitres, partageant le même bonheur de me retrouver. Mais je n'aurais pas connu ces départs et ces arrivées, s'ils étaient restés ensemble, et n'aurais pas connu ces instants d'émotion décuplés par la fragilité et la dépendance que leur choix de vie m'avait imposées. Tout aurait été si différent. Les longs couloirs, les passerelles, les serpentins des files d'enregistrements, les portillons de sécurité n'auraient pas été pour moi ces tubes de survie et de perfusions pour le patient en mal de bonheur vrai que j'étais et dont je tardai à vraiment guérir. Il me semblait parfois que tout contribuait à me confirmer que j'étais enlevé en permanence, soustrait à la vérité d'un bonheur ou bien au bonheur de la vérité. Ces infirmiers que tous les deux étaient à la fois gardaient le silence et j'avais trop peur de leur demander. Eux-mêmes, sans doute, espéraient que le temps, peut-être, suffirait. Qu'ils n'auraient pas à le précipiter, que leur petit malade guérirait par sa propre volonté, sa soif d'apprendre et de s'auto-prescrire les remèdes à son mal. Ou bien m'obstinais-je à ne pas entendre, ne pas comprendre, alors que les années avaient passé et que l'enfant que je n'étais plus était enfin immunisé aux séquelles de la connaissance ?

Alors que je commençais à marcher en poussant le chariot vers la sortie, l'énorme gueule aux fanons de caoutchouc noir continuait encore à recracher malles et valises sur le tapis grinçant du terminal d'arrivée. La période de décontamination était terminée et je pouvais enfin sortir et faire mes premiers pas sur le sol allemand de Francfort.

J'aimais quand les portes automatiques s'ouvraient coulissant sur des haies de sourires qui rendaient familiers les visages pourtant inconnus. C'était comme s'ils vous accueillaient tous, qu'ils vous souriaient, rien que pour vous. Mais il faut pour cela sortir parmi les premiers, le premier, pour ne pas être déçu des regards qui se détournent par la suite, quand les sourires sont récupérés, quand ils s'évanouissent et se fondent avec d'autres. Alors, vous cherchez pour vous-même, pour retrouver celui ou ceux qui, dans la foule volatile, vous sont destinés et que vous ne voudrez plus forcément partager, que vous oublierez de partager, avec les autres qui arrivent aussi et cherchent à leur tour.

Je n'eus pas droit à l'unique sourire que j'escomptais. L'élégante femme de soixante ans, à l'ensemble vert ne ressortait pas de tous ces gens inconnus et même si tous les sourires sont identiques par le message qu'ils portent, certains se distinguent malgré tout, plus destinés, sans doute uniques. Celui-là, celui que j'attendais et dont j'avais besoin, n'était pas là. Je ne le sentais pas, je ne le voyais pas. Alors, il y avait les autres dont je dus me contenter. Le chariot me parut plus lourd à pousser, je me demandai pourquoi j'avais tant emporté d'affaires que j'aurais pu trouver ici et occuper ainsi mon esprit aux inanités d'acquisitions banales. Mais c'était une déception déraisonnable qui pesait, plus que tout le reste. Mes chaussures me parurent encore plus humides qu'elles ne l'étaient vraiment. Mes pieds les auraient oubliées si elle avait été là, cette étrangère sur qui je faisais peut-être l'erreur de trop compter. Les voix résonnaient dans l'espace de béton, s'entrechoquaient, presque inaudibles. Des enfants étaient juchés sur des épaules, s'agrippant aux cous des pères ou des hommes, comme des périscopes agités et missionnés à scruter l'horizon temporisé de derrière la double porte de la sortie. Le grondement des mots défilait de chaque côté et frôlait mon visage comme un guide sonore, au fur et à mesure que j'avançais. Ce n'était qu'un grondement. Il m'échappait. C'était en allemand, je n'avais pas encore programmé le changement. Une sorte de réticence encore à le faire, calquée sans doute à celle de venir ici. Je n'avais pas remarqué les doubles annonces à bord, je ne les avais pas écoutées, c'était toujours les mêmes, je ne voulais peut-être pas les entendre, je pensais aux futilités, espérant stopper le temps, me réveiller d'un mauvais rêve. Ou mieux encore : me réveiller auprès de Maria.

Une énorme masse de chair tenait maladroitement un petit panneau en carton, tout au bout de la rangée de gens docilement organisée derrière une chaîne aux maillons rouge et blanc. L'homme devait faire un mètre quatre-vingt-dix, une allure de catcheur en retraite. J'avais pris l'habitude de côtoyer des gros gabarits du genre, au rugby, mais celui-là avait vraiment quelque chose d'exceptionnel, de différend. Je l'aurais plus imaginé avec des haltères, une batte de base-ball, une pinte de bière ou bien à l'entrée d'un night-club privé, qu'avec ce ridicule bout de carton qui semblait l'encombrer et le mettre mal à l'aise. Son sourire aussi était à l'image de ses cheveux. Son crâne était rasé, réglant le sort à une calvitie probable et appropriée à sa morphologie. Je ne pouvais rien ressentir, vraiment pas, rien détecter de particulier de tout cet accueil de Frankfurt am Main.

« Herr Legrand – BaxterCo » ! gronda-t-il.

Si je ne m'étais pas attendu à être accueilli, je n'aurais pas remarqué le bout de carton, malgré le soin qui avait dû être

237

apporté à sa confection. Les lettres avaient été imprimées très lisiblement en utilisant un programme informatique sophistiqué, et seule la dimension, comparée à celle de l'individu qui le tenait, portait vraiment à sourire. Peut-être l'image du personnage se serait-elle imprimée dans mon esprit, tant il était « différent », encore que, dans l'envie d'échapper au plus vite à la canalisation des aérogares, je n'étais même pas certain que l'émulsion aurait fixé une moindre impression. À l'énoncé de mon nom, je m'arrêtai devant lui. Il regardait sans voir, un peu comme je le faisais moi-même, et mit quelque temps à réagir à ma présence. Je me présentai à lui.

« Alexandre Legrand ! »

Il me tendit la main, relâchant avec soulagement le carton qui pourtant, parut l'encombrer bien plus encore. Je m'attendais à ce qu'il me broie les doigts et me préparais autant que je le pouvais, à la douleur prévisible et au sinistre craquement de mes phalanges. Il me serra la main sans la poigne à laquelle, au vu de l'individu, n'importe qui aurait pu s'attendre. Il avait au contraire une douceur, un calme dans ses manières et sa voix qui, provenant d'une telle armature, ne pouvaient que surprendre.

« Haben sie eine gute reise gemacht, Herr Alexandre ?[1] »

Corinne lui avait demandé de venir à ma rencontre. Elle avait été empêchée et s'excusait de ne pas avoir tenu parole. Elle avait dépêché Kurt, soi-disant l'homme à tout faire de l'entreprise, concierge, petits travaux d'entretien permanent, livreur dans les urgences, accueil personnalisé de clients et collaborateurs d'un certain niveau, et puis... de moi. Ce fut ainsi qu'il se présenta, qu'il décrivit sa situation, ses activités, multiples et pour le moins variées, plutôt à l'opposé de son allure qui m'apparut sans

---

[1] *Avez-vous fait bon voyage, monsieur, Alexandre ?*

artifice, sèche et synthétique, sans fioriture ni, dans sa façon de s'exprimer, de mot superflu à ce qu'il voulait clair et concis. Je présumai que ce devait être ainsi qu'il se présentait avec les nouveaux venus, me demandant comment il se comportait avec les habitués et les gens qu'il connaissait déjà. La question venait d'elle-même. L'essentiel, il allait à l'essentiel et n'en rajoutait pas. Ce n'était pas comme tant d'autres qui disent pour ne rien dire, mais lui cependant, manquait passablement d'un brin de chaleur. Je me laissai à penser qu'il n'avait franchement pas la gueule de l'emploi. Malgré la froideur relative de l'accueil, sa rigidité d'exécution que j'aurais pu facilement mettre sur le compte de l'organisation allemande, le « dispositif » confirmait bien l'exigence que Corinne continuait d'entretenir avec elle-même, ce souci du travail bien fait et l'anticipation d'hypothétiques problèmes. Son empêchement dont Kurt resta avare d'explication l'avait obligée à décupler ses exigences pour pallier cette absence inopinée. Kurt me dit le plus grand bien d'elle, lui aussi, dans le même style de discours codé. Décidément, à tous les niveaux, il n'y avait guère de variantes sur l'impression que Corinne faisait aux autres. Kurt avait pris mon chariot, avec une certaine délectation. Pouvoir plier son carton, le déposer dans le petit casier du chariot et faire quelque chose beaucoup plus approprié à sa physionomie lui avait redonné un sourire qui mettait en valeur une impressionnante dentition de requin. Même là, à pousser un chariot bien trop gros pour mes deux seules valises, il avait toujours l'air gauche et un peu ridicule. Je me demandai s'il avait toujours cet air malheureux quand il attendait des clients et si les petites pancartes en carton lui pesaient toujours autant ? Mais je n'étais pas, après tout, un client, ni même un collaborateur et sans doute qu'une sollicitation un dimanche soir, tard, il devait être vingt-deux heures trente, ne devait pas être une réelle partie de plaisir. Quelle que pût être l'appréciation qu'il portait sur Corinne, cela ne retirait rien au fait que son dimanche en famille devait nécessairement être bousculé. Peut-être vivait-il seul ou bien alors, peut-être était-il plus apprécié absent que présent...

Nous descendîmes au parking par l'ascenseur. Moins quatre. Il faisait lourd et humide. Kurt avait de minuscules perles de transpiration sur le contour de sa bouche et sur son front. Elles semblaient redoubler en nombre à chaque nouveau sous-sol que nous atteignions. L'effort qu'il venait de fournir pour mes valises ne justifiait pas une telle manifestation de son épiderme. Il y avait eu de l'orage dans l'après-midi, un violent orage qui, apparemment, avait été en gestation depuis quelques jours dans la région de Francfort. Il y avait même eu quelques dégâts, selon mon chauffeur. Il n'avait guère fait meilleur temps à Paris avec cette maudite pluie qui nous avait gâché notre dernière journée ensemble, à Maria et à moi. La fatigue commençait à faire quelques ravages et j'avais hâte d'arriver, m'installer au plus vite et : dormir. Ce n'était pas plus mal que Corinne ne soit pas venue : j'aurais eu peine à cacher les ravages de mes deux dernières nuits et du voyage, peine aussi à prétendre d'un enthousiasme que je n'avais pas vraiment. Cacher, en vérité, mon simple état d'esprit du moment.

Avec Kurt, c'était plus facile. Il faisait ce qu'il avait à faire et n'avait aucune intention de me poser trop de questions, ni même de devoir répondre aux miennes, au-delà des quelques banalités incontournables auxquelles il avait dû se préparer.

C'était comme si la nuit était déjà très avancée, comme si j'avais franchi un fuseau horaire. La fatigue, simplement la fatigue et mes incertitudes, ces incertitudes qui profitaient des fissures de ma citadelle pour compléter l'asthénie et me faire mettre à genoux. « Alexandre, secoue-toi ! » me dit mon double. Je n'étais pas mécontent qu'il m'ait accompagné... Je ne savais pas cependant lequel des deux m'apportait son soutien !

Un *quatre X quatre* noir BMW rutilant couina et cligna des phares orangés à la commande de son maître. Maître ou valet ou chauffeur, j'étais bien en peine de deviner ce qu'était Kurt en réalité. L'impressionnant véhicule ne pouvait être autre chose qu'un véhicule de société. Le géant de service plaça les deux valises dans le coffre arrière, sans effort apparent, ne s'aidant pour ainsi dire que du bout de ses doigts pour soulever mes modestes possessions. J'avais beau me laisser guider et me laisser prendre en charge, beau n'avoir aucune raison de m'inquiéter sur mon sort, oublier ce qui se passait autour de moi, la mise en scène valait la peine de ne pas être ignorée et était en elle-même, un véritable spectacle. Ce type continuait de m'épater par son comportement, de me fasciner, par sa force tranquille, parfois maladroite, parfois extrêmement bien réglée, avec une dureté camouflée, à peine perceptible et je me tenais ainsi éveillé, ne manquant aucun de ses gestes calculés. Il me proposa de monter à côté de lui, claqua ma portière puis s'installa au volant. Le moteur ronronna comme un chat que sa maîtresse caresse. La voiture effectua une montée hélicoïdale typique de ces endroits bien souvent sordides et peu accueillants, enfouis sous des dizaines de mètres cubes de béton et de terre. Kurt tournait sans effort le volant avec l'intérieur de la paume d'une de ses mains. Il avait placé l'autre sur le levier de changement de vitesse en simili cuir noir qui respectait ainsi jusqu'au moindre détail le raffinement que le véhicule était censé apporter à qui pouvait être son acquéreur. Kurt fut gratifié d'un « Guten nacht, Herr Kurt ! » au péage du parking. Il sourit et tendit sa carte, sans un mot. Je compris que mon nouvel ami était un habitué de l'aéroport et qu'il devait y faire de fréquentes visites. Kurt rayonnait avec son équipage. Majestueux, je l'imaginais fouetter les chevaux, sur la banquette supérieure de son fiacre. Il n'avait finalement plus rien à voir avec le personnage de l'aérogare, à l'arrivée, gauche, mal à l'aise, irréel. Les chevaux l'avaient transcendé.

Il ne nous fallut pas beaucoup de temps pour quitter la zone aéroportuaire et nous retrouver sur l'autoroute qui devait nous conduire à l'une des bretelles de sorties pour le centre-ville, à une vingtaine de kilomètres environ. La climatisation, elle aussi, contribua à me garder éveillé ; l'air froid soufflait au sol et me rappela l'état de mes chaussures que j'avais presque fini par oublier.

Après dix minutes d'un ennuyant mais confortable voyage, Kurt vérifia si j'étais toujours avec lui :

« Dommage que vous n'ayez pas pu venir avec mademoiselle Maria, Herr Alexandre ! »

Kurt avait parlé dans un français parfait, mais ce ne fut pas cela qui m'étonna le plus. Il répéta en allemand, comme pour m'obliger à réagir et me faire sortir d'une fausse torpeur :

« Schade dass sie nicht mit fraülein gekemmt rënnen ! »

Plus intrigué que je l'étais déjà, je confirmai sa remarque :

« C'est effectivement dommage, Kurt ! Vraiment dommage ! »

Instinctivement, j'avais répondu en français. Mon allemand me semblait rouillé, inadapté aux sentiments dans lesquels je me sentais quelque peu bousculé. Je ne pus rien ajouter d'autre. Je ne savais pas si Kurt voulait entamer une conversation, me faire parler, essayer de paraître un peu plus sociable qu'il ne l'avait été jusqu'à présent, dans son silence pesant, montrer un peu de compassion sur ce dont il semblait relativement bien au courant. Il m'avait parlé sans quitter des yeux la route qui défilait au galop, ne fût-ce qu'un millième de seconde, le visage impassible. Contrairement à lui, je ne pus m'empêcher de tourner la tête vers lui et je sus aussitôt qu'il le remarqua. Il semblait attendre quelque chose, encore qu'il fût difficile de vraiment percevoir sur son visage une quelconque intention. Mes questions peut-être... Il en avait sans doute préparé les réponses. Son visage, dans le faible éclairage que le tableau de bord diffusait, restait ainsi glacial, sans expression. Le vert de la lumière lui avait retiré la vie, toutes les expressions que j'avais cru lui reconnaître dans les faisceaux des plafonniers de l'aérogare. Pourquoi me parlait-il de Maria ? Corinne avait-elle préparé cette parodie de conversation ? Et dans quel but ? Elle aurait l'occasion de me parler plus tard, espérer des réponses aux questions qu'elle pouvait se poser. Elle restait à Frankfurt jusqu'à vendredi matin. Elle en aurait l'occasion. Je restai silencieux. Il ne s'en offusqua apparemment pas et resta lui-même silencieux jusqu'à ce que nous entamions une artère principale de la proche banlieue de Francfort.

« Nous approchons. Nous y serons dans une quinzaine de minutes... Vous pourrez vous reposer jusqu'à demain matin. ».

Il fouilla dans un des coffrets du tableau de bord et en sortit une enveloppe. Toujours en fixant la route.

« Ce sont les clés de votre appartement. Corinne a dû finalement les récupérer hier matin. L'agence immobilière ne pouvait plus attendre ce soir, après vingt heures. Corinne pensait que vous arriveriez plus tôt, mais elle comprend... Votre séjour à Paris, avec votre amie... »

Tout était finement dit, bien dosé, généreusement dosé pour me mettre quelque peu mal à l'aise. J'avais l'explication

243

pourquoi Corinne espérait une arrivée pas aussi tardive. Je comprenais cela, mais je ne comprenais pas tout le reste. Le français de Kurt était irréprochable, son accent à peine perceptible. Il savait plus de choses sur moi que je n'en savais sur lui. Pour un simple chauffeur, cela me paraissait pour le moins étonnant. Tant de gens déjà me donnaient cette désagréable sensation. Tous ces étrangers à mon entourage familier...

La lumière grandissante de la ville redonna à Kurt, et sans doute à moi aussi, un semblant de couleurs rassurantes, plus conformes à la vie. C'était, comme dans la plupart des grandes villes, une circulation du dimanche soir, absente de la frénésie des débuts de week-end. La pluie avait aussi fait hésiter les plus enthousiastes à faire la balade dominicale en famille. Kurt se repérait sur l'ordinateur de directions. L'adresse avait été introduite, avant même mon arrivée. Mon adresse. Il fallut effectivement une quinzaine de minutes avant d'arriver devant ce qui devait être l'immeuble de mon appartement. Kurt ne prit pas la peine d'arrêter le moteur et descendit le premier. Il extirpa les valises du coffre avec la même facilité et les déposa devant la porte d'entrée. S'assurant que je n'avais rien oublié dans le véhicule, il repartit vers l'entrée et composa le code digit sur le clavier situé sur le côté de la porte d'entrée qui s'ouvrit d'un petit claquement sec. Il connaissait le numéro par cœur.

« Voilà, mon cher Alexandre. Vous êtes chez vous. C'est la porte gauche du deuxième étage. N'oubliez pas de noter le code d'accès de l'immeuble. Il est dans l'enveloppe, sur un bout de papier. Sinon, vous serez SDF, c'est cela que l'on dit chez vous, je crois. Il y en a suffisamment déjà, alors... Je vous laisse. Bienvenue à Frankfurt ! Dormez et reposez-vous bien !

Je ne vous accompagne pas. Vous découvrirez les lieux par vous-même. Il y a l'ascenseur, et l'escalier, quand vous aurez retrouvé *la forme*...
— Merci beaucoup, Kurt. On va sans doute se revoir.
— Peut-être, peut-être pas, on verra bien.
— C'était très aimable de venir me chercher. Vous remercierez Corinne de ma part.
— *Sie werden es ihm selbst sagen* ![2] Au revoir et faites attention à vous ! Ah oui, une dernière chose, il y a le numéro de téléphone de Corinne. Elle a insisté pour que je vous rappelle que vous pouvez l'appeler, au moindre problème, au moindre souci ; tout est dans l'enveloppe. OK ? »

L'électricité fonctionnait. J'appréciai de ne pas avoir à chercher je ne sais quel disjoncteur caché dans un endroit insolite et surtout introuvable. J'étais à bout de l'énergie que le jour m'avait donnée, dans une générosité inhabituellement parcimonieuse. Quelqu'un avait dû veiller à ce que tout soit accueillant, autant que faire se pouvait. La lumière et une douce température, en particulier. Alexandre ne s'en étonna pas, ne s'étonnait plus de rien, le sommeil aidant à ne plus réfléchir et à passer sur les autres détails. Il ne consacra pas beaucoup de temps à faire un état des lieux de son appartement. On pouvait encore y sentir la peinture et le plâtre frais. Tout avait été refait à neuf, paraissait parfaitement fonctionnel et, sans surprise, ce qui à cette heure de la nuit, était une priorité de ses attentes immédiates. Deux pièces, une cuisine, une salle de bain et toilettes. C'était conforme au souvenir du descriptif que Corinne lui avait fait, peu de temps auparavant. Kurt lui avait expliqué, au cours de leurs brefs échanges, qu'il avait de la chance d'être hébergé quasiment en plein centre-ville. Les

---

[2] *Vous lui direz vous-même.*

locations de cette qualité étaient rares à Francfort et il fallait saisir les opportunités quand elles se présentaient. Alexandre ne se donna pas la peine d'entrer plus au-delà dans toutes ces considérations, pas même celle de vider complètement ses valises et de ranger chemises et pantalons fraîchement repassés. Il ferait jour demain et puis encore bien après.

L'eau de la douche sortit donc chaude et relaxante, mais Alexandre Legrand n'en abusa pas, tant ses jambes avaient de peine à le porter... La douche balaya, dans sa brièveté, le restant de son énergie et il se jeta sur le lit double de la chambre à coucher, sans autre objectif que celui de fermer les yeux au plus vite. Il dormait déjà quand la cloche de l'église en face de son petit immeuble sonna un coup de la demi-heure, après minuit...

Kurt roula encore cinq ou dix minutes après ce rappel du temps. Il était ressorti du centre-ville, mais dans la direction opposée à celle de l'aéroport. Des éclairs zigzaguaient au loin dans le ciel et, jouant avec les nuages, détachaient des images grotesques de monstres difformes... Le téléphone bourdonna trois fois puis décrocha automatiquement. Une voix de femme demanda :

« Kurt ?

— Ja !

— Ist er gut angekommen ?

— Wie vorgesehen. Ich habe ihn vor einer Stunde in der Wohnung abgesetzt.

— Und du, jetzt ?

— Ich jetzt ? Ich gehe nach Hause.

— Dann sehen wir uns also morgen ! Bis morgen. Tut mir leid für heute abend[3]... »

Et la conversation s'interrompit. Kurt esquissa un sourire.

La voiture s'engagea dans un chemin étroit sur deux cents mètres et Kurt pressa sur une des touches d'un petit clavier fixé sur le tableau de bord. Un gyrophare juché sur un pilier d'une entrée se mit à tourner au loin, brûlant l'obscurité. Un imposant portail métallique s'ouvrit lentement, aux premières rotations lumineuses. Le gravier crissa sous les pneus de la voiture. Kurt roulait très doucement, pleins phares. Le petit manoir s'était illuminé comme dans un « son et lumière ». Mais il faisait particulièrement silencieux, en dehors d'un grondement lointain de tonnerre. La chouette et les derniers oiseaux à piailler, indifférents au jour et à la nuit, eux aussi s'étaient tus, dérangés peut-être par l'intrus aux quatre roues et aux yeux éblouissants. Kurt stoppa la voiture au même endroit où il avait l'habitude de la laisser le soir, quand il ne se donnait pas la peine de la rentrer dans le double garage, une dépendance séparée du bâtiment principal. Le gros chat noir mécanique cessa de ronronner et Kurt resta quelques instants à fixer le rétroviseur. Le portail se refermait aussi lentement qu'il s'était ouvert. Il fermait la propriété et refermait la journée.

Kurt le faisait chaque fois qu'il laissait la voiture dehors. Les autres fois, il vérifiait en marchant jusqu'à l'entrée ou bien alors, quand il faisait mauvais temps, il allumait les deux lampadaires du petit parvis, de l'intérieur de la maison, et regardait de loin, avant de refermer rapidement la porte, et de

---

[3] « *Est-il bien arrivé ?*
— *Comme prévu. Je l'ai déposé à l'appartement, il y a une heure.*
— *Et toi, maintenant ?*
— *Moi, maintenant ? Je rentre.*
— *On se voit demain alors ! À demain. Désolé pour ce soir !* »

tourner la clé à double tour, puis les verrous. Il y avait eu des cambriolages, récemment, dans les quelques rares propriétés aux alentours, dont un pour lequel l'effraction s'était très mal terminée. La police avait enquêté, s'était rendue dans toutes les maisons du coin, et avait conseillé la plus grande vigilance. Kurt n'appréciait pas trop la police et n'entretenait avec elle que des rapports les plus civiques possibles, comme tout bon citoyen et, par-dessus tout, n'avait pas vraiment peur des cambrioleurs non plus. Il avait plutôt peur de lui-même, et des méthodes radicales qu'il était toujours prêt à employer s'il le fallait. Alors il préférait prendre les précautions que chacun prenait, pour éviter tout débordement dont il se sentait parfaitement capable à l'égard d'un quidam mal attentionné, sur son territoire. Un ou même plusieurs…

La lumière du salon et celle du corridor de l'entrée avaient été laissées allumées. Kurt n'aimait pas rentrer dans cette maison quand il savait qu'il n'y avait personne à y retrouver. La solitude ne le dérangeait cependant pas, quand elle était programmée, quand il savait qu'il serait seul dans cette grande maison qu'il avait achetée vingt ans auparavant. Ce soir-là, c'était différent. Il y avait eu un peu d'imprévu et il n'aimait pas, pas vraiment… Contrairement à Alexandre, il n'avait pas sommeil. Kurt avait toujours su gérer sa vie, régler ses problèmes, anticiper les situations mais, malgré la pleine et presque parfaite maîtrise de sa vie, il s'angoissait curieusement cette nuit-là. L'inquiétude était un mal nouveau pour lui, un signe récent de fragilité qu'il n'appréciait guère et dont il n'en connaissait pas vraiment les raisons. Peut-être vieillissait-il tout simplement et que le Kurt d'il y avait cinq ou dix ans commençait à changer, en bien, ou en mal. Le bien d'autrefois se confondait un peu désormais au mal de maintenant. Et le mal d'hier se laissait corrompre aux besoins d'un bien d'aujourd'hui.

Il fit chauffer la bouilloire d'eau dans la cuisine sur une des plaques électriques et versa deux cuillérées de café instantané dans son mug préféré, avec le mot *kaffee* reproduit une vingtaine de fois en lettres bleues sur fond blanc, le même bleu qui recouvrait tout l'intérieur de son récipient préféré. Kurt donnait, depuis quelque temps, de l'importance à ce genre de futilité. Préférer une tasse à une autre ! Fallait-il que le temps, dans sa lente sournoiserie, ait cet irrévocable effet sur les plus forts et les plus puissants ? Il s'installa dans un des grands fauteuils en cuir du salon et balaya les chaînes de télévision comme on feuillette les pages d'un livre ou d'un journal, pour y trouver quelque chose, sans conviction, sans raison particulière. Presque un tic nerveux. Il s'attarda sur une chaîne régionale d'informations permanentes où elles passaient et repassaient en boucle. On y montrait des rues envahies par les eaux de pluies d'orage qui s'étaient abattues le matin sur quelques villages, à la périphérie de Frankfurt. Les images du téléviseur se brouillaient de temps à autre, se réduisaient pour disparaître presque complètement, puis revenaient. L'orage continuait de frapper, pas loin de l'émetteur, pas si loin finalement du petit manoir. Pourtant, les éclairs semblaient être plus sporadiques. Il pressa à nouveau le bouton du boîtier, tourna les pages, sans rien trouver de ce qu'il ne cherchait pas. Quand la bouilloire se mit à siffler, il éteignit le poste qui ravala la dernière image en une fraction goulue de seconde. Cette compagnie ne satisfaisait pas Kurt, n'y trouvant rien de divertissant à son sombre état d'esprit. Il alla verser l'eau bouillante dans le grand mug bleu et blanc et une vague odeur de café virevolta dans le tourbillon de vapeur. Kurt préférait le vrai café, celui qu'il préparait le matin, celui qui sent bon le beau liquide noir. En cela, au moins, rien n'avait changé. Et il préférait le matin au soir pour cette simple raison. Il retourna dans le salon et posa son café sur la petite table basse devant le fauteuil où il venait de s'installer. Avant de s'y enfoncer à nouveau, il s'avança vers l'imposante bibliothèque intégrée qui couvrait toute la surface d'un des murs de la pièce et fit glisser la porte de gauche derrière laquelle se trouvaient des livres, beaucoup de livres et des Cds, des centaines de Cds, des DVDs et l'équipement « hi-fi » dernier modèle. Il choisit sans hésiter le dernier enregistrement de l'orchestre philharmonique de Berlin, un concert consacré à Beethoven. Le lecteur avala goulûment le CD, émit un petit sifflement à peine perceptible pourtant dans le silence presque inquiétant de la demeure et la 5ème Symphonie commença à résonner dans les haut-parleurs. Le niveau du son était élevé, leurs vibrations se répercutaient dans les cordes métalliques du piano qui sélectionnait les notes puis les reproduisait dans d'étranges tonalités de sons décalés et irréels. Comme il avait eu l'habitude et les missions de le faire pour les gens, et comme il l'avait fait tout d'abord pour lui-même, Kurt aimait libérer, libérer de la même façon les décibels, libérer les sons, la musique. L'endroit permettait de le faire, les voisins les plus proches étaient au moins à deux kilomètres de la propriété. Ils étaient « au diable », disait-il bien souvent et en dehors du diable lui-même, qui aurait pu se plaindre de ce déchaînement musical ? Mais la nuit est peut-être le diable. Et le diable est peut-être lui aussi sensible à la musique, haïssant Ludwig comme les autres génies créateurs, du fait de leurs œuvres, immortelles tout comme lui, et offertes à tous, sans condition. Il en voulait tant à ces hommes de pouvoir être parfois aussi sublimes. Il fallait que ce fût le diable pour tant haïr ces génies créateurs !

L'isolement du manoir convenait toujours, à bien des égards. Une chose était certaine : il y avait peu de chance d'y voir arriver une descente de flics pour tapage nocturne. Les notes paresseuses, se refusant à de trop longues distances, entraient elles aussi dans la complicité. L'épiderme de Kurt se contracta, ses bras, son torse, sans qu'il pût y faire quoi que ce soit. Des frissons. Il faisait pourtant encore lourd et humide... Kurt posa ses deux énormes mains en arrière, sur les accoudoirs du fauteuil et, lentement, s'écrasa dans le moelleux des coussins à l'agonie. Il laissa sa tête reposer sur le haut du dossier puis ferma les yeux pour mieux écouter, oublier tout ce qui pouvait entraver l'acheminement des notes, la perception des nuances, l'émotion des reprises, entendre, sans la pollution d'une quelconque vision insidieuse. Il voyait, mais autrement, l'orchestre disposé en demi-cercle, le chef conduisant les musiciens. Il devinait leurs positions, la chorégraphie de leurs gestes d'ensemble qui répondaient à la baguette et à la lecture des partitions. À en oublier son café qui fumait encore. À la fin du long morceau, la boisson avait refroidi. Il la but à petites gorgées pendant le second mouvement. Il passait et repassait ce concert chaque fois qu'il avait le « blues », parfois aussi quand il tardait à se retrouver dans cette mélancolie gourmande de compensation musicale que, sans l'apprécier vraiment, il avait appris, comme pour tout le reste, à gérer, mais aussi à y trouver certains bons côtés. Son corps avait perdu presque tous les effets de la gravitation avec lesquels il était confronté au quotidien, un challenge parfois difficile à tenir. Ses cent douze kilos lui paraissaient le double parfois, malgré l'habitude. À vingt ans, Kurt les pesait déjà, il ne les avait jamais quittés ensuite et il n'avait jamais songé à se séparer de quelques-uns, ceux qu'on lui disait inutilement *en trop*. Ils faisaient partie de lui. Il n'aurait su lesquels choisir. L'idée de superflu ne s'appliquait pas à Kurt. Il était fait ainsi et on ne l'avait jamais connu autrement. Il était simplement bien bâti, une armature qui imposait le respect et qui lui avait bien servi à différentes occasions. Comme ses proportions étaient irréprochables, ni lui-même ni les autres ne pouvaient lui reprocher d'être gros et l'idée de régime n'avait jamais figuré à son programme. Alors, il ne s'était vraiment jamais privé de quoi que ce soit... Vraiment de rien, ni de nourriture, ni de boisson, ni des autres plaisirs de la terre. Sans parler des femmes...

Des éclairs illuminaient encore le ciel, les derniers soubresauts de l'orage moribond. La nuit, dehors, peut-être enfin, allait être calme. Et le diable allait s'endormir... Tout devait s'arrêter, attendre quelques heures, pour reprendre son cours à nouveau, comme pour recommencer quelque chose qui finalement ne faisait que continuer dans une somnolence on ne peut plus trompeuse.

À une heure vingt-deux, l'alarme du *quatreX quatre* se déclencha. Kurt s'était assoupi, malgré Beethoven qui s'était incarné en Morphée ou bien était-ce peut-être l'inverse, sa tasse encore à la main, deux de ses doigts rugueux enroulés autour de l'anse. Il se redressa en une fraction de seconde, stoppa le lecteur et bondit à la porte d'entrée comme une bête aux aguets. Avant de tourner les verrous et la clé de l'entrée, une impulsion se propagea dans tout son système de réflexes et d'analyses à une vitesse foudroyante et Kurt, sans pourtant laisser apparaître la moindre hésitation, poursuivit ses gestes et ouvrit la porte. Toutes les données avaient été prises en compte, gérées puis analysées. Il savait depuis combien de temps il avait perdu connaissance, il savait depuis combien de temps l'alarme zébrait l'obscurité, à la seconde près. Kurt connaissait le CD si bien qu'il n'eut pas à lire le repère sur le lecteur. Le temps passé avait été décompté comme par un ordinateur. On parle d'intelligence pour les hommes, de simple réflexion, d'instinct parfois. Pour Kurt, c'était autre chose. Une faculté de base décuplée peut-être par dix, vingt ou trente fois. Malgré l'avantage dont il avait conscience et dans lequel il avait toujours eu une confiance quasiment aveugle, Kurt regrettait d'avoir dû se séparer de son Colt 45 Magnum. Mais c'était plus raisonnable, et moins prudent. Un matériel de sécurité avait été installé aux quatre coins de la propriété pour « compenser » cette séparation. Si quelqu'un avait essayé de pénétrer dans la propriété par un quelconque endroit, les lasers l'auraient détecté et les projecteurs se seraient allumés. L'alarme de la BMW avait été réglée pour ne pas se déclencher à la moindre secousse, sans cause sérieuse. Alors. Kurt sortit sans amortir le bruit de ses pas. Il savait qu'un professionnel pouvait détecter le moindre déplacement de gravier, distinguer le déplacement d'un homme à celui d'un animal, quelle que puisse être sa taille. Il n'avait pas souvent eu affaire à des amateurs. Il faisait désormais moins attention ; l'entraînement manquait un peu et sa souplesse avait perdu de son efficacité. La technique avait définitivement moins de sens qu'elle en avait encore il y a six ans à peine. Alors, les avertissements du gravier, les bruits suspects, trop silencieux parfois, n'agissaient plus autant sur lui, ni pour lui, ni contre lui. Restait l'essentiel de ce qui lui avait servi à préserver sa vie, et celles des autres aussi.

    La silhouette impressionnante de Kurt apparaissait sous forme d'images cadencées, rythmées par les séquences lumineuses orangées des voyants du *quatreX quatre*. Sa démarche n'en était que plus impressionnante. Le klaxon cornait par intermittence et cassait le silence dont la nuit avait finalement fini par s'imprégner.

Fabio Altmann avait été arrêté en 2002 et purgeait une peine de vingt ans dans la prison de Stuttgart. Trafic d'armes, une longue expérience, quasiment sans histoires, enfin sans véritables face-à-face avec la justice, et trafic de drogues. Altmann avait voulu trop en faire, toujours un peu plus, les dents longues, mais pas assez « scrupuleux » avec les complicités dont il s'était entouré au fil des années. C'était cette légèreté qui l'avait perdu. Impensable pour un caïd de cette trempe. L'arrestation avait fait grand bruit et la « une » des journaux de l'époque. Seuls deux de ses acolytes l'avaient suivi en prison, pas de grandes envergures, seulement des hommes de main. On s'était attendu à tout plein encore d'arrestations, il n'en fut rien. Seul Fabio avait évacué de la scène du banditisme et des trafiquants. Tout le monde semblait satisfait de sa disparition, la pègre et puis l'équivalent allemand de la brigade des stups. Les deux brigades, française et allemande, avaient eu l'occasion de monter ensemble des opérations musclées, ciblées avec soin et ainsi de frapper fort et efficacement. Pendant longtemps, elles avaient pris Fabio en filature, vingt-quatre heures sur vingt-quatre, espérant découvrir des failles, des imprudences et coffrer toute sa bande, surtout les plus dangereux et les plus « expéditifs ». Beaucoup avait été dit sur son apparente inconscience, mais personne ne réussit vraiment à connaître exactement son cercle d'amis proches et encore moins à l'infiltrer. La police espérait plus de la nuit que du jour. Ses boîtes de nuit florissaient en Allemagne et ailleurs. Au Brésil. Il les fréquentait en permanence. Il donnait l'impression de gérer ses boutiques de rencontre et de sexe comme un simple homme d'affaires ou un simple gérant de réseau d'épiceries. Elles n'étaient que des couvertures de couvertures où la drogue y trouvait tous ses camouflages et son commerce criminel. La nuit n'avait pas vraiment éclairé ceux à qui les planques interminables et stériles avaient donné de risibles cernes sous les yeux. Les descentes musclées de la police ne donnaient rien. Fabio s'était prémuni d'un droit du travail légalement irréprochable, mieux encore, participatif aux législations en vigueur. Sans doute se savait-il en permanence menacé et sans doute avait-il mis en place une stratégie de sauvegarde des siens ? Sa mainmise et son contrôle, d'une partie de la drogue sur le territoire allemand, changèrent tout simplement de mains, plus pernicieuses encore, et les filières ne furent pas démantelées comme on l'avait espéré. La sienne non plus vraisemblablement, personne ne fut capable de le dire. Elles modifièrent simplement leurs habitudes, se réorganisèrent, en profitant de la chasse qui s'était concentrée contre Altmann. C'était comme si *on* l'avait livré adroitement et sans précipitation, à la meute des agents en charge de l'épuration. Une dénonciation sans équivoque d'un autre malfrat qui en savait beaucoup plus sur son univers que n'importe qui de la police ou peut-être même que certains sbires de son propre entourage. On provoquait ainsi une diversion à laquelle chaque parti trouvait son propre intérêt. Le sien aussi, en partie. Tout avait été fait pour brouiller les pistes de la police. C'était comme un jeu où l'on convenait d'oublier ainsi qu'Altmann n'était pas, et de loin, le seul à se partager les bénéfices de l'odieux commerce. On avait laissé quelques-uns de ses complices dans la nature, manque d'éléments, manque de preuves. Après l'arrestation et la condamnation du grand Fabio, quelques violences avaient suivi, des menaces avaient été proférées à l'égard de la police des stups, une intimidation qu'elle prenait véritablement au sérieux... Pour jouer à ce jeu, il fallait être prêt à perdre, perdre beaucoup. C'était pour la forme, mais on s'était appliqué dans la forme pour que les représailles paraissent plus vraies que nature. La police avait dû prendre certaines précautions, investissant en moyens de protection et de surveillance. Les relations entre les gangs et la police avaient pu parfois être extrêmement dures et l'occasionnelle violence qui en résultait semblait instaurer une sorte de soutien logique entre eux, malgré la haine réciproque qui les animait, les uns contre les autres. Mais il y avait ceux qui dérangeaient le plus, Altmann en faisait partie. Alors, la décision avait été prise de l'éliminer « proprement » et d'en toucher les bénéfices. Une sorte de partage entre hommes qui, justement, n'entendaient pas vraiment partager... De cette affaire inachevée, Kurt était resté sur sa faim et regrettait sa mise à l'écart. Lui aussi avait été l'objet d'éviction, d'*indésirance*, il était devenu un peu comme ce mot qui n'a pas sa place dans les bons dicos. L'*indésirance*... Il dérangeait trop, fourrait son nez là où son instinct le guidait. Son dernier billet d'avion pour Bogota ne lui avait pas servi. Son patron lui avait annulé sa place, le matin même de son départ... Un autre départ lui avait été conseillé. Altmann, lui, purgeait encore sa peine mais son avocat s'activait à le faire libérer prochainement.

Kurt s'approcha de la BMW et en fit rapidement le tour. Il regarda dans la nuit noire et violée de son silence, cherchant d'éventuels signes de présence humaine ou animale que la lumière intermittente de l'alarme aurait pu mettre en évidence. Aucune des portières n'était ouverte. Aucune des vitres n'avait été brisée. Le véhicule continuait de gémir d'une agression dont Kurt douta presque aussitôt de l'existence. L'ouverture centralisée des portières fit sauter les quatre verrous d'un bruit sec puis Kurt ouvrit la portière, celle du conducteur. Il s'installa sur le siège puis mit la clé de contact et la tourna, ultime étape avant de démarrer le véhicule... La lumière s'établit dans l'habitacle. Au même moment, sirène et signaux lumineux des feux de détresse s'arrêtèrent, redonnant à l'obscurité ses droits élémentaires. Kurt resta immobile, comme pétrifié par un silence anormal qui présageait d'un danger imminent. Le rétroviseur renvoyait l'image blafarde de son visage creusé par les sillons des années. L'ombre des poches sous ses yeux rappelait au besoin d'un sommeil qui s'était installé à l'insu de lui-même et du bien-être qu'il éprouvait souvent à cette heure de la nuit lors d'insomnies fréquentes avec lesquelles il vivait depuis quelque temps et auxquelles il avait fini par s'accoutumer... Il resta ainsi quelque temps, cinq minutes peut-être. Quelques gouttes de pluie se mirent à résonner sur la carrosserie et Kurt, indécis, posa sa main gauche sur la poignée de la portière, hésitant à sortir. Jamais auparavant, l'alarme ne s'était déclenchée sans raison. Le vent s'était essoufflé, après les rafales de début de nuit qui avait balayé la région et malmené l'avion de Paris et aucune présence n'avait pu, semblait-il, activer le palpeur électronique de mouvement du véhicule. Les portes étaient restées fermées, verrouillées, comme il les avait laissées. Aucun signe de dégradation ne justifiait l'alerte. Il tira enfin la poignée et lentement pivota sur le siège. Il posa ses pieds sur le gravier après l'habituelle contorsion rapide et efficace que sa corpulence imposait et qu'aucun habitacle de véhicule ne pouvait vraiment dispenser d'exécuter. Il referma la portière sans violence et pressa le bouton de sa clé. Le même claquement sec et coordonné des cinq verrouillages. Les lumières orangées s'allumèrent à nouveau quelques secondes. Les gouttes éparses s'imprégnèrent de la belle couleur, tombant comme des larmes éphémères. L'obscurité revint et Kurt, courbé, pour se protéger de la seule présence de la pluie, se hâta de se mettre à l'abri dans la grande bâtisse. La colonne de lumière de la porte d'entrée se rétrécit rapidement pour devenir un mince filet et disparaître totalement. Kurt ferma enfin le verrou de la porte. La cour retourna dans l'obscurité complète, quelques instants seulement avant qu'un carré de lumière ne se détachât d'une fenêtre de la façade principale pour révéler l'imprécise existence des arbres et des parterres de fleurs. Il rangea le CD du concert de l'orchestre philharmonique de Berlin dans son petit coffret de plastique et ferma la chaîne Hi-fi. C'était l'heure de passer son coup de fil. Il n'avait pas oublié et composa ainsi, de son téléphone fixe, le numéro qu'il avait fini par enregistrer dans sa tête, malgré tous les chiffres et l'absence absolue d'une aide quelconque mnémotechnique, mais que grâce au temps et à ses habitudes... C'était un numéro à l'étranger... Il ne voulait pas en laisser de trace. Au cas où.

    Après avoir raccroché, dix minutes plus tard, dix minutes qui s'étaient rajoutées à celles d'une très longue journée, il décida d'échapper au jour qui se préparait déjà à le rattraper et alla se coucher, sans autre enthousiasme que celui dont la fatigue s'était rendue maîtresse, sans autre compagne que l'obscurité de la chambre vide et sans vie. Au loin, le ciel s'illuminait encore d'éclairs insistants, des points de suspension entre l'hier tourmenté de l'automne et un aujourd'hui qui, comme tous les autres, n'attendait qu'à passer lui aussi. Tout était silencieux. L'air restait électrique et l'herbe dégageait ses effluves de campagne.

Le téléphone cellulaire d'Alexandre sonna à sept heures. Une sorte de message codé en morse, avec l'unique et infernal rappel à l'ordre programmé : « C'est l'heure, c'est l'heure, c'est l'heure ». Il aurait diffusé le même message à Paris, à Osaka, à Montréal. À Charleville, aussi. Le même son, le même rythme, le même rappel, indifférent aux lieux, aux langues parlées et, pire que toute autre chose, aux ressentiments provoqués.

Alexandre se retrouva en travers du lit, les draps en bataille sur le plancher comme une mer agitée et figée dans son expression de colère et de tempête. Il ne savait pas où il était. Les stores avaient été baissés mais quelques rayons de lumière, minuscules, transperçaient l'obscurité artificielle. Des milliers de points s'agitaient dans la lumière. Légers comme l'air, ils virevoltaient quelques instants pour disparaître et laisser la place à d'autres dans un cirque aérien incessant. L'activité miniature révélait l'impatience du soleil rasant à inonder les espaces et rappelait à Alexandre que la vie ne l'attendait pas pour se poursuivre. La même sorte d'amnésie imprégnait à nouveau son réveil, l'amnésie d'une certitude dont il avait besoin et qui laissait place au doute de ce qu'il était et à celui de savoir d'où il venait. La légèreté éphémère d'un présent sans passé ne durerait que quelques instants ; tout reprendrait ses proportions et ses valeurs auxquelles chacun se réfère et grâce auxquelles on comprend sa propre existence. Rien, physiquement, en ce premier matin à Francfort, n'aidait à reprendre la lecture des jours qui se suivent, à se retrouver, à prolonger l'hier, pas plus que la simple nuit insipide qui venait de s'achever. Les premières secondes le privèrent de son identité. Le vide absolu l'angoissait parfois, sans alerte, sans annonce. Cet infime fractionnement du temps pendant lequel il ne se retrouvait plus, lui paraissait durer une éternité, une éternité dont il avait hâte à chaque fois d'échapper rapidement sans savoir pourtant pour quel autre univers prétendre ou espérer. Il restait perturbé quelque temps par ces réveils déroutants et sauvages, deux jours, trois jours durant, parfois. Ne vivait-il pas finalement en permanence avec eux et, dans son inconscient, ces dérives occasionnelles et imprévisibles n'étaient-elles pas plus vraies que ce avec quoi il vivait constamment, chaque jour et chaque nuit ? Ces dérives n'étaient-elles pas après tout que l'effet des questions qu'il se posait depuis l'éveil de son enfance, l'effet de *La* question dont il était encore prisonnier et dont, étrangement, certains avaient décidé de le libérer, pour l'enfoncer plus encore dans une autre incompréhension, abyssale celle-là. Par malice perverse ? Par d'étranges volontés et manigances d'apporter une aide jamais réclamée à d'autres que ceux qui pouvaient ou auraient pu le faire ? Elles avaient repris leurs morsures plus régulièrement depuis ces étranges appels, régénérées après l'oubli illusoire que le temps provoque, sans effet définitif ni libérateur. Malgré un passé dont il avait parfaitement connaissance et le contrôle, malgré l'absence d'espaces temporels vidés de contenus vitaux à la compréhension de ce passé presque cohérent. Fallait-il que l'enfance dans ses faiblesses ou bien le bienfait de son innocence ait vu et entendu sans prendre conscience ? Alors, il faudrait y fouiller dans la cécité que son temps oblige et impose. À moins que la lumière recherchée appartienne à un autre temps, plus éloigné encore, le temps d'avant !

Alexandre se confondit aux points de poussières tournoyant dans la lumière, anonymes, animés par des courants invisibles, organisés et efficaces, à la merci d'un système perpétuel et carcéral.

Tout enfin s'imprima sur l'écran de sa perception visuelle de l'inconnu concret qui l'entourait. L'imparfait effet de la pénombre même le ramenait à quelque chose auquel il ne voulait pas tarder à se raccrocher. La porte de la chambre était restée ouverte mais aucune lumière ne s'en échappait. Les volets avaient tous fermé l'hier et retardé l'aujourd'hui. Les petits filets de lumière permettaient une vision floue, imprécise des dimensions, des contours, positionnaient les meubles, les objets, l'insolite de l'endroit nouveau. Alexandre reconnut l'odeur de neuf qu'il avait remarqué en arrivant, quelques heures auparavant. Le reste lui avait échappé. Il n'y avait rien eu d'autre vraiment à remarquer. Il se repositionna sur le lit et reposa sa tête sur l'oreiller abandonné dans la nuit, comme pour mettre fin au désordre dans lequel, une fois de plus, il avait sombré. Il songea à s'endormir enfin, véritablement, recommencer la nuit agonisante, repartir en arrière et trouver le sommeil réparateur qu'il avait l'impression d'avoir manqué. L'*alarme réveil* ne lui en laissa pas le loisir et se manifesta à nouveau, posé sur le petit meuble de nuit à la droite du lit, remettant en question le vain espoir d'un quelconque repos, celui de l'âme et du corps auquel les deux aspiraient. Excédé mais sans précipitation, Alexandre étendit son bras pour atteindre le téléphone et pressa à nouveau sur la touche « off ». Les « bip » intermittents s'arrêtèrent définitivement et le calme sonné dans sa sérénité se rétablit aussitôt. Il s'étira comme un long chat paresseux, ne manquant pas à ce premier exercice de la journée. Il était déjà sept heures trente. La cloche, au-dehors, confirma l'heure d'un coup décidé. La nuit avait été courte, courte et trop longue à la fois. Rien ne justifiait de s'y installer plus longtemps. Une image lui revint dans sa mémoire de la nuit passée. Confuse mais bien présente, bien enregistrée. Il referma les yeux pour plus d'obscurité et plus, aussi, de clarté. La clarté d'un étrange dessin qui se déformait et revenait à ses dimensions dans un rythme régulier, pourtant presque guerrier. Il avait fallu succomber aux tentations de la nuit, succomber aux leurres du vide apparent des ténèbres dont on ne retient souvent rien. Dans la douleur mesurée de ses paupières qui s'appliquaient à focaliser les détails de sa mémoire, l'image se précisait et la nuit finalement, laissait un souvenir, marquait son empreinte, se distinguant des autres… *Elle* apparaissait sans couleurs. *Elle* était assise sur un lotus, avec ses quatre bras dont les deux supérieures tenaient une fleur orientale. L'une de ses mains inférieures faisait un geste dont Alexandre ne se souvenait plus précisément ; l'autre semblait répandre des pièces d'or. Son visage paraissait placide, un sourire naissant. Des cris aussi, peut-être, des cris d'émotions sans doute. Tout semblait paisible pourtant. Les traits s'étiraient, modifiant leurs formes. Tout s'activait. La fleur était une fleur de lotus. Discrète et rassurante. L'image se précisa, apparaissant comme sur un film sensible baignant dans l'émulsion d'une préparation de photo argentique… Alexandre la revoyait, assez clairement, ondulant voluptueuse, lentement. Elle, pourtant, restait immobile. Une image. Elle ne devait être finalement qu'une image. Jusqu'à ce qu'elle se remette à monter et descendre. Le corps sur le corps partageait un plaisir. Le silence de l'un dans les échos de l'autre plus vivant, plus réel et plus absolu. Et puis, trace après trace, elle s'effaça définitivement.

Les filets d'eau presque froide bousculèrent les incertitudes, les fatigues, les faits d'une nuit sans apaisement, s'éclaboussant sur la peau réticente à l'agression et au contraste thermique. Au contraire de sa peau, un peu comme s'il s'était agi d'une autre que la sienne, Alexandre appréciait l'ablution énergique du matin, sans accommodation confortable, tranchant ainsi la continuité de la nuit et du jour. Un petit bip discret retentit dans la chambre. Un message était annoncé sur le petit écran du téléphone. C'était Maria :

« T'as pas écrit ; j'espère que bien arrivé. Pouvais plus dormir. Tu me manques déjà mais ne pleurerai plus comme me suis promise de faire. Oublie pas l'essentiel... Fais attention à toi. Maria. »

Le message demandait d'être lu, d'être affiché de ses lettres blanches sur fond bleu, de ces mots sans papier qui, en dépit de l'échelle et de leur petitesse, voulaient pourtant tellement dire pour celui auquel le privilège était destiné. Une lettre grandeur d'un timbre-poste que l'on n'affranchit pas. Alexandre l'espérait, sans l'attendre, et puis l'attendait, sans la certitude de le vouloir. Mais il attendrait le moment pour regarder, dans la boîte à lettres minuscule, le temps qu'il faudrait pour défier ses craintes, conforter son envie. Peut-être, juste avant de pénétrer dans le grand immeuble de « BaxterCo », avant de s'immerger dans un temps nouveau, d'une inconnue profondeur...

Dégouttant encore de l'eau oubliée dans sa tignasse, il sortit de la douche, la serviette attachée autour de la taille et retourna dans la chambre. Il avait pris l'habitude avec Maria d'une décence sélective qui variait selon les situations, les endroits.

La sortie de la salle de bain entrait dans cette réserve d'attitude. Il ne savait vraiment l'exprimer, pas plus que de la justifier. Ni à lui-même ni à son amie. Privée de cette explication, lorsqu'ils passaient un peu de temps ensemble, elle s'amusait de lui en lui arrachant, comme une méchante gamine, bien souvent quand elle-même était nue, le pagne de fortune qu'elle brandissait en l'air comme un trophée de chasse. C'était un jeu, auquel il feignait de ne pas vouloir participer ni d'y trouver un quelconque amusement. La chambre était pour lui l'espace sans réserves, celui dans lequel il évoluait sans la moindre gêne, sans le moindre complexe. Seule l'intimité qu'elle représentait pour lui, lui servait d'effets et l'invitait à l'oubli du superflu et des manières auxquelles la société, en général, s'attachait, un peu aussi comme sa propre éducation l'avait conduit à penser. Il heurta son genou sur l'un des montants du pied de lit et fit une courte grimace de douleur. Son corps n'était pas encore prêt et sortait à peine de la torpeur d'un repos incomplet. Arrivé près de la fenêtre, il tourna la manivelle du store qui, lentement, laissa rentrer le flot de lumière contenue au-dehors et qui n'attendait que cet instant possible d'invasion. Il faisait curieusement éblouissant pour un matin de cette saison timide en excès. Alexandre prit quelque temps pour s'habituer au jour retrouvé.

La vie s'activait dans la rue, des voitures roulaient à faible allure dans les deux sens, des bus jaunes stoppaient à l'arrêt du trottoir d'en face, déposaient des gens et en avalaient d'autres, les faisant disparaître dans la magie de l'animation du quartier. Des piétons marchaient d'un pas décidé vers leur travail, les écoliers traînaient les pieds pour se rendre à leurs écoles. Certains d'entre eux, garçons ou filles, frappaient de leurs pieds les marrons tombés des arbres sur les trottoirs pour les envoyer entre d'invisibles poteaux de but, oubliant le temps et leurs soucis qu'ils faisaient ricocher au gré de leur imagination. Alexandre comprit qu'il devait s'activer, se préparer à partir sans plus trop tarder.

Il laissa ensuite la même lumière se déverser dans la cuisine. Il y avait un volet déroulant identique à celui dans la chambre. La clarté s'y engouffra, envahissante, avide d'espace et d'obscurité forcée. La pièce dévoila tous les nécessaires et accessoires modernes, un aspect particulièrement fonctionnel qui incitait à faire abstraction de ses dimensions plutôt modestes mais utilisées avec intelligence. Alexandre sourit quand, machinalement, il ouvrit le réfrigérateur. L'appareil, flambant neuf lui aussi, était plein d'une réserve de produits alimentaires : du beurre salé, du beurre doux, deux litres de lait frais, des yogourts, des tranches de jambon emballées, quelques fruits, de la confiture de framboises, des œufs ; d'autres choses se trouvaient cachées au fond des étagères de la caverne froide... Il referma la porte. Il parvint à un constat, en hochant de la tête, affichant le même sourire, celui qui lui venait quand Corinne laissait les évidences fantomatiques de sa marque, par des mots ou bien des intentions comme celles-là. Il découvrit une autre réserve de provisions dans un des placards de la cuisine : café soluble, sucre, lait en poudre, biscottes...

Alexandre ne pouvait imaginer quelqu'un d'autre capable de tels *arrangements*. Kurt en était certainement bien incapable. Une femme de ménage, peut-être ! Un tel étalage de facilités n'avait pourtant pas été annoncé. Corinne lui avait dit qu'il serait responsable de l'entretien et que l'appartement disposait des ustensiles nécessaires. Pour l'arrivée, marquer l'arrivée, souhaiter la bienvenue ; c'était l'hypothèse la plus réaliste. C'était l'œuvre d'une femme, une signature purement féminine. Vraisemblablement la sienne. Qui d'autre vraiment... Une fois de plus. Marque d'amitié, de reconnaissance probable pour quelque chose dont il espérait bien un jour connaître aussi l'exacte raison. Une feuille de papier avait été placée, bien en vision, près du café. Elle était pliée en quatre. Il la déplia et la lut sans attendre. Quelques mots seulement étaient inscrits dans une écriture soignée, au stylo à encre :

« Bon appétit, Alexandre. Quand vous aurez besoin, il y a une sorte de grande épicerie, en bas, à trois ou quatre cents mètres environ, sur le même trottoir. C'est sur le chemin de notre immeuble. Vous y trouverez tout ce qu'il vous faut... »

Ce n'était pas signé. Alexandre ne comprit pas vraiment l'absence du nom de l'auteur de ces attentions, mais le doute, pour une fois, ne lui vint pas à l'esprit. Des yogourts pourtant. Alexandre les avait toujours détestés. Elle avait pu croire qu'il les apprécierait, en bon sportif qu'il était. Alexandre pensa alors à Jean-Paul, une fraction de seconde. Savait-il lui-même ce que son fils aimait ou n'aimait pas, ce qu'il mangeait ou ne mangeait pas, ou ne mangeait plus ? Sa mère seule pouvait le savoir. Pas même Maria vraiment encore... C'était en quelque sorte rassurant et Alexandre fut presque content de cette erreur, de cette organisation qui grippait enfin, mais si peu, de ce détail qui marquait peut-être des semblants de limites. Cette erreur figeait l'étonnement qui n'avait cessé de grandir vis-à-vis d'elle. Il fallait ce détail, certes insignifiant, pour redonner à cette relation particulière et à la connaissance qu'elle avait de lui, une dimension plus raisonnable, et un peu moins d'étrangeté...

À la vue des différents composants pour un petit déjeuner complet, Alexandre commença à faire chauffer de l'eau dans une casserole étincelante. Il avait pensé prendre un simple café dans un bistrot du coin, le premier matin. L'appétit contenu en lui, encore en sommeil, se libéra finalement et il avala deux œufs à la coque à la suite, dans un coquetier de fortune qu'il inventa d'un casse noix en bois. Il se détachait en rouge d'une étagère au-dessus du four à micro-ondes, la vis ressortie comme pour attirer l'attention. Alexandre succomba également au pain grillé, six tranches croustillantes et généreusement beurrées. Il ne lui fallut pas plus de dix minutes pour ingurgiter l'impressionnante quantité.

En même temps qu'il avalait son dernier toast, il essaya d'enfiler ses chaussures à la hâte. Mais le cuir s'était un peu déformé pendant la nuit, finissant d'absorber l'humidité que la météo généreuse de la veille avait assortie au goût amer des « au revoir » et des séparations que nul endroit, pas même Paris et ses lumières, ne peut adoucir ni encore moins faire oublier. Il s'énerva un peu de cette résistance à laquelle il ne s'était pas vraiment préparé et marcha, en clopinant, jusqu'à l'un des tiroirs de cuisine d'où il retira une cuillère à soupe. Il s'en servit efficacement de chausse-pied et vint à bout de la rébellion des chaussures récalcitrantes. L'autre paire était soigneusement emballée et rangée dans le fond de sa grande valise noire et le temps commençait définitivement à manquer. L'heure tournait, impitoyable et gourmande, celle du rendez-vous avançait au même rythme et Alexandre commença à accélérer le sien. Il ne s'attarda pas à serrer les lacets de ses chaussures, devenus trop courts, pour quelque temps. Les rabats, toujours un peu humides, poursuivaient la mutinerie et refusaient de se rejoindre correctement. Les nœuds de fortune qu'il aurait pu tirer des longueurs restantes des lacets avaient peu de chance de résister à la marche cadencée et rapide qui allait s'imposer en ce premier jour de travail à Francfort. La ponctualité n'était pas pour Alexandre une exigence ou une contrainte parmi tant d'autres. Elle faisait partie de sa propre discipline, quelque chose à laquelle il était attaché et à laquelle il donnait une importance certaine. Mais ce jour était différent, il n'y trouvait pas ses repères, ceux du temps ou bien des lieux, et le dépaysement y trouvait au contraire, pleinement sa place. La ponctualité était aujourd'hui plus une contrainte qu'une composante d'un art de vivre.

À sept heures cinquante-cinq il dévalait quatre à quatre les marches des trois étages pour se retrouver sur le trottoir de son petit immeuble. Il faisait un peu frais. L'automne donnait déjà le ton, prévenait du changement, rappelait le rangement définitif des beaux jours et des grandes chaleurs dans le casier des saisons, jusqu'à l'année prochaine. Alexandre fut surpris des degrés manquants et regretta de ne pas s'être pourvu d'une épaisseur vestimentaire supplémentaire. La vie grouillait dans la rue, mais sans précipitation, sans bruit excessif. La verdure était très présente et absorbait l'intolérable des grandes villes. Frankfurt am Main s'était réveillée avec ses six cent soixante-dix mille habitants. On parlait alors d'une agglomération qui atteindrait presque deux millions dans le courant des dix années à venir.

Alexandre avait placé machinalement son téléphone dans sa poche et avait remarqué l'arrivée d'un message. Pressé par le temps, il ne l'avait pas lu. Impatient cependant d'en prendre connaissance, il ne pourrait attendre bien longtemps. L'étrange créature aux quatre bras avait encombré son esprit, occupé sa phase de réveil. Mais il avait pensé à Maria, presque inconsciemment. Hier matin encore, il l'avait retrouvée auprès de lui, recroquevillée sous les draps. Ils avaient fait l'amour mais sans le plaisir habituel, comme pour se dire au revoir. Ils n'avaient pas autant parlé non plus comme ils le faisaient souvent pour se rassurer, partager leurs émotions. Le cœur n'y était pas vraiment, les corps seulement, les corps...

Il ne pouvait venir que d'elle. Entre hier soir, quand ils s'étaient quittés, et ce lundi matin, qui d'autre pouvait avoir laissé ou écrit un message ? Mais s'il y en avait plusieurs, ce qu'il n'espérait pas à moins qu'ils ne fussent tous d'elle, il y aurait au moins celui qu'elle avait promis d'envoyer. Hier paraissait déjà si loin. L'imparfait trouvait son sens. Il était ce qu'il était, presque rassurant à certains égards, inquiétant aussi, comme l'était tout autant le présent qui commençait, ce présent dont on ne sait quelle partie du futur il dévore. La nuit imparfaite, autant qu'elle avait pu l'être, s'était installée comme un pont entre les temps, un pont aux arches élancées sur lequel la vie circule, limitée aux parapets et aux risques troublants des vertiges des dimensions.

Le bâtiment de BaxterCo n'était qu'à un kilomètre environ de son appartement, situé Gärtner weg, entre Rothschild Park et la tour Eschenheimer, cette tour que Kurt lui avait indiquée comme point stratégique et de repère du quartier. Alexandre apprécia de pouvoir reprendre ses esprits, de se préparer à rencontrer l'environnement qui devrait être le sien jusqu'à la fin du mois de mars de l'année suivante, quelques jours seulement avant son anniversaire. Une demi-année. Six mois. Il ne savait pas ce qui lui convenait le plus ou le dérangeait le moins dans cette appréciation du temps qu'il avait à passer à Francfort.

De BaxterCo, il ne savait que très peu de choses. Son père lui en avait parlé, occasionnellement, mais sans donner de

269

précisions sur sa structure ni sur sa politique de développement et de stratégie. À peine s'il avait parlé de la nature de son activité et de la fonction véritable qu'il occupait. Il y avait bien ces histoires de marchés commerciaux, de *négoces* âpres et acharnés, mais il ne pouvait y avoir que cela. C'était comme un domaine réservé. Une modestie dont il avait toujours fait preuve et qui aurait été tout à son honneur si on ne l'avait pas associé à une trop longue liste déjà de petits secrets et de non-dits, d'inconnus et d'inexpliqués.

La présence de l'Entreprise à Francfort était significative sur la volonté de s'attaquer à des marchés forts tels que celui de l'Allemagne. Deuxième place financière d'Europe, après Londres. Troisième place dans le monde en termes de salons et d'expositions. Les créateurs de BaxterCo n'étaient pas des aventuriers mais au contraire des gens de stratégies, des visionnaires avisés de potentiels de développements. Les Le Marrec, Kultenbach, Legrand avaient fait partie de ces gens-là. Leurs noms lui avaient été parfois évoqués et d'autres encore qu'il avait oubliés et dont sa mémoire ne s'était pas donné la peine de s'encombrer des noms, mais il n'avait pas souvenir d'en avoir jamais rencontré.

BaxterCo était plus pour lui une entreprise virtuelle qu'une organisation d'hommes et de femmes concrètement installés dans des bureaux bourrés d'ordinateurs et de téléphones, à l'affût des affaires pour lesquelles la notion de partage faisait presque partie des interdits de langage. Son père avait sans doute voulu ainsi qu'il n'eût que cette simple perception. La pression du travail lui suffisait. L'expliquer lui aurait ajouté une autre pression dont il n'avait pas envie. Pouvait-il d'ailleurs trouver les réponses aux questions qu'Alexandre aurait pu poser et que lui-même, dans l'imbroglio des incertitudes et des convictions, avec ses acolytes des premiers temps, ils s'étaient posés eux-mêmes également ?

Laurence n'en avait pas appris beaucoup plus. C'était pire pour elle encore. Les interrogations qui planaient sur les absences de Jean-Paul, de plus en plus fréquentes au fil du temps, ne trouvaient pas non plus leurs réponses. Il y avait bien le travail, le travail et ses impératifs, et le « basket-ball ». L'équipe sportive existait bien et il en faisait bien partie. Laurence se sentait parfois obligée d'aller voir les matchs, de l'encourager un peu et de s'y ennuyer. Les résultats étaient bien souvent à la hauteur de l'irrégularité des entraînements et de l'inconstance des engagements de chacun, mais il aimait se retrouver avec les copains de l'équipe. C'était ce qui comptait pour lui et cependant, il n'utilisa pas l'alibi du sport pour justifier de ses *échappées*. Il ne l'avait pas fait. Sans doute parce que c'était une partie de lui-même pour laquelle il avait accordé à ses proches d'avoir un regard.

Le travail ulcérait la relation des parents. Un mal inconnu fait encore plus de dégâts que celui dont on connaît le nom. Il s'infiltre sournoisement dans les moindres fissures et on n'en trouve plus les remèdes, tant il y a à guérir. On donnait un nom aux absences, pour rassurer, ralentir la maladie : le boulot. Ce n'était qu'un placebo auquel personne ne pouvait avoir totalement confiance. Jean-Paul Legrand s'était contenté d'un placebo universel dont l'usage trop fréquent avait fini par altérer l'efficacité déjà douteuse à l'origine. Parler, au lieu d'un placebo. Vomir les mots, s'ils étaient si aigres et s'ils devaient laisser un tel embarrassant arrière-goût ! Laurence aurait pu mieux le comprendre, mieux accepter l'inacceptable. Aurait pu... Sans la certitude qui impose des regrets.

Les résultats de l'entreprise n'avaient donc pas attendu, ils avaient même dépassé les attentes ; rapidement dépassé les compétences. Très vite, il avait fallu faire appel à de nouveaux collaborateurs. Des gens avec des têtes bien remplies, sans doute mieux organisés, plus formatés, sans scrupules, des gens qui devaient décider, sans arrière-pensée, sans s'encombrer d'un sentimental dont les entreprises ne pourraient plus, en apparence, y trouver leur compte. C'était un mal nécessaire. Les *ressources humaines*. Les choix à faire entre ce qui rapporte ou ne rapporte pas, entre ce qui peut rapporter et ce qui rapportera, entre ceux qui encombrent plutôt qu'ils n'ont de valeur ajoutée. Alors, après cette période d'acceptation des compétences et des apports extérieurs et structurés, il y avait comme une volonté de rendre la *grande devenue maison* à ses ayants droit, reprendre la main, récupérer le fruit d'un investissement passé, puis dépassé. Alexandre faisait indirectement partie de cette autre stratégie, bien qu'il n'avait jamais, jusqu'alors, envisagé un seul instant de trouver ni sa voie ni sa place à BaxterCo… Jean-Paul était le seul lien qu'il avait avec elle. Et puis, il y avait Corinne aussi, d'une autre façon, depuis quelque temps, depuis peut-être longtemps. Allait-il seulement la rencontrer après son contretemps de la veille ? Corinne, un nom, presque rien qu'un nom, à peine le souvenir d'un visage. Plus encore : une voix, plus qu'une personne. Alexandre avait été un peu perturbé par cet imprévu, cette défaillance à une apparente disposition méticuleuse. Elle était le maillon de son intégration dans la société et ce maillon manquait, le premier jour. Par l'excès d'empressement qu'elle avait montré envers lui, il s'était laissé aller à un excès d'attentes, et d'insouciance comme celle des enfants pour qui l'on fait trop, à qui l'on promet sans mesure… Reconnaissant de ce qu'elle avait déjà tant fait pour lui, l'enfant avait décidé de se ressaisir et de redevenir l'adulte qu'il était. Il avait une trentaine de minutes pour revenir à lui, reprendre ses propres commandes. Le rendez-vous avec le PDG, Benoît Le Marrec, avait été fixé pour huit heures trente. Il ne lui restait plus assez de temps pour y aller en flânant mais trop, sans doute, pour ne pas succomber à la perfide tentation d'aller au-delà du conditionnement au jour nouveau qui se dévoilerait au bout de la rue, ni ainsi pour trop réfléchir.

La rue animée, mais sans excès de décibels, malgré l'intense circulation sentait curieusement l'automne comme si la nature s'attachait à cacher les désordres des hommes et ainsi respecter les saisons et ses parfums.

Six mois à passer lui paraissaient une éternité et, dans l'éternité, tant de choses ne peuvent qu'arriver. Alexandre espérait que cette éternité, aussi relative pouvait-elle être, que cette éternité lui apporterait quelques-uns des morceaux manquants d'un puzzle que sa raison d'être, que la raison de son « être » composaient au fond de lui-même. Mais à quel nouveau bonheur pouvait-il encore prétendre, ou bien alors à quelle autre déception devait-il se préparer à être confronté ? Côté bonheur, la vie l'avait privilégié, comparée à celle que certains avaient dû endurer. Côté déceptions, il avait été épargné de la plupart de celles qui font du quotidien des chemins de défis. Le sport lui avait appris ce qu'elles pouvaient être, ce qu'elles pouvaient signifier, appris à supporter les effets de celles auxquelles il était néanmoins confronté, à rechercher leurs antidotes. Ces victoires que l'on prépare et qui guérissent. Guérissent ou font oublier, car il en était une d'entre elles qu'il connaissait mieux que toute autre et que rien vraiment ne pouvait définitivement soigner. Le temps peut-être, le temps, seulement. Rien ne pouvait venir en remplacement de parents unis, unis par la vie, dans une mosaïque d'événements que l'on prend plaisir à partager et à surmonter, ensemble, quoi qu'il arrive.

Alexandre avait dû la supporter, permanente, cette déception de ne rien pouvoir y faire, de devoir accepter des êtres auxquels il était tant attaché. C'était comme un fatalisme de convenance, totalement égoïste et paresseux. Ou bien était-ce la déception, plutôt, de ne pas pouvoir comprendre ce qui les séparait, ce qui les obligeait à ne pas partager ensemble leurs bonheurs respectifs, à ne pas en avoir qu'un seul, celui qui aurait été le sien aussi, celui d'une famille ? La déception vient de la connaissance. Alexandre, au fond de lui-même, n'avait pas cette connaissance. C'est quelque chose que l'on a en soi et qui donne la conviction d'un profond regret, sans la certitude pourtant d'avoir tort ou bien raison.

Alexandre redoutait le temps qui se présentait devant lui, redoutait cette intuition de fatalité qu'il espérait sans réel fondement. Le rêve maudit le perturbait, ne respectant plus les règles de ce que les superpositions de vies doivent être. Il rêvait le jour, quand la nuit ne semblait plus suffire, qu'elle n'était plus propice. Même les yeux ouverts restaient parfois impuissants. Des images, comme des filigranes, se recouvraient, et le rêve, plus vrai que nature, brouillait tout le réel dont la raison aurait dû l'inviter à se consacrer sans partage, avec l'assurance d'en faire quelque chose et de s'y investir encore plus, sans réserves ni soumissions.

L'odeur de la rue activa ses souvenirs, ceux des premiers jours de reprise de l'école, à la fin de l'été. La rentrée des classes que l'on annonçait à grands coups de publicités pour les cartables, cahiers, gommes et crayons, tout ce qui contribuait aux panoplies de potaches. Il se souvint alors des souvenirs que Jean-Paul lui avait rappelés de temps à autre, exprimant ses sensations, ce que lui-même avait ressenti et qui, étrangement, sentait les mêmes odeurs de colle et de verni, irritantes comme l'urticaire des mauvais moments à passer dans les salles de classe. Rien ne semblait avoir beaucoup changé : les mêmes rappels inacceptables et inhumains de la rentrée scolaire résistaient au temps. Même trente-cinq ans plus tôt, déjà... Et, à n'en pas douter, sans doute encore bien avant... Pour ceux que l'école arrachait aux jeux des vacances.

« Je haïssais ces slogans "vive la rentrée", "préparez vos cartables", "plus que quelques jours...". Ils étaient une véritable provocation. Mais la plupart des enfants finissaient par s'ennuyer en vacances, alors tout était bien. Ce n'était pourtant pas le cas pour moi ! Je vivais, au contraire, chaque heure de mes vacances, en en profitant comme d'éphémères avantages ! » Jean-Paul était, en règle générale, très avare de ses sentiments. Il les camouflait subtilement, jouant d'un même ton de langage qu'il utilisait lorsqu'il parlait exceptionnellement de lui, un ton qui semblait toujours le même à Alexandre et qui, parfois, pouvait l'alerter d'un certain embarras de son père. Un embarras de confession, d'ouverture de soi-même aux autres, aussi proches pussent-ils être, ce qui se manifestait finalement chaque fois qu'Alexandre faisait allusion au temps pour lui de rentrer du Canada, avec l'évidente signification qu'il donnait à ces retours. Les reprises de l'école plus que toute autre chose, les cahiers Clairefontaine ou bien Velin d'Angoulême de Jean-Paul, immaculé, prêts à être gribouillés d'encres violettes et de Chine. Le père essayait de compatir, à sa façon, et de lui redonner courage, à ce fils occasionnel dont il se sentait si proche et si éloigné à la fois.

Quand ses arguments étaient ébranlés par l'appétit d'évidences dont son fils avait toujours eu besoin, il rajoutait ceux auxquels il savait Alexandre très sensible, ceux qui lui coûtaient aussi sans doute le plus et qu'il préservait en lui, en cas de besoin, pour lui-même, pour les deux, avec les mots auxquels il était presque impossible de s'attendre ou d'espérer. Alors, il donnait, avec la même générosité dont il savait faire preuve, sans espoir véritable pourtant d'un quelconque apaisement en retour, pour lui-même, sinon celui, non pas le moindre, que la conviction presque certaine d'avoir su persuader Alexandre lui apportait. Une fois, alors que tout n'avait qu'à se répéter à nouveau et qu'il suffisait de puiser dans la réserve des mots du besoin, il en disait un peu plus qu'à son habitude, se laissant aller, se laissant entraîner par la fragilité dont il ne reconnaissait pas le nom et qui, cependant, comme pour chacun, vivait en lui... « Au moins, tu vas retrouver ta maman. Tu as de la chance de l'avoir gardée pour toi. Moi, je n'ai pas su. Tu restes notre trait d'union et nous ne serons jamais vraiment séparés. Un peu comme les mots qui, chacun, ont leur signification, pris à part mais qui, lorsqu'ils sont ensemble, perdent souvent de leur sens pour en porter un autre. Un peu comme "amour-propre". Tu sais, amour-propre veut dire quelque chose d'important. Amour aussi, bien sûr, surtout amour. Mais "propre" n'est pas aussi fort, c'est un peu neutre, presque une banalité. Juste le contraire de "sale". Il n'y a pas d'amour sale, vraiment, dont tu puisses entendre parler en tous les cas. Pour moi, il y a de l'amour ou pas d'amour du tout. "Propre" n'est donc pas un mot trop intéressant en lui ; sa signification ne laisse pas d'ambiguïté. Mais de "l'amour-propre", il en faut, c'est nécessaire et chacun doit en avoir. J'ai essayé d'en avoir autant que j'ai pu, de le mettre en avant, autant qu'il m'apparaissait nécessaire de le faire. On n'est jamais vraiment le meilleur juge de soi-même. Pas assez d'exigence pour soi-même. Trop arrangeant. Enfin, c'est une affaire de convenances personnelles. Toujours est-il que, grâce à toi donc, il y aura toujours "Laurence-Jean Paul" ou "Jean-Paul - Laurence" et le petit signe, le petit tiret, c'est toi, et il veut dire Alexandre. Ni rien ni personne ne peut y changer quoi que ce soit. C'est écrit, comme des mots, sur les beaux livres d'histoires des gens... »

Alexandre sentait toujours un peu de tristesse quand son père devait se dépasser, aller au-delà de ses souvenirs d'enfance et de rentrées scolaires, crever l'abcès qui suintait toujours en lui, pour le convaincre de rentrer, de s'en retourner, sans excès de chagrin. Mais cette fois-là, ce fut encore plus triste et plus difficile à entendre. Et sans doute à comprendre.

Ce que je ne lui ai jamais dit et encore moins laissé soupçonner, c'est que j'étais content de la retrouver, ma mère, sa Laurence, son *ex*-Laurence. Car il lui fallait qu'on lui colle cet *ex*, pour parler vrai, faire en sorte que la plaie reste vive, annihiler toute illusion, détruire toute la valeur d'un prénom, et pour inventer enfin cet autre mot composé décrivant une famille définitivement décomposée et que je n'avais pas eu bien longtemps la chance et un bonheur d'unir autrement que par les mots et la fantaisie que l'on se permet de leur donner. Mon bonheur de la retrouver l'emportait sans comparaison, peut-être injustement, sur une peine certaine de quitter cet homme qui jouait son rôle de père, à doses régulières, aussi bien qu'il pouvait le faire. Je l'aimais, lui aussi. J'essayais de ne pas avoir la certitude de savoir qui des deux j'aimais le plus et je me refusais d'entretenir cette réflexion. Je connaissais pourtant la réponse. Mais j'étais le trait d'union. Il me fallait y croire, cela suffisait dans le rôle que j'avais à jouer dans ce que je me représentais alors être ma vie.

Je me surpris à donner plusieurs coups de pied dans les quelques marrons épargnés des gamins, en retard pour l'école. C'était une autre rentrée après tout, ma rentrée à moi, celle de l'adulte que je redécouvrais en moi depuis quelques minutes et que j'étais pourtant depuis quelques années déjà, malgré les incartades passagères, celles des gens baignés dans le tourbillon de la vie active et professionnelle qu'elles permettent parfois d'oublier. J'avais le sentiment qu'il arrive une bousculade d'expériences entre seize et vingt-trois ans, une série d'épreuves qu'il faut passer, surmonter, apprécier, découvrir, détester ou tirer profit, celles que l'on redemande, celles que l'on n'aimerait plus jamais connaître à nouveau. Je pensais les avoir passées, comme tous les autres jeunes de cet âge. Pas mieux, pas moins bien non plus. Maman m'avait bien préparé et bien décrit cependant ce qui, dans l'ordre des choses, m'attendait plus ou moins. Je n'étais pas persuadé que les autres avaient eu ce même privilège. À moins que ce fût eux, les privilégiés, dispensés de ne pas avoir servi de trait d'union mais comblés d'avoir eu deux parents à leur parler d'une même voix, à l'unisson, sans décalage dans le temps ni dans l'espace. Et c'était d'autres que ma Mère désormais qui, apparemment, prenaient la relève pour me préparer à l'avenir, mon avenir. Je n'étais pas trop certain que cette substitution serait un avantage et il m'aurait satisfait de simplement mettre à profit mon expérience déjà acquise, modeste et forte à la fois, de m'en contenter et de me laisser vivre et d'aviser, quand le temps l'imposerait. L'ordre des choses avait, pour moi, été bouleversé dès les premières minutes de ma création.

L'air frais m'agréait. Quelques feuilles se décrochaient des arbres et voltigeaient leurs derniers instants de liberté avant d'être bientôt aspirées par les énormes anacondas de caoutchouc que les dompteurs du service de voirie de la municipalité de Francfort allaient faire serpenter sur les trottoirs. On allait faire disparaître les indices de saison. Certaines, moins apprivoisées aux règles du temps, profitaient des tourbillons d'air des véhicules de la circulation pour reprendre un ultime envol, ou bien encore du vent qui s'étirait paresseusement dans le lit de la rue, provoquant les premiers frissons des passants. Tout était bon pour repartir, échapper au fatal destin des déchets et du pourrissement.

Des jambes de toutes sortes passaient dans les deux sens autour de moi, cadencées au son des talons sur le trottoir en dalles blanches. Des jambes nues féminines ou bien camouflées et asexuées, dans des textiles un peu sévères et de circonstance d'un matin de semaine. Quelques effluves de parfums ou d'après rasages s'effilochaient parfois en traîne derrière elles. Un chien s'était approché de moi, par curiosité, et si l'on peut accorder le sens de réflexion aux animaux, par étonnement. Il voulait me renifler, ou bien *se soulager* peut-être sur moi, de ces sentiments justement insoupçonnés. Sa laisse ne lui en laissa ni l'opportunité ni l'occasion et ce fut moi finalement qui fus soulagé. J'entendis le maître lui brailler des mots peu aimables, lui rappeler les rudiments de morale. Le chien avait été le seul à s'étonner de me voir recroquevillé sur moi-même comme un fœtus, égaré à son niveau habituel de vision. Pour le reste du monde, celui des humains, je devais être invisible. On m'évitait pourtant comme on évite les excréments d'animaux afin de ne pas glisser ou souiller ses godasses. Avec moi, c'était pour ne pas tomber, trébucher sur mon corps compacté et devoir, ensuite, se confondre en excuses. Ou bien me confondre à un vulgaire obstacle. Les radars humains fonctionnaient bien et les collisions furent heureusement évitées. Je n'aurais pas eu le temps pour un constat, qui plus est pour un constat, sait-on jamais, me déclarant dans mon tort. Je m'étais donc inconfortablement accroupi en plein milieu du trottoir, dans le flot des gens qui marchaient, décidés et dans leur petit monde à eux. Mes chaussures avaient tenu leur promesse et je devais remédier aux lacets récalcitrants qui se baladaient librement mais non moins dangereusement pour moi. Mon téléphone émit un petit son de rappel. Sans me relever, je le sortis de la poche de ma veste et lus mon message. Il n'y en avait qu'un. C'était celui que j'attendais le plus. Il me fallut moins d'une minute pour le parcourir, mais des heures ensuite pour l'apprécier. Je me redressai enfin, retrouvai le niveau d'expressions confuses des visages et m'appliquai à écrire rapidement quelques mots en retour, dans la spontanéité et la simplicité de mes sentiments. Marie allait bientôt partir pour l'aéroport puis s'envoler loin d'ici, au loin du loin qui déjà nous séparait. Moi qui étais aussi parti, pourtant, j'avais le sentiment insipide d'être resté. Je me remis à marcher le long de Hochstrasse, un peu plus rapidement, et tout le paysage de verdure, d'humains et d'immeubles défila comme un film effacé par l'usure des passages à la lumière des lampes à iode des projecteurs de salles de cinéma. Seule, la tour Eschenheimer s'imprégnait devant moi, une sorte de phare d'un étrange océan que la marée du matin animait. Je ne pouvais la manquer. Elle se dressait fièrement, comme d'autres que l'horizon de béton et de végétation cachait complètement. J'étais accoutumé aux gratte-ciel, à ceux de Montréal où je m'étais si souvent rendu, qui m'avaient vu grandir et que, pourtant, je n'avais jamais vraiment eu l'impression de voir rapetisser. J'admis très vite ensuite que la ville portait bien son surnom et méritait sa réputation. Mainhattan ! Et curieusement, cela me vint soudainement à l'esprit : nous étions le onze septembre.

À l'intersection avec la BorsenStrasse, un immeuble aux vitres noires réfléchissait la lumière comme un grand diamant ciselé. Des lettres en jaune dominaient de la terrasse, du haut d'une bonne trentaine d'étages. Au-dessus, une étrange architecture se dressait en une torsade de métal et de verre que je devinais illuminée la nuit comme un énorme feu follet. Elle semblait vouloir combler en vain les dix ou douze étages qui manquaient au building pour rivaliser avec l'ensemble des autres audacieux édifices du quartier. On avait voulu et choisi vers le ciel l'absence de symétrie en défiance des lois et principes de la physique. Juste une impression pour casser la monotonie des évidences, à ceux que la curiosité de regarder en l'air voulait donner en récompense. On le remarquait une fois peut-être et puis l'habitude, sans doute, riverait le regard d'un même passant au niveau du trottoir ou des tout premiers étages. La construction paraissait récente, mais j'appris quelque temps plus tard qu'elle avait une vingtaine d'années. « Baxter Importexport France Est » avait raccourci son nom à « BaxterCo », les actionnaires en avaient décidé ainsi, mais avait pris aussi de la hauteur et d'autres perspectives en venant s'installer dans cette avenue, il y a douze ans. L'entreprise ne disposait seulement que des cinq derniers étages dont elle avait fait l'investissement avant de s'y installer. Une société américaine d'assurances et une entreprise de construction de centrales atomiques, française elle aussi, comme celle où je me rendais, occupaient à elles deux une dizaine du restant des étages. Leurs noms apparaissaient dans le même style de lettres, plus petites mais accrochées aux parois verticales de verre. Les unes étaient en rouge, les autres en vert. N'importe quelle couleur pouvait avoir son effet sur les surfaces noires de l'édifice. Je ressentis une sorte de fierté en voyant le bâtiment. Je pensai à mon père. Je ne me souvenais pas de l'avoir entendu évoquer le nom de cette rue, de l'achat des bureaux qui s'emboîtaient, là, devant moi. Il avait travaillé quelque temps dans cette ville. Peut-être avait-il participé à la relocalisation du siège en Allemagne ? J'étais persuadé qu'il avait contribué au développement de la société, outre-Rhin. Tant de fois avait-il mentionné l'Allemagne, le fameux négoce en Allemagne. Je n'avais pu empêcher ma gorge de se nouer un peu. C'était un peu inattendu car je ne m'attendais pas à la moindre émotion. Et je ne savais rien encore, de ce que vers quoi je me rapprochais et plus rien vraiment de ce qu'après quoi, je continuais inconsciemment de courir, ce matin-là. Je montais les trois marches d'entrée après quelques secondes de vague hésitation. Des bacs à plantes décoraient, sur chaque marche, l'entrée principale. C'était arrangé avec goût, simplement, peut-être pour symboliser des racines ou bien faire un contraste avec l'élégante froideur de l'édifice. Un homme en uniforme et casquette se tenait sur la petite esplanade où menait la troisième marche. Il tenait un talkie-walkie à la main et, s'il pouvait faire penser à un policier, ne portait cependant pas d'arme à feu, pas même de matraque ni d'autre équipement visible de persuasion. J'avais remarqué des traces de nettoyage récent sur les dalles de marbre glacial qui constituaient les marches. Un nettoyage haute pression avait eu lieu pour effacer les pressions de contestataires de la nuit et aux slogans bâclés des causes à défendre. Il hocha de la tête en me voyant grimper les marches, sans sourire, pour me saluer et confirmer sa vigilance et je levai ma main, en échange silencieux. Les battants de la porte d'entrée s'écartèrent devant moi, en raclant bruyamment les petits rails de roulement, puis se refermèrent aussitôt derrière moi. Le grondement sourd de la rue s'arrêta net, comme tranché par les deux lames de verre. Le lien qui m'unissait à la rue, au boulevard de mes pensées, venait d'être rompu, pour me laisser pénétrer dans une autre partie de ma vie, libre et captif à la fois. Ou me laisser sortir d'une autre que je ne savais laisser ou bien avec regret ou bien avec soulagement.

    Mes pas, pourtant discrets, résonnaient dans la petite cathédrale de verre et de miroirs. Le hall avait cinq comptoirs d'accueil où des hôtesses tapotaient leurs claviers d'ordinateur. En dehors du cliquetis sec des touches et du bruit amplifié de mes pas, tout était silencieux, presque solennel. Les femmes étaient jeunes et élégamment habillées. Elles portaient toutes un casque téléphonique discret qui dérangeait à peine leur tout frais *brushing*. Au-dessus de chaque comptoir et à l'extrémité de longues chaînes pendaient des pancartes noires où les noms des entreprises étaient gravés en lettres d'or. Le plafond était haut et un énorme lustre moderne, comme une grappe de prismes de verre immobiles suspendant le temps, comblait l'impressionnant volume. Quelques lampes allumées imprégnaient de leur éclat les cristaux synthétiques du lustre et imposaient leur lumière à la clarté naturelle du jour qui continuait de grandir. Je me dirigeai vers la jeune femme de BaxterCo qui, me voyant m'approcher, releva la tête et cessa d'écrire. Elle avait dû passer un certain temps à se maquiller mais il avait été utilisé avec beaucoup de réussite. Son rouge à lèvres redéfinissait les contours d'une bouche charnue devant laquelle je restai en extase. Mon regard s'en détacha enfin pour se noyer dans la profondeur provocante des lacs de ses immenses yeux vert émeraude. Sa bouche s'entrouvrit pour découvrir des dents parfaites et blanches et pour, simplement me demander ce que je voulais. Elle parla en allemand et je répondis en français ; tout avait été effacé, tout s'était embrouillé, un peu comme dans l'avion qui la veille m'avait transporté et où les annonces en français et en allemand ne faisaient pas bon ménage ; les mots, la grammaire, les règles basiques s'étaient bloqués. Je ne trouvai plus rien vraiment qui pût être compris. Je me sentais stupide et démuni. J'eus recours à la première banalité qui me vint à l'esprit, bien que laissant déjà, impuissant, l'avantage à la langue de Molière. J'avais avec sa beauté, la plus raisonnable des circonstances atténuantes. Je n'étais pas préparé à une telle apparition, un lundi matin, loin de chez moi, loin de Maria, loin de tout qui m'était familier. Goethe, de son côté, ne pouvait m'en vouloir.

« Vous êtes ravissante, mademoiselle !

— Merci. C'est beaucoup aimable. Que puiche-je faire pour vous ? monsieur ? »

Elle répondit dans un français un peu hésitant et lourd d'intonations germaniques. Elle avait remarqué mon embarras, l'extase qu'elle avait provoquée. La concentration qu'elle s'obligeait à fournir pour produire son meilleur français s'affichait et se lisait sur son visage comme une indiscrétion. L'exercice de ses lèvres qui, pourtant, se tortillaient aux contraintes des mots étrangers n'altérait en rien son sourire bien à elle.

Où était l'embarras ? Qui troublait l'autre, le plus ? Alexandre avait gardé sa fraîcheur au fil des années, inconsciemment sans doute ou bien alors s'en accommodait-il encore avec beaucoup d'aisance et de satisfaction.

— Je m'appelle Alexandre, Alexandre Legrand. J'ai rendez-vous avec monsieur Benoît Le Marrec... maintenant, à huit heures trente et... il est huit heures trente.

— Poufez-vous remplir ce document, s'il fous plaît, et che vous écrirai un *badge* pour circuler dans la maison !

Sa façon de parler, son vocabulaire parfois approximatif mais spontané et sa bonne humeur contrastaient avec le décor un peu sévère de l'endroit et dégelèrent l'impression de glace qu'il dégageait.

Le bruit de la rue s'engouffra à nouveau dans le hall d'accueil et se répandit comme une vague dans un goulot de rochers. Les portes venaient de délivrer de nouveaux venus. Quatre personnes commençaient leur journée, une autre semaine, et se dirigeaient sans attendre vers les ascenseurs. Trois femmes et un homme. Ils parlaient fort et riaient aux éclats. Sans doute racontaient-ils les frais souvenirs de leurs week-ends passés, leurs sorties au cinéma ou bien au théâtre, ou bien décrivaient-ils la boîte où ils avaient dansé, transpiré, consommé, presque habité, jusqu'à l'aube ; ils étaient jeunes, à peine plus âgés qu'Alexandre. Ils voulaient partager et restituer à d'autres, repasser le film, en rajoutaient pour compenser ce qu'ils avaient pu oublier, voulant aussi prolonger le temps et ses instants considérés délicieux qui font de la vie une partie du bonheur. Ils passèrent chacun dans un des portillons automatiques qui s'ouvrirent au glissement intime de leurs *badges* d'identités dans la rainure froide et métallique du lecteur du système de sécurité.

C'est à ce moment que je remarquai un petit bureau où était discrètement assis un autre vigile, dans le même uniforme que celui de l'homme de l'entrée. Il ne portait pas de couvre-chef et s'affairait à regarder une batterie d'écrans disposés en arc de cercle devant son bureau. La surveillance me paraissait excessive et démesurée. Certes, l'immeuble était assez impressionnant, se voulait être la vitrine d'une certaine réussite, mais hormis l'entreprise d'énergie nucléaire, aucun de ses « résidents » ne semblait pouvoir être une source de contestation ou bien avoir une responsabilité stratégique ou bien politique sur l'environnement et le comportement du pays. Le *nucléaire,* peut-être ? Sans doute le nucléaire car, même si l'Allemagne avait pris cette option, beaucoup de monde le craignait et il dérangeait. Plus encore lorsqu'il était étranger, étranger par ce qu'il cachait ou bien pour ce que l'on croyait qu'il cachait, par ignorance ou par méfiance de l'inconnu, étranger aussi par ce qui vient d'ailleurs, et pas de chez soi. Je ne pus m'empêcher de repenser à ce jour de septembre 2001. À toute l'inutilité et au grotesque des systèmes de sécurité les plus sophistiqués devant la folie des hommes que rien, vraiment, ne peut colmater, quand ils s'associent avec celle du diable. L'harmonie semble parfois si parfaite que l'on peut s'interroger sur l'existence du diable, d'un seul diable. Certains en sont sans doute les répliques, sans besoin d'en suivre l'unique modèle, sans besoin de ressemblance parfaite, mais avec comme seule idée partagée, celle de ne pas concevoir le fait d'être en vie comme la base du bonheur.

 Alors, il était là, à regarder ses écrans cathodiques, à parcourir, par bribes successives, les articles du canard qu'il avait déplié comme l'éventail silencieux des événements du week-end, à jeter un œil sur les gens qui pouvaient rentrer ou sortir, remédier surtout, de temps à autre, aux rejets imprévisibles du lecteur de cartes.

Mon hôtesse inscrivit mon nom sur un *badge* qu'elle me tendit et parla dans son téléphone miniature. Je n'arrivai pas à saisir ce qu'elle disait. Ses lèvres bougeaient à peine.

Elle s'adressa ensuite à moi, d'une voix à nouveau plus ferme et plus assurée.

« Monsieur Le Marrec est prévenu. Il fous attend. Son bureau est au fingt-septième étage. Fous demanderez à la secrétaire à l'entrée qui fous emportera jusqu'à lui.

— Merci, euh, mademoiselle.

— Oui, mademoiselle... Inga, si fous préférez

— Je préfère Inga. Vous êtes la première personne à qui je parle ici, en Allemagne ! Merci, Inga. J'aurais au moins un nom, le nom de ma première connaissance, ici. Bonne journée.

— Ça fa. Fous aussi et bienfenue à Frankvurt ! »

J'avais une identité, une identité reconnue, une nouvelle, dans ce lieu encore inconnu ou bien alors n'était-ce peut-être simplement que la confirmation plastifiée des années passées et de ce qu'elles m'avaient toujours fait croire ?

« Vous êtes la première personne... » C'était un bien pauvre mensonge, sans conséquence car elle n'était pas *la* première personne. Il y avait eu Kurt. Je l'avais presque oublié. Un homme que l'on ne pouvait pas oublier pourtant, me disais-je, un homme qui ne pouvait laisser personne indifférent mais dont, dans l'égarement pardonnable et compréhensible de ma pensée troublée, ma mémoire avait spontanément effacé le souvenir et l'image. Et puis, il venait d'y avoir Inga. Kurt et Inga. Inga, pour finir.

Le portillon répondit à la petite carte plastifiée qu'Inga m'avait remise et je passai devant le bureau du vigile pour m'effacer ensuite dans la colonne d'un ascenseur. Je ne savais pas qui de moi ou de mon *badge* avait été le plus magnétisé, validé, rendu conforme mais l'un et l'autre répondions parfaitement aux diverses techniques respectives de contrôle.

En ressortant, Alexandre remarqua un panneau installé au-dessus d'Inga, indiquant : « Zugang verboten ! » *Accès interdit.*

Benoît Le Marrec m'accueillit avec beaucoup de chaleur et de courtoisie. Je m'attendais à une réception à l'image de l'environnement, glacé et lustré du décor des couloirs et bureaux, celle aussi en adéquation avec ce que je représentais et allais, au rabais, représenter pendant six mois pour son entreprise. L'enthousiasme des entreprises que j'avais contactées pour m'accueillir avait été suffisamment significatif. Ce qu'un stagiaire représentait et ce sur quoi les mêmes entreprises pouvaient trouver leur compte ne laissait pas transparaître de véritable intérêt. Pas en ce qui concerne les périodes courtes, ajoutaient-elles, pour se justifier ou bien peut-être se montrer rassurantes. Mes exigences, et celles de Maria, n'avaient pas facilité les choses, mais j'avais ressenti cette appréhension d'accueillir un jeune diplômé, ou futur diplômé, dont l'absence d'expérience annihilait pourtant cette certification d'acquisitions théoriques reconnue au prix d'énormes sacrifices insoupçonnés.

Il n'en fut donc rien. Il se leva pour me serrer la main, une poignée de main pleine d'assurance et rassurante à la fois. Il était en chemise blanche et cravate. La cravate bleue portait des motifs d'aéronefs divers. Son nœud était impeccable, le triangle inversé serré sans faux plis. Peut-être sa mère lui avait-elle appris comme l'avait fait la mienne, placée derrière lui, devant un miroir de salle de bains ou bien d'une armoire.

Le bureau était impeccablement bien rangé. Il ne manquait pas d'espace. Des fleurs n'avaient pas bien survécu à l'abandon du week-end, mais survécu au zèle apparemment nuancé des femmes de service. L'odeur du café coïtait avec celle de son après-rasage que je ne reconnaissais pas mais dont je soupçonnais l'appartenance.

Deux cadres étaient disposés sur son bureau, lui faisant face. Sa famille sans doute. Je reconnaissais ces livres à une page unique figeant le temps, à leurs languettes noires comme des cravates disposées de travers qui maintiennent inclinées les images de vie. Je ne pouvais les voir encore. Il me faudrait plus de temps, plus d'intimité avec lui peut-être, pour passer de l'autre côté de son bureau et parcourir, sans les comprendre sans doute, lesdites histoires encadrées.
« Alexandre Legrand ! » lui annonçai-je, un peu gauchement, en lui serrant la main.
— Je sais qui vous êtes, Alexandre. Je vous attendais et Cathy m'a dit que vous étiez à l'accueil avec Inga. Et moi, je suis Benoît Le Marrec. Je crois que l'on en restera là, en termes de civilités. Si vous n'y voyez pas d'inconvénient, je vous appellerai Alexandre et vous pourrez m'appeler Benoît. Si cela vous convient, naturellement. On s'appelle par nos prénoms ici. À de rares exceptions près... Cela n'empêche pas de se dire ce qui doit être dit. On peut s'engueuler, si vous préférez, tout en évitant la rigidité de certaines formulations. Le relationnel en Allemagne et dans les entreprises est assez « cool », malgré la froideur apparente, vous le remarquerez, petit à petit. En tous les cas, cela se fait ici et c'est bien ainsi. On m'a parlé de vous. Il me semble déjà bien vous connaître...
— Je ne sais pas comment je dois le prendre.

— Pas mal, rassurez-vous. Sinon je ne le dirais pas de cette façon, mais je vous en prie, asseyez-vous !
— Merci. Et vous savez beaucoup de moi ? demandai-je, la bouche un peu asséchée.
— Pas mal de choses et sans doute tout plein à découvrir. Pas grand-chose en définitive. Beaucoup de bien, en fait, comme je viens de le sous-entendre. Certaines personnes m'ont parlé de vous avec beaucoup de passion, presque d'admiration.
— Certaines personnes ?
— Une, surtout…
— Corinne ?
— Essentiellement, c'est exact. Elle n'aurait pas dit plus de bien de son propre fils… Mais elle a bien fait, j'ai beaucoup de sollicitations pour accepter des jeunes en stage, presque des pressions. Les choix ne sont pas toujours faciles et il est, de toute évidence, difficile de contenter tout le monde. Corinne sait influencer. Je regrette d'ailleurs qu'elle doive quitter BaxterCo, l'an prochain. Même si elle ne travaille pas vraiment, ici, avec nous, elle est un lien essentiel entre notre représentation, ici donc en Allemagne et notre site en Alsace, indirectement aussi avec notre siège à Paris. Et puis, il y a aussi votre père qui n'est pas non plus étranger à ce choix. Vous faites partie de la famille, en quelque sorte. Nos pères se connaissaient bien. Ils étaient de la même génération. Les pionniers de BaxterCo !
— Étaient ?
— Oui, étaient. J'ai perdu mon père, il y a un peu plus de vingt-trois ans. J'en avais dix-sept, à l'époque. J'ai suivi son chemin, sans trop me poser de questions, comme s'il avait été tracé d'avance et je crois qu'il serait heureux de me voir là où je suis, maintenant.

— Il le voit peut-être ?

— Peut-être, mais cela fait partie des questions, des fameuses questions pour lesquelles tout le monde aimerait trouver les réponses.

— Vous aussi ?

— Voulez-vous dire que vous vous en posez déjà, si jeune ?

— Oui... Je ne pense pas que ce soit fonction de l'âge, ne pensez-vous pas ?

— Chaque chose en son temps, Alexandre. Nous avons le temps, et vous certainement, plus encore d'ailleurs. Et je crois que des questions doivent rester sans réponse. Cela fait partie du jeu de la vie. Elle est une enquête permanente où certains indices nous sont donnés. Il suffit de les exploiter et de comprendre un peu plus, à chaque fois que nous en trouvons ou que nous sommes mis sur leur voie.

— Ou bien au contraire, de s'enfoncer dans une confusion encore plus profonde et difficile à supporter.

— Oui, il y a parfois des fausses pistes, de mauvaises données. On leur attribue tout un tas de noms : les a priori, les convictions, les erreurs d'interprétations, les déductions hâtives, que sais-je encore ? Sans parler des influences que l'on subit. Nous reparlerons de cela une autre fois, si vous le voulez bien, Alexandre. Nous en aurons l'occasion, j'en suis certain. J'ai un emploi du temps chargé cet après-midi et je ne dois pas trop prendre de retard.

— Je comprends. Et c'est très aimable de m'avoir reçu ce matin. J'apprécie beaucoup.

— C'est normal, Alexandre. Je me serais reproché de ne pas l'avoir fait. Et puis, je savais depuis pas mal de temps que vous arriviez aujourd'hui. J'avais bloqué ma matinée. Corinne, sans le faire vraiment, m'avait fait comprendre que ce serait bien de vous recevoir en personne. Sans quoi, je dois avouer, je ne l'aurais peut-être pas fait. Je rencontre tous nos stagiaires, à un moment ou à un autre, mais pas forcément au début. C'est plutôt fonction de ma disponibilité par la suite, après leur installation.

— Corinne semble avoir tout organisé pour moi. Le stage, le logement, vous, ce matin, même le frigo et le ravitaillement qui va avec.

— J'espère que vous aimez bien le petit appartement ?

— J'y ai bien dormi et très bien déjeuné ce matin.

— Je ne savais pas précisément quand vous arriveriez à Frankfurt. Vous verrez, il est assez pratique et sympa, dans un quartier vivant et relativement central. Nous en avons fait l'acquisition, voilà trois ans. Nous y logeons parfois des clients qui restent quelques jours avec nous. Je pense que nous avons dû y faire séjourner un ou deux stagiaires également. Ce n'est pas un mauvais investissement, ici, à Frankfurt. Nous devons investir dans un second, très prochainement. C'est d'ailleurs pour cela que vous n'aurez pas à déménager pendant votre séjour. Ce n'était pas toujours trop facile, auparavant.

— Merci, cela ne sera que plus confortable pour moi. J'ai de la chance.

— On peut dire cela. On n'a pas fait cela spécialement pour votre arrivée !

— Je m'en doute bien. C'est donc bien de la chance.

— Il y a quelques obligations d'investissements pour les entreprises étrangères et cela en fait partie, c'est tout simple...

— Corinne n'est pas ici, actuellement ?

— Elle devait l'être. Ça tombait bien avec votre arrivée. Mais je crois qu'elle a quelques impératifs personnels imprévus et qu'elle a dû bouleverser ses plans. Vous aurez l'occasion de la rencontrer. Elle passe assez régulièrement ici. Notre agent de liaison, en quelque sorte. Et elle a quelque attache personnelle, ici, également, ceci expliquant cela. Mais je lui laisse le soin de vous donner plus de détails, si elle veut bien, un peu plus tard.

— Je serai content de la rencontrer aussi ; je n'ose pas dire la revoir car cela fait tellement longtemps. C'était avec papa. Il y a des années. J'ai dû beaucoup changer depuis tout ce temps.

— On change en permanence, quel que soit l'âge. Rien ne peut y changer quoi que ce soit. Je suis convaincu qu'elle aussi s'en veut de ne pas avoir été à même de vous recevoir. Si tout se passait comme prévu, la vie serait bien ennuyante, n'est-ce pas ?

— Oui, sans doute !

— Pour le moment, je vais vous parler de notre activité et de ce que nous allons attendre de vous. Tout d'abord, en ce qui concerne les stagiaires, mon principe est de les intégrer dès leur arrivée, au sein des équipes comme s'ils devaient rester avec nous. D'intégrer ou plutôt de les faire intégrer, car comme je vous disais, je ne suis pas toujours présent aux premiers jours, aux premières semaines de leur installation ici et je demande à mes collaborateurs de les prendre sous leur « coupe », de leur expliquer ce que l'on attend d'eux, les objectifs en cours et d'accélérer ainsi le processus d'intégration, étant entendu que leur présence doit générer un gain sensible de productivité. Les CVs sont pour cela intéressants. Ils doivent nous aider à choisir les activités, les domaines où les jeunes stagiaires doivent en principe se sentir le plus à l'aise et où ils seront les plus performants. En plus du CV, je tiens beaucoup au questionnaire qui a été élaboré par les gens d'ici et que l'on fait remplir lorsque notre sélection a été faite. Vous avez dû vous-même en remplir un pour que l'on puisse vous positionner sur un secteur que vous maîtrisez le mieux. Je fais confiance à mon équipe pour que cela fonctionne de cette manière. Je dois avouer que tout le monde est satisfait du système qui n'a vraiment rien de révolutionnaire mais qui se veut, avant tout, efficace et pratique. C'est tellement basique que l'on a tendance à oublier ce genre de procédure... Si vous avez des questions ?

— Comment se terminent les stages, en dehors du rapport de stage que nous devons rendre pour faire valider le diplôme ? Restez-vous en contact avec vos stagiaires ?

— Nous faisons aussi des bilans en fin de stage, parallèlement au rapport de stage que vous devez, en effet, produire, des bilans reprenant et analysant le travail effectué par les jeunes et nous conservons leurs dossiers environ quatre ans, au cas où nous avons besoin de recruter ou parfois, quand ils se manifestent spontanément pour trouver un emploi, après la validation définitive de leurs diplômes et que nous sommes véritablement intéressés par leur potentiel et ce qu'ils ont pu et surtout su produire ici. Les freins sont ainsi cassés très rapidement, tout le monde gagne du temps et y trouve son compte, d'un côté comme de l'autre. Et pour vous, vous verrez, ce sera pareil et vous vous habituerez très vite à votre nouvelle vie. Du moins je l'espère. Notre façon de travailler semble convenir à tout le monde, donc je ne vois pas pourquoi elle ne vous conviendrait pas à vous aussi ? Sachez également, Alexandre que j'aime beaucoup la transparence. Elle doit être respectée par tous, évitant encore une fois les pertes de temps, coûteuses en énergie et en temps.

Benoît Le Marrec s'exprimait avec beaucoup de calme malgré l'énergie et la fougue que je sentais canalisées en lui. Enfoncé dans son fauteuil, les bras reposant sur la longueur des accoudoirs, il parlait clairement, respectant les mots par des silences qui les soulignaient quand ils lui apparaissaient nécessaires. Sa voix était grave et douce à la fois mais je percevais la puissance sonore qui était en réserve, si besoin était. Malgré ce vrai bonheur de mots rassurants et cet accueil qui n'aurait pu être vraiment plus chaleureux, je n'étais pas complètement à l'aise : l'appréhension du temps à passer, l'énormité des semaines, des mois, de ce qu'ils me réservaient ou pire encore peut-être, du vide absolu qu'ils pourraient représenter et où j'essaierais de respirer, d'un faux espace de vie dont il n'y aurait rien à retirer. J'imaginais Le Marrec dans les avions, sa tête rentrée dans les épaules, dans une décontraction inventée. Je l'imaginais, les pieds sur le bureau. Ou plutôt je ne l'imaginais pas les pieds sur le bureau malgré son style détendu ; il semblait trop soigné, trop ordonné pour déranger l'apparent naturel de son entourage et de l'image qu'il semblait cultiver sans peut-être trop vraiment le savoir. Ses cheveux blonds dépassaient largement le bord du col de sa chemise ; ils avaient oublié de boucler et, comme les miens, poussaient finement aussi droit qu'ils le pouvaient. Leur coupe était nette et régulière. Les années les avaient encore épargnés, le grisonnement restait seulement aux aguets. Ses yeux bleus avaient quelque chose de singulier. Leur écartement, oui c'était cela, l'écartement un peu inhabituel, sans doute. Il me rappelait quelqu'un, mais je ne savais plus vraiment qui. Ou plutôt son visage était-il tout simplement différent de celui des autres ? Des traits à lui, rien de plus, mais que l'on n'oublie pas facilement.

    Rares étaient ceux qui pouvaient me toiser. Il en faisait partie lui aussi. Deux en deux jours me paraissaient déraisonnables et offensants. Kurt, l'étrange Kurt, surtout lui, mais il devait appartenir à un autre monde, provenir d'une autre planète et puis lui, Benoît Le Marrec avec sa taille que j'avais remarquée dès que j'étais rentré dans son bureau. Pas un colosse, mais un type que l'on ne songeait pas à bousculer comme cela, d'une simple poussée d'épaule, sans songer à lui présenter ses excuses.

Il me parla enfin du travail, de l'activité, du business réparti entre les différentes sections, des gens de son équipe, toujours avec passion et des mots pesés avec soin. Des forces et des faiblesses de leur structure. De la concurrence grandissante, des coûts dont les clients prenaient de plus en plus conscience. Il faisait des descriptions précises et détaillées, avec une parfaite connaissance de l'environnement, de sa fragilité. Sympathique, ouvert, à l'écoute mais sans nul doute un vrai chef d'entreprise qui devait, quand il le fallait, prendre les mesures qui s'imposaient et trancher dans les choix d'orientation et de décisions les plus adaptés. Au bout d'une quinzaine de minutes Cathy frappa à la porte et me demanda si je souhaitais prendre un café.

« Cathy, je vous présente Alexandre, Alexandre Legrand. Mais vous vous êtes déjà rencontrés il y a un instant !

— Enchantée. Effectivement, nous nous sommes vus... Nous attendions l'arrivée d'Alexandre. Qu'il soit le bienvenu, ici et à Frankfurt ! Si je peux l'aider à trouver ses marques, qu'il n'hésite pas... Ce sera un plaisir. Je connais bien la ville et le pays, après toutes ces années.

— Merci, Cathy, je n'hésiterai pas si j'ai besoin et sans doute aurai-je besoin d'une façon ou d'une autre. Tout est nouveau ici pour moi. Comme je veux profiter au mieux de mon séjour à Frankfurt, votre aide pourra faciliter mon installation.

— Je sais que Corinne s'est bien occupée de vous et qu'elle veille sur vous mais toutefois, je...

— Corinne n'est pas toujours ici Cathy, à ce que j'ai cru comprendre et, sans trop vouloir abuser de votre proposition, je n'hésiterai pas à vous solliciter.

— Sachez surtout que vous ne me dérangerez pas. Je vous laisse pour le moment, Benoît a sans doute beaucoup à vous dire et je reviens tout de suite. »

Elle revint cinq minutes plus tard avec un plateau. La tasse de café laissait échapper un tourbillon de vapeur blanche odorante. Des petits gâteaux secs étaient disposés sur une assiette. Je n'avais guère faim. Mon petit déjeuner était à peine descendu. Si aux bons soins de Corinne, il fallait me soumettre également à celui de Cathy, je pouvais craindre le pire. Je ne doutais pas de trouver une salle de musculation ou de gymnastique, une piscine peut-être aussi, dans le quartier. L'idée en tout cas germa dans ma tête et me réconforta. Je ne devais pas me laisser aller, la nourriture riche d'ici à ce que l'on m'avait laissé comprendre, la bière, incontournable, elle aussi, tout cela n'était pas que légendes, il y avait des faits, des réalités. Mes amis de promotion s'étaient un peu moqués : entre cinq et dix kilos, peut-être plus. Je ne voulais en aucun cas leur donner la satisfaction d'avoir eu raison. Et puis il y avait Maria, elle si loin, plus loin encore que d'habitude ; le temps de notre séparation me paraissait tellement long, les risques que j'encourais dans le domaine de l'esthétique se présentaient redoutables. Pour les autres difficultés, je ne pouvais encore les imaginer.

Cathy était française, sans âge ; on lui aurait donné la quarantaine, de face, la cinquantaine de profil, un peu voûtée comme si elle portait sur les épaules une partie des misères de la terre. Mais comment pouvais-je dire, je ne savais rien d'elle ? Ce n'était peut-être que les années, sans doute que les années. Mais peut-être aussi en portait-elle une partie, de cette partie des misères. Ses lunettes ne l'avantageaient pas non plus, les verres épais et des montures d'un autre siècle. Malgré cet attirail un peu dépassé par la mode, la technique, les goûts d'esthétiques auxquels la plupart des gens s'attachaient, j'avais pu remarquer son regard assuré, pénétrant, comme deux rayons laser, une sonde efficace des méandres de la personnalité des regardés. Je sentis cet examen me balayer le crâne et je regrettai de ne pas disposer du mode d'emploi du fonctionnement de Cathy, d'un décodeur de ses imperceptibles expressions. J'aurais pu décrypter les informations qu'elle recevait sans doute en vrac et qu'elle rangeait ensuite, au calme, méthodiquement, dans un classeur sur chacun. Pour camoufler l'introspection en cours, elle débarrassait son plateau, tout aussi calmement pour laisser au balayage un maximum d'efficacité. Benoît Le Marrec souriait discrètement en la regardant procéder. Il avait dû lui-même être irradié de ses rayons gamma ou x à ses premières rencontres avec elle et il était fiché, déjà, comme moi j'étais sur le point de l'être. Son dossier avait dû être raturé, des corrections apportées, avec les bouleversements d'opinion que seul le temps sait si bien exiger. Les deux plis verticaux des joues du PDG s'étiraient un peu plus, comme des parenthèses de mots qu'il retenait par plaisir et par admiration de cette femme en qui, visiblement, il accordait toute sa confiance et son respect.

« Peut-être auriez-vous préféré du thé comme Benoît ?

— Non, un café sera parfait.

— La prochaine fois, peut-être ? Benoît a ses habitudes, un café le matin à son arrivée et puis un thé, un peu plus tard...

— C'est vrai. Je n'aime pas vraiment vivre d'habitudes, mais les routines s'établissent assez rapidement en fait, sans que l'on s'en aperçoive... Des habitudes qui tournent en véritables rituels. Je ne peux pas vivre une journée sans une tasse de thé. Ma mère sans doute... Elle n'est pas anglaise pour rien je présume... Merci Cathy. »

Cathy se retira discrètement. Benoît Le Marrec m'invita à boire mon café et commettre mon premier faux pas. Je le fis sans résistance. Il fit de même mais peut-être avait-il mis de côté certaines résolutions auxquelles je croyais avoir raison de donner une quelconque importance. Les biscuits étaient excellents. Nous nous accordâmes quelques silences mais il ne tarda pas à reprendre la parole, entre deux sucreries auxquelles donc, je succombai.

« Et si vous le voulez bien, dès que nous en aurons terminé avec cet égarement obligatoire du matin, je vais faire un tour des services avec vous et vous présenter. C'est la rentrée, et c'est lundi et donc, en principe, tout le monde devrait être présent. Vous ne travaillerez pas directement avec moi, mais il ne faudra pas hésiter à venir me voir quand vous en sentirez le besoin ou s'il se présentait une difficulté quelconque. Cathy est ma secrétaire et elle pourra toujours vous dire où je suis et quand je reviens. Je m'absente assez fréquemment. Les aéroports sont mon deuxième bureau, semble-t-il. À la différence près que je dois y défier les angoisses, les spectres. Pas vraiment le choix et je commence à bien en avoir l'habitude. »

Le jour devenait plus lumineux au travers des baies vitrées. Les quelques traces vaporeuses de la nuit fraîche s'effaçaient de minute en minute. Un avion de ligne à basse altitude s'extirpait lentement de la zone d'horizon bétonnée et la carlingue s'embrasait des rayons toujours rasants du soleil. Les trains d'atterrissage devaient s'enfermer dans leurs étuis de voyage, derrière leurs volets, le temps d'un vol, comme pour faire oublier ce qui unit l'avion à la terre, prétendre l'indépendance des hommes. Comme d'un long stylo volant écrivant dans le ciel de son encre sympathique, deux petites traînées blanches se dessinaient assez loin derrière les réacteurs, parallèles et identiques, pour s'estomper rapidement et disparaître ensuite, dans la magie de l'altitude. Et l'avion disparut à son tour complètement, avalé par la distance et la lumière grandissante du ciel.

Sur le mur, derrière le fauteuil de Benoît Le Marrec, une peinture moderne d'un voilier confronté aux éléments de la mer, d'un Océan agité, celle sans doute d'une nostalgie d'un environnement qui s'était éloigné, à cause du vol inachevé d'un avion, et qui désormais manquait. Le ciel et l'eau. L'eau dans le petit gratte-ciel de BaxterCo... Benoît remarqua mon attention attirée par le survol de l'avion. Je m'étais égaré dans l'azur de l'océan céleste ; j'étais parti, totalement, et le temps de quelques secondes Benoît ne vit que mon image, une étrange enveloppe vide de sens et de raison. Sa voix catalysa alors ma réintégration comme si cette distanciation n'avait pas eu lieu et il ne remarqua rien qu'une simple absence, comme il en arrive parfois. J'avais été partout, parcouru la planète, partout où je devrais être, partout où je devrai aller et où il me tardait d'aller. Pour me retrouver.

— Vous regardez un avion ? Il en passe sans arrêt. Heureusement que je tourne le dos à leur trajectoire habituelle. Autrement, je les regarderais tous, les uns après les autres. Une sorte de fascination. Ce va-et-vient de gens qui s'envolent pour partir, puis revenir. Ceux qui se séparent, ceux qui se retrouvent...

— J'ai souvent pris l'avion depuis que je suis tout petit et il m'arrive de le prendre encore assez fréquemment. Moi aussi, je suis fasciné. C'est assez étrange d'ailleurs : j'ai l'impression que ma vie est liée aux aéroports, aux voyages que j'ai pu faire et à ceux que je ferai encore.

— Pourquoi tous ces voyages ?

— Mes parents !

— Ils voyageaient beaucoup ?

— Ils étaient séparés...

— Désolé de l'entendre. Je savais que votre père, que Jean-Paul était installé au Canada, il était de la génération de mon père. Comme je viens de vous le dire, ils ont participé tous les deux au lancement de la société. Ma mère a dû me parler de lui, sans doute. Sans rentrer dans les détails familiaux. Elle a toujours été discrète et continue de l'être. « *La vie des autres n'appartient qu'à eux seuls et personne n'est apte à pouvoir la juger »*, disait-elle quand il nous arrivait de parler des collègues de mon père et que l'on s'aventurait à lancer les moindres jugements. Lui-même disait assez peu, finalement. C'est curieux : à propos de nos pères, ils ont dû se côtoyer, il doit y avoir vingt-cinq ou peut-être même trente ans et, à notre tour, nos chemins se croisent aujourd'hui.

— Mes parents ont, tous les deux, toujours été discrets également. Mon père avec son travail, comme le vôtre, et puis ses problèmes avec ma mère.

— Il semble qu'ils avaient, votre père et le mien, quelque chose en commun. Cette discrétion... Vous verrez que ce n'est pas le cas de tout le monde ici mais ce n'est pas une mauvaise chose, après tout, d'avoir une certaine fierté à travailler pour une boîte qu'ils respectent et à laquelle ils sont heureux d'appartenir. Beaucoup dénigrent ceux qui les emploient, inconscients de la fragilité de l'emploi aujourd'hui.

— C'était aussi un peu la même chose avec ma mère. Il y avait les difficultés avec mon père et puis, lorsque j'ai grandi, c'était son travail qu'elle gardait secret. J'ai l'impression d'avoir été un total étranger à leurs vies, mis à l'écart, je ne sais trop pourquoi, comme si je ne devais pas savoir, comme si je ne pouvais pas comprendre, comme si j'avais toujours été un enfant !

— Ils voulaient sans doute vous épargner leurs problèmes, les peines qu'ils ont dû nécessairement connaître. Les divorces, les séparations ne sont pas chose facile. On essaie toujours de mettre les enfants à l'abri et puis après, on n'a plus le temps d'expliquer, on n'en voit plus la nécessité. On n'a pas toujours le courage de ressortir ce genre de sujet, des années après, même quand le temps a suffisamment passé, que les enfants sont devenus des adultes, et que les adultes sont devenus en principe, plus adultes encore. Les plaies ne se referment pas toujours ou bien alors on essaie de cacher les cicatrices. Et rien ne s'avoue vraiment, les torts ne sont toujours pas définis et, quand bien même finiraient-ils par l'être, qu'est-ce que cela change ? Les enfants ont subi et rien ne peut plus rien changer vraiment, après. Votre façon de parler Alexandre, n'est pas celle d'un jeune que vous êtes. C'est un peu comme si vous aviez brûlé des étapes.

— J'en doute beaucoup. C'est sans doute d'ailleurs le contraire. J'aurais simplement besoin de savoir. Pour dormir enfin de profonds sommeils.

— Je comprends. Mais est-ce vraiment si mal ? Avez-vous subi plus que d'autres à tel point de vouloir savoir à tout prix ? Vous avez l'air d'être parfaitement bien dans votre peau...

— Ma mère vient de m'ouvrir une porte récemment. Pas celle par laquelle j'ai besoin de passer mais une autre. Celle de son boulot.

— Mieux vaut tard que jamais. C'est un début. Et vous avez découvert beaucoup de choses ?

— Son milieu.

— C'est déjà bien. Que fait-elle, si je peux vous demander ?

— Écrivain ! Romancière si vous préférez.

— Ah oui ! C'est intéressant. Qu'écrit-elle, quel genre de livres ?

— Je ne pourrais pas vous dire. Tout cela m'a échappé. Des romans, des histoires inventées, je présume.

— Effectivement, vous ne semblez pas savoir beaucoup. Peut-être vous manque-t-il un peu de curiosité ? Vous connaissez sans doute son nom d'auteur ; vous allez dans une bonne librairie et vous demandez un de ses bouquins. Vous pourrez vous faire une idée. Il faudrait commencer par là, peut-être, non ? Ou plus simplement : lui demander.

— Je ne sais pas. Sans doute. Une part de crainte m'a empêché de le faire jusqu'à maintenant et puis j'avais mes études auxquelles j'ai donné la priorité.

— Vous avez eu raison de le faire, je pense. Maintenant que vous aurez un peu plus de temps…

— C'est vrai. Mais je connais un peu plus de son entourage maintenant et cela me rassure. Et je peux mieux comprendre leurs différences.

— Quelles différences ?

— Celles entre mes parents. Ils ont l'air si différents l'un de l'autre. Rien ne semble vraiment les rapprocher. Je ne comprends pas comment…

— Comment ils ont pu envisager de vivre ensemble ? C'est la vie. Elle est faite d'erreurs et de réussites. Et puis il y a vous, et ce n'est pas rien en termes de réussite !

— Moi ? J'ai l'impression que je n'aurais jamais dû venir dans leur monde.

— Il ne faut pas dire cela.

— Je m'exprime sans doute mal. Il ne faut pas prendre cela au premier degré car j'ai touché ma part de bonheur et de chance. Et j'ai de la chance. Séparément, mes parents ont été et sont toujours, d'ailleurs, exceptionnels. Ensemble, j'ai toutefois l'impression qu'ils auraient décuplé leurs capacités de parents, qu'ils m'auraient apporté plus de confiance en ce que je suis, épargné aussi bien des questions. On demande toujours plus que ce l'on a déjà. C'est une fâcheuse habitude, un peu mon défaut. Ce qui compte aujourd'hui, c'est que je suis ici ! Qui plus est pour *travailler* et non pas pour me laisser aller à ces questions existentielles...

— Vous avez raison. Je vais vous présenter aux équipes. Euh... Avant tout, je dois vous prévenir que mon adjoint et moi... n'entretenons pas une franche sympathie, une cordialité qui devrait exister entre nous. Je le regrette, mais je n'ai pas trouvé, à ce jour, de solution. J'ai essayé, vraiment. C'était normal. Il fallait le faire et je lance de temps à autre des signaux dans ce sens, hélas en vain. Je ne peux pas faire plus. Il faut que vous le sachiez, rien de plus. Vous aurez souvent l'occasion de le rencontrer, vous aurez parfois à lui rendre des comptes, indirectement, c'est le DG, ici. Donc forcément...

— Cela dure depuis longtemps ?

— Depuis trop longtemps. Depuis trois ans. Depuis que je suis arrivé ici, en charge de l'Allemagne et d'une partie des pays de l'Est. Il était déjà en poste ici avant que j'arrive, quatre ans auparavant.

— Il comptait obtenir la direction ?

— Bien deviné. Il pouvait y prétendre en effet. Paris en a décidé autrement et a fait son choix. Je répondais mieux aux attentes semble-t-il. C'est vrai que je ne laisse pas facilement ma place, une hargne qui a sans doute fait la différence. Nous avons tous deux suivi pratiquement le même parcours, enfin presque le même parcours. Son père était aussi de la maison. Il y a même laissé sa peau ; c'est peut-être d'ailleurs pour cela qu'il espère autant de l'entreprise en retour. Mais cela ne fonctionne pas comme cela. Votre père, mon père, son père ont un passé en commun, nous leur succédons. Guillaume Kultenbach. J'espère qu'il restera « correct » avec vous. Ce ne sera pas facile, je préfère vous prévenir au cas où ses paroles s'égareraient un peu de la courtoisie et de la cordialité qu'il vous doit et doit d'ailleurs à tout le monde. Surtout que…

— Surtout que ?

— Je n'ai pas répondu favorablement à une demande qu'il m'a faite, il y a quelque temps…

— C'était important pour lui ?

— Oui, cela l'était. Il s'agit de son fils. Un stage de seconde année d'école de commerce. Je ne l'ai pas accepté.

— Pourquoi pas ?

— Pour faire court : il n'avait pas le profil de la maison…

— Et moi, j'ai le profil de la maison ? Cela ne va pas rendre ma vie facile ici ! Je ne pouvais pas savoir, pas deviner. L'aurais-je su que je…

— Vous auriez cherché ailleurs ? Je vois ce que vous voulez dire mais rassurez-vous, lorsque j'ai refusé pour son fils, vous n'étiez pas encore candidat pour venir ici. Et puis, c'est à un autre niveau.

— Il peut se poser la question.

305

— Il se la pose peut-être, c'est son affaire, ou se la posera à nouveau. Mais il aurait tort. Nous en avons déjà discuté ouvertement. Ma sacro-sainte transparence ! Les raisons de mon refus ne sont pas infondées, Alexandre. Ne vous inquiétez pas et si d'aventure, il vous pose le moindre problème, vous me le dites. Directement. Avec moi. Sans passer par Cathy, c'est trop sensible. Il n'apprécierait pas et cela peut se comprendre. C'est une affaire entre nous. Quant à vous, vous n'avez pas à vous inquiéter si vous ne sentez pas de sa part beaucoup de chaleur et d'enthousiasme. D'ailleurs il sera peut-être plus raisonnable que je ne le pense. Mais j'en doute quand même un peu. Ce n'est pas un mauvais type que je suis en train de vous dépeindre ; il a du bon sens, du moins je l'espère. Il est DG et il doit avoir un minimum, de réserve. Dans deux ans, il y aura peut-être une ouverture pour lui dans les Émirats. Ce ne sera pas un poste évidemment très facile mais quelque chose à se mettre sous la dent pour rebondir ultérieurement. Les activités évoluent parfois étrangement et il pourrait faire quelque chose de bien là-bas, il y a un bon potentiel. Ce sera à lui de voir. Il devra être un peu plus diplomate qu'il ne l'est ici, mais les circonstances seront différentes. S'il veut tenir, il n'aura pas le choix.

— Il est au courant ?

— Oui, vaguement. Il a pris un coup en n'étant pas nommé ici, alors il a perdu un peu d'illusion mais je verrai dans quelle mesure je peux l'aider, malgré tout. C'est un bon collaborateur. Il connaît bien son boulot. Pour le reste, c'est un peu dommage, mais tant que cela n'a pas de conséquence sur nos résultats et notre développement je n'y accorde que peu d'importance. Et puis, je ne resterai pas ici éternellement ? Ce sera à lui de se démarquer, et de faire en sorte que l'on oublie un peu l'étiquette qui lui colle à la peau et qui, nécessairement, le dessert. J'aurai beau avoir les meilleures intentions possibles à son égard, je me refuse à faire un dossier professionnel de complaisance pour lui. La balle est dans son camp, et non pas dans le mien. Il y a ici de bons collaborateurs qui seront vraisemblablement candidats et j'aurai à donner un avis, cohérent à ce que j'aurai pu dire et écrire auparavant.

— Et son fils, pourquoi ce refus ?

— Son fils a eu quelques problèmes. C'est encore trop frais. Le temps, je l'espère, effacera l'image actuelle. Des problèmes de comportement, de conduite, des fréquentations quelque peu douteuses. Je n'ai pas à vous en dire davantage. Cela ne vous apporterait rien de plus, mais il faut savoir. Je suis certain que son père comprend ma décision. Il en aurait fait autant avec mes enfants. Disons que c'est assez dur pour lui en ce moment. Passer à côté d'une opportunité, avoir un enfant qui file un mauvais coton. Trop de cumuls, trop de situations à régler en même temps, sans compter d'autres choses peut-être encore. Tout arrive parfois si vite. S'il n'y avait pas eu cette décision vis-à-vis de son fils, il aurait trouvé autre chose à reprocher.

— Reprocher à qui ?

— À vous, à moi, à la société en général…

— Je ne lui ai rien fait, à ma connaissance.

— Pas vous directement, mais…

— Mais ?

— Rien, rien dont vous êtes responsable, rassurez-vous. Mais Guillaume a, vous l'apprendrez peut-être, une famille, comment dirai-je ? Compliquée. Oui, compliquée. Vous parlez de la vôtre, mais la sienne, à mon sens, a autant de raisons, sinon plus, qui l'obligent à se poser bien des questions.

— Ah oui, c'est-à-dire ?

— Des affaires de famille... Des affaires de famille. Je ne sais pas tout, tant mieux d'ailleurs mais ce que je peux en savoir me suffit à le comprendre un peu parfois. Mais comme je vous ai dit, ni vous ni moi ne sommes responsables et n'y pouvons rien changer. C'est à lui de faire en sorte que cela ne lui pourrisse pas la vie. Bien, je crois qu'il est temps. Allons-y ! Suivez-moi ! Je vous en ai dit assez...

Le bureau de Benoît Le Marrec se situait au même étage que le service comptabilité, le vingt-septième. Cathy avait le sien juste à côté, dans un des rares couloirs des installations. C'était difficile de remarquer une quelconque différence entre les quatre étages occupés par les collaborateurs de BaxterCo. Même esthétique, mêmes dispositions, mêmes équipements, au premier regard. Pas même les quelques mètres de niveau qui les séparaient ne semblaient apporter la moindre nuance. Les bureaux isolés, avec portes et murs, se comptaient sur les doigts d'une main. Seuls quelques chefs de service en disposaient. Pour le reste, les espaces ouverts imposaient leurs règles de comportements, professionnels et sociaux. Plusieurs séparations végétales rappelaient les lointains souvenirs de confidentialité, d'autonomie et d'indépendance que les murs traditionnels, à juste titre, pouvaient enfermer. Les feuilles représentaient des centaines d'oreilles discrètes auxquelles personne ne prêtait attention en tant que telles. Mais il ne pouvait pas y avoir beaucoup de nostalgiques de ce temps pourtant si peu éloigné où l'on marquait plus les différences de statut. Ils n'y auraient pas eu leur place. Le personnel, dans sa majorité, celle que j'avais eu l'occasion d'observer un peu, paraissait plutôt jeune et semblait s'accommoder de ce dispositif somme toute cohérent aux principes de transparence du patron. Une trentaine de personnes travaillaient par étage.

Un peu plus que les surfaces étaient censées accueillir normalement. Les collaborateurs du trente et unième étage, le dernier, actuellement en réaménagement, avaient été redéployées provisoirement sur les quatre autres et j'appris bien vite ensuite que la fin des travaux était attendue avec une certaine impatience. Malgré la densité d'utilisation des mètres carrés un peu bousculée de ses normes habituelles, un surprenant silence régnait au-dessus de chacune des tranches aériennes de cette population affairée aux jeux des ventes et des achats, comme si la hauteur facilitait les échanges et que les bruits de la ville ne s'interposaient plus autant à la qualité du traitement du business, aux vigilances indispensables aux réussites et aux succès et que chacun peut-être aussi avait confiance dans l'ascension organisée, méthodique et justifiée de l'Entreprise.

Je pensais au « Négoce » de mon père, en regardant ces gens plongés dans leurs occupations. Je pensais à mon père tandis que Benoît me présentait à eux. Je pensais à lui plus que peut-être je ne l'avais fait jamais ailleurs ; je m'en étonnais et me dis qu'après tout, je découvrais enfin, comme je venais de le faire pour maman, une partie de lui-même, hélas jusqu'à ce jour trop lointaine, trop diffuse dans la mutation des années, mais il y avait son âme qui planait quelque part ici, son âme, son esprit, son ombre, je ne savais pas vraiment mais assurément *quelque chose*. Il aurait pu être Benoît ; j'aurais aimé qu'il fût Benoît, j'aurais été fier de lui, le voyant ainsi de mes propres yeux. Je l'aurais dit à maman. Elle aurait été heureuse de me savoir fier de lui. Je ne lui ai jamais dit une telle chose de Jean Paul. Je n'ai jamais dit non plus, à mon père, que j'étais fier d'elle. Je n'en avais pas les raisons sinon celles qu'ils *étaient* ma mère et mon père, mais au singulier, toujours au singulier. J'ai failli sans doute, sinon d'y trouver l'essentiel, de le leur dire et de le leur rappeler. J'étais un enfant, trop jeune pour apprécier l'incidence de tels silences. Ils ont dû le comprendre mais on ne s'attend pas à beaucoup de la part des enfants, un peu plus de celle des adultes, quand ils en ont le courage... Pourquoi avait-il fallu que je manque tous ces bonheurs d'apprendre et de faire partager ? « Négoce ». Maman aurait pu donner ce titre à l'un de ses livres. Le bouquin aurait pu être un meilleur trait d'union que je ne l'avais jamais été.

Benoît Le Marrec prenait le temps de m'expliquer les particularités de certaines fonctions et laissait le soin aux collaborateurs concernés par les responsabilités auxquelles ils étaient rattachés, de préciser les nuances d'actions par rapport à celles qui composaient l'essence même et la raison d'être de BaxterCo. Le courant passait bien entre Benoît et son personnel, français ou bien allemand. Tout semblait corroborer la plupart de ce qu'il m'avait plus ou moins expliqué dans son bureau. Il y avait également deux Anglais et trois Japonais. Ils parlaient indifféremment le français ou l'allemand, presque sans accent. Celui des deux Anglais pourtant, d'Andrew et de Tom, avait profité d'un instant d'inadvertance, pour passer dans les bagages et s'infiltrer sur le Territoire. Mais c'était bien ainsi. Tout ne doit pas être aseptisé et la variété, les différences, ont un charme nécessaire.

Un homme un peu empâté et barbu apparut alors que nous étions au dernier étage. Sylvain Paturel, qui était le responsable du service actuellement délogé de son site en « réaménagement » m'avait accompagné, à la demande de Benoît, sollicité lui-même dans l'urgence d'un appel téléphonique longue distance, pour m'expliquer, à son tour, l'activité de son équipe.

Des informaticiens étaient plongés dans des tresses de fils colorés, les sélectionnant avec soin pour les raccorder ensuite aux organes d'ordinateurs qu'ils étaient censés alimenter. C'était un peu comme une salle de chirurgie, mais l'odeur du neuf, de la peinture, des plastiques chauffés remplaçait celles des produits de pharmacie, des anesthésiants. Je haïssais ces odeurs médicamenteuses, les craignais pour le rapprochement que j'en faisais. Ils étaient en moi, quelque part enregistrés, prêts à déclencher un des malaises que certaines de mes nuits d'insomnie et de cauchemars me réservaient d'une façon, à mon goût, beaucoup trop récurrente. Le barbu s'adressa à eux en allemand, d'une voix grave et monocorde. L'installation avait pris du retard, une dizaine de jours selon lui, une semaine selon les techniciens qui se déchargeaient de la responsabilité en incriminant les délais de livraison du matériel. BaxterCo ne « travaillait » pas avec le constructeur d'ordinateurs et n'avait pu vraiment intervenir pour faire respecter le calendrier, malgré l'importance de la commande. La spécificité des besoins avait obligé Benoît Le Marrec à choisir ce constructeur parmi tant d'autres et, en dépit de ses influences, il avait fallu s'accommoder des impondérables des commandes. Aux quelques jours de retard de livraison s'étaient rajoutés quelques jours de retard d'installation. Un autre chantier avait été lancé du fait de ce retard et la disponibilité des installateurs s'en était trouvée forcément altérée. C'était, après tout, un moindre mal, quelques travaux de revêtements de sol restaient encore à faire et une semaine, voire dix jours, ne voulait pas dire grand-chose sur une échelle de plusieurs années. Sauf pour Guillaume Kultenbach. Les échanges furent assez acerbes entre lui et un des techniciens qui semblait être responsable de cette mission. Ce n'était pas seulement le mécontentement de Guillaume

Kultenbach qui s'exprimait ainsi, c'était aussi et surtout celui de Benoît, du PDG, c'était BaxterCo dans son ensemble pour ses attentes de service dont elle était à son tour dépendante, pour les engagements qu'elle avait pris et qu'elle prenait pour ses clients. Le DG ne faisait que son boulot mais Kultenbach collait bien au rôle qui était le sien. L'Allemand s'extirpait de temps à autre de ses enchevêtrements de fils pour répondre aux sollicitations du grand barbu, comme s'il ressortait d'une apnée informatique excessive et qu'il voulait reprendre d'indispensables bouffées d'oxygène. Il restait calme et serein, maîtrisait la situation, continuait sa tâche, imperturbable, feignant de répondre aux questions car il n'en avait pas vraiment. Lui aussi faisait ce qu'on lui avait dit de faire, manipulé et tiraillé par les engagements optimistes et parfois trop ambitieux de sa société.

« C'est le DG ! Guillaume Kultenbach », me précisa Sylvain Paturel.

« Vous avez sans doute déjà été présenté ?

— Non, pas encore. Il n'était pas dans son bureau lorsque nous sommes passés tout à l'heure…

— Je vais peut-être laisser le soin à Benoît de le faire, un peu plus tard. Je ne suis pas certain que ce soit le bon moment, de toute façon. Il est furieux avec cette histoire de retard, mais je le comprends. Il a dû se prendre une "soufflante" de Benoît. Peut-être pas injustifiée d'ailleurs, je ne sais pas mais je les ai entendus en parler et c'était pour le moins animé !

— Benoît me paraît pourtant plutôt calme ?

— Il l'est, mais quand ça n'avance pas comme il le veut, il le dit ouvertement et le fait savoir. Il a des comptes à rendre aussi, nos clients, sa direction. C'est le patron. Mais il est juste et c'est un type *bien* que tout le monde, ou presque, apprécie… »

Je ne savais pas si le « presque » lui avait échappé, s'il sous-entendait une tension quelconque, une ou plusieurs, ou bien s'il n'exprimait qu'une évidence, une probabilité ; les sociétés d'individus organisées en chefs et exécutants, divisées aussi par les jeux incertains de la réussite, qui clament l'osmose parfaite dans le monde ambigu des attitudes relationnelles n'existant pas en nombre pléthorique.

— Sylvain paraissait bien connaître ce qui se passait dans l'Entreprise mais se gardait sans nul doute de se laisser aller à trop parler, du moins, au premier venu que j'étais encore finalement pour lui. Il parlait à voix basse, ne voulant pas se faire entendre du DG, laissant la discussion se faire, sans perturber. Il leva la main à Guillaume en guise de salutation matinale. Le DG fit de même et s'en retourna, d'un pas lourd mais énergique, vers le couloir qui menait aux ascenseurs. L'alerte était passée et l'homme avait replongé, à l'image de ses collègues, dans l'irrationnel de ses gestes et le pensé de son objectif.

Sylvain me tira par le bras pour nous diriger vers une des grandes baies vitrées, pas n'importe laquelle, celle qui donnait sur le cœur de la ville. Francfort s'étendait en miniature sous nos yeux avec la réalité des tours avoisinantes qui se dressaient sur la gauche et la petitesse illusoire, contrastante, des choses d'en bas qui s'étalaient à droite. Des espaces verts mouchetaient la mosaïque de toits et d'artères de circulation. Ils étaient les pores de la ville qui étouffait, elle aussi, de l'exploitation excessive des sols et que l'on épargnait, tant bien que mal, de l'appétit des promoteurs par des décrets et des lois de préservation obligée. Les immeubles et les rues épousaient la courbure du Main, long ruban bleu presque immobile qui pourtant activait le cœur de la ville et aidait les hommes à vivre et à respirer. Des ponts reliaient les deux parties de la ville, inégales, prétendant effacer les préférences de choix de rives de leurs signes « égal » dessinés sur la rivière qui elle, restait sans avis. La vue était splendide et s'étendait très loin jusque-là où le ciel et la terre se rejoignent dans l'hermétisme de la rencontre des différents univers. Il m'indiqua « Römer », le quartier ancien de la ville.

« C'est là où l'on installe, chaque année, le marché de Noël ; l'ambiance y est sympathique ; je suis certain que vous aimerez. J'attends toujours cette période avec impatience, malgré le froid, malgré la neige souvent, mais il y a le vin chaud et les pâtisseries pour vous réchauffer. Malgré le fait aussi que ce sera mon cinquième Noël passé ici. Die Zeit geht sehr schnell ! [4] »

Je connaissais bien aussi les marchés de Noël. Il y en avait également un à Charleville, un qui perdure, qui voit le nombre de ses cabanes en bois augmenter d'année en année, qui sacrifie aussi un peu la pure tradition en se laissant aller aux fins purement mercantiles, mais un marché que l'on attend pourtant, malgré tout, comme ici. J'y allais tous les ans avec ma mère et mes grands-parents, ses parents qui, eux, vivaient heureux ensemble. Ma mère ne pouvait savoir ce que cela signifiait pour l'enfant que j'étais, l'image de ces deux personnes pour qui rien ne se faisait sans l'autre, pour qui rien ne pouvait ne pas être partagé. J'admirais leur façon de vivre. Quand ma grand-mère me disait : « Vois cela avec ton papy ! », il me suffisait de faire quelques pas pour lui demander et je revenais ensuite vers elle. Tout paraissait si simple et si facile. Il ne fallait pas écrire, il ne fallait pas attendre les réponses des jours, des semaines. Quand la réponse

---

[4] *Le temps passe !*

n'était pas celle à laquelle je m'attendais ou que j'espérais, je refaisais la même démarche sans l'espace du temps convenable auquel les adultes paraissaient parfois un peu trop attachés. C'était si facile, alors. L'insurmontable n'existait que pour ceux qui savaient. J'aimais l'idée de grandir, sans savoir qu'il fallait l'associer à celle de vouloir trouver des réponses à une multitude de questions que l'on finit par se poser, et moi plus que d'autres encore, peut-être. Les années passent, l'innocence est appelée à disparaître et le savoir vient en remplacement, petit à petit, sans que l'on ne puisse y faire vraiment beaucoup. Cette connaissance n'est pas toujours la panacée au bouleversement lent et irrémédiable de la vie. Elle a ses frustrations et avive l'appétit que l'on a déjà d'elle, sans souvent l'assouvir.

Je passais ainsi Noël et le Nouvel An à la maison. La mémoire déjà me faisait défaut et je ne savais plus exactement combien de fois j'avais manqué à cette tradition, manqué ce rendez-vous ardennais. Deux ou trois années, pensai-je. Je confondais un peu avec les vacances de Pâques ; la neige à Montréal à cette période me paraissait la même que celle de Noël à Charleville où elle était différente, imprévisible ; il pouvait y en avoir à Pâques mais pas à Noël, ou bien l'inverse. Rarement aux deux périodes. Les anciens se plaignaient de cette irrégularité qui les perturbait. Par rapport à leur connaissance, leur expérience que je n'avais pas encore et que je doutais même d'avoir un jour. Je ne savais vraiment à quoi m'attendre et c'était ce qui faisait mon innocence. Les enfants s'émerveillaient des surprises de la nature et c'était mieux ainsi. Je ne remarquais pas les différences de durée du jour et de la nuit que les saisons apportaient. Les guirlandes électriques de Noël aidaient les saisons à tricher sur le jour et la nuit ou bien la nuit et le jour. Elles seules marquaient le temps, ses différences. On les installait déjà pour la Saint-Nicolas. En creusant un peu dans les nuits glaciales des lumières clignotantes, je crus me souvenir d'être allé à Montréal à deux ou trois reprises, pour Noël.

Ma mère avait ressenti de son « ex » mari le besoin perceptible de m'avoir auprès de lui à cette période sensible de l'année, tournée vers la famille, celle que finalement, je n'avais pas eu la chance de conserver. Je n'avais pas gardé le meilleur souvenir de ses fêtes de fin d'année passées chez lui, mais je m'étais gardé d'en faire état. Aussi bien à lui qu'à ma mère. Et j'avais quant à moi essayé de me convaincre aussi du contraire. Comme pour tout le reste qui animait notre étrange relation, Jean-Paul avait fait ce qui lui semblait être le mieux, le plus approprié pour moi. Je ne savais pas à l'époque s'il tenait plus compte de ses amis que de moi. J'étais un enfant et je voulais simplement qu'il me consacre tout son temps, sans partage. Ses amis étaient les amis de toujours, ceux dont ma mère m'avait parfois parlé et qu'il lui avait imposés, des années. Elle n'avait jamais rien dit, seulement supporté en silence... Il n'était pas à blâmer de ce besoin de se sentir entouré de *copains* car maman, comme sa mère et son père autrefois, ne voyait pas autant qu'aujourd'hui, la nécessité des amis, attendant trop, peut-être, de la famille. Mon père ne pouvait pas imaginer la vie sans « d'autres » autour de lui, d'autres que nous. Les autres, tous ses autres, sans presque aucun discernement. Maman appréciait pourtant la compagnie de certains, mais pas de tous. Il n'en tenait pas compte et invitait les uns comme les autres, indifféremment. Presque tous ces autres lui restaient désormais et j'étais sincèrement heureux pour lui de la fidélité qu'ils lui témoignaient encore aujourd'hui. Ma mère comprit ce besoin, seulement un peu plus tard.

« La vue est magnifique ! » dis-je, en voulant effacer mes images de Noël qui revenaient dans ma tête, sans y être vraiment invitées.

« À quelle hauteur sommes-nous, ici ? C'est assez impressionnant, surtout lorsque l'on regarde un peu plus sur la gauche et que l'on ne voit plus les autres tours auxquelles on a l'impression de pouvoir s'accrocher, si nous devions "dégringoler"…

— Je ne sais pas exactement, monsieur Legrand, environ quatre-vingt-dix mètres, je crois…

— Alexandre !

— D'accord, Alexandre ! Donc, comme j'allais vous dire et comme vous pouvez le constater vous-même, bien que la perspective soit un peu trompeuse, les autres tours dépassent parfois les cent trente mètres. Ce n'est pas "big apple" mais ce n'est pas mal pour une ville de cette nature, surprenante à tous points de vue, au milieu, finalement, de la campagne.

— Je suis certain que je vais avoir tout plein de choses à voir et à découvrir.

— Vous pouvez en être certain. De la même façon, moi c'est Sylvain. Si je peux vous être utile pendant votre séjour, ce sera avec plaisir. Je suis célibataire, de temps à autre, et dispose d'une certaine liberté et disponibilité. Je ne me sens pas prêt à me "caser" encore pour le moment, si vous voyez ce que je veux dire. Et pourtant, il y a du monde qui se bouscule pour me faire changer d'avis… », ajouta-t-il, en me faisant un clin d'œil qui lui fit incliner sa tête de travers, à la G. Clooney.

Sylvain fit durer son expression sans rien rajouter à ses derniers commentaires et me donna une petite frappe sur l'épaule. Il souriait jusqu'à ce que son téléphone se mette à vibrer dans le petit étui accroché à sa ceinture. Il prit l'appel rapidement et son visage reprit aussitôt son expression habituelle, sans ponctuation ni mélodie, celle d'une composition adaptée au sérieux du travail...

« Le boss est de retour dans son bureau. Il voudrait vous revoir maintenant et vous présenter justement à Guillaume. Il a l'air un peu énervé, il ne faut pas le faire attendre. Je vous accompagne.

— OK ! Allons-y ! »

Nous descendîmes les quatre étages à pied, comme exercice de la journée. La cage d'escalier était neutre, blanche, sans ornement. Elle était large et occupait ainsi une surface conséquente sur tous les étages, répondant sans doute aux normes de sécurité imposées et sans doute justifiées en cas d'incident. Celles pourtant d'avant le onze septembre. Il nous fallut que quelques secondes, deux minutes, tout au plus, pour nous retrouver au vingt-septième étage. Sylvain m'abandonna devant la porte de Cathy et regagna son étage. Elle me fit signe de frapper et d'entrer dans le bureau de Benoît, simulant de sa main droite qu'elle avait rapprochée de son oreille, un appel téléphonique qu'il venait sans doute de prendre.

Benoît avait en effet repris une ligne téléphonique et me fit signe de m'asseoir. Il parlait en allemand. Son expression était différente, mais sa voix aussi calme et posée qu'auparavant. Il n'y avait rien d'étonnant dans le fait qu'il communique dans le langage de Goethe, qui plus est à Francfort, mais après la conversation que nous venions d'avoir, c'était quelque chose d'assez irréel, comme dans un film qui était doublé, un mode d'expression qui ne lui ressemblait pas. Mon père parlait allemand couramment mais jamais vraiment je ne l'avais entendu le parler, en dehors de quelques expressions qu'il utilisait parfois quand il lui manquait les mots, en français. La plupart du temps, mais je ne m'en aperçus qu'un peu plus tard quand je commençai à maîtriser la langue, ce n'était que des mots familiers, intraduisibles et à peine convenables qui répondaient pourtant à son humeur des moments. Ce n'était pas de l'affectation, il voulait simplement m'épargner certains de ses emportements. Son système fonctionna bien vis-à-vis de moi jusqu'au jour où je pus donc décrypter les mots et que la méthode me parut alors un peu ridicule. Mais il ne s'en aperçut pas ou fit mine de ne pas s'en rendre compte en continuant, de temps à autre, à puiser dans cette réserve de mots et d'expressions d'outre-Rhin. Cela m'amusait malgré tout car, s'il m'arrivait de mal l'accepter parfois, je trouvais et continuai longtemps à penser que cette façon de s'exprimer faisait partie de lui, lui collait bien à la peau, comme un carreau de couleur sur l'arlequin. Perceptiblement, il semblait plus attaché à l'allemand qu'à l'anglais pour je ne sus quelle raison. C'était une question que je ne lui ai jamais posée et pour laquelle peut-être, celle-là, trop facile, j'aurais pu avoir une réponse.

J'eus un nouveau regard sur le bureau de Benoît alors qu'il essayait de clore sa conversation et je remarquai un porte-stylo sur son bureau, inhabituel, un peu comme tous les accessoires dont, finalement, le patron s'était entouré pour faire d'un bureau, le bureau de Benoît Le Marrec. C'était une reproduction d'un sac de golf, avec ses poches, ses poignées, sa bandoulière et ses pieds de soutien. Des clubs miniatures étaient mélangés aux crayons et aux stylos-billes, certains coiffés de « chaussettes » en textile. La lampe, éteinte, tant il faisait lumineux dans la pièce, était constituée d'un vieux club de golf placé sur un mécanisme de ressorts et de pivots adroitement installé et je me demandai si elle était une réalisation d'un bricoleur de génie ou bien une création difficilement industrielle. Il me prit quelques secondes pour me rendre compte de quoi elle était faite. Elle était superbe. Benoît avait créé son environnement et devait se laisser aller, comme chacun, à des rêvasseries qui font oublier parfois le présent et ses moments lourds que l'on cherche vite à classer dans le temps de l'oubli ou bien que hélas il faut songer à reporter et espérer, sans trop savoir comment, pouvoir ainsi mieux les appréhender. Son nœud de cravate avait glissé sur l'étoffe du matin. Elle ne tiendrait pas jusqu'à la fin de la journée ; seuls quelques centimètres restaient à être parcourus avant le détachement prévisible et il n'était que onze heures. Le soleil, au travers des lamelles entrouvertes des stores qu'il avait dû baisser, envoyait une lumière rasante sur le bureau de Benoît.

Il raccrocha enfin le téléphone et se leva, m'invitant à le suivre.

« Guillaume est à son bureau, je vais vous présenter maintenant et je vous expliquerai, en sa présence, ce que l'on attendra de vous et avec qui et sous la responsabilité de qui vous travaillerez, de façon qu'il n'y ait aucune ambiguïté avec lui. Transparence. Vous me suivez ? »

Il paraissait un peu préoccupé, dérangé par sa conversation téléphonique dont je n'avais pas saisi le sens et son visage était resté un peu crispé, par inertie. Mais je sentais aussi qu'il avait envie de me sourire, de me mettre à l'aise.

« Entrez ! », gronda la voix profonde de Guillaume Kultenback alors que la porte déjà, sans cet accord, continuait de s'ouvrir sur la tanière de l'ogre.

« Guillaume, je vous présente Alexandre, Alexandre Legrand, notre nouveau stagiaire ; il passera six mois avec nous. Je vous avais parlé de lui…

— On s'est déjà aperçu en "vigie". La sécurité vous a laissé monter, M. Legrand ?

— Oui, bien sûr. Pourquoi ... Pourquoi pas ? commençais-je à répondre.

— Nous avons demandé un renforcement des procédures de sécurité, après la casse d'il y a deux semaines.

— Guillaume est très attentif aux mesures de sécurité et a demandé qu'elles soient renforcées.

— C'est peut-être justifié ! m'empressai-je d'ajouter afin de tempérer ce début de conversation qui prenait déjà mauvaise tournure.

— Les portes automatiques et les cartes magnétiques ont été récemment installées. Nous sommes désormais équipés comme les autres tours et cela me paraît parfaitement suffisant. L'équipe de sécurité surveille aussi en permanence, le jour comme la nuit. Je ne sais pas ce que l'on peut attendre de plus. Mais je ne pense pas que ce soit ni le lieu ni le moment de parler de cela. Nous avons une réunion mensuelle de syndic et nous abordons le sujet à chaque fois. Guillaume, c'est donc Alexandre Legrand. Le fils de Jean-Paul Legrand que tu connais, du moins de nom. Il a été convenu qu'il travaillerait avec Hans Weberstein.

— *Vous* avez convenu ! reprit Guillaume.

— Il a été convenu, et vous le savez bien, qu'il serait affecté au développement, ou plus exactement au nouveau quadrillage du Wurtemberg-Bade. Son niveau d'allemand nous paraissait intéressant et puis, il pourra aussi, se familiariser avec les façons de travailler ici, de développer ses connaissances de cette région et des autres, indirectement.

Guillaume, pouvez-vous, s'il vous plaît, demander à Hans de venir nous rejoindre ? Je lui ai dit tout à l'heure, lorsque j'ai présenté Alexandre, que nous l'appellerions un peu plus tard. On le fait maintenant et je devrai vous laisser, ensuite. Je compte sur tout le monde pour que le stage d'Alexandre se passe dans les meilleures conditions…

— Je crois que nous recevons tous nos stagiaires, sans exception, dans les meilleures conditions, que ce soit pour eux-mêmes ou bien dans l'intérêt de la compagnie.

— C'est exact Guillaume, mais je pense qu'il était bon de le rappeler. Jean Paul était un ami de mon père, et sans doute de votre père également. On leur doit bien cela et ce petit rappel ne me paraît pas, sur ce plan, superflu. Je souhaite simplement qu'il se sente ici un peu plus chez lui que n'importe quel autre stagiaire. Cela ne devrait pas poser de difficulté et me paraît parfaitement sensible et raisonnable, non ?

— Je prends bonne note, Benoît. Monsieur Legrand sait désormais où se trouve mon bureau et s'il a besoin…

— C'est parfait. Demandez à Hans de venir, Guillaume, s'il vous plaît. L'heure tourne… »

Hans me brossa un état des lieux de son département, expliqua les objectifs qui avaient été fixés le mois dernier, en comité de Direction, et puis, et surtout, le dispositif de conquête du marché qu'il avait décidé, en collaboration avec les membres de son équipe, de mettre rapidement en application. Benoît n'intervint pas et écouta attentivement. Le DG prit la parole à plusieurs reprises, en allemand, sans attendre bien souvent la fin des explications de Hans qui, par la force des choses et malgré la totale mainmise sur le périmètre d'activité qu'on lui avait confié, se pliait aux conventions de la hiérarchie. Les intonations de Kultenbach n'étaient pas contrôlées, presque caricaturales d'un français s'exprimant dans une autre langue. Elles donnaient envie de sourire mais aucun d'entre nous n'amorça le moindre rictus annonciateur ; ils savaient tous les deux qu'il serait malvenu et je devinai quant à moi qu'il serait encore moins apprécié de ma part. Je ne devais en aucun cas empirer la situation qui, au demeurant, ne se présentait déjà pas comme une des plus évidentes. Hans parlait exclusivement en Allemand, fixant son regard dans le mien pour s'assurer de ma compréhension. N'y trouvant aucun signe de difficulté, il ne m'accorda pas le moindre silence pour m'y glisser et admettre une quelconque lacune, il ne me posa pas la moindre question. J'étais son véritable auditoire et j'en avais pleine conscience. Il parlait clair et je m'étais totalement plongé dans son exposé, dans la langue qu'il n'était pas le moment de voir faire défaut. Une simple manifestation de faiblesse me mettrait en difficulté. Sans parler de Benoît qui, lui aussi, lisait discrètement mon regard et repensait sans nul doute au choix qu'il avait dû faire et aux conséquences qui en découleraient de s'être peut-être finalement trompé.

Je ne me rendais pas bien compte de la trêve salutaire que j'avais en oubliant à cet instant tout ce qui compliquait ma vie, tout ce qui depuis quelque temps m'interpellait, l'urgence que j'avais à savoir enfin ce qui m'habitait, l'impatience que j'avais de voir le temps passer vite, celui qui me séparait de Maria, celui aussi qui me permettrait de trouver les derniers morceaux du puzzle de ma vie et de trouver enfin la sérénité à laquelle j'aspirais. La liaison que j'avais avec Maria était une vérité à laquelle je m'étais enfin accrochée et à laquelle je tenais plus que toute autre. Je n'avais pas l'intention de la perdre et de m'en voir séparé à jamais. Mais il m'était important de ne pas décevoir ceux grâce à qui j'étais ici. C'était tout ce qui importait pour moi. Sans le savoir, j'usai de cette faculté et de ce comportement à donner une hiérarchie aux importances, à la justifier, pour moi-même et pour les autres. Sans le savoir aussi, je m'abandonnais inconsciemment à une autre aptitude pernicieuse qui peut vous faire oublier les essentiels auxquels on se croit tant attachés, à violer la soi-disant invulnérabilité des sentiments. Le mélange diabolique des forces et des faiblesses, l'arrangeante alchimie des réflexions humaines qui vous amène à penser que le mal est le bien et que le bien n'est pas forcément bon, qui vous fait perdre la raison en vous convainquant d'avoir forcément raison.

Le projet de Hans avait fait l'objet d'une préparation et d'analyses approfondies qui ne laissaient rien au hasard. La méthode germanique, avec la rigueur et l'implication qu'elle inspirait, se dévoilait devant moi comme un efficace rouleau compresseur nivelant un chemin plein d'embûches prévisibles au bout duquel, toutefois, se dessinaient des perspectives de réussites et de débouchés que Hans, avec une certitude affichée, presque provocante, mais en tous les cas passionnée, ne se pardonnerait pas de manquer.

Les avions continuaient de tirer des lignes blanches inclinées sur le grand tableau bleu et tranquille du ciel, conjurant ainsi les prospectives de développement dont Hans s'évertuait à nous convaincre. Les crayons aiguisés des autres bureaux empilés, car BaxterCo n'était bien sûr pas seule au monde, au travers des grandes baies vitrées du bureau, pointaient ce ciel qu'il fallait, de ce fait, accepter de partager. Mais il est de ces convictions que nul ne peut atteindre et ce sont ceux qui les portent qu'il faut remarquer, distinguer puis apprivoiser. La confiance et les exactitudes font ensuite le reste, qu'elles soient fondées ou non. Pour Hans, il n'y avait pas d'équivoques possibles.

Benoît s'excusa de devoir intervenir pour nous informer qu'il devait prendre congé. Celui avec qui il avait été décidé que je travaillerai continua de parler quelques minutes encore. Je prenais conscience de sa façon de travailler, des attentes qu'il pouvait avoir des collaborateurs de son équipe, de l'exigence que chacun devait s'appliquer et qu'il appliquait, sans condition, à lui-même. Son enthousiasme ne m'effrayait pas, au contraire. Tester mes capacités d'engagements me convenait, en dehors des terrains de sports, les mettre à l'épreuve comme tout l'acquis de ces années d'études. J'étais là pour cela finalement et le temps peut-être, n'y suffirait pas. Guillaume intervint à plusieurs reprises mais je ne réussis pas à saisir ses raisons. Il voulait s'imposer, marquer son autorité, sa vigilance... Il en faisait un peu trop, à mon goût, et sans doute, à celui de Hans qui feignait de ne pas l'ignorer.

Chapitre 7
Présomptions

— Je vais inviter Alexandre à dîner, la semaine prochaine. Je serai encore ici. Jeudi soir conviendrait, je pense.
— Je ne pense pas que ce soit bien raisonnable !
— Crois-tu sincèrement que je puisse faire autrement ? Cela fait presque deux mois qu'il travaille ici et nous avons cessé de reculer la date, à force de trop nous poser de questions ! Tu avoueras que j'utilise le « nous » volontairement car en ce qui me concerne, il n'y a pas d'ambiguïté.
— Rien ne t'oblige à le faire !
— De dire « nous » au lieu de « toi » ?
— Non, de l'inviter et de devoir le confronter pendant une soirée...
— Rien ne m'oblige effectivement à le faire, sinon qu'il n'est pas n'importe qui. Que je me suis promis de l'aider, du mieux possible, que je lui ai renouvelé notre invitation lorsque je l'ai aperçu l'autre jour, rapidement. Et aussi... euh... aussi vis-à-vis de son père.
— Justement, c'est cela qui me dérange. Tu connais ma position dans toute cette affaire ; je ne vois pas l'intérêt pour moi de le rencontrer à nouveau, m'exposer à lui sans fondement véritable et surtout sans aucune obligation. Sans compter le fait

de nous dévoiler ensemble. Je ne vois que des raisons contraires à le faire... Tu savais bien comment je me sens à son sujet, au sujet de toute cette affaire. Elle sent mauvais, comme toutes les autres, du reste. *Es stink !* Je n'aime pas.

— Il ne sait rien.

— Encore heureux, Corinne. Il n'y a que toi et moi qui sommes au courant mais c'est déjà trop. Je ne sais d'ailleurs pas pourquoi je t'ai parlé de cette affaire. Pourquoi ai-je pu me laisser aller à tant parler de mon boulot ?

— Ce n'était pas de ta faute.

— Je ne pouvais certes pas deviner.

— C'était mieux pour moi de savoir ce qui s'est passé. Au fond, tu ne m'as jamais vraiment tenue écartée de ton travail, de tes missions. Tu avais besoin de parler.

— Ma première mission était surtout de me taire, pour tout. C'est la première chose que l'on apprend à l'Institut : cette simple consigne de tout encaisser et de ne pas se confier, aux plus proches des proches.

— Tu n'étais pas comme les autres. Et puis, je ne pense pas que tu aies vraiment dévoilé de secrets. Les noms, jamais tu ne mentionnais de noms. Je n'aurais pas été capable de révéler quoi que ce soit, même sous la torture.

— Ne me parle pas de tortures, s'il te plaît !

— Je savais seulement, très vaguement, où tu allais. Tu sous-entendais les risques. Tu ne les cachais pas. Et quelque part, cela me rassurait. C'était bien mieux que de ne rien savoir. Tu es différent, pas comme...

— Pas comme ton ex-mari, tu veux dire !

— Ce n'est pas ce que je veux dire et tu le sais bien. Tous les autres, tes ex-collègues, les siens aussi, tous, sans exception.

— Même cela, je n'aurais pas dû le faire.
— Que veux-tu dire ?
— Sortir avec la femme d'un autre agent. Ça ne figure pas non plus dans les choses conseillées ou bien tolérées dans la profession. C'est dangereux et je le savais. Je n'ai suivi aucune des règles. Le boulot, et le côté personnel ; j'ai tout mélangé.
— Je n'étais déjà plus sa femme Kurt, et c'est du passé. À quoi bon te tourmenter pour cela maintenant ? À moins d'avoir des regrets… Avec moi…
— Pour nous deux. Je n'en ai pas. Je n'ai pas de raison d'en avoir. Au contraire Corinne. Mais cette histoire…
— Cette histoire se serait passée, ensemble ou pas. N'es-tu pas d'accord ? Votre guerre, avec les narcotrafiquants, continue de se faire, même sans toi, comme elle se faisait avec toi, cela aussi, tu le sais bien. Les mêmes ravages, les mêmes pertes humaines, les mêmes injustices, les mêmes filatures, les mêmes victimes. Rien ne change. On nettoie et tout se salit à nouveau. La saleté est tenace. Tu ne pouvais pas prévoir que le père d'Alexandre se retrouverait impliqué dans cette sale affaire de règlement de comptes. Et si je ne l'avais pas connu, si tu ne m'avais pas parlé de ce qui s'était passé, nous n'aurions pas fait le rapprochement et tu aurais considéré tout cela comme simplement faisant partie du métier. La perte des hommes faisait partie de ton quotidien Kurty, du prix à payer et des sacrifices à faire.
— Cela faisait partie de mon quotidien, comme tu dis, mais je ne connaissais pas les gens qui payaient de leurs vies, victimes des hasards et des fatalités, ceux qui n'avaient rien à voir avec tout cela et qui avaient pour seul tort de ne pas être restés chez eux à ces moments où nos foutus nettoyages se passaient. Les pertes, les bavures, les assassinats faisaient

effectivement partie du métier, d'un quotidien avec lequel il me fallait vivre, mais tu sembles insinuer que tous ces carnages ne me touchaient pas ? Non seulement Corinne, ils me touchaient mais ils me touchent encore, des années après. Des salauds, responsables, courent toujours. D'autres encore continuent de faire leur trafic, ces autres salauds que nous n'avons pas réussi à faire coffrer, ou bien à éliminer. Sans compter ceux qui se cachent par peur d'être exécutés, des années après, parce que l'on n'a pas su comment régler les affaires, parce que l'on n'y a pas mis suffisamment de moyens. Ne pense surtout pas que...

— Non, je n'insinue rien de semblable. Je viens juste de te dire que tu étais différent. Je connais tes sentiments. Je t'ai souvent entendu, écouté. J'ai essayé de t'apporter le réconfort et les mots que tu voulais entendre. Essayé seulement. Je croyais avoir en partie réussi. Mon mari, lui, ne me disait rien, partait en mission sans me donner signe de vie. Il revenait et c'est seulement à ce moment que je savais que ça s'était bien passé, du moins qu'il avait survécu, aux risques, aux émotions. Je ne savais jamais quand ni comment ni pourquoi. Je ne savais rien de ses inquiétudes. Il devait en avoir lui aussi. Vous faisiez la même chose, pour chacun de vos gouvernements respectifs. Non ? Ses filles me demandaient en permanence où il était, quand il reviendrait. Je ne savais pas quoi leur dire... Je ne pouvais même pas leur dire ce qu'il faisait vraiment.

— Il s'est comporté comme j'aurais dû le faire. Nous n'avions pas à partager cette vie.

— Il la partageait bien avec d'autres. Pourquoi pas avec moi ?

— Tu n'aurais pas dû l'apprendre tout d'abord. Et puis, qui te dit qu'il la partageait vraiment ? Coucher ne veut pas dire grand-chose, Corinne.

— Pour une femme, une épouse, tu parles... Si, bien sûr. Forcément. Sans parler des enfants. Je ne peux pas croire, mais nous en avons déjà parlé et chaque fois je te dis la même chose, je ne peux pas croire que l'on n'ait pas cette envie de partager une partie de ses émotions, avec quelqu'un, surtout celles, inhabituelles, basées sur la peur, l'angoisse, la douleur, la solitude, que sais-je encore ? Le lit, parfois, je ne sais pas comment dire...

— Ist ein geeigneter Platz wo man sich anvertrauen kan ?[5]

— Oui, quelque chose comme cela. N'est-ce pas normal après tout ? Il faut quelque chose de spécial pour se livrer. C'est une de ces choses.

— Il respectait la règle.

— La règle ? Quelle règle ? Il s'est marié, a eu deux enfants. Ce n'était peut-être pas recommandable non plus d'avoir une vie personnelle ? Il a dérogé aux commandements de son livret de formation.

— Cela ne sert à rien de reparler de tout cela.

— Si, cela sert à t'expliquer que tu n'as pas à t'inquiéter de devoir rencontrer Alexandre.

— Je ne veux pas me sentir obligé de jouer cette double comédie. Même s'il n'a aucune idée de ce qui s'est passé... Je... Je n'aime pas l'idée d'en savoir plus sur lui que lui-même peut en savoir. Te rends-tu vraiment compte de ce que j'ai fait vis-à-vis de lui ?

— Arhhhh ! Bien sûr que je m'en rends compte, cela fait des années que je m'en rends compte. On en a parlé assez souvent, non ? Ou bien tu n'as rien compris de ce que je te disais, de ce que j'essayais de te dire. Tout ceci est finalement de ma faute.

---

[5] *Est un endroit où l'on peut se livrer ?*

— Je n'aurais pas dû te dire, tout te dire sur lui, Jean-Paul. Son père. Ce n'est pas facile pour moi non plus, crois-le bien.

— Tu pouvais en parler, ça n'était pas contraire à une quelconque mission, à un quelconque règlement. Cela dit...

— Cela dit ?

— J'aurais, je crois, préféré ne pas savoir. C'est un lourd secret que nous partageons, désormais.

— Je suis désolée... Je ne sais pas pourquoi je l'ai fait. Tout au contraire m'invitait à ne pas le faire. Son père, je...

— Son père ?

— Si seulement je m'étais simplement trompée. Mais les femmes ont cette faculté de deviner bien des choses, trop de choses. D'avoir souvent raison.

— C'est bien la première fois que je t'entends évoquer le moindre doute sur ce qui s'est passé, Corinne. Selon toi, il ne pouvait y en avoir. Et c'est bien trop tard en ce qui me concerne, pour commencer à douter. Quand bien même aurais-tu fait une erreur « d'interprétation » de femme, de déduction, il y aura toujours ce Martin. Je n'ai pas vraiment d'autre choix, Corinne et je trouverai une raison pour ne pas être là !

— Que lui dirai-je ? Que tu ne veux pas le voir ?

— Je peux être appelé ailleurs. Non ? Ce ne sera pas difficile. Il y a mille raisons pour moi d'être absent d'ici.

— Tu veux donc que je le reçoive, seule ?

— Je ne veux rien. C'est toi qui veux l'inviter. Il ne fallait pas faciliter sa venue ici. Je ne vois d'ailleurs toujours pas ton intérêt de l'avoir fait.

— Jean Paul m'a demandé un coup de main. Il m'était difficile de lui refuser. C'était mon patron. Il a été présent quand j'avais besoin et, j'ai eu besoin. C'était avant que tu sois entré dans ma vie. Tu n'as pas toujours été là ; autrement les choses auraient été plus faciles. Les étapes dans la vie laissent parfois des trous béants où il n'y a que très peu de choses auxquelles on peut se raccrocher. C'était pendant un de ces vides absolus dans lesquels on tombe sans cesse. Et j'y faisais une chute.

— Je ne sais pas ce que tu lui dois vraiment, Corinne. C'est ton affaire. Tu as peut-être déjà payé ce que tu avais à payer et qu'il demande encore... me paraît... superflu.

— Qu'essaies-tu d'insinuer ? Jean-Paul, malgré sa réputation de coureur, sans doute une réputation bien fondée, ne m'a jamais demandé quoi que ce soit avant et puisque c'est ce que tu veux entendre, n'a jamais posé les mains sur moi. Demander de l'aide pour trouver ce job à Alexandre me paraît plus que raisonnable, ne trouves-tu pas ? Benoît a décidé, ce n'est pas moi.

— Benoît t'écoute. Tu savais bien qu'il te suivrait... Pour quelqu'un qui ne travaille même pas ici, c'est plutôt impressionnant cette écoute qu'il t'accorde !

— Peut-être devrais-tu me demander aussi ce que j'aurais à lui rendre pour ce « service ». Rassure-toi, comme tu le sais, je vais avoir soixante ans l'an prochain. Et pour une femme... il a mieux à attendre, de meilleurs choix possibles à faire, si c'est cela à quoi tu essaies de faire allusion...

— Je crois avoir été clair, Corinne, je ne serai pas à la maison, jeudi prochain.

— Il sera surpris que je le reçoive seule...

— On peut le surprendre avec tout plein de choses que l'on sait, ou pensons donc savoir. C'est le meilleur choix que l'on puisse faire. Pour lui, et pour nous. On ne jasera pas dans les chaumières : tu vas avoir soixante ans, Corinne, comme tu viens de le rappeler. À cet âge, ni lui ni personne ne pourra s'inquiéter sur tes intentions. Tes intentions sont remarquables, excessives mais remarquables. Je te laisse gérer, tu le feras très bien. Il faut me laisser en dehors de cela. Je t'ai rendu service une fois, vis-à-vis de lui. Certes, un bien maigre service mais je me suis dévoilé à lui, même s'il ne peut faire encore de rapprochement. Je ne veux rester qu'un vague souvenir pour lui et moins encore si c'est possible.

— Tu n'aurais jamais fait cela il y a quelques années. Reculer devant un quelconque obstacle. Tu n'as pas fait cette reculade avec Benoît ! Mais je ne t'en veux pas.

— Je vieillis aussi sans doute, voilà tout. Et puis Benoît, lorsque tu me l'as présenté, il y a de cela cinq ans, était un adulte, avec une famille et des responsabilités. J'étais encore « de service ». Peut-être que je m'en foutais à ce moment-là, Corinne. Je faisais encore buter des gens. Tu te rends compte de cela, Corinne, tu t'en rends compte, oui ou non ? Mein Gott, muss ich mich für dieses Balg rechtfertigen ?[6] Et Benoît savait comment son père avait disparu. Je ne serai pas mécontent aussi de le voir partir ailleurs, un jour. La raison à laquelle je me suis fait le concernant n'est plus désormais qu'une affreuse habitude et les habitudes finissent par fatiguer.

— Il ne savait qu'une partie de ce qui est arrivé. Pas tout. Le gouvernement brésilien a bien maquillé cette affaire. Un accident. Un vulgaire accident aérien. La belle connivence des services secrets. Même combat, mêmes mensonges, mêmes erreurs... Et c'était encore un enfant lorsque cela est arrivé.

— Il savait ce qu'il devait savoir. Sa famille aussi...

— Ah oui, une vérité de convenance, celle qui ne porte pas à s'interroger, à demander des comptes. On adapte en fonction

---

[6] *Mon Dieu ! Dois-je me justifier pour ce môme ?*

des « clients », de leurs âges, de leurs parentés, de leur abattement...

— La vérité ne ramène personne à la vie.
— J'aimerais qu'Alexandre sache.
— Sache quoi précisément ?
— La vérité. D'où il vient, qui il est...
— Ce ne sont pas tes affaires !
— Non, sans doute. Ce ne sont pas les miennes, tu as raison.
— Laisse sa famille le faire. Tu n'as rien à voir là-dedans...
— Il faudra pourtant bien qu'il sache un jour ?
— Le plus tard possible. Ne t'en mêle pas, Corinne. On vit parfois mieux dans le mensonge que dans la vérité. Et on en a sans doute décidé ainsi pour lui. À quoi bon pour lui d'apprendre toutes ces... vérités. Encore faut-il que ce soit des vérités et de cela, tu n'en as finalement pas vraiment les preuves. Sans elles, ce ne sont que des suppositions. Reste en dehors de tout cela. C'est une affaire de quatre mois encore et ton ami Alexandre aura retrouvé sa petite amie et n'aura plus besoin, ni de toi, ni de la société ; il aura oublié Frankfurt et tous les gens d'ici. Crois-moi. Laisse-le oublier tout seul. Avec le temps. Ton Alexandre est encore un môme.

— C'est toi qui dis qu'il n'aura pas besoin de savoir.
— Non, ce n'est pas moi, c'est le bon sens.
— Que comptes-tu faire, alors ?
— Je devais faire un saut en Colombie. Le temps me paraît propice. Je n'ai d'ailleurs plus trop de nouvelles. Et ce silence ne me laisse rien supposer de bon.
— Propice ? Je n'en suis franchement pas certaine.
— Tes certitudes habituelles te font un peu défaut, Corinne, en ce moment. Ce n'est pas vraiment le moment...

Kurt s'extirpa de son fauteuil. Le cuir se froissa sous les sollicitations de l'imposante carcasse en mouvement et poussa une série de petits gémissements aigus, ignorés et sans effet, qui faisaient partie des bruits du silence occasionnels de la grande pièce. Il s'avança lestement vers la grande boiserie qui couvrait l'une des surfaces murales et, après avoir introduit l'index et le majeur de sa main droite, fit glisser sur son rail d'ouverture un des pans qui gronda sourdement. C'était comme si le mur ouvrait ses entrailles. Presque aussitôt, les premières notes d'un morceau de Wagner, un de ses compositeurs préférés, s'échappèrent des colonnes de la hi-fi, délivrant une colère retenue qu'il fallait libérer, sans les mots que l'on regrette souvent plus tard et qui peuvent avoir trop de portée. Corinne resta assise quelques instants de plus et reçut de plein fouet les décibels messagers.

C'était la deuxième fois qu'ils étaient en véritable désaccord, et presque pour la même raison. Elle respectait beaucoup cet homme avec qui, depuis dix-huit ans déjà, elle partageait sa vie. Elle était heureuse avec lui, comme elle ne l'avait jamais été vraiment auparavant et Kurt avait trouvé auprès d'elle le confort d'une famille qu'il n'avait pas réussi à préserver lui-même non plus, apportant pourtant tout le soutien, la présence responsable dont les femmes et les enfants peuvent attendre des hommes et des pères. Ni lui ni elle n'avaient su faire apprécier ce dont ils étaient capables d'apporter.

Quand les notes eurent fini de la meurtrir et que celles arrivant encore n'avaient plus de sens que pour lui, elle quitta le salon et se prépara à retrouver le refuge de la nuit que le silence et l'absence de vision installent sur nous, comme un voile protecteur, afin que demain soit un autre jour, de confiance retrouvée, et que l'hier d'aujourd'hui referme ses plaies et calme ses douleurs. Kurt garda les yeux fermés et la laissa partir sans dire un mot. Il resta ainsi immobile, jusqu'à la fin du long morceau. La musique était sa protection. Comme il lui arrivait souvent de le faire quand il était encore en exercice et qu'il rentrait tard le soir, pendant la nuit, il alla dormir dans une des chambres d'amis. Ce devait être la troisième fois qu'il le faisait depuis qu'il s'était retiré et alors qu'elle était présente. Leurs refuges étaient solides, presque invulnérables, donnant aux lendemains une nouvelle lumière, une conviction des sentiments retrouvés.

Chapitre 8
Esther, six mois plus tard

En se positionnant sur elle, comme un animal sur sa proie, et absorbant son poids sur son avant-bras et ses genoux, Alexandre avait retiré son autre main de la cuisse d'Esther pour la reposer sur l'autre, avec un contact plus ardent et décidé, plus violent, plus masculin, plus comme les femmes peuvent parfois l'aimer. Esther, sous l'effet de la brusquerie inattendue des gestes d'Alexandre dont elle s'était fait d'instinct une idée contraire de sa personnalité, s'était laissé retomber sur le dos, jambes écartées, celles d'un corps tétanisé par la peur et la bestialité d'un monstre animal et que nul recours viendrait à défendre. L'image d'une vie inachevée lui apparut, aussi inachevée que le temps qu'elle prit à apparaître en elle, une impossible image née d'un effet de synthèse d'appréhensions ridicules et non maîtrisées ni maîtrisables. En vérité, tout aurait pu basculer pourtant et il aurait pu ne pas y avoir, pour elle, de simple lendemain. Sinon qu'un simple passé prêt à s'éteindre pour de bon. Sa déraison n'était pas insensée. Elle avait tant dit. Trop dit de ce qui n'était pas des réponses. De ce qu'elle ne pensait pas connaître. Les salaires des non-dits, des accusations, des rancunes malsaines. L'un d'eux aurait pu être versé sur ce lit, répandu en liquide, rouge et chaud, s'écoulant des coupures, dont l'une fatale sans doute, dans l'irrémédiable de certains actes. Ou bien celui plus propre, dans la compression d'un larynx d'un corps surpris et soumis, ou peut-être encore le quasi-silence d'une suffocation rapide et haletante dans la blancheur scélérate d'un oreiller complice oubliant tout de ses histoires, de ses parfums absorbés et des sentiments qui s'y sont écrasés. Ravivée, l'inquiétude à propos de l'autre, inassouvie sa soif de comprendre et de vivre sa vérité. Il était juste qu'Esther ait à craindre, pour qu'elle-même ait à comprendre le vide et l'isolement du mensonge. Elle était une Stocklé. Avec sa part d'incontrôlable, d'insoumission et de rancœurs. Un vivier à d'inévitables conflits, tribaux et sociologiques. Hélène Kultenbach et Esther faisaient partie du même clan. Fort heureusement pour elle, Alexandre ne savait avoir parfois de tranchant que le ton de sa voix, la finesse de ses mots, un peu comme ceux que sa mère jetait aux yeux de ses lecteurs. De sa force physique, il n'avait pas vraiment conscience. Elle faisait partie de lui, simplement, en réserve, sans doute, pour lui, active et rayonnante en permanence, pour les autres. Ce n'est pas ce genre de force qui conduit à frapper, l'autre est au dedans de chacun attendant les défis qui multiplient ses ressources et conduisent à l'irréparable. Parfois. Cette autre qu'il avait lui aussi, qu'elle savait qu'il pouvait avoir comme tous les autres d'une meute assoiffée, la plus inquiétante et la plus imprévisible.

Elle avait à nouveau ouvert ses yeux, sa bouche était libérée. Elle avait repris sa respiration que, par réflexe et par appréhension, elle avait suspendue, par économie et réserve. La lumière semblait avoir déjà changé d'intensité. Les battements de son cœur continuaient à rythmer le temps, et le précipiter. Mais ce n'était plus d'inquiétude et les tempos s'étaient relayés, sans variation, sinon celle des émotions contraires qu'elle ressentait seconde après seconde. Le regard d'Alexandre la rassura. Elle sentit une main s'engouffrer dans l'invitation de l'espace formé entre ses cuisses puis remonter et recouvrir le triangle encore humide de sa toison rousse qu'elle offrait à nouveau, à la liberté et aux sensations. Un doigt exercé s'avança dans la douce chaleur de cet unique univers puis glissa presque lentement jusque dans les premiers dessins de la vallée de son sexe. Alors, avant de confronter toute sa connaissance à l'inconnue des attentes de la femme, Alexandre rejeta violemment, à côté du lit, le drap qui la cachait, découvrant ainsi l'autre corps, toujours dans sa retraite, et il la vit à nouveau telle qu'il l'avait chevauchée déjà, telle qu'il l'avait découverte pour la première fois, il y avait trois heures à peine. L'oreiller s'était embrasé de ses cheveux. Ses lèvres se collèrent alors aux siennes et descendirent lentement jusqu'à ses plus hauts reliefs où elles alternèrent leurs excitants sucements d'un mamelon à l'autre, dans une fringale délicieusement érotique. La bouche d'Esther s'entrouvrit pour libérer la mélodie d'un plaisir grandissant au rythme des rencontres érogènes des deux corps fondus en un seul, dans une harmonie peu commune. Alexandre oubliait son passé, tournait une page de son présent. Et jouait avec ce qu'il croyait une partie de son avenir, ignorant dangereusement tout le reste qu'il s'était construit et qu'il avait des raisons de mieux connaître et sur lequel il pouvait sans doute compter le plus.

L'abat-jour beige de la petite lampe de chevet crachait sa lumière sur l'exaltation de leurs ébats, la seule vérité qu'Alexandre acceptait de reconnaître, la seule à cet instant, dans cette fraction de vie et de vérité présente, qu'il lui était possible de s'accorder. Dans l'ombre fabriquée de la chambre, les gémissements rejoignaient les questions en suspens, les mots restés sans échos, les mots forteresses de l'imposture dont Alexandre, jour après jour, se persuadait. Il avait choisi la lumière et renonçait aux ténèbres. L'air devint étouffant et électrique. Les sébums, complices des plus folles imaginations de jeux de corps, reluisaient sur les peaux provoquées, galvanisant l'audacieuse performance des deux amants. Les parfums avaient perdu leurs identités, annihilés par le temps et l'effort, pour laisser place à celui du naturel des plaisirs charnels, fade, incomparable, sans grand nom pourtant.

Enfin, Esther s'ouvrit à son tour à lui. Et son corps lui servit de mots.

C'était un présent pleinement partagé, sans mensonge, sans passé faussé. Une vérité éphémère dont seul, le destin pouvait accorder la survie et préserver l'état. La frontière de la vérité et du mensonge n'est pas insurmontable mais fragile au contraire. Elle était toute proche d'Alexandre et il le savait.

Épuisés mais comblés dans l'extrême jouissance de leurs orgasmes, Alexandre se retira à regret d'Esther et s'allongea près d'elle. Elle posa sa tête sur sa poitrine et il caressa ses longs cheveux roux. Après un dernier regard sur le corps illuminé d'Esther, comme s'il allait être le dernier, Alexandre, machinalement, approcha sa main de la lampe de chevet et, à tâtons, pressa l'interrupteur. L'image enflammée de cette Esther resta quelques minutes imprimée sur le film de sa vision. Elle était restée dans la même position, sur sa gauche, le feu brûlant encore en elle. Il sentait cette chaleur qu'elle rayonnait, plus forte encore et plus intense que celle que lui-même dégageait. Plus forte encore que la première fois. Un sentiment de satisfaction animait Alexandre. Les battements de leurs cœurs changèrent petit à petit de cadence et le martèlement de leurs tempes se fit enfin, avant l'éclatement ou bien la folie, plus supportable et rassurant.

La pièce s'emplissait des couleurs de la ville. Elles se projetaient, en cycles organisés, sur les murs et le lit. Et sur leurs corps dénudés qui, immobiles et fatigués, formaient un étrange enchevêtrement charnel qu'un Rodin ou un Delacroix en recherche d'inspiration et d'originalité n'aurait pas manqué de sculpter ou de peindre pour la postérité et leur généreuse disposition au partage des sens, un enchevêtrement dont l'auteur du Kamasutra n'aurait eu que pour seul regret, à la vue de cette image finale, celui de n'avoir pu assister à ce qui, assurément, avait dû se passer auparavant, de plus harmonieux et de plus efficace dans l'accomplissement total et parfait de l'acte d'amour physique, de n'avoir su imaginer ces gestes ni même de les rivaliser à ceux déjà qu'il avait retranscrits dans le graphisme de son indéniable talent...

On aurait dit qu'ils avaient été plaqués contre un grand rectangle blanc, cette couche en désordre qui s'allumait puis s'éteignait, s'allumait de nouveau et puis disparaissait, dans un rythme qui rappelait celui de l'amour, celui qu'ils venaient de faire, celui dont ils venaient de se nourrir, celui dont le temps sacré efface du temps ordinaire. Plaqués comme dans ces fêtes foraines où les amateurs de sensations se retrouvent en suspens contre la paroi des manèges en rotation, les yeux effarés, en criant de tous leurs poumons. Mais tout était calme dans la chambre d'Esther. Seule, l'ampoule émettait quelques claquements secs à chaque degré que, lentement, elle perdait elle aussi.

C'était un étrange spectacle auquel j'assistai. Presque surnaturel.

La scène était surnaturelle, j'en étais le témoin. Et l'acteur. J'étais fasciné par la vision de ce couple. Ils étaient immobiles : elle, les jambes serrées, genoux fléchis, lovée sur l'homme et lui, ou moi, je ne savais plus très bien, en partie dissimulé par l'autre corps, tous deux comme écrasés par l'attraction. La vie semblait nous avoir quittés. Leurs regards étaient figés, les yeux hagards. Nos cheveux dispersés convenaient au désordre textile.

J'avais l'impression d'être dépossédé de mon corps comme il m'arrivait parfois de le sentir m'échapper. Souvent déjà, ces impressions de dédoublements étranges m'avaient troublé, troublé mais diverti tout autant. Je me rassurais en pensant qu'il ne s'agissait que d'impressions, que d'étranges errances de l'esprit. Elles se produisaient ainsi, essentiellement le soir, au coucher, dans l'obscurité de la chambre et celle, occasionnelle et conditionnelle, de mon mental. Il me fallait pour cela y penser très fort et que rien n'interfère dans cet exercice mais c'était plus un amusement qu'une angoisse véritable. L'enjeu n'était ni capital ni irrémédiable. C'était moi après tout qui contrôlais la séparation de mon corps et de mon esprit. Je m'accordais cette sorte de faculté, par simple jeu, de passer de l'irréel à un réel faussement vrai. Tout était presque permis, et l'égarement n'avait plus de limites. Je pouvais aller jusqu'à voler et à faire d'extraordinaires acrobaties aériennes, un peu comme celles que font les pilotes de voltige. Je me retrouvais la tête en bas, puis piquais vers le sol pour remonter subitement, dans d'impressionnants loopings, juste à temps avant de m'écraser. C'était des situations récurrentes dans lesquelles je me complaisais à me retrouver. Je pouvais les vivre, en m'efforçant de conserver mes repères, fixer l'horizon et tout ce qui pouvait donner un réalisme extraordinaire à ce pour lequel, en vérité, je n'entendais malheureusement rien puisque, de ces figures de virtuosité dans le ciel, je n'en avais jamais eu la moindre expérience. Je m'étais entraîné à deviner ce que je devrais voir, à deviner les sensations. J'avais commencé à faire ces délires alors que j'étais encore tout petit. Délires, ils n'en étaient pas vraiment, du moins je ne les considérais pas comme tels. Je n'étais qu'un enfant et je ne faisais pas attention aux passages de la réalité à une autre réalité, inventée mais diaboliquement précise et par-delà même, effrayante. Je voulais juste savoir, je voulais être libre de savoir, libre de savoir ce que c'est vraiment d'être libre, sans l'avis de personne, sans être vu. D'autres fois, il me fallait retrouver les sensations d'un oiseau et évoluer dans le ciel, sans contrainte, oublier l'attraction de la terre.

Ces jeux de l'esprit et de l'imaginaire m'ont finalement longtemps poursuivi, bien au-delà de ces jours importants de ma vie, et il m'arriva encore et encore de vagabonder et de parcourir d'indescriptibles distances sans la notion de temps ni celle de l'espace, quittant un lieu quelconque, souvent familier, pour me retrouver dans un autre, également familier et pourtant inventé. J'y pénétrai, poussant les portes, montant les marches, me déplaçant en silence, voyant des gens sans qu'ils me voient. Étrange impression, insolite sensation. Je me suis souvent demandé si j'étais le seul à pouvoir profiter de cette extraordinaire faculté à m'extirper de moi-même ou bien si ce n'était qu'une forme d'imagination comme une autre, que j'avais adaptée à mon caractère et dont tout le monde disposât aussi, peut-être. Je n'en ai jamais parlé à personne et je n'ai jamais posé la question à quiconque.

Peut-être avais-je trop peur de la réponse, comme j'avais peut-être trop peur de savoir ce que je faisais dans ce lit, nu, avec la fille à la longue tignasse rousse. Car ce vagabondage de mon esprit m'inquiéta ce soir-là. Était-ce bien moi cet homme ? Ou bien n'était-ce que l'effet de mon désir, une réflexion de ce que je voudrais être et de ce que je rêvais de faire depuis la première fois que je la vis ? Quant à cette femme étendue, livrée à lui, elle n'était pas Marie non plus ! Ses cheveux, sa peau, les années qui les séparaient, elles n'avaient rien en commun, sinon moi peut-être, si je fus ces deux hommes ? La crainte finalement m'envahit. Il me fallut regagner mon enveloppe, et fus pris de frissons. Je n'avais que quelques mètres à faire, deux ou trois, tout au plus. À moins qu'il ne s'agît que de l'infini dont personne vraiment ne connaît les limites. Il suffit de me laisser aller, je savais où me rendre, et me rassurer. Le temps n'avait pas compté et je me retrouvai à sa place, cette place qui ne pouvait être que la mienne. Je m'y sentis bien et je retrouvai l'odeur de son corps et sa chaleur d'il n'y avait pas d'instant.

Les faisceaux de lumière continuèrent à balayer l'inconscience de nos corps au repos jusqu'à ce que le jour, en voyeur averti, efface les dessins des néons de la nuit et s'abreuve de l'algarade de nos vies.

Alexandre ouvrit les yeux le premier. Esther avait posé son bras gauche autour de sa taille. Elle dormait encore, silencieuse, allongée sur le ventre. Son autre main avait relâché l'oreiller à sa reddition au sommeil, cet oreiller de trop dont elle n'avait pas eu besoin cette nuit mais qui, en temps habituel, marquait son domaine et compensait parfois le vide de ses solitudes. L'épaule que ses cheveux en bataille abandonnaient au regard fasciné d'Alexandre, était mouchetée d'une multitude de petites taches de rousseur qui remontaient jusqu'au commencement de son cou. Plus bas, après un grand désert blanc où sa bouche et ses mains s'étaient ravies de s'égarer, d'autres petits points, comme des étoiles rousses, réapparaissaient, jusqu'au renflement de son irréprochable relief.

« À quoi penses-tu ?

— Je voulais savoir si tu gardes toujours ton string quand tu fais l'amour ?

— Quel string ?

— Autour de ta taille !

— Ce n'est pas vraiment un string d'abord ! Il ne nous a pas gênés. C'est plus sexy, non ? Je ne l'enlève jamais. Je peux dire qu'il me colle à la peau.

— Qu'est-ce que c'est ?

— Il y a vingt et un ans que nous…, que je porte ce tatouage.

— Tu ne dors plus ? » Alexandre ne voulait en entendre plus.

Le « nous » l'inconfortait. Le « nous » faisait, pour lui, partie du présent ; le nous d'un quelconque passé n'avait pas son droit. Un « moi et lui » aurait mieux convenu, bien que tout autant impromptu, tout autant déplacé.

— Si, bien sûr, je dors encore, n'entends-tu pas ? Non ? Puisque je te réponds. Pourquoi cette question ?

— Parce que *nous* n'avons pas beaucoup dormi.

Il insista subtilement sur le « nous ».

— Tu aurais préféré ?

— L'avenir le dira. Mais non, bien sûr, ce n'est pas ce que je veux dire. Je t'ai interrompue. Tu commençais à dire *nous*…

— Ce n'est pas très important, mais puisque tu demandes et que je peux t'y répondre : oui, c'est en souvenir de mon premier petit ami. Nous voulions porter sur nous, pour la vie, quelque chose d'identique, quelque chose que nous ne pourrions pas égarer. Marquer l'événement. Il porte le même. Mais pas autour de la taille, comme moi. Le sien est plus petit, sur une épaule... Mais c'est le même dessin.

— C'est quoi ?

— Un tatouage...

— Oui, merci, j'avais remarqué, mais encore ?

— Une déesse indienne, avec ses bras allongés, jusque sur mes hanches. Je l'aime bien, je me sens moins nue avec. Elle me protège.

— Te protège de quoi ?

— De type comme toi !

— Ce n'est pas très efficace, mais il te va bien.

— *Elle* !

— Le string

— Une déesse !

— Elle t'habille bien. J'aime cette forme d'étoffe. Si douce, si lisse, si chaude.

— Un jour hélas, elle sera chiffonnée, comme un vieux parchemin. Et je ne la montrerai plus ; mais elle sera là, malgré tout.

— Sauf à celui avec qui tu décideras de passer ta vie. Et qui repassera ton étoffe.

— C'est joliment dit. Tu devrais écrire ce genre de chose...

— Il y en a si peu. Et ce repasseur ?

— Ah oui, celui... Je n'ai pas encore décidé, et je ne suis pas certain qu'un jour, je le ferai.

— Tu trouveras, Esther, forcément.

346

— Je croyais avoir trouvé, je... Il y a de ces bonheurs sinon interdits, quasiment inatteignables, pour certains. Comme des fatalités de familles qui les en excluent. Presque un mauvais sort...

Elle le regardait la regarder. Il lui parlait sans croiser son regard, fixant, comme envoûté, la déesse. Et l'autel de satin blanc sur lequel, elle reposait.

Elle se retourna d'un simple coup de reins puis se mit sur le côté. Maa Lakshmi ondula, s'étira puis se déforma pour mieux se préparer à disparaître. Ce qu'elle fit, à l'infini de sa beauté, derrière une autre, plus réelle et plus tourmentée. Le genou d'Esther rejoignit celui d'Alexandre, soumis à la même attirance. Elle attendit quelques instants avant de continuer à parler, savourant chaque contact, laissant chaque émotion parcourir l'ensemble de son corps comme des ondes bienfaisantes et fugitives.

« Tu l'as assez vue, je crois que ce n'est pas bon pour toi.

— Non, pas vraiment. Essaie de dormir encore un peu. Ou bien, au moins, ne bouge plus ! Je veux te regarder.

— Si je bouge, tu peux mieux me voir.

— Sans doute, mais reste quelques instants comme cela.

— Cette lumière du jour me gêne un peu, Alexandre. Je me sens vulnérable.

— Pas plus qu'avec l'obscurité Esther, moins encore, finalement.

— Que veux-tu dire ?

— Rien. Sinon que tu es belle mais tu le sais déjà, je ne suis pas le premier à le dire. Et que ta beauté est une sorte de protection. Seul le jour, vraiment, peut le confirmer.

— Si tu le dis… Les lieux de recueillement sont pourtant, comme tu dois le savoir, généralement sombres. Quelle heure est-il ?

— Je ne sais pas. J'ai mis ma montre sur une étagère. Pourquoi n'as-tu pas de réveil ou d'horloge dans ta chambre ?

— Le temps n'y a pas d'importance, je ne veux pas qu'il ait ici de l'importance.

- "Esther, maîtresse des hommes et du temps…"

— "Esther, maîtresse chez elle". Je vais tirer les rideaux, ce jour m'ennuie. Ferme les yeux, je me lève. Ne triche pas. Sinon Maa Lakshmi te maudira.

— Moi, j'aime bien le jour. C'est la nuit qui m'ennuie et qui peut m'angoisser. Elle est synonyme du mensonge. On peut y cacher des choses, c'est plus facile.

— Toi et ta quête des vérités !

— On ne m'en laisse pas le choix.

— Oublie ce téléphone, Alexandre !

— C'est aussi ce que ma mère m'a dit. Mais je n'y arrive pas.

— Si en plus Laurence te l'a dit…

— Ta façon de parler quand il s'agit d'elle…

— Il n'y a pas de façon ou de manière particulière, Alexandre, tu te fais des idées. Ta mère semble simplement avoir une étrange influence sur toi ; je ne sais pas pour quelle raison vraiment. Ne pense pas que ce sera au travers de moi que tu t'en libéreras. Ce n'est pas moi pour le moment qui peux t'apporter les morceaux de puzzle manquants. Allez, tu peux ouvrir les yeux maintenant, Alexandre. Il reste suffisamment de lumière qui passe au travers des rideaux pour que tu me voies et que tu reconnaisses que je ne te cache rien. Il n'y a même pas besoin de bougies ou de cierges. Ne sois pas angoissé ! Relaxe-toi et essaie, toi aussi, de t'assoupir à nouveau. »

Elle avait fait glisser vigoureusement les deux rideaux pour les faire se rejoindre au milieu de la baie vitrée. Alexandre n'avait pas manqué un seul de ses gestes. Jambes légèrement écartées et les bras tendus vers le haut, elle avait tiré les ourlets d'un coup sec, sans hésitation, pour abréger le spectacle qu'elle avait conscience de donner d'elle-même au regard de la rue. À celui peut-être de l'homme du huitième, en face, ou bien d'un autre, derrière sa fenêtre, voyeur comme ce jour qu'elle condamnait. Et puis, perturber Alexandre par jeu, par défi, réserver le spectacle à lui seul, la satisfaisait. Il jouait aussi après tout, sans connaître vraiment les règles qu'ils s'imposaient l'un à l'autre.

Les anneaux s'étaient percutés en émettant des claquements de castagnettes, secs et brefs. La silhouette de Rita Hayworth s'était découpée alors sur le fond de rideaux et elle retournait vers le lit, l'offrant au filet de lumière qui s'évadait de l'étroite ligne de partage des deux surfaces d'étoffe épaisse. On aurait dit que le lumineux laser allait embraser ses cheveux sauvages. Elle monta sur le bout du lit et s'avança vers lui, à quatre pattes, comme un félin prêt à l'attaque. Le lit remuait à peine, c'était comme si son corps n'avait plus de poids. Ses seins fermes et généreux s'étiraient avec grâce à chacun des mouvements qu'elle faisait pour avancer ; ses cheveux étaient retombés en avant, masquant l'appartenance du corps en offrande. Et puis l'animal s'arrêta et se refit femme. Elle repoussa sa crinière en arrière, s'allongea et quand leurs corps ne furent qu'un à nouveau, ils refirent l'amour. Pour autant qu'il puisse se faire, car ils étaient l'amour. Les cœurs s'emballèrent à nouveau d'émotions relancées, à peine estompées, avec d'autres nouvelles, inconnues, irriguant la jouissance dans leurs veines gonflées de sang. Rassasiés par ce que chacun avait à donner à l'autre, par ce qu'ils s'attendaient de mieux à recevoir et qu'ils croyaient avec reçu, ils se rendormirent enfin, pour quelque temps encore.

Alexandre se réveilla au son de l'eau qui coulait dans la salle de bain ensuite à la chambre. Esther avait laissé la porte entrouverte. L'odeur sucrée d'un gel douche en intimité de son corps parvint jusqu'à lui, enivrant, provoquant ses sens pourtant encore assoupis. Le côté du lit où elle avait dormi, le droit, l'envers de son habitude, était encore agréablement chaud. Il y étendit une de ses mains pour ressentir ce qui venait de lui échapper, relire les froissures encore tièdes du drap semblables au braille d'une page d'un passé à peine tournée.

Il céda à la tentation de rentrer dans la salle de bain. La pièce était remplie d'un épais brouillard de vapeur et les miroirs gardaient les images prisonnières. Derrière les vitres simples de la douche, elle se rinçait de la mousse qui glissait le long de son corps pour finir tourbillonnante dans le trou d'évacuation de l'eau, hésitante à disparaître.

« Je ne t'ai pas invité à entrer, Alexandre ; n'as-tu pas vu assez de moi ?

— Je voulais savoir si ton tatouage s'effacerait avec l'eau ?

— Bien sûr, je te crois ! Tellement poétique, mais c'est à peine faux. Il te fallait vérifier, comme pour tout le reste, vérifier. Eh bien non, Alexandre, c'est *du vrai*. Et tu le savais bien. J'ai dû souffrir un peu lorsque l'on me l'a dessiné et je pense que c'est d'une assez bonne qualité... Je me souviens... de ce petit bonhomme, au crâne reluisant, qui transpirait... en perforant ma peau. Ses manches de chemise retroussées laissaient découvrir le menu de son travail. Il ne restait plus d'espace, la carte était pleine, il suffisait de choisir, d'y rajouter son imagination pour combler ses goûts. Le petit homme avait l'air de souffrir autant que moi. Je me souviens de l'odeur qu'il dégageait, comme si c'était hier. Aujourd'hui, je lui aurais fait la réflexion. À l'époque, je n'étais pas aussi exigeante. Tout était *fun*. Donc, tu vois, de tes propres yeux... ça tient bien. J'aurai terminé dans une minute, Alexandre. Tu pourras y aller à ton tour et... je ferai un café pendant ce temps-là. Il faut... me préparer aussi. Je ne pensais pas qu'il était si tard. J'attends une visite. Voudras-tu un toast ? ... ou deux, avec le café ? Avant de partir...

— Tu attendais quelqu'un ?

— Oui, j'attends un ami. Je ne pouvais pas deviner que tu te... pointerais chez moi comme cela, hier soir.

— Fallait l'appeler ! Ou ne pas me laisser rester ! Tu as peut-être le temps de l'appeler maintenant...

— Pas eu le temps d'appeler. Pas voulu me priver de toi non plus. Et c'est trop tard, il est déjà en route, je présume. »

Ses paroles arrivaient en rafales, au gré des positions qu'Esther prenait et de l'eau projetée qui s'abattait sur sa bouche. Ses mots étaient déformés mais il s'efforçait de les comprendre et de replacer leurs nuances estompées et malmenées dont il les croyait porteurs.

« Mon temps est écoulé. Je ferai partie de ta collection, de tes trophées de chasse. Rien de plus.

— Comme moi, je ferai partie de la tienne ? Tu prends cela... comme tu veux, Alexandre, je m'en fiche. Je n'ai pas l'intention de me vanter... de t'avoir eu comme amant. Je ne suis pas certain non plus que ta mère verrait ton... aventure avec moi d'un très bon œil... Et puis, on se reverra peut-être. Si je ne t'ai pas apporté suffisamment d'informations... Puisque c'est le cas... Puisque tu n'as pas de ligne de vie dans la paume de tes mains et que personne apparemment, en dehors de tes parents, ne peut t'aider. Ma tante dont…

— Tu joues avec moi, Esther. Tu m'as déjà parlé de ta tante et tu essaies de ne pas me répondre. Qui est ce visiteur ?

— Tu ne penses pas un seul instant, j'espère, que j'ai attendu ton arrivée pour commencer à vivre. Parlant d'instant, ce ne sont pas ces quelques instants que nous venons de passer qui t'autorisent, ou peuvent justifier de ton attitude, ta curiosité, cet élan de jalousie. J'ai parlé d'ami, rien de plus. Prépare-toi plutôt à prendre ta douche, je te laisse la place. T'as dû transpirer, toi aussi ! Je crois même que tu pues l'amour… »

Esther avait arrêté de bouger et regardait Alexandre, de front à travers la porte vitrée de la cabine ; l'eau de la douche s'abattait sur ses épaules et la lumière des spots illuminait des milliers de petites gouttes en perles lumineuses qui rebondissaient dans tous les sens de la surface de sa peau. Elle venait de prendre un air sérieux et semblait oublier sa nudité que l'éclairage violent s'appliquait à détailler, matérialisant la beauté libérée, intense et éphémère. Sa main tenait l'éponge immobile, posée sur son ventre, comme si la recherche de la réponse et des mots à choisir avait paralysé son corps, comme si, soudainement, le physique s'enrayait avec l'émotion imprévue d'une réflexion abstraite et dérangeante. Ses cheveux bouclés de feu s'étaient éteints en une longue queue de cheval rassemblée derrière son dos ; quelques mèches rebelles s'en étaient échappées, plus courtes, et descendaient sur ses tempes comme de petits serpents endormis.

« Tu sembles soudainement plus intéressé par ce que je fais de mes fesses que par ton destin et ton passé. Mais c'est peut-être un bon signe et tu fais bien de plus t'intéresser au présent qu'au passé. Le présent est indéniablement plus important que le passé, même s'il ne cesse de nous fuir. Tu sembles avoir pris goût à la vie de ces dernières heures. Alors, nous nous reverrons sans doute. Mais pour répondre à ton impertinente question, je te le répète : c'est un ami auquel je tiens, un ami, comme je t'ai dit !

— Quelqu'un qui verra ton string se froisser au fil de ton temps ou bien quelqu'un qui n'en aura pas l'occasion ? (Alexandre pensait à Jean Kalfon, mais il préféra éviter de mentionner son nom)

— Je ne couche pas forcément... avec les amis que je reçois, Alexandre et puis, comme je t'ai déjà dit, c'est ma vie... Respecte-la comme je respecte... la tienne. »

Elle coupa l'eau alors qu'elle lui répondait. Il était retourné sur le lit, agacé par cette situation. De grosses gouttes tombaient encore et s'éclataient lourdement sur l'émail blanc comme des points de suspension aux dernières paroles d'Esther et au silence qu'Alexandre préférait s'imposer pour le moment.

Elle repassa dans la chambre, enveloppée d'un peignoir de bain, sans le regarder et marcha vers la cuisine. Il se leva et entra dans le brouillard chaud et parfumé que, laborieusement, le ventilateur d'aération aspirait dans le ronronnement monotone du moteur électrique.

L'eau jaillit sur lui, presque agressive. L'idée de ne pas pouvoir prendre son temps ni de pouvoir se détendre comme il aimait le faire sous la douche ne lui convint pas. Il devait se laver de la nuit et laisser la place, comme s'il avait eu *son tour* et qu'il n'y aurait plus rien d'autre à attendre. Esther ne lui avait rien appris vraiment sur son passé ni celui de sa mère. Plus sur lui-même, à cet extraordinaire présent, que sur quiconque d'autre. Autant savait-elle ne pas parler, autant Esther excellait à exciter sa faim de savoir. Tout n'avait été que sous-entendus. Il n'avait pas avancé mais s'était égaré sur un chemin sans apparente issue d'où il faudrait s'en revenir pour en reprendre un autre, jusqu'à ce qu'il trouve le réconfort d'amorces de tant de réponses attendues, manquant à sa paix personnelle. Il n'avait pas démasqué l'auteur du coup de fil mais découvert dans celle qu'il soupçonnait de l'être, une autre forme d'attirance à laquelle il n'était pas vraiment préparé, irrésistible et animale, un sentiment d'amour contre lequel rien ne peut s'opposer, pas même les sentiments les plus forts et les plus purs dont il se croyait renforcé et où la résignation n'a de sens que lorsqu'il qu'il y a un choix à faire, un combat moral à mener. Pour Alexandre, il n'y avait rien eu de tout cela vraiment. Un simple constat.

Dans les méandres de son apprentissage et les conclusions tendancieuses de l'embryon de son discernement, Alexandre, à tort ou à raison, était presque convaincu qu'Esther n'était pas l'auteur du coup de fil, et qu'elle n'avait rien à voir avec l'inconnu de sa vie. Il dut à regret reconnaître que c'était plutôt le contraire et que seul le présent le liait avec elle. Irrémédiablement pourtant, Esther s'installerait dans l'hier, et puis, plus loin encore.

La même odeur du gel douche et du shampoing s'était répandue dans la salle de bain embuée d'un épais brouillard de vapeur. Alexandre regarda instinctivement les miroirs sur les murs. Ils ne renvoyaient aucune image mais s'accordaient en revanche au flou dans lequel Alexandre s'était retrouvé depuis quelque temps, à l'hypothèse d'une autre vérité que l'on avait décidé de réveiller en lui, cette étrange impression qui finalement l'avait toujours habité depuis si longtemps.

Il tourna lentement la manette de commande de la douche et l'eau, comme une pluie tropicale capricieuse, s'arrêta de cingler sa peau rougie par la chaleur et la pression. Il peigna ses cheveux en arrière, chassant l'eau avec ses doigts écartés comme de longues dents d'un étrange peigne et puis sans s'essuyer plus, marcha jusque dans la cuisine où la cafetière électrique crachait bruyamment le liquide noir en jets intermittents. Il avait laissé derrière lui des marques de pieds et de larges gouttes d'eau qui continuaient à tomber de son corps.

« Tu es fou, Alexandre. Tu ne pouvais pas t'essuyer un peu avant de venir ?

— Si tu me parles comme cela, je vais rester ainsi jusqu'à ce qu'il arrive. S'il trouve un homme nu chez toi, il n'y aura pas d'ambiguïté sur ce que nous avons pu faire. Et surtout ce que tu es !

— Et que suis-je ?

— Une fille du diable. Du moins une de ses filles. Une sorcière, affamée de jeunes hommes. Ton tatouage devrait prévenir les proies que ton corps attire ! Peut-être m'as-tu empoisonné du sébum de ta peau. J'y ai trouvé un goût d'étrange élixir...

— Pauvre type ! Regarde toute cette flotte que tu laisses derrière toi !

— Je sais. Comme je t'ai dit, arrête de me parler sur ce ton.

— OK, Alexandre ; tu aurais quand même pu faire attention.

— Il n'y avait pas de serviette !

— D'accord, mais tu aurais pu me demander, ou prendre la mienne, en attendant.

— Ta serviette est humide et je pense que nous avons assez partagé pour cette fois, d'ailleurs, la preuve, tu me fous dehors.

— Sois sympa, retourne dans la douche et je te sors une serviette.

— L'idée que je puisse rester dans cette tenue, comme cela, ne semble pas vraiment te convenir, visiblement. Mais je vais être sympa, je vais aller m'essuyer et me préparer à partir, après le café, si c'est encore permis. Je ne suis pas un fouteur de merde. Peut-être que si j'essayais, j'y trouverais un plaisir certain qui me ferait oublier tout le reste. Que l'on me cache. »

Alexandre fit ce qu'il avait dit qu'il ferait, sans doute à contrecœur, et s'habilla rapidement alors qu'Esther essuyait l'eau qu'il avait répandue sur le sol. Il s'étonnait de son propre langage du moment, inhabituel, contraire à l'enseignement qu'il avait reçu et contraire à la qualité des mots à laquelle il tenait tant, lui aussi. C'était un autre lien avec Laurence Martin auquel, jusqu'à maintenant, il n'avait pas beaucoup prêté attention. Mais Esther l'avait agacé. Ce *va et vient* d'hommes lui déplaisait, même s'il n'avait pas à y redire, même si Esther ne pouvait avoir encore une quelconque importance dans sa vie, même s'il était convaincu de ne pas s'être seulement servi d'elle. Esther s'était mise à genou, sans gêne, se prêtant à cette tâche ménagère comme pour bien d'autres. Elle n'avait pas accepté l'idée d'une personne étrangère pour l'aider à nettoyer et ranger son appartement et avait donc pris l'habitude de se soumettre à ces contraintes, en les faisant régulièrement, une fois par semaine, le samedi matin, exclusivement. Quand elle devait s'absenter, elle maintenait la règle de ce jour de la semaine et la fréquence s'en trouvait ainsi modifiée. Elle associait plus cela à une discipline qu'à une habitude ou à une manie. Elle exécrait tout ce qui pouvait avoir les allures de maniaqueries de vieille fille et le retour au temps où, petite fille, on attendait d'elle, l'exécution de ce que l'on assimilait pas encore à des corvées… Alexandre l'aperçut à quatre pattes, épongeant méthodiquement le sol avec son chiffon bleu. Son peignoir de bain bâillait outrageusement devant elle, laissant apparaître ce qu'Alexandre contenait encore de ses propres mains, il y avait une heure à peine. C'était un nouveau rôle pour Rita qui, pour lui, ne lui seyait pas particulièrement bien. Il l'imagina debout, faisant quelques pas de danse sur une musique de Glenn Miller, dans ce même peignoir dont seule la ceinture s'activerait à faire respecter le contrat à préserver de l'indécence et à éveiller les imaginations les plus réfractaires.

Quelques instants plus tard, Alexandre rejoignit Esther dans la cuisine. Elle était assise sur un des tabourets de bar devant son café et un toast qu'elle avait commencé et qui attendait dans une petite assiette, découpé de l'arrondi de sa parfaite dentition. Elle s'était habillée. Des jeans et une chemise d'homme épaisse en tartan, généreusement entrouverte. Volontairement entrouverte.

« Je ne te reconnais plus. Tu es méconnaissable. Enfin, presque méconnaissable, mais je ne m'y tromperais pas...

— Je suis habillée, la plupart du temps, Alexandre ! C'est vrai que tu ne m'as pas laissé trop le temps ni l'occasion, de me montrer telle que je suis habituellement. Je ne te plais plus, comme cela ?

— Non !

— Pourquoi pas ?

— Je ne serai pas le prochain à redécouvrir ton autre apparence...

— C'est un peu de l'obsession, non ?

— Non, de la déception.

— La déception ne peut exister que si l'on attend quelque chose, en vain. Mais tu ne t'attendais à rien en venant chez moi ? À moins que ce soit une contrariété de ne pas avoir découvert ce que tu voulais découvrir, en entrant dans mon intimité ?

— Cela va au-delà d'un superficiel que je pensais ne pas avoir à déborder.

— Vis ta vie au jour le jour, Alexandre. L'avenir est une addition de multiples présents dont il faut profiter et qu'il ne faut pas laisser échapper. Le présent n'est pas fait pour durer, sinon il n'y a pas vraiment d'avenir excepté un présent qui perdure artificiellement et finit par pourrir.
— Pourrir ?
— Oui, pourrir, pas simplement mourir.
— Je ne sais pas…
— Je t'ai préparé deux toasts, mange-les avant qu'ils ne refroidissent totalement. Je te sers ton café.
— Il sent bon.
— Enfin quelque chose de gentil ! C'est toujours le même que j'utilise. Je l'achète en grains et le mouds moi-même, quand j'ai le temps, sinon je me contente d'instantané. Tu apprécieras le traitement ! Parlant de temps, je pense qu'il…
— Oui : je sais, je dois partir. Je devrais déjà être parti ou bien même, ne jamais être venu…
— Il m'a envoyé un SMS, il sera là dans quinze, vingt minutes. Sans doute une demi-heure. Mais… Ce ne serait pas raisonnable que…
— Que nous nous rencontrions. Je comprends. Il ne faut pas m'en vouloir. Je… Je vais m'en aller.
— Je suis désolée.
— Je le suis également. Mais je comprends. Tu ne me dois rien. Je débarque dans ta vie, comme cela et…
— Et ?
— Et je suis un peu encombrant. De trop, si tu préfères.
— Ai-je dit cela ? Pas de trop. Imprévu, pour être tout à fait exact. Mais pas de trop.
— Tu savais que je viendrais. Il n'y avait pas d'équivoque dans ton invitation.

— Je n'y croyais pas vraiment. Et puis, sans t'annoncer...
— Tu avais pourtant bien amorcé ton coup !
— Amorcé mon coup ?
— Oui, touché ma sensibilité.
— Une simple coïncidence. Je ne pouvais pas deviner. Comment aurais-je pu savoir ?
— Je ne crois pas vraiment à ce genre de coïncidence.
— Tu es libre de croire à ce que tu veux. Nous n'avons plus trop de temps Alexandre. Je ne remercie pas souvent les hommes avec qui je... Avec qui...
— Tu baises !
— Non ! Avec qui je passe la nuit et avec qui je me sens bien. Mais avec toi, je pourrais le faire. Tu prends cela comme tu veux. Mais si tu dois revenir Alexandre, mais c'est à toi de décider, préviens-moi la prochaine fois !
— Tu ne m'appelleras pas ?
— Que veux-tu dire ?
— Tu ne me donneras pas de nouvelles ? Par téléphone ?
— Tu n'aimes pas que l'on t'appelle !
— Je n'aime pas que l'on ne se présente pas. Voilà tout. Alors ? Tu m'appelleras ?
— Je ne pense pas. Laisse faire le temps et oublie-moi quelques semaines, ou quelques mois, je n'irai pas jusqu'à dire quelques années. Tu verras toujours s'il t'est important d'avoir un autre "présent" avec moi, qui sera, quoi qu'il arrive différent d'aujourd'hui, mais souviens-toi que je ne t'attendrai pas. Je vis un peu au jour le jour, de présents qui rendent ma vie ce qu'elle est.
— D'accord Esther. Je comprends. Sache que je reste attaché à mon passé, plus que tu ne penses et si...

— Si je peux t'aider, je te le ferai quand même savoir d'une manière ou d'une autre mais n'y compte pas trop. Alexandre... Une dernière chose... Je te l'ai déjà dit mais... pourquoi n'as-tu pas commencé par lire les premiers bouquins de ta mère, tu pourrais y puiser les informations que tu recherches, s'il y a bien sûr quelque chose à trouver ; enfin... Ce n'est qu'une suggestion !

— Il n'y a jamais eu de bouquins d'elle à la maison, Esther. Je n'ai appris son nom d'auteur que très tard, pour moi elle était restée madame Legrand, Legrand, comme moi. Et puis, une fois que j'ai su véritablement ce qu'elle faisait, quel nom elle portait, je me suis trouvé plongé dans les études et le sport, tout finalement sauf les bouquins... Sans compter les voyages, pour aller voir mon père, qui me prenaient une partie de mon temps libre. Les seules lectures que j'ai pu avoir sont celles des auteurs classiques et maintenant, ce sont les bouquins d'économie, des revues techniques. Ils ont fini par me dégoûter de lire. Je lis parfois des revues d'actualités et les journaux. Je ne connais aucun des auteurs contemporains. Je n'avais pas eu l'occasion de m'intéresser au travail de ma mère... Non, il n'y avait pas de raison. Par contre...

— Par contre ?

— Elle, elle en avait tant. C'était facile de les intégrer aux autres, dans toutes ses bibliothèques qu'elle possède. Mais quand bien même l'aurait-elle fait, je n'avais pas à chercher, j'avais tant d'autres choses à faire, à lire, à étudier. J'avais assez à faire.

— Dommage que tu aies plus de temps maintenant ! Tu étais suffisamment occupé et heureux avant, avant d'avoir à te poser toutes ces questions.

— *On* a cherché à ce que je me les pose ! Ce que faisait ma mère ne m'interpellait pas plus que cela.

— Et elle ne faisait rien non plus pour qu'il en soit autrement !

— C'est peut-être vrai, mais elle faisait l'essentiel : s'occuper de moi. Je ne peux pas lui reprocher cela.

— Personne ne te demande de lui reprocher quoi que ce soit. C'est toi qui essaies de savoir *ce qu*'elle ne t'aurait pas dit. Essaie, Alexandre de lire ses premiers bouquins. C'est peut-être par là que tu aurais dû commencer !

— Ce ne sont apparemment que des romans.

— Dans les romans, les auteurs se dévoilent toujours un peu. Surtout les premiers. Crois-moi, je les connais un peu, tous ces gens. Mais, désolé, tu dois partir Alexandre ! Maintenant. S'il te plaît... »

Dix minutes plus tard, Esther refermait la porte derrière Alexandre. Ils ne s'étaient pas embrassés, une sorte d'adieu sans adieu, comme si ce présent si vite consommé n'avait jamais eu de raison d'exister et qu'Alex s'était engouffré dans le vide d'un passé sans histoire, comme s'il fallait oublier toute source de confusion supplémentaire dont Esther ne voulait pas se rendre coupable. Elle lui dit simplement *merci*. Il se contenta de hocher de la tête.

Alexandre retrouva le parfum des épices, revécut l'émotion qu'il avait ressentie en pressant le bouton de l'ascenseur après qu'Esther lui eût précisé l'étage où il devait se rendre. Il commençait à parcourir en sens inverse ce chemin, apparemment sans issue, dans lequel il s'était engagé. Un découragement l'envahit, lourd et avide de l'espace fragile de sa jeunesse et de son ignorance. La solitude était de trop, elle n'avait plus sa place, plus de place. Le discernement des choses de la vie ne l'habitait pas encore et, comme tous les jeunes de son âge, il s'aveuglait de l'unicité de son tourment, tout comme il pouvait s'irradier de bonheur d'un simple mais puissant plaisir. Tout est plus simple ainsi, du moins en apparence. Ce n'est que plus tard que la mosaïque de la vie amène à relativiser ses composants, heureux ou tragiques, tragiques et heureux, et que l'expérience du temps apprend à gérer les situations qui, comme les cases d'un échiquier, ne sont dans leur totalité ni toutes blanches, ni toutes noires. Elles se complètent et l'on sait que l'on peut s'échapper d'une noire pour se réfugier sur une blanche mais aussi qu'auprès des blanches, des noires attendent aussi, inéluctablement, à servir d'asile. Alexandre venait de prendre connaissance d'un des éléments de ce principe. Mais les noires, dont sa confusion dépendait, dominaient à cet instant l'échiquier de sa vie. Mais ne s'agissait-il pas plutôt d'une grille de mots croisés où les phases de sa vie s'étaient établies ? Les mots croisés d'impossibles arcanes de son passé et d'un étrange vécu qui oblige à savoir.

 L'ascenseur glissa sur ses rails verticaux qui le guidaient sur un parcours absolu et réglé au centième de millimètre près, indifférent aux vastes étages de vies qu'il traversait. Il reliait des passés à des présents sur lesquels il ouvrait et fermait ses portes, ces présents imprévisibles dont personne n'est capable de mesurer les conséquences, ces présents conditionnels dont seule la vérité dispose des contenus. Les sept étages lui parurent une éternité. Étrangement, son fardeau lui sembla plus léger durant cette éternité. Et tout reprit ses exactes proportions quand « RDC » s'afficha en rouge, que son corps se tassa de l'élan freiné, et que la porte s'ouvrit au son du *ding* qu'il remarqua à peine.

L'homme était accroupi dans l'espace de verre et de végétaux. Il raclait méthodiquement la surface du sol, tel un enquêteur de la police scientifique à la recherche d'un indice. Des lianes et des branches feuillues s'appuyaient sur sa tête. Il avait l'air indifférent au partage de l'espace exigu. Sa blouse blanche était étrangement immaculée et ne portait aucune trace de terre ni de souillure verte des plantes prisonnières avec lui, des parois transparentes. Ses gestes étaient méticuleux et mesurés, presque chirurgicaux. Alexandre imagina entendre le bruit d'animaux, des macaques aux toucans aux becs jaunes, le piaillement des oiseaux multicolores. Il n'y avait rien pourtant qui pût émettre le moindre son, dans cette grande cage de verre, en dehors de l'homme absorbé à sa tâche. Ce n'était qu'un sanctuaire végétal, prisonnier des murs transparents que seule la lumière franchissait, la lumière sans les souffles de l'air ni les frémissements qu'ils provoquent, la lumière qui repartait comme elle venait, libre, exaltante des vérités qu'elle dénonce ou corrobore. Alexandre le regardait besogner avec curiosité et distance. Les mêmes espèces, quelque part, se laissaient caresser librement par le vent chaud et humide, à plusieurs milliers de kilomètres de Paris, là où personne n'avait encore jamais été, quelque part où nul autre que Dieu lui-même peut-être savait qu'elles existaient, identiques mais libres, différentes car libres, dans la métamorphose que survivre impose, pour les plus fragiles, celles qui ne peuvent attendre la moindre protection des autres, celles qui sont vouées à de lentes agonies d'étouffement par les plus agressives. Là où elles pouvaient se trouver, seuls les animaux se glissaient au travers d'elles et suivaient les chemins qu'elles indiquaient, en les marquant de leurs odeurs et de leurs touchers.

Le jardinier ne remarqua pas Alexandre qui s'était projeté dans l'autre dimension du petit univers dans lequel il faisait sa minutieuse tâche, celle dont ce petit monde était une sorte de reproduction, celle beaucoup plus vaste et beaucoup plus dangereuse. La colonne de verre n'était pas vraiment un obstacle pour Alexandre, il y avait pénétré puis en était ressorti, annihilant la distance comme il lui arrivait de le faire, parfois. Et pourtant, il faisait jour, et pourtant il était debout. Il s'était arrêté devant elle et restait immobile.

Au travers des images inventées et réelles, une silhouette apparut et traversa furtivement l'écran transparent qui délimitait l'arrangement végétal. Un homme en ressortit, marchant d'un pas décidé. Alexandre le sentit presque l'effleurer, comme si tous deux avaient emprunté l'unique passage de verre. Il sortit de sa rêverie et regarda l'homme s'immobiliser devant les portes des deux ascenseurs. Il appuya sur l'une des commandes et la porte s'ouvrit en deux, avalante, et il pressa un bouton des étages. Alexandre le reconnut et sut aussitôt sur quel numéro d'étage son doigt s'était arrêté.

Chapitre 9
Laurence, le rêve

La lumière blanche agissait comme un subterfuge pour masquer le mensonge, notre mensonge à nous. Pour les autres, dans la *normalité*, elle était le révélateur et mettait en relief l'aboutissement de ce que la vie prévoyait, organisait, de ce que les hommes en attendaient, dans l'ordre des choses. Je jouissais de tromper dans une douleur pourtant sans égale, de délivrer ce qui était une vérité proscrite qu'il avait fallu garder en moi, seule et sans partage. Dans l'absolu des sentiments, du sentiment de l'amour qui vous mène à dépasser l'entendement des autres et votre propre intellection.

La tromperie allait au-delà de son origine, à son insu. Il fallait punir les autres, les témoins des actes avoués et revendiqués, dans un dosage regretté de censure convenue et respectable, ces mêmes juges qui avaient à dire aussi sur les façons de vivre et d'aimer, sur les dépassements des normalités. Et il fallait le punir, lui aussi, sans qui rien ne serait, sans qui je n'aurais jamais exploré ni découvert les fondements de l'amour, sans qui le vrai bonheur de se sentir aimée et d'être aimée n'aurait pas dépassé le convenu, les sommets balisés des montagnes à gravir en cordées ordonnées et disciplinées. Il avait dépassé les premiers sommets et s'était retrouvé où les refuges sont rares, où l'ascension se fait à l'instinct, où tout rapetisse en dessous de soi, où il fait froid et que le corps va jusqu'à ses limites, sans certitude aucune sinon qu'il faut progresser encore, bien encore, quel que soit le prix des efforts ; la beauté de la vérité et de sa preuve est tout là-haut. Là aussi où les chutes ne pardonnent plus, entraînant avec elles toutes les raisons de l'instinct qui aident à progresser. Cette chute a eu lieu. Aucune main tendue, aucune corde de rappel. Les obstacles étaient nombreux. L'hystérie hilarante des hautes altitudes les avait occultés et alors qu'il avait besoin d'un refuge de compréhension et d'encouragement, il s'était retrouvé seul. Il aurait peut-être mieux valu un corps perdu à tout jamais dans la profondeur d'une crevasse qu'un corps déchiqueté et meurtri, appelé à disparaître dans la dévoration et le pourrissement. Sa souffrance était dans ces instants, notre souffrance à nous deux dans l'éblouissante puissance de la lumière et nul ne pouvait dire qui de nous trois devait payer le lourd tribut des emprisonnements et des classements que la société nous avait imposés.

Physiquement, tout paraissait impossible et l'absurde irréalité, jour après jour, prenait son ampleur dans la transformation dimensionnelle des corps. Il eût été mieux de pouvoir tout garder dans l'enveloppe charnelle du fruit des sentiments mais c'était renoncer à une partie de la vérité, préserver le mensonge dans son intégralité. Il était nécessaire de déjouer la société, en épargnant peut-être par simple faiblesse ceux pour qui nous comptions sans doute trop. Le salaud qu'il se disait être et que le sort avait obligé à devenir n'était point ici avec nous, nous qui allions *être,* au contraire de lui. Il ne pouvait pas être là mais il aurait pu imaginer, dû savoir. Qui de nous était à mépriser, sur qui la honte, pour qui le remords ? Le moment viendrait pour tout avouer, peut-être, quand le risque aurait changé de visage et de certitude. Pour avouer l'essentiel condamné qui ravage les entrailles. Mais il serait trop tard pour ce moment dont l'éphémère intensité ne pouvait trouver qu'une seule fois, son apogée.

La blancheur de la chair en tourment absorbait les rayons des halogènes. La douceur néanmoins de la rondeur, à ses derniers instants et dans sa délivrance contrastait avec les deux lignes fuyantes écartées et captives, blanches elles aussi tout d'abord, puis rouges enfin et suintantes du sang des déchirements, là où elles se séparaient comme un V de la vie ou le V d'une victoire qui nous appartenaient en secret.

Des formes s'agitaient tout autour, presque inhumaines, des visages cachés par des masques qui gonflaient par les mots prononcés, courts, et ordonnant et auxquels je ne prêtais pas attention. Les mains repoussaient et bravaient l'impossible effrayant que personne ne peut vraiment décrire ; les ongles s'enfonçaient dans la chair pour stimuler l'expulsion et tromper la douleur. Je ne savais plus à qui elles appartenaient, s'animant par elles-mêmes, commandées sans commande.

Comme un signe, une sorte d'expiation s'était imposée au couple que nous formions ou bien n'était-ce qu'à moi-même ? C'était cela, j'en étais presque certaine, c'était sur moi que retombait la peine, pour tout ce que je gardais alors encore en réserve et tout ce que j'étais prête à faire. Nous avions certes prétendu tous les deux mais c'était moi qui avais accepté de leur prêter mon corps et de lui laisser encore l'espoir de sentiments retrouvés, lui cet autre avec qui j'avais déjà sombré dans le faux. Déjà le mensonge était là avant que tout commence, sans que rien n'ait vraiment existé, suffisamment existé pour ne pas douter.

Les perles de sueur grandissaient sur le front et la poitrine et se rejoignaient pour couler dans les vallées et rigoles des traits du visage et du corps. Les cheveux s'imprégnaient du poisseux mélange d'eau et de graisse que la peau dégageait. Une des silhouettes s'approchait du visage qui était le mien, par instants, interminablement espacés, puis une sensation de fraîcheur remplaça l'impression de chaleur moite et humide du milieu où je vivais ces moments et de celle que mon corps rayonnait lui aussi, plus encore que les minutes passaient, que le temps, à vrai dire sans repères gradués, s'écoulait. On essuyait mon front et les premiers reliefs de ma poitrine. C'était mieux que les mots inutiles et sans effet, c'était l'unique preuve qu'une présence attentive m'assistait dans la fin d'une complicité sans égale entre moi qui étais et celui qui serait.

J'avais envie de crier ma douleur, de crier mon bonheur et surtout mon aveu. Juste des gémissements s'échappaient de ma bouche bâillonnée du silence imposé. J'avais besoin de crier l'imposture, de partager l'inavouable. J'avais besoin qu'il soit là, j'avais besoin que l'on nous voie, qu'il me tienne la main et que par les ciseaux il libère l'interdit de notre mensonge, cet interdit qu'il avait voulu m'imposer et que j'avais fini par lui faire croire de refuser. Les mensonges engendrent d'autres mensonges.

Mon cœur rythmait le temps jusque sur mes tempes et les ondes de flux de notre sang cognaient comme des marteaux sur l'enclume. Mes poumons peinaient à s'enfler de l'air de l'espace blanc qui limitait mes pensées et m'isolait de ce dont j'avais besoin. Mon corps n'appartenait plus qu'à la souffrance et il me tardait de l'en expulser. Il fallait le libérer d'un autre corps à délivrer. Comme nous étions bien, avant ! Pourquoi ces épreuves, pourquoi tant de sensations de tourment, était-ce un rituel initiatique ? Pour comprendre, réapprendre les sensations, retrouver l'oublié, perpétuer ces émotions...

J'avais peur qu'il ait peur, je souffrais de ma souffrance et de celle de savoir qu'il souffrait lui aussi. Je savais qu'il partageait ma peine et qu'il m'entendait gémir. Il allait perdre son confort, sa sécurité. J'allais perdre mon rôle et en assumer un nouveau, seule encore. La peine descendait petit à petit, arrachant mes entrailles, rien ne pouvait vraiment l'arrêter. Il aurait pu en être autrement mais j'avais refusé. Rien n'avait été naturel dans cette conception ; j'en avais souffert, souffert de ne pas me sentir comme les autres et d'accepter une alternative pour cet exceptionnel Élément du bonheur, m'avait-on dit tant de fois, que mes instincts n'avaient jamais vraiment envisagé avec frénésie. La relation que je vivais depuis déjà plus de dix ans, onze ans peut-être, je ne savais même plus et il m'en importait peu, tant les années semblaient m'avoir fait oublier la définition du bonheur, cette relation avait vécu ce qu'elle avait à vivre et rien vraiment ne pouvait y changer quelque chose, pas même ce que je m'apprêtais à apporter au monde de mon corps en travail. Il nous avait fallu aller au-delà d'une simple acceptation de ce que la vie nous avait offert, pour la dépasser peut-être, sans certitude, pour faire comme les autres, rattraper peut-être ce qui nous avait toujours échappé et que, sans doute, nous étions voués à ne jamais connaître. La vie, le destin s'étaient organisés en fonction de ce nous étions, de ce que nous ne ressentions plus, après l'usure du temps, l'usure de l'habitude, le constat de l'irréparable et, pire encore que tout, l'habitude de l'usure. Ils nous avaient pourtant prévenus qu'il ne servirait à rien d'aller plus loin. Tricher plus encore nous avait apparu une ultime solution, vis-à-vis de nous-mêmes, vis-à-vis des autres, sans savoir vraiment ce que tout cela représenterait pour celui qui viendrait. Mais il était trop tard pour penser à ce qu'il aurait fallu faire. Ou ne pas faire. J'étais allée trop loin déjà et l'ascension était désormais sans retour, l'abandon serait fatal. Alors, s'il devait y avoir un minimum de vérité dans cette conception, ce devait être dans tout ce qui pouvait être ressenti physiquement dans l'interminable extraction d'une vie de mon corps, pour me sentir plus femme peut-être, pour payer aussi l'addition des mensonges partagés et de ceux qui m'avaient été propres dans ma manipulation des gens. Ces gens qui m'avaient été chers ou qui l'étaient encore et de celui à qui je n'avais pas tendu la main, avant la chute, et à qui finalement j'interdisais le bonheur suprême.

Une force contraire, pourtant sans espoir ni pouvoir, s'appliquait en vain à déjouer la nature qui avait repris sa normalité, celle qui m'était enfin propre. J'en acceptai à regret le dénouement. Le temps semblait être arrivé, le temps d'une vérité avec ses secrets. J'avais conscience de ce qui restait à accomplir, tout ce qui restait à faire avec moi-même que je n'avais jamais encore fait. Bien plus qu'une vie, malgré les vides, malgré les absences, malgré les frustrations de partage qui ne pouvaient qu'amoindrir le bonheur, ce bonheur dont je doutais de l'existence et qui m'effrayait.

Ma respiration s'accélérait pour combler le manque d'air qui m'oppressait à en perdre connaissance. Je voulais résister coûte que coûte comme je m'étais imposé de le faire et j'étais fière, pour moi-même et ceux qui auraient pu comprendre, de mon obstination. J'osais rêver de marcher dehors sous la pluie fine, le vent soulevant mes cheveux. Marcher avec *lui*, comme nous le faisions parfois, sur le *remblai* en bord d'océan, comme si le soleil était là et que la pluie bénissait nos rencontres, espérant ne pas être reconnus sinon par l'Atlantique qui, comme sa langue sur mon corps, léchait la lande érogène du littoral. Le rêve et la peine s'accouplaient pour ma survie dans le réel d'un présent que je n'avais jamais pu vraiment imaginer. Mes jambes étaient prises de tremblements que mes muscles produisaient en se transmettant entre eux, comme pour se soutenir et produire l'effort désiré, des signaux désordonnés, sans logique apparente et que, depuis quelque temps, je n'arrivais plus à contrôler. J'essayai en vain de me relever, mais en soulevant ma tête de quelques millimètres au prix d'un effort dont je m'étonnais de l'existence venant d'une source quelconque, la même image de blanche désolation et de tourmente en action s'offrait à mes yeux rougis de larmes et de sang. Il me semblait voir un corps sans fin qui m'échappait. On aurait dit qu'il s'allongeait, qu'on l'étirait, que j'étais écartelée, donnée en spectacle sur la place du village comme la femme adultère que j'étais et qui subissait la sentence. Vite, qu'ils fassent vite et que l'on en finisse ! J'en avais assez de souffrir, j'en avais assez de n'être retenue à la vie que par l'unique enfer que je vivais et que j'étais la seule à savoir devoir mériter. Les clameurs étaient silencieuses, juste les mêmes injonctions étouffées par la pression du sang qui arrivait en saccades jusque dans mes tympans. Je percevais les battements affolés, plus que toute autre sonorité reconnaissable. Ma tête, elle aussi, allait exploser. Je la laissais peser de toute l'apparente difformité que je m'imaginais et que je ressentais.

    Comme une autre épreuve de repentance à l'irrégularité de ma conduite, j'étais loin de ceux qui m'importaient, loin de celui à qui j'aurais voulu tant donner, celui qui était prêt à tout sacrifier et qui voyait en moi l'impossible rêve d'*Être* à nouveau, de revivre un partage sans attente de retours forcés, d'être lui-même et de m'en faire don. J'avais fini par croire que c'était possible et que je le retrouverai, tout là-haut, pour toujours et pour n'en jamais redescendre. C'était absolu. Notre différence nous avait rapprochés. Notre soif de liberté nous avait aliénés. Pires que le *Kangchenjunga* qu'on prit longtemps lui aussi pour un autre et qu'il me disait être prêt à franchir, pires que l'Everest, enfin, des milliers de kilomètres d'Océan avaient fini par prendre la mesure de l'outrage que nous avions fait subir à la société, la société de nos proches, celle surtout de ceux qui nous laissaient indifférents et qui se contentaient de ce que la vie leur avait apporté. L'Océan agité de ses vagues, de ses tempêtes, de ses vents, de ses furies, un monde liquide inquiétant qui m'avait toujours effrayé, qui l'effrayait lui aussi, pour diverses raisons. Il avait même envahi mon corps, l'avait envahi de son agitation et de ses démons.

Le gynéco l'avait également franchi, l'Atlantique, étrangement, un peu comme s'il avait été banni d'un monde désormais interdit, contraint à emporter avec lui le secret, à partager le fardeau du mensonge, au nom d'une amitié, au nom du refus des faux semblants. Pour toutes les valeurs qu'il partageait avec son ami, il avait pris le risque. Nous n'avions pas été à l'origine de sa décision de partir et de quitter la France. Son métier, ses ambitions, sa notoriété, la recherche. Sa complicité l'y aurait pourtant obligé. Il m'arrivait de penser à lui, à sa famille, aux conséquences de son implication dans notre vie, aux conséquences de l'incroyable tricherie dans laquelle il avait été entraîné, dans laquelle je l'avais aussi personnellement impliqué. Je me sentais coupable de cela aussi. Il m'était rassurant de le savoir éloigné de l'univers où tout avait commencé, où il était intervenu dans ce pénible processus de procréation assistée qui avait jalonné ces deux ou trois dernières années de ma vie d'éprouvantes manipulations scientifiques et médicales. Tout était faux là aussi, comme certains de mes sentiments, comme les façades de ce couple officiel vérolé dont je m'efforçais, avec l'hypocrisie de mon innocence d'alors, de colmater, vis-à-vis des autres, les évidentes fissures. L'écroulement était inévitable et le seul fait de prétendre dans l'aveuglement partagé et d'usage ne pouvait être qu'un médiocre remède.

Pourtant, au-delà d'avoir fait de moi la femme dont la nature avait interdit certaines destinées, par je ne sais quelle logique prémonitoire de justice, d'avoir fait de moi l'autre femme que je désespérais d'être parfois, il m'avait aussi fait : la femme d'un autre.

Tous deux, nous avions fui ce qui, quelque part, pourrissait nos consciences, mais j'avais abandonné aussi, de l'autre côté, celui qui comptait plus que tous, seul, le corps et l'âme ravagés d'une chute fatale dont on ne peut espérer se remettre qu'une fois un temps sans mesure consumé, sans savoir la vérité ni connaître ma douleur de l'avoir perdu pour toujours. Il n'avait jamais pu partager ce qui nous était arrivé, je ne pourrais jamais partager ce qui m'arrivait, ni avec lui ni avec les autres, pas même avec celui désormais, de son sang. Le destin voulut cette autre chute, en plein milieu de nulle part qui fut son linceul et de celui d'un jour, peut-être de vérité pour lui, le pourrissement absolu de l'espoir et ses regrets. Le gynéco, lui seulement... Partageait.

Nos solitudes étaient désormais ce qui nous reliait. Moi seule le savais et je devrais porter le poids de cette connaissance, tout le temps qu'il me resterait à vivre.

Et puis, ce fut le déchaînement des forces et des résistances dans l'enveloppe de mon corps qui était aussi celle de celui que j'attendais, et j'eus le sentiment que l'Océan, qui avait trouvé demeure en moi, brusquement, faisait éclater parois et digues des protections de nos vies. Une lame déferlante semblait évacuer tout ce qu'il y avait en moi, sans retenue. J'avais l'impression de me vider de ces eaux en tumulte, d'avoir perdu un quelconque contrôle, d'accepter, sans ne rien pouvoir dire ni cacher, l'oubli de mes intimités les plus personnelles.

Une forme blanche se pencha, devant moi, avançant des mains de latex entre mes membres prisonniers et soumis. Je ne voyais pas son visage. Là où les textiles ne se rejoignaient pas et formaient une ouverture, ses yeux, seuls, lui donnaient un semblant d'humanité. Nos regards ne se croisaient pas ; c'était comme si je n'existais pas, comme si ce qu'elle faisait était dissocié de moi. C'était un corps en travail, il aurait pu être n'importe lequel. Les paumes de mes mains ouvertes continuaient d'exercer leur pression, dans le tempo accéléré de ma respiration et des contractions qui chacune, les unes après les autres, ajoutait à déjà tant de douleur. C'était plus des instincts que j'avais, comme toutes les autres femmes, à l'intérieur de moi, que des initiatives propres à moi-même. Mon corps réagissait pour moi, sans moi, et j'étais heureuse de lui avoir laissé cette liberté, heureuse aussi d'avoir eu assez de hargne et de volonté pour supporter les conséquences du choix qui, celui-là, était vraiment le mien. Le masque de la silhouette anonyme se gonflait puis se recollait à sa bouche et à ses joues que je devinais, au rythme régulier de sa propre respiration. Parfois, l'étrange spectacle de son souffle s'accélérait, rompant la cadence du masque qui, par *à-coups* successifs et rapides, s'enflait puis se dégonflait. J'arrivais à entendre des sons, plus que des mots, courts et précipités. Un peu comme ceux que j'avais entendus peu de temps avant la déferlante qui ravageait mon corps et allait, dans très peu de temps, une demi-éternité sans doute, libérer l'otage sur lequel j'avais longtemps veillé, comme s'il n'avait appartenu qu'à moi. J'étais incapable de savoir qui, de toutes les personnes que j'avais rencontrées à mon arrivée, m'assistait alors, pas même s'il s'agissait d'une femme ou d'un homme. Qui qu'elle pouvait être, asexuée par l'accoutrement, elle se releva et remonta ses bras. La couleur avait changé. Le rouge contrastait avec l'éclatante blancheur de la salle et des lumières, des tabliers et des masques, du drap qui recouvrait une partie de mon corps. Les mains restèrent positionnées quelques instants à mi-hauteur, comme pour le temps d'une réflexion, le sang se répandant en fines striures sur le latex encore épargné des gants de chirurgie. Le regard restait le même, orienté dans la même direction, évitant toujours le mien désormais fasciné par l'inquiétant écoulement de mon sang. Les mains averties retournèrent à leur tâche ordonnée.

Pour m'encourager à libérer les dernières forces qui me restaient et fournir l'effort décisif, je poussai un long cri plaintif de peine et d'espoir et je sentis alors que la délivrance venait de passer une étape importante. Je craignais pour mon petit être plus que pour moi-même pour qui je ne trouvais plus, à ces instants, de réelle importance. Le présent m'inquiétait pour lui, mais il était comme tous les autres *présents*, éphémère et insaisissable ; tout, en fait, appartenait au temps qui suivrait et dont je n'avais nulle connaissance. C'était cette incertitude qui m'accablait, celle que j'allais vivre avec lui, malgré toutes les forces que j'avais l'intention d'engager pour l'épargner des tourments du mensonge et des incompréhensions des absences.

L'étau de mon corps activait l'angoisse dont il ignorait encore l'existence et le mal qu'elle lui procurerait plus tard, demain et toujours. Je devinais la pression sur son crâne si fragile et l'étranglement soudain à son cou. J'en étais responsable mais, comme lui, je subissais cette tourmente. Dans quelques minutes, quelques secondes, nous allions nous désunir, son propre corps allait prendre le relais et son indépendance vis-à-vis de moi, seulement de moi.

Je me demandais, pour autant qu'il était encore temps de le faire et pour autant que j'en étais physiquement capable, je me demandais si je me souviendrais de ce basculement de nos vies, de cette interruption définitive des fonctions de ma chair pour l'élancement de celles de son propre corps. J'avais pris soin de ma vie pendant ces derniers mois, je n'avais rien laissé au hasard, écouté les conseils, respecté l'Expérience pour que tout soit parfait pour lui, que son départ se passe sans anicroche. De cela, j'étais certaine. Je n'aurais pas pu faire mieux, du moins, je le croyais sincèrement. Pour ce qui est du reste, l'après, je n'en étais pas vraiment persuadée et je me doutais qu'un jour, il y aurait sans doute des comptes à rendre. Je n'étais pas persuadée non plus d'avoir mis à profit le temps de réflexion supplémentaire pour donner la vie, celui que mes conditions m'avaient imposé. Je crois même que c'était le contraire et que ma part d'égoïsme s'était engouffrée dans ce vide de l'attente, des diverses attentes qui gravitaient dans ma vie.

On s'affairait autour de moi, j'entendais des voix dans les intervalles du métronome cardiaque en folie et le concert déjanté des borborygmes qui semblait perdre la mesure du normal et du temps. Les gants de latex, rougis par le sang en cavale, s'étaient avancés une fois de plus, pour disparaître derrière les formes de moi suppliciées dans un étrange décorum où les destins commencent et se poursuivent, heureux et malheureux. Ils restèrent plus longuement, cette énième fois, et je savais que lorsqu'ils s'éloigneraient, tout serait enfin terminé. Que tout continuerait et que tout commencerait. La rondeur blanche devant moi s'animait de spasmes désordonnés que mes mains pourtant essayaient en vain de contrôler. Elle s'atrophiait bizarrement devant moi de la vie en délivrance que j'aurais aimé conserver en moi et pour toujours.

L'heure de la remise était arrivée. Celle d'une séparation. Une habitude, pourtant, s'était installée depuis longtemps, c'était difficile d'évaluer le temps. C'était comme s'il n'avait jamais vraiment commencé. Une sorte de fin, sans commencement. Celle d'une délivrance, d'une déchirure programmée. Les réalités dimensionnelles justifiaient l'inqualifiable douleur qui se répandait en assauts rythmés sur un corps qui avait cessé de m'appartenir.

Et puis les eaux déchaînées de mon Océan se déversèrent hors de moi, mais au lieu d'être froides et agressives, au lieu d'emporter et de faire disparaître, elles étaient chaudes comme le sang, presque rassurantes dans leurs courants, blanches incolores et puis rouges pour rappeler la blessure du corps et le coût d'un bonheur. Mes jambes écartées dégoulinant des liquides déversés relâchèrent leur tension, les derniers spasmes de mon ventre ébranlèrent tout mon corps comme des sanglots d'adieu à ce qui était encore une partie de lui-même, si peu de temps avant et pour trop peu de temps.

Je ne fis pas attention aux gants qui me le posèrent au creux de mes seins, tout près de mon cou endolori de mon inerte conscience ; j'étais fascinée par la petite masse de chair rougeâtre et chaude qui vibrait de ses cris et de ses gesticulations. Mon cœur avait ralenti son battement et repris un rythme normal. Le sien battait à plein régime, de son propre contrôle. C'était un beau garçon. Je n'avais pas voulu savoir et pourtant je savais. Il fallait que ce soit un garçon. Ces certitudes, j'aurais été en peine de les expliquer. On ne m'avait jamais posé les questions, c'était mieux ainsi, il fallait garder mon secret, notre secret, même s'il était lourd à porter, même si nous devions nous priver du bonheur de partager. Une étrange odeur venait de cette chair, indéfinissable, écœurante de fadeur et apaisante pourtant. Les embruns de la vie intérieure et du tumulte de mon océan perdaient leurs subtilités et leurs fragrances dans l'univers fabriqué et verdunisant de la salle de travail. Quelques secondes de contact avec l'extérieur suffisaient pour transformer, d'une étrange réaction des milieux, le sublime en presque détestable. Je ne savais pas si cette odeur âcre et acide grandissante venait de moi ou bien de lui. Quelle différence cela faisait-il ? Y avait-il une différence ? J'étais lui et il était moi. Nous partagions encore cela, l'odeur, mais pour si peu de temps encore…

Je n'avais pas vu qui avait coupé le cordon qui le reliait à moi, une sorte de moi, cette réserve de survie en moi. J'avais fermé les yeux. Le bruit des ciseaux m'avait envoyé une ultime douleur pour l'ultime déchirement. Imaginaire mais pourtant réelle.

Des larmes coulaient le long de mes joues et de mon cou. Je pleurais de peine, je pleurais de bonheur incomplet. Il repartait de mon corps où il avait été en transit, en simple transit. Mon corps n'avait été qu'un refuge des premiers instants de sa vie. Il n'y avait pas été conçu. Sans doute cela aurait-il dû mieux me faire comprendre et appréhender la séparation ? Moins d'appartenance peut-être, je ne savais pas, je ne savais plus. Ce n'était pas vraiment un petit être comme les autres, mais c'était quand même mon *bébé*. Pourquoi ce *quand même* puisqu'il était vraiment *mon* fils. Lui aussi pleurait d'un bonheur incomplet, pour une absence dont il n'avait pas conscience ; il hurlait au mensonge et à la manipulation. Ou bien était-il simplement heureux de trouver enfin une sorte de vérité et de liberté ?

J'aurais aimé marcher sous la pluie fine... On lavait mon ventre et mes jambes enfin désanglées et reposées sur le blanc entaché. Il me tardait de partir et de commencer mon autre vie. Rien ne pouvait plus désormais être comme avant.

Et puis on le retira de ma légère étreinte, comme si j'avais eu suffisamment de plaisir ; on décidait pour moi, on décidait pour nous, *on* prenait le contrôle que j'avais assumé, tant bien que mal, jusqu'au dernier moment, comme s'il avait fallu humaniser l'acteur de cette manipulation que je n'avais pas pris la peine de bien regarder. Des gants tout blancs, ceux-là. Le rouge du sang avait disparu, on m'essuyait, presque avec délicatesse et tendresse. *On* faisait comme s'il fallait effacer les indices d'un meurtre, d'une violence, d'une agression. Ma vision se faisait de plus en plus claire. Un blanc glacial m'entourait, un monde assez irréel, synthétique et stérilisé.

Les murs étaient ajourés d'une bonne dizaine d'ouvertures vitrées. Du verre. Du verre partout. Comme celui qui avait enceint la conception de mon enfant. J'aurais souhaité un accueil plus chaleureux pour lui, dans une autre lumière, dans un autre décor, avec une autre présence. Sa délivrance n'était peut-être qu'un leurre. Les premières heures incertaines de sa vie avaient commencé ainsi, hors de la chaleur de mon corps. Un corps inapte à concevoir sans l'intervention de la science et de la médecine des hommes avec leurs tubes, leurs seringues, leurs tuyaux caoutchoutés, celles de leurs chimies chimériques.

Il méritait de profiter plus longtemps du refuge de fortune de mon être mais les règles avaient repris le dessus des machinations.

Seule, une large fenêtre nous reliait au monde extérieur. Un bleu intense irradiait sa couleur au travers d'elle. Elle était seule à contrer la froideur intérieure du local. Et pourtant, il faisait moins quatorze degrés dehors. Je devinais le soleil de printemps flirter avec les étendues de neige qui continuaient de s'imposer encore pour quelque temps dans les parcs de la ville et sur les bas-côtés des rues. Il me semblait qu'il essayait de se refléter dans l'azur de métal pour adoucir ces instants, apporter la lumière dont nous avions tous les deux besoin, lui surtout, plus que tout autre, et dont le doute des beautés et plaisirs de ce monde avait déjà tant de raisons d'exister.

Ses petits yeux avaient pris la couleur du ciel, le ciel de l'absent qui pourtant, depuis des mois vivait irréel auprès de nous, invisible et rejeté.

Je commençais à ressentir mon corps, il se recomposait morceau par morceau et semblait me ré-appartenir. On me rendait à moi-même. C'était moi que l'on délivrait enfin. Lui qu'on livrait à la prison du mensonge. Mais j'en avais les clés. Ces clés qu'il me tardait pourtant d'oublier au plus vite. La rondeur blanche devant moi avait perdu son volume, c'était comme un ballon dégonflé qu'on délaisse après le coup de pied fatal. Les lignes fuyantes de mes jambes avaient disparu. On m'avait détachée et des milliers de picotements parcouraient tout le bas de mon corps, s'il avait encore un sens, ce dont je n'étais plus certaine. Le sang reprenait ses circuits, sans contrainte, sans étranglements. Les sensations reprenaient leur terrain et je revenais sur terre après des instants d'oubli de ce que j'étais ou de ce que j'avais pu être. Je réalisais petit à petit que ma vie venait de prendre un tournant, un tournant vers je ne sais quoi vraiment. D'autres émotions vraisemblablement, un doute encore plus grand que celui qui me tenait compagnie depuis déjà tant de mois.

    Malgré ce dont je m'étais séparée, je sentais à nouveau le poids de mon corps. Il avait remplacé mon supplice, ma souffrance. Ou bien alors m'étais-je habitué à la torture ? Mais je n'avais rien avoué. Mes larmes peut-être, si on les avait remarquées, m'auraient trahie pour ce qu'elles étaient versées. Ce n'était pas moi que l'on avait attendu, ce n'est pas moi qui importais. Tout cela finalement me convenait. Mon secret serait préservé. J'étais pourtant si près de l'avouer, de le crier, mais ce bonheur m'était interdit. On se contenterait du mensonge, il suffirait aux autres. Comme il aurait suffi de si peu pour que tout bascule et qu'un autre tournant m'entraîne sur un autre chemin. « Il » serait venu avec moi et nous aurions été plus seuls encore, avec notre vérité, une autre vérité moins contrariée des silences obligés. Et il m'aurait encore plus coûté de la protéger, sans doute, mais je n'en étais même pas certaine.

Chapitre 10
Résignation

La nuit tombait sur Montréal, glaciale et enveloppante. C'était l'hiver qui commençait interminable, le troisième que les Legrand allaient passer depuis leur départ précipité de France.

Tout était arrivé si vite, trois ans auparavant, d'une façon tellement imprévue, tous deux fuyant leurs mensonges, des mensonges qu'ils ne partageaient pas et qui étaient les leurs et dont ils n'avaient pas conscience. Une fin d'hiver qui se ferait attendre, une faim de printemps et de début d'autre chose, une dernière page à tourner, l'épilogue d'un temps à refermer sinon à oublier. Une nomination outre atlantique qui s'était présentée et que Jean Paul s'était attribuée à lui-même pour repartir sur d'autres bases, sauver son couple, recommencer une autre vie et oublier, si tant est qu'il était possible de laisser son passé derrière soi et de le gommer pour toujours. Laurence, elle aussi, y retrouvait son compte, fuyant les traces de ses secrets, de *son* secret. Elle n'avait pas montré le moindre signe de regret de partir et de quitter la France. Lui n'en avait curieusement pas été étonné. Il ne s'était jamais trop inquiété ni posé de questions quant au bonheur de sa femme. Il avait une bonne image de lui-même, il plaisait aux femmes, il réussissait au travail et il était apprécié pour ses résultats. Laurence ne pouvait faire exception à la définition de Jean Paul du partage des droits et des devoirs, de ses droits et du devoir des autres. Il prit du temps à revenir sur ses conceptions, accepter les autres approches de la vie, accepter les autres valeurs que l'on donne au bonheur. Trop de temps ! Celui au cours duquel le couple s'essouffla, au fil de l'insouciance du quotidien. Ils s'étaient aimés comme on peut s'aimer à vingt ans, sans savoir vraiment pourquoi, ce pourquoi qui fait la différence et qui contredit les mathématiques en faisant égaler un plus un à « un » ou bien en faisant de la notion des ensembles un havre de prescriptions respectant une charte infernale de règles à suivre. Pourquoi fallut-il qu'*un et un* ne fût pas deux ? Deux s'apparentait-il à deux vies séparées, deux solitudes camouflées ? Était-ce alors pour ne pas rester seuls ? Des amis l'avaient fait, beaucoup le faisaient et le feront encore. La vie les avait pris comme un canal conduit les bateaux. Pas trop loin, pas trop vite. L'horizon de l'Océan était bien lointain alors ; c'était difficile d'imaginer qu'il pouvait y avoir autre chose, autre part, autrement. Ils s'étaient habitués à se retrouver chaque matin, l'un près de l'autre, sans différence des nuits passées en étreintes à celles de solitude ou d'évasions solitaires que l'on ne partage pas et qui font supporter les délaissements, sans vraiment y réussir.

Le temps avait passé vite, malgré les craintes de l'inconnu qui modulent les impressions. Et puis, il y avait eu cet enfant. L'attente et le découragement avaient fini par encombrer leur quotidien, les éloignant sournoisement. Le rapprochement nécessaire qui put être salutaire à leur tourment n'avait pas fonctionné. Il y avait peut-être déjà quelque chose ou bien n'y avait-il déjà plus assez. Les jours avaient passé, amaigrissant leur espoir. Les distances interdites s'étaient mises en place, faute de n'avoir l'antidote à ces maux d'amour que l'on s'imagine exister et qui parfois prétend à de fausses guérisons.

Il ne restait que peu de choses auxquelles elle n'avait pas eu à se soumettre. La résignation s'était enfin installée, libératrice et complice. Et puis, comme si l'indépendance imposait ses règles et replaçait chacun dans la case à laquelle on appartient, l'attente et la lassitude avaient alors trouvé leur terme. Les prouesses de la science, dans ses plus obscurs mécanismes et ses plus extravagantes manipulations, avaient décidé de tout, des avenirs de chacun, improbables, de ceux qui sont partis et de ceux qui sont restés pour les comprendre. Le bonheur attendu était arrivé mais sa fleur avait déjà fané, il s'était fait trop longtemps attendre, un autre l'avait remplacé, apocryphe, irréel, égoïste. Le partage et la vérité n'y trouveraient pas leur place. C'était un prix à payer, pour cet autre bonheur, un prix dont personne vraiment, ne pouvait s'exonérer.

Chapitre 11
L'interview

— C'est votre onzième roman, Laurence Martin, roman que vous publiez chez Kalfon. Vous revenez, je crois, sur les thèmes de vos premiers textes, les trois ou quatre premiers, me semble-t-il, avec beaucoup de sentiments, beaucoup d'intrigues, beaucoup de personnages attachants et d'autres moins sympathiques et décevants à la fois car ils se découvrent, petit à petit, au fil des pages... Comment faites-vous Laurence Martin pour renouveler ce type de roman qui aurait pu trouver une sorte de tarissement et un vide de lecteurs ? Puisque personne n'ignore que c'est un autre succès, avec une adaptation cinématographique possible, si je suis bien renseigné...

— Vous avez raison, en partie, car je reviens effectivement à un type d'écriture descriptive de sentiments divers et variés, pour résumer et faire assez court. Je précise « en partie », car, vous me l'accorderez, mes personnages sont un peu plus *travaillés* que ceux qui apparaissaient dans les premiers ouvrages. Je ne vous apprends rien en vous rappelant que la vie est faite de rencontres de toutes sortes que le quotidien vous offre, celles de personnes qu'il suffit d'écouter, de regarder évoluer, d'interroger parfois pour en faire des personnages d'histoires qui sont à la fois basées sur du réel et du totalement inventé. C'est peut-être une de mes capacités de jouer de toute la variété de qualités et de défauts de l'humanité pour créer des êtres totalement inhabituels mais qui, somme toute, pourraient parfaitement exister. J'aime les gens en général, avec ce qui les rend à la fois attachants et à la fois répugnants, les faibles, les tout-puissants, les pauvres, les riches, ceux qui se trompent totalement sur ce qu'ils sont en réalité. Sans cette variété, j'aurais du mal à écrire et renouveler ce type de littérature. Je suis un peu paresseuse pour la recherche historique où l'on ne peut pas dire n'importe quoi sans être repris par un critique littéraire, un historien ou bien des lecteurs très bien renseignés. Je l'ai fait cependant, comme vous le savez, mais cela m'a pris du temps, un peu trop de temps à mon goût car je n'en dispose pas assez, comme beaucoup d'autres. C'est peut-être une forme de paresse. Une forme de paresse sans nom dont les plus courageux peuvent être atteints. J'en fais probablement partie...

— Je reviens sur ce que vous venez de dire. Qu'entendez-vous par personnages *plus travaillés* ?

— C'est ce que vous disais il y a quelques instants, je prends plus le temps d'écouter, de regarder, d'apprendre les attitudes des uns et des autres, d'apprécier leur versatilité, leur façon de paraître sans rien ou presque, dévoiler. Mes personnages sont devenus plus complexes, plus étonnants. C'est cela en fait que je recherche maintenant : l'étonnement du lecteur. La surprise et les sentiments qui en découlent. Que ce soit le respect, le dégoût, l'admiration, l'envie de vomir. Mes personnages n'étonnaient pas vraiment ; on s'attendait à ce qu'ils allaient dire, ce qu'ils allaient faire. Alors désormais, il faut attendre, parcourir les pages, avant de découvrir ce qu'ils sont véritablement.

— Dans un de vos romans, il faut d'ailleurs, je crois, attendre l'avant-dernière page pour découvrir la véritable personnalité de votre caractère principal ?

— C'est exact. Vous faites allusion à Germaine, Germaine Kastovitch dans la « Fraîcheur de l'argent ». Ce genre de rebondissement est un peu excessif pour certains. Ceux qui préfèrent un déroulement logique, avec une explication après le rebondissement. Mais j'aime bien amener les lecteurs, subtilement, vers l'aboutissement, sans que cela nuise à l'effet de surprise dont je vous parle. Le roman que j'écris actuellement sera un peu *tordu* aussi et le rebondissement en choquera plus d'un, j'en suis déjà certaine. Mais c'est un peu la vie telle qu'elle est. Qui peut dire ce que nous allons faire demain dans telle ou telle situation, qui peut dire que nous ferions la même chose vingt-quatre heures plus tard, ou vingt-quatre heures plus tôt ? Tant de choses interviennent dans notre quotidien et nous affectent différemment selon nos états d'esprit, nos humeurs...

— Vos autres livres ont bien marché cependant, deux je crois, un basé sur la guerre civile espagnole « Iberica » et l'autre sur l'émigration irlandaise aux US, « N'oublie pas Dublin », et ils ont été pour vous une grande satisfaction également. Vos références historiques n'ont pas été contestées.

— Il y a plein de zones d'ombres dans certaines périodes de l'histoire où personne n'est vraiment d'accord, où chacun va de ses déductions, de sa logique, et même de son imagination. C'est dans ces périodes que je me suis « aventurée » avec mes propres interprétations et j'ai dû rester, je présume, dans un périmètre de *raisonnable* et d'*acceptable* car je n'ai pas eu vraiment d'attaques en règle sur ce que j'ai pu avancer. C'est cette semi-liberté qui m'a permis d'écrire autre chose de plus sérieux, quoique... de différent en tous les cas par rapport à ce que j'ai pu écrire le plus souvent. J'ai écrit aussi quelques essais et un recueil de poèmes. Pour la poésie, cela a été la liberté totale en dehors du respect de ses règles que je n'ai pas voulu bousculer. Cela m'a plu mais je ne suis pas certaine d'être en mesure d'écrire autre chose encore dans le même genre où je ne trouve pas vraiment pleinement une façon de m'exprimer et de dire tout ce que j'ai à partager.

— Tout ce que vous voulez bien partager...

— Tout ce que je veux bien partager, en effet ! Qui peut convenir et qui peut intéresser.

— Vous avez, dans ce dernier roman, contrairement aux précédents, ajouté une note de violence, de machiavélisme, inhabituels, dans deux de vos personnages, un peu comme dans les romans « noirs »... Pourquoi ce besoin, était-ce avec l'idée d'une adaptation possible pour le cinéma avec les contraintes que cela nécessite ?

— J'écris beaucoup mais je lis beaucoup également. C'est un équilibre pour moi. Je donne et je prends, je m'inspire si vous préférez car je ne prends ni ne vole réellement. Mes lectures ne sont pas sans effet et je ne reste pas insensible à la qualité des textes que je lis et que bien souvent j'aurais eu beaucoup de fierté à avoir écrits. Mes dernières lectures contenaient beaucoup de cette forme d'écriture et cela a transpiré dans mon roman. Quant à l'adaptation possible, je n'ai pas eu la moindre arrière-pensée en écrivant mon texte. Je suis plus attachée à mes lecteurs qu'à d'hypothétiques spectateurs.

— Je sais que vous n'avez pas trop aimé le film de François D'Ervalle tiré de votre avant-dernier roman : « Le temps d'oublier. »

— Je ne pense pas que l'on pouvait véritablement mieux faire. Les acteurs avaient été bien choisis. Je n'ai pas voulu donner un avis à ce sujet. Quand bien même l'aurais-je souhaité... On ne m'avait pas consultée. J'avais donné mon accord pour ce film, je n'avais plus qu'à me ranger derrière tout un tas de décisions m'échappant totalement. Je n'avais pas posé beaucoup de conditions, laissant ma seule confiance à celui qui avait la charge de l'adaptation comme unique responsable de ce qui pourrait en découler.
— Mario Chapman !
— Mario Chapman, en effet...
— Vous le connaissiez bien ?
— Non, comme beaucoup, j'avais vu certains de ses films. J'avais été frappé par l'authenticité des personnages.
— Par rapport aux personnages des romans ?
— Oui, d'une part, mais aussi par le choix des acteurs. Je me demandais si les acteurs n'étaient pas encore plus vrais, et ne jouaient d'une façon plus authentique, que les personnages mêmes des histoires.
— Et vous avez été séduite !
— Séduite, je ne sais pas, mais en tous les cas, flattée d'avoir été *choisie* par lui pour faire ce film. Et puis, mes personnages n'étaient après tout que des amalgames de mots et d'expressions. Les images se font d'elles-mêmes et à mon sens ne doivent pas être imposées. Chacun se les fait, se les fabrique en fonction de ses interprétations. Au mot *salaud*, beaucoup de gens voient un grand type, mal rasé, avec une certaine vulgarité parfois, celui qui trompe sa femme, qui la frappe ou frappe ses enfants. Peu de gens l'associent à une personne raffinée, aimable, bien propre sur elle et à l'intérieur, amoureux fou. Alors que... Pourtant, on peut être vraiment surpris. Pour en

revenir au film, j'ai en revanche participé aux dialogues. Une autre expérience, intéressante elle aussi. Mais c'est un autre métier. Je ne suis pas certaine que ce soit définitivement le mien. J'adore écrire, j'adore lire, j'adore l'idée que l'on puisse adorer ce que j'écris.

— Laurence Martin, avez-vous souvenir d'une de vos premières télévisions, sinon la première, avec les remous que le sujet de votre deuxième ou troisième livre avait entraînés ?

— C'était ma première télévision, j'étais jeune et peu habituée aux interviews.

— Oui, c'est exact, mais tout de même, le sujet était un peu provocant et vous avez dérangé certaines personnes.

— Sans doute. Plus par le texte que par ma prestation télévisée. Le sujet, peut-être. Le sujet... Mais comme j'ai dû le dire à l'époque déjà et je ne peux que le répéter, les romans permettent de créer des situations absolument fausses et irréelles, basées naturellement sur ce que peuvent dire et faire certaines personnes, pour passionner, capter l'attention des lecteurs par une originalité presque sans limites, et sans aucune intention, pour ma part, de déranger quiconque ou de dénoncer tel ou tel type de pratique, possible ou impossible. Il se trouve que j'ai impliqué un corps de métier qui s'est senti dénoncé, visé, montré du doigt, à tort, et qui a réagi curieusement, en tous les cas démesurément. On a parlé de *calomnie*, c'était invraisemblable ! Je n'ai pas vraiment compris. Toujours pas d'ailleurs. Quand on voit et qu'on écoute ce qui se fait et se dit maintenant... Je m'étonne de l'effacement de certains... D'autant plus que les attaques, au cours des dernières années, sont des atteintes véritables et voulues à la moralité des gens, des attaques en règle. Je n'avais aucune intention de dévoiler de quelconques agissements répréhensibles. Ce n'était que de la fiction, avec ses exagérations, rien de plus...

— On va écouter une partie de cet entretien, c'était le douze décembre 1990, sur le plateau de « Point-virgule »...

— Laurence Martin, bonjour et bienvenue sur notre plateau. Vous avez 34 ans, donc une très jeune auteur, la plus jeune de nous tous ici d'ailleurs ce soir et j'espère que vous ne m'en voudrez pas d'avoir ainsi dévoilé votre âge, comme cela, en public. Depuis combien de temps écrivez-vous ?

— Jeune auteur peut-être, pas *très jeune auteur*. Beaucoup ont commencé bien plus tôt dans leurs vies... J'ai commencé relativement tôt à écrire des textes, des textes courts pour commencer et puis, progressivement, ils ont pris un certain volume, par la force des choses, par la richesse de mes expériences. Je les relisais et essayais d'en être aussi critique et aussi honnête que possible. Au début, c'était nul : le fond, la forme, je n'étais pas très impressionnée je dois avouer et puis, comme je viens de dire, j'ai pris une sorte d'aisance dans mon écriture et sentais que quelque chose était en train de se réaliser. Je me suis petit à petit rassurée sur mes capacités à écrire, heureusement car c'était quelque chose que je m'étais donné comme objectif dans la vie. Et puis, je n'étais pas non plus certaine d'avoir le soutien suffisant de mon entourage à me donner cette fameuse confiance, essentielle pour poursuivre mon chemin dans le domaine de la littérature.

— Votre premier roman sorti aux éditions du « Cercle de la Plume » a bien marché pour une première publication mais le second démarre encore plus fort et il semble que vous ayez cherché un moyen, un sujet qui pourrait provoquer, pour faire parler de vous, dynamiser les ventes. Est-ce une juste vision de ce que vous avez voulu faire ?

— Je n'ai rien cherché de la sorte et je m'étonne que vous puissiez le penser. J'écris pour le plaisir, et celui si possible des lecteurs. Je n'ai aucunement l'intention de brûler les étapes. J'ai dû attendre plus d'une année pour que mon premier livre soit publié, deux années presque en fait, une bonne vingtaine de retours et de courriers démotivants. J'avais été prévenue et je m'attendais à la même galère pour le deuxième même si mon nom était déjà connu de certains. C'est une histoire, rien d'autre, des personnages que j'ai imaginés, certains plus authentiques que d'autres, sans doute, des bons, des gentils, des méchants, des pourris.

— Vous avouerez que vous avez attribué à une catégorie professionnelle un mauvais rôle avec des insinuations et des sous-entendus sur leur intégrité ?

— Ce ne sont pas des insinuations puisque j'ai volontairement décrit un personnage, un embryologue, je présume que c'est bien de lui auquel vous faites allusion n'est-ce pas ? Sans scrupules et qui agit au nom d'une certaine amitié. Cela n'en fait pas une personne fréquentable pour autant mais je le voulais ainsi. Ça ne veut pas dire que tous les médecins, gynécos, embryologues sont pourris et si cela dérange, je le regrette mais ce n'était pas le but. On écrit bien sur des policiers véreux et personne n'est choqué, me semble-t-il.

— Est-ce que votre expérience personnelle est liée à cette histoire ?

— Elle l'est nécessairement puisque je suis passée par les mains d'un embryologue moi-même, ne pouvant pas avoir d'enfant « naturellement ». Cette expérience difficile et douloureuse m'a évidemment servi de trame, juste de base. Quant au reste, l'imagination des écrivains, vous savez... J'ai passé pas mal de temps à attendre dans des salles de soin et de traitements, d'analyses... Ce qui me différencie peut-être de toutes celles qui passent ou qui sont passées par les mêmes expériences, c'est que je réfléchis beaucoup pendant ces moments-là et que je tiens à retranscrire ces moments de réflexion, en y ajoutant, bien sûr, tout ce qu'il est possible d'imaginer.

— Tout a l'air si réel, si bien détaillé, comme si vous aviez vécu cette fameuse trame sur laquelle vous basez votre histoire, et aussi le débordement... On peut comprendre la réaction de la profession, ne croyez-vous pas ?

— Alors contentez-vous de me féliciter pour l'apparente authenticité de cette fiction !

— Les lecteurs vous ont félicitée puisque le livre marche bien et la volonté des médecins spécialistes concernés, la profession si vous préférez, de le faire retirer de la vente, contribue aussi à ce succès. Qu'en est-il de cette demande à l'heure actuelle ?

— Écoutez, ce n'est pas de mon ressort. Ernest Viton, mon éditeur, fera ce qu'il doit faire et fera retirer le livre des rayons des libraires s'il doit le faire, voilà tout. Je regretterais qu'il y soit obligé et de devoir en arriver à cette absurdité.

— L'embryologue qui vous a suivie et grâce à qui vous avez eu un fils vous a-t-il écrit ou contactée à ce sujet ?

— Non, il a d'autres choses à faire et n'aurait aucune raison de se sentir concerné. Il n'apparaît pas dans l'histoire, personnellement. J'ai décrit un médecin, n'importe quel médecin avec un métier, des gestes, des mots, des façons de rassurer, de parler vrai, de douter comme ils le font tous. Pour faire la « différence » et élaborer cette histoire, je ne l'ai pas rendu trop sympathique. Rien à voir avec celui que j'ai bien connu.

— Pensez-vous, malgré tout, que cette tricherie soit possible, que cette manipulation de prélèvements soit envisageable ?

— Je n'en sais rien et pour tout vous dire, cela m'est totalement égal. Je n'ai pas à me poser cette question. Bien sûr qu'il faut espérer que toutes les précautions sont prises pour empêcher toute tentation de le faire. Tout est possible, je présume, et vous le savez bien. Je suis désolée si j'ai pu blesser certains mais la majorité, je l'espère, ne s'est pas sentie visée.

— Merci. Et votre fils ?

— Il va bien et grandit, c'est un adorable petit garçon.

— Pourquoi ce titre : « Five » ? Pourquoi pas cinq ou bien le chiffre tout simplement ?

— Si vous avez bien lu le livre, vous aurez peut-être remarqué que mon fils est né un 5, le cinq mars mille neuf cent quatre-vingt-quatre. Je regrette qu'il n'y ait rien de plus mystérieux. Je vous répète que c'est un texte, une histoire, sans intrigue tarabiscotée et sans message particulier. Quand je dis sans intrigue, je veux dire sans *sous-entendus*. Car il y a une intrigue mais elle n'est pas dans ce que l'on me reproche. Sans *sous-entendus* donc et surtout sans intention de polémique quelconque.

— Alors pourquoi pas « Cinq », cinq d'ailleurs qui apparaît aux pages trente-deux et cent quatorze et qui représente le numéro de l'adresse du personnage principal, personnage principal qui n'est autre que vous.

— Vous voulez me démontrer que vous avez bien lu le texte ?

— Ce n'est pas une remarque gratuite puisqu'il y a une question qui vous est posée en même temps. Si toutefois cela vous prouve que j'ai effectivement bien lu votre livre, vous m'en voyez... comment le dire, rassuré. Nous lisons les livres, nous nous renseignons aussi sur les invités de cette émission. Bref Laurence Martin, pourquoi Five et non pas Cinq ?

— Juste un peu d'exotisme. Mon fils est né au Canada, « on March the Fifth » et nous vivons également au « number Five ». De l'anglais, tout simplement. Ça représente autre chose pour moi, autre chose que cinq.

— Merci. Je présume que vous écrivez un autre roman, actuellement... Quel en sera cette fois le sujet ? Une autre provocation, un autre témoignage, ou simplement une embrouille sentimentale ? Vous pouvez nous en dire quelques mots ?

— Une provocation ? Pas dans le sens que vous l'entendez. Pas encore, en tous les cas. Vous semblez m'avoir classée dans un clan de dénonciateurs de je ne sais quels abus de droits et de pouvoirs. Un témoignage, vraisemblablement. Une expérience personnelle : pourquoi pas ? Et puis, il y aura aussi, quelque part, de la provocation. De la provocation entre mes personnages, j'entends. Elle est moins excitante pour les journaux mais suffisamment pour les lecteurs. Il faut émouvoir, provoquer des sentiments. Je suis en train de l'écrire, sans volonté, pour tout vous dire, d'être plus dans un cadre que dans un autre, c'est vous qui classifierez, mes lecteurs également surtout. Ce sera sur une saga de grande famille, avec ses intrigues, ses amours, ses haines, ses pardons et tout cela nous emmènera en Europe et aux États-Unis.

— Pour quand peut-on espérer sa sortie ?

— Pas demain et selon toute vraisemblance, à l'automne de l'année prochaine, si tout va bien. Je n'écris pas vite ; je réfléchis beaucoup en dépit des apparences.

Laurence Martin afficha un large sourire, créant l'image à laquelle elle sera définitivement associée, dans ses apparitions publiques et sur la dernière page de ses prochains romans.

— Bon courage Laurence Martin et merci d'avoir participé à notre émission. À très bientôt, nous l'espérons, sur notre plateau de « Point-Virgule ».

— Nous avons sélectionné volontairement certains passages de votre premier entretien télévisé. C'était donc en décembre 1990 ; quelle impression de revoir cette première ?

— Un peu d'émotion naturellement. Je ne me sentais pas trop à l'aise, un peu de nervosité compréhensible sans doute. J'étais un peu agacée et excédée par les questions. C'était un peu comme une agression. Et comme pour la plupart des agressions en général, je n'étais pas préparée ; vous avouerez que ce n'était pas trop étonnant !

— Avez-vous des commentaires à faire sur cette histoire ? On a dit ensuite que ce deuxième livre dont il est question, était en fait votre premier, du moins dans la chronologie de leur écriture, est-ce vrai ?

— Des absurdités, rien de plus. Je ne vois pas l'intérêt que j'aurais pu avoir de bouleverser l'ordre des éditions, encore moins de l'affirmer. Mais si certaines personnes ont prétendu le contraire et que cela leur a donné indéniablement du plaisir, j'en suis ravie pour eux. Je ne serais pas étonnée que d'autres écrivains aient pu bouleverser l'ordre de leurs écritures, du moins de leurs publications. Étant donné les difficultés à trouver un éditeur pour un premier texte, le temps qui s'écoule permet de continuer à écrire, de terminer un deuxième livre et de le soumettre au même parcours. Il est tout à fait possible qu'un deuxième, voire un troisième roman soit retenu avant le tout premier. Il peut y avoir la « maturité », la construction, la densité de l'histoire qui font la différence et retiennent l'attention. Il ne s'agit pas d'attendre, les deux pieds dans le même sabot, ou les deux mains dans le même gant. Il y a la chance qui peut intervenir mais il y a surtout la qualité, du moins j'espère qu'il en est ainsi. Si un troisième livre est retenu par un éditeur, on s'intéressera nécessairement au premier et au second, sans qu'il y ait pour autant une certitude de les voir édités.

— Le livre a cependant bel et bien été interdit et retiré de la vente !

— C'est exact, deux ou trois ans de querelles juridiques ridicules auxquelles je n'ai rien compris, je dois reconnaître.

— On retrouve le livre en librairie maintenant.

— Mon éditeur de l'époque a réussi à calmer les esprits. Il s'est donné beaucoup de mal.

— C'était aussi dans l'intérêt de sa maison d'édition.

— Peut-être.

— On dit que ces années de procédures ont été à l'origine d'une brouille avec Ernest Viton ?

— On dit beaucoup de choses, parfois sans trop savoir. J'ai cessé de travailler avec le « Cercle de la Plume » pour d'autres raisons qui n'ont sincèrement aucun intérêt pour ceux qui nous regardent ce soir. Vous savez aussi bien que moi que les écrivains ne signent pas de contrat à vie avec leurs éditeurs, sauf peut-être pour quelques exceptions mais peut-être pouvez-vous nous le dire, puisqu'étant personnellement bien incapable de le faire. Je ne discute pas vraiment des contrats passés avec telle ou telle maison d'édition par mes collègues et ne les tiens pas informés de ce que je fais. Je ne rencontre que très rarement d'autres écrivains. Sauf dans des occasions comme celle d'aujourd'hui. Je n'ai pas beaucoup de relations avec eux et je ne peux vous dire si c'est par choix, par discrétion, si cela fait partie d'une normalité quelconque ou bien même si c'est de l'antipathie réciproque. Vous savez, écrire *isole* beaucoup les écrivains, les rend, me semble-t-il, un peu sauvages. On se retrouve dans son monde exclusif, avec rien ni personne autour de soi, le vide absolu où la moindre exception peut devenir polluante. Il faut reconnaître que c'est une période difficile pour ceux qui les entourent, quand ils sont impliqués dans l'écriture d'un quelconque ouvrage, socialement difficile mais c'est accepté, acceptable car on ne peut faire autrement. Pour ce qui est du relationnel externe, entre les auteurs et leurs éditeurs, chacun est libre de choisir, il y a les affinités, les habitudes, les amitiés qui peuvent se créer. Je revois Ernest de temps à autre et nous nous saluons très chaleureusement. Je lui dois énormément, comme vous pouvez l'imaginer, il m'a tellement soutenue, mais cela fait partie de la vie, du métier, des métiers. Je suis chez Kalfon, aujourd'hui, demain je ne sais pas avec qui je serai…

— Est-ce un « scoop » ?

— Ce n'est pas « un scoop », c'est juste pour dire que l'on n'est pas lié à vie…

— En respectant le contrat !

— En respectant, bien sûr, les termes du contrat, de part et d'autre. Ou bien en ne les respectant pas et étant conscient des conséquences à supporter, conséquences que cette rupture sous-entend.

— On fait allusion à votre fils dans cette émission dont nous venons de voir quelques extraits. Partage-t-il votre carrière ? Vous regarde-t-il ce soir ?

— Mon fils aura bientôt vingt-trois ans, il vit sa vie, une vie certes dont je l'ai aidé à trouver le meilleur chemin possible. Je l'ai tenu écarté de ce milieu, volontairement.

— Une raison particulière, car une passion se partage, n'est-ce pas ?

— Il n'est pas évident de vivre de cette passion et je voulais lui éviter un parcours trop parsemé d'embûches et d'attentes démotivantes, de choisir finalement cette carrière. Je ne crois l'avoir privé de quoi que ce soit, sinon d'une partie de mon temps, bien évidemment. Quant à l'écriture, il n'avait pas montré d'affinité particulière, ni pour l'écriture ni pour la lecture. C'était plutôt le sport. C'est là qu'il a trouvé son *compte*. Mais c'était plutôt une substitution car là aussi, il est difficile d'en vivre.

— Vous voulez dire faire une carrière sportive ?

— Oui, absolument. Vous avez beau avoir des capacités, des goûts prononcés pour telle ou telle activité sportive, il y a très peu d'élus. Et c'est souvent très éphémère. Pour l'écriture, c'est un peu la même chose, il y a beaucoup de prétendants, de grandes capacités, mais très peu réussissent et persévèrent dans leur *discipline*. C'est souvent très injuste, mais c'est comme cela.

— Mais vous l'avez fait vous-même.

— Oui, mais je suis une femme, c'était, à mon sens, peut-être plus facile et j'aurais sincèrement souffert de ne pas pouvoir m'exprimer de cette façon, de me dévoiler un peu. Je n'attendais pas cela pour vivre. Bien sûr, je voulais gagner mon indépendance. Bien sûr je voulais que ma passion m'amène quelque part, être reconnue. Je vais vous faire une confidence… Euh… Très sincèrement, et en toute modestie, bien que cela va sans doute vous paraître aux antipodes de cette modestie en question, je pensais vraiment que cela marcherait, que mes livres seraient lus, tôt ou tard, que ce ne serait pas facile bien évidemment mais que j'y arriverais. Et puis, il y a sans doute une part de chance. J'ai eu de la chance, du moins dans ce domaine. Tout ne m'a pas souri mais cela, je dois le reconnaître, a été une des raisons essentielles de mon bonheur.

Un autre avenir, plus sûr, me semble-t-il, est devant lui. Il a tout à apprendre et nous disposons de si peu de temps. Plus tard, peut-être, il découvrira mes livres, les livres en général ; ce n'est pas pressé. Pour le moment, je suis encore là et il peut me voir, tel que je suis réellement. C'est un autre chemin qu'il a pris, sur lequel je l'ai guidé, sur lequel son père l'a guidé également. Après... Il, euh...

— Après ?

— Après quoi ?

— Après qu'il sera arrivé au bout du chemin que vous lui avez tracé ?

— Le chemin est long, tous les chemins sont longs. La plupart durent toute une vie. Pour ce qui est de son chemin, s'il voit une *bifurcation*, libre à lui de choisir et de changer de destination, changer d'horizon...

— Vous avez donc deux personnalités bien différentes. La mère de votre fils qui semble avoir un rôle important pour vous, et puis la romancière que vous êtes, reconnue, invitée sur les plateaux de télé. Mais qui l'écarte un peu de vous. Un rôle préféré ? Une priorité dans ces rôles ?

— Nous avons tous différentes personnalités, deux, voire plus. J'espère ne pas avoir eu de préférence. J'ai fait de mon mieux pour partager mon temps équitablement entre mon métier, cette passion si vous préférez, et ma famille. J'aimerais avoir la certitude de l'avoir fait, surtout de l'avoir bien fait. On n'est jamais certain de cela ! Et quand vous parlez de mon métier qui l'*aurait* écarté de moi, vous savez très bien, là aussi, que ce n'est pas *mon* métier qui l'a écarté de moi, c'est un métier, comme n'importe quel métier. Tous les métiers qu'exercent les mamans privent les enfants d'une présence plus importante. C'est peut-être encore pire d'ailleurs avec d'autres métiers pour lesquels se rajoutent : l'éloignement, la fatigue physique, la pression des patrons, que sais-je encore ? Je ne culpabilise pas plus que si j'avais exercé un autre métier. J'ai su m'arrêter quand il n'allait pas bien et qu'il avait besoin de ma présence et qu'il fallait le soigner. J'étais présente, la plupart du temps quand il le fallait...

— N'aviez-vous pas de pression également ?

— Quel genre de pression ? J'étais libre, seule. Simplement avec lui...

— La pression de l'éditeur ? L'échéance de remise du manuscrit ?

— Je n'ai pas ressenti cette pression. On m'a souvent demandé des dates, approximatives. Je les ai toujours données, respectées. Mais en me donnant des marges suffisantes, tenant compte justement de ces éventuels besoins, de mes responsabilités de mère. Et *j'ai* respecté mes engagements. L'écriture industrielle n'est pas mon genre. Pour ma part, ce n'est pas dans mes capacités. Je ne suis pas une machine à reproduire des phrases qui font des simulacres d'histoires ou de romans.

— Vous pensez que des *simulacres* d'ouvrages littéraires existent ?

— C'est ce qui m'a été rapporté et c'est aussi ce que j'ai pu, parfois, vérifier par moi-même. Des textes, bâclés, bourrés d'incohérences. Oui, je pense que cela existe. Il faut du temps, prendre le temps de vérifier, relire, *détruire* aussi parfois. Il faut savoir reconnaître ses erreurs, les médiocrités ponctuelles que l'on peut écrire. Il m'arrive encore bien quelquefois de reprendre certains passages, plusieurs fois, de les travailler jusqu'à en être, sinon parfaitement heureuse, au moins satisfaite de la forme et de leur valeur d'intégration dans tels ou tels paragraphes. Il est certain que lorsque vous avez un contrat « tendu » à respecter, vous êtes obligés de laisser passer quelques-unes des médiocrités. Et cela me dérange…

— L'éditeur veille à ce que cela n'arrive pas.

— Une fois qu'un éditeur dispose d'un nom qui « marche », il est beaucoup plus tolérant, et prend moins de précautions. Et c'est cela que, personnellement, je déplore. Vis-à-vis des lecteurs.

— Mais les lecteurs décident ensuite, ont le dernier mot.

— Je l'espère. J'espère qu'ils… elle hésite avant de continuer.

— Vous espérez qu'ils ne passent pas outre leur déception ?

— Oui, en quelque sorte. Mais je suis persuadée que leur fidélité doit se mériter et je n'ai pas d'inquiétude sur la pertinence de leurs exigences.

— Merci Laurence Martin d'avoir accepté de venir nous rejoindre ce soir pour notre émission. J'espère que nous aurons le plaisir de vous retrouver pour une prochaine publication de livre ?

— Si vous m'y invitez, merci à vous également…

— Je me retourne maintenant vers Sébastien Léonard, auteur du « Loup à abattre ! ».

Chapitre 12
Hélène : mère et tante

La pluie glissait sur les vitres de l'appartement et les gouttelettes s'imprégnaient de la couleur jaunâtre qui s'échappait de l'abat-jour du grand luminaire du salon. Petites et plaquées violemment par le vent contre la paroi transparente, elles descendaient par saccades puis se rejoignaient les unes aux autres dans leur descente indécise pour devenir les grosses larmes de tristesse d'un soir que l'absence de mouchoir livrait au vide aspirant des neuf mètres du deuxième étage.

L'horloge de l'église venait de faire résonner les onze coups du temps passé de la sombre et triste journée de cette fin d'été quelque peu contrariée cette année-là. C'était vendredi et le début du repos du week-end pour ceux qui déjà avaient repris le travail après les congés de saison ou bien pour ceux qui devaient attendre quelque temps encore, avant de partir enfin et oublier les vicissitudes du travail. Pour Hélène, Hélène Kultenbach, ce n'était qu'un autre jour, comme les autres. Elle n'avait rien à attendre vraiment de l'ordre des jours ni de celui des saisons qui n'avait d'incidence sur elle que sur ce qu'elle devait porter, au contraire des dimanches qui, malgré ce qu'ils représentaient, n'en avaient jamais eu vraiment. Elle avait toujours voulu être élégante, quel que pût être le jour. Depuis vingt-quatre ans pourtant, elle portait le noir. Un noir finalement qu'elle trouvait élégant à porter. Elle l'avait découvert depuis la disparition de son mari, une couleur de circonstance certes qu'elle s'était imposée face aux autres et à laquelle finalement, elle s'était habituée. Elle s'y trouvait bien, même si parfois elle se permettait certaines infidélités, afin de faire plaisir à ses enfants, histoire de se dire qu'elle était libre et qu'elle pouvait changer d'apparence comme bon lui semblait. Ce n'était bien sûr que l'apparence ; le reste était définitivement établi et bien qu'elle aurait aimé de temps à autre être différente, elle se complaisait dans cette personnalité qui était la sienne et qui ne laissait personne indifférent. C'était autre chose que de l'indulgence envers elle-même (elle n'était d'ailleurs pas atteinte de ces grands sentiments que la nature, que les gènes vous apportent en principe, elle était *différente*), c'était juste une question de vivre ce pour quoi elle avait été *programmée*. L'année prochaine marquerait ses soixante années d'existence. Il lui restait encore tout plein de temps. Celui passé l'avait déçue bien qu'encore sa conception de la déception n'avait pas de rivale dans la définition de la vie et elle n'espérait guère mieux de ce qui lui restait à connaître devant elle.

Ce soir pourtant, malgré la pluie et le vent, malgré l'obscurité qui engloutissait la petite ville où elle s'était installée depuis quinze ans déjà, malgré une sorte de résignation qu'elle se haïssait d'avoir fini par accepter, le ciel semblait enfin s'être éclairé. La lumière cathodique avait transpercé la voûte nuageuse, calmé la tempête, illuminé ses pensées. Pour une autre tempête dont elle se voulait être alors, l'unique ordonnatrice…

Il faisait lourd et pesant. La pluie et le vent apporteraient peut-être un peu de fraîcheur, un peu d'air plus serein et plus respirable.

Le téléviseur avait gémi son crépitement habituel, laissant encore sur son grand écran rectangulaire et pour quelques secondes encore, une vague lumière phosphorescente, avant le vide absolu et la hideuse surface qu'il devenait ensuite, sans vie, sans chaleur, sans émotion, muette de ses fausses évasions. Hélène reposa le petit boîtier de télécommande, sans se lever, sur le guéridon près du fauteuil où elle s'était installée après le dîner. Elle avait volontairement manqué les informations de la soirée. Le mauvais temps ne l'avait pas incitée à sortir ni déjeuner à l'extérieur. Elle le faisait souvent, le vendredi, parfois seule, parfois avec certaines de ses connaissances. Elle parlait toujours de connaissances, rarement d'amis, jamais d'amitié. Une précaution, une habitude, un refus de confiance. Pouvait-il en être autrement ? Les fameux amis d'autrefois s'étaient mis à douter d'elle, ils s'étaient mis à parler, à la fuir. À quoi bon fallait-il leur accorder ce qui, en fait, ne voulait vraiment plus rien dire ? Il lui avait semblé raisonnable de fuir elle aussi, et de partir « ailleurs », de se faire oublier d'eux, surtout de les oublier et d'oublier plus encore sa soumission, son inacceptable trahison vis-à-vis d'elle-même qu'elle vomissait sur eux. La cinquantaine de kilomètres n'avait pas vraiment changé sa vie. Elle avait tout emporté avec elle, son passé, ses obsessions, ses rares illusions et ses nombreuses indifférences. Sa volonté de ne pas s'encombrer de ce qui pouvait l'empêcher d'avancer et de vivre comme elle l'entendait, comme elle continuait de l'entendre malgré l'acceptation qui s'était emparée d'elle après ses différents échecs, n'avait rien vraiment changé.

Alors, elle avait donc décidé de déjeuner dans sa grande cuisine, entre la fenêtre fouettée par les feuilles arrachées par le vent et la fenêtre artificielle sur le monde qui crachait les nouvelles de la journée, indifféremment bonnes ou mauvaises. Une fois suffisait et demain serait un autre jour avec ses facéties permanentes et ses autres images de folie et d'incompréhensions que le monde se complaisait à montrer et dans lesquelles, malgré l'amertume qui vivait en elle, elle ne se retrouvait pourtant pas. Une fois seulement. Les autres journaux télévisés rabâchaient plusieurs fois les mêmes choses, s'appliquant à gifler tous les incrédules, à réveiller toutes les consciences, à faire culpabiliser à tout va, et enfin à balayer les poudres illusoires. Hélène Kultenbach resta assise quelques instants encore. Le magnétoscope n'avait pas enregistré l'émission et elle se mit à le regretter. Mais elle avait vu, c'était suffisant. Vu et revu. Elle avait attendu cet événement, attendu de replonger dans ce qui animait les plus sombres de ses uniques sentiments.

Le cliquetis de la télé s'était espacé pour disparaître définitivement. Le mur exposé au sud résonna alors comme une plainte lugubre. La fraîcheur de la nuit s'imposait malgré l'humidité étouffante des dernières heures, obligeant la matière à pousser son empreinte sonore pour marquer le passage du soir au temps du silence ou des bruits des amours.

Il y a quarante-trois ans, le mariage lui avait été présenté comme la seule issue à une erreur de jeunesse, la solution qui efface mais ne résout rien. Son erreur, l'erreur des autres, l'erreur des siens. L'erreur d'une communauté à laquelle elle avait appartenu pleinement. À quinze ans, elle aimait déjà mais *ils* ne *l*'avaient pas accepté. Un vieux différend entre les familles, un de ceux pour lesquels on s'entre-déchire, pour lesquels la haine ne suffit pas.

Afin de ne pas se soumettre au choix qui n'était pas le sien, afin de ne pas feindre d'aimer celui qu'on lui imposait, celui à qui on la réservait pour toujours, elle s'était donnée à un autre, par bravade et par dépit. Il était sincère, cet autre, et avait cru qu'elle l'était elle aussi. Elle avait dix-sept ans. Pas n'importe quels dix-sept ans ; certaines années, les dernières, avaient compté double pour elle. André ne pouvait compter que sur ce qu'il était, un brave type qui voulait être heureux et rendre heureux. Elle avait entamé une partie dangereuse d'un jeu dont elle ne connaissait pas bien les règles et dans lequel elle était convaincue de posséder des cartes maîtresses. Et puis l'enfant s'était présenté. Ni lui ni les deux autres qui vinrent ensuite n'ont apporté le bonheur que l'on attendait de leur présence. Une simple tierce égoïste. André ne faisait même pas partie du jeu.

Aucun de ses *amis* d'alors n'avait assisté à son mariage. Ses seuls vrais amis durent l'oublier, déjà cette fois. Trois mois après la cérémonie civile, sans confetti ni grains de riz, elle déménageait avec André, à deux heures de route de là où ils s'étaient rencontrés. Elle n'avait eu droit qu'à ce simple engagement formel, devant quelques témoins. L'administratif suffisait. Lui seul pouvait corriger l'égarement. Rendre acceptable l'inacceptable, purifier l'*impure*. L'église n'y était pas encore prête.

Julien Stocklé, l'unique frère, influencé par ses parents, rompit définitivement le contact sept ans plus tard, à la naissance de Séverine, en signe de désaveu définitif.

André Kultenbach pensait quant à lui que son amour pour elle serait suffisant, que les enfants et son travail changeraient le douloureux détachement dont elle commença à faire preuve vis-à-vis de lui, à la naissance du premier. À compenser le fossé qui se creusait entre elle et sa famille. Il n'en fut rien. La tendresse et les sentiments qu'elle éprouva pour ses enfants n'allèrent pas jusqu'à lui. Elle n'avait rien ressenti pour lui vraiment. L'étincelle de la première étreinte n'embrasait plus les corps fatigués de trop d'indifférence.

Les images défilèrent sur l'écran sombre de ses pensées comme un film rapide qu'elle revoyait une énième fois, le même, la même histoire, la même tourmente. Les yeux fermés, confortable dans son fauteuil profond, tout apparaissait si clairement malgré l'usure des projections. Elle le connaissait pas cœur et au contraire des cauchemars chimériques, elle ne faisait rien pour arrêter le déroulement du film, se rassurant de ses exactitudes, en pensant qu'il n'y avait rien à changer et que les rôles avaient été ceux qu'ils devaient être, que l'adaptation de sa vie était parfaite et qu'il n'y avait rien à corriger.

Les derniers bruits de la ville finissaient leurs rapports du vécu quotidien au-dehors, comme les reflets des diamants véritables et ceux des pierres de pacotille. Seuls le vent et la pluie poursuivaient la plainte naturelle dans l'alliance du vrai et du faux. Les images de l'émission s'ordonnèrent dans sa tête et elle n'entendit plus rien alors de tout cela, s'efforçant de replacer les mots et les textes de cet autre film qui venaient à contretemps comme dans les mauvais films noirs mal doublés… Elle bascula dans un déchiffrage des silences, des émotions à peine cachées, cherchant les mots absents qui ne demandaient qu'à tout avouer. Laurence Martin avait acquis une aisance à parler. Elle était restée jeune et cachait bien son âge. Le maquillage du studio peut-être, ou bien tout simplement la vie l'avait-elle épargnée de l'agression du temps, ravageuse des traits d'hypothétiques beautés, qu'elle s'octroyait aussi d'accorder à certaines. L'effet, quelle qu'en pouvait-être l'origine, était en tout cas indiscutable. La romancière n'allait pas non plus, elle, tous les matins, se traîner à l'usine ou bien tenir la caisse de l'épicier du coin. Elle avait réussi, elle ; tout semblait si facile. Hélène n'avait rien à envier de ces possibles faux semblants de bonheur. Elle non plus n'avait pas eu à braver les levers matinaux pour l'usine ou les plaintes des clients aux caisses de supermarchés, ou celles des employés de bureau à qui l'on déplace les outils de travail d'un millimètre ou qui, aussi, découvrent que la poussière de leur table de travail est moins acceptable que celle qui s'installe à demeure dans leurs cinquante ou soixante mètres carrés. Alors, qu'avait donc cette putain de vie contre elle, Hélène, pourquoi l'avait-elle rendue ce qu'elle était, ce que finalement elle haïssait chez les autres. L'étrange courant l'avait entraînée, emportant tout sur son passage. Elle avait bien essayé de remonter à contresens, battu des mains et des pieds, bien essayé de se raisonner. Vains, ses efforts, elle n'avait pas été la plus forte. On la disait de caractère, une jeune femme de caractère qui voulait avancer, une battante. Une illusion, une absurde illusion dont on l'avait entourée depuis son enfance. De cette incapacité de bouleverser l'ordre de sa vie qui la portait depuis plus d'un demi-siècle, elle ne tarda pas à s'en faire au contraire une alliée, une confidente et un témoin de ce que, finalement, elle était vouée à être à tout jamais. Le courant ne fut même plus assez pour elle. Elle engagea son énergie à le dépasser, précipitant les dégâts et les ravages sur le chemin tortueux des vies qui se hasardaient à la défier, elle Hélène Kultenbach, sans vraiment trop le vouloir ni en savoir la raison profonde.

    Laurence, pour elle, faisait partie depuis longtemps de cette défiance inconsciente. Elle n'était pas la seule. Hélène ne la haïssait pas vraiment. Elle ne l'avait jamais rencontrée. En la regardant ce soir dans cette émission de télé, elle comprenait presque le choix de Jean Paul, avec le recul, sa faiblesse vis-à-vis de cette femme trop bien faite et désormais tant convoitée. Ses émotions pour lui, cependant, l'empêchaient d'accepter toute tromperie à son égard.

Sur le scriban bien ciré, refermé pour la nuit, avec ses tiroirs à secrets, et ses secrets à tiroirs : un cadre, un simple cadre. Lui non plus, mais un autre, n'y était pas. On le lui avait pourtant reproché, bien souvent. Ses enfants, sa famille, pour ce qu'il en restait. Elle n'avait pas écouté, ni même entendu. C'était un moment de bonheur comme il pouvait y en avoir parfois, peut-être le seul dont elle avait vraiment souvenir ou qu'elle voulait garder ; ils souriaient tous les trois. Elle reposait ses bras sur leurs épaules. Hugues, à sa droite, venait d'avoir douze ans. Guillaume allait en avoir quatorze à la fin de cet été. Séverine, la dernière, était devant, montrant l'impatience de ses sept ans. Elle ne souriait pas. Chamonix. Ils étaient venus y passer leurs vacances d'été, quatre années consécutives. C'était lui qui avait pris la photo. Un instant de bonheur vu par ses yeux. Les effets de l'altitude, avec l'accalmie d'un refuge. Une façon pour lui de voir et de ne pas être, d'apprécier et d'imprimer pour soi-même ou pour ceux qui peuvent les lire, les trop courts résumés de ce qui importait dans sa vie. Comme une décence qu'elle s'imposait à elle-même, elle gardait là comme une partie de lui, celle qui n'encombrait pas, celle qu'elle lui reconnaissait ne jamais avoir été en travers de son chemin.

Elle pressa sans conviction l'interrupteur du lampadaire et l'obscurité enveloppa l'impression du défilé d'images et de mots, pour les protéger, en attente de la lumière qu'elle remettrait, quand bon lui semblerait, pour les restituer, gonflant ainsi le courant impétueux de sa vie, demain peut-être, bientôt en tous les cas, il le fallait. Attendre laminait les émotions et fragilisait les raisons.

Elle marcha vers la plus grande des fenêtres du salon et écarta un des rideaux blancs sur lesquels les ombres des branches et des feuilles s'agitaient au rythme du vent qui, contraire au temps de repos arrivé, redoublait de puissance et d'effets sonores. Immobile, elle regardait ce qu'il n'y avait plus à voir, l'absence de vie, comme un constat de ce qui n'est plus, de ce qui n'aura jamais été pour elle. La lumière jaune du bec de gaz du trottoir d'en face donnait à son visage l'aspect d'un masque de cire, figeant les traces de réalité, estompant les signes d'humanité. Un chat traversa la rue, le poil retroussé par les bourrasques. Il s'arrêta quelques secondes tout près d'un panneau publicitaire lumineux, le temps d'une image de mode à passer. Relevant la tête vers la fenêtre, il croisa le regard d'Hélène puis détala sans plus attendre pour disparaître sous une voiture en stationnement. L'image publicitaire changea en même temps. Le sous-vêtement de luxe laissa la place à une image de téléphone cellulaire. La femme élégante à la ligne parfaite et aux formes sublimes laissa la place à une autre femme, plus habillée, communicante elle aussi mais par d'autres effets, pour d'autres clients, virtuels et fantomatiques. Il n'y avait personne à regarder le défilé d'annonces, plus même un autre chat. Hélène laissa le rideau se rabattre sur la nuit de néon et lentement glissa ses doigts sur la bordure pour le remettre en place et l'aligner à l'autre, par esthétique et soin du détail.

L'agression soudaine du tube fluorescent de la cuisine fit rétracter l'iris de ses yeux verts. Elle brancha rapidement son téléphone dans la prise électrique au-dessus du réfrigérateur et, pour mettre fin à la douleur de ses yeux, referma la lumière pour regagner sa chambre et tourner une autre page qui ne serait peut-être pas, celle-là, sans lendemain. Dans la petite salle de bain en suite de sa chambre, elle commença à se dévêtir, avec pour seul regard, celui d'une femme qui imitait chacun de ses gestes, les uns après les autres, méthodiques, presque sensuels. Un regard qui s'attardait sur son corps dénudé, critique et désirant, plus encore que ceux des hommes à qui elle s'était donnée, en partie donnée. Aucun, à part un peut-être, n'avait su complètement la posséder ni pu trouver avec elle la jouissance absolue des corps abandonnés. Elle avait été leur maîtresse et la propre maîtresse de son corps et de ses émotions contenues. On lui avait volé son amour, imposé des règles et elle avait imposé d'autres règles, les siennes, plus insidieuses encore. La femme réfléchie du miroir n'avait pas dans les yeux l'éclat de ceux d'Hélène. Chaque soir, comme des rendez-vous avortés, elle repensait au regard de Jean-Paul, identique au sien, celui qui avait su franchir ses interdits, ses conditions, sa forteresse de haine et d'amour qu'aucun autre n'avait osé imaginer ni violer.

Elle plaça ses mains sous ses seins blancs comme elle le faisait souvent et constata, encore une fois, que le temps, les années l'avaient, elle aussi, épargnée mais pour combien de temps encore ? Quelle était l'importance ? La solitude n'était pas un amant comme les autres, il n'attendait rien en particulier, il avait tout pour lui, sans avoir à partager ni comparer l'après de ce qui était avant. Retirant avec délicatesse les coupelles de ses mains, les seins retombèrent, sans la lourdeur déprimante que les années auraient pu imposer. Elles l'avaient épargnée, la nature l'avait oubliée dans la gestion uniforme de l'esthétisme des corps. Les dégâts étaient intérieurs. Comme la ville bombardée, les ruines se découpaient sur les fonds enfumés, laissant se profiler des ombres inquiétantes qui s'animaient de mouvements singuliers. Ombres de constats, ombres de vengeance, elles étaient toujours là, depuis si longtemps, toujours en veille de contrats à remplir. Les cendres des ruines se consumaient encore en elle. Son corps lui aussi rayonnait la chaleur d'un feu invitant qui n'attendait qu'à en embraser un autre, par simple regard puis la fatalité du premier contact. Jean-Paul avait connu la fournaise. Souvent il y repensait, frémissait à son souvenir toujours présent. Peut-être même à ces instants précis de la journée où Hélène avivait son corps. La peur et l'attirance étrangement se complètent. L'une n'existe pas vraiment sans l'autre mais nul ne sait celle qui vient en premier et organise nos vies. Pas même lui. Il n'avait pas eu la maîtrise sinon celle d'embraser ce qui brûlait déjà, par ce qu'il était, ce qu'il aurait voulu être, ce qu'il donnait l'impression de posséder et de disposer pour qui et quand il pensait en décider les effets.

L'eau ruisselait sur sa peau, chaude et intime, presque sans frontières. Des gouttes s'arrêtaient, prisonnières temporelles du triangle pileux de son corps détendu. Elle repoussa ses cheveux en arrière de ses doigts sans anneau et, fermant les yeux fatigués des défilés d'images, tendit son visage aux minces filets d'eau cinglants pour s'isoler quelques secondes, quelques minutes peut-être, de ses pensées malsaines qui couvaient dans ses entrailles.

Hélène laissa les dernières gouttes actives parcourir les reliefs de son corps, comme des libertés ultimes qu'elle leur accordait en échange de la jouissance qu'elles-mêmes lui apportaient.

Elle se sécha avec un soin identique de gestes lents et précis. Des pièces d'un puzzle de jouissance qui s'imbriquaient les unes dans les autres dont il manquerait toujours, désormais, les derniers morceaux, les derniers compléments, essentiels ceux-là à la plénitude du plaisir, sinon à celle du bonheur. Sa réflexion n'était jamais témoin de cette approche sans espoir et sans doute le valait-il mieux pour ignorer des regrets qu'elle ne s'accordait plus d'avoir. D'autres gouttelettes d'eau se formaient sur le miroir pour glisser sur la surface sans goût et sans raisons d'y demeurer.

La chemise de nuit blanche se déploya comme le rideau d'un théâtre où se jouait une pièce sans personne pour la regarder. L'i grec de son anatomie s'estompa derrière le voile subtilement transparent qu'elle aimait à porter. Blanche la nuit textile. Le jour était la nuit de sa vie, noire, par habitude. Une espèce d'harmonie avec son passé et avec ce qui lui restait encore à vivre.

Chapitre 13
Émotions d'enfants

« Maman, pourquoi ne pleures-tu pas ? Pourquoi n'y a-t-il que nous qui soyons tristes ?
— Les larmes ne veulent pas toujours dire grand-chose. La tristesse peut être à l'intérieur de soi. Chacun a sa façon de réagir.
— Quand même ! Pas une seule larme ! À peine quelques mots de regrets...
— Vous ne voyez peut-être pas tout. Vous n'êtes pas toujours avec moi. Et puis, cela changerait-il quelque chose à ce qui arrive maintenant ?
— Il va nous manquer.
— C'était votre père. Je comprends et je suis désolée pour vous.
— C'était ton mari également !
— Ce n'est pas la même chose. On ne peut pas ressentir la même émotion.
— Quelle émotion ? Tu ne ressens rien. Ton cœur semble de glace.
— C'est sans doute la neige qui tombe au-dehors. Je m'adapte. Comme je viens de vous dire, chacun a sa façon de réagir. Et puis, c'est assez de ces comparaisons ! Je vous aime

et n'est-ce pas là l'essentiel ? Je vais devoir m'occuper de vous, entièrement.

— Cela ne le remplacera pas. Quoi que tu fasses.

— Je ferai de mon mieux.

— Il était plus présent que toi. Ce ne sera pas très facile.

— Rien n'est facile. Je ferai de mon mieux. Ce n'est pas le meilleur moment pour les reproches. Il faut y aller si nous ne voulons pas être en retard.

— Il est déjà trop tard...

— Il n'est jamais trop tard. Pourquoi ne rejoignez-vous pas Esther, votre cousine ? Peut-être qu'elle pourra mieux vous expliquer, elle. C'est une Stoecklé. Je ne l'ai jamais vue pleurer mais je suis certaine qu'elle peut avoir ses moments de tristesse, sans les afficher...

— Esther est dure... On ne sait pas ce qu'elle pense.

— Cela ne veut pas dire qu'elle n'a pas d'émotions ! Comme moi sans doute.

— Tu la défends toujours !

— Vous l'accusez souvent, depuis quelque temps.

— On dirait que tu l'aimes... On dirait que tu l'aimes plus que tes...

— Ne dites pas de sottises. Et puis cela suffit. Si vous voulez rester avec moi, cessez de dire des sottises. Ce n'est ni l'endroit ni le moment, vous comprenez ?

— Nous aimerions... »

Les flocons de neige virevoltaient dans tous les sens, balancés par le vent indécis de la direction à prendre. Ils cinglèrent les joues des deux jeunes fils d'Hélène. Des lignes séchées descendaient de leurs yeux comme des fêlures de vies tout juste commencées. Leurs regards se noyaient dans la profondeur salée de l'eau de leur peine infinie. Séverine, la dernière, se tenait comme une Stoeklé. Déjà impénétrable aux émotions, malgré ses besoins d'enfant qu'elle était encore mais qu'elle essayait de cacher, en vain, bien souvent. L'aîné Kultenbach se taisait, gardait pour lui les sentiments dont il avait hérité du père, cet homme bon auquel on faisait ses adieux en ce jour de cauchemar, et qui manquerait.

Hélène avait relevé le col de son manteau de fourrure et sa main, gantée de noir pour l'occasion, le maintenait fermé pour conserver la chaleur. Un simple geste machinal, il n'y avait rien à préserver. Son sang, comme le xénon des congélateurs, irriguait des veines sans couleur. Il était froid mais ne se figeait point.

« Elle ferait de son mieux ». Ces mots résonnaient dans sa tête comme les tintements sourds de l'église qui les guidaient dans l'épais brouillard, devant eux…

Chapitre 14
Départ anticipé

L'avion commença sa lente ascension. Les réacteurs prononçaient leur effort pour soulever la lourde carlingue qui, comme les corps dans l'effort, tremblait dans la résistance des éléments. Un grésillement s'échappait de diverses jointures où les effets de torsions se concentraient. Les feuilles de mon journal répliquaient les micro-mouvements et j'avais peine à lire dans cette nuit qui tout juste s'achevait et pesait encore lourdement sur mes paupières engourdies de mon sommeil interrompu.

Quand le régime des moteurs fut réduit à celui de croisière d'altitude – j'étais toujours heureux que certains fussent plus éveillés que moi pour activer les commandes – je ne pus m'empêcher de regarder au travers de mon hublot, la grosse écorce noire auréolée de la bande rougeâtre du soleil levant et qui, lentement, se déroulait sous l'aile de notre habitacle temporaire. Des grappes de minuscules lumières signalaient des vies en dessous, comme les varices d'une vie que l'on pouvait deviner. Le spectacle m'apparaissait beau et inquiétant à la fois. On avait réduit la luminosité dans la cabine et la pénombre amplifiait l'opposition de la lumière du jour naissant à la rondeur noire et lugubre à laquelle nous étions encore accolés peu de temps avant.

J'avais oublié la présence des autres passagers. L'immensité de ce qui se déroulait sous mes yeux fascinés laissait la place, une incroyable place, à un tas d'interrogations qui s'abattaient sur moi comme une pluie d'étoiles filantes. Le ciel infini commençait à s'embraser, la planète trouvait sa limite dans l'arc lumineux ; le rapport des dimensions relativisait mon existence. Mes problèmes, mes inquiétudes. Je me posai alors la question de ma relation avec Dieu, mon Dieu à moi, celui avec lequel on m'avait appris à grandir et avec lequel je vivais toujours et je me rassurais. Comment pourtant pouvait-il exister dans ce décor irréel où se perdait mon esprit ? Quelle image, quelle dimension ? Où et comment ? Pourquoi fallait-il lui inventer une reproduction ? Je me mis à douter face à l'univers, au spectacle si bien réglé en apparence. Il me sembla que c'était la première fois que je prenais la peine, la peine et le courage pour moi, d'effleurer ce sujet sacré auquel il me paraissait inconvenable, presque impensable, de penser comme d'une vulgaire divagation de l'esprit... Une autre première fois, comme celles qui laissent des souvenirs, celles des expériences de la vie, de la découverte de ce qui devient votre existence, les plus agréables souvent lorsque l'on n'a que vingt-deux ans, les autres insuffisantes pour s'y attarder et trop y penser. C'était bien autre chose et je savais que ma vie était en train de changer, définitivement, que les images de mon enfance et de mon adolescence allaient trouver leur place dans l'album de famille que je regarderai ensuite en essayant de ne rien oublier, le jeu d'une certaine nostalgie. Je n'avais pas attendu ce jour-là pour grandir vraiment. Comme tous les autres, j'avais attendu avec impatience les moments des pages à tourner pour avancer dans mon propre roman. Comme les autres, j'avais cru qu'il suffisait de quelques pages, d'un chapitre peut-être, pour tout savoir, tout avoir vécu. Je n'y avais évidemment pas échappé et je croyais être grand, bien avant l'heure. Ma mère, comme les autres mères sans doute, avait essayé de freiner ma lecture, recommandant de comprendre chaque mot, chaque phrase et d'apprécier la ponctuation. Elle était une orfèvre en la matière, elle était unique. C'est moi qui vraisemblablement ne l'étais pas et qui n'avais pas apprécié la valeur de ses recommandations. Je me suis toujours demandé ensuite pourquoi fallait-il que l'apprentissage de la vie se fasse lorsque l'on n'y entend rien et que l'on ne veut rien y entendre ? J'avais eu l'incroyable privilège d'avoir Laurence pour mère mais je n'avais pas eu la nécessaire étincelle de lucidité pour en tirer tous les avantages. J'avais encore ce privilège et j'avais grandi, enfin grandi, pour mieux comprendre, pour mieux apprécier. Du moins je le pensais. Je n'avais pas bien estimé l'importance de l'innocence, les dégâts que la compréhension pouvait causer, l'amplitude des émotions quand l'expérience mûrit et que l'on a encore finalement l'inconscience des vérités cachées, celle finalement de la jeunesse préservée. L'incertitude glaça alors tout mon corps, l'envahissant de frissons allant bien au-delà de ceux provoqués à la simple idée des moins trente-deux degrés annoncés à l'extérieur et qui n'étaient en comparaison qu'une pauvre réalité. Le temps qu'elle dura m'envahit d'un vide glacial dont je n'avais pas besoin, dans la douloureuse solitude dans laquelle la confidence et l'aveu de ma mère m'avaient placé depuis quelques jours. Je sentais mon corps perdu dans l'immensité, la peur de me perdre pour toujours, sans repère, sans refuge pour me retrouver. La ferraille de ce qui me transportait n'eut pas plus de substance et j'étais comme dans ces rêves où rien n'existe plus pour s'accrocher, où l'on est seul, désespérément seul, sans personne pour vous rappeler qui vous êtes ou simplement *que vous êtes*. Rien n'était plus alors sinon l'*indimensionnable*. Ce fut peut-être alors dans cet instant surnaturel que je côtoyai Dieu, un des rares moments où il me sembla vraiment m'en rapprocher. Pas même ma mère pourtant ne pouvait me le faire comprendre, me l'expliquer et me rassurer. Il est de ces expériences que l'on doit faire par et pour soi-même, que personne ne peut transmettre et qu'une sorte d'interdit empêche de révéler et de confier. C'était peut-être l'Expérience, la sensation d'une Proximité si lointaine que rien ne permet d'authentifier ni d'appréhender. Comme d'autres expériences, comme pour d'autres êtres de mon espèce, je ne la privilégiais pas mais au contraire laissais mon illégitimité et ma petitesse me conduire à passer à côté, dans l'aveuglement de mon *arrogance* et l'irréversibilité de mes jugements et de mes attentes de la vie. Un gâchis auquel personne n'échappe. J'avais tant besoin, mais pas assez pour mériter l'ultime Faveur, celle de la Certitude et puis du Réconfort.

L'heure de vol pour m'emmener à Paris fut une vie dans ma vie.

Le jour s'était levé, sans m'attendre et le soleil s'élevait de fumerolles de brouillard, indifférent aux regards qu'il attirait. Un autre jour commençait ; j'aurais voulu ne pas oublier. Une autre Force pourtant ne m'en laissait pas le loisir. Mais ce devait être quelque part, caché au fond de moi, sans le savoir vraiment, dans la frustration des égarements.

Il ne m'avait pas fallu très longtemps pour décider de partir. Ma mère n'avait pas été surprise de ma décision, me connaissant après tout si bien. Peut-être même qu'elle le souhaitait et qu'elle avait tout fait pour m'inciter et me décider à cette recherche de vérité. Pour moi et pour elle, pour se rassurer, nous rassurer, retrouver une partie de son passé, celui qui l'avait tant marquée malgré le temps qui s'était écoulé et qu'elle vivait encore, plus fortement que le présent qui n'était peut-être après tout qu'un camouflage d'un bonheur interdit par les autres et interdit en partage.

La cabine s'inclina sur la gauche et l'avion commença à virer sur un long arc de cercle. Le bleu d'acier du ciel envahit l'espace du hublot et des paillettes lumineuses s'inscrivirent sur le plastique de la protection intérieure, décomposant la lumière du soleil. Nous allions atterrir dans quelques minutes et j'allais pouvoir prendre mon souffle pour l'autre partie de mon voyage dont j'attendais tant.

L'hôtesse se penchait à droite et à gauche, comme un automate, vérifiant nos ceintures et les dossiers des sièges. Elle souriait par instant, aux croisements des regards avec les passagers. Des croisements imparfaits où rien ne se rencontre vraiment. Je repliais mon journal pour mieux la regarder. Elle devait avoir mon âge, vingt-cinq peut-être, un nombre d'années qu'elle voulait paraître en tous les cas. J'eus droit au même sourire, je crus pourtant qu'il était différent, plus sincère, plus justifié. Une illusion tout au plus. J'avais encore très froid. Il me fallait ce délire infondé. Elle poursuivit son inspection, il lui restait encore une vingtaine de rangées à vérifier. Elle avait définitivement disparu. Inconsciemment, paradoxalement aussi, elle venait de me ramener les pieds sur terre et j'en étais satisfait.

Et puis elle fut là aussi, à la porte de sortie, avec quelques-uns de ses collègues en uniforme. Elle souriait du même sourire que celui qu'elle avait distribué lors de son passage où je l'avais remarquée. Il faisait partie de sa check-list qu'elle avait fini par connaître par cœur, sans besoin de consultation de son petit carnet de consignes. Je me demandai alors si elle savait sourire différemment, en privé, en faisant l'amour, lorsqu'elle était vraiment heureuse, hors d'un travail qui pouvait tout fausser. J'aurais aimé savoir ; un autre prétexte, j'aurais aimé pouvoir m'échapper de cette obsession qui m'avait rattrapé et qui faisait de mes vingt-trois ans une simple et languissante attente de la vérité.

J'appréciais d'avoir enregistré ma « sensonite » jusqu'à destination. Il me restait trois heures trente à passer dans l'aérogare et je comptais les passer aussi confortablement que possible. Je connaissais un restaurant où il m'était arrivé de déjeuner ou de dîner avec ma mère lorsqu'elle m'accompagnait pour mes voyages au Canada. Il était trop tôt cependant. Il y avait un salon d'attente, accessible à tous, mais que peu de monde connaissait. Il était à l'étage, à peine indiqué, comme s'il fallait le mériter, le découvrir, et le laisser accessible qu'aux plus curieux, dans l'exploration de la forêt de murs et de colonnes de béton glacial que l'aérogare de CDG continuait de faire pousser. J'avais pris mes repères, depuis tout ce temps, attaché à ce qu'il y avait de réel. Je me souvins des moments au cours desquels je faisais envie à toute la classe quand je partais là-bas, de l'autre côté de l'Atlantique ; « la chance ! » comme ils disaient. Je faisais semblant d'être content d'y aller. Je l'étais un peu, puisque j'allais *Le* voir. Mais ce qu'ils ne comprenaient pas, c'était que j'avais un père à mi-temps, à quart ou huitième de temps et que quelque part, c'étaient eux qui avaient de la chance d'en avoir un, sous la main, quand ils en avaient besoin, comme on en a toujours besoin, quand tout n'est finalement pas suffisant et qu'il est important d'avoir une autre oreille pour vous entendre, et des mots différents qui vous rassurent le soir, en complément, avant de s'endormir. Ma mère avait presque réussi à combler tout ce vide qu'il représentait, mais pas complètement. Et ces cinq ou six semaines chaque année de ma jeunesse, suffisaient, enfin je pensais mais je n'en étais finalement pas certain. Moins encore aujourd'hui alors que je m'interrogeai sur ce temps passé auprès de mon père, sur l'authenticité et la valeur de l'importance que je lui donnais et que l'on voulait me donner. J'ai dû le retrouver là-bas presque une bonne vingtaine de fois et cela faisait partie de ma vie. On rêvait pour moi de ces voyages, je les attendais sans impatience malgré tout le mal que je savais qu'il se donnait pour rendre mes séjours à la hauteur des dimensions du pays, de ses espaces et de ses paysages, et aussi de mes attentes. Il vivait dans une superbe propriété que j'appelais le « ranch » mais qui n'avait rien des ranchs du Texas, en dehors des quelques chevaux qui pâturaient dans la prairie des voisins d'à côté. Elle avait été la maison où j'avais passé les premières années de ma vie, celle qui m'avait accueilli à ma naissance et que je croyais être celle d'une vraie famille unie à jamais. Une maison blanche avec des colonnades où j'avais ma chambre, une superbe chambre avec une salle de bain magnifique qui n'avait rien à voir avec celle de la maison où je vécus plusieurs années avec maman, juste après leur séparation et son retour en France, retour pour elle, arrivée pour moi, avant qu'elle investisse dans la belle propriété où je continue de la voir, quand ma vie me le permet.

Le temps avait passé et j'avais oublié les images de nous trois au ranch lorsque nous y vivions ensemble. Il disait n'avoir touché à rien depuis notre départ, les meubles, les cadres sur les murs, la photo sur le piano où l'on avait « figé » l'anniversaire de mes trois ans. Il me disait parfois que c'était le bon temps, que tout allait bien en ce temps, ou presque tout. Il s'était plus convaincu qu'il ne m'avait convaincu. Je n'y prêtais pas trop attention. Le bonheur qu'il avait de me voir me rendait heureux et c'était cela qui comptait. Le reste était un univers pour un autre monde, celui des adultes auquel je n'appartenais pas encore.

Mon père avait acheté le piano pour ma mère. Une extravagance qu'elle n'avait pas bien comprise. Elle avait dû lui dire, un jour, qu'un piano noir aurait le meilleur effet dans le salon immense de la maison, avec les meubles qui, seuls, avaient peine à remplir l'espace de la pièce. Une de ces idées qu'on lance comme cela, au hasard des silences pesants des relations qui se détériorent et dont il faut à tout prix casser les détonateurs ou bien retarder la programmation des explosions naturelles. Ma mère n'avait pas véritablement l'oreille musicale et ne l'eut jamais vraiment. Elle ne savait pas en jouer, pas plus que Jean Paul n'appréciait alors l'instrument. Elle *prendrait des cours* de solfège, puis de pratique et puis ce serait *le tour d'Alexandre*, ce serait mon tour et je pourrais être le virtuose de la famille. Mon père pensait bien faire mais ne pensait pas toujours comme il le fallait. Son travail l'accaparait beaucoup et le sport qu'il pratiquait plus encore qu'avant de partir au Canada, complétait la vie qu'il passait auprès de nous et à son travail. À moins peut-être que ce fût l'inverse. Nous pouvions n'être que le complément, et le sport trouvait toute sa place, avec ses copains, ses amis, ses partenaires de l'équipe de basket, ses entraînements. Mais je comptais beaucoup dans son paysage familier ; j'avais vraiment ma place. Ma mère me consacrait la plupart de son temps ; j'avais été le premier bébé. Et le dernier. Du temps qui lui restait, elle le consacrait à écrire et à lire. À me lire aussi, beaucoup, c'était dans le registre de sa vie. Jean Paul et Laurence n'avaient qu'un seul regard tourné dans le même sens, c'était celui qu'ils me portaient. C'était fort et si peu à la fois, trop peu. Cela, à l'évidence, ne pouvait suffire pour que le couple, notre trio, continue d'exister.

Un des collègues de travail de Jean Paul auprès duquel il se sentait proche, Victor Lemercier, un canadien qu'il avait recruté à Montréal et qui l'avait aidé à s'incruster dans la société de là-bas, avait « rôdé » le fameux piano familial. Il avait réussi à convertir mon père, lui faisant ainsi oublier la déception d'un cadeau boudé. Victor agrémentait les soirées chez nous de ses envolées musicales qu'il multipliait aussi chez les autres, au gré des invitations qu'il recevait et où le trop rare instrument, selon lui, lui évitait toute autre expression. C'était un type odieux et j'appris à le connaître au fil de mes visites car il continua d'être proche de mon père après sa séparation de ma mère. Elle ne le détestait pas vraiment. Elle le haïssait presque. Elle y faisait allusion par les commentaires pourtant mesurés qu'elle m'en faisait lorsque je lui disais que j'avais vu « Victor ». C'était un petit homme insignifiant, sans âge précis, une quarantaine peut-être lorsque ma mère le recevait chez elle, chez eux, chez lui, chez Jean Paul plus exactement ; il était petit et frêle, au crâne presque rasé pour cacher une calvitie qu'il avait dû avoir depuis sa plus jeune adolescence et qu'il compensait par un système pileux foisonnant arboré avec fierté au grand V généreux de ses chemises blanches outrancières. J'avais l'impression qu'il n'était jamais rasé mais ce n'était qu'une impression. Je me souviens de souvent lui demander : « Pourquoi, monsieur Victor, tu n'as pas de cheveux ? » À cela, il me répondait toujours : « C'est parce que je joue au foot et que je fais trop de têtes, cela doit sans doute me les arracher ! Et puis c'est plus pratique pour me peigner, je n'ai pas toujours le temps !!! ». Longtemps, je l'avais cru. Je m'étais dit que jamais je ne jouerais au foot, jamais. Je tenais à mes cheveux. J'ai dû garder cette obsession de les perdre au travers de ma façon de les porter aujourd'hui. Et j'avais choisi le rugby, mais pour d'autres raisons. Victor avait cette fâcheuse tendance de penser et de faire croire qu'il savait tout, qu'aucun sujet ne lui échappait. Mieux valait qu'il s'exprime en musique. Un peu et passionnément imbu de sa personne, autant il était bon musicien, autant sa maîtrise du chant ne dépassait pas la hauteur de son petit mètre cinquante-cinq. Sans attendre une quelconque sollicitation, il entonnait fréquemment le répertoire de Ray Charles ou bien d'Aznavour. Autant on l'appréciait quand il jouait du classique, autant il agaçait quand il partait dans la *jazzy music*, comme il aimait à le dire avec son petit accent québécois, et que l'on savait qu'il ferait son récital. Mais il faisait partie de la bande à Jean-Paul, ses copains à lui seul, que ma mère devait supporter. Il l'aimait bien et trouvait qu'il avait aussi de l'esprit. Je crois maintenant qu'il se confiait à lui quand tout commença à aller mal avec maman, quand tout avait recommencé, sous d'autres cieux, mais pour les mêmes raisons.

 Maman, quant à elle, disait ne pas avoir d'amis, de vrais amis. Un peu farouche et méfiante à la fois. Avant qu'elle ne commençât à rencontrer les gens de lettres. Elle avait attendu son temps, le moment où elle serait plus elle-même, quand elle aurait appris à reconnaître la vraie liberté, faire son monde à elle. Sans m'oublier, surtout pas m'oublier. Elle devait partager l'entourage de son mari – je n'avais jamais considéré qu'ils étaient mari et femme – il y avait mon père et puis ma mère, les deux ne faisaient pas un tout, il y avait l'un et il y avait l'autre, un peu comme s'ils n'avaient pas attendu leur séparation pour être déjà elle d'un côté et lui de l'autre, sans attendre l'Atlantique, sans attendre la distance qui finalement existait déjà...

L'hôtesse du restaurant s'avança vers moi tout sourire, avec ses menus à la main et me demanda : « Combien êtes-vous ? » comme si des compagnons de voyage se tapissaient derrière moi en embuscade comme des « stoppeurs » en retrait du regard des conducteurs. « Je suis seul, tout seul ! » dis-je, en me retournant, le regard plongé vers le sol. « Vous souhaitez une place fumeur ou non-fumeur ? ». Je ne fumais plus, je n'avais été qu'un petit fumeur occasionnel et j'avais définitivement rangé cet artifice de genre qui n'était pas le mien et que, comme les autres, j'avais essayé, sans la conviction et le plaisir qui m'auraient coûté une autre dépendance dont je n'avais pas vraiment besoin. Non, je ne fumais pas et j'étais seul. Si l'un des états m'était totalement égal, l'autre cependant m'indisposait beaucoup ce jour-là. Effectivement j'étais seul et je me sentais seul, terriblement seul.

L'idée m'était venue quelque temps de partir retrouver Marie. Ma décision de quitter Baxter aussi rapidement, sans beaucoup de préavis, avait déjà remis en cause l'essentiel d'une organisation que j'avais mise en place pour cette année de stage. J'avais dû tout bouleverser, ne respectant pas vraiment les engagements que j'avais pris, ne respectant pas non plus ceux qui m'avaient ouvert leurs portes et qui me faisaient confiance. Ce n'était pas vraiment moi. C'était un autre côté de moi. C'était une autre situation, exceptionnelle, et rien ne pouvait m'arrêter, ni rien ni personne. Ma mère, malgré la même réticence que j'avais moi-même ressentie, l'avait compris et elle n'essaya point de me dissuader de ma décision. Je crus même qu'elle partageait le même appel, cet étrange appel dont je n'avais pas la totale certitude d'un quelconque aboutissement… C'était elle en moi, et moi en elle, comme vingt-trois ans plus tôt. Un désir partagé, celui d'une vérité à découvrir dont on n'était pas convaincus de la portée du savoir, ma mère peut-être un peu plus, et de cela, nul ne pouvait encore le dire.

Chapitre 15
L'Allemagne des Le Marrec

Cathy Strottmann m'appela sur le poste de mon bureau. Je faisais l'inventaire des sociétés avec lesquelles BaxterCo avait eu l'occasion de traiter jusqu'en 2004. Depuis cette année, aucun nom n'avait été rajouté, comme si l'activité avait cessé de croître pendant les trois dernières années. Pourtant, en filtrant les noms des sociétés implantées depuis cette date au travers des listings communiqués par les chambres de commerce des régions dont on m'avait donné la responsabilité, un vivier conséquent semblait s'être établi sans qu'apparemment, aucune démarche n'ait été entreprise. J'en étais surpris, presque inquiet. Il n'était cependant pas l'heure, pour moi, de faire remarquer le détachement, l'extrême légèreté que l'entreprise s'était laissé aller à avoir, dans un environnement concurrentiel a priori implacable et pour le moins, en tous les cas, très actif. Une vigilance permanente paraissait nécessaire, chaque mois d'activité devait avoir son bilan, chaque année. Trois ans semblaient avoir étonnamment échappé à ce fondement basique du commerce, de son suivi et de son développement. Le rapport de 2004 avait été paraphé aux initiales de SJ, sans autre précision. Par curiosité, j'avais consulté l'organigramme de l'époque de BaxterCo Frankfurt.

Puis celui de Paris. Sans succès. Il n'y avait pas de noms répondant aux initiales de SJ, ou bien de JS. Je ne m'étais pas attardé sur la question car, en regard des démarches à effectuer et du retard évident qui avait été pris, un travail colossal m'attendait et le stage, contrairement à l'idée que je m'étais faite, allait tout bonnement virer à une véritable mission d'entreprise avec une somme d'énergie et d'initiatives qu'il me faudrait puiser dans l'acquisition de mes connaissances et dans l'enthousiasme et le plaisir que je trouvais à passer dans les traces de mon père.

J'avais salué Cathy, le matin, comme les jours précédents. J'échangeais quelques mots avec elle avant de commencer mes journées. Elle prenait des nouvelles pour savoir comment j'allais et comment je m'habituais à Franckfurt et dans *la boîte*. Elle parlait toujours de *la boîte* quand elle faisait allusion à BaxterCo, ce n'était ni disgracieux ni péjoratif de sa part, peut-être même le contraire car elle arborait une réelle fierté à y travailler. Deux semaines n'avaient pas suffi à me donner l'aisance d'un habitué qu'il me fallait attendre à devenir, encore pour quelque temps sans doute, si tant est que ce temps si long et si court à la fois y suffise un jour. La plupart des repères qui m'auraient permis parfois de fermer les yeux et de rêver manquaient incroyablement, aussi bien au travail que dans mon temps libre. Je tournais un peu en rond, les yeux bien ouverts pourtant, mais le temps avait commencé à passer plus vite que je ne l'avais appréhendé. J'appelais Maria tous les soirs, brièvement. Elle aussi peinait à s'organiser. C'était encore bien pire pour elle que ce l'était pour moi. Elle avait attendu mes premiers appels avec impatience. Elle ne l'avait pas dit dans ces mots-là mais dans les siens, bien à elle, ceux qu'il m'avait pris du temps à déceler et puis à savoir traduire, dans sa discrétion et sa volonté de tout garder pour elle et de gérer ses propres difficultés. Pour ne pas déranger et pour s'assumer. Et cela me faisait plaisir de savoir qu'elle comptait sur moi, qu'elle m'attendait. J'avais dû m'organiser et prendre en compte le décalage horaire, ce qui ne simplifiait rien, vraiment rien. Nos vies étaient à l'envers, un peu comme la mienne pouvait être en désordre. Cette combinaison me pesait quelque peu mais me portait en même temps, m'obligeant à penser autrement, à prendre le recul salutaire dont le besoin, inconsciemment, s'installait en moi jour après jour, semaine après semaine. Alors que ma journée commençait, la sienne finissait, quand je m'habillais le matin, elle redevenait elle-même, sous des voiles transparents et vaporeux. Je l'imaginais. Quand, le soir, je rentrais transi, presque fatigué, après avoir marché entre le bureau et mon appartement, elle continuait de dormir, sur son futon japonais, son corps tout chaud encore du repos de la nuit qu'il prenait et des plaisirs réfrénés qu'il était tout prêt pourtant à donner. J'avais décidé de continuer à marcher, le matin comme le soir, un peu comme pour m'imprégner du décor, m'approprier un présent qu'il ne fallait pas manquer et qui pourrait m'aider, peut-être, à compenser les *flous* de ma vie. Et quand la rigueur de l'automne et puis celle de l'hiver seraient plus incisives encore qu'elles pouvaient l'être déjà, au lever ou au coucher du soleil, les bus jaunes me transporteraient, anonyme au milieu des autres passagers, m'autorisant à quelques instants supplémentaires dans le refuge et le confort de mon petit chez moi. Je m'habituais à cet appartement, croisais quelques résidents de l'immeuble, conditionnés aux mêmes horaires que les miens, à leur train-train quotidien qui les animait et sur lequel je ne m'étais pas encore embarqué. Un peu comme partout, les odeurs du matin et du soir étaient différentes, dans l'ascenseur ou les couloirs. Je préférais celles du matin, c'était plus des parfums que des odeurs, au contraire de celles du soir, un peu rancies par le temps et agressées par d'autres que le rythme des occupations ménagères relâche en cocktails olfactifs variés, parfois offensifs, parfois alléchants. Elles étaient plus fraîches et plus subtiles, un agréable mélange de parfums de toilette et de l'arôme inégalable du café matinal.

Je ne sentais pas l'enthousiasme de Maria pour qui les journées commençaient en avance des miennes, pas l'enthousiasme que je pouvais moi-même avoir quand je partais à BaxterCo. Je commençais en effet à bien apprécier l'entreprise envers laquelle je ressentais comme un étonnant attachement. Sans doute était-ce lié à mon père dont je n'avais jamais autant pensé ces deux dernières semaines. Chez Maria, je percevais une sorte d'hésitation peut-être, ou d'appréhension. Je ne savais pas quoi de cette nouvelle expérience à laquelle, chacun de notre côté, nous nous étions soumis, l'éprouvait le plus. Son nouvel entourage, son travail, notre séparation ? Peut-être était-ce parce que j'étais pleinement réveillé quand elle l'était à peine, avec la tête pleine des jours passés au contraire de la sienne vidée par les nuits des méandres du vécu de ces jours tout juste passés. Je lui proposai de l'appeler le matin, à mon réveil, pour changer, et chercher à comprendre un peu mieux, comparer. L'idée lui sembla bonne et finalement, nous alternâmes nos rendez-vous du soir et ceux du matin pour densifier notre stratégie de rapprochement. Une semaine plus tard, l'installation d'Internet et d'une webcam, de part et d'autre, allait contribuer sérieusement à réduire la distance…

« Alex, Benoît vient d'arriver dans son bureau. Pourriez-vous passer maintenant si c'est possible ? Il voudrait vous parler ! »

Cathy continuait son vouvoiement. Au bout de quinze jours, tous pourtant l'avaient abandonné. La barrière était vite tombée. J'en étais ravi. Elle m'aurait pesé et il ne restait plus qu'elle et Kultenbach, que j'avais croisé trois ou quatre fois sans échanger de mots superflus, qui maintenaient l'usage de ce vouvoiement. Il me suffisait de peu pour me sentir à l'étroit, étouffé par un entourage qui ne me convenait pas ou m'oppressait de sa rigidité.

Benoît semblait vivre à cent à l'heure. Il recevait beaucoup et s'absentait fréquemment. La porte de son bureau servait de repère, un peu comme les hygromètres de mauvais goût que l'on achète dans les bazars avec leurs personnages qui rentrent ou bien qui sortent en fonction de l'humidité de l'air. Et si l'on pouvait mettre en parallèle son activité et l'activité dans les petites maisons miniatures aux couleurs criardes, il faisait beau temps pour BaxterCo et tout, a priori, donnait l'impression que l'avenir de l'entreprise était particulièrement florissant. À moins qu'il fallût voir ailleurs si le soleil brillait autant que je le pensais. Benoît laissait sa porte ouverte, la plupart du temps, quand il travaillait dans son bureau, laissant ainsi circuler librement les particules de matière grise qui fusait des grosses têtes pensantes de ses collaborateurs ou bien de la sienne. De ces entrechoquements naissaient des formules, des décisions, des prises de position, des démarches novatrices et de bon sens. BaxterCo avait déposé son empreinte, imposé ses règles et son professionnalisme. Pour ce qui était de cette porte, Benoît avait donné la consigne de la laisser ouverte quand il partait, comme s'il ne voulait pas modifier les dimensions de l'espace d'évolution et laisser son bureau s'imprégner en permanence de la fusion créatrice, écouter aussi ce qui se disait en son absence. Mais c'était plutôt Cathy qui se chargeait de cet autre aspect, sans en avoir reçu particulièrement la consigne. Elle écoutait, traduisait, regardait, comparait les changements de comportements, sans rien dire ni laisser transparaître. Tout le monde pourtant, inconsciemment, savait plus ou moins bien quel rôle elle jouait, ce que son poste l'amenait forcément à faire. Il n'y avait rien là, cependant, de bien nouveau sous le soleil de l'hygromètre. Mais c'était autre chose que de purs rapports de secrétaire qu'elle tenait avec Benoît. Son analyse mettait de côté tout l'inutile polluant qui n'apporte rien sinon une part d'intrigue et de projections hasardeuses dont l'entreprise ne pourrait que souffrir. Il suffisait de regarder Cathy pour savoir si le patron était ou non dans son bureau. Des signes d'une certaine nervosité, d'une certaine tension que la présence du patron pouvait avoir sur elle et son travail. Benoît était exigeant, rigoureux, impliqué et s'attendait à beaucoup de ses collaborateurs, au-delà parfois de ce pour quoi ils avaient été employés. Il tenait l'initiative *réfléchie* comme une des principales qualités de tout collaborateur. Pourtant, au vu des propos sévères qu'il pouvait avoir et aux dires de certains, chacun restait un peu sur sa réserve et réfléchissait sérieusement avant de se laisser aller à dépasser le contenu de sa fiche de poste.

« Alexandre, Benoît vous attend. Il est dans son bureau.
— Merci, Cathy… Euh… Cathy…
— Oui ?
— Les initiales SJ vous disent-elles quelque chose ?
— SJ ?

— Oui, effectivement, SJ ?
— Pas particulièrement. Pourquoi cette question ?
— Je les ai retrouvées dans des rapports d'activités, de développement régional. Mais aucun nom ne semble correspondre à ces initiales. Que ce soit SJ ou bien JS d'ailleurs.
— On devrait faire appel à vous pour les audits, Alexandre !
— Pas vraiment... À des initiales doit correspondre un nom. Ce sont, apparemment, les seules auxquelles rien ne correspond. C'est simplement inhabituel et anormal.
— Je vous l'accorde. Je ne pense pas qu'il y ait un grand mystère à ce sujet et je crois me souvenir qu'il s'agit d'une certaine Stéphanie, Stéphanie Jumiège qui est restée quelque temps avec nous. Je me souviens d'elle. Elle vous a précédé, en quelque sorte. Mais pourquoi cette question ? Est-ce si important ?
— Important, sans doute pas vraiment ! C'était... Disons... Juste pour savoir. Cela m'a sauté aux yeux. J'aurais pu passer complètement à côté.
— Des yeux neufs, étrangers à BaxterCo, en quelque sorte. Une réflexion d'audit, comme je le disais.
— Comme vous voulez. Et cette Stéphanie Jumiève ?
— Jumiège !
— Pardon. Oui, cette jeune femme ?
— C'était il y a quatre ou cinq ans.

Cathy savait parfaitement en quelle année Stéphanie avait séjourné parmi eux. Rien ne lui échappait, ni les noms, ni les visages, ni leurs personnalités. Les impressions qu'elle avait des gens étaient soigneusement classées dans sa tête.

— En 2004 ! Précisément.

— Si vous le dites ! Vous avez retrouvé des marques de son passage ?

— Oui, parmi d'autres.

— Rien d'anormal à cela. Les rapports sont généralement signés, du moins paraphés. Je suis certaine que son nom doit être mentionné quelque part. Elle m'avait fait une assez bonne impression. Discrète, très discrète même. Mais on l'avait appréciée.

— Effectivement, rien d'anormal. À plus tard. Je ne veux pas faire patienter monsieur Le Marrec plus longtemps. »

Alexandre voulut lui dire que la discrétion ne devait pas aller jusqu'à occulter un nom, son nom. Effacer sa trace, faire oublier son travail. À moins que quelqu'un d'autre... se soit chargé de le faire pour elle. Mais Alexandre venait à peine d'arriver. Les portes venaient, elles aussi, tout juste de lui être ouvertes. Il était trop tôt pour chercher ou prouver ce qu'il n'y avait pas à prouver, ce qui n'était peut-être, finalement, qu'un simple sujet d'anecdote.

Benoît avait déjà *tombé* la cravate. Elle était accrochée au porte-manteau, par-dessus une longue écharpe que les premières fraîcheurs piquantes de saison avaient fini par faire ressortir des rangements d'hiver de l'armoire. Il portait un petit gilet sans manche, classique, un peu démodé, mais très élégant. Il me regarda par-dessus ses lunettes et, reposant l'un des journaux qui s'étalaient sur son bureau, il me tendit la main et se mit à parler sans attendre. Calmement. Le regard direct et transperçant, un de ces regards qui jaugent et mesurent la distance, avant de retransmettre un message à la parole, avec le dosage de mots appropriés.

« Bonjour, Alexandre. Je n'ai pas pu te voir ces derniers jours. Je me suis absenté un peu plus longuement que prévu.

Mais s'il y avait eu de la neige, je serais sans doute bien resté encore un peu plus longtemps. Pas de neige encore, donc. Heureusement et malheureusement. Tu fais du ski ?

— Pas aussi souvent que j'aimerais mais j'aime beaucoup, effectivement. Et vous ? Et toi, pardon ? Et vous... Je ne sais plus.

— Un peu la même chose. Pas beaucoup de temps. La famille adore cela aussi. Tu connais l'Autriche ?

— Non, pas du tout. Je n'ai skié qu'en France, et un peu au Canada.

— L'Autriche est fabuleuse pour cela. Des domaines skiables impressionnants. J'en reviens. Une grosse affaire de skis et d'équipement sportif d'hiver.

— On m'a dit qu'il y avait quelques stations en Allemagne aussi ?

— Rien à voir avec la France ou l'Autriche, mais il y en a quelques-unes en effet. C'est assez loin d'ici malgré tout. Tu aurais aussi vite fait d'aller en France.

— *Tu* voulais me voir ?

— Oui. Tout d'abord comment cela va-t-il avec les collègues et ton boulot ?

— Ça va. Merci. J'ai un bon boulot à faire. C'est bien, je suis content.

— Et les collègues ?

— Pas de problème. Je suis bien entouré. On a l'air de me faire confiance et ça me convient.

— Pas seulement l'air, j'espère ?

— Je l'espère plus encore !

— Et...

— Monsieur Kultenbach ?

— Oui ! Ça se passe bien avec lui ? Nous n'avons pas encore eu l'occasion de parler, lui et moi. Je dois le voir en fin de matinée. Tu veux un café ?

— Non, merci. Pas pour le moment.

— Donc, avec Guillaume ? C'est comment ?

— En vérité et comme tu le sais peut-être, je n'ai guère à faire avec lui. Tu devrais plutôt demander à monsieur Weberstein.

— Hans... Sans doute as-tu plus à faire avec lui qu'avec Guillaume mais je ne veux pas lui parler directement. Ce n'est pas la peine de mettre de l'huile sur le feu, si je peux l'éviter.

— Je comprends. Avec Guillaume, enfin monsieur Kultenbach, c'est très simple. Bonjour le matin ou l'après-midi. Ça ne va pas très loin. Je ne sens pas beaucoup de chaleur. Plutôt l'inverse. Mais c'est peut-être mon imagination.

— J'en suis désolé. Ce n'est vraisemblablement pas de l'imagination. Je t'avais... prévenu mais je ne croyais pas qu'il serait aussi "distant".

— Ce n'est pas de la distance, ni même de l'indifférence. Il ne donne pas l'air de m'apprécier beaucoup. C'est aussi simple que cela.

— Il ne te connaît pas assez ! Pas encore...

— Ce n'est pas une façon pour mieux me connaître. Mais ce n'est pas grave. Je ne suis ici que depuis deux semaines. La confiance met du temps à s'établir, je présume.

— Je vais voir avec lui. Tu as raison, sans aucun doute. C'est à lui de montrer un peu de chaleur, d'ouverture. Ce n'est pas faute de leur parler à tous. Mais ne prends surtout pas cela personnellement.

— Bien sûr pas !

Ce type pourtant me haïssait. Cela ne m'échappait pas. Je le voyais dans ses yeux. Mais je n'avais pas l'intention de baisser les miens. Nos regards se croisaient si peu souvent d'ailleurs. Quand bien même auraient-ils eu à le faire plus encore, quand bien même auront-ils à le faire encore et encore. Je l'avais appris des règles à respecter, en sport. "Droit devant Alex, droit devant ! Regarder sans se laisser aller à la tentation de fuir, d'éviter les coups. Le mental, le mental. Tu verras, cela décuplera tes forces, physiques et intellectuelles. Personne ne peut rien faire contre cela, je veux dire : celui qui est en face. Personne ne peut rien faire de grand sans cette conviction. C'est bon pour le rugby, c'est bon pour toutes les disciplines sportives et Alex, Alex, même si c'est moi qui te le dis, même si c'est ton coach de rugby qui te le dit, tu peux me croire que c'est valable devant une page blanche pour un exercice de philo, de maths, ou je ne sais quoi, devant des pages ardues de disciplines académiques indigestes, à lire et à absorber. Il faut les regarder aussi, sans sourciller, en se disant qu'on en viendra à bout, qu'on les maîtrisera, comme le reste, comme les adversaires. Ce que l'on craint, ce que l'on ne connaît pas bien est un adversaire. Et les adversaires, il faut les maîtriser...".

Mon coach était un personnage incroyable. J'aurais bien aimé qu'il m'enseigne d'autres matières. Il croyait en ce qu'il disait. C'était bien. C'était bien car il avait raison et j'avais eu raison de croire en ses paroles, ses façons d'appréhender le quotidien, les pages blanches, les vides qui nous déstabilisent, les gens qui nous entourent, ceux que l'on ne connaît pas bien. Seulement, il y avait quelques pages noires pour lesquelles je ne savais pas encore comment faire. Une page obscure que je n'arrivais pas à regarder. C'était dommage, car il n'était plus là pour m'aider à le faire. Le prof avait dû quitter l'école juste avant ma dernière année et je l'avais perdu de vue. Je regrettai que mes doutes obsessionnels ne se soient pas déclarés plus tôt ! Sans doute lui en aurais-je parlé. C'était peut-être la seule personne extérieure à ma famille à qui je me serais confié. Peut-être. Je ne voulais pas vraiment en être certain afin d'atténuer mon regret.

Benoît demanda à Cathy si elle pouvait lui apporter un thé. Ce n'était pas une demande de patron, plutôt avec le ton de la supplication, de l'appel à l'aide. Mais Cathy le considéra autrement et se résolut toutefois à ne rien dire, contrairement à son habitude de ne pas réfréner ce qu'elle pensait.
— Je vois que tu ne le prends pas bien et sans doute aurais-je fait de même. Mais parlons plutôt d'autre chose, Alex ! Ce n'est pas exclusivement pour cela que je t'ai demandé de venir me voir. Bien sûr, c'est important, je veux que tout se passe aussi bien que possible, que les stagiaires, quels qu'ils puissent être, soient et se sentent à l'aise et apprennent le plus possible de leur passage chez nous. Et qu'ils nous apprennent aussi certaines choses, par la même occasion. Mais c'est à moi de régler cela. Tu continues de travailler avec Hans et c'est ce qui compte pour le moment.
— C'est comme cela que je l'entends. Pour le reste...
— Parfait ! Je voulais simplement savoir si tu voulais venir à la maison la semaine prochaine, jeudi par exemple. Je ne devrais pas être trop à l'extérieur cette semaine, seulement mardi je crois. Ma famille serait contente de te rencontrer. J'ai deux enfants. Mon fils, Martin, qui a ton âge, et qui fait ses études à Paris. Il fait "droit". Tu ne le verras donc pas. Mais tu verras Julie. Elle fait des études de lettres. Nous lui avions proposé de poursuivre ses études à Paris mais elle a préféré

partir avec nous et passer du temps, ici, en Allemagne. J'espère qu'elle ne le regrettera pas. Et nous non plus. Elle se plaît bien ici. Elle n'a que vingt ans. C'est un peu comme pour toi : elle a tout l'avenir devant elle. On peut encore changer de voie à cet âge-là.

— Avec plaisir ! Je n'ai rien de véritablement programmé pour le moment alors je viendrai. C'est bien aimable.

Alexandre organisait sa vie d'une façon très basique, orientée plus particulièrement vers le travail, les obligations domestiques et ses contacts avec Maria. Les invitations n'avaient pas encore bouleversé son quotidien que l'ennui n'attendait qu'à ternir et réveiller.

— OK, parfait, je le dirai à ma femme, ce soir, en rentrant. Tu n'es sans doute pas *motorisé* ?

— Pas pour le moment. Je ne sais pas si cela vaut la peine d'y songer. Je peux venir au travail à pied, alors…

— Je comprends. Ce n'est pas avec le salaire que tu touches que tu peux te permettre trop d'extravagances. Tu peux louer une voiture, de temps à autre, je présume, quand tu prévois une promenade quelconque. Autrement…

— Je verrai bien.

— Nous partirons ensemble et je te ramènerai. Ce sera bien et nous pourrons bavarder un peu, avant d'être avec *mes* femmes.

— Tu me diras à quelle heure tu comptes partir et je serai prêt.

— Ça marche. Et Corinne ?

— Corinne ?

— Oui, tu as eu des nouvelles ? Elle devait passer la semaine dernière pendant mon absence. Tu l'as rencontrée ?

— Oui, nous avons eu tout juste le temps de prendre un café au troquet du coin.

— Le *Goethe* ?
— Oui, c'est cela. Je vois que tu connais bien.
— C'est le café le plus proche d'ici. Je n'y vais pas très souvent mais j'ai vite compris que c'est le QG des collaborateurs de Baxter. On m'a emmené là-bas dès le deuxième ou troisième jour. On n'a pas osé le premier jour. Autrement…
— Corinne allait bien, apparemment. Je dois également aller chez elle la semaine prochaine.
— Tu vas avoir une semaine "bousculée".
— On peut dire ça ! Corinne avait l'air un peu embarrassée.
— Ah oui ? Des problèmes, tu crois ? À propos de quoi ?
— Je ne sais pas. Pas trop l'air en forme je crois.
— L'idée d'arrêter de travailler ne lui fait pas particulièrement plaisir mais après tout, elle pourrait continuer si elle le voulait. À ma connaissance, elle n'est pas obligée de le faire. Elle aurait même le choix entre poursuivre là où elle est actuellement ou reprendre une activité ici. Nous n'avons pas de poste correspondant à son profil puisqu'il y a Cathy mais je pense que nous pourrions, Guillaume et moi, l'"utiliser" à la hauteur de ses compétences. Il m'a d'ailleurs fait part d'un besoin pour une personne de plus. Nous n'avons pas encore eu l'occasion d'en rediscuter. Je dois le faire. On doit bien cela à Corinne. Pas nous nécessairement mais la société, en général. Enfin, tout cela ce ne sont que suppositions gratuites. C'est à elle de décider et non pas à nous, pas à moi en tous les cas.

Cathy entra dans le bureau avec un petit plateau. La tasse et une petite soucoupe avec deux biscuits. Elle me regarda.
— Vous êtes certain de ne pas en vouloir ?

— Non, merci Cathy. Sincèrement. Hans m'attend. Il doit passer quelques appels et veut que je sois avec lui pendant ses échanges. Je suis même parti sans lui dire que je descendais. »

Au même moment le téléphone de Cathy se mit à sonner. Elle posa le plateau et retourna à son bureau puis décrocha.

« Hans ? Gutten tag ! Alex ? Ja, der Chef wollte ihn sehen. Er kommt in zwei Minuten wieder rauf. Ich habe ihm gesagt, dass sie auf ihn warten. Bis dann.[7]

— Hans vous attend Alex. J'espère que cela ne vous empêche pas de prendre quelque chose...

— Ne vous inquiétez pas ! Pour vous dire la vérité, je viens de prendre un café avec Sylvain Paturel.

— Je comprends mieux, Alex. Sylvain est une personne sympathique. Je suis certaine que vous vous entendrez bien avec lui. Un joyeux drille. Il est drôle, avec beaucoup d'humour. Il anime bien nos petites fêtes.

— Et un excellent collaborateur aussi ! Pour ne rien gâcher... s'empressa de rajouter Benoît.

— Je dois vous laisser. Excusez-moi.

— À plus tard, Alexandre.

— À plus tard. »

Cathy resta quelque temps encore dans le bureau de Benoît. Il lui dicta deux lettres. Deux lettres qu'il modifierait encore avant leur départ. Il veillait toujours à ce qu'il n'y ait pas d'erreurs, que ce soit sur le fond ou bien sur la forme. Il avait laissé partir une lettre, peu de temps avant l'arrivée d'Alexandre, avec une subtile erreur de grammaire sur laquelle ni lui ni Cathy ne s'étaient écorchés. Il en avait été excessivement mortifié. Le destinataire pourtant, ne remarqua

---

[7] *Oui, le patron voulait le voir. Il remonte dans deux minutes. Je lui dis que vous l'attendez. Ciao.*

pas le dérapage grammatical. Un contrat s'ensuivit et ni les négociations ni l'aboutissement ne furent altérés par cette légèreté dont ils ne surent jamais si elle fût remarquée ou non.

« Cette Valérie Jumielle, Cathy ? Qui était-elle ? Je n'ai pas souvenir de son nom.

— Vous ne pouvez pas en avoir souvenir. *Stéphanie Jumiège* a été six mois avec nous. Elle est partie en juin 2004.

— Et je suis arrivé en septembre 2004 !

— Précisément. Pourquoi cette question ?

— J'ai entendu Alex parler d'elle. Quelque chose d'anormal ?

— Rien, à ma connaissance. Une stagiaire intéressante également. Tout le monde ici se souvient d'elle ; elle *passait* bien.

— C'est étonnant qu'il fasse allusion à elle.

— Elle a laissé des traces. Elle n'est pas la seule. Si elle a eu à modifier des dossiers, en compléter, elle a nécessairement paraphé des textes, des pages. Tout comme le font nos stagiaires ou bien même, vos collaborateurs actuels. Tout comme monsieur Le Marrec le fera.

— Alexandre, oui, bien sûr. Hmm…

— Il en trouvera d'autres sans doute. Tous ces stagiaires ont été supervisés par l'un de nous ici mais ils ont dû notifier leur travail. Nous faisons toujours cela.

— Hmm…

— Benoît, excusez-moi mais je vous rappelle que vous devez rappeler Gustav Oumagen. Il a rappelé plusieurs fois la semaine dernière.

— Le sénateur savait que j'étais absent. Je lui avais dit.

— Il a dû oublier !

— Ou vérifier si je ne lui avais pas raconté des histoires !

— Je pense qu'il a d'autres choses à faire de mieux. Peut-être est-il un peu distrait. Ou que sa secrétaire le soit.
— Pas comme vous Cathy, pas comme vous !
— Dois-je y voir une once de reproche ?
— Pas même une ombre, Cathy ! Même si parfois, ça serait bien que vous oubliiez certaines personnes que je dois rappeler...
— Vous me le reprocheriez, Benoît !
— Sans doute. Vous avez raison. Tout de même...
— Enfin rappelez-le ! Je lui ai dit vendredi que vous le feriez aujourd'hui, demain au plus tard. Comme je le dis souvent, ce qui est...
— Ce qui est fait n'est plus à faire, oui je sais Cathy. Vous me rappelez quelqu'un. Appelez-le maintenant s'il vous plaît et passez-le-moi.
— Je le fais tout de suite.
— Merci. Ah oui, quand vous aurez une minute, essayez de me dire avec qui travaillait cette Véronique.
— Stéphanie ?
— Oui c'est cela. Cette *Jumiège*. Les prénoms ne sont pas mon fort. Ce n'est pas urgent.
— Je n'oublierai pas. Cela non plus ! »
Cathy composa le numéro de téléphone du sénateur, après l'avoir recherché dans sa boîte de contacts, et passa l'appel à Benoît. Après chacune de ses tâches, elle remontait ses lunettes dans sa chevelure, les branches repoussant en arrière les mèches bien souvent en désordre au contraire de sa tête que la nature et son caractère s'appliquaient à garder parfaitement ordonnée. Et puis, tout revenait à sa place, les lunettes, comme les cheveux. Les lunettes reprenaient leur fonction, rajoutant à la lucidité déjà excellente de celle qui les portait, la

compensation que le physique des années avait déjà commencé à rendre parfois nécessaire. Une fois le téléphone raccroché, elle se plongea dans le disque dur de l'ordinateur central de l'entreprise, déverrouilla l'accès « Personnel » par le code qu'elle seule et Benoît détenaient pour des raisons évidentes de confidentialité et que personne, a priori, ne contestait... Tous les dossiers concernant l'appréciation des collaborateurs, leurs profils, leurs parcours étaient forcément soumis à cette règle et il n'y avait rien d'exceptionnel dans cette mesure. La transparence ne transgressait pas cette règle mais, parallèlement, la confidentialité n'altérait en aucune mesure le franc-parler de l'encadrement vis-à-vis du personnel. Peu d'écart s'était ainsi installé entre l'écrit et l'*enregistré* et ce qui était dit. Benoît avait changé la façon de voir et d'apprécier au sein de l'Entreprise. Certains y avaient trouvé leur compte, d'autres moins, mais il tenait à ce principe qu'il estimait fondamental. Le relationnel avec la clientèle existait un peu sur le même fondement mais s'octroyait tout de même l'alambic incontournable des formules commerciales et de la courtoisie. Rien n'était promis qui ne pouvait être tenu. Les mots portaient ce qu'ils avaient à dire, choisis, pesés mais jamais galvaudés. C'était cela Benoît. Il avait fallu à quelques collaborateurs un certain temps pour comprendre sa philosophie. D'autres, alors qu'Alexandre venait d'arriver, cherchaient encore à interpréter la méthode. Le jeune stagiaire qu'il était l'intégra, quant à lui, très peu de temps après sa première rencontre avec le *patron.*

Sans l'espérer ni le vouloir, une forme de routine s'était donc établie malgré moi, dans ma vie domestique. Je vivais intensément le temps passé au travail. Je n'en avais pas le choix si je voulais aboutir à ce que l'on attendait de moi. Il me fallut deux ou trois jours pour me rendre compte de l'ampleur de la tâche et constater un vide absolu de trois années dans l'entreprise que je ne comprenais pas vraiment. Je n'étais pas en mesure de comptabiliser les dégâts comme je n'étais pas vraiment non plus capable d'affirmer qu'il y avait eu une quelconque carence dans l'organisation et le suivi des affaires. C'était plus un constat d'absence qu'une réelle certitude d'erreur professionnelle et donc d'un évident manque à gagner. BaxterCo se portait bien et peut-être suffisamment bien pour que l'on aille pas au-delà de cette simple et satisfaisante constatation. La frustration de n'avoir ni assez de temps ni assez de moyens pour fouiller un peu plus dans le passé s'installa quelque part en moi, sans trop de place ni de raison. La mission était de regarder devant et non derrière mais, comme pour ma vie personnelle, il m'était difficile d'ignorer l'un en pensant à l'autre, ou de penser à l'un en ignorant l'autre.

J'essayai en vain d'en parler à Hans. C'était lui à qui je pouvais formuler mon inquiétude et ma surprise. Il me parla de tout et de rien, évita simplement de répondre. *Il fallait voir l'avenir et non pas le passé.* Sans doute avait-il eu des priorités autres que celles auxquelles je lui donnais l'impression de trop m'attacher. Autrement dit, je n'avais pas à chercher à faire ce que l'on ne me demandait pas de faire. Pour appuyer sa façon de voir les choses, il m'avait presque tout répété en français, comme si j'avais manqué le contenu de ses explications ; si tant est qu'il s'agissait d'explications. Je ne savais pas quoi penser de son attitude. Il avait repris le même ton qu'il avait eu lors de ma première rencontre avec lui, avec l'enthousiasme véritable d'un chef de projet contre lequel il n'y avait vraiment rien à dire ni à reprocher. Un discours structuré qui ne laissait pas la place à un quelconque désordre mais qui excluait totalement toute référence au passé. *Peut-être* aussi ne savait-il rien après tout de cette négligence apparemment sans conséquence ? *Peut-être* était-il nouvellement sur ce créneau d'activité et qu'il découvrait en même temps une situation anormale, sans y attacher trop d'importance, voulant ainsi tout ignorer, par simple exigence de fournir l'énergie là où elle était nécessaire et où elle ne serait pas gaspillée ? *Peut-être* avait-il tout simplement raison et que c'était juste moi qui voyais le mal où il n'existait pas. Je focalisais sur Guillaume Kultenbach. Sans cette perception négative que j'avais de lui, sans doute ne me serais-je pas posé toutes ces questions ? Une overdose d'antipathie sans doute. Celle que je lui prêtais en retour à la sienne. Mais l'individu ne faisait rien pour donner le change, inspirer confiance, du moins avec moi.

En termes d'affaires potentielles et de résultats, je comprenais qu'il fallait plus songer à avancer qu'à fouiller dans le passé et qu'il serait préférable de mettre tous ces « peut-être » de côté. Je me demandai cependant si on m'avait volontairement mis sur ce poste pour constater d'évidentes erreurs, profitant sinon de l'innocence de ma jeunesse, d'un regard extérieur indépendant des possibles conflits internes et des marécages de stratagèmes et de différences d'opinions de toute bonne entreprise ou bien si l'on avait déjà fait le constat et que l'on voulait enfin s'y atteler et y trouver, hormis des coupables, un remède de convalescence. Dans tous les cas de figure, je serais celui à blâmer si je devais étaler au grand jour des agissements contraires aux intérêts de la maison. Je n'avais cependant pas l'intention de renoncer aux démarches qui pourraient apporter plus de lisibilité et d'ouverture à BaxterCo. J'étais prêt, malgré l'humilité qu'il m'avait été enseigné d'avoir en toute circonstance, d'en assumer pleinement les conséquences. Je décidai toutefois de ne pas insister mais au contraire, comme le disait Hans avec insistance, d'aller de l'avant...

Je rentrais assez tard le soir. Souvent un des derniers à quitter les bureaux. Je n'avais pas beaucoup à faire en dehors du travail. La nuit tombait vite et il m'était impossible de profiter de la ville. Les jours artificiels que les néons inventaient ne m'attiraient pas vraiment. Je m'y étais englouti pourtant parfois, entraîné par les amis et par Maria que la nuit, au contraire de moi, n'inquiétait pas. Nous connaissions les quartiers de la ville sur le bout de nos doigts et nous pouvions presque les parcourir les yeux fermés, que ce fût le jour ou la nuit. Lyon était le centre de notre monde comme Charleville l'avait été pour moi, en son temps et les nuits électriques là-bas ne paraissaient pas aussi sombres et glauques.
Je m'étais organisé pour faire mes achats domestiques. Les magasins fermaient relativement tôt et il avait fallu que je repère certains plus adaptés à ma vie de citadin à Francfort.
La plupart des collaborateurs de BaxterCo habitaient en dehors de la ville et prenaient soit le train, soit leur voiture personnelle pour venir travailler. Les autres avaient trouvé des logements dans la proche banlieue et se rendaient au bureau en tram ou en bus. Très peu d'entre eux vivaient en centre-ville. J'étais un des rares à bénéficier de cette commodité. Il y avait Sylvain aussi dont l'appartement était situé Färberstrasse, un peu plus au sud de la ville, en dessous du quartier dont il m'avait tant parlé. Römer. Il lui fallait passer le Main tous les jours pour venir jusqu'à BaxterCo. Je devais me rendre prochainement chez lui. Il m'avait laissé sa carte de visite

personnelle et c'est ainsi que j'avais pu localiser l'endroit où il habitait. Sylvain m'amusait beaucoup. C'était sans doute un des seus, sinon le seul. Presque tous les jours, il me disait : « Faut que tu viennes à la maison, faut que tu viennes me voir chez moi... ». Les jours avaient passé, les mots n'avaient pas été suivis d'effet et Sylvain avait fini pas en être un peu gêné. Gêné, non pas par le fait que son invitation devenait de plus en plus virtuelle ou bien hypothétique, mais surtout par ses explications qui se suivaient et ne se ressemblaient sur presque aucun point. Je vins à son secours en lui disant qu'il avait sa vie à lui et qu'il n'avait pas à se sentir gêné et encore moins à se sentir obligé de se justifier. Ce fut alors qu'il me donna la seule explication plausible que j'avais facilement devinée. Sylvain était un cheval fougueux aussi bien au travail que dans sa vie personnelle. Son dynamisme était extraordinaire, il semblait aimer le changement, le renouvellement, les projets, et tout simplement la vie. Mais le chasseur s'était laissé chasser et il venait de s'installer dans l'antre de sa proie, après des jours de traque inhabituellement longs et frustrants. C'était une chasse *pas comme les autres*, me dit-il, comme s'il avait voulu se convaincre lui-même avant de me faire comprendre et de justifier le manquement à sa parole. Une semaine d'enlisement dans une relation imprévisible, avait-il plusieurs fois répété. *Une semaine ! Tu imagines ! Je ne sais pas ce qui s'est passé, et j'ai un peu de mal à réaliser ce qui m'arrive... J'ai accepté de faire mes valises, enfin... une valise avec le minimum sanitaire. Quand même... Une valise !*

　　Il avait voulu s'installer « léger ». C'était une façon de voir les choses. Nous n'étions pas vraiment sur la même longueur d'onde mais il m'amusait. Et il le savait. Sa façon de raconter les choses. Personne d'autre que lui ne pouvait le faire aussi bien, avec autant d'humour, de sérieux et de détachement à la fois. Mes amis étudiants, même eux, étaient à des années-lumière de cette façon de voir les choses et surtout de les raconter. Leur légèreté n'était que passagère et sombrait rapidement dans des engagements plus sérieux et plus contraignants.

Il y avait en effet beaucoup d'*activité* au sein de notre école, sur le campus ou en dehors, beaucoup de *socialisation* et donc très peu de gens isolés, sauf peut-être ceux pour qui l'objectif de réussite était une absolue nécessité et à qui le manque de confiance interdisait tout écart à une discipline fortement ancrée dans l'effacement de leur personnalité.

Sylvain devait avoir une dizaine d'années de plus que moi et sans doute essayait-il de retarder le temps, celui dans lequel nous étions déjà en train de nous installer, sans bien nous en rendre compte. Il y avait tant d'autres comme lui cependant, indifférents aux sentiments, indifférents aux peines, maîtrisant la vie des autres, la malmenant parfois, sans forcément le vouloir et sans en être totalement conscients. Ces adeptes de l'indifférence, concentrés et tournés exclusivement sur leurs plaisirs et besoins personnels égoïstes croisent parfois leurs chemins et le mal est moindre, souvent inexistant, tout s'équilibrant dans l'égalité des identités et les façons de voir la vie et les ingrédients qui la composent.

Sylvain ne *socialisait* pas beaucoup chez lui, quand il pouvait l'éviter. L'expérience d'une aventure, m'avait-il dit à une autre occasion, où il avait dû prendre les grands moyens pour lui mettre un terme avait suffi. Il avait trouvé presque plus fort que lui, quelqu'un qui n'entendait pas se faire traiter comme une simple valise que l'on met sur le pas de la porte pour montrer le chemin. Depuis, quand il était sur *un coup*, pour une *étude* comme celle de cette fameuse semaine, il allait chez l'habitante. C'était plus facile et cela lui donnait la liberté comme seule compagne permanente et patentée qu'il s'autorisait, ces derniers temps, à avoir... Mais jamais plus d'une ou deux nuits. Il faisait plus allusion aux nuits qu'aux jours comme si le temps de la nuit avait plus le côté éphémère du temps que ne pouvait l'avoir le jour, avec la vision plus claire des contraintes de l'existence. Le jour lui semblait carcéral. Alors il lui préférait les nuits. Pour l'unique besoin charnel et sexuel seulement et, dans l'intensité des effets qu'il provoque et la reddition des réserves qu'il impose, seulement il ouvrait la porte de sa tanière, sans refermer le verrou, pour ne rien enfermer ni maintenir ce qui ne doit être qu'un simple abandon provisoire de deux êtres prêtant leurs corps. Pourtant, malgré les règles, la *discipline* qu'il s'était fixée, depuis une dizaine de jours, l'inébranlable processus s'était, semblait-il, mis à gripper et Sylvain avait succombé à un étrange attachement. Il ne l'avait pas avoué dans des mots très clairs ni très précis, mais plutôt dans des termes embarrassés qui ne laissaient pas de place vraiment à la moindre équivoque. Il allait être sur le point de nous rejoindre, adhérer au club. Il s'en défendit pourtant, prétextant que c'était un peu plus compliqué cette fois-là, que les cartes avaient été mal tirées et que le jeu, de ce fait, avait nécessairement été modifié. Il n'avait pas dans sa voix une quelconque angoisse de quelqu'un qui ne sait plus quoi faire, c'était presque au contraire une sorte de satisfaction, un soulagement de ne pas avoir à refaire la même chose, s'en aller, oublier, ne rien retenir. Du moins quelque temps. Histoire d'un repos. Sinon celui du guerrier, d'un combattant d'une autre liberté, partagée intimement mais égoïste à la fois. La pioche n'avait pas été la même et il ne s'agissait plus de jeux de solitaire parallèles. Mais *il se libérerait*, m'avait-il dit, quoi qu'il arrive, quelles que pussent être ses nouvelles contraintes, pour préserver le refuge salutaire des montagnes qui se profilaient. Dix jours qu'il n'avait pas eu à traverser le Main...

Je n'avais pas vu venir le jeudi. Le temps passait extraordinairement vite, malgré le ronronnement d'une vie au diesel qui s'était apparemment installée et qui avait fini par me surprendre. J'en étais presque satisfait. Je rentrais le soir assez fatigué et, après les dîners rapides mais tout à fait respectables que je me préparais, je me plongeais dans un énorme pavé littéraire dont j'avais lu quelques critiques dans un journal apparemment bien intentionné à son égard, le premier roman contemporain auquel j'avais décidé de m'attaquer, après toutes ces années dénudées d'évasion et de philosophie mais bourrées d'armatures inébranlables aux séismes du monde des affaires et du travail. Je voulais m'en rendre compte par moi-même. Et peut-être tout simplement m'évader un peu. J'avais de vagues souvenirs des classiques, les incontournables auteurs qu'il fallait digérer au collège puis au lycée et dont on ne savait pas vraiment nous faire découvrir le talent et l'esprit de leur écriture. Il ne me restait malheureusement pas grand-chose de ces lectures imposées, sinon des noms et quelques titres de référence. Alors je m'étais ainsi mis à lire, pour le plaisir. Le moment que j'attendais le plus de ma soirée restait cependant celui que je passais avec Maria. La conversation que j'avais avec elle était la seule chose qui m'arrachait à mon bouquin. Peut-être n'était-il après tout qu'un simple moyen d'attendre mon rendez-vous avec elle ? Il avait eu alors des raisons de s'inquiéter pour le bouquin, avec l'installation d'Internet qu'il m'avait tardé de voir réalisée dans l'appartement !

Benoît me rappela le matin que je devrais passer à son bureau vers dix-huit heures trente. Il m'avait entendu saluer Cathy à mon arrivée et était sorti de son bureau. Visiblement, il n'avait pas l'intention d'user de discrétion pour l'invitation dont j'avais été gratifié. Cette transparence ne me surprenait pas vraiment mais ne me mettait pas réellement à l'aise. Cathy en était nécessairement informée et j'étais convaincu que beaucoup d'autres l'étaient tout autant. Guillaume Kultenbach en particulier. J'avais confiance dans ce que faisait Benoît. Il ne me semblait pas être de ces hommes qui agissaient, réagissaient sans réflexion au préalable, sachant peser les pour et les contre et apprécier les conséquences possibles. Cette conviction me rassura et je m'empressai d'oublier les hypothétiques mécontentements et jalousies que cette invitation pourrait susciter.

Il avait fait une journée remarquable d'automne, presque douce, avec des couleurs que je découvrais pour la première fois dans la ville, avec un soleil affaibli mais volontaire et un ciel bleu sans nuages que seuls quelques aéroplanes fendillaient de leurs traînées de vapeurs, comme pour le délimiter, lui donner une dimension. Les gens, dans la rue, m'avaient semblé marcher plus lentement, comme pour ralentir le temps, se souvenir des dernières images d'un été qui s'éloignait inexorablement, plus belles encore par l'intensité des contrastes que l'automne, dans son apparente tristesse et son dédain de l'été trop vénéré, réserve, pour se faire pardonner, se faire apprécier, à sa façon et à ses moments qu'il veut bien nous accorder. Même les voitures et les autobus avaient pris une allure bucolique mais ce n'était qu'une vulgaire mascarade ; le bruit et les gaz n'avaient pas cessé de polluer mais tout le monde était détourné de leur sinistre présence par la beauté des couleurs, la beauté d'un certain bonheur. Même Hans Weberstein, d'ordinaire un peu sévère, presque bourru, m'avait paru plus enjoué et de meilleure humeur ce matin-là. Il s'était même laissé aller jusqu'à quelques plaisanteries sur le temps qu'il fait en général à Frankfurt. « Tu verras Alex, z'est comme zela qu'il fait zouvent à Frankfurt ! ». Je n'avais pu m'empêcher de sourire et il semblait satisfait de l'effet de sa remarque avait eue sur moi. Inga, à l'accueil, qui était revenue ce jour-là, après deux ou trois jours d'absence, m'avait parue encore plus resplendissante que la première fois qu'elle m'avait rappelé les définitions de la beauté parfaite au féminin. Inga travaillait en horaires décalés, avec soit une prise de poste à huit heures ou bien à onze heures. Ce ne fut pas de sa bouche pulpeuse que j'eus cette information, je n'en avais pas eu véritablement l'occasion mais de Sylvain qui s'était régalé à me la donner avec la spontanéité dont il savait parfois faire preuve.

« Je vois que tu n'es pas insensible à son... charme... esthétique !

— Qu'entends-tu par "esthétique" ?

— Je n'entends rien, hélas. *Il sourit plus encore en disant cela.* Simplement que je ne la connais pas bien. Je ne suis pas trop en faveur des relations de travail. Et de plus...

— Oui ?

— De plus, je crois qu'elle acoquinée avec quelqu'un.

— Cela n'est pas vraiment étonnant, ne trouves-tu pas ? Ne le sommes-nous pas tous, en quelque sorte ?

— Oui, mais le type ne m'inspire guère. *Son* type...

— Tu le connais ?

— Je l'ai aperçu. En boîte. Elle me l'a présenté. Une sale gueule. Je ne serais pas surpris qu'il touche à la coke.

— Délit de sale gueule ?

— Non, pas vraiment. Enfin si, mais si tu le voyais, je pense que tu aurais un peu la même impression. Je sais que c'est assez courant ici mais ce n'est pas de chance pour elle d'être tombée sur ce genre d'individu. Moi, ce que j'en dis... Tu me demandes, je te dis.

— Je t'ai seulement demandé où elle était passée.

— Je te prévenais, au cas où...

— Je n'ai pas l'intention de sortir avec la *miss*.

— Tes yeux pétillaient quand tu m'as posé la question et en disent long. Faut t'appliquer à ne rien laisser transparaître au travers de ton visage !

— OK, c'est vrai qu'elle me plaît assez bien. Mais je ne suis pas libre non plus.

— Je suis certain que ce doit être une fille bien.

— Qui ?

— *Ta* fille ! *Ta* copine !

— Comment peux-tu le dire ?

— Comme cela. Tu dois être difficile.

— Oui, elle est *bien*. Et, *je suis* difficile.

— Alors, une raison de plus pour faire attention.

— OK, papa.

— Ce que je veux dire Alex, si tu as envie de faire un faux pas, ce qui peut toujours se comprendre, fais-le exclusivement en tenant compte de deux choses.

— Ah oui ? Et c'est quoi, ces *deux choses* ?

— Primo, assure-toi que ce ne sera pas un nid d'emmerdements. Inga pourrait t'y plonger. Secundo, si tu dois passer outre les risques, il faut que cela en vaille la peine.

— C'est tout ?

— À peu près tout. Excuse-moi, je ne devrais pas te traiter comme un gamin mais un conseil ne fait pas de mal.
— Sans doute. Toutefois…
— Toutefois ?
— Rien, vraiment. Simplement que je ne vais pas tourner la tête quand je vais la revoir.
— N'en fais surtout rien. Ce sera elle qui s'en chargera. De te faire tourner la tête. »

J'avais été prévenu. J'étais convaincu que Sylvain en savait plus que ce qu'il prétendait savoir et j'étais presque certain aussi qu'il avait essayé aussi de se rapprocher d'elle et qu'il avait essuyé une sorte d'échec ou bien qu'il avait dû faire face au « camé » de service. Mais tout cela n'était que supposition. Je ne désespérais cependant pas de pouvoir prendre un verre avec elle, de l'avoir quelques minutes en face de moi et d'en savoir un peu plus. Je n'étais pas tombé dans le lit de toutes les filles avec lesquelles j'avais pu prendre un verre ou bien même de dîner avec elles. Pour certaines, je l'avais parfois regretté. Pour d'autres, j'avais eu le sentiment d'en savoir assez pour préserver l'estime réciproque qui convenait de part et d'autre.

Une chose était certaine, j'étais, ce matin-là, bien content de retrouver le sourire d'Inga du premier jour et cela, pour ce que je m'accordais à appeler : sa semaine. Je me disais qu'elle serait, quoi qu'il arrive et quoique les mauvaises langues pourraient en dire, une sorte de poursuite de l'été, qu'il fasse beau ou mauvais dehors. Ou bien même dedans. Une bien sotte idée mais qui me convenait pour le moment. Au fond de moi-même, je n'étais pas persuadé que Sylvain était une des mauvaise langues auxquelles j'avais pu l'associer dans mon raccourci vis-à-vis d'Inga et la méconnaissance que j'avais d'elle, mon incertitude, me rappelaient le fait que je ne faisais que d'arriver à BaxterCo, à Francfort, malgré l'impression contraire que j'avais et qui me faisait penser que j'étais installé depuis bien plus longtemps que je ne l'étais en réalité. Il m'était difficile de savoir si c'était un bon signe ou pas, si le temps passait vite ou pas, si la réalité des choses m'était quelque peu altérée par une perte de mes repères auxquels je m'étais trop habitué, Maria, ma vie avec Maria, mes études, mes cours, Maria encore et encore. C'était cela. L'habitude. J'étais tombé dans une sorte d'habitude, de facilité contre lesquelles je croyais être un fervent ennemi. Pourtant, il y avait eu maman qui m'avait ouvert une de ses portes, ces coups de fil aussi qui m'avaient réveillé de cette torpeur confortable. Pourtant il y avait tout cela. Et ce n'était pas rien. Mes propres questions avaient été réveillées. La routine en avait pris un sérieux coup. Et je le regrettai peut-être, finalement.

Quand je m'avançai dans l'encadrement de la porte du bureau de Benoît, je m'aperçus qu'il était au téléphone, son cellulaire qu'il tenait en équilibre sur son épaule, coincé contre son oreille. Il prenait des notes de sa main droite et feuilletait une sorte d'agenda de l'autre main. Il me vit, relâcha son stylo et me fit signe de la main de m'asseoir sur le fauteuil en face de lui. J'étais sur le point de ressortir mais il insista pour que je reste. Il poussait de temps à autre des « ya », « gut, gut », comme pour manifester sa présence à l'autre bout d'un fil qui n'existait pas réellement.

Un verre auréolé d'une pellicule blanchâtre était posé au milieu de documents qui jonchaient la belle surface d'acajou. Une boule de papier reposait au fond. Un sachet sans doute, il était resté froissé, contrairement au simple papier qui s'acharne à redevenir un papier, à vouloir reprendre des notes, des signes, des idées, à s'offrir en dernier usage. Un sachet d'aspirine, peut-être. Benoît poursuivit sa conversation pendant encore cinq bonnes minutes qui me parurent une éternité. Je n'aimais pas ce genre de situation, à écouter ce qui ne me regardait pas et auquel je ne comprenais strictement rien. Il avait fini par montrer certains signes de lassitude mais il resta extrêmement courtois et rien, dans ses interventions, ne pouvait indiquer qu'il avait hâte d'en finir avec la conversation. J'étais certain qu'il aurait été plus radical avec un de ses collaborateurs, plus expéditif mais il n'y avait rien d'anormal dans ce genre d'attitude. Je n'avais pas eu vraiment l'occasion de le regarder aussi longtemps, aussi fixement, et plus je le faisais et plus je m'apercevais qu'il avait quelque chose de familier, que je croyais connaître mais que, finalement, je n'arrivais pas vraiment à identifier. Sans doute me rappelait-il quelqu'un, le visage, ses manières. J'avais eu un peu la même impression la première fois que je l'avais rencontré. C'était plus fort, cette fois-ci. Le temps m'avait permis d'absorber plus de sa physionomie, peut-être même de sa voix, un temps qui ne me permit toutefois pas d'arriver à une quelconque conclusion.

Il reposa son stylo, relâcha l'agenda et son visage se détendit d'un seul coup quand il décolla son téléphone de l'oreille. Il se renversa en arrière, posant indélicatement le téléphone sur le bureau et appuya sa tête sur le haut du dossier de son fauteuil. Le téléphone, après avoir parcouru quelques centimètres sur la surface glissante, cessa de tourner comme les mouches qui trépassent sur leur dos. Tout fut alors étrangement silencieux. C'était comme si une coupure de son s'était produite au cours d'un film. Il ne restait plus que les images. Benoît se passa les doigts dans les cheveux comme pour se purifier la tête et prit quelques secondes avant de parler.

« Désolé, Alexandre. Gustav Oumagen. C'était le sénateur.
— Ce n'est pas grave. J'aurais pu attendre dehors d'ailleurs. Cela aurait peut-être été plus facile pour vous... Pour *toi* je veux dire.
— Non, pas du tout. Je l'avais rappelé il y a quelque temps et j'aurais dû prévoir qu'il ne serait pas satisfait de mes réponses. Je l'ai donc rappelé en hâte, sans trop me préparer. Pas très sérieux de ma part. C'était prévisible qu'il ne se contenterait pas de tout ce que j'avais pu lui dire. Une erreur de jeunesse que je ne devrais plus me permettre de commettre. Mais il n'y avait rien de *top secret*. Vraiment rien.
— Je ne pouvais pas le savoir.
— Quand cela l'est, Alexandre, le téléphone est banni. On n'a pas trop confiance dans ce moyen de communication.
— Des écoutes ?
— En quelque sorte...
— Ce n'est pas aussi facile avec les cellulaires.
— Sans doute pas mais cela laisse des traces malgré tout.
— L'oncle Sam ?
— On peut l'appeler comme cela. Personnellement, je ne suis pas concerné. Les politiques le sont, d'une façon ou d'une autre. Ils activent et entretiennent ce genre d'attitude entre eux, étant eux-mêmes en proie à la suspicion permanente des uns et des autres. Toujours est-il que, à mon humble niveau, je n'ai pas été *pro* sur ce coup.
— On ne peut pas être cent pour cent dans tous les cas.
— Avec ce genre d'individu, il faut être dans les cent pour cent. Il n'est pas méchant mais exigeant et pointilleux. Je le connais. Et puis, j'ai besoin de lui, comme il a besoin de moi. C'est un politique certes, mais un type bien qui est apprécié. Un politique dans le bon sens du terme.

— Il y en a vraiment ?
— Sans aucun doute. Il fait partie de ce que l'on peut effectivement parler de minorité.
— Comment votre journée s'est-elle passée ? Vous avez l'air un peu "down".
— Par exactement "down". Juste un peu de fatigue je présume, et puis ça a été un peu difficile aujourd'hui. Ils m'ont cassé la tête, plus que d'ordinaire je dois avouer. J'ai d'ailleurs dû me résoudre à prendre un peu d'aspirine. Cathy plus exactement. J'avais une méchante migraine. J'ai dû lui dire, ou lui faire sentir. Elle est arrivée avec sa boisson effervescente. Je l'ai avalée, sans rien dire. Ni même merci, je crains.
— Elle s'occupe bien de son patron.
— C'est vrai, elle est dévouée… Bon, j'enfile ma veste et nous y allons. Je ne veux pas arriver trop en retard à la maison. Ce n'est pas toujours trop bien perçu. D'autant plus que c'est assez fréquent.
— On ne fait pas toujours ce que l'on veut.
— Non mais j'ai quelque peine à l'expliquer. Pourtant, depuis le temps ! Mais je comprends. Chacun prend à cœur ses responsabilités.
— Je ne voudrais pas être à l'origine d'une *tension* familiale !
— Nous recevons relativement beaucoup, enfin raisonnablement et il m'arrive de rentrer à la maison alors que les invités sont déjà arrivés. Ce n'est pas grave quand ce sont des connaissances communes avec Anne Laure mais quand il s'agit de personnes qu'elle connaît mal, voire pas du tout et qu'il lui faille tenir le crachoir jusqu'à ce que j'arrive, je comprends qu'elle soit agacée. Ce ne sont pas des situations faciles ni agréables. Mais j'ai fait des efforts ces temps derniers…

— C'est elle qui l'a remarqué ?

— Non. Je lui ai fait remarquer et elle a reconnu un peu d'amélioration. C'est la même chose, non ? Mais tout va bien dans l'ensemble. »

L'expression du stress s'inscrivait sur le front de Benoît par des sortes de parenthèses qui s'opposaient aux extrémités intérieures de ses sourcils. Elles étaient profondément marquées, incrustées comme avec des pleins de calligraphie, mais sans rien pouvoir contenir et empêchant ainsi de lire trop facilement les pensées que des parenthèses fermées auraient pu contenir. Son mal de tête n'avait pas simplifié toute lecture déjà impossible.

Après ses derniers gestes de la journée, avant de quitter le bureau (Benoît était méthodique et méticuleux dans tout ce qu'il faisait), nous prîmes l'ascenseur pour passer du vingt-septième étage au niveau du troisième sous-sol. Je trouvais toujours un peu difficile de me retrouver seul dans un ascenseur, en présence d'une personne que je ne connaissais pas ou seulement très peu. Une question de silence pesant, de mots qui ne viennent pas et qui, pourtant, ne demandent qu'à sortir, se faire entendre et entamer quelque chose, se distinguer des créatures qui n'ont pas ces sublimes moyens de communiquer. L'image d'Inga remplaça celle de Benoît. Cette apparition n'avait rien de désagréable. J'aurais eu bien de la peine à essayer de me détourner de ma pensée et j'appréciai le silence de Benoît, incapable de savoir si j'aurais été à même de répondre ou bien même de le comprendre. Je n'en fis rien, bien au contraire, c'était un bien simple plaisir auquel personne n'aurait eu à redire, si l'on avait pu lire le fond de mes yeux, enregistrer l'imperceptible dérèglement de mon cœur. Et puis, le plaisir toucha très vite à sa fin quand le câble de la cabine s'étira de quelques dixièmes de millimètre, en nous comprimant aussi de quelques dixièmes de millimètre, et que la boîte à monter et descendre arriva au niveau demandé. Le visage de Benoît remplaça celui de la belle Inga, avec les mêmes parenthèses, seulement amplifiées par la lumière écrasante des néons du plafonnier.

Il m'invita à monter. C'était un véhicule de fonction, modeste mais récent et dans un état impeccable. Je ne fus pas choqué par l'ordre qui régnait à l'intérieur. Je m'étais habitué à toutes ces choses qui traînent sur les sièges, qu'il faut bouger, jeter sur la banquette arrière ou sur le plancher, amusé aussi par les commentaires qui accompagnent et essaient de justifier les incroyables désordres qui font des véhicules de véritables annexes des résidences principales de leurs propriétaires, ou bien de leurs capharnaüms de bureaux. Je retrouvais au contraire *le* bureau de Benoît, hormis l'odeur typique reconnaissable du neuf, plus significative d'appropriation que d'essences raffinées mais que l'on voudrait aime pourtant, au point parfois de devoir la réinventer et de la répandre généreusement.

Il nous fallut environ trente minutes pour nous rendre au domicile des Le Marrec. La circulation était fluide et les signalisations automatiques nous furent curieusement favorables.

La maison se situait à Oberrodenbach, à une trentaine de kilomètres au nord-est de Frankfurt. Je n'avais jamais entendu parler de cette petite ville et encore moins des petites bourgades qui défilaient sur l'asphalte au déboucher des viragesé à droite et à gauche qui paraissaient ne pas en finir de nous perdre dans la campagne que seuls, quelques lampadaires glauques, matérialisaient de temps à autre. Anne-Laure, m'avait-il expliqué, voulait vivre à la campagne. Elle avait travaillé pour la recherche agronomique en France, avant d'avoir les enfants, puis sept années par la suite, quand Julie, la plus jeune des deux enfants eut atteint ses dix ans. On proposa ensuite à Benoît le poste à Francfort et il fit ce que son père n'avait pas eu l'occasion de faire, bien longtemps déjà auparavant, quitta la France, pensant sans doute, à juste titre, que sa carrière s'oxygénerait de responsabilités nouvelles et prendrait une véritable envolée, avec de nouvelles perspectives. C'était l'Allemagne tout d'abord et il espérait ensuite pouvoir rebondir sur une responsabilité outre-Atlantique, à moins que, comme Jean-Paul l'avait expliqué à Alexandre, Paris lui fasse des propositions alléchantes auxquelles il ne pourrait que succomber. Les choses changeaient radicalement dans l'Entreprise. On misait de plus en plus sur la valeur des collaborateurs et un peu moins sur les valeurs académiques. On faisait toujours appel aux réserves d'écoles mais on ne sélectionnait pas forcément les sortants les plus diplômés ou bien des établissements les plus prestigieux. Un stagiaire qui avait laissé une bonne impression avec un travail sérieux avait presque autant de chance, avec un classement moyen, qu'un étudiant brillant, sur dossier, mais totalement anonyme.

Benoît, quant à lui, après avoir tenu compte du *rationnel* que la famille leur avait dicté, à lui et à son épouse, était désormais disposé à partir, quel que pût être l'endroit, quel que pût être le moment. Il avait à peine quarante-deux ans et il restait devant lui, suffisamment de temps pour songer à ce que l'on appelle encore à cet âge : l'*avenir*. Anne Laure pensait retravailler s'ils devaient retourner à Paris. Ailleurs, elle avait accepté le fait que ce serait difficile. Accepté aussi le fait que la carrière de Benoît était prioritaire. Elle avait cependant gardé cet attachement à la terre, à l'écologie, à tout ce qui touchait à la planète, son exploitation et suivait de près tout ce qui se passait en France et dans le monde. C'est pour cette raison qu'ils avaient choisi de vivre à Oberrodenbach, en plein parc naturel. En pleine campagne allemande où ils s'étaient retrouvés un peu isolés au départ et où ils avaient fini par se faire accepter au bout de quelques mois. Il ne fallait pas compter sur des compatriotes français, il n'y en avait point. Il ne fallait pas compter communiquer autrement qu'en allemand, personne, à leur connaissance, ne parlait français. Peut-être les instituteurs de l'école mais ils n'avaient jamais eu à les rencontrer. Tous deux avaient de bonnes connaissances de la langue mais il avait fallu remettre les automatismes engourdis en route. Cela leur avait pris un certain temps. Quelques semaines pour lui, des mois pour elle. Les gens du village avaient montré à leur égard beaucoup de patience et de sympathie. Les Le Marrec avaient quand même choisi de vivre auprès d'eux et, qui plus est, dans une *naturfreundehaus*, un signe d'attachement aux valeurs écologiques dont se flattait l'ensemble des gens du village.

J'appris plus des Le Marrec, pendant le voyage du bureau à leur domicile, que je n'eus jamais l'occasion de le faire par la suite, du moins pendant tout le restant de mon séjour à Francfort. Mais ce dont il ne me parla pas, ou ne put me parler, devait me réserver quelques surprises. À certains instants donnés, la terre vous apparaît définitivement ronde, tout s'active à le penser, les gens, les livres, notre propre vision et notre déduction. Cependant, à d'autres moments, dans d'autres circonstances, d'autres expériences, il est difficile de ne pas se mettre à douter de cette rondeur aussi. Je ne pouvais ainsi donc pas imaginer ce qu'il me fallut me résigner à accepter et à comprendre, bien plus longtemps après. Chez eux, la conversation resta plus familiale, conventionnelle. Il m'avait prévenu des questions que je pourrais me poser à propos de sa femme et de sa fille. Leurs personnalités. Le problème de Julie. Enfin, ce qu'il en restait encore. Il m'avoua son inquiétude à son sujet. L'incompréhension que lui avait inspirée ce qui l'avait détourné d'un certain droit chemin, d'une jeunesse comme on l'espère, à l'abri des tentations dangereuses. Mais il s'était rassuré par le traitement qu'elle suivait, surtout par la conviction du médecin qu'il ne s'agissait que d'un égarement temporaire, qu'elle était très jeune et très récupérable et qu'il fallait lui laisser un peu de temps, sans brusquer les choses mais au contraire en contrôlant, jour après jour, semaine après semaine, la consommation qui devrait retomber d'elle-même, dans le raisonnable. Il ne fallait pas, selon lui, arrêter radicalement. Le temps était la médication appropriée qu'il avait prescrite.

C'était ma première visite chez les Le Marrec et je ne savais pas si ce serait également la dernière. Il me semblait que le temps passerait vite et que l'aspect relationnel de mon séjour en resterait au niveau embryonnaire, au profit du travail que je devais fournir et de l'objectif qui m'avait été fixé sur les six mois qui, déjà, montraient des signes de fragilité.

Julie ressemblait à Anne-Laure et n'avait rien en commun avec son père, en dehors de son calme, des propos parfois cinglants qu'elle pouvait avoir lorsqu'elle intervenait dans la conversation. Cinglants mais sans agressivité ; elle disait simplement ce qu'elle pensait. Sa mère, plus effacée mais tout aussi vive d'esprit, la regardait parfois avec un regard un peu critique, dans la frustration d'un silence de rodage avec l'inconnu que j'étais. Mes surprises ne vinrent donc pas des deux femmes mais surtout des descriptions que Benoît m'en avait brossées et qui n'avaient rien de conforme avec la réalité, la réalité de ma propre perception. Julie devait être le portrait craché de sa mère, même physique, même personnalité, mêmes manies, mêmes qualités, même conception de la vie. Benoît avait écarté à leur égard toute idée de défaut, toute forme de contradiction par rapport à la justesse de son jugement et de son appréciation. Autant j'avais été très rapidement (et peut-être trop rapidement d'ailleurs) impressionné par la qualité de ses impressions et de ses sentiments, en termes professionnels, la précision de ses analyses, tout cela avait été confirmé par ses collaborateurs et je n'avais pas détecté ce qui pourrait être associé à de l'hypocrisie, autant j'étais quelque peu sidéré par les écarts de réalités entre ce qu'il voyait et m'avait retranscrit et ce que comme quoi m'apparaissaient les deux femmes qu'il me présentait. C'était pratiquement le parfait opposé. Julie n'avait rien de sa mère, en dehors des traits physiques indéniables, mais tout de lui. Il ne pouvait en avoir fait un jeu, pour m'étonner, m'inciter à une sorte de provocation, m'interroger ensuite ou bien simplement me laisser en parler librement, au travers d'une conversation, d'un hasard que, de cette façon, il pré-dessinait.

Benoît avait une fascination, chez les gens, de la qualité des choix qu'ils avaient à faire dans l'exécution de leur travail et de leurs objectifs. C'était une qualité essentielle qu'il tenait à retrouver chez ses proches collaborateurs, il me l'avait lourdement fait comprendre et personne n'avait pu laisser échapper le regard inquisiteur qu'il portait sur chacun. La frontière entre le Code du travail et le fonctionnement familial peut être pour certains pratiquement inexistante. C'était sans doute le cas pour Benoît. Il voyait peut-être dans Julie ce qu'il imaginait voir dans sa femme, celle qu'il avait choisie, celle chez qui il était censé retrouver les valeurs identiques aux siennes, celles auxquelles il était sans doute un peu trop attaché mais dont il avait nullement l'intention de se séparer, celles pour lesquelles il aurait pu sans doute faire la part des choses.

Le salon de leur maison était un petit havre de peintures à l'huile et d'agrandissements de photos choisies, de décorations murales provenant d'un peu partout, acquises au cours des déplacements de Benoît et d'Anne-Laure qui semblait avoir bien galvaudé elle aussi, dans la première partie de sa vie. Tout était disposé avec goût et je ne pensai pas un seul instant que ce ne fut que par la simple intervention de Benoît. Anne-Laure était, sur ce point, aussi méticuleuse et ordonnée que lui. J'ai toujours trouvé du plaisir à regarder les moments importants des vies, dans les dessins, les photographies, découvrir chez les autres ce qu'ils estiment être important, le plus important, en dehors des banalités de la vie, des tournants importants qui marquent les existences, certes, comme les mariages, les premières communions, les remises de diplômes ou de trophées sportifs mais qui restent néanmoins des choses communes à tous, donc des banalités que seuls les viseurs d'appareil photo peuvent faire différer. Et puis, il y avait surtout, une impressionnante bibliothèque, en deux pièces, placées de part et d'autre d'une énorme baie vitrée. Elle complétait, sans doute, un autre meuble à étagères que j'avais remarqué dans le hall d'entrée, regorgeant de bouquins de toutes tailles mais disposés selon une esthétique recherchée et une logique qui me restait à découvrir. Ils attendaient tous, derrière les vitres protectrices, à être choisis, serrés dans des mains pleines d'émotions, puis feuilletés et parcourus d'yeux affamés, pour reprendre enfin la place qui leur appartenait. Je pensai instantanément à ma mère en voyant tous ces livres, non pas que les murs de sa maison m'avaient impressionné plus que d'autres jusqu'à ce jour, mais seulement parce que je pensais désormais plus à l'autre personne qu'elle était et dont je venais à peine de prendre pleine conscience. Laurence Martin m'était encore bien trop inconnue. Je savais si peu d'elle. Ce sentiment était d'autant plus fort qu'elle n'avait jamais cessé d'exister auprès de moi, sans m'en rendre compte, qu'il m'avait fallu plus de vingt ans pour découvrir enfin qu'elle existait. Une curiosité bien présente mais sans doute insuffisante pour m'enquérir de ce qu'elle était vraiment, à moins que ce ne fût par peur d'en trop apprendre. Jusqu'il y a finalement très peu de temps, la vie des gens pour moi se lisait sur des photos, des albums de vie. J'avais beau avoir lu les biographies obligées des auteurs, des compositeurs, des personnages incontournables du passé, c'était des morceaux de vie de l'Histoire, des histoires de gens disparus qu'il fallait apprendre et dont des images ne suffisaient pas, du fait du nombre de choses qu'il fallait savoir et que l'on estimait important de savoir. J'avais délaissé tous les autres livres, presque tous les autres livres. Mais je ne culpabilisais pas vraiment. J'avais si peu vu mes parents lire. Ni Jean-Paul ni maman. Ou bien les avais-je vus sans le remarquer, sans m'y intéresser pour je ne sais quelle raison ? Quand j'étais enfant, avant de m'endormir, Jean-Paul, je me souviens encore, quelques vagues souvenirs, me racontait des histoires qu'il inventait. Je les préférais à celles que maman me lisait, elles étaient plus absurdes certes, bien que je n'en sois pas désormais convaincu, quand il m'arrive encore d'y penser, mais dans tous les cas plus proches de mon existence d'alors, plus accessibles à moi, mieux adaptées au monde qui était le mien. Les années passèrent et je montrai d'autres intérêts, d'autres aptitudes. Sans doute mes parents ont-ils voulu, tous les deux, respecter mes choix, sans imposer les leurs.

Benoît et Anne-Marie remarquèrent l'intérêt que je portai à cet étalage de vies dont tous ces livres, après tout, n'étaient que les substituts. Il n'y avait pas que des romans. Des biographies, des livres plus techniques aussi. On ne peut que rarement se méprendre de ce qu'ils sont et leurs conceptions, leurs dimensions, leurs présentations les trahissent souvent presque instantanément. On n'a jamais vu de romans reproduits dans des livres de très grandes tailles, lourds et encombrants. On n'a jamais vu de livres scientifiques réduits à des paperback, légers et faciles à manipuler. Vraisemblablement à cause des dessins, des photos qui en disent plus que les mots ou bien qui les accompagnent, comme des palliatifs à ce que les mots ne peuvent expliquer ou décrire, un peu comme la ponctuation qui peut avoir tant de valeur et qui vient à la rescousse des ambiguïtés, des absences de sens que les lettres, ensemble, ne parviennent pas à exprimer. Les mots, en effet, peuvent ne pas suffire mais ils semblent bien adaptés aux sentiments, en les exprimant souvent sans d'autres besoins. Indifféremment de leurs dimensions, les livres font toujours référence à des vies. Derrière la Science, il y a des hommes et derrière eux, il y a leurs vies. L'exercice de les imaginer, les deviner, est plus difficile et l'on a *plus* tendance à les oublier dans l'imbroglio des découvertes de ces hommes. Dans les romans, les mots nous portent et suffisent à nous faire comprendre. Peut-être avais-je là, dans un des livres de cette maison d'Oderrodenbach, une partie des réponses à mes interrogations ? L'idée me traversa l'esprit et me donna comme un frisson dont Anne Laure, sans s'en rendre compte, interrompit brusquement l'effet.

« Alexandre, si je peux vous donner un conseil, puisque vous semblez intéressé par tous ces livres : évitez de les déménager ! Vous ne pouvez imaginer le travail que cela représente. Les cartons, les tonnes à classer, à transporter. Je ne sais pas pourquoi nous nous sommes obstinés...
— Ils font partie de nous, c'est tout simple ! *poursuivit Benoît*. Nous n'avions guère le choix non plus. Nous avons dû mettre notre appartement en location. Il fallait bien libérer nos étagères. Autrement, nous n'aurions pas trouvé de locataires. Quand bien même, je ne peux imaginer...
— Effectivement, je peux imaginer le travail que cela a pu représenter.
— Mais cela valait la peine. Nous sommes chez nous avec eux...
Anne Laure dit cela avec plein de douceur et une sorte de tendresse que je n'avais pas encore vues déployées à l'égard de livres, mais je la comprenais. Elle avait l'air tellement sincère.
— Jusqu'au prochain déménagement, ajouta-t-il.
— Profitons donc du temps qui nous reste à passer ici.
— Vous savez combien de temps encore il vous reste ?
— Non, pas vraiment. Deux années peut-être. Tout dépendra des opportunités. Si tu as besoin de lecture Alexandre, tu n'as qu'à te servir !
Benoît ne voulait visiblement pas s'étendre sur la question d'une prochaine mutation. Sans doute devait-ce être un sujet de discussion récurent entre eux, et pas nécessairement une des plus sereines.
— Je prends bonne note. Sait-on jamais ?
— Je ne sais pas si nous avons un bouquin de ta maman... Anne-Laure, je ne t'ai pas dit, mais la maman d'Alexandre est romancière. Cela devrait t'intéresser...

— C'est formidable, en effet. Je suis impressionnée par tous ces gens qui savent nous émouvoir, qui décrivent si bien les vies, si bien les inventer, les imaginer. C'est excellent. Vous avez de la chance d'avoir une maman littéraire ! Legrand, c'est bien Legrand ? Je n'ai pas souvenir d'avoir quelques "Legrand" dans notre collection. As-tu souvenir de ce nom Benoît ? Mais je ne lis pas forcément tout ce que tu lis et l'inverse est vrai. Nous avons des collections communes que nous partageons et d'autres plus personnelles vers lesquelles l'autre peut toujours se retourner, en cas de besoin. Il y a quelque chose à lire, en permanence et l'idée est sympathique. Nous avons pris l'habitude aussi de faire des fiches et nous pouvons nous y référer, pour gagner du temps, ou plus exactement, ne pas en perdre avec certains livres qui peuvent être de véritables déceptions... Mais vraisemblablement écrit-elle sous un autre nom ? C'est sans doute le cas.

— Elle écrit effectivement sous un autre nom... Laurence Martin... Peut-être que ce nom vous dit davantage ?

— Effectivement, je pense avoir quelques-uns de ses ouvrages. "L'aller-retour", si j'ai bonne mémoire, un de ses derniers romans. Je crois me souvenir également d'une émission de télévision récemment où elle était invitée. Elle avait fait parler d'elle lors de la sortie de son premier livre ou quelque chose comme cela. Non ?

— En effet, je pense que vous connaissez bien les auteurs que vous "hébergez" derrière toutes ces vitrines. Et comment... Euh... Comment avez-vous trouvé, je veux dire...

— Ai-je bien aimé ses livres ?

— Oui, c'est cela. Avez-vous apprécié ? Ça m'intéresse, je...

— Benoît, je ne sais pas ce qu'il en pense, car peut-être n'a-t-il pas lu votre mère, mais pour ma part, j'ai été marqué par les descriptions fortes d'émotions et de sentiments. Ses personnages sont impressionnants. Je me souviens aussi d'une histoire en Espagne. N'est-ce point celle-là dont on a tiré un film ? Je reconnais ne plus trop bien me souvenir.

Anne Laure parlait lentement, comme un peu hésitante, comme pour s'assurer de ne pas commettre d'erreur, de se souvenir parfaitement. J'aurais voulu qu'elle m'en parle plus encore, qu'elle m'apprenne un peu plus de cette femme, même si ce ne devait être qu'au travers de ce qu'elle avait pu écrire et au travers de ce que pouvaient en penser les autres. Il me coûtait de reconnaître, une fois de plus, devant d'autres, que je ne savais rien d'elle, qu'elle était presque une étrangère. Benoît l'écoutait lui aussi, parler de ma mère. Il savait que cela lui faisait plaisir de le faire. C'était une de ses passions. Les livres, des amis permanents qu'elle aimait à présenter à d'autres, aux invités. Partager ses impressions. Je ne pouvais pas lui répondre. Il suffisait de l'entendre et d'imaginer Laurence. Une mère comme une autre qui, pourtant, était bien plus que cela. Benoît la regardait, puis tournait son regard vers moi. Il fit ce va-et-vient plusieurs fois, emporté d'une part par les mots de sa femme, indécis d'autre part quant à l'embarras qui s'était emparé de moi et auquel il pensait nécessaire de mettre rapidement un terme.

— Je ne sais pas si Alexandre veut qu'on lui rappelle ce qu'il sait sans doute déjà de sa mère... Il a dû entendre toutes sortes de commentaires à son sujet, au sujet de ses livres, je veux dire.

— Il m'a demandé ce que je pensais de ses livres. Je ne fais rien d'autre que cela. J'aurais été ennuyée de lui avouer que je détestais le personnage et ses livres. Si tel avait été le cas, je n'aurais évidemment rien dit. C'est toujours préférable de se garder de dire *tout* ce que l'on pense. Qu'Alexandre soit rassuré : il est le bienvenu chez nous tout d'abord et les livres de Laurence Martin ont aussi leurs places ici. Je présume qu'il apprécie, comme tout le monde, le fait que l'on dise du bien de quelqu'un qui lui est aussi cher, n'est-il pas vrai ?

Alexandre, que puis-je vous servir comme apéritif ? Alcool ou soft-drink ?

Vous ne conduisez pas, alors peut-être que… »

Je me laissai tenter par un Martini. J'aurais sans doute eu besoin d'un alcool fort. La crainte de tomber KO m'en dissuada. Il y avait toujours cet étrange sentiment qui surgissait lorsque l'on parlait de ma mère, un sentiment qui remuait tout en moi, faisait ressurgir les vielles chimères, les mêmes interrogations. Ce remue-ménage intérieur m'épuisait, me vidait de la confiance que le temps et l'expérience m'accordaient à prendre et construire. Alors je devais bien souvent sauver les apparences, mes apparences, camoufler mon désarroi passager. J'avais l'impression que tout était alors à refaire.

Personne ne prit de *soft drinks* ce soir-là, pas même Benoît qui pourtant avait encore à conduire. Dans le pire des cas, je pouvais rester dormir chez eux mais cela n'avait pas été évoqué. Il m'avait confirmé qu'il me reconduirait chez moi, dans mon appartement, après le dîner, après qu'on ait passé un peu de temps à faire connaissance. Sur le moment, je n'y avais rien trouvé d'exceptionnel mais, ce soir, il m'apparaissait que cette possibilité trouvait un sens. Nous allions sans doute beaucoup parler, de tout et de rien, plus de ma mère j'espérais en tous les cas, manger et boire, et la nuit s'avancerait jusqu'au début, sans doute, d'un petit matin frais qu'il allait faire dans cette contrée perdue d'Allemagne. Mais il n'y avait qu'une demi-heure de route pour retourner chez moi. C'était tout proche et trop éloigné à la fois. Me ramener était sans doute plus simple pour l'organisation. Benoît, lui seul, serait finalement pénalisé et sous contrôle, de sa femme puis, plus discrètement, de moi-même... Julie se servit un cocktail à base de vodka. Elle m'en avait proposé un et je regrettai de ne pas avoir montré un peu plus d'intérêt, afin de voir à quel régime elle tournait. Elle ne prit guère de temps à le consommer, trop peu de temps. Son père m'avait prévenu des problèmes dont elle avait souffert, des problèmes dont eux, les parents, avaient dû faire face. Malgré sa mise en garde, je fus quelque peu stupéfait de sa façon de commencer la soirée. Triste sans doute aussi. Julie n'avait que vingt ans. Une belle fille, pleine de vie, avec tout l'avenir devant elle. Je pensais déjà un peu comme un vieux, plein d'expérience, qui croit tout savoir et qui a tant encore à apprendre. « Une mauvaise fréquentation ! » m'avait-il dit. Il n'avait pas eu assez de temps pour m'en parler davantage. Peut-être ne l'aurait-il pas fait malgré tout ; rien ne l'obligeait à se justifier avec moi, je n'étais qu'un étranger. Sans que j'en sois absolument certain, je trouvais qu'il valait mieux pour moi d'avoir été prévenu. Julie suivait donc un traitement, plus une ligne de conduite qu'une thérapeutique chimique qui aurait pu lui être conseillée. Son âge permettait ce choix, tout comme la durée de son égarement. Tout pouvait être oublié. Pour son psy, il suffisait d'avoir la volonté, d'autres envies que l'obsession dont certains parfois peuvent être dramatiquement pénétrés. Je remarquai la façon dont ses parents la regardaient pendant qu'elle avalait les larges rasades de sa composition liquide. Julie sembla ne pas s'en rendre compte. Ou bien n'était-ce qu'une sorte d'habitude à ces reproches étouffés ? Il m'était difficile de juger, d'apprécier une quelconque évolution. Elle but également pendant le repas, deux ou trois verres de vin. Trois, je m'en souviens parfaitement, même si elle laissa une bonne moitié du dernier. Je n'avais pu m'empêcher de les compter. Le troisième qu'elle s'était versé m'avait mis mal à l'aise. Elle but les deux premiers un peu de la même façon, d'une façon mécanique, avec des gestes dénués de sensibilité et de maîtrise. Sans prendre le temps d'apprécier ce qu'il y avait à apprécier, sans laisser jouir son palais de son rôle sensoriel. Elle était jeune, trop jeune, comme je l'étais moi-même, mais mes quelques années de plus avaient profité à mon discernement. Benoît avait sorti quelques bonnes bouteilles. Je n'avais pas une grande connaissance du vin, ni de l'alcool vraiment non plus d'ailleurs, mais je savais donc que c'était du bon vin, du fait de mon propre palais qui avait commencé à m'apprendre à reconnaître et distinguer le bon du mauvais, et mieux encore, l'excellent du bon, et aussi par l'étiquette qui confirmait le constat du goût que j'avais modestement acquis au cours des années. On aurait dit que Julie s'adonnait à un jeu dont je ne saisissais pas trop bien les règles mais que je pouvais deviner dans des soirées enflammées où le contrôle du soi n'a plus vraiment de sens et où toutes les formes de dépassement font partie des plaisirs artificiels, souvent incompréhensibles et toujours dangereux. Le comportement de Julie n'avait pas vraiment de sens ce soir-là. L'entourage n'était pas le plus approprié à l'encourager. C'était vraisemblablement ce point qui inquiétait et qui justifiait d'un traitement, d'un suivi particulier, adapté à elle, sans l'agressivité que d'autres pouvaient avoir et que l'on n'avait pas considérée comme adaptée à son cas.

« C'est dommage que votre séjour à Frankfurt se fasse pendant cette période d'automne et d'hiver, Alexandre ! Le printemps et surtout l'été sont bien agréables, surtout dans cette campagne. Vous auriez pu apprécier le jardin, la nature. Nous prenons nos repas sur la terrasse aussi souvent que nous le pouvons, c'est tellement agréable. Mais je dois avouer que les occasions sont relativement limitées dans le temps. L'été est assez court mais très chaud alors il faut profiter autant que l'on peut... Si je vous dis que vous reviendrez plus tard, j'ai l'impression que ce sont des paroles en l'air. Une fois votre stage terminé, ce sera sans doute fini de Frankfurt. Mais il ne faut jamais dire *plus jamais*. Qui aurait pu dire que les Le Marrec se retrouveraient en Allemagne ? Je ne l'aurais pas imaginé il y a vingt ans. Ce ne serait pas une punition, Alexandre, en dépit de ce que peuvent dire les autres, sans savoir, avec les a priori que l'on peut avoir et dont on nous bourre le crâne... »

Julie confirma, d'une façon assez surprenante ce que sa mère disait et alla même jusqu'à me dire que c'était regrettable pour moi de ne pas pouvoir profiter un peu plus du pays. « J'aurais pu te faire découvrir un peu la campagne autour de chez nous. Je crois que tu aurais aimé. Je ne sais pas trop pourquoi mais je pense que tu aimes bien la campagne, le calme, la nature... » Elle avait raison, elle devinait bien. Je n'étais guère une personne de la ville. Je m'y accommodais, comme beaucoup, forcé et contraint. J'y puisais ce qu'il y avait à y puiser : le travail, la connaissance, une certaine connaissance, en tous les cas, la plus influente sur nos vies, une forme de confort rassurant mais artificiel.

Benoît restait souvent silencieux à leurs propos. Quand, parfois, il lui arrivait de partager les propos de *ses femmes* plus que d'autres, il émettait d'étranges sons, comme des grognements étonnants entrecoupés des quelques mots qu'il estimait suffisants pour exprimer ce partage d'opinion, et sa présence. Il semblait déguster le large Glenmorangie qu'il s'était servi.

Je m'attardai quelques secondes sur un des agrandissements de photos qui étaient disposés sur un mur du salon. Il y figurait deux personnes, Benoît adolescent, je le reconnaissais à son visage particulier et qui m'était, lui aussi, familier et puis, un autre adulte que je supposais être son père. La photo avait été prise sur un cours de tennis. Ils étaient de part et d'autre d'un filet et se serraient les mains, comme on peut le faire à la fin d'un match. Benoît avait les cheveux longs, blonds, se confondant un peu au blanc de son sweater. C'était du noir et blanc. Ou du blanc et noir. Je n'ai jamais été trop certain de ce qui dominait dans ces photos. Une certaine mélancolie, en tous les cas, le silence d'un moment du passé immobilisé sur le papier glacé.

« C'est ma mère qui a pris la photo. Elle était contente de nous voir jouer ensemble, de nous voir rejouer ensemble. Papa avait été distant quelque temps, enfin c'est ce qu'il m'avait paru à l'époque. Mais je m'en souviens très bien, un peu comme si cela s'était passé hier. Et pourtant cela fait à peu près vingt-quatre ans. Il a disparu six mois plus tard. Un fatal accident d'avion dont nous n'avons jamais rien su vraiment. Et qui m'a privé de le connaître mieux encore. C'est à cet âge que l'on comprend mieux les choses.

— Que veux-tu dire par "on n'a jamais vraiment rien su" ?

— Ça s'est passé au Brésil, l'avion s'est écrasé dans la forêt tropicale et personne n'a pu localiser l'appareil.

— C'est étrange, avec tout l'appareillage des avions et tous les moyens de recherches.

— Sans doute déjà, mais c'était, comme je te disais, il y a plus de vingt-cinq ans. Je ne sais pas si la technique était aussi avancée que maintenant ?

— Et vous ne savez pas si…

— Ce qui est advenu des passagers ? Rien.

— Rien ?

— Absorbés par la nature, digérés par les éléments.

— Et ta mère ? Ta famille ?

— Maman s'est résignée. Elle est fataliste. Cela a été difficile pour elle. Elle a continué à nous élever, à nous soutenir. Elle a fait en sorte que nous ne souffrions pas trop de son absence. Elle a toujours dit que "Papa" était parti en voyage. Ce qui était vrai, d'une certaine façon. Mais en voyage dont il n'est toujours pas revenu. Je crois qu'elle disait cela plus pour elle que pour nous. Nous n'étions plus des enfants et nous pouvions comprendre. C'était presque ridicule. Ce genre d'histoire se raconte aux petits, pas aux adolescents que nous étions. Je ne comprends pas trop bien, pour tout te dire mais le temps a passé, sans pour autant effacer, comme il sait pourtant si bien le faire.

— Peut-être qu'elle-même ne voulait pas comprendre.

— Sans doute. Ne pas accepter, en quelque sorte…

— Qui dit alors que…

— Qu'il n'est plus de ce monde ? Il n'y a pas l'ombre d'un doute, Alexandre. L'avion, le petit bimoteur n'est jamais arrivé et les quelques autres passagers, des Brésiliens, ont eux aussi disparu. Je ne suis pas certain que j'aurais préféré qu'il s'agît d'une fugue et même de le savoir vivant maintenant. Et puis, après toutes ces années, dans une région pour le moins hostile…

— Vous êtes allés là-bas, sur le lieu du crash ?

— Jamais. D'une part, parce qu'apparemment, ils ne savaient pas précisément où cela s'est passé et d'autre part, parce que ma mère ne voulait pas vraiment faire ce déplacement qui, disait-elle, ne le ramènerait jamais à la vie, ne le rendrait jamais plus proche de nous. Je sais que cela peut paraître étrange mais c'est ma mère et je la comprends. Je la comprends toujours autant et, aurais-je été à sa place, je pense que j'aurais fait de même.

— Ce qui peut cependant paraître plus étrange encore, c'est cette absence d'informations. Les autorités devaient quand même bien savoir.

— On s'est toujours posé la question, mais ma mère voulait oublier. Moi aussi je présume, à tel point que je me suis marié trois ans plus tard. Pour tourner la page. En commencer plutôt une autre. Précipiter le temps, vieillir plus vite encore, un peu prématurément. J'ai fui ce que ma famille attendait peut-être de moi. Je ne sais pas vraiment ce qu'ils espéraient. Remplacer mon père, j'étais l'aîné, *prendre le relais*. Je n'étais pas de taille à remplacer un fantôme, à côtoyer ou pire encore, à combler l'espace que l'esprit de mon père avait le droit d'occuper. Je l'ai fait pendant quelque temps, sans trop m'en rendre compte. C'était sans doute au-delà de mes forces d'en faire beaucoup plus. Je n'ai pas demandé à ma mère. Par peur de savoir plus que ce que je pouvais deviner et de me sentir incapable de pouvoir y faire quelque chose. Anne Marie m'a beaucoup aidé à guérir de cette blessure, celle d'avoir perdu mon père. Aidé aussi à renoncer aux responsabilités auxquelles je me sentais lié. À tort sans doute, car ma mère a toujours assumé, toujours tout pris en main, sans l'aide de qui que ce soit. Mais j'avais peur. Mon père manquait finalement plus que je le pensais. Malgré sa distance, ses absences fréquentes auxquelles il m'arrive encore de penser.

— Et depuis, tu n'as jamais essayé d'aller là-bas ?

— Non, jamais. Je n'ai pas vraiment l'intention d'ouvrir ces pages à nouveau. Elles ne m'apporteraient rien vraiment de plus.

— Une sorte de pèlerinage.

— J'aurais pu. Je pourrais. Mais il y a la vie d'aujourd'hui. Qui m'est plus importante que celle d'hier. J'ai déjà du mal à gérer celle-là ! Benoît baissa volontairement le son de sa voix afin qu'elles ne puissent entendre, la mère et la fille s'affairaient au déroulement de la soirée, entrant et sortant de la cuisine et du salon. Enfin, la famille surtout. Pour ce qui est du reste, le travail, tout va bien mais il m'accapare considérablement et je me sens déjà trop absent d'elles. Si je commence à m'occuper d'une affaire qui s'est passée il y a si longtemps... Je me contente de vivre avec le dernier souvenir que j'ai de mon père et cela me convient. Ma mère, non plus, n'en a pas vu le besoin, pas même maintenant et j'en suis satisfait pour elle. C'est du moins ce qu'elle dit, ou prétend de faire croire. C'est difficile de savoir ce qui trotte dans l'esprit des gens !

— C'est sans doute vrai.

— S'il lui avait été nécessaire de parler de mon père, du tourment que sa disparition lui a occasionné ou pourrait encore lui occasionner, elle pourrait le faire, m'en parler.

— Je présume.

— Tu veux me mettre le doute ?

— Non, bien sûr pas. Cela n'a rien à voir avec moi. Je me garderais bien de porter un jugement.

— Je sens comme un air de reproche, de doute.

— Il faut alors m'en excuser. Je ne peux, quant à moi, rester sur des présomptions. J'ai du mal à me contenter des questions. Il me faut des réponses. Je veux comprendre.

— Rien de mal en cela, mais on peut être déçu.
— Déçu, peut-être, mais fixé sur une vérité.
— Dont finalement on n'est jamais trop certain.
— Mais elle vaut mieux que rien. C'est comme une sorte d'apaisement.
— Tu sembles demander beaucoup, t'attendre à beaucoup de la vie.
— Ou simplement savoir un peu plus.
— Que veux-tu savoir ? Si les disparus pensent à nous ? S'ils nous jugent de là où ils se trouvent ?
— Non, pas cela vraiment. Savoir d'où tu viens, et où tu peux aller, en conséquence de cela.
— Ne sais-tu donc pas d'où tu viens ? Tu as tes parents, c'est très simple. Même s'ils ne sont plus ensemble. Je ne vois pas ce que tu peux apprendre d'autre que cette évidence même ?
— De simples doutes…
— Sous quelle forme ?
— Un rêve récurrent. Chaque fois qu'il envahit mes nuits, je me remets à douter. C'est un peu absurde, je le reconnais.
— C'est absurde si tu l'imagines plus fréquent qu'il ne l'est vraiment ou bien si même tu en rêves de trop y penser… Tu en as parlé à quelqu'un, déjà ?
— M'en suis-je confié à quelqu'un ? Non, pas vraiment. Pas envie de psy. C'est à moi de faire quelque chose. M'en sortir seul…
— Peut-être serait-ce une bonne chose.
— Qui parle de rêver alors que nous n'avons pas même commencé de dîner ? *interrompit Anne Laure.*

J'avais parlé sans trop faire attention. Visiblement trop fort. Je le regrettai un peu. Je regrettai même d'en avoir parlé à Benoît, de m'être laissé aller à cette confidence. L'allusion de son père m'y avait conduit. Une bien piètre raison au besoin douloureux qui me prenait parfois d'en parler.

— Tout juste un peu d'insomnie, rien de plus... m'empressai-je de répondre.

— Toi aussi, tu as du mal à dormir ? Julie, elle aussi, avait entendu.

— Parfois, en effet.

— Tu devrais prendre quelque chose ! Voir un médecin. Maman me l'avait conseillé. Elle avait raison. J'ai retrouvé mon sommeil.

— Et tu en avais bien besoin, n'est-ce pas ?

— Oui, maman, j'aurais fini par craquer... Ce que j'ai fait finalement, malgré tout. J'aurais dû le faire plus tôt.

— Ça va mieux, Julie. C'est l'essentiel.

— Oui, je vais mieux... »

La conversation continua au cours du dîner. Nous parlâmes beaucoup de livres, d'auteurs, de leurs styles, des différences qu'il pouvait y avoir entre fictions et réalités, mais je me gardai bien de dériver sur ce qui me concernait le plus, ces impossibles incohérences de ma vie, une sorte d'essai de ma vie qui s'écrivait, d'essai d'une vie qui se profilait devant moi. Je ne pus m'empêcher de penser à ma mère, au plaisir qu'elle aurait sans doute eu à parler des livres, ceux des autres. Et peut-être des siens. Les Le Marrec me parlèrent aussi de leur vie en Allemagne, leurs ressentis des gens d'ici et des traditions, aussi des compromis qu'ils avaient eu à faire pour s'intégrer, profiter au mieux des avantages que les gens du pays proposaient, partager leurs émotions propres, leurs réactions, leurs façons d'apprécier la vie, de voir l'Europe, de voir le monde. J'étais impressionné par l'implication qu'ils avaient tous misc en œuvre et s'étaient imposée pour arriver à un tel résultat. Julie avait eu plus de mal. Un âge difficile sans doute où la perte de repères n'a pas le même effet que celui qui se produit sur des adultes. Peut-être était-ce cela qui avait contribué à la perdre dans l'étourdissant labyrinthe des existences. Ce n'était, pour elle comme pour bien d'autres jeunes de son âge, heureusement que provisoire. J'avais eu la chance d'y échapper, d'éviter cette sorte de confusion angoissante. Maman m'avait beaucoup aidé, par sa présence, une présence qu'elle avait su optimiser à certains moments pour la rendre plus discrète et plus subtile et plus efficace surtout. Mon père, à sa manière, celle que la séparation de mes parents avait provoquée et lui avait imposée, m'avait guidé lui aussi, malgré tout, dans son style, ses mots, la description qu'il avait bien voulu me donner de son expérience. Julie semblait, elle aussi, avoir tout eu pour ne pas succomber aux tentations perverses de solutions faciles et aguichantes que seul, en définitive, un entourage attentif et respectueux peut apporter. Elle semblait avoir des parents unis et concernés. Pour elle, cela n'avait pas été suffisant. Je devais en conclure qu'autre chose était intervenu, quelque chose qui avait échappé à la raison, quelque chose qui avait profité des instants de faiblesse de sa propre personnalité. J'espérai pour elle que cela n'avait été qu'un mauvais passage, un moment de solitude absolue où rien ni personne n'y peut faire vraiment grand-chose. Julie était attachante et son comportement, en dehors des quelques excès d'alcool qui jetèrent un trouble sur la soirée, me conduit à croire qu'elle était une jeune fille saine, intelligente et pleine de vie et d'avenir. Elle poursuivait des études que ses frasques avaient nécessairement ralenties. Elle en était consciente, parlant de ses *difficultés*, de sa *maladie,* sans s'étendre plus sur ce qui venait de se passer pour elle, comme si la guérison était en cours et qu'il ne suffisait plus que d'attendre quelque temps encore, poursuivre la médication « douce » qui lui avait été prescrite, rester sous surveillance. Elle se savait sous cette surveillance et cela la rassurait. Ni Benoît, ni Anne-Marie n'intervinrent quand elle aborda brièvement cet épisode de sa vie, préférant la laisser évacuer ce qu'elle se sentait capable et ce dont elle semblait avoir besoin d'évacuer avec moi qui n'était autre qu'un étranger dans sa vie, un réceptacle bénévole d'un soir en qui, peut-être, elle semblait avoir confiance. Ou bien, peut-être, se sentait-elle obligée. Je travaillais dans la boîte de son père, nous avions fait le trajet ensemble, il avait dû parler... Forcément je devais savoir un peu d'elle, j'avais dû être averti. Pour éviter d'être choqué par son comportement, la possibilité de paroles incohérentes. Même si elle était presque guérie, même si tout cela serait oublié dans six mois, une année sans doute. C'était encore un peu trop tôt.

Je proposai, vers une heure trente du matin, de m'en retourner. Benoît n'avait pas montré de signe d'impatience que j'ai pu remarquer, mais sans doute attendait-il patiemment ma suggestion. J'avais attendu la sienne qui tardait à venir et je pensai qu'elle ne viendrait jamais de lui.

Anne-Marie s'étonna de l'heure avancée et Julie regretta mon annonce. Je me sentis obligé de rappeler que tous trois devions nous lever pour le travail et bien que nous étions au seuil du week-end, il serait bon malgré tout de prendre un peu de repos et de dormir autant qu'il était encore possible de le faire.

« Mais tu fais des rêves quand tu dors, Alexandre, et cela n'est pas reposant. Il vaut mieux parfois rester éveillé, non ? J'aimerais bien que l'on se voie à nouveau, pour boire un verre ou bien déjeuner ensemble. Je suis à Frankfurt tous les jours, comme toi. Ce ne devrait pas être difficile. On se passe un coup de fil, ou plutôt c'est moi qui t'appellerai, au bureau ! ». Je ne savais que penser de cette proposition, je ne savais pas non plus ce que les parents, eux-mêmes, en pensaient. Sans trop réfléchir, bousculé par la surprise de ce qui était plus une affirmation qu'une question, je balbutiai quelques mots au hasard de ce qu'il paraissait convenable pour l'occasion : « Oui, bien sûr, ce serait sympa... ».

Le lundi qui suivit, je reçus son coup de fil.

Je regardai encore, avant de partir, tous ces livres qui tapissaient les murs et dont émanaient, par je ne savais quelle force mystérieuse et insoupçonnable, d'étranges présences qu'un peu d'imagination pouvait amener à faire sentir frôler les épidermes des gens sensibles à celles de tous ceux qui ont tant à dire. Et je pensais à Laurence Martin, elle, plus qu'à ma mère vraiment. Elle était là, quelque part, parmi les autres et où elle avait trouvé sa place.

« J'ai l'impression que vous avez fait bonne impression à ma femme et à Julie !

— Qu'est-ce qui vous fait dire cela ? Vous en doutiez ?

— Non, bien sûr mais la façon dont elles vous écoutaient...

— Ah oui ? J'ai l'impression pourtant, mais ce n'est pas un reproche, d'avoir plus écouté que parlé !

— On n'a pas toujours une impression juste de son comportement. Mais je reconnais que mes deux femmes sont parfois plutôt bavardes. Ce soir, toutefois, elles ont beaucoup écouté.

— Comment cela doit-il être en temps "normal" ?

— Ah, Ah... Ce n'est pas très juste vis-à-vis d'elles...

— Toutes les femmes sont un peu comme cela, n'est-ce pas ?
— Oui, sans aucun doute. Et Julie ? Euh, comment, euh… Vous n'avez pas été trop choqué par son comportement ?
— Le fait qu'elle… Que…
— Qu'elle boive !
— Benoît, vous m'aviez prévenu. Je n'ai pas été surpris outre mesure. Certes, elle a peut-être consommé plus qu'il ne le faudrait mais, sans trop en savoir sur ces problèmes, elle n'a pas l'air d'être dans une totale dépendance. Les étudiants s'entraînent entre eux. Une période d'incertitude sur l'avenir, une sorte de *ras le bol* et vous vous laissez vite entraîner. Des gens adorent vous entraîner dans toutes sortes de déviances.
— Vous voyez cela avec beaucoup de clarté, Alexandre, comme si vous aviez dix ou vingt ans de plus.
— Je suis en école de commerce. On aime bien cela aussi dans ce genre d'institution. C'est difficile parfois de tenir tête.
— Mais on y arrive !
— Certes, mais ce n'est pas facile. Savoir le risque de pouvoir être écarté de certains groupes par la suite. Se retrouver isolé…
— Mais c'est faisable.
— Bien sûr que cela l'est mais il faut être assez fort.
— Bien se sentir dans sa tête…
— Pas forcément. Mais tenir tête, quel que soit l'objet de vos possibles tourments.
— Je n'ai pas toujours eu cette volonté moi-même de tenir tête.
— Mais cela peut faire partie de l'expérience aussi. Vous êtes bien là maintenant, avec la réussite au boulot et tout me porte à croire qu'au niveau familial, ce n'est pas mal non plus ? Quelques abus de jeunesse ne gâchent pas forcément une vie.

— Ouais... Si cela ne prend pas des proportions trop importantes.

— Julie a vingt ans seulement. Elle ne semble pas manquer de caractère. Contrairement à ce qu'il serait facile de penser d'elle, quelque chose me dit qu'elle est forte, mais à sa manière.

— On pense toujours être très forts, presque intouchables, mais on est vulnérables...

— Qui ne cède pas à la tentation ? Ce que l'on pense être une tentation n'est au fond qu'une faiblesse passagère, une simple fatigue.

— C'est vrai, sans doute.

— Tout cela n'est-il pas dans l'ordre des choses et ne s'agit-il pas simplement d'un simple besoin de connaissance, d'expérience, d'apprentissage ?

— S'il faut passer par l'alcoolisme pour savoir ce que c'est que l'alcool, s'il faut se droguer pour connaître les dangers de son addiction...

— Le besoin de l'expérience est plus aigu chez certains.

— Ou bien leur a-t-on mal expliqué, les a-t-on mal guidés dans les choix à faire, ou ne pas faire ?

— Ce n'est pas facile d'expliquer quelque chose que l'on ne maîtrise pas forcément bien. Benoît... Encore une fois, Julie n'a que vingt ans.

— Je sais. Je sais aussi qu'elle n'est pas seule, qu'elle est suivie...

— Alors, il ne faut pas s'inquiéter.

— Elle vous appellera. Je ne peux pas l'en empêcher et, la connaissant un peu malgré tout, elle le fera.

— Vous semblez le regretter ?

— Non, ce n'est pas cela. Je ne voudrais pas qu'au bureau...

— On dise que le stagiaire sort avec la fille du patron ?

— C'est un peu cela. Juste un peu de discrétion.
— Je serai discret, Benoît. Ce sera pour un verre ou deux. Des jus de fruits. Rassurez-vous. J'ai ma vie à moi aussi. Si Julie a envie de parler, je l'écouterai. Je pense qu'elle a besoin d'évacuer un peu. Avec ses amis d'ici, ce n'est peut-être pas trop facile. Parfois, quelqu'un de complètement étranger est plus compétent à écouter qu'un ami proche, que sa propre famille en tous les cas.
— Alors, je vous fais confiance pour bien l'écouter.
— Je ferai de mon mieux. Quant à la discrétion, je ne peux rien garantir. S'il n'en tenait qu'à moi... Mais il y a elle, et tous ceux qui pourraient nous voir ensemble... Personnellement, je n'ai pas de raison d'en parler à qui que ce soit...
— Je verrai ce que je peux faire de mon côté.
— Cela m'est un peu égal. Mais je ne suis ici que pour une courte durée, c'est différent. Je me moque un peu de ce que l'on pourrait dire. Mais je comprends votre position.
— Nous ne sommes aussi que de passage. Un plus long passage. Toutefois...
— Toutefois ?
— Il ne faut pas rendre les choses plus difficiles qu'elles ne le sont déjà... »

Benoît me déposa au pied de l'immeuble. Je n'avais pas trop bien compris la raison mais notre discussion avait pris une tournure formelle. Nous avions délaissé le tutoiement. Cela s'était produit presque naturellement. Je pensai que Benoît avait souhaité prendre une certaine distance et j'avais adopté le même comportement, sans trop m'étonner du changement de ton. Peut-être même avais-je apprécié qu'il en soit ainsi. Je savais alors où j'allais, un peu mieux surtout où je ne devais pas aller. Il n'avait pas anticipé l'invitation de Julie. C'était évident. Il aurait dû savoir. Anne-Marie n'avait pas montré de surprise mais il m'était plus difficile avec elle de savoir ce qu'elle pensait. *Vulnérable.* Il était, quant à lui, persuadé que sa fille l'était. C'était une raison suffisante de s'inquiéter pour elle. Je repensai à ce qu'il avait dit : « On pense toujours être très forts, presque intouchables, mais on est vulnérables ». J'avais entendu cette phrase, mot pour mot, quelque temps auparavant. Je ne me souvins pas sur le moment. Il n'y avait rien de bien particulier dans ce bout de pensée mais c'était les mots. Ce n'était pas ceux que j'aurais choisis pour le dire. Qu'importe. Il se faisait tard. La nuit était fraîche, étoilée et m'enroba comme d'un voile noir, dès que je sortis de la voiture, pour m'enlever du monde et me livrer à moi-même. Quelques véhicules circulaient encore ou bien déjà, malgré l'heure qui incitait à se trouver en dessous de draps blancs. Pas une âme dans la rue pourtant, pas même un chat. Les arbres étaient immobiles et dessinaient sur le trottoir des ombres complexes d'enchevêtrements de branches tentaculaires. Je claquais la portière et la voiture de Benoît disparut rapidement laissant derrière elle une traînée rougeâtre qui découpa, comme un laser, l'obscurité glauque de la nuit. Benoît m'avait longuement serré la main avant de sortir. La soirée m'avait fait du bien malgré tout ; c'était la première depuis mon arrivée. Je l'en avais, une fois de plus, remercié.

Il ne vint pas au bureau ce matin-là, devant se rendre à Stuttgart pour la journée. Je ne le vis pas non plus au cours de la semaine qui suivit.

Je ne m'endormis pas rapidement. Le train était passé ou bien alors je m'étais mis trop à penser, à penser à cette famille que je venais de découvrir, à tous ces livres parmi lesquels je pouvais peut-être trouver quelques indices sur les pièces manquantes du puzzle de la conception de ma vie. Je fermais les yeux malgré le noir total qui régnait dans la pièce, comme pour m'épargner plus de réflexion mais c'était pire encore. Je les voyais alignés comme les gardiens d'un passé, le mien et celui d'autres, réels ou inventés. Mais aucun titre pourtant, aucune lettre, aucun nom, juste des pages reliées entre elles formant ces épaisseurs blanches que les envies de lire et de découvrir poussent à violer. Et puis ces images finirent par se troubler d'indescriptibles volutes cotonneuses que la facétie de l'esprit s'ingénia à produire, en accord avec la fatigue incertaine qui attendait du renfort. Les livres disparurent enfin, refermant sur eux-mêmes leurs secrets que je préférais qu'ils continuent d'enfermer encore et la douce sensation d'effacer son corps m'envahit pour me transporter quelques heures seulement dans un des derniers trains de passage.

Ma mère. C'était ma mère. Elle le disait parfois. Toujours quand j'avais besoin d'être rassuré, qu'il me prenait de douter, de tout, de moi, des autres, de ce qui me différenciait d'eux, de ce qui pouvait aussi m'en rapprocher. Et la nuit devint ce pour quoi elle est faite.

Je me rendis au travail samedi matin. Je voulais avancer, profiter de l'absence de Hans. Hans parlait beaucoup, m'expliquait beaucoup et, toujours par cette crainte d'incompréhension, souvent, se sentait obligé de me réexpliquer. Je perdais parfois patience. Était-ce à cause du silence qui accompagnait toujours un peu ma réflexion ou bien à cause de son expérience avec d'autres, je ne savais pas vraiment. Pourtant mes « j'ai compris... parfait... c'est une bonne initiative... » étaient sans ambiguïté. Je les répétais parfois aussi, pour montrer un certain enthousiasme, ou tout simplement montrer que je suivais ses propos. Tout cela pourtant, apparemment, ne suffisait pas. Il ne se laissait pas convaincre facilement. C'était quelque chose que je ne pouvais pas lui reprocher. Son propre enthousiasme n'avait rien de comparable au mien et il se laissait entraîner dans des discours philosophiques qui sortaient quelquefois du cadre de son activité, de l'objectif d'un tutorat de stage. Mais j'apprenais beaucoup de lui, beaucoup sur l'Entreprise et sur le marché régional. Les habitudes des clients et leurs attentes. Il tenait à m'expliquer scrupuleusement leurs façons de négocier, de tester l'efficacité de l'entreprise et la cohérence de l'argumentation qu'elle savait déployer, comme une méthode bien graissée et presque trop parfaite. Je connaissais la plupart des pièges, des situations à éviter, des protocoles à respecter. Les Allemands n'étaient pas différents des Français en matière de commerce. Un peu plus de rigueur peut-être, de méthode mais le fond des démarches restait quasiment identique. J'appréciais que Hans se donne tant de mal. Il avait reçu cette mission de m'apprendre son métier, dans le cadre spécifique de BaxterCo et avait bien l'intention de la mener à bien. J'attendais toutefois d'être enfin libéré de son *coaching* un peu scolaire et qui me rappelait un peu trop les longs discours sévères des maîtres de conférences en amphi. Ses fréquentes digressions lui permirent de rester constant dans sa façon d'occulter les trois ou quatre années d'absence de vigilance commerciale chez Baxter qu'il me tardait aussi de comprendre et de m'expliquer.

J'étais arrivé sur le coup de dix heures quinze, dix heures trente. J'avais réussi à dormir six heures malgré un début de sommeil indécis, chargé des pollutions d'images et de mots, ces mots qui parfois s'évertuent, dans leurs associations malignes, à vous faire confondre le vrai et le faux, à vous faire subodorer ce qui, après tout, n'est pas. Cela n'avait pas été ainsi cette nuit, juste un mauvais train, l'omnibus du sommeil des *couche-tard* pour lequel je n'avais pas bien eu le choix. Mais j'étais bien arrivé.

Les comptoirs d'accueil du hall d'entrée n'étaient qu'à moitié occupés. Trois jeunes femmes que je n'avais jamais encore aperçues et qui travaillaient pour les bureaux officiellement ouverts le samedi matin. Il n'y avait donc personne pour BaxterCo, encore moins Inga. Je souhaitai pourtant qu'elle fût là. J'avais besoin d'un autre café. J'avais besoin de parler, d'entendre quelqu'un parler, *me* parler, elle ou bien quelqu'un d'autre. Mais il aurait mieux valu que ce soit elle. Cette fille m'intriguait un peu. Enfin, elle m'attirait. Une jolie femme. Peut-être m'attirait-elle plus encore, m'intriguait-elle plus encore, depuis que Sylvain m'avait parlé d'elle comme d'une pestiférée, d'un piège diabolique dont il valait mieux se tenir à l'écart. Une part de curiosité se rajoutait à l'attraction physique que je ressentais à son égard. J'acceptai qu'il faudrait me passer de ce qui aurait pu être un agréable moment.

La nuit étoilée avait été trompeuse sur ce dont elle aurait dû être annonciatrice. Il pleuvait abondamment. Le vent s'était mis à souffler en rafales. C'était lui qui, finalement, m'avait réveillé avant que mon alarme ait pu le faire. Il avait agité les stores de la fenêtre de la chambre. Comme le bruit d'un roulement de wagon sur les rails, à l'arrivée en gare. Le temps de traverser la rue avait suffi pour tremper le bas de mon pantalon, malgré le long imperméable qui me descendait jusqu'en dessous des genoux. Je l'avais acheté lors d'une escapade en Écosse que nous avions faite, ma mère et moi, il y avait deux ans. Au regard du temps qu'il faisait, je me dis que nous n'aurions pas pu profiter, Inga et moi, d'une des terrasses de café qui hier encore, malgré l'automne bien avancé, regorgeaient de monde, à midi. Il aurait fallu nous installer à l'intérieur, à une petite table, au fond du bistrot, dans un angle où nous aurions pu nous isoler quelque temps. Et je l'aurais écoutée. Elle m'aurait posé des questions auxquelles je n'aurais sans doute pas répondu. Je lui en aurais posé d'autres, à peine différentes, auxquelles elle aurait répondu mais dont je n'aurais pas su mesurer l'importance et la véracité. Nous aurions parlé en Français, moi par simple paresse, elle comme exercice linguistique pour fouiller dans sa mémoire et ressortir les mots qu'elle avait appris mais dont son quotidien étriqué au travail n'avait que faire. Et puis, elle aurait trouvé cela amusant, peut-être même romantique. Un brin d'exotisme à Francfort aurait sans doute apporté sa contribution au souvenir qu'elle aurait pu garder d'un jour sous la pluie, voué autrement à l'oubli sinon à l'ennui. Elle aurait enlevé son foulard, déboutonné le haut de son imper, et m'aurait tiré une rafale de balles meurtrières des canons de ses beaux yeux. J'aurais essayé de cacher mon émotion, ma douleur, de taire ma faiblesse et j'aurais avalé ma salive. Elle aurait tout deviné. Tout deviné aussitôt, sans avoir à ne rien dire, sans avoir à ne pas attendre de subtiles allusions pour lesquelles je ne me serais pas préparé. Mais de ce scénario, il n'y avait que la pluie et les visages que j'avais à peine eu le temps d'apercevoir derrière les vitres des cafés, ceux des autres qui peut-être ravalaient aussi leurs émotions, ou bien s'en débarrassaient, pour un dernier café, un dernier instant d'un temps à peine apprécié à sa juste valeur. Non, Inga n'était pas là et ne se préoccupait guère de mes divagations sentimentales. Elle avait raison et bien mieux à faire. Sans doute, mais comment peut-on vraiment savoir des autres, à des moments donnés qu'on ne peut fixer que pour soi-même ?

J'avais accroché mon imperméable au perroquet du bureau. L'eau dégoulinait en petites perles affolées qui se rejoignaient en gouttes kamikazes pour exploser silencieusement sur le revêtement synthétique du sol. Au contraire des autres matins, le café n'imbibait pas l'atmosphère de son exceptionnel arôme. Le distributeur à boissons chaudes était éteint. L'écologie avait marqué les esprits. Les cafetières individuelles étaient elles aussi en repos. Les tasses sur les bureaux étaient propres. Leurs habituelles auréoles noirâtres et leurs écumes solidifiées avaient disparu. Les rouges à lèvres eux aussi avaient délaissé les bordures mousseuses. Tout était froid, comme si la vie s'en était allée pour de bon. Je me sentis un peu mal à l'aise. Quelques instants seulement. Jusqu'à ce que je me plonge dans mon ordinateur et les dossiers que j'avais soigneusement rangés la veille sur mon bureau, avant de rejoindre Benoît, le patron. J'oubliai bien vite tous ces visages absents, le bourdonnement des conversations, les entrées et sorties des uns et des autres. Je ne pus m'empêcher de regarder quelques avions dans le ciel qui, à peine arrachés de la terre, disparaissaient dans l'épaisse couche nuageuse qui persista tout au long du week-end.

Vers onze heures trente, Guillaume Kultenbach apparut. J'avais allumé un secteur de plafonnier lumineux. Il faisait sombre. Bien que je disposais d'une lampe de bureau, il me fallait un peu plus de lumière pour achever la nuit qui tardait à partir et passer le relais. Les consignes d'économie étaient strictes. On m'en avait parlé longuement, elles étaient rappelées un peu partout sur les murs. L'écologie ne semblait pas être un sujet galvaudé et tout le monde prenait les recommandations très au sérieux. Les affiches mettaient en garde les hypothétiques détracteurs. J'avais l'impression qu'elles regardaient en permanence l'attitude des uns et des autres et faisaient leurs rapports en fin de chaque journée. Vaine surveillance car tout le monde respectait les consignes. Les habitudes avaient été prises depuis longtemps déjà et il ne pouvait y avoir que des gens, comme moi, de l'extérieur, qui pouvaient oublier, ignorer ce qui n'était après tout que du bon sens. Kultenbach se sentit obligé de venir jusqu'à moi. Il n'eut pas le courage de ne pas me serrer la main mais je fis l'effort de lui montrer la courtoisie dont un jour comme celui-là avait plus besoin que d'autres et qu'il me semblait raisonnable d'avoir avec lui. Et je me levai pour lui rendre sa politesse. Il avait l'air sombre, comme le temps. Des poches sous les yeux. La monture de ses lunettes était rejetée en arrière, aplatissant ses cheveux comme un serre-tête. C'était samedi et il avait délaissé cravate et costume pour un vestimentaire plus relâché mais pas très élégant.

« Je pensais que l'on avait laissé la lumière !

— Non, ce n'est que moi. Désolé de vous voir inquiété.

— C'est pas franchement de l'inquiétude. Mais on fait attention à ces détails, ici. Et comme personne, en principe, ne vient travailler le week-end, je voulais m'assurer qu'il n'y avait pas de problème... Mais que faites-vous ici ?

— Je veux m'avancer un peu. Je n'ai rien de programmé aujourd'hui et personne ne me retient chez moi, alors je...

— Le parfait petit stagiaire, alors !

— En quelque sorte.

— Le patron appréciera peut-être ?

— Ce n'est pas l'objectif. Je fais cela pour moi.

— Pour vous ?

— Oui, effectivement, pour moi. Je n'ai rien à regretter avec le temps qu'il fait dehors.

— Faudra vous y habituer mon cher. Ce n'est pas la Côte d'Azur ici. On aurait dû vous dire.

— Je savais déjà.

— Oui, votre père, c'est cela. Il a dû vous en parler.

— Lui et d'autres. Vous venez aussi travailler ?

— Oui, Benoît sera absent toute la semaine prochaine et j'aurai encore plus à faire. Alors, je m'avance un peu.

— Pas forcément facile avec la famille.

— Oui, la famille... Mais je travaille pour elle aussi.

— Sans doute.

— Je dois vous laisser. À lundi, sans doute.

— À lundi, sans doute. Bon week-end.

— Bon *travail* ! »

Il disparut comme il était apparu, avec le même air renfrogné, la même démarche. Ce type me haïssait, sans prétendre autrement. Au moins Guillaume n'abusait pas de cette hypocrisie facile et courante de bureau qu'on utilise pour un oui et pour un non et dont personne n'est vraiment dupe finalement. Bien dosée, on l'appelle diplomatie mais Guillaume n'avait apparemment pas connaissance des proportions de langage et de comportements ou bien, s'il les connaissait, il avait décidé de ne pas en tenir compte, de ne plus en tenir compte et d'être tout simplement lui-même, un homme à qui la vie ne réussissait sans doute pas ou pour laquelle il avait mal lu le mode d'emploi. Cela me convenait de penser que cette version que je me faisais de lui était la bonne et que son attitude n'était pas liée à ma présence. Benoît m'avait prévenu et je savais à quoi m'en tenir. Je ne pouvais pourtant pas m'empêcher d'être désolé pour lui ni de comprendre quelque peu sa réaction. J'imaginais celle qu'aurait pu avoir mon père dans la même situation. C'était une affaire entre Benoît et lui, une affaire qui n'avait rien à voir avec moi et j'essayai d'oublier son animosité, sa sale gueule renfrognée, dans les statistiques qui m'attendaient et avec lesquelles j'avais rendez-vous, en cette pluvieuse journée de week-end.

Et la pluie tomba sans relâche le dimanche, égale à ce qu'elle avait été la veille. Je la vis se déverser de l'épais rideau nuageux sur les toitures d'en face, au travers des fenêtres, mais celles de mon appartement cette fois.

Chapitre 16
Noël en partage

« Bonjour, Alex !
— Bonjour, Cathy... Passé un bon week-end ?
— Oui merci, à l'abri. Je ne vous demande pas si vous en avez passé un bon ?
— Pourquoi pas ?
— Vous êtes venu travailler !
— Vous êtes bien renseignée... Les affiches, les notices peut-être ?
— Quelles affiches, quelles notices ?
— Je plaisante. C'est comme s'il y avait des caméras partout dans ces salles...
— Il y en a quelques-unes. Mais ce n'est pas ça. Guillaume m'a dit vous avoir vu.
— Effectivement. J'aurais pu vous dire la même chose de lui, car je l'ai vu aussi. Je ne pensais pas que cela méritait un rapport de sa part. Mais bon.
— Il voulait me demander de vous rappeler les consignes.
— Je les connais et je les respecte.
— Je n'en doute pas...
— Mais lui, si !
— Il est comme cela. Il ne faut pas trop faire attention.

— J'essaie. Il n'a qu'à me dire directement ce qu'il a à dire, plutôt que...

— Il n'a pas toujours le tact... Il...

— C'est le Directeur. Il doit savoir ce qu'il a à faire. J'aurai du mal avec lui. Je ne sais pas si mon séjour ici pourra se passer sans le moindre affrontement !

— Vous n'êtes pas avec nous pour très longtemps. Pas la peine de trop y penser. Je pense en revanche que vous devriez vous détendre un peu le week-end.

— Je n'ai pas l'intention de passer tous mes week-ends au bureau, rassurez-vous. D'ailleurs, je ne suis pas venu dimanche. J'aurais pu, vu le fichu temps.

— Il faut en effet profiter aussi de votre séjour et visiter.

— Quand il fera meilleur temps.

— Oui, pour cela, vous avez raison. Mais il n'y a pas mal de choses à faire, en termes de loisirs et de culture. Je vous donnerai quelques magasines sur ce qui se passe à Frankfurt. Il y a tout plein à dévorer.

— Je dévorerai, je dévorerai... C'est mieux que de se faire dévorer.

— Allez. Alex, ce n'est rien. Ce n'est pas vraiment méchant.

— Non, c'est stupide. Il n'a qu'à me parler, c'est tout. Mais excusez-moi, je me laisse emporter un peu. Ce n'est pas bien. Guillaume a ce quelque chose qui ne me laisse pas indifférent... Ne tenez pas compte de ce que je viens de dire, ce n'est pas bien, je n'ai pas le droit de dire ce genre de chose. Ce n'est pas trop tolérant de ma part. Mais il ne fait rien pour se rendre populaire. Avec moi, en tous les cas.

— Avec personne vraiment.

— Il faudrait qu'il perce l'abcès.

— Ce n'est peut-être pas aussi simple.
— Quand on est responsable d'une équipe, que l'on est dans l'encadrement, il faut avoir une *attitude* raisonnable et nuancée.
— Sans doute, Alex, sans doute. Restez à l'écart de lui, le plus possible.
— Dois-je prendre cela comme un conseil ?
— Rien de plus, qui plus est : amical. Je n'aimerais pas que vous regrettiez d'être venu ici. Faites ce que vous avez à faire et ignorez-le, autant que vous le pouvez...
— C'est bien mon intention. Mais s'il me cherche, il lui faudra s'expliquer... »

Alexandre et Marie n'avaient pas pu communiquer beaucoup pendant le week-end. Elle était partie de Tokyo pendant trois jours. C'était la première fois qu'elle avait l'occasion de visiter un peu le Japon. Elles avaient décidé de profiter d'un long week-end pour s'oxygéner un peu, Marie et deux de ses amies étudiantes, quitter la vie trépidante et la pollution de l'énorme cité nipponne, pour découvrir enfin la campagne, *vérifier son existence* disait-elle, car tout contribuait à en faire douter, après un temps de conditionnement, de pressurisation et d'automatismes on ne peut plus *urbains*, excessivement urbains, de présence surdimensionnée d'irrationnel, alors que Marie était plus attachée aux avantages et aux côtés plus civilisés de la vie rurale. Alexandre et Marie avaient tous les deux la même attraction par le côté naturel et tranquille de la campagne, de la montagne surtout, et des bords de mer sauvages et si possible oubliés. Cette attirance convenait à ce que la vie leur réservait ou bien risquait de leur offrir. Elle pourrait, espéraient-ils, compenser les périls comportementaux que leurs vies professionnelles leur feraient rencontrer inéluctablement. Ils aimaient partager en silence la beauté des étendues enneigées de Haute-Savoie, l'hiver, ou bien au printemps, s'arrêtant souvent pour regarder et entendre le silence, leurs poings serrant les bâtons de ski sur lesquels ils s'arc-boutaient, immobiles, devinant les mots inutiles que l'autre pourrait dire pour décrire ces spectacles, grandioses et simples à la fois. Ils restaient ainsi de longs moments, avant que la frénésie de poursuivre leurs descentes reprennent le dessus. Pour s'arrêter à nouveau, un peu plus loin, pour d'autres images, jamais vraiment les mêmes, d'autres échanges silencieux.

Marie avait donc ce besoin de respirer à nouveau, après si peu de temps pourtant, d'oublier le bruit, d'oublier la foule du métro et celle des trottoirs aux heures d'affluence, celle aussi des magasins dont, pour certains, elle raffolait pourtant comme toutes les jeunes femmes de son âge. Alexandre ne la sentait pas très heureuse, un peu distante, en tous les cas, très peu loquace sur son quotidien, sur ce qui se passait au travail. Leurs vies étaient décalées. Fin et commencement se chevauchaient maladroitement. Ils rendaient le présent inconfortable, impartageable, le privant de son caractère unique, faisant de l'un une partie du passé, déjà vécu et de l'autre un début d'un lendemain où tout reste à découvrir. Cette distance n'était peut-être finalement que cela et peut-être ne fallait-il voir dans ce désordre temporel que de simples différences d'humeurs de moments de présents différés. Malgré l'alternance des horaires de leurs contacts qu'ils avaient décidé de mettre en place, Alexandre ne voyait pas vraiment de différence et Maria semblait toujours aussi lointaine.

Elle avait organisé ses vacances de fin d'année. Bouclé ses démarches, juste avant de partir pour l'Asie. Alexandre ne s'était pas encore décidé. Il ne voyait pas dans cet autre voyage l'intérêt que Maria y trouvait. Il voulait la retrouver, passer un peu de temps ensemble, mais sans rajouter la pression d'un autre voyage. Alexandre avait alors envisagé de passer Noël à Charleville. Il l'avait annoncé à sa mère, il se l'était promis à lui-même, surtout. Un besoin de se retrouver, de retrouver une partie de lui-même dont il avait besoin et dont il était à peu près certain de l'authenticité. Cela lui donnait d'autant plus de valeur. Il aurait voulu mieux comprendre Maria qui, elle aussi, voulait retrouver une partie d'elle-même, mais pas là où cette partie se trouvait vraiment. Dommage pourtant qu'il fallut que ce soit dans l'océan Indien. Alexandre n'avait pas définitivement refusé mais elle savait déjà qu'il ne viendrait pas et sa nouvelle hésitation ne l'avait pas vraiment surprise. Déçue à nouveau. Il faudrait donc attendre le printemps prochain pour qu'ils se retrouvent car l'idée pour Alexandre de venir la rejoindre quelques jours au Japon s'était elle aussi évanouie, dans l'immensité de ce qui les séparait.

Chapitre 17
Julie

Alexandre s'installa à une table de laquelle il pouvait surveiller l'escalier qu'il fallait utiliser pour pénétrer dans l'impressionnante salle du bar du « die crocodile ». La musique était forte, du « hard metal ». On lui avait parlé de cet endroit branché que tout le monde semblait connaître à BaxterCo. Alexandre n'était pas un inconditionnel de ces endroits forts en décibels, forts aussi en boissons de tous genres, en consommations de produits dont l'établissement prétendait assurer le contrôle et contre les dealers desquels, au contraire, il agissait officiellement, mais avec une vigilance dont la régularité laissait parfois à désirer. Le zéro tolérance n'existait pas vraiment, seulement dans les textes de loi. Mais Alexandre s'y rendait, quand il le fallait, quand il n'avait pas moyen de l'éviter. Ce soir-là était un autre soir où il ne pouvait pas non plus se dérober. Sa vie presque monastique de ces derniers jours allait se trouver un peu chamboulée mais cela allait être l'affaire d'un jour, d'une soirée à laquelle il ne pouvait plus vraiment échapper. Cet endroit faisait peut-être partie des choses à intégrer pour sa culture personnelle et dans le programme des particularités à dévorer auxquelles Cathy avait fait allusion, tout comme Julie, face à ses parents, l'autre soir.

Le bar, qui n'était pas qu'un simple bar car l'on pouvait y manger aussi, portait bien son nom contrairement à certains dont il est souvent bien difficile de deviner l'origine. Pour celui-là, il n'y avait pas d'équivoque. Mais il lui fallut attendre quelque temps avant de le découvrir. Un coin du bar était en effet aménagé en forêt tropicale avec des Yucas géants et quelques palmiers, apparemment véritables, au centre desquels se trouvait une sorte de mare, un aménagement d'eau plutôt de bon goût au-dessus duquel flottait un brouillard de vapeur d'eau, stagnante et qui donnait à l'endroit une sorte de fraîcheur artificielle mais assez réaliste et efficace dont il avait plutôt besoin. La décoration avait été choisie avec beaucoup de soin et le mobilier confortable et harmonieux avec l'esprit de l'endroit. La lumière, qui n'avait rien de naturel, que ce soit le jour ou la nuit, apportait une dominante verte, avec des lueurs rougeâtres d'un soleil couchant imaginaire. C'était une de ces images auxquelles il arrivait à Alexandre de penser, dans lesquelles ses nuits, parfois, le conduisaient, sans raison vraiment. Des transferts de lieux qu'on ne peut expliquer et qu'on oublie d'une nuit à l'autre, sauf quand ils se reproduisent et que l'on a l'anodine impression d'un déjà vu, d'un déjà rêvé. La musique s'interrompit brutalement et laissa la place à un concert de chants d'oiseaux tropicaux. Il n'y avait encore que très peu de monde dans l'établissement, deux ou trois couples, tout au plus. On faisait des essais de sonorisation. Alexandre regarda sa montre. Julie lui avait dit vers dix-neuf heures. Il était dix-neuf heures trente. Il pensa qu'il aurait dû savoir, s'attendre à un retard. Les gens qui arrivent à cette heure sont ceux qui ne peuvent plus attendre, ne peuvent pas rester, ceux qui doivent repartir avant d'avoir goûté à la nuit, la nuit qui transforme et qui transcende, celle qui permet d'être autrement que ce que le jour vous donne la force de paraître. Il expliqua à un serveur qu'il attendait quelqu'un. Le garçon à la boucle d'oreille en faux diamant n'insista pas puis revint au bout d'une demi-heure. Alexandre commanda un Perrier. Afin de passer le temps, de se donner une contenance, d'être moins seul, de tuer les minutes. Il se leva et marcha jusqu'au marécage artificiel. La surface de l'eau était recouverte en partie de plantes aquatiques de toutes espèces, certaines ressemblant à de grands nénuphars verts, des lotus peut-être, sans fleurs pourtant. La vapeur stagnait au-dessus d'elle, figeant le temps et l'espace. Elle donnait l'impression de torpeur tranquille et inquiétante. L'effet était réussi et Alexandre tomba sous l'envoûtement recherché. Deux yeux globuleux immobiles dépassaient au-dessus de l'eau, camouflés entre deux feuilles. Sur une sorte de minuscule plage de cailloux et de sable, un autre crocodile. Immobile lui aussi. Pas un mangeur d'hommes. Il devait faire un mètre, un mètre dix tout au plus. Le spectacle était en léger contrebas et une petite protection vitrée entourait la jungle miniature, rassurante malgré tout. Un petit escalier, de quatre ou cinq marches descendait du bar jusque sur le sable, pour les besoins d'un spectacle ou bien ceux de l'entretien des lieux. Les oiseaux piaillaient de leurs codes incertains, d'agonies et de dangers, leurs becs jaune et rouge n'avaient de vrai que les sons qui s'échappaient des petits haut-parleurs cachés dans les arbres, certains synthétiques, secouant leurs branches et leurs feuilles d'un vent inventé mais doucement efficace. Le crocodile immergé diffusait parfois des rides concentriques à la surface de l'eau, comme pour rappeler sa présence. L'autre semblait un peu plus endormi. Une tortue, dans un territoire aménagé pour elle, daignait avancer à son rythme et apportait sa part d'authenticité. Les projecteurs crachaient le vert et le rouge et faisaient oublier le reste, ce qui empêche de rêver, une certaine vérité.

Alors qu'il regagnait sa table, il aperçut enfin Julie descendre l'escalier de l'entrée. Il avait regretté de ne pas avoir suffisamment insisté pour qu'elle lui communique son numéro de téléphone cellulaire. « Tu n'en auras pas besoin Alexandre, je viendrai. Je viens toujours au rendez-vous... ». Ce qu'elle n'avait pas précisé, c'était son appréciation du temps et la liberté avec laquelle elle jonglait pour lui donner une élasticité de convenance était quelque peu déconcertante. Une fois acceptée, cette légèreté rentrait dans l'image que l'on finissait par se faire de Julie. Elle en était consciente. Légère certes mais fiable, car elle finissait toujours par arriver.

Ce n'était qu'une heure seulement, après tout. Mais pas une heure pour se préparer, se changer, faire un effort, celui auquel on consacre un peu de temps pour donner la meilleure impression de soi-même. La journée avait eu son effet ; enfin, l'effet que quelques heures seulement peuvent avoir sur tout le monde, ou ne pas avoir. Les cheveux étaient un peu en bataille et le maquillage n'était pas resté tout à fait à sa place. Elle était venue *nature*. Ses jeans n'avaient pas non plus trouvé le temps d'être rapiécés. Sa chemise en tartan absorbait mal les couleurs projetées du plafond digne d'un studio de cinéma. Elle marcha rapidement vers Alexandre en agitant sa main, comme si elle pensait ne pas être reconnue. Elle l'embrassa sur les joues, quatre fois dont deux auxquelles il ne s'était pas attendu et auxquelles il ne donna pas la réplique. Elle semblait de bonne humeur, presque parfaitement heureuse, heureuse de sa journée, heureuse peut-être aussi de le revoir.

« Je m'excuse pour mon retard. J'aurais dû t'appeler. Depuis combien de temps es-tu là ?

— Euh... Tout juste une vingtaine de minutes, une demi-heure peut-être, à peine. Je n'ai même pas fini mon Perrier.

— Tu carbures au Perrier ?

— Oui, quand je dois attendre un peu.

— Maintenant que tu ne vas plus attendre, j'espère que tu vas prendre autre chose de plus *relaxant.*

— On verra cela un peu plus tard. Que veux-tu boire, toi, maintenant ?

— Un tropical. Un truc maison qu'est pas mauvais. Sans alcool. Mais je me dis qu'il y en a et ça me bouscule un peu. Rien que l'idée. Comme cela tu pourras dire à papa que je n'ai pas bu d'alcool. Il te demandera. D'une façon ou d'une autre.

— Il ne va quand même pas me demander comment s'est passée la soirée. Il est plus discret que cela. Et qui te dit que je lui dirai la vérité.

— Je sais que tu n'es pas un type compliqué, plutôt tout le contraire, sans embrouilles.

— Tu sais ?

— Je devine et t'as fait bon effet sur ma mère, l'autre soir. C'est peu dire. Elle n'a jamais trop apprécié mes petits copains.

— Je ne suis pas...

— Un nouveau petit copain ! Non, je sais. Mais tu vois ce que je veux dire.

— J'espère voir... Tes parents s'intéressent seulement à ton bonheur. Tous les parents s'inquiètent un peu, forcément.

— Les tiens se sont inquiétés, s'inquiètent encore ?

— Chacun de leurs côtés, en quelque sorte. Mais je m'inquiète peut-être plus pour eux maintenant qu'ils ne s'inquiètent pour moi.
— Comment peux-tu savoir ?
— J'ai dit *peut-être...*
— Pourquoi chacun de leurs côtés ?
— Ils sont séparés depuis que j'ai quatre ans.
— C'est vrai, tu nous avais dit. C'est dommage. Tu en as souffert ?
— Plus qu'ils en ont conscience sans doute.
— Ça n'a pas dû être facile ! Mon père, à moi, a beaucoup été absent, à cause du boulot mais quand il était à la maison, la famille se reformait aussi vite. Mon frère et moi, papa et maman. Ils s'entendent bien. Peut-être que s'ils avaient passé plus de temps ensemble, ils se seraient lassés.
— Difficile à dire. Et toi, cette journée ? Bien passée ?
— Oui. Plutôt bien. J'avais un partiel cet après-midi. C'est pour cela que je suis en retard. Nous avons commencé un peu en retard et j'ai dû discuter à la sortie, pour me rassurer un peu avec les autres.
— Et ?
— Apparemment, je n'aurais pas trop mal fait.
— C'est bien.
— Oui, je suis assez contente de moi. J'ai pas mal déconné l'an passé. Perdu mon temps. Cherché quelque chose que je n'ai pas trouvé.
— Ou fui ce que tu avais déjà.
— Je n'avais pas de raison. Il faut que je m'en sorte, maintenant. Au fait, tu aimes bien cet endroit ?
— Plutôt sympa. Surtout depuis qu'ils ont changé la musique.

— Quelle musique ?
— Quand je suis arrivé. Il jouait du *metal,* à *fond la caisse.*
— Ah oui ? C'est curieux.
— Ils vérifiaient sans doute la sono.
— Sans doute. À partir de vingt-trois heures, l'établissement se transforme. Ça devient progressivement un énorme disco. Jusqu'au petit matin.
— Tu viens souvent ?
— Je venais assez souvent. Tard, bien sûr. Mais il y a d'autres endroits. Je connais un peu trop de personnes, ici. Il faut changer parfois mais, comme tout le monde se dit cela, on finit par se retrouver ailleurs. Et c'est pas forcément ce que l'on recherche.
— Pas forcément. Il y en a que l'on ne veut pas trop revoir.
— Comme tu dis. Ceux que les parents ne souhaitent pas que tu revoies.
— T'es pas d'accord avec eux ?
— Pas toujours. Je suis jeune et je n'ai pas les mêmes goûts. Mon frère n'est plus à la maison alors c'est plus pareil. Autrefois, il y avait ses copains. Comme mes parents trouvaient qu'il était raisonnable et faisait de bons choix dans ses fréquentations, j'en profitais aussi et ils ne pouvaient pas me critiquer de passer du temps avec eux.
— Pas mal comme arrangement.
— Je suis pas *conne,* Alex.
— Je ne le pensais pas non plus.
— Beaucoup ont cru que j'étais un peu timbrée.
— On donne tous des impressions. Pas nécessairement les bonnes ni celles qui sont vraiment le reflet de ce que tu es en réalité. Les gens se trompent.
— Et te cataloguent...

— Oui. Mais c'est comme cela. Il faut leur prouver qu'ils ont tort.

— De l'énergie en plus à dépenser. Pourquoi devrions-nous en avoir plus que ceux en qui l'on voit que du bon ? C'est fatigant.

— Et cette énergie, il faut la chercher ailleurs parfois.

— Ailleurs ?

— Oui, tu sais ce que je veux dire.

— Ah oui, les joints, l'alcool…

— Par exemple.

— T'as pas eu besoin, toi ?

— Si, sans doute.

— Mais t'as pas touché.

— J'ai pas touché.

— T'es un mec bien, Alex. Ma mère a raison.

— Pas meilleur que d'autres, Julie. J'ai eu la chance d'avoir autre chose.

— Comme ?

— Comme le sport…

— Tu fais quoi ?

— Je faisais du rugby. Beaucoup de rugby.

— Faisais ?

— Oui, je n'ai pas pu continuer. Les études. Pas assez de disponibilité. Et puis, les coups que j'ai pu prendre. Tu as beau aimer cela…

— Et maintenant ?

— J'ai ma copine.

— La veine.

— La veine de quoi ?

— Oui, enfin, la veine d'être tombée sur toi.

— Il y en a tout plein comme moi.

— Vraiment ?
— Vraiment !
— Monsieur modestie...
— Enchanté ! »

Et ils partirent dans un fou rire qui traversa la forêt vierge, faisant taire les macaques de service, perdus invisibles dans les lianes de fils électriques de l'équipement du plafonnier. Les crocodiles, engourdis par la pesanteur d'un *sauvage* fabriqué crurent entendre Tarzan et Jane, ouvrirent leurs gueules pour la première et seule fois de la soirée. Ce fut peut-être le seul moment authentique du *Krokodilbar*.

Julie parla longuement de son arrivée en Allemagne, du mal qu'elle avait eu, au début, à s'habituer. Devoir se débrouiller en allemand, surtout. En dehors du lycée, il n'y avait guère le choix. Pour accélérer cette accoutumance, ses parents le parlaient aussi souvent qu'ils le pouvaient à la maison, mais ça sonnait faux et c'était épuisant pour elle. Le village où ils s'étaient installés ne laissait pas le choix. Julie aurait préféré qu'ils s'installent en ville. Plus proche de ses amis. Elle n'aurait pas eu à sortir de la même façon, n'aurait pas fait ces rencontres qu'on lui reproche encore maintenant. Tout aurait pu être différent, mais elle n'en était pas vraiment certaine. On ne peut pas empêcher une certaine fatalité, disait-elle. Il y avait une expérience au travers de laquelle sa vie devait passer pour qu'elle puisse grandir enfin et prendre, comme une mayonnaise. Elle amusait Alexandre avec ses comparaisons, ses allusions à la cuisine, aux recettes que l'on réussit et celles que l'on manque complètement. La vie était une sorte de mayonnaise que l'on refait de temps en temps, selon les besoins, avec les ingrédients que l'on prépare mal, que l'on dose maladroitement trop souvent et dont le mélange ressemble plus à une vomissure qu'à la belle et onctueuse composition jaune dans laquelle on a la tentation de tremper le doigt pour la goûter et goûter ainsi à la vie réussie.

Julie souriait facilement malgré l'appareil dentaire dont elle reprenait conscience quand Alexandre la regardait plus intimement. Ses sourcils et les bordures supérieures de ses oreilles étaient marqués par des traces de *piercings* récents mais elle ne portait rien, aucun anneau, aucune boucle, comme si elle voulait se contenter des points de suspension d'un passé à peine terminé. Alexandre fut tenté de lui demander si elle en portait parfois, pénétrer un peu dans ce passé qu'il sentait si présent et si fragile. Et elle ressentit ses questions, sans pourtant y répondre. Il n'avait qu'à lui demander et il aurait su.

Le bar s'était rempli au fur et à mesure qu'ils parlaient. Il avait même fallu hausser le ton. Les voix galvanisées par l'effet des alcools, la sono qui passait en boucle avec les mêmes piaillements, les mêmes cris étranges, la lumière dont on avait baissé l'intensité et qui laisse penser que l'on s'entend moins si l'on se voit moins. Sauf quand on se connaît un peu mieux et que, forcément, cette connaissance a raccourci les distances d'usage.

Un jeune homme s'approcha d'eux. Il tenait une fille par la taille, comme pour la soutenir. Les cheveux longs et noirs, les mêmes que ceux de la fille. De derrière, il devait être facile de les confondre. Mais elle portait un minimum d'étoffe en guise de jupe. Outrancier, pensa Alexandre même si ses jambes méritaient une incontestable admiration. Le public était jeune, très jeune et personne n'était là vraiment pour contester le spectacle. Alexandre, l'espace de quelques secondes, oublia sa propre jeunesse mais se reprit rapidement et retrouva ses sens et son goût pour le beau et l'esthétique.

L'inconnu posa sa main sur l'épaule de Julie et, se penchant maladroitement sans lâcher son amie, l'embrassa goulûment dans le cou, sans retenue ni protocole. Julie rentra la tête dans ses épaules, électrisée par son contact. Alexandre resta impassible devant le déballage d'une passion pour le moins inattendue et dont Julie voulut enfin mettre un terme en se retournant vivement vers ce qui devait être une de ses proches ou anciennes connaissances.

« Ah, c'est toi ? Qu'est-ce que tu fous ici ? Je pensais que tu ne venais plus ici…

— C'est vrai, je ne viens plus mais je savais que tu y serais alors je suis venu.

— Comment cela, tu savais quoi ?

— Que tu serais ici, ma Lilie !

— Tu sais bien que je ne veux plus te voir et je ne suis pas TA Lilie pour commencer.

— T'es au monsieur peut-être ? Mais je vous ai vu depuis un petit moment. Vous êtes plutôt sages. C'est bien. La maman de Julie appréciera cela, Alexandre. Sans parler du papa.

— Ne commence pas, Jérôme !

— Je ne commence pas. Je dis la vérité non ?

— Vous connaissez mon nom ?

— Oui, Alexandre. Je sais tout. Qui tu es. Que vous seriez là ce soir. Tout, quoi.

— À qui ai-je l'honneur ?

— Monsieur *jesaitou*.

— Mais encore ?

— Mon papa à moi, c'est Guillaume. Tu le connais.

— Guillaume Kultenbach.

— E. x. a. c. t. e. m. e. n. t.

— Vous connaissez Julie ?

515

— Elle ne t'a pas dit ?
— Non, pas vraiment.
— On se connaît bien. Comment dire... Intimement.
— Ce n'est pas mon affaire.
— Pas encore !
— C'est-à-dire ?
— Pas encore. Nous sommes une grande famille. Ce qui concerne les uns concerne les autres. N'est-ce pas Lilie ?
— Cesse de m'appeler Lilie !
— C'est vrai que tu t'es fâchée à cause de ça !
— Arrête, s'il te plaît !
— Ah oui, j'ai oublié de vous présenter Sam. Ma copine. N'est-ce pas, Sam ?
— Ja Ja.
— C'est vrai, c'est vrai. Désolé mais Sam ne parle pas trop français. Pour ne pas dire, pas du tout. Elle n'aime pas trop ce qui est français. Sauf moi. Bien sûr.
— Sehr erfreut, Sam ! Alexandre, ich bin Alexandre. Ganz bestimmt kennen sie Julie. Die Familie. Wie Jérôme sagt...[8]
— Bon, assez de présentations. On doit se sauver. Je fais une teuf jeudi de la semaine prochaine. Pourquoi ne viendrais-tu pas, Alexandre ? Avec Julie, bien sûr. Elle connaît l'endroit, elle te conduira. Forcément. OK ?
— On verra, euh, Jérôme, c'est cela : Jérôme, n'est-ce pas ? Mais merci de l'invitation. Ta copine y sera, je présume.
— Ah ah, t'aime bien le *morceau* à ce que je vois ! La paire de guibolles. Normal, je comprends... Et ses seins, oui ses seins, t'as reluqué aussi. Tu fais vite le tour...

---

[8] *Enchanté Sam ! Alexandre, je suis Alexandre. Vous connaissez Julie, sans doute. La famille. Comme dit Jérôme.*

— Non, c'est que je veux juste connaître un peu mieux la famille.

— J'aime bien ton humour, Alexandre. Allez, je vous attends jeudi ! Mes fêtes sont sacrées. Je n'aime pas qu'on y renonce...

— Ne compte pas trop sur moi, Jérôme !

— Allez, Lilie. Tu seras avec Alex. Ça sera différent.

— On verra. »

Jérôme et Samantha s'en allèrent, bras dessus bras dessous. Elle semblait avoir un peu trop bu et monta l'escalier en s'aidant de la rampe.

« Tu sembles bien le connaître !

— Oui... Effectivement. Je sortais avec lui.

— Sortais ?

— Eh bien oui, tu vois bien. Il est avec une autre !

— Un peu étrange cette fille. Enfin... Son apparence. Son regard surtout.

— Comme moi je devais l'être aussi... On se voit plus depuis six mois, un peu plus même, je crois.

— Il a l'air un peu particulier lui aussi. C'est peut-être une bonne chose pour toi ?

— Quelle bonne chose ?

— De ne plus le voir !

— Tu parles comme mon père. Non... Plutôt ma mère.

— *Nous* n'avons pas, pour autant, forcément tort de penser cela !

— Ce n'est pas un mauvais type. Un peu faible. Il se laisse entraîner par les copains et ça n'a pas toujours bien tourné.

— Ce n'est pas comme cela qu'il se fera apprécier.

— Il s'est déjà fait griller par certains. Mon père surtout. Il ne veut pas qu'il mette les pieds dans sa boîte.

— On peut le comprendre. Non ?
— Il a fait des conneries, mais il faudrait lui laisser une chance. Si l'on veut qu'il change un peu.
— Encore faut-il qu'il le veuille. Il ne donne pas l'impression de le vouloir. Du moins, pas encore.
— Vous vous fiez tous sur l'apparence. Faut voir ce qu'il y a à l'intérieur !
— Tu n'as pas trop l'air non plus de l'apprécier autant que cela !
— Les copains, tu devrais savoir, ça va et ça vient. Vaut mieux faire cela plutôt maintenant qu'après.
— Faire quoi ?
— Se faire une expérience, cher Alex. Avant de s'engager. Avant de devoir tomber dans la routine du mariage. Et d'aller voir ailleurs en même temps. T'as pas cinquante balais, Alex ! Tu ne peux quand même pas dire que tu as déjà oublié cette nécessité d'*expérience*. Tous ces gens qui se marient, qui ont des mômes, sans avoir vécu et qui…
— Et qui en ont marre et vont voir ailleurs…
— En se foutant justement des mômes.
— Je suis bien placé pour savoir Julie. Si quelqu'un peut en parler mieux que d'autres, c'est bien moi.
— Je ne voulais pas parler de toi. Je suis désolée. Je…
— Ce n'est pas grave. C'est du passé. Même si je n'ai pas cinquante balais !
— Vraiment du passé ?
— Ce devrait l'être…
— Alors, c'est quoi ?
— Je vais te faire une confidence Julie. Je n'en parle, en vérité, à personne.
— Et ta copine ?

— Pas même elle !
— Pourquoi pas ?
— Je ne sais pas trop. Sans doute ne suis-je pas persuadé qu'elle peut me comprendre aussi facilement que cela. Sans doute ai-je peur que cela nous éloigne l'un de l'autre, plutôt que de nous rapprocher. Elle sait un peu de tout cela mais sans plus. Je ne reviens pas dessus.
— T'as personne d'autre alors ?
— Pas vraiment.
— Et c'est quoi ?
— C'est très simple et très compliqué en même temps. Alors que tout devrait appartenir au passé Julie, au contraire de cela, tout appartient au présent et sans doute au futur, à demain.
— Pourquoi cela ?
— Je ne peux pas tout te dire. C'est une curieuse impression. Très personnel aussi.
— C'est pas un peu dans ta tête ?
— C'est en effet *très* dans ma tête. Le jour comme parfois la nuit.
— Il faut consulter et faire évacuer.
— Un psy, tu veux dire ?
— Oui, ou quelqu'un du métier ! Je t'ai déjà dit quand tu es venu chez nous.
— Je ne suis pas certain que ce soit nécessaire. C'est à moi d'être mon propre psy.
— Ne penses-tu pas que cela puisse être *dangereux* ?
— Je ne sais pas. Je ne pense pas. Mais si la déception peut être *dangereuse,* alors oui, ce pourrait être dangereux.
— Si je peux t'aider…
— Merci Julie. Tu es gentille mais si quelqu'un doit aider l'…

519

— L'*autre* ? Moi ? Tu penses que c'est plutôt à toi de m'aider. On t'a confié cette *mission* ?
— Rien de la sorte. Vraiment rien.
— Je *suis* suivie déjà, Alexandre. J'ai accepté de l'être et ne regrette pas de l'avoir fait. Je n'ai pas à emmerder les autres avec mes problèmes... J'ai conscience de l'avoir suffisamment fait.
— Tu vois que j'ai raison de ne pas en parler. Je risque d'emmerder. Maria. Et d'autres.
— Maria ?
— Ma copine !
— Ah !
— Mais cela ne veut pas dire que je dois importuner d'autres à la place.
— Tu ne m'emmerdes pas, je viens de te dire. Tu peux me parler si tu veux. Si tu veux pas, c'est ton affaire mais d'une façon comme d'une autre, il faut évacuer tout cela.
— Entendu Julie. Si j'ai besoin, je te dirai. Il y a différents types de *traitements*. Je pense avoir trouvé une sorte de remède. Toi, en tout cas, tu n'as pas besoin de mon aide. Tu as l'air *bien dans tes baskets*.
— Ça va plutôt mieux, beaucoup mieux mais c'est toujours bien d'avoir quelqu'un de sympa à qui parler et qui t'écoute.
— Je sais écouter.
— J'en ai bien l'impression.
— Alors, tu vas aller chez ton Jérôme, la semaine prochaine ?
— Ce n'est pas mon Jérôme, ce n'est plus mon Jérôme ! On n'appartient d'ailleurs jamais à personne... Je ne sais pas. Je ne devrais sans doute pas y aller. Et pourtant...
— Et pourtant, tu aimerais bien.

— Oui, en quelque sorte. Mais seulement si tu viens aussi.

— Pourquoi devrais-je t'accompagner ? Je le connais à peine. Je ne pense pas avoir beaucoup de choses en commun avec lui, voire pas du tout.

— C'est ce que tu penses !

— Que veux-tu dire ?

— On a tous des choses qui nous rapprochent.

— En ce qui le concerne et me concerne, je ne vois vraiment pas.

— Ce serait bien que tu le connaisses un peu mieux et que tu aies une meilleure impression de lui.

— Et que je puisse faire corriger son image auprès de ton père…

— Mon intention n'est pas de t'utiliser Alexandre. Je veux juste seulement que tu saches que ce n'est pas le sale type que l'on pense. D'ailleurs, c'est une affaire du passé…

— Ne crains-tu pas qu'il se découvre autrement que tu l'espères et que l'image en prenne encore un sérieux coup ?

— S'il sait que tu viens, il saura quoi faire.

— L'hypocrisie n'est pas mon truc.

— Montrer ce que l'on sait et peut faire n'est pas de l'hypocrisie.

— Du théâtre si tu préfères !

— Arrête ! Le fait d'avoir différents comportements montre que l'on a une idée de ce qui est mal, de ce qui est mieux, peut-être même de ce qui est bien.

— Tu risques d'être déçue Julie. C'est un risque à prendre. Mais rassure-toi, je n'ai aucunement l'intention de le démolir plus qu'il ne l'est déjà. Il ne m'a rien fait, nous ne nous devons rien, absolument rien, alors je suis prêt à voir et entendre n'importe quoi.

— Faut prendre des risques parfois. Lui-même en a pris un en t'invitant !

— C'est vrai. Ce qui m'étonne un peu mais il fait partie, me semble-t-il, des gens qui veulent étonner.

— Ce sera sympa de venir.

— Je tiendrai la chandelle.

— T'es con, Alexandre !

— Sympa ta façon de parler de moi ! Tu n'espères pas, avec cela, que je vais vouloir passer plus de temps avec toi ?

— C'est pas cela. D'abord je ne parle pas de toi avec quelqu'un d'autre mais bien avec toi, d'autre part, t'es pas mon père et tu devrais pas être *choqué* par ce type de langage. T'es à peine plus âgé que moi !

— Oui mais justement, ces quelques années de différence comptent double, triple ; plus encore peut-être. Je suis adulte maintenant, Julie. Toi, tu...

— Quoi toi ? C'est ce que je disais tout de suite, t'es vraiment un petit con !

— Je taquine un peu... Je te pousse un peu.

— J'espère bien...

— OK ! Tu lui diras, si tu veux, que je viendrai.

— Que nous viendrons !

— Je ne suis pas certain qu'il soit bon de le présenter de cette façon Julie.

— *Je* et *tu,* ça fait *nous,* non ?

— Drôle d'approche mathématique !

— Ce sont mes bases, je m'en arrange et tout le monde peut les comprendre.

— Même moi ?

— Même nous !

— Fort aimable à toi. Ton humour me convient.

— Tu vois bien que l'on a, d'une façon ou d'une autre, des points en commun : toi, moi, les autres, malgré de complexes apparences bien souvent. »

Leur rencontre se prolongea assez tard dans la nuit. Ils continuèrent de parler de tout et de rien, de leurs études, de leurs projets, des difficultés de leurs adolescences dont ils venaient tout juste de quitter les rivages. Mais Alexandre avait raison, les quatre années qui les séparaient se ressentaient dans leurs conceptions malgré, devait-il le reconnaître seulement à lui-même, la grande lucidité et la logique implacable dont Julie savait faire preuve. Il se garda bien de lui faire part de cette reconnaissance et manipula au contraire, sans intention malfaisante, les effets de la fragilité d'une expérience encore très avide de temps, reprenant la jeune fille, de temps à autre, sur certains points et s'amusant même à l'agacer, comme les enfants en chamaille savent le faire, par besoin et par jeu.

Quand le bruit de la forêt tropicale laissa la place à la *heavy metal* et qu'ils eurent peine à s'entendre, ils quittèrent le « Crocodile », un peu à regret, car ils s'y trouvaient bien. La lumière, l'odeur et les sons d'une faune étrangement absente les avaient enveloppés d'un voile invisible, lui aussi, comme une moustiquaire protégeant l'explorateur des nuisances au confort physique et celui, plus cérébral, nécessaire à l'évolution de la connaissance. Alexandre avait, quant à lui, commencé cette exploration. Julie, dont l'âge justifiait encore l'insouciance qu'elle affichait dans ses fréquents éclats de rire, bivouaquait pour quelque temps dans le dispensaire des barbituriques, sa moustiquaire à elle, avant de repartir ou de rester dans ce qu'elle savait déjà et dont elle pourrait se contenter. Ils sortirent vers vingt-trois heures et marchèrent deux pâtés de maisons un peu plus loin, jusqu'à une petite pizzeria qui embaumait la rue de ses effluves de feu de bois qui brunissait la pâte farinée à peine enfournée. Alexandre sentit des regards se porter sur lui en montant les marches du « Crocodile », ou bien était-ce sur Julie, une habituée de l'endroit, il ne savait pas vraiment. Julie ne remarqua pourtant personne qu'elle put connaître et/ou qui l'aurait saluée d'un simple sourire. Elle avait l'air heureuse, détendue, satisfaite d'une visite à laquelle elle ne s'était pas attendue, dans le dispensaire qu'il lui fallait s'imposer et qu'elle tardait à quitter pour ne jamais y retourner. Et puis Alexandre se sentit soudainement mal à l'aise. Il n'en dit rien à Julie. Son imagination sans doute ; rien de plus. Pourtant, dans toute cette foule de jeunes, cet endroit que Julie semblait si bien connaître, les serveurs qui l'appelaient par son prénom... Il n'était pas invraisemblable qu'elle soit reconnue, qu'on se pose des questions sur celui qui l'accompagnait, sa possible dernière conquête.

La salle était enfumée. Il n'y avait pas de musique de fond, pas de sonorisation ennuyante et seul le bourdonnement des voix des couples attablés couvrait les confidences qu'on osait se faire ou bien se rappeler et les banalités qui font souvent l'essentiel des conversations et que l'ennui et une certaine forme de béatitude se partagent et se disputent, celles que l'on range à temps, juste avant de s'ennuyer. Le couple de serveurs, un homme et une jeune femme, était affairé à servir les spécialités italiennes d'une façon quelque peu acrobatique, il manquait d'espace entre les tables et le service paraissait difficile. Quand bien même n'y aurait-il pas eu cette difficulté, ils se la seraient inventée rien que pour l'art et l'originalité de servir de cette façon. Des nappes en vichy rouge couvraient les tables rondes en bois. C'était accueillant et l'odeur transportait les clients au-delà des Alpes.

Julie décida elle-même de rentrer ; il ne devait pas être loin d'une heure trente du matin. Elle insista pour le raccompagner jusqu'en bas de chez lui. Elle avait pris un ton différent pour dire *jusqu'en bas de chez toi*. Elle tenait à le raccompagner, mais sans arrière-pensée. Alexandre se garda de trop y réfléchir. Ce n'était même pas lui. Son système ne l'avait pas alerté comme il faisait bien souvent, à tort ou à raison. Dommage qu'il ne se mettait pas en veille plus souvent et qu'il ne le laissait pas en paix quand il en avait besoin, qu'il arrivait à saturation de toutes ces questions qu'il se posait. Peut-être était-il tout simplement tard et que son fichu système était en relâche !

Ils prirent presque plus de temps à marcher jusqu'à sa voiture que s'il s'était rendu directement jusqu'à son immeuble. Mais ils voulaient profiter du temps, comme s'il fallait le ralentir, un peu aussi comme si ce premier rendez-vous allait être, en même temps, leur dernier, comme s'il était raisonnable de bien vite l'oublier, de penser à hier dont on n'a plus le contrôle ou bien au lendemain sans l'incidence d'un présent surprenant qui vous bouscule et vous mène où il veut, sans que parfois on le veuille… Elle, surtout, voulait profiter de ce temps qu'elle sentait glisser entre ses doigts, impuissante à le retenir.

La nuit était fraîche et le vent s'était subitement levé, entraînant des premiers nuages de pluie que seules les lumières de la ville avaient débusqués de leur sournoiserie. Des petits tourbillons de feuilles s'animaient çà et là en balayant le bitume des trottoirs dans les refrains typiquement urbains de l'automne, ces bruissements que le vent s'amuse à régler selon ses humeurs de saisons. La « deux chevaux » Citroën de Julie, jaune et *botoxée,* fit quelques ruades sur une trentaine de mètres pour se stabiliser enfin jusqu'à destination. Le moteur gémissait les efforts de sa mécanique authentique, elle aussi pourtant requinquée. Les essuie-glaces s'étaient mis à balayer, sans trop de conviction, les premières gouttes de pluie qui se fracassaient en résonnant sur la capote de toile. Julie souleva la vitre de sa main gauche le plus haut possible et la laissa retomber de tout son poids pour qu'elle se referme. Un claquement sec mit fin aux battements rythmés de la vitre et un silence tout relatif s'établit dans l'étroit habitacle. Il fallut dix minutes pour arriver Hochstrasse. Julie gara sa « dedeuche » juste devant le numéro 3. Il y avait un espace pour stationner, inhabituel sans doute, Alexandre ne remarquait plus tous les véhicules qui bordaient les trottoirs de son quartier. Il n'avait pas à chercher. C'était une indépendance qui lui convenait jusqu'à maintenant mais qui limiterait peut-être sa vie sociale, lui imposerait des contraintes.

« Voilà, Alexandre ! T'as pas eu trop peur de ma conduite ?
— Ce n'était pas vraiment loin !
— Je vois !
— Tu vois quoi ?
— Que cela t'a suffi !
— Non, ce que je veux dire c'est que cela n'a pas été assez pour juger vraiment…
— Tu en voulais plus ?
— Une autre fois, peut-être !
— Pas ce soir, alors ?
— Une prochaine fois !

— Je plaisantais. Merci en tout cas pour la soirée ; j'ai passé un bon moment. C'était sympa...
— J'ai bien aimé aussi, Julie.
— On se revoit, un de ces soirs ?
— Chez Jérôme, je présume.
— Pas avant ?
— Je ne sais pas Julie, je ne sais vraiment pas.
— Ah oui, bien sûr : ta copine...
— Ce n'est pas cela. Ma copine, comme tu dis, doit bien sortir le soir aussi avec des amis. Du moins, je l'espère pour elle. On a confiance ou bien on ne l'a pas. Mais c'est...
— Mon père, le bureau ?
— Peut-être. Un peu tout cela.
— C'est comme tu veux. Moi, je n'y vois pas de mal. Mes parents t'aiment bien et ont confiance en toi.
— Ils n'ont peut-être pas raison !
— Ta copine non plus alors ?
— Je te fais marcher. Simplement marcher.
— T'aimerais bien me faire courir en fait, non ?
— Pourquoi pas ? C'est vrai que cela pourrait me plaire...
— Que dis-tu ? Je n'entends rien. Parle plus fort, s'il te plaît !
— Tu devrais arrêter le moteur, on ne s'entend pas !
— Que disais-tu ?
— Y avait-il d'autres gens que tu connaissais au *Crocodile* ?
— En dehors de Jérôme, non, pas vraiment. Mais j'étais avec toi et nous avons beaucoup parlé ; je n'ai pas remarqué. Pourquoi ?
— Parce que j'ai l'impression que l'on nous regardait ! Que l'on me regardait...
— Cher Alex, tes cheveux !

527

— Quoi, mes cheveux ?

— Ils ne passent pas inaperçus. Je ne sais pas si tu l'as remarqué mais la tendance ici c'est plutôt l'inverse. Les cheveux courts, très courts, même.

— Rasés, souvent

— Effectivement. C'est comme cela. Et pour les nanas du coin, c'est différent ; presqu'un spectacle.

— Je n'ai pas eu cette impression qu'avec les filles.

— Pour les mecs, c'est pareil ; t'es quand même un peu *différent*, non ?

— Certains des serveurs portent des queues de cheval !

— Je sais pas, Alex. Tu te fais des idées, je crois. C'est cool ici. On s'occupe pas trop des autres en général. T'es pas un peu parano ?

— Pas que je sache ! Bon, je dois y aller, Julie. Tu as un peu de route à faire ; fais attention à toi.

— Je connais la route sur le bout des doigts.

— Ce n'est pas une raison pour ne pas faire attention.

— Je ferai attention !

— Bonne nuit…

— Tu m'appelles ; c'est quand tu veux.

— Ça marche. »

Juste avant qu'il ouvrît la portière, Julie se pencha vers lui et l'embrassa sur la joue. Il la regarda une fraction de seconde puis remonta le col de sa veste et sortit. Il pleuvait un peu plus fort. Alexandre se précipita sous le petit auvent de son immeuble d'où il lui fit un petit signe de la main. Elle lui répondit par un même geste et dès qu'il eut disparu à l'intérieur, elle démarra et retourna à Oberrodenbach. Le retour lui parut long et monotone. Quand elle aperçut sa maison, des éclairs commençaient à zigzaguer dans le ciel mais la pluie avait cessé de tomber. Alexandre s'était déjà endormi. À peine rentré dans son appartement, il s'était jeté dans son lit, sans réfléchir à la journée qu'il venait de passer, moins encore à sa soirée. Il avait à peine eu le temps de se sentir manipulé mais soumis en revanche à l'autre journée qui avait déjà commencé.

Chapitre 18
Mary, le message

Ces quelques mots seulement pour te dire combien je regrette mon attitude de ces derniers temps. Ce doit être celle d'un autre à l'intérieur de moi ou bien alors, s'il ne s'agit que d'un seul et même homme, j'en suis d'autant plus troublé et honteux. Tout cela, ce que j'écris maintenant, qui est si peu et tant à la fois car il me coûte de l'écrire, pour simplement te dire que je t'aime. Le recul que je prends en ce moment, par la distance et le temps, me sera, je l'espère, bénéfique. J'ose croire qu'il le sera aussi pour les autres, ceux qui m'entourent et tiennent à moi. À bientôt. Je t'embrasse.
Martin

Mary reçut le message cent soixante-dix-sept jours après la cérémonie de recueillement à la mémoire des six victimes, cent quatre-vingt-onze jours après l'accident. Elle le relut plusieurs fois, pesant à chaque fois, un par un, les mots qu'*il* avait écrits. L'émotion venait plus de la signification qu'ils portaient, une sorte d'explication qu'ils voulaient délivrer, que dans l'absurdité du moment, l'irrationnel de la situation. C'était un peu comme si, durant tout ce temps déjà passé si vite et si lentement à la fois, elle avait attendu un signe, quelque chose qui l'aiderait à comprendre, malgré l'exceptionnelle complaisance dont elle avait toujours su faire preuve et la liberté, plus qu'une sorte de jardin secret d'ailleurs, qu'elle avait accordée au père de ses enfants, son mari, et à laquelle elle était profondément attachée pour elle-même et tous les autres. Elle ne parla à personne de ce message pendant une semaine au moins, le préservant de la richesse et de la sincérité qu'elle seule pouvait ressentir et comprendre. Le protégeant du verdict des hommes, de leurs conclusions qu'elle craignait devoir finir par accepter, par l'évidence et la logique de leur contenu. Elle s'accordait cette folie de croire à l'inimaginable, d'imaginer l'incroyable, pour quelque temps seulement, juste ce qu'il fallait, avant de basculer dans une autre folie qui attendait, prête à la recevoir et à la retirer des siens. Pas même à ses enfants pour qui elle fut maintes fois tentée d'en parler. C'était eux qui avaient montré le plus la peine qu'ils enduraient, c'était pour eux qu'elle s'était gardée de montrer l'ecchymose que l'indescriptible chagrin avait infligée à son cœur et à son corps. Mary avait en elle cette force imprévisible qui fait surmonter les épreuves, celle qui fait croire qu'on est inébranlable, que le cœur est de pierre et les sentiments, de simples mots qu'on galvaude pour déclencher des émotions. C'était dans son caractère et les convictions qu'elle voulait siennes plutôt qu'instituées par son éducation et par les autres qu'elle la trouvait.

 Le *short message service SMS* finit par l'inquiéter, la bouleverser. Il dépassait la virtualité qu'on acceptait de tous ces messages que les petits écrans délivrent. Mary ne savait rien du monde du *paranormal*. Pour elle, c'était purement impossible. Ce ne pouvait être qu'un rêve, pire encore : un épouvantable cauchemar. Quand il lui parvint, les enfants n'étaient pas encore rentrés de leurs cours ; c'était une belle journée d'un début attendu, comme bien souvent, du printemps. Ses yeux s'étaient remplis de larmes, les seules qu'un peu d'elle-même s'était permis vraiment d'avoir, plus brûlantes et douloureuses que la tristesse même, que toutes les souffrances qu'elle avait pu connaître et endurer jusqu'à ce jour. Mary s'était toujours étonnée de la communauté des effets de certains bonheurs et de tous les malheurs, ces mêmes souffrances pour lesquelles il faut se résigner et abandonner toute idée de justice. Elle décida de comprendre, d'essayer de comprendre l'inexplicable sans doute, sans savoir vraiment par où commencer... L'image de Martin ne lui était pas réapparue la même ou plutôt imprécise, dans un mélange de sérénité et d'affreux ravages physiques. Elle s'était interdit toutes les errances d'esprit et d'imagination et voulait conserver au contraire l'essentiel d'un être que rien vraiment ne pouvait altérer.

Elle se rendit au *phoneshop* du centre-ville où elle avait souscrit les deux contrats de téléphonie mobile. Pendant une semaine, elle était passée devant le magasin, plusieurs fois, sans jamais y entrer. Et puis, un jour, un jour qui allait lui peser de trop, elle finit par entrer, la peur au ventre, le cœur serré. Elle dut tout expliquer : l'achat des deux téléphones, la souscription. C'était il y avait déjà presque deux années. Et puis le voyage de Martin, l'avion écrasé au milieu de nulle part, l'absence de traces, une enquête bâclée, les débris et les corps absents. Il lui coûta de devoir tout expliquer, de repousser de possibles sanglots. Ses yeux l'avaient trahi une fois ; elle craignait qu'ils le fissent à nouveau, mais cette fois devant d'autres. Elle craignit qu'on la prenne pour une folle mais elle avait cette preuve. Le message était là. Personne ne pouvait en douter. L'homme l'écouta au contraire avec beaucoup d'attention, presque un recueillement de circonstance. Il l'avait invitée à s'asseoir sur un des grands tabourets de son comptoir, un peu à l'écart de l'entrée. Une hôtesse à l'entrée du magasin l'avait dirigée vers lui, sentant la gravité du ton de Mary. Le type s'attendait à tout, sans doute, mais pas à cette histoire. Un contrat à modifier ou à résilier dans des circonstances particulières qui sortaient du cadre habituel. Quelque chose de ce genre. Souvent il lui fallait dire *non*, rappeler aux clients qu'ils avaient accepté les conditions. Et se faire sermonner alors que lui non plus n'y était pour rien. Il avait beau disposer de quelques facilités, c'était difficile de plaire à tout le monde, de résoudre les problèmes des uns et des autres. Il passait le témoin à sa direction quand il avait épuisé toutes ses ressources, toutes les argumentations prémâchées dont il disposait mais aussi les siennes, plus personnelles et strictement relationnelles. Ce n'était arrivé que deux ou trois fois, en trois années. Il avait vingt-six ou vingt-sept ans, tout au plus. L'expérience manquait encore de quelques années pour lui accorder enfin l'autonomie que l'on envie aux autres qui n'ont plus besoin de personne sur qui compter quand les vraies difficultés se présentent. Mais il y a difficulté et difficulté se disait-il. Il en avait conscience et savait relativiser les événements de la vie. Tout de suite il avait vu dans Mary quelque chose de différent : son attitude, son hésitation à parler, à déballer son problème. Il resta silencieux quelque temps après qu'elle eut fini de raconter son histoire, histoire qu'elle avait abrégée le plus qu'il était possible de le faire, tout en restant claire et précise. Elle ne voulait pas non plus paraître plus ridicule qu'elle se sentait déjà. Florent Berdin, son nom figurait sur un badge qu'il avait épinglé sur la pochette supérieure de sa veste, avec son titre de *manager*, exprima tout d'abord sa compassion à Mary avec des mots simples, les seuls peut-être qu'il savait qu'elle pouvait accepter, sans avoir à douter de leur sincérité. Jamais une telle situation ne lui avait été évoquée et jamais n'aurait-elle dû lui être racontée. De cette absurdité, il s'aida d'explications acceptables, celles que l'on donne et que l'on apporte à des cas normaux. Mais ce n'était pas un cas normal et l'absurdité prenait toute sa dimension.

« N'aviez-vous jamais reçu ce message au préalable, ne l'aviez-vous pas oublié, classé en *historique* ? La peine, celle des premiers jours... Celle qui fige les lendemains et fait revivre le passé ? Peut-être que... » Mary n'avait pas répondu, elle avait seulement hoché la tête, lentement, le regard lointain et il n'avait pas insisté. « Madame, je n'ai pas de réponse à vous donner pour le moment. Celle facile peut-être de vous dire qu'un téléphone continue de vivre quelque temps, comme vous le savez, sans que l'on s'en serve. Les batteries. Oui, les batteries... Je... Je ne peux pas m'en contenter, ni pour moi, et ni encore moins pour vous-même. Je n'ai pas de réponse véritable mais je vais voir, me renseigner, essayer de comprendre, avec nos techniciens. Je ne vous promets rien. La seule chose toutefois que je peux vous promettre, c'est d'essayer de comprendre et de vous apporter ce que vous recherchez, ne serait-ce que l'amorce d'une réponse. Je vous recontacterai, le plus vite possible. N'importe qui, dans votre situation, essaierait de comprendre... Ce que vous venez de me raconter... Je ne sais comment, je... J'ai beau croire à tout ce que je viens d'entendre, vous avouerez que c'est pour le moins étonnant. Bien qu'*étonnant*, je ne suis pas certain que le mot soit le mieux choisi. Pardonnez-moi de paraître sur une quelconque réserve. Je comprends que vous-même... ». Florent

Berdin regardait intensément Mary, essayant de trouver dans son expression, son propre regard, enfin peut-être dans le filigrane du cristallin de ses yeux, une esquisse de réponse et de vérité. Son émotion était honnête, sans affectation superflue et voulue pour la cause.

Mary ressentit une sorte de soulagement en ressortant du *phoneshop*. Elle l'avait fait, surmonté sa gêne, sa crainte du ridicule, toutes ces chaînes qui la retenaient... Depuis qu'elle avait reçu le message, toute la mécanique de l'esprit s'était remise en fonction. Et pourtant, Mary retrouva une sorte d'apaisement intérieur, très peu de temps après, dans l'impensable de cette situation et de ce à quoi il était probable de s'attendre. C'était bien elle, Mary, celle pour qui il était impossible de survivre d'une autre façon. Elle était reconnaissante à cette force étrange qui avait toujours brûlé en elle, dès les premiers instants de sa vie. Elle n'en prit conscience que lors des premiers vrais soucis, ceux où elle s'était retrouvée seule, sans que personne vraiment ne pût y faire quoi que ce soit, ceux qui l'avaient écartée des gens de son entourage, ceux aussi pour lesquels ils s'étaient eux-mêmes écartés d'elle. Pour la disparition de Martin, elle fut une bénédiction pour Mary, une impression d'égoïsme pour les autres, impression qui lui coûtait mais qu'elle essayait d'ignorer. C'était sans doute cela le plus difficile, ce jugement des autres, hasardeux et sans fondement. Elle s'était sentie obligée de l'expliquer aux enfants, refusant de leur part un même verdict qu'elle aurait reçu en plein cœur, plus cruel et incisif. Ils avaient compris ce que peuvent comprendre des jeunes de leur âge, dans les limites de leur tolérance et d'acceptation du monde des adultes. Là encore, Mary avait puisé dans la double richesse de ses mots à elle, des langues avec lesquelles elle communiquait adroitement et elle y était parvenue, presque parvenue. Ils l'avaient écoutée, recueilli ses mots, doux et simples, solennels et profonds, aidés eux aussi par la richesse de leurs compréhensions dont leur maison s'était, au fil du temps, imprégnée, par le hasard des rencontres de leurs parents et puis, par simple habitude. Elle sentait cette énergie protectrice toujours présente en elle, priant le ciel qu'elle ne l'abandonnât jamais. Pourtant ces larmes, pourtant cette hésitation... Des signes peut-être, ou bien un simple rappel que rien n'est définitif, que rien n'est acquis, que la fragilité et la faiblesse sont au seuil de votre soi et auxquelles, par méprise ou méconnaissance de ce qu'elles sont l'une et l'autre, on entrouvre inconsciemment la porte pour les laisser vous pénétrer et vous anéantir. Mary ne savait pas vraiment ce qu'elle attendait de cette démarche, ce qu'elle pouvait espérer en plus de ce qu'elle venait d'entendre et de ce qu'elle-même s'était donné comme explication. La plausibilité serait celle d'une interprétation technique avec le burlesque de ses incertitudes mais qui conforte et vous transpose de l'irrationnel aux rassurances faciles et de complaisance.

Florent Berdin la rappela quatre jours plus tard. Le printemps faisait la tête, une contrariété sans doute comme il peut y en avoir entre les saisons, sans doute à cause de l'hiver qui n'avait pas dit son dernier mot et qui se manifestait par quelques derniers soubresauts. Il faisait froid dehors et quelques flocons s'étaient invités à la voltige de la pluie. Mary avait mis la lumière dans le salon où elle s'était mise à lire ; un pied de lampe à l'abat-jour crème qui diffusait une lumière douce et reposante. Martin s'installait souvent dans le fauteuil où elle venait lire désormais. C'était comme une habitude, ce fauteuil, pas un autre. Ce n'avait jamais été ni le sien, ni celui d'un autre de la famille, pourtant, Mary ne s'y installait jamais, et lui, presque toujours. Lorsqu'ils se retrouvaient ensemble dans le salon, elle allait s'asseoir sur un autre fauteuil, son double, près de la fenêtre, sous les appliques lumineuses en forme de chandelier. Cette habitude avait succombé à un mal du temps, à des prétextes non-dits auxquels elle ne voulait pas prêter trop attention et, depuis quelques mois, presque deux ans peut-être, ils ne s'y retrouvaient plus que pour de très rares occasions, c'était à peine s'ils s'en étaient réellement aperçus. Pourtant Mary avait remarqué un changement de comportement chez Martin, un éloignement perceptible qu'elle supportait plus qu'elle ne l'acceptait vraiment. Elle ne posait pas de questions mais préférait se les poser parfois à elle-même, sans leur trouver de réponses, sans avoir de certitude qu'il y en avait à trouver, sans avoir de raison pour s'inquiéter s'il y en avait à donner ou à recevoir. Encore fallait-il qu'il s'agisse de préférence... Un choix plutôt, celui d'un moindre mal.

Il était trois heures de l'après-midi, on aurait dit plutôt qu'il était cinq heures, cinq heures trente, quand la nuit s'éveille, le genre de nuit qui prend ses aises, bien avant de ce qu'elle devrait normalement laisser au jour, celle encore qui n'en finit pas, à cette époque de l'année, de durer et durer encore. Le téléphone surprit Maria. Elle n'attendait pas d'appel, pas vraiment, et avait même oublié Florent Berdin, son nom, sa promesse de rappeler. Il lui avait été important de lui parler, plus que d'espérer son appel, son explication, le résultat de son enquête. Une enquête ! Ce mot, pour elle, n'avait pas de sens depuis qu'on lui avait dit que l'enquête, *son* enquête, celle qui avait suivi le *crash* de l'avion, n'avait rien donné, pas abouti et que l'on n'en savait pas plus et que l'on ne saurait jamais vraiment ce qui était arrivé. Elle avait été la seule à demander d'en savoir plus. Les autres victimes ne laissaient apparemment pas le même vide que celui que Martin avait généré. Les absences se perçoivent différemment selon l'espace de l'univers qu'elles minent et gangrènent. Le Brésil était loin, très loin, sur la carte, dans son cœur. Elle ne s'y rendrait jamais. Y avait-il seulement un véritable endroit où se rendre, où se recueillir ? Mary n'en voyait pas le besoin. Tout était là dans le cœur, dans la tête. La pensée assurait le voyage, le véritable voyage, trouvant sa destination, la vraie, la seule. C'était mieux ainsi. Du monde qui lui restait, en dehors des enfants, la seule certitude, la seule assurance qu'elle avait, c'était celle sur la vie qu'il avait contractée la semaine de leur mariage, au cas où, en cas de malheur…

Mary reposa le livre sur la petite table basse et marcha jusqu'au guéridon où reposait le téléphone. Elle décrocha et énonça son numéro et son nom, comme elle avait toujours l'habitude de le faire. Un long silence s'ensuivit sans que personne ne s'annonce. Seul un brouhaha inaudible se faisait entendre à l'autre bout du fil, un mélange de voix et de pétarades de toutes sortes et la présence silencieuse d'un visage et d'une voix qui tardait à parler. Mary répéta des « allo…allo ? » successifs pour accélérer une réponse et enfin, quand le calme sembla s'établir, une voix, enfin une voix, matérialisa un visage.

« Oui, allo ? Madame Le Marrec ? Pardonnez-moi… C'est Florent Berdin… Nous avions laissé la porte du magasin ouverte pour nettoyer le sol. Vous savez, il pleut très fort. Ils ont commencé des travaux dans la rue, c'est un chantier innommable et le marteau piqueur a commencé son tintamarre. Je suis désolé pour cette attente mais il fallait vite refermer la porte. Je vous appelle pour... Enfin, vous savez, je...

— Vous avez appris quelque chose ?

— Oui, enfin, on m'a rappelé. Ils ont pris cela au sérieux. J'avais quelques doutes mais... Ce serait bien que vous veniez pour que nous en parlions. Si c'était possible.

— Quand ?

— Quand vous le pouvez. Il n'y a rien d'urgent mais cela ne sert à rien d'attendre.

— Demain matin, à l'ouverture. Huit heures trente ? Cela vous convient-il ?

— Nous n'ouvrons qu'à neuf heures mais venez à huit heures trente, j'y serai et nous serons plus tranquilles.

— Si cela ne vous dérange pas. J'ai pas mal de choses à faire, demain.

— Je vous attends. Cela ne me dérange pas. Bonne fin de journée.

— Merci beaucoup, euh... Merci de m'avoir rappelée. J'apprécie...

— De rien, c'est normal, j'avais promis de le faire. Je dois vous laisser, excusez-moi, à demain... »

Mary raccrocha doucement le téléphone, perplexe. Elle n'était pas certaine de vouloir en savoir plus, de retourner dans ce magasin qu'elle avait passé tant de fois sans jamais y entrer. N'aurait-il pas été plus raisonnable de continuer à passer, sans s'arrêter, et laisser le temps faire, là aussi, son effet, terminer son œuvre ? Elle se disait que c'était une autre qu'elle, l'autre d'elle-même qui avait poussé la porte. Qu'elle était celle qui avait cette force si obligeante et parfois si dérangeante à la fois.

Mary ne savait pas. L'autre venait de se découvrir récemment, depuis l'accident. Rien avant, n'avait laissé supposer son existence. La part de fragilité, de faiblesse qu'elle avait révélée, pourtant l'avait rassurée comme si Mary se voulait plus proche des autres, comparable aux autres, plus humaine en quelque sorte. Cette autre, qu'elle était ce jour-là, comme pour la plupart des autres jours qui suivirent, s'était soumise à l'évidence et Mary s'apprêtait à entendre ce que les experts voudraient bien lui annoncer, avec ses réserves, ses convictions, presqu'un détachement pour certains et qui la faisaient tenir debout, avancer dans la vie, une autre vie : la sienne et celle de leurs enfants. Elle se rassit dans le fauteuil en tissu de fleurs souriantes, sans reprendre sa lecture puis ferma les yeux, comme si le téléphone n'avait été que dans un rêve, comme si l'histoire du roman s'était brusquement arrêtée et qu'il fallait imaginer, simplement imaginer, une suite, pour autant qu'il pût en exister une.

La suite. Une suite.

Les stores du magasin étaient encore descendus, empêchant de voir ce qu'il y avait à l'intérieur. Le seul signe de présence était la grille de la porte d'entrée, en partie remontée d'un bon tiers. Le bas des vitrines de la rue était moucheté de taches de boue malgré un nettoyage, plus symbolique qu'efficace, qu'on avait effectué en fin de journée. La pluie avait heureusement cessé mais le trottoir défoncé regorgeait de flaques d'eau qu'il fallait contourner soigneusement pour rester au sec. Sans compter les barrières et plots rouge et blanc qui vous empêchaient de tomber dans les abysses de travaux. Mary frappa sur la porte vitrée au travers des croisillons de la grille et Florent Berdin apparut au bout de quelques secondes. Il portait le même costume, la même cravate et ses chaussures reluisaient étonnamment sous les spots lumineux du plafond. Il se pencha pour tourner la serrure du bas et ouvrit la porte, demandant à Mary d'attendre à ce que la grille soit totalement remontée avant d'entrer. Mary, qui avait oublié de grandir au-delà de son mètre cinquante-cinq s'amusait de cette facilité à passer facilement là où la plupart des gens peinaient à le faire. Elle, qui n'enviait rien vraiment aux autres femmes, regrettait le résultat de cette facétie de la nature, de n'avoir pu vraiment porter ce que la mode vestimentaire réserve de plus élégant aux plus élancées. Comme son père qu'elle avait toujours eu l'impression de devoir mériter avant de pouvoir l'embrasser, sur la pointe des pieds, quand elle était enfant, et dans l'étirement discret de son corps, plus tard et encore aujourd'hui.

Florent Berdin sentait l'after-shave fraîchement massé sur ses joues. Le magasin s'en imprégnerait quelque temps, jusqu'à ce que l'usure de la journée avec ses battements de porte et ses va-et-vient du commerce prenne plus ou moins rapidement le dessus.

« Bonjour, madame Le Marrec, désolé pour toute cette pagaille. Des travaux qu'ils ont reportés et qu'ils devaient faire l'été dernier. C'est plus sympa avec la pluie ! Merci d'être venue. Je pensais que ce serait mieux de nous rencontrer plutôt que de parler au téléphone.

— Je vous ai obligé d'arriver plus tôt ce matin !

— Je commence régulièrement à cette heure, voire plus tôt. Arriver en même temps que les clients n'est pas très... Comment dire... Confortable, oui, c'est cela, confortable. Suivez-moi dans mon minuscule bureau. Oui, j'ai un bureau, petit mais pratique et fonctionnel. Nous y serons mieux que sur ces tabourets de bar ! Parlant de bar, voudriez-vous un café ?

— Si vous en prenez un ?

— À vrai dire j'attendais que vous arriviez pour en prendre un. Je n'aime pas trop boire mon café seul. Fort, pas trop fort, déca... ?

— Un déca long, si vous avez.

— J'ai. C'est parti ! »

Berdin, très cérémonieusement, piocha quatre cuillérées de café moulu dans un sachet après qu'il l'eût ouvert avec soin et les déposa dans le filtre entonnoir déjà appliqué sur le réceptacle conique en plastique. Puis il alluma la petite cafetière électrique et, aussitôt, l'eau se mit à couler, crachotante, par saccades tout d'abord, puis plus régulièrement, sous forme d'un mince filet bouillant. Aussitôt l'odeur, Berdin sourit et haussa les épaules, les bras ballants et les mains ouvertes devant comme pour dire « et voilà le travail ! ». Mais il ne dit rien et attendit au contraire que Mary commençât. Il la regarda et prononça son sourire. Le fond du récipient en verre se noircissait et le café éclaboussait son contour de gouttelettes rebelles, dans cette rassurante mélodie de début de journée.

— Alors... Je... Vous avez eu des nouvelles. Si vous m'avez demandé de venir, c'est que vous avez des choses à me dire ?

— On peut dire cela.

— Dites-moi tout. Enfin seulement s'ils ne vous ont pas dit que vous aviez à faire avec une folle qui imagine tout un tas de choses un peu surnaturelles ?

— Ce message existe bien !

— On pourrait dire que c'est un ancien, que la date d'enregistrement est erronée et que ce jour-là d'autres cas se sont produits sans que personne y porte la moindre attention.

— On aurait pu. Mais ce n'est pas le cas. On prend tout au contraire votre cas au sérieux. Le message est bien parti, à la date indiquée. Ils sont, là-dessus, catégoriques.

— Mais c'est impossible, vous savez bien. L'accident est arrivé il y a plus de six mois. Personne n'a pu envoyer ce message. Je veux dire, mon mari... Il n'a pu...

— Bien sûr, je comprends bien. Cela a l'air très invraisemblable. Ils émettent deux hypothèses, deux hypothèses complètement différentes et qui n'ont rien en commun. J'avais pensé à l'une d'entre elles. Vous-même, d'ailleurs, peut-être y avez-vous songé ?

— Je n'ai songé à rien, pour tout vous dire. J'avoue que je ne sais trop pourquoi je cherche à savoir...

— Pourtant, madame Le Marrec. Ce message...

— Oui, ce message ?

— Je m'étonne que vous n'ayez pas eu cette même réflexion que moi, que celle de mes collègues. Je ne sais si je dois...

— Je ne vois pas. Dites-moi ! Le pire de cette affaire est arrivé et rien ne pourra y changer quelque chose.

— Je ne suis pas policier et je ne sais pas si je peux vous poser les questions auxquelles je pense.

— Il y a eu une enquête de l'aviation civile, je ne vois pas très bien ce que la police aurait pu m'apporter.

— Mais vous attendez quelque chose de nous et je ne suis pas certain que...

— À quoi pensez-vous ? Si ce sont des indiscrétions, je vous dirai et pourrai m'en aller.

— Madame Le Marrec, Paris, enfin mon service technique, a suggéré que le propriétaire de ce téléphone vient de l'utiliser, tout simplement, qu'il a voulu reprendre contact avec vous.

— C'est ridicule. Martin est décédé.
— Ses mots pourraient laisser penser le contraire.
— Comment cela ?
— Il était parti sans vous. Ne pensez-vous pas qu'il ait pu… prolonger son séjour ? Vous étiez en bons termes ? Enfin… Votre couple. Son message me semble assez explicite. Il a voulu prendre du recul.
— Vous allez me dire bientôt qu'il a trouvé une Brésilienne qu'il est train de s'envoyer à l'heure actuelle. C'est grotesque.
— L'avion n'a jamais été localisé, m'avez-vous dit…
— L'aviation civile, je viens de vous dire, n'a pas laissé le moindre doute. Les six autres passagers ne sont jamais rentrés chez eux non plus. Vous allez aussi me dire qu'ils ont voulu changer de vie et ont retrouvé d'autres « partenaires » ?
— Je pensais que vous n'aimeriez pas cette hypothèse. Vous ne pouviez pas l'apprécier !
— Je ne l'apprécie pas pour ce que vous pensez. Elle est irréaliste. Vraiment, croyez-moi. Ce n'est pas une fugue… Je ne m'attendais pas à ce que vous cherchiez une explication à une quelconque affaire de rupture, de séparation. Mais je ne vous en veux pas. Il y a si peu que l'on peut supposer ou bien proposer. Votre autre hypothèse ?
— Technique, purement technique.
— C'est celle-là que je veux entendre. Pour autant qu'elle puisse être raisonnable. Techniquement, bien que je n'y entende pas grand-chose.
— Ce n'est qu'une hypothèse technique, rien de plus, sans véritable donnée qui puisse être confirmée. Aucun cas similaire n'a été répertorié auparavant.
— Un peu de technique associée à un peu de fiction ?
— En quelque sorte !

— Je ne m'attendais à rien, donc...

— Mais vous vous attendiez à mieux, quelque chose de vérifiable et prouvé par des chiffres, des principes physiques.

— Peut-être, dites toujours...

— Les batteries de téléphones, maintenues dans des conditions particulières d'isolation thermique, d'humidité, et d'environnement métallique peuvent durer un certain nombre de mois. Les recherches basiques, mais elles ne peuvent être que basiques, ne permettent pas de savoir si le message était enregistré en brouillon mais nos experts pensent néanmoins que c'est le cas.

— Qu'est-ce que cela change ?

— Cela change dans le fait que s'il avait été envoyé directement sans passer par le brouillon, vous l'auriez reçu il y a six mois, c'est-à-dire quand il aurait dû être envoyé. Je vous sers ?

— Volontiers... Merci

— Vous avez du sucre dans ces sachets, si vous voulez et ces petites cuillères.

— Je ne prends pas de sucre.

— Moi non plus. J'aurais pu prendre quelques croissants, désolé, je n'ai pas l'habitude, si tôt...

— Ne vous en faites pas, j'ai déjà pris un petit déjeuner...

— Bien sûr. Quand même, je...

— Continuez. S'il vous plaît, continuez...

— Oui. Le brouillon aurait été donc été envoyé mystérieusement, comme si...

Non, pas comme si... D'ailleurs, vous ne voulez pas m'entendre parler de cette façon. Ce que je veux bien comprendre.

— Le téléphone aurait pu, lui-même, se décider à envoyer le message, six mois plus tard ?

— Possible. S'il a subi une modification, un choc, un élément extérieur qui aurait pu déclencher le processus d'envoi, c'est apparemment concevable. Improuvable bien sûr et on ne peut pas essayer de faire une quelconque expérience, il y a une multitude de possibilités de situations.
— Aussi variées que celles de l'environnement où il a dû se retrouver.
— Précisément.
— Je devrai donc me contenter de cette explication.
— Les deux sont plausibles.
— Étaient.
— Étaient, puisque vous rejetez la première.
— Je la rejette, effectivement.
— Ah oui, autre chose. Le numéro est encore en fonction puisque la validité court encore pendant quatre mois. Je ne sais pas si vous avez essayé d'appeler ce numéro ?
— Non, je n'avais pas de raison. Et puis, entendre l'éventuel répondeur… Vous comprenez…
— Il n'y a plus de message enregistré, pas de répondeur personnalisé.
— Il sonne dans le vide ?
— Il indique aussitôt que le numéro n'est plus attribué.
— Quelle explication donnez-vous à cela ?
— Il n'y a pas d'explication. Personne ne peut en donner ou s'avancer à en donner…
— Non ?
— Je suis désolé, rien d'autre de ce que j'ai pu avancer. L'homme a créé la technique, des inventions, mis à l'épreuve ce que l'on peut appeler son *géni* mais il a puisé dans ce que la nature avait déjà à proposer. Et cette nature, il ne la maîtrise

pas vraiment, et ne la comprend pas entièrement. Encore heureux...

— Encore heureux ? Qu'est-ce que ça veut dire ? Je ne vous suis pas.

— Tout simplement que, heureusement, la nature domine l'homme et non l'inverse, malgré sa volonté de tout comprendre, recréer comme bon lui semble, utiliser le bon comme le mal, indifféremment. C'est bien que l'homme finalement ne soit pas le maître...

— Vous pensez vraiment ce que vous dites ?

— Absolument. Mais, pour votre cas, je vous avoue que j'aurais bien aimé mieux vous répondre, tout vous expliquer. Mais à ce jour, je ne peux rien vous dire de plus.

— Ni demain ni après !

— Sans doute ni demain ni après. Ne soyez pas déçue. Je vois sur votre visage que vous l'êtes. Il vaut mieux parfois ne pas savoir. Se donner une vérité qui convienne et vous satisfait. Nul besoin de chercher le mal où il n'existe pas forcément. L'optimisme est trop souvent délaissé au profit de visions sombres. C'est dommage.

— Aimez-vous ce que vous faites, votre métier ? On dirait que vous n'êtes pas vraiment à votre place. Votre philosophie de la vie pourrait servir à d'autres.

— Vous êtes gentille, madame Le Marrec. Je compense simplement la fragilité et la médiocrité de nos explications avec un peu « *d'humanité* ».

— Je pense que c'est un peu plus que cela. J'apprécie votre honnêteté.

— Mais elle ne vous suffit pas !

— Pas vraiment. Vous comprenez. Mais je n'attendais pas beaucoup et, soyez rassuré, je ne suis pas déçue. Je penserai à ce que vous venez de dire. L'optimisme. Je connaissais déjà. C'est lui qui me porte et m'a toujours portée. J'en tiendrai compte plus encore... Merci pour tout, et votre gentillesse.

Mary ne fit jamais allusion à la visite qu'elle fit au phoneshop et encore moins à ce qui l'avait justifiée. Elle fit un courrier et mit fin à l'abonnement, dans les normes contractuelles, malgré la proposition de Florent Berdin pour *s'occuper de tout* et l'épargner ainsi d'une démarche que, dans les conditions présentes, il considérait comme pénible et superflue. Elle apprécia l'intention mais fit comprendre qu'elle n'attendait pas de traitement particulier, que le cours de *sa* vie imposait qu'elle se charge elle-même de ses ingrédients, sans concessions, sans facilités indues, mais avec la satisfaction d'en être la maîtresse.

Chapitre 19
Laurence, l'autre message

Ces quelques mots seulement pour te dire combien je regrette mon attitude de ces derniers temps. Ce doit être celle d'un autre à l'intérieur de moi ou bien alors, s'il ne s'agit que d'un seul et même homme, j'en suis d'autant plus troublé et honteux. Tout cela, ce que j'écris maintenant, qui est si peu et tant à la fois car il me coûte de l'écrire, pour simplement te dire que je t'aime. Le recul que je prends en ce moment, par la distance et le temps me sera, je l'espère, bénéfique. J'ose croire qu'il le sera aussi pour les autres, ceux qui m'entourent et tiennent à moi. À bientôt. Je t'embrasse.

Martin

Jean-Paul remarqua la pâleur de Laurence, une pâleur plus marquée encore que celle qu'elle affichait depuis quelques semaines, depuis la naissance d'Alexandre. L'accouchement avait été difficile, douloureux. Elle avait refusé la péridurale qu'on lui avait conseillée. La peur des risques dont on lui avait sérieusement parlé, sans réserve et dans la plus complète transparence mais surtout le refus de manquer la dernière chance d'être comme les autres, de laisser enfin librement cours à la nature, avec ses étrangetés, ses imperfections mais aussi les épreuves qui marquent la vie et en font des étapes essentielles, des repères temporels d'existence, de bonheur et de tourments. Le bonheur de donner la vie ne pouvait que se mériter. Elle en était convaincue mais ne pensait pas avoir droit à ce bonheur, malgré tous les sacrifices qu'elle avait accepté de faire, les souffrances qu'elle avait dû endurer. Le total abandon de la partie la plus personnelle de son corps à l'agression de la science des hommes était un de ces sacrifices.

Elle n'avait pas eu tort de penser ainsi. La morale de la science est une chose, sa base est seine et conduit à des bonheurs en phase de s'échapper et que l'on espère rattraper avant qu'il ne soit trop tard, mais la morale de Laurence avait été mise à dure épreuve et vivement chahutée. Martin en avait été la cause. Un amour impossible ou presque. Elle avait refusé de suivre avec lui le chemin d'une machination diabolique qu'il s'était tracé et qu'il avait voulu lui imposer, acceptant de faire face aux conséquences d'un adultère dévoilé. Elle avait eu raison, elle le savait mais, un peu comme Mary, Laurence aimait avoir le contrôle de sa vie, de ses émotions, connaissant les limites de ses acceptations et la valeur qu'elle donnait aux choses de la vie faisait d'elle, un être non pas exceptionnel, mais qui échappait aux conformités et conventions stérilisantes de l'existence. Elle n'avait pas voulu subir et être complice, mais faire d'une contrainte un désir, de la contrainte d'un autre, sa propre décision. En fait, elle était parfaitement capable de rendre coup pour coup, malgré une fragilité trompeuse dont certains pouvaient être dupes.

« Laurence ? Un problème ? Tu as l'air bouleversée... Une mauvaise nouvelle ?

— Non, ce n'est rien. Probablement un peu de fatigue. Alexandre n'a pas beaucoup dormi la nuit dernière et par conséquent je...

— Laurence ! Encore autre chose dont tu ne veux pas me parler... Tu viens de lire un message et tu deviens toute pâle, plus pâle encore je veux dire, et tu me dis que c'est à cause d'Alex !

— Je t'assure ce n'est rien. Je viens de recevoir un message, c'est vrai mais je n'ai aucune raison d'être ennuyée. Un éditeur qui me confirme avoir bien reçu mon manuscrit, rien de plus...

— Ta correspondance avec les éditeurs n'a pas été, jusqu'à aujourd'hui, source de grand bonheur.

— Que veux-tu me faire dire ?

— Rien de particulier.

— Je sais que tu n'es pas trop confiant, que tu ne crois pas vraiment à la possibilité pour moi d'être éditée.

— Je suis *r é a l i s t e*. Ai-je tort de l'être ?

— Sans doute pas.

— Alors, tu vois...

— Jean-Paul, je ne te demande pas de croire en quelque chose et cette conversation, nous l'avons trop souvent. Elle est stérile.

— Stérile ? Tu ne devrais peut-être pas...

— Quoi ?

— Ce mot.

— Oui, je sais. Tu as raison. Je hais ce mot, ce qu'il signifie, ce qu'il me rappelle. Je ne devrais pas. Mais je n'ai rien d'autre à la place.

— Très bien Laurence. Notre conversation est stérile et...

— Elle est stérile pour ce dont nous parlons.

— Donc tu vas bien, malgré la mine que tu as ! C'est Alex qui en est la cause...

— Ça va aller mieux dans un moment.

— Nous avons du monde, ce soir, tu sais.

551

— Ton pianiste !

— Ce n'est pas *mon* pianiste d'une part et d'autre part, Sébastien et Aurélie viennent aussi et eux, tu les apprécies plus que *mon* pianiste !

— Désolée, Jean-Paul.

— Désolé que tu n'apprécies pas certains de mes amis ; mais je tiens à eux.

— Je ne t'ai jamais demandé de ne plus les voir !

— C'est une autre conversation *stérile* Laurence ; apparemment, nous en avons plein.

— Sommes-nous si différents des autres ?

— Tu ne fais pas beaucoup d'effort !

— Je ne sais pas être hypocrite. À tes yeux, c'est sans doute un défaut.

— Il s'agit de faire un effort quelques heures d'une soirée et de parler un peu aux gens, même à ceux que tu n'apprécies pas vraiment.

— Faire semblant.

— Oui, si tu veux : faire semblant ! Tu pourrais le faire pour moi au moins ?

— Que crois-tu que je fais en général ? Quand tu m'as annoncé que tu viendrais travailler au Canada, ai-je suggéré de ne pas venir à un moindre moment ?

— Tu semblais, en effet, plutôt favorable, ce qui m'a d'ailleurs surpris… Mais c'est un autre sujet. Cela n'a rien à voir avec mes amis.

— Cela a à voir avec les efforts que tu ne sembles pas reconnaître et que je fais ou que j'ai faits. Je fais des efforts Jean Paul, plus que tu ne penses.

— Mais il t'est plus facile d'écrire que de parler !

— Nous y revoilà !

— Je ne voulais pas dire cela, je... C'est vrai après tout, n'y a-t-il pas une part de vérité dans ce que je viens de dire ?

— Si, sans doute. Il m'est effectivement plus facile d'écrire que de dire. Et j'écoute, je sais écouter.

— Il faudra que j'explique tout cela, ta conception des amis, un jour, à tout ce petit monde auquel je tiens.

— Je ne pense pas que tu aies besoin de le faire ; ils le savent déjà et ne s'en offusquent pas comme toi.

— Ah oui, vraiment ? C'est bien. C'est moi qui vis avec toi et ce sont eux qui te connaissent mieux encore que moi.

— C'est dommage, effectivement.

— Et toi, me connais-tu mieux que mes amis ?

— Je ne sais pas ; mais je te connais sans doute mieux que tu ne me connais.

— Intéressant... Et ?

— Et rien...

— C'est ce *rien* que tu écris peut-être dans tes histoires ?

— Un peu, forcément, je dois avouer.

— Il me faudrait lire. Mais tu n'y tiens pas...

— Pas pour le moment.

— Quand est-ce que ce sera le moment ?

— Je ne sais pas vraiment. Quand je serai publiée.

— Alors, dans ce cas, je vais devoir attendre pas m...

— Oui, ne t'oblige pas à dire quelque chose pour laquelle tu vas te sentir obligé de t'excuser. Je connais la suite. Ne te fatigue pas.

— La suite ?

— Oui, ce n'est pas demain que je vais trouver un éditeur... C'est bien ce que tu voulais rajouter ?

— Ai-je tort ?

— Oui ! Non pas d'y penser, mais d'y croire.

— J'espère me tromper Laurence ; je l'espère. Même si cela ne nous rapprochera pas forcément.
— On verra bien JP. Pour le moment, je dois faire un peu de cuisine. Les fourneaux me donneront un peu de couleurs.
— Tu as de l'humour.
— Crois-tu vraiment ?
— J'étais sarcastique Laurence, rien de plus.
— Oui, ce ne pouvait être que cela.
— Autre chose Laurence…
— Oui ?
— N'oublie pas d'effacer ton message !
— Pfffff… »

Laurence effaça en effet le message, sans plus chercher à se l'expliquer, sans chercher à savoir si elle pourrait un jour, peut-être, décrypter le mystère auquel il était associé. Elle n'en fit allusion à personne. Sauf à ses lecteurs qu'elle entraîna dans l'errance d'une fiction pourtant si proche de *sa* réalité. Il lui fut pourtant impossible d'imaginer et d'écrire qu'au même moment, alors que son sang s'était mis à irriguer, sans couleur ni conviction, les veines de sa peau, quelqu'un d'autre, à des milliers de kilomètres, recevait les mêmes mots, d'un monde identique, éloigné par l'espace, le temps et les mesures abyssales de l'enfer. Son imaginaire n'avait pas cette capacité à s'approprier cette étrange réalité tant elle puisait dans l'irréel, l'irrationnel. Si cette lacune à penser l'impensable l'avait épargnée d'une bien plus grande inquiétude, elle privait ceux qui liraient son roman, de quelques lignes, de quelques pages ou bien même d'un chapitre, peut-être, d'un tournant de l'histoire que jamais ils n'auraient à connaître. Ni l'une ni l'autre ne songea à savoir à laquelle des deux femmes qu'elles étaient, ces mots étaient vraiment destinés !

Laurence et Jean Paul avaient ces discussions acides depuis quelques mois. Laurence avait espéré beaucoup de leur départ pour Montréal, et plus encore de la naissance d'Alexandre. Rien n'avait finalement beaucoup changé et leurs différends ne tardèrent pas à reprendre quand le poison des habitudes se propagea à nouveau ; ils devinrent même plus fréquents encore et surtout plus violents par les mots employés sans retenues, mal choisis ou pire encore, par les silences étouffants que tous les deux laissaient déferler, impuissants, sans l'antidote de la compréhension, dans leur belle mais trop immense demeure. Jean Paul avait laissé ses amis derrière lui mais s'en était refait d'autres, rapidement, presque les mêmes que ceux pour lesquels Laurence n'avait pas vraiment d'estime, ceux qui, déjà, une première fois, avaient fini par les éloigner l'un de l'autre. Il aimait Laurence mais elle ne lui « suffisait » pas. Il lui avait dit, sans malice mais sans discernement ni manière, pendant une de leurs discussions. Elle avait eu beaucoup de mal à comprendre et lui n'avait pas su le lui dire. Elle savait déjà pourtant, elle devinait. Les absences, l'incohérence des explications qu'il voulait donner sans qu'elle lui en demande une seule. Le couple essuyait à nouveau les ressacs du temps et de l'ennui. Seuls, les parents qu'ils étaient faussement devenus pouvaient parfois regarder dans le même sens. Cela ne suffisait pas. Pourtant, même si Alexandre n'avait pas réussi à ressouder les liens qui avaient existé entre l'homme et la femme qu'étaient son père et sa mère, il leur avait malgré tout permis de partager de mêmes regards, quelques uniques sentiments qu'étrangement, nul conflit ou pire encore, nulle indifférence, ne peut laisser ignorer ou refuser de croire. Laurence portait son secret, un secret lourd à supporter mais pour lequel, personne désormais ne pouvait partager les effets. Elle pensait qu'un jour, peut-être, elle lui dirait. Mais Martin ne saurait jamais, la vie ou la mort en avaient décidé autrement. Quant à celui qui savait, celui sans qui rien n'aurait pu arriver, celui que le destin finalement aurait dû emporter, elle s'efforçait de l'oublier, d'oublier son nom comme son existence, quelque part, dans une sorte d'exil identique au sien, pour oublier et continuer de vivre, presque autrement.

Jean-Paul avait fini par ne plus lui suffire non plus. C'était le cours du temps, plus que celui des frustrations ou de l'ennui, rien de plus, car si Laurence se voulait être fidèle à elle-même, la tolérance l'habitait et la libérait des chaînes des conventions. Cela avait été en fait, le simple effet du hasard, un hasard bienvenu dans une liberté qu'elle pensait oubliée à jamais et qu'elle avait reprise en main, comme celle d'avant Jean Paul, quand tout était si simple et tellement plus naturel.

Chapitre 20
L'invitation

Alexandre était sorti à l'heure du bureau, ce soir-là. Il restait souvent une heure après que tout le monde soit parti, parfois plus, selon l'état d'avancée de ce qu'il avait commencé le matin, selon son humeur et les quelques occasions de boire un verre dans les troquets du quartier. Il aimait bien son appartement mais ce n'était pour lui qu'un endroit sans véritable chaleur, sans attachement personnel où il ne faisait que passer ses nuits et prendre ses repas. Personne ne l'y attendait le soir et il n'avait personne à quitter le matin en partant au bureau. Maria lui manquait. Pourtant, une distance, autre que celle évidente que leurs résidences démarquaient, s'était installée aussi entre eux, plus insidieuse et plus inquiétante. Il ne savait pas ce que c'était. Peut-être qu'une simple impression... Il espérait qu'il en fût ainsi : une simple impression.

Le bus que Corinne lui avait conseillé de prendre pour se rendre chez elle était déjà bondé de monde quand il pénétra à l'intérieur. C'était l'heure de pointe, l'heure à laquelle tout le monde s'activait à regagner au plus vite son domicile. Il faisait nuit déjà, alors que Paris, Nantes ou bien Lyon profitaient encore de la lumière déclinante du soleil couchant. Il fallait s'habituer à ce décalage, vivre un peu plus tôt ou un peu moins tard. Rien à voir pourtant avec celui que subissait Maria et qui, vraisemblablement, ne favorisait pas non plus la compréhension de leurs échanges ni l'inébranlabilité de leur relation. Alexandre dut rester debout, comme tout plein d'autres, entre les premiers arrêts prévus dans l'agglomération de Frankfort. Heureusement, au bout de quelque temps, plus de passagers sortaient que n'entraient et des sièges, les uns après les autres, se libérèrent au profit de ceux qui en étaient les plus proches. Les portières s'ouvraient et se fermaient comme des soufflets d'accordéon, avec leurs soupirs hydrauliques. Les gens étaient calmes, subissant le quotidien du transport selon des habitudes qui semblaient bien installées. Certains lisaient assis, certains plus funambules, lisaient debout ; d'autres encore défiaient à l'extrême les poussées de droite à gauche et d'avant en arrière que le bus slalomant imposait, en parcourant les feuilles d'un journal malmené. Et puis, il y avait ceux qui, dans les deux positions, s'isolaient entre deux oreillettes et fermaient les yeux sur l'ennui qui défilait et qu'ils connaissaient par cœur.

Alexandre fut content de pouvoir s'asseoir. Corinne lui avait parlé d'un trajet d'une bonne heure et quart pour arriver à l'arrêt de bus, pas trop loin de chez elle. Elle s'était excusée de ne pouvoir venir le chercher prétextant qu'elle devait préparer le dîner, recevoir quelques amis qu'elle avait invités en même temps que lui. Elle lui avait demandé si cela ne le dérangerait pas si d'autres personnes venaient également. Une simple prévention polie qu'Alexandre comprenait. En même temps, une simple parade peut-être afin de ne pas avoir à se retrouver seule avec lui et là encore, Alexandre le comprenait aussi, et cette pensée le fit sourire. Son mari était parti en déplacement, d'une façon imprévue, et l'organisation de la soirée, de ce fait, avait dû nécessairement, être revue et corrigée. Elle le reconduirait en ville, jusqu'à son appartement, ou bien un des invités, ce qui serait mieux et moins ambigu. Alexandre n'était plus le petit blondinet que son père lui avait présenté il y avait bien des années, un peu plus de dix ans, déjà. Il avait bien grandi. Corinne avait vieilli et aurait pu être sa grand-mère mais Alexandre ne tenait pas compte de l'âge, des années additionnées. Il appréciait l'expérience, l'effet du vécu. Selon lui, l'âge avait parfois une capacité de parfaire les corps, les visages, les esprits, rajoutant ce qu'il leur avait manqué les premières années pour une véritable identité. Ce qui pouvait paraître un coup de burin de trop dans le façonnage de la nature pouvait être un coup de maître, le trait qui manquait, le trait qui finissait l'esthétique du paraître. Avec sa mère, et plus encore avec elle que d'autres personnes, c'était le cas. Elle était ravissante et bien souvent il se demandait s'il pourrait résister à la tentation d'une grand-mère que sa mère pourrait être. Laurence était certes plus jeune que Corinne mais Alexandre était convaincu qu'elle resterait séduisante encore bien des années. Il avait du mal à l'imaginer dans le rôle de grand-mère. La pensée de prendre les enfants d'Alexandre dans ses bras ne l'avait, quant à elle, même pas encore effleurée. Rien ne l'incitait à le faire et le temps déjà lui manquait pour tout ce qui restait à faire. Alexandre, malgré toute la vie qui se présentait devant lui, pensait à cette même brièveté du temps, à ce qu'il fallait comprendre pour avancer, au long chemin peut-être qu'il lui faudrait prendre pour comprendre et justifier d'une suite possible, de sa propre descendance. L'un et l'autre, sans se le dire, partageaient les mêmes questions, les mêmes besoins de savoir et de faire savoir. Malgré toutes les incertitudes des quêtes passionnées et les mal-être qu'elles peuvent générer, c'était très bien ainsi.

La ville s'effilochait en néons plus épars et la circulation, dense à cette heure de la journée, se comprimait et se relâchait au rythme des feux tricolores. Alexandre se satisfaisait de ne pas avoir de véhicule personnel. Rares seraient les occasions de sortir de la ville et il s'était fait à l'idée qu'il ne profiterait pas vraiment des alentours de la ville et qu'elle serait son unique univers pour quelques mois. Elle avait des choses à lui faire découvrir, que ce soit de jour ou de nuit. Sylvain Paturel s'était proposé de lui servir de guide, au début, pour qu'il puisse prendre ses repères, mais il attendait toujours. Sylvain avait levé sa garde et s'était fait hameçonner comme un poisson fatigué que les eaux tourmentées étourdissent. C'était un poisson honteux d'une faiblesse évidente, mais un poisson heureux. Alexandre ne se faisait plus d'illusions à son sujet. Et il y avait Julie, l'intrigante Julie, qui ne demandait qu'à lui faire découvrir les secrets de sa ville, et ceux de sa vie.

L'autobus s'arrêta enfin au bout d'une heure et demie. Deux autres personnes descendirent en même temps qu'Alexandre et s'éloignèrent sans tarder en poursuivant la route sur le bas-côté. Un seul lampadaire éclairait ce coin retiré de campagne, sécurisant l'arrêt de l'autocar. L'air sentait l'herbe et la terre fertilisée. Des tracteurs scarifiaient les champs, dans le lointain de leurs dents mécaniques, à la lumière de projecteurs jaunes et puissants. Alexandre se demanda ce qu'ils pouvaient faire vraiment à cette période de l'année. Il repéra l'entrée du chemin indiqué par Corinne, invisible sans doute sans le réverbère. « Deux cents mètres à marcher », lui avait-elle dit « et vous trouverez le mur de la maison et deux entrées, un grand portail et un portillon. Il suffira de sonner et l'on vous ouvrira. La petite entrée. Pas la grande… On laissera les lanternes allumées ». Deux lumières en effet perçaient l'obscurité de l'endroit inconnu, violant l'isolement et l'austérité.

Alexandre appuya sur la sonnette. Un nom seul figurait : « Straffenberg ».

— Ya ?

— Alexandre !

— Je t'attendais. J'ouvre.

Deux pênes électriques claquèrent sèchement en haut et en bas du portillon qui s'entrouvrit aussitôt. Plusieurs voitures étaient stationnées dans une grande cour gravillonnée. La bâtisse principale se découpait dans l'obscurité grâce à un réverbère de jardin et à la réflexion de la puissante lumière des projecteurs dirigés vers les deux plus modestes bâtiments annexes qui fermaient en partie l'impressionnante cour. Ils s'étaient allumés au premier crissement de ses pas sur le gravillon blanc bien nivelé et superbement ordonné. La porte d'entrée située à deux marches du sol s'ouvrit en déversant une autre lumière plus douce et plus invitante, ainsi qu'un flot de senteurs mélangeant, sans conflit de dominance, odeurs de cuisine et parfums de soirée. Dans ce déversement invisible, Corinne apparut, tenant la poignée de la porte d'une main et invitant Alexandre à rentrer, de l'autre bras. Elle referma la porte après un coup d'œil rapide mais efficace sur la cour puis posa ses mains sur les épaules d'Alexandre pour enfin l'embrasser doucement sur les joues.

« Alexandre ! Depuis tout ce temps… J'espère ne pas avoir changé autant que toi ! Cela doit faire dix ans déjà. Mais je t'aurais reconnu, sans nul doute. Tes traits n'ont pas changé vraiment. Ils se sont précisés, plus qu'autre chose.

— Précisés ?

— Oui, enfin... Tes traits, ta ressemblance...

— On ne fait pas trop allusion à ma ressemblance Corinne ! Surtout à mes cheveux, et ma taille. Parfois les yeux...

— Les femmes sont sensibles à ces yeux, bleus et pleins de mystère. Mais d'abord, bienvenue à *Lutherinde* ! Je suis émue de te revoir. Émue et sincèrement ravie.

— Merci, Corinne.

— Il faudra que tu reviennes au printemps, ou bien un week-end pour lequel la météo sera annoncée sympa, pour que tu puisses profiter du paysage. La nature est belle. Rien à voir avec Frankfurt qui est une grande ville mais bien arrangée malgré son modernisme et ses airs prétentieux *made in US*. (c'était un air de "déjà entendu" pour Alexandre. Les Le Marrec avaient proposé la même invitation, à quelques mots près. Cette même référence aux demains à venir, à ce qui ne peut être fait maintenant...). Mais tu es à peine arrivé et je parle comme si tu allais déjà repartir. Quelle hôtesse je fais ! Tu as trouvé facilement pour venir ?

— J'ai suivi les instructions !

— Désolée pour l'accueil, du moins pour les "arrangements". J'aurais voulu venir te chercher, mais je ne pouvais pas. Et je suis obligée de demander qui sonne à la porte. La caméra, je...

— N'entre pas qui veut...

— On est obligés. Mon mari a fait installer ce système de sécurité. Il ne trouvait pas les murs suffisants. Mais la caméra d'entrée ne fonctionne plus. Il suffit qu'il doive s'absenter pour que tout tombe en panne. Il va être furieux à son retour. Contre l'entreprise de surveillance j'entends, qui prétend son système infaillible. S'il n'y avait que moi, je ne suis pas certain que j'aurais tout ce matériel...

— Il a peut-être ses raisons.

— Oui, vraisemblablement, dont certaines je dois avouer, m'échappent encore un peu. À son propos, il s'excuse de ne pas être là ce soir. Un déplacement à l'étranger, imprévu mais important...

— Je comprends, ce n'est pas un problème. Une autre fois, peut-être...

— C'est cela, une autre fois.

— Vous auriez pu annuler la soirée, la remettre à un autre jour ?

— Il y aura toujours quelque chose d'autre, alors une fois qu'une décision, et une bonne décision, est prise, il faut assumer. Comment se passe le travail Alexandre, au bureau ; et l'appartement ?

— Tout se passe bien. L'appartement est agréable et confortable. Comme je l'ai écrit dans ma lettre, merci encore pour tout, d'avoir facilité ma venue à BaxterCo et mon installation. Vous avez bien reçu ma lettre, d'ailleurs ?

— Oui, naturellement. Je n'y ai pas répondu parce qu'il n'y avait pas de réponse à donner et puis aussi comme tu le sais sans doute, parce que je partage mon temps entre ici et ma maison en France, dans l'Est. Tu ne vois pas d'inconvénient à ce que je te tutoie ? J'ai pris cette liberté, sans te demander !

— Bien sûr, au contraire...

— Il m'aurait été difficile de faire autrement, je dois t'avouer. Tu fais partie de la famille, en quelque sorte, même si on ne s'est pas trop souvent rencontrés. Et Jean Paul, comment va-t-il ? Je n'ai pas eu de nouvelles récemment... Je m'inquiète toujours un peu quand il est trop silencieux ?

— Il m'a dit qu'il n'était pas trop bien depuis quelque temps. Le moral. Quelques problèmes personnels, je crois. Il n'en dit pas trop.

— Avec sa compagne ?

— Peut-être, je ne sais pas vraiment. Ce n'est pas mon affaire. La santé aussi peut-être un peu. Je ne peux pas dire.

— Ni la mienne, en vérité, je ne sais même pas comment je peux dire cela.

— Peut-être en savez-vous plus que moi ?

— Hmmm ! Pas vraiment, sans doute pas Alexandre. Le Canada est aussi loin d'ici qu'il l'est de France.

— Il aurait bien aimé que je le rejoigne là-bas, quelque temps.

— Je le comprends.

— Mais il ne m'a pas dissuadé de venir ici. Au contraire.

— Il aimait bien travailler ici. À Mulhouse aussi, mais il a bien fait de partir.

— Bien fait ?

— Oui, bien fait. Développer la société sur l'autre continent était un challenge. Il ne pouvait manquer cette opportunité. Parfois les circonstances de la vie cicatrisent, enfin je veux dire, relancent une inertie qui s'installe à force d'habitudes et d'ennuis que l'on fait semblant de ne pas reconnaître.

— Ouais...

— Tu n'as pas l'air convaincu ?

— Personnellement : non !

— Je comprends. Tes parents. Mais si tu réfléchis bien, regarde-les, tous les deux ! Chacun y a trouvé son compte. Jean-Paul, ne pouvait plus espérer grand-chose de sa carrière, en France. Les actionnaires de BaxterCo voyaient les choses autrement et avaient mis en place une stratégie et une gestion qui nous dépassaient. Les choses changent à nouveau et certains *anciens* reprennent indirectement la main. Ce serait bien d'ailleurs que des jeunes comme toi y participent. Et puis, il y avait ta mère aussi. Si elle était restée en France, rien ne dit qu'elle aurait produit tous ses romans avec autant de succès.

— Sans doute avez-vous raison. *Ils* ont retrouvé leur compte, comme vous le dites.

— Mais pas toi ?

— Pas véritablement…

— Je le déplore. Certains subissent plus que d'autres, c'est vrai, sans pouvoir faire quoi que ce soit.

— Il y en a qui sont beaucoup plus malheureux que moi Corinne, beaucoup plus malheureusement.

— Toutefois…

— Toutefois, je dois gérer certaines absences dans ma vie. C'est tout. Mais j'ai du temps devant moi, tout en étant pressé à la fois.

— Je crois qu'il est temps de te présenter à mes autres invités. Nous aurons l'occasion de parler encore un peu plus tard. Rien n'a été décidé quant à savoir qui te reconduira en ville mais je pourrais le faire s'ils doivent rentrer tôt.

— Je pourrais rentrer avec l'un d'entre eux, si cela ne pose pas de difficultés et si mon appartement est sur leur chemin.

— Sans doute le ferai-je moi-même ! Comme je viens de te dire, j'aimerais bien parler avec toi un peu plus longuement.

— On verra. Mais je travaille aussi, demain matin.

— Je comprends, mais ce sera vendredi, la veille du week-end. Tu pourras te reposer.

— Bien sûr. Tout de même…

— Ah, oui, autre chose. J'ai invité un jeune couple. Ils n'habitent pas très loin d'ici. Ils ont repris l'exploitation des parents de la jeune femme. Nous connaissons bien les parents qui se sont retirés, il y a maintenant deux ans. Nous avons vu grandir Ingrid. C'est un couple que j'admire beaucoup. La ferme ne ressemble plus en rien à ce qu'elle était autrefois. Ils sont allés à l'école nationale d'agriculture et en sont ressortis avec un diplôme d'ingénieur agronome. Elle doit avoir quatre ans de plus que toi, tout au plus. Je pensais que ce serait bien pour toi d'avoir des gens un peu plus de ton âge. Et puis son mari, Robert, le même âge, je crois. Il est toujours prêt à rendre service. Il se propose toujours à venir pendant nos absences, pour voir si tout va bien, vider la boîte aux lettres. Mais ils n'habitent pas exactement à côté d'ici et je m'arrange autrement. La ferme reste malgré tout généreuse en contraintes. Alors ils ont mieux à faire que des tournées de surveillances et de sécurité.

— Excellent… Merci.

— Et puis, il y a Gunther et Kristina. D'anciens collègues de BaxterCo qui ont quitté l'entreprise il y a six ans pour voler de leurs propres ailes. Ils sont restés assez longtemps avec nous. Ton père les a d'ailleurs peut-être croisés autrefois. Ils voyagent beaucoup, chacun de leur côté et tâchent de se retrouver le week-end. Pas très facile pour un couple, mais ils n'ont pas l'air de s'en préoccuper. L'absence d'enfants facilite apparemment cette façon de vivre. Ils sont heureux, semble-t-il, de cette façon…

— Je demanderai à papa s'il les connaît…

— Je me suis permis d'inviter aussi ma meilleure amie, Angelika. Tu verras, elle n'engendre pas de la monotonie, bien au contraire. Elle a toujours des choses à raconter, mais pas n'importe quelles choses. Elle rencontre beaucoup de monde et est sollicitée par les notables de la région. J'espère qu'elle ne te saoulera pas ! Elle doit arriver dans quelques minutes. On ne va pas l'attendre pour commencer. Elle est prévenue. »

La soirée fut décontractée. Angelika arriva finalement pendant l'apéritif et se glissa discrètement dans les courants de conversations, après une expéditive salutation qu'elle adressa à nous tous, après que Corinne l'eut annoncée sans manière et sans insistance. Visiblement, tout ce petit monde se connaissait bien et Gunther, Kristina, Robert et Ingrid retournèrent un petit signe de la main, marque d'acquiescement de sa présence. L'odeur de la cuisine qu'Alexandre avait remarquée lorsque la porte d'entrée lui avait été ouverte était bel et bien précurseur d'un repas délicieux. Corinne était une excellente cuisinière. Jean Paul l'avait mentionné. Il n'avait pas compris comment son premier mari avait pu la quitter, elle qui avait, selon lui, tant de qualités dont celle de préparer de bons petits plats. Il n'avait toujours pas vraiment compris non plus, comment lui et Laurence avaient-ils pu se séparer ? Certains prennent du temps à comprendre, d'autres en passent encore beaucoup plus à repenser aux dérèglements de leur vie, mais sans jamais aboutir. Il en faisait partie.

Contrairement aux arrangements de Corinne, Alexandre passa plus de temps à parler avec Angelika au cours du dîner, qu'avec le couple d'agriculteurs. Le courant n'avait pas vraiment réussi à s'établir avec eux. Un peu trop calculateurs selon Alexandre. Trop de projections dans les années à venir et trop d'intérêt à faire de leur exploitation une affaire financière qu'ils n'avaient apparemment pas l'intention de retransmettre à leur progéniture, elle aussi programmée dans le temps, dans un plan de financement des études qu'ils n'entendaient pas être du même domaine que le leur. Ils étaient jeunes, avaient les dents longues et voulaient se soustraire à l'attachement des parents pour la terre, attachement qu'ils considéraient plus comme une servitude qu'une véritable dévotion. Ils disaient que les temps avaient changé et qu'il fallait se donner d'autres exigences de la vie et surtout plus d'intérêts matériels. Peut-être tout simplement plus de liberté. Mais une liberté asservie par les contraintes qu'ils s'imposaient pour l'obtenir et qui faussaient la véritable nature d'un non-attachement au côté matériel et normalisé de la vie.

Ils avaient raison, en partie, le fait de penser à eux-mêmes, d'accéder aux conforts quotidiens, de bien marquer les différences entre les temps de repos et ceux du travail. Rompre le temps, quand il le fallait, et connaître un peu plus des plaisirs jusqu'à ce jour semble-t-il manqués. Leur façon de rompre le temps semblait à Alexandre inapproprié avec l'arbitraire des *éléments* dont ils dépendaient.

Alexandre avait souvenir des paysans qu'il rencontrait parfois dans les Ardennes. Il se souvenait de cette sorte de frisson qui le prenait quand les hommes de la terre lui serraient la main. Leurs peaux étaient comme celles d'extra-terrestres, rugueuses et brûlées. Souvent scarifiées. Leurs mains faisaient un bruit de chuintement sec en se frottant contre la sienne, avant de la saisir et de l'envelopper, d'une force hésitante mais impressionnante. Alexandre craignait toujours de ne plus pouvoir retirer ses doigts de leurs pognes énormes, presque irréelles et, quand toujours, finalement, elles les relâchaient, il éprouvait un réel soulagement, surtout après les avoir examinés et constaté qu'ils n'étaient pas devenus comme les leurs, boursouflés et mastocs. Et puis elles portaient aussi avec elles cette incomparable odeur de campagne, une étrange combinaison de celle des fourrages qu'elles manipulaient, des champs, de la terre mouillée et des excréments des bêtes. Les leurs, ce soir-là, sur la nappe blanche de Corinne et dans l'argenterie des couverts, passaient inaperçues, leurs ongles presque impeccables, comme venus de chez la manucure de la grande ville. Kristine, la femme, avait mis un parfum de chez Cazin : « Earth ». Alexandre l'avait reconnu. Il l'aimait bien. À la ville. Mais c'était un peu cela ici. Corinne avait déplacé la ville à la campagne profonde, dans ce cul-de-sac de champs et d'élevages que l'autobus, pourtant, desservait plusieurs fois par jour.

Angelika était une amie de Corinne, sa meilleure amie, disait-elle. Elle vivait seule, à Frankfurt et était veuve, depuis une douzaine d'années. Elle ne cachait pas sa façon de vivre, sa conception du bonheur, d'un bonheur qu'elle avait dû se construire à nouveau. Son magasin d'art, comme elle se plaisait à le nommer, une galerie de la Weissadlergasse de Francfort, était le rendez-vous de la bourgeoisie et de la classe *politique* de la ville. Le gratin de la ville, peut-être même de la région. Elle connaissait beaucoup de monde et beaucoup de monde la connaissait, certains plus que d'autres. Elle avait compris qu'elle n'aimerait plus comme elle avait aimé, que cela était impossible et que, finalement, en regard des dégâts que pouvait occasionner le véritable amour quand il était amené à disparaître, par la force des choses, ou bien leurs faiblesses, celles que l'on subit ou bien celles que l'on occasionne et vu le temps qui passait sans jamais s'arrêter, il était peut-être bon désormais de prendre et de donner, sans se donner vraiment mais prendre surtout, se surprendre aussi parfois. Depuis la disparition brutale de son mari, elle s'était ainsi accordé d'autres principes, un en particulier, après des semaines d'enlisement dans un profond chagrin, qui s'étaient égrainées en d'interminables mois, deux années ou presque pendant lesquelles elle avait beaucoup réfléchi et tâché d'oublier l'inoubliable. Morale, principe, quelle était la différence ? Elle disait ne pas avoir vraiment la réponse. « *Nos principes semblent gérer notre morale et la morale n'est pas unique, bien que l'on s'en fasse des contrats universels* » me glissa-t-elle à l'oreille. Cette confusion lui convenait après tout. Elle convenait à d'autres également et tout était presque pour le mieux tant que l'on savait qu'il fallait mettre les sentiments sinon au plus profond des oubliettes, au moins en retrait du quotidien, pour soi-même et pour les autres justement pour qui la confusion n'était pas encore de règle. *Bienheureux, bien fragiles* à la fois, elle avait fait partie du club.

Elle s'était montrée discrète à propos de son mari. Elle avait pris l'habitude de l'être, bien plus encore de son vivant et le temps, pour cela, n'y avait rien changé vraiment. Corinne fit quelques allusions au mari d'Angelika, plus tard, sans s'attarder, comme si la même discrétion s'imposait à elle aussi, pour une quelconque raison qu'Alexandre n'avait aucune raison de deviner et encore moins de connaître. Les deux femmes avaient partagé un fragment de vie qui les avait nécessairement rapprochées et dont le souvenir les liait à tout jamais. Angelika s'adressait parfois à Robert que Corinne avait délibérément placé en face d'elle. Ses yeux pétillaient à chacun des mots qu'elle lui adressait. Il avait un charme auquel les femmes ne devaient pas rester insensibles mais Ingrid veillait au grain et Angelika le savait. Autant elle trouvait dans le *nouveau* paysan une sorte d'authenticité, de robustesse et de rusticité, autant elle déplorait chez Ingrid cette volonté de paraître la femme de la ville qu'elle n'était finalement pas et que, toujours selon elle, elle ne deviendrait jamais, malgré l'attirail qu'elle se procurait, sans réelle cohérence et surtout sans les prédispositions dont il fallait avoir l'héritage pour que l'image colle parfaitement à la peau. C'était plus du regret qu'elle ressentait pour elle qu'un véritable dédain où qu'une simple antipathie. Elle aurait bien aimé goûter à la peau du fermier, la sentir telle qu'elle devait être, le matin, après une nuit d'ébats rustres et rustiques, sans les fards que sa femme devait, sans nul doute, lui imposer. Corinne surveillait discrètement les conversations, traduisait leurs silences et le vide récurrent de leur contenu. Elle s'en amusait. Mais restait vigilante. Jean Paul parlait d'elle comme d'un régulateur de la vie, des vies, des problèmes. Elle était le contraire des problèmes. Pour elle, il n'y avait que des solutions et les problèmes n'étaient des problèmes que pour ceux qui ne voulaient pas en finir avec eux. Autant elle comprenait les autres, autant elle avait aidé les autres à se comprendre entre eux ou tout simplement à comprendre les autres, leurs proches et prochains, autant elle avait eu du mal à mettre à profit cette qualité pour elle-même.

Tout le monde complimenta Corinne pour le dîner, tous les plats qu'elle avait préparés avec soin et raffinement, dans le choix des saveurs et des vins. Elle prenait plaisir à recevoir, à organiser ses réceptions. Elle avait aussi déployé cette aptitude à BaxterCo et beaucoup faisaient encore, tout comme Jean Paul, allusion à son organisation et à son sens avisé de la cordialité et des convenances commerciales.

Le café fut servi dans le salon, une pièce aux dimensions inhabituelles. D'énormes panneaux coulissants en bois d'acajou cachaient un des murs, devant lequel étaient disposés deux fauteuils en cuir et un sofa confortable où quatre personnes pouvaient s'asseoir, sans gêne, et s'enfoncer dans l'oubli des inconforts de la vie. Deux autres fauteuils, pivotants, ceux-là, attendaient en réserve, ainsi que trois coussins durement rembourrés, aux dessins colorés, probablement marocains, çà et là, dans la pièce de détente. Le *çà et là* n'avait rien d'irréfléchi ni lié au fait du hasard dans l'arrangement de l'espace dont la pièce disposait. Il y avait tout au contraire la touche minutieuse d'une femme de goût et de raffinement qui influençait dans la disposition et l'ordre évident qui régnait, sans l'outrance des musées et de celle des femmes d'intérieur que Corinne était bien loin d'être et pour lesquelles elle n'avait que très peu de choses en commun. Elle alluma une bougie parfumée avec un briquet en argent qui reposait sur une petite table basse.

« Je sens un peu la fumée. On a beau aérer la maison, ouvrir les fenêtres, il reste toujours des relents de tabac. *Il* fume parfois des cigares. En écoutant *sa* musique. Une façon de s'évader, de réfléchir, d'être ici, d'oublier. Je lui ai dit une fois que c'était une drogue. Sa drogue. Je ne lui ai jamais redit depuis. Je n'aurais jamais dû lui dire, pas même une seule fois.

— Ne me dis pas que tu es étonnée qu'il ait pu être quelque peu agacé par ce genre de commentaire ? » reprit Angelika.

— J'aurais dû savoir, en effet. Mais s'il faut réfléchir en permanence avant de dire quoi que ce soit, les conversations risquent d'être un peu ternes. Il aurait dû savoir tout autant que je ne voulais pas le « froisser ».

— Il y a des choses pourtant à ne pas évoquer. Des sujets à ne pas aborder. La drogue, tu vois... Tu aurais dû savoir. Nous savons bien que...

— Sans doute. Je ne voulais même pas... Angelika, je...

— Je ne dis pas cela pour te blâmer.

— Cela ne fait rien. Le temps a passé. Même s'il n'a pas pansé les blessures, j'ai pris de la distance. Et puis les hommes ont des humeurs surprenantes, sans raison bien souvent. Ce n'est pas comme nous. Nous, au moins, on sait pourquoi nous avons nos « sautes d'humeur », ce qui ne *leur* fait pourtant pas les accepter.
— C'est le moins que l'on puisse dire !
— Quoi qu'il en soit, je regrette qu'il ne soit pas avec nous ce soir. Lui aussi le regrette. Une prochaine fois, j'espère.
— C'est bien la première fois depuis que nous te connaissons que l'on te voit ici sans lui ! reprit Robert.
— Vraiment ? C'est bien possible. Pourtant, je partais bien souvent et rentrais en France lorsque lui-même s'en allait au diable pour le boulot.
— On peut parler du diable, en effet ! grimaça Angelika.
— Encore autre chose pour laquelle il aurait à redire !
En disant cela, Corinne baissa les yeux et tourna la tête.

Elle s'était assise sur l'un des poufs. Alexandre remarqua une sorte de gêne, comme si ses dernières paroles n'étaient pas les siennes, comme si elle s'était sentie obligée de les dire. Elle se releva et s'avança vers l'une des portes murales qu'elle fit glisser lentement. Des livres apparurent sur les dernières étagères du haut qui commençaient l'essentiel de la bibliothèque toujours caché derrière le bois exotique. Et puis des disques compacts, des centaines de CDs et un impressionnant équipement stéréophonique et de télévision. Corinne pressa un bouton et retira un CD d'une étagère. Elle le sortit de sa pochette et le déposa sur le petit plateau du lecteur. L'appareil l'avala et les premières notes de l'album *live* de Simon et Garfunkel, à Central Park, s'échappèrent des enceintes acoustiques, régulées, presque étouffées, et prêtes aussi à libérer les décibels de la prison du potentiomètre.

L'odeur du café s'imposa à celle de la bougie et des parfums de chacune des femmes. Les conversations reprirent pour quelque temps encore. Gunther et Christina Sommers s'emportèrent un peu à propos des maïs transgéniques auxquels étaient favorables Ingrid et Robert. Angelika écoutait et souriait de temps à autre. Ce n'était pas un sujet qu'elle maîtrisait trop bien. Comme dans certains pays d'Europe, il était bien d'actualité et faisait quelques premières pages de journaux, surtout quand des manifestations prenaient des allures de frondes bucoliques mais parfois violentes dont la presse s'emparait avec délectation.

Alexandre s'étonna de voir le sujet abordé à cette heure d'une soirée qu'il estimait être temps de prendre fin. C'était certes vendredi mais il veillait presque chaque jour jusqu'à minuit pour parler à Maria. Il ne lui avait pas dit qu'il sortirait ce soir-là, sans raison véritable, par simple oubli ou simple indifférence. Tous deux avaient convenu de ne pas s'inquiéter s'ils ne s'appelaient pas un soir, jusqu'à trois jours, avaient-ils fixé enfin. Maria pensait que deux jours, peut-être, seraient suffisants. Alexandre avait fini par lui faire accepter un troisième, que lui-même le premier, ne respecterait finalement pas. Il suffisait pourtant d'un week-end prolongé, sans leurs ordinateurs, à profiter de leur pays d'accueil. L'habitude cependant s'était installée, insidieuse comme toute habitude que l'on se refuse à reconnaître. Ils se disaient ce que les lendemains leur gardaient en réserve, des banalités souvent, surtout pour Alexandre qui n'avait pas trop à dire sur l'Allemagne et la vie qu'il y menait, conforme à ce à quoi il s'attendait et ce à quoi il s'était préparé sans effort véritable.

Pour Maria, c'était différent. Chaque jour apportait sa part de surprise et d'étonnement. Cela allait au-delà du simple dépaysement. Elle ne pouvait cacher son agacement à l'égard des gens là-bas, leur façon de voir les choses, leur façon de la regarder, de la dévisager, de l'exclure de leur monde bien à eux, sans volonté de reconnaître sa démarche pour passer inaperçue. Les hommes surtout, pour qui elle était arrivée à la conclusion de n'être qu'une chair à goûter, à découvrir, un simple objet de plaisir auquel l'inégalité des sexes reléguait ce qu'elle était véritablement et à juste titre. Mais elle ne désespérait pas, continuait de s'informer sur les manières de voir des femmes et des hommes, celles de considérer les autres, les étrangers, l'émancipation des femmes. Elle voulait elle-même faire des efforts, d'indulgence, de relativisation dans des raccourcis faciles à prendre, tout simplement de compréhension. Elle disait que sa gêne devait sans doute se voir et que cette gêne, nécessairement, contribuait à la marginaliser. Sans qu'il soit question de peau et de langue.

Il l'appellerait demain soir. Peut-être serait-elle sortie, à son tour ? Alexandre regarda sa montre, discrètement, mais Corinne ne manqua pas de le remarquer.

« Ne t'inquiète pas Alexandre. Gunther et Kristina vont te ramener en ville. Ils devaient rentrer assez tôt, mais visiblement la soirée se prolonge un peu plus longtemps que prévu. Mais je m'en réjouis. Angelika pouvait te ramener aussi, mais elle est souvent la dernière à repartir de mes soirées. Elle est drôle.

— Vous semblez bien vous connaître ! Beaucoup de choses en commun, semble-t-il…

— En effet, je vois que tu l'as remarqué. Nos maris surtout. Ils ont travaillé ensemble, une solide amitié. Et nous, par la

575

force des choses. Et puis Angelika a perdu le sien. Un accident. Oui, un accident en quelque sorte. Cela a renforcé nos liens, Angy et moi... Même si elle mène maintenant une vie un peu particulière que j'ai un peu de mal à comprendre. Bien qu'elle n'ait peut-être pas entièrement tort. Je me garde de critiquer les gens. C'est comme à BaxterCo, j'ai vu beaucoup de choses. On s'est souvent confié à moi. Comme pour demander des conseils.

— Et vous les donniez ?

— Quand je savais qu'il n'y avait pas trop de risque à les donner ou à être suivis surtout. Tu peux me tutoyer aussi si tu veux, puisque je le fais avec toi, en dépit de l'âge qui nous diffère. Tu aimes Simon et Garfunkel ?

— Maman a plusieurs de leurs disques. Je les ai forcément entendus.

— Ils représentent une époque. En fond sonore, c'est plutôt sympathique.

— La CDthèque est impressionnante !

— Cds, DVDs, livres, nous sommes "envahis". Nous avons une énorme bibliothèque à l'étage. Cela doit te rappeler sans doute un peu la maison de ta mère, avec ses propres livres. Car je présume qu'elle doit en avoir également beaucoup ?

— Des livres, oui, effectivement, il y en plein.

— Ta mère a dû te passer la passion des livres ?

— Curieusement non, pas vraiment. Je me suis plutôt penché sur des bouquins d'études que sur des romans.

— Et les siens ?

— Les siens ?

— Oui, les siens ! Tu as dû au moins tous les lire !

— Certains, bien sûr. Mais pas tous... » Alexandre ne savait pas pourquoi il se laissait aller à un tel mensonge.

— Et ?

— C'est maman qui les a écrits. Forcément, je suis fier qu'elle les ait écrits.

Les mots d'Alexandre résonnaient faux. Car ils l'étaient. Mais ils lui convenaient ainsi, afin de ne pas avoir à expliquer, presque l'incompréhensible.

— Tu pourrais ne pas les aimer...

— Je pourrais.

— Tout n'est pas aussi simple et aussi logique. Et Jean-Paul, qu'en pense-t-il ?

— Mon père ?

— Oui, Jean Paul. Que pense-t-il des romans de ta mère ?

— Il me parle encore souvent d'elle. Mais jamais de ses livres.

— C'est un peu comme dans tous les couples. Le travail peut être un élément de discorde et ne favorise pas toujours leurs harmonies.

— Écrire n'est pas un véritable travail, à peine un métier.

— Sans doute pas, Alexandre, bien que les écrivains prétendent souvent le contraire, mais en tous les cas, c'est une occupation, si tu préfères, où l'on se dévoile plus... Comment dire ? Intimement.

— Vous croyez vraiment ?

— D'une façon ou d'une autre, ils se transposent dans leurs personnages, leur faisant dire ce qu'eux-mêmes voudraient dire, leur faisant faire ce qu'ils auraient aimé faire ou même ce qu'ils ont fait.

— Ce ne sont que des romans !

— Oui, sans doute. Cependant, ce n'est pas que de la fiction. Toute vie est un roman. Ta mère ne t'en a-t-elle jamais parlé ?

— Pas vraiment. Jamais, pour dire la vérité. Elle s'est occupée de mon éducation. Je n'ai jamais vraiment eu l'impression de passer après ses livres.
— Sans doute pas, j'en suis même convaincue. Cela ne l'aurait pas empêchée cependant de te parler de ce qu'elle pense de l'écriture, de ces étranges dosages de pensées et d'interférences extérieures, de ces décoctions de mots et de phrases, d'images inventées ou lithographiées.
— Son expérience dans sa vie de couple l'a sans doute conduite à m'exclure de son travail par peur de...
— Te perdre ou de se dévoiler trop tôt à toi.
— C'est ce que je pense personnellement. Et je suis profondément persuadée qu'elle a eu raison de le faire.
— Et maintenant ?
— Quoi, maintenant ?
— Maintenant ; oui, maintenant qu'elle a réussi ton éducation et que tu as gagné ton indépendance.
— Je ne l'ai pas gagnée. Elle me l'a donnée.
— Naturellement ! Tu ne penses pas qu'elle pourrait se sentir plus, comment dire... plus *libre* avec toi.
— Corinne, maman est libre de me dire ou de ne pas me dire, de me parler de ses livres ou de ne pas m'en parler. Comme je suis libre de lire ses livres. Ou bien de ne pas les lire !
— Et ?
— Et rien...
— Bien sûr. Je ne sais pas pourquoi je te parle de cela. Sans doute est-ce parce que j'appréciais beaucoup ton père...
— Appréciais ? Vous parlez au passé !
— Apprécie, si tu préfères. Apprécie, bien sûr. Tu as raison... Et j'avoue ne pas bien connaître ta mère, en dehors de

par ses livres. Jean Paul, donc, ne sortait pas beaucoup avec elle. Il était discret à propos de son couple, bien qu'il me parlait d'elle avec beaucoup de sentiments, beaucoup d'affection. Il s'inquiétait aussi pour sa santé. Voilà sans doute pourquoi je me suis toujours attachée à ta famille. Je suis aussi une grande sentimentale, Alexandre. Cela n'a pas que du bon.

— Et pourquoi pas ?

— Parce que cela me rend un peu trop curieuse... Alors que j'affectionne la discrétion et respecte l'intimité des autres. J'ai fait exception avec vous.

— Je ne peux pas vous critiquer pour cela.

— Mais tu pourrais...

— Je ne vois pas vraiment.

— Comment cela se passe-t-il avec Benoît ?

— Sans problème. Il est souvent absent !

— Il vaudrait mieux que ce soit Guillaume Kultenbach qui s'absente plus souvent...

— Pourquoi dites-vous cela ?

— Il est un peu difficile. Un personnage quelque peu frustré, professionnellement.

— Seulement professionnellement ?

— Pas seulement, sans doute. Des soucis avec son fils Jérôme. Tu dois savoir ?

— J'en sais suffisamment. Le reste ne m'intéresse pas vraiment. Ou plutôt ne me concerne pas vraiment.

— Benoît, quant à lui, est un type merveilleux, un type bien. Je l'apprécie beaucoup. Comme j'appréciais son père également. Et là, je peux, hélas, parler au passé. Benoît a été courageux. Ça n'a pas dû être facile, perdre...

Corinne ne pouvait cacher son émotion en parlant de sa disparition et Alexandre continua :

— Benoît m'en a parlé rapidement. Une triste histoire, effectivement.

— Il a une famille remarquable, lui aussi. Il s'est fait un peu de souci pour sa fille. Il ne faudrait pas qu'il ait d'autres problèmes avec elle.

— Des soucis ?

— Benoît n'y a-t-il pas fait allusion ?

— Un peu, je ne suis après tout qu'un étranger pour lui…

— Sans doute.

— Il n'y a pas de doute.

— Non, tu as raison, mais de là à dire que tu es un étranger…

— Corinne, je ne connaissais pas encore Benoît il y a à peine un mois !

— Mais vous aviez déjà des choses en commun

— Ah oui et quoi par exemple ?

— La maison, la grande maison, *l'Entreprise,* je veux dire. Son père, ton père et tous ceux auxquels tu ne peux pas penser.

— Je présume que par ce biais, effectivement, quelque part, nos familles se sont croisées.

— C'est le moins que l'on puisse dire.

— Pour ce qui est de Julie, je ne pense pas que Benoît ait à se soucier à nouveau d'elle.

— Tu me sembles être bien catégorique !

— Confiant disons. Je suis jeune moi aussi. Je comprends peut-être mieux ce qui se passe dans la tête d'une fille de son âge.

— Sans doute. La différence de génération, je sais. Elle a bon dos. Les années de différence ne sont pas toujours un obstacle pour la compréhension. Tout dépend des parents. Et des enfants, s'ils veulent ou non rester proches d'eux. Je souhaite simplement qu'elle ne retombe pas. Elle me semble fragile, c'est tout.

— Vous connaissez bien les Le Marrec ?

— Forcément. Mais je connaissais le père de Benoît surtout, comme je te disais... Martin... Martin Le Marrec.

La foule de Central Park applaudissait et Art Garfunkel attendait qu'elle redevienne plus silencieuse pour parler. Quand elle le fut, il remercia les pompiers, la police, les organisateurs et puis le public. Des cris jaillirent de la foule en délire, des sifflets, plus d'applaudissements encore et les deux idoles entamèrent « Cecilia ». Le calme s'établit presque aussitôt et la foule respectueuse écouta, presque dans un exceptionnel et incroyable recueillement. Big Apple vivait un de ses temps les plus forts, un de ses temps les plus heureux. L'intensité musicale dans le salon de Corinne était parfaitement dosée. Elle couvrait les paroles des uns et des autres, sans les dominer, sans les anéantir, un peu comme un voile qui aurait été jeté sur un livre ouvert et au travers duquel, en prenant la peine d'ajuster sa vision, en fronçant les sourcils et en baissant les paupières, on aurait pu lire le texte, deviner les mots les plus tamisés. Corinne était la maîtresse de maison, était maîtresse des éléments et savait créer ce que certains considèrent souvent comme une banale ambiance mais qu'elle voulait être en fait, une véritable intimité, l'intimité qu'il fallait pour parler sans être entendu et pour entendre ce que, seulement, il fallait entendre. Alexandre écoutait Corinne. Il répondait à ses questions quand elles n'étaient pas que de simples constats où le superflu des réponses n'aurait eu de sens ni pour lui ni pour elle. À l'évidence, il semblait en effet qu'elle connaissait déjà la plupart des réponses. C'était un peu comme si elle était à la recherche de certitudes. Et puis, comme d'autres semblaient l'avoir fait auparavant, elle semait certaines de ses interrogations, certaines de ses réflexions, comme on ensemence la terre pour y voir pousser la vérité de la vie, avec ses racines et ses plants, des plus vivaces et plus germés pour la plupart, aux plus pourris et avortés, par le temps et par l'hostilité d'un environnement inadapté à la faiblesse de leur composition ou de leur structure, rares mais dangereusement gangrénantes.

Alexandre vivait cet ensemencement depuis un peu plus de six mois déjà, depuis son passage à Paris pour y retrouver sa mère, une mère dans un environnement duquel elle l'avait tenu éloigné pour il ne savait vraiment quelle raison ; Laurence Martin, cette autre mère que, finalement, il découvrait. Et puis il y avait tous ces gens inconnus jusqu'alors, du monde à elle, qui s'étaient comportés finalement un peu comme Corinne le faisait ce soir-là. Une surprenante cohérence s'était établie entre l'étrangeté des rêves récurrents d'Alexandre et une autre étrangeté, celle des comportements des gens en question qu'il avait rencontrés récemment, ceux qui étaient liés, de près ou de loin, à Laurence d'une part, puis à son père ; elle découlait sans étonnement et les étrangetés s'additionnaient un peu comme pour révéler une réalité, hypothétique encore, un pas cependant vers ce qu'il espérait être pour lui, une part de vérité, sa vérité dont il n'avait cessé de croire à l'existence et qui, un jour, se dévoilerait.

Corinne plongeait, en parlant, son regard dans les yeux bleus d'Alexandre, un bleu d'azur qu'elle connaissait et n'avait jamais oublié, peut-être un bleu de l'Océan, ce même bleu dont d'autres yeux l'avaient inondée, presque à s'y noyer. Elle revoyait un passé impossible qui n'avait pas eu lieu, avec le regret des choses que l'on aurait voulu connaître et qui restent une blessure mais aussi avec le soulagement du bien des fatalités. Cet homme devant elle, c'était vingt-trois ans en arrière et plus encore. L'esprit est la machine à remonter le temps ; il tue le temps, parfois, et ranime les passions ou les chimères et tout revient, comme si rien n'a vraiment changé et que tout est encore possible. Des rêves attendent en silence et en cachette, quelque part, pour ressurgir, intacts mais aussi irréels et impossibles, et le temps encore n'y fait rien quand bien même que l'intensité des sentiments soit restée bouillonnante.

Angelika sourit à Alexandre, découvrant des dents parfaitement alignées et soignées. Elle secoua sa tête d'un mouvement rapide pour ramener ses cheveux en arrière et dégager ses yeux.

« Vous connaissez Frank Lloyd Wright, Alexandre ?

— Un peu, comme tout le monde, je pense. Pourquoi cette question Angelika ?

— Parce que je viens d'entendre son nom. Simon et Garfunkel. Et que j'ai eu l'occasion de découvrir ses œuvres, enfin... ses réalisations. Et vous Alexandre, qu'en pensez-vous ?

— Il a été une référence en matière d'architecture, l'architecte américain le plus connu.

— Américain, certes, mais avec une influence internationale reconnue par tous.

— Vous semblez apprécier son travail !

— On ne peut pas ignorer le rayonnement dont il a été à l'origine. Beaucoup s'en sont inspirés et s'en inspirent encore. Le Japon l'a beaucoup marqué. On peut ne pas aimer. C'est, disons, particulier. Une notion de l'espace bien particulière.

— Une vie bien remplie apparemment.

— On ne peut plus remplie, avec une recherche permanente d'inspiration et d'originalité. Au contraire de ses contemporains, il a développé l'idée de construire plus horizontalement que verticalement.

— Sans doute l'influence japonaise

— Exactement ! Le Japon s'est laissé tenter par le vertical, mais beaucoup plus tard. Et dans les grandes agglomérations…

— Mon amie est au Japon, actuellement. Comme moi, je suis en Allemagne. Sans doute pourra-t-elle m'en parler lorsqu'elle sera de retour.

— Quelle drôle d'idée de partir là-bas et vous de venir en Allemagne ! Le choc des cultures, pour le moins. Vous pourrez comparer. Je suis allée au pays du soleil levant, il y a quelques années, c'était juste après que j'ai perdu mon mari. Je pense que bien des choses ont dû changer depuis…

— Sans doute…

— Quand reviendra-t-elle ?

— En même temps que moi. À la fin de nos stages.

— Mais encore ?

— Au printemps, début du printemps.

— Vous serez contents de vous retrouver !

— C'est à espérer. Mais nous essayons de ne pas compter le temps et de profiter de ce qui nous est offert.

— Vous avez raison. C'est très raisonnable. Et c'est maintenant si facile de communiquer. Les distances n'ont plus la même signification.

— Les sentiments ont pris le relais à la géographie.

— Ou bien alors, se sont-ils simplement maintenus, plus tenaces que le reste ?

— Je ne sais pas.

— Oubliez cela, Alexandre. Vous êtes jeune. Il faut voir tout cela à sa façon.

— Et se faire ses propres évidences...

— Je reconnais en vous des capacités de mettre noir sur blanc ce qui vous anime, et ne vous laisse pas indifférent.

— Vous voulez dire pour écrire ?

— Oui, en quelque sorte.

— Ne vous moquez pas !

— Je ne me moque pas, je suis sérieuse.

— Maman serait intéressée de vous entendre.

— Quelle maman n'est pas intéressée d'entendre parler de ses enfants, et de ce que l'on attend de bien d'eux !

— Je suppose. Mais je me garderai bien de le lui répéter.

— Sans doute le sait-elle déjà !

— J'en doute... »

Gunther et Christina furent les premiers à partir. Il était une heure du matin. Alexandre accepta, avec un soulagement étouffé, leur proposition de le ramener en ville. Angélika lui proposa, simultanément, de le raccompagner jusqu'à son appartement et de rester encore quelque temps avec Corinne à qui elle avait, quant à elle-même, encore tant à dire, et avec Robert et Ingrid que les contraintes de la ferme moderne ne semblaient pas particulièrement préoccuper. L'idée d'une journée cotonneuse au travail, parsemée d'instants de somnolence et de relâchement d'attention ne convenait pas à Alexandre. Benoît s'était absenté du bureau pour plusieurs jours. Kultenbach assurait normalement l'intérim. Alexandre le soupçonnait de n'attendre qu'un simple écart de sa part, une moindre erreur, de comportement, de travail erroné, voire simplement incomplet, il ne savait pas vraiment quel prétexte il pourrait trouver pour le mettre en difficulté, pour épandre sur lui un fiel qu'il semblait avoir grande peine à contenir. Et il y avait Hans qui lui avait confié une tâche au début de la semaine, lui avouant que c'était *pour Guillaume*. Il n'y avait rien d'exceptionnel en cela, c'était même appréciable de connaître une attente précise, mais le contenu de la tâche l'interpellait et lui rappelait étrangement certaines lacunes du passé qu'il avait eu l'occasion de remarquer et auxquelles, indirectement, il avait fait allusion à Cathy Strottmann.

Il aurait aimé rester encore quelque temps. Il devait beaucoup à Corinne mais elle n'en attendait rien vraiment en échange, sinon le réveil de souvenirs dont, apparemment, il était le déclencheur. Quelques minutes de plus, bien qu'à cette heure plus longues encore, ne pouvaient faire l'appoint pour une dette imprécise dont il se sentait redevable. Il se rendait compte qu'il ranimait des souvenirs dont il se sentait éloigné, étranger, mais si chers à elle. Les égards qu'elle avait envers lui l'amusaient plus qu'ils ne le dérangeaient. Son père sans doute. Une curieuse impression. Et pourtant Jean Paul faisait allusion à elle comme d'une collaboratrice exemplaire, dévouée et enthousiaste, non pas comme d'une assistante qui voulait plaire à son patron, en jouant des charmes qu'elle avait su garder encore aujourd'hui, en usant de la faiblesse des âmes et des corps. Jean Paul aurait bien sûr pu, ils auraient pu tous les deux, puis décider de ne garder que des souvenirs que le temps envelopperait discrètement à l'abri du regard des autres, des déceptions et des mépris. Peut-être était-ce cela une des raisons de sa séparation avec Laurence ? Les exigences du travail et de la célébrité avaient peut-être eu finalement bon dos ? Pourtant, Alexandre ne voyait dans le reflet des yeux de

Corinne que sa propre image, concevant à peine celle de Jean Paul.

En vérité, et sans se l'avouer, la compagnie d'Angelika lui fut la plus agréable ce soir-là. Son humour l'amusait, sa conception de la vie et le bonheur apparent qu'elle dégageait étaient tout simplement attachants. Elle avait quelque chose en commun avec Laurence Martin, son aisance avec les autres, la subtilité dont elle usait pour s'intéresser à eux, sans vouloir trop en savoir et surtout sans s'immiscer dans ce que l'on ne peut pas comprendre et surtout dans ce que l'on ne peut juger. Angelika n'avait pas d'enfant et n'avait donc qu'une vie. Alexandre s'était laissé aller à s'y intéresser, comme il allait se laisser aller à s'intéresser à celle de Laurence Martin.

Corinne l'embrassa tout d'abord, puis Gunther et Christina. Une fois dans la cour réveillée par les projecteurs de la propriété et avant qu'il ne s'installât à l'arrière de la voiture de Gunther, elle le serra plus intensément encore dans ses bras et l'embrassa. « Fais bien attention à toi, Alexandre. Si tu as besoin, il ne faut pas hésiter, je ne serai jamais vraiment bien loin, d'une façon ou d'une autre... ». D'une façon ou d'une autre... Alexandre savait qu'il pouvait compter sur elle et n'attacha pas l'importance que, peut-être, ses paroles méritaient.

Il faisait froid dehors. La voiture était recouverte d'une rosée très matinale. Le gros 4X4 BMW noir, un peu plus loin, surveillait la cour, comme un énorme chien de garde. Alexandre l'aperçut sans y faire attention. C'était un véhicule comme un autre. C'était pourtant celui qui l'avait transporté de l'aéroport, le premier soir de son arrivée. La nuit renforçait l'opacité que le temps parfois sait jeter sur les détails de la vie.

Au dernier claquement de porte, le gravillon se mit à crisser sous les pneus de la voiture et le portail s'ouvrit lentement, telle une écluse qui invite à partir et varier de niveau de la nuit. La lune brillait par instant au travers des nuages défilant en long convoi silencieux et une chouette hulula au loin, d'un arbre imprécis, comme une bonne sentinelle de la nuit qu'elle se voulait être. Corinne n'attendit pas la fermeture du portail pour rentrer et retrouver ses amis. Elle n'avait pas les mêmes craintes que Kurt pouvait avoir encore. Celles qu'elle avait eues pourtant à partager depuis si longtemps déjà. C'était d'autres frissons ce soir-là. Le froid et l'émotion des souvenirs.

Gunther et Christina firent quelques allusions au passé, à leurs rencontres occasionnelles avec Jean Paul dont ils avaient gardé un bon souvenir, un simple souvenir sans contact préservé. Ils avaient tourné une page de cette époque, sans trop de regrets, et ils en parlaient pour être agréables à Alexandre, conscients de la relation entre lui et Jean Paul. Et puis, il se faisait tard aussi. Tout le monde tardait à s'écraser dans le moelleux de son lit. Le trajet ne prit guère longtemps, les rues étaient désertes et les néons publicitaires martyrisaient l'obscurité, sans raison vraiment. Même les chats semblaient rentrés définitivement de leurs tournées et rondes nocturnes.

Alexandre s'endormit à peine allongé sur son lit. Gunther et Kristina trouvèrent l'énergie qu'ils gardaient toujours en réserve pour faire l'amour. C'était Kristina surtout. Le vin l'excitait. Un simple verre suffisait à déclencher chez elle le réveil de ses ardeurs contenues, mais son degré d'excitation dépendait de ce qu'elle pouvait boire au-delà des premières gorgées. Elle se laissait aller un peu quand ils sortaient, quand elle se trouvait bien, avec ses amis. Gunther conduisait chaque fois. Il préférait et jamais ne changèrent-ils cette habitude.

Quand ils recevaient chez eux, c'était à son tour de se laisser aller, un peu trop parfois. Elle essayait de rester en contrôle des réceptions, bien que cela lui coûtait un peu. Gunther aimait son haleine des soirs où ils sortaient. L'alcool embrasait sa bouche et le mentholé du dentifrice rajoutait une fraîcheur invitante, elle aussi. Et puis, il y avait son parfum. Des parfums qu'elle aimait changer et dont tout son corps semblait s'imbiber si subtilement. Ce corps qui le ravissait et auquel parfois il pensait à ce qu'il serait, dans dix ans, dans vingt ans. Cette idée l'obsédait parfois et le mettait mal à l'aise, mais Christina le ramenait vite à la réalité de ce qu'elle était encore et de ce qu'elle avait l'intention de préserver, de faire paraître, aussi longtemps qu'elle le pourrait.

Maria était déjà levée et avait regagné son travail. Deux ou trois secousses avaient ébranlé la ville, elle ne savait plus vraiment. Elle n'avait pas eu le temps d'avoir peur. Les gens autour d'elles semblaient habitués. Il n'y avait pas eu de panique, seulement des regards des uns vers les autres, comme pour se dire en silence « ce ne sera rien encore aujourd'hui, demain peut-être, un autre jour, mais pas aujourd'hui… ». Alexandre était toujours effondré sur son lit en désordre. Il avait repoussé drap et couverture, inconsciemment. L'alcool circulait là aussi dans ses veines. Mais il était seul. Personne avec qui le brûler, le distiller en amour effréné.

Chapitre 21
Addictions

Ils s'étaient retrouvés au Crocodile, comme si le bar à la mode était déjà devenu un endroit fétiche, un lieu qui allait être leur « QG », là où ils se retrouvaient, où ils avaient l'intention de se retrouver. Alexandre y pensa un peu, sans trop y porter d'attention, se disant qu'ils ne s'y étaient rencontrés après tout qu'une seule fois et qu'il n'avait pas vraiment de signification pour eux. Pas encore. Il ne le voulait pas. Il ne le fallait pas. Il se souvint des paroles de Corinne la semaine dernière : « Je souhaite seulement qu'elle ne retombe pas ! ». Elle avait parlé de Julie comme elle aurait parlé d'une de ses filles, en mère inquiète qui se trouve parfois en marge d'une réalité qui lui échappe et qu'elle découvre, souvent un peu tard, une mère qui se reproche de ne pas en avoir fait assez, d'avoir exercé une vigilance mal proportionnée et de ne pas avoir assez *parlé* ou *fait parler*. Anne-Laure Le Marrec n'avait pas montré autant d'inquiétude, mais sans doute en savait-elle plus à son propos, nécessairement, sans doute avait-elle eu l'occasion d'être rassurée par les progrès de Julie, la reprise en main de sa propre vie et surtout de sa santé. Benoît partageait le sentiment de Corinne. Mais inconsciemment sans doute était-ce lui qui partageait d'abord avec elle ses angoisses et ses appréhensions.

Il avait dû en effet lui parler d'elle. L'émotion d'un père, l'anxiété, pour quelque chose qu'on ne sait aborder parce que l'on n'y comprend rien ou si peu, et que les différences et les relations contribuent à rendre plus obscure et certainement plus difficile à cerner.

Julie apparut presque aussitôt après l'arrivée d'Alexandre. Il n'avait pas encore eu le temps de commander de boisson. L'accoutrement de Julie le surprit quelque peu et elle le remarqua sans difficulté, à la lecture du livre ouvert que le visage d'Alexandre offrait sans allégorie trompeuse. Il ne savait ni ne voulait cacher ce qu'il ressentait. Maria lui reprochait parfois son manque de retenue, sa trop grande lisibilité.

« Tes expressions, tes sentiments s'impriment sur ton visage, Alex ! Pas besoin de te demander, on sait tout de suite, il suffit de lire… » lui disait-elle parfois, quand elle attendait de lui un peu plus d'opacité, et une réserve de convenance. Sa mère l'avait aussi remarqué mais sans rien lui dire, craignant de le mettre dans l'embarras car, enfant, c'était plus une question de rougissements que d'expressions de visages. Il ne rougissait plus désormais mais ce qui avait dû être pour lui un besoin de manifester un sentiment ou bien un point de vue s'était transformé par des froncements de sourcils, des pincements de lèvres, l'écarquillement de ses yeux qui se rapprochaient encore un peu plus, tous aussi modérés les uns que les autres mais qui, sur son visage d'ange, se remarquaient sans difficultés, à deux kilomètres à la ronde. Sans compter parfois les oreilles qu'il arrivait à faire bouger dans le comble de ses surprises. Il avait promis de se corriger, de faire un effort, de fermer le livre et de parler plutôt, mais seulement quand il devait y être invité. Sa comparaison au livre l'avait fait sourire la première fois que Maria lui avait fait la remarque. « Maman a dû écrire sur mon visage et a oublié de refermer les pages » avait-il répondu. C'était une des rares allusions à son écrivaine de mère qu'il avait faite dans le passé. Elle n'avait pas refermé le livre, le livre de son fils. Il y en avait d'autres à ouvrir. C'était ceux-là qu'il voulait écrire, ceux-là qui commençaient, subtilement, à l'intéresser, à l'intriguer, à l'attirer vers de possibles bribes de vérité.

Julie portait un petit anneau à l'arcade sourcilière gauche, un de ces *piercings* qui font parfois mal à voir et qu'Alexandre, personnellement, n'affectionnait pas et qu'il avait supplié Maria de ne pas avoir. Les cheveux tirés en arrière et retenus par un bandeau, il faisait remarquer l'agonie de la jeunesse d'un beau visage que le temps n'avait pas encore touché, pas même effleuré. Ses hauts talons la grandissaient considérablement mais elle semblait très à l'aise quand elle descendit les escaliers du bar et qu'elle s'avança vers lui. Elle portait une jupe en cuir et une veste assortie, plus un blouson qu'une veste, noires toutes les deux. La veste entrouverte laissait apparaître un chemisier blanc avec un *v* un peu provocant qu'il ne put, l'espace de quelques secondes, s'empêcher de fixer intensément.

« Salut Alexandre, t'en fais une tête ! Je ne suis pas en retard au moins ? »

Elle avait l'air heureuse, pleine d'énergie, comme si elle sortait d'un salon d'essayage et qu'elle était fière de ses trouvailles vestimentaires, attendant des compliments, des encouragements.

— Non, pas du tout. C'est pas ça, je…
— T'aimes pas ce que je porte ?

— Je ne m'attendais pas à te voir vêtue de cette façon. Tu ne vas pas avoir chaud.

— Tu verras, chez Jérôme, c'est ce que portent les potes et les copines. Mais c'est pas aussi élégant, à mon point de vue. Et puis je n'ai pas froid. Il fera plutôt *chaud* chez lui, elle insista sur le mot *chaud*, avec un large sourire. J'addddore ton expression ! Ta tête, Alex ! Je ne sais pas ce que tu aurais pensé si j'étais apparue avec ma perruque rousse et mon body vert ? La prochaine fois, tu verras. Je te réserve des surprises. T'es trop mignon quand tu marques ta surprise !

— Tu veux dire *un peu ridicule.* Tout comme je vais paraître ridicule à cette party... Je ne vais pas passer non plus inaperçu. J'aurais dû au moins mettre des jeans !

— J'aurais dû te prévenir aussi ; c'est de ma faute. Ce n'est pas grave. Si tu es bien dans ce que tu portes, c'est l'essentiel. Peut-être qu'ils ne remarqueront pas !

Et elle se mit à rire en se courbant en arrière, les bras tendus vers le bas, passant en majuscule le V qui semblait n'attendre que cette reconnaissance.

— Tu plaisantes, je crois.

— Je te taquine un peu, c'est tout.

Elle l'embrassa trois fois sur les deux joues, comme s'ils se connaissaient depuis bien longtemps et que la dernière fois était hier seulement. Alexandre avait toujours un peu souffert d'être enfant unique, l'enfant unique d'un couple explosé pour lequel il avait fait partie d'un partage injuste et qu'il considérait, quelle qu'en pût être la raison ou bien la cause, totalement inéquitable. Trois personnes ne pouvaient être *partagées*. Il y a de ces parts qui ne peuvent se faire. Petit déjà, il ne comprenait pas comment on pouvait se mettre en quatre, cela n'avait pas de sens. Il avait demandé à Jean Paul, puis à sa mère. Tous les deux avaient parlé d'image, l'image de se couper en quatre pour faire plaisir, obliger les gens, essayer de tout faire en même temps. Il avait beau avoir essayé de se mettre en deux, cela n'avait pas marché et forcément, chacun n'y retrouvait pas son compte. Alors, il ne comprenait pas que cette indivisibilité n'ait pas pu changer les choses, que ses parents n'aient pas réfléchi à ce qu'il considérait une injustice, qu'ils ne soient pas enfin restés ensemble afin que *trois* demeure *trois* et qu'il ne soit pas arbitrairement soumis à un arrachement. Cela avait été pour lui un injuste découpage. Et s'il avait eu un frère, ou bien une sœur, peut-être qu'à eux quatre, les choses auraient été différentes, qu'il y aurait eu plus de justice dans les *comptes* ou bien que la famille aurait été plus forte pour résister à la tentation d'y mettre fin. Mais ce n'était que des *peut-être* qui le hantent encore parfois, même aujourd'hui. Il considérait son père comme le grand perdant, le grand perdant des décimales après la virgule qui, en principe, devaient lui revenir et qu'en fait, jamais il ne récupéra dans leur totalité. Le temps avait beau avoir passé, les hommes et les femmes avaient beau s'être découverts à lui, Alexandre avait toujours du mal à accepter le décompte de cette insoluble division. Alors, curieusement et pour la première fois, il voyait dans quelqu'un de son âge le complément d'une famille dont il manquait l'étoffe pour surmonter les houles de la vie. Julie avait pour lui quelque chose de curieusement familier qu'il ne savait définir et dont il ne savait que très peu de choses pourtant. Il s'en sentait, sans raison véritable, un peu responsable.

Julie le voyait autrement. Elle ne savait pas encore vraiment comment. Elle le connaissait si peu. C'était la troisième fois ce soir-là qu'elle le rencontrait. Sa jeunesse et sa spontanéité actionnaient le temps, brûlaient les étapes, et l'attirance qu'elle ressentait pour lui faisait naturellement le reste. Avant de s'asseoir à sa table, elle se dirigea vers un des employés du Crocodile qui préparait la décoration d'un thème quelconque de la soirée et revint avec un ballon bleu attaché au bout d'une ficelle et le tendit à Alexandre. « C'est pour toi. Tu te sentiras peut-être plus à l'aise chez Jérôme avec cela, tu ne seras toujours pas en jeans et en T-shirt débraillé, mais ça compensera. Ils oublieront ta veste et ta chemise à col, sans compter la cravate... ». Elle repartit dans un autre fou rire dont Alexandre était le prix. Il secoua la tête et prit le ballon et fit mine de l'attacher à sa ceinture et de s'envoler dans les airs, se prêtant avec une sorte de tendresse, au jeu de la séduisante Julie. Ils restèrent quelque temps à boire un verre, à parler de sa journée à elle, des cours auxquels elle venait d'assister, des profs qu'elle décrivait sans ménagement comme le font les étudiants de son âge. Elle paraissait intéressée par ses études. Elle se moquait plus qu'elle ne dénigrait. Il n'y avait pas de signe de malaise et Alexandre se souvint des mots qu'il avait eus à son propos avec Corinne la semaine précédente. Il aurait aimé qu'elle-même la vît dans cet état et se trouvât ainsi rassurée. Pour qu'elle en fît un rapport à Benoît dont l'inquiétude demeurait, amplifiée par le doute que tout pouvait se remettre rapidement dans l'ordre, aussi rapidement que cela était survenu mais aussi que cela pouvait repartir dans l'incontrôlable va et vient des maléfices d'influences.

Julie avait retiré son blouson et l'avait placé au dossier de sa chaise sur lequel elle ne s'appuyait pas. Elle se tenait droite, mettant en valeur une poitrine dont le bouffant du chemisier camouflait tant bien que mal l'enflure attirante mais que les boutons volontairement oubliés dévoilaient, quant à eux, avec ostentation. Alexandre essayait, sans trop vraiment y réussir, de ne pas laisser libre cours à son regard. Il la voulait être la petite sœur qu'elle n'était pas. Quand bien même l'aurait-elle été, cela n'aurait rien changé à sa beauté. Une beauté simple, belle à regarder et dont on ne se lasse pas, qui fait partie des contrastes de la vie et fait réagir les préférences. Elle croisait et décroisait ses jambes, tirant à chaque fois sur une jupe réticente à rester en place, là où il le fallait, montrant le début de ce qui restait à découvrir, le début auquel Alexandre s'efforçait de ne pas penser.

« J'ai apporté une bouteille de vin. Je ne savais pas trop quoi apporter. »

Alexandre montra un sachet en plastique qu'il avait posé en dessous de sa chaise, content de pouvoir détacher son regard quelque peu perturbé et dont il regrettait avoir perdu le contrôle. Il se ressaisit par cette pauvre pirouette qui amusa Julie.

— Jérôme appréciera, je crois. Il n'est pas habitué à tant de protocole.

— Quel protocole ?

— Ses copains viennent souvent sans rien. Du moins pas ce genre de chose...

— Quoi donc alors ?

— Leurs propres bières et leur *stuff* habituel.

— C'est quoi « leur stuff » ?

— Un peu de quoi s'envoyer en l'air...

— Ah oui. Et cela ne te dérange pas ?

— Pas vraiment. Les gens sont libres, elle annonça cela avec un naturel étonnant qu'Alexandre reprit instinctivement, réfrénant avec peine sa sincérité, et la transparence habituelle sur laquelle ses efforts n'avaient visiblement pas encore abouti.

— Pas aussi libres que cela Julie. Ni vis-à-vis de la société, ni même encore moins vis-à-vis de leurs vies, celles qu'ils ont reçues et qu'ils ne sont pas en droit de...

— Oui, je sais ce que tu vas dire. Tu parles comme les parents, *les vieux*. On dirait que tu n'as jamais touché à cela.

— Je n'ai, *jamais*, touché à cela.

— Tu ne peux donc pas savoir ce que tu manques. La société nous emprisonne un peu, avoue-le, Alexandre. Les contraintes, les bonnes façons. Il faut bien pouvoir compenser et retrouver une liberté « confisquée »... Non ?

— Pour se retrouver prisonnier d'autres habitudes. Au péril de sa vie.

— Il faut savoir doser !

— Tu sais doser ?

— Je ne savais pas vraiment, mais maintenant, oui.

— C'est-à-dire ?

— J'ai arrêté. Je me soigne, tu sais. Et je buvais aussi. Mais papa a dû te dire tout cela. Pas la peine d'en rajouter.

— Pourquoi revois-tu ces gens qui...

— Qui m'entraînent ou plutôt qui m'ont entraînée ? Simplement parce que ce sont malgré tout des amis.

— Jérôme surtout...

— Il reste un copain.

— Hmm, hmm.

— Il vit sa vie. Elle n'est pas trop facile pour lui.

— Elle ne l'est vraiment pour personne. Il ne s'agit pas de la rendre plus difficile. Les mondes artificiels n'y changent rien. Seulement provisoirement ; ce ne sont que des leurres.

— À moins de ne pas en sortir.

— L'idée t'a effleurée ?

— Ce n'est pas l'idée. Ça vient tout seul. On ne fait plus attention, voilà tout.
— Il faut aussi avoir les moyens de s'en procurer.
— On les trouve toujours. On fait les poches, les portefeuilles, les sacs à main, on rend des services.
— Je vois. Cela va plutôt loin.
— Oui, gentil Alexandre. Ça va loin, parfois. T'inquiète. Je pense avoir bien compris tout cela.
— Tes parents sont inquiets pour toi. Tu sais cela ?
— Que penses-tu ? Mon frère aussi s'est inquiété. Il me faisait chier, pardon, il m'ennuyait avec sa morale. La même que celle des parents, la même que la tienne, finalement. Mais je l'adore. Et j'aime mes parents. Alors…
— Alors ?
— Alors, je fais gaffe, c'est tout.
— Il faut le faire surtout pour toi. Et tous les autres apprécieront ; forcément. C'est toi finalement qui importes. Une fois que les autres ont compris que tu te respectes, que tu respectes ta propre personne, ils se rassurent et te font confiance à nouveau.
— Tout cela semble si simple…
— Seulement si on le veut. Mais je te l'accorde, beaucoup de choses autour de nous tendent à nous égarer, à nous faire poser trop de questions. Moi-même, je…
— Oui ? Tu veux dire que toi aussi, tu as tes incertitudes, des tentations à…
— Moi, c'est autre chose. Mais…
— Dis-moi…
— C'est un peu compliqué. Il va falloir que nous y allions. J'aimerais bien être parmi les premiers à arriver mais aussi parmi les premiers à rentrer.

— Tu me diras ? Après. Un autre jour ?

Julie avait pris un air d'enfant. La curiosité s'était emparée de son visage. Des rides, deux ou trois tout au plus, avaient peiné à s'imposer entre les minces arcs de cercle que ses sourcils crayonnés dessinaient au-dessus de ses yeux d'émeraude. Elles étaient comme des passerelles inachevées entre les rives de l'inconnu et de la connaissance, au-dessus d'une rivière inventée de l'interrogation et du vouloir de savoir. Julie posa sa main sur la sienne, sans trop savoir pourquoi. Alexandre n'essaya pas de la retirer. Il lui semblait une éternité depuis qu'un geste d'affection l'avait ému, rappelé qu'elle existait, qu'il était tout simplement apprécié. Le geste de Julie n'avait sans doute pas le sens auquel il s'était habitué, le sentiment qu'il lui prêtait quand il venait de sa mère, ou plus encore désormais de Maria. Bien qu'il ne le voulait pas pourtant, il n'essaya pas de lui accorder une autre signification. Quelques instants, quelques fractions de seconde seulement. Pour se rappeler ce qui lui manquait, pour combler le creux de ses incertitudes et permettre au lendemain d'arriver, au temps de passer, de surmonter les absences. Et pour ne pas refuser les instants de bonheur, aussi courts et aussi éphémères qu'ils puissent être. C'était une occasion. Il aurait aimé que ce très court instant dure de vraies secondes, des minutes peut-être. Ses doigts, ses mains avaient presque oublié, elles aussi.

Le bar s'était transformé, petit à petit. Les colonnes avaient été recouvertes de toile de jute froissée, de haut en bas, en accordéon. De près et en oubliant le reste du décorum, elles donnaient l'effet de vieilles chaussettes dont l'élastique avait rendu l'âme ou que l'on avait rabaissées volontairement, pour défier l'esthétique. La sonorisation et les lumières assorties firent heureusement oublier les chaussettes et imaginer à la place des troncs de palmier auxquels plusieurs branches de feuilles effilées et pointues apportaient une touche intéressante de synthétique vérité. Quelques torches soufflaient sur le mur de l'escalier d'entrée des flammes de papier animées d'un mouvement unique permanent. Alexandre dégagea sa main de celle de Julie et regarda autour de lui. Elle l'accompagna dans son expédition furtive au pays imaginaire du décor et lui sourit.

« Finalement, tu portes bien ton anneau, ici… Il n'est peut-être pas au bon endroit mais quand même. Une narine, peut-être ?

— C'est pas sympa, Alexandre. Un cliché franchement décevant de ta part.

— C'est que tu ne me connais pas très bien. Tu t'attends sans doute à trop de ma part. Mais tu as raison et je m'en excuse. C'est pas très sympa mais il n'y a rien de bien méchant dans ce que je viens de dire. J'aime assez bien ce qu'ils ont fait ici. On a l'impression qu'ils sont pleins d'imagination. Et cela m'amuse de me moquer un peu de toi. Tu ne t'en prives pas, toi, n'ai-je pas raison ?

— Les clients doivent sans doute apprécier tout ce décorum. Personnellement, ce qui compte dans un bar ou dans un restaurant, c'est la personne avec qui l'on est. Le reste est un peu sans importance.

— L'un n'empêche pas l'autre, non ? D'ailleurs, je resterais bien ici. Crois-tu que Jérôme s'apercevrait de ton absence ?

— De notre absence ! Bien sûr qu'il s'en apercevrait. Tu le sous-estimes un peu trop je pense. On a dit que l'on irait, non ? Tes belles manières, Alexandre, tu les as oubliées ?

— J'essayais seulement, juste au cas où…

— Tu ne sais pas si j'aurais d'ailleurs voulu passer, une fois de plus, toute la soirée, rien qu'avec toi.
— Effectivement, je ne le sais pas.
— Ce n'est pas plus mal. Faut pas se faire des idées comme cela. Mais sans doute es-tu habitué à ce que les filles ne se posent pas trop de questions.
— Évidemment, Julie, évidemment...
— Finalement tu n'es que mon garde du corps ! »

Julie éclata de rire à nouveau et tous les oiseaux bariolés s'envolèrent des branches de la canopée des grands arbres, battant des ailes et reprenant le bonheur de Julie dans leurs cris stridents et rythmés.

— À quoi penses-tu ? Tu n'es plus ici, tu m'as laissée !
— Aux anhingas !
— Aux quoi ?
— Aux anhingas !
— Tu te moques de moi, je pense. Je le dirai à mon père.
— Ce sont des oiseaux.
— Et pourquoi penses-tu à ces oiseaux, juste maintenant ?
— Je ne sais pas vraiment. Ce nom m'est venu à l'esprit, comme cela, presque sans raison. L'ambiance ici sans doute. La chaleur aussi. Je rêvais sans doute aussi.
— Sympa la compagnie !
— Je suis revenu. Je pense souvent à ce pays inconnu où il doit y en avoir tant. C'est comme cela, je ne peux vraiment l'expliquer.
— Les rêves ne s'expliquent pas toujours. Mais il y a certaines obsessions !
— Tu veux dire que je suis obsédé ?
— Non, mais ça dépend des rêves, je présume.

— Je vois ce que tu veux dire. En ce qui concerne celui-là en particulier, cette espèce de forêt attirante, pleine de couleurs et de vies, mais effrayante à la fois avec cette peur de s'y trouver englouti, avalé par les éléments, tu avoueras que c'est assez particulier. Rien d'érotique pour résumer, car c'est cela auquel, tu l'avoueras, tu faisais allusion ?

— Pas que cela. Un peu comme de revoir souvent, aussi, les mêmes gens, comme si tu les connaissais bien et qu'en fait, tu n'as jamais rencontrés, ou seulement une simple fois.

— Cela aussi peut m'arriver.

— T'es comme tout le monde en fait, Alexandre ! C'est miss Freud qui te le dit.

— Si elle le dit…

— Bon, on y va ? Avant que tu ne retombes dans je ne sais quelle jungle d'Afrique ou d'Amérique du Sud ? Sans moi, d'ailleurs. Autrement…

— Autrement ?

— Je serais Jane ! *Ta* Jane.

— Allons-y !

Julie avait laissé sa 2CV sur un trottoir, non loin du Crocodile. Sa conception du stationnement était basique et ne respectait pas vraiment les conventions. Mais c'était le soir et les agents en charge pour les rappeler avaient regagné leurs pénates, occupés sans doute à les oublier eux-mêmes, à regretter d'être si éloignés de leurs homologues de séries télévisées et des causes autrement plus glorieuses que ces derniers ont le privilège de défendre. Julie, malgré une insouciance pas aussi réelle qu'elle essayait de le laisser prétendre, le savait et ses excès relatifs n'étaient autres, en fait, qu'une part d'efficacité et de recherche de commodité. La voiture effectua quelques ruades au démarrage et tous deux se regardèrent avec un large sourire de connivence. Ils passèrent de l'autre côté de la ville en traversant le Main par l'un des nombreux ponts historiques de Frankfurt, lequel était en travaux et en sens unique pendant la remise en état. Julie tourna à droite puis à gauche, hésitante. Son visage habituellement détendu et serein se durcit au fur et à mesure qu'ils avançaient. Elle s'était égarée dans ses souvenirs, dans le dédale de rues et d'avenues qu'elle connaissait pourtant bien. Puis soudain, elle retrouva son chemin et son visage reprit aussitôt l'air de jeunesse qui donnait à Julie une tendresse et une innocence bien à elle, un charme auquel Alexandre n'était pas insensible, une attirance qu'il essayait de contrôler. Une fragilité aussi qui lui rappelait la distance qu'il était convenable de respecter et, indirectement, un sentiment de lien de sang que rien vraiment ne l'incitait à avoir, plus une impression qu'autre chose, une sorte d'instinct.

Ce ne fut pas Jérôme qui ouvrit la porte mais une jeune fille fardée comme Alexandre en avait rarement vu auparavant. Entièrement de noir vêtue, des chaussures montantes à lacets, aux cheveux lissés en arrière comme si elle n'avait pas eu le temps de se sécher après une douche interrompue par des visiteurs qu'ils étaient, Julia et lui. Pour être plus proche encore des allures de corbeau, elle portait un ridicule jaune à lèvres qu'aucune autre femme n'avait sans doute jamais encore osé porter.

Alexandre hésita entre éclater de rire et fuir en courant, s'éloigner au plus vite. Quelques années auparavant, il aurait trouvé un prétexte, rougi jusqu'aux oreilles, mais s'en serait retourné. Il laissa son visage compenser l'absence de solution et s'exprimer pour lui, en un silence qui en disait long. Julie embrassa la jeune femme et lui présenta Alexandre. Elle fit un effort de parler français, avec un lourd accent, mais une surprenante connaissance de vocabulaire et de grammaire. Elle parlait lentement, articulait d'une façon exagérée mais produisait des constructions de phrases étonnamment irréprochables. Elle embrassa Alexandre, étalant son jaune sur ses joues, sans attendre, avec une spontanéité sympathique et avec un « bienvenue Alexandre ! » surprenant, puis rassurant. Elle les invita à rentrer dans l'appartement, en maîtresse de maison qu'elle s'avéra, plus tard, ne pas être en réalité. Elle était sans nul doute la plus excentrique de toute la population qui était déjà arrivée dans l'appartement. Mais cette excentricité n'était qu'une façade, qu'un échafaudage de ravalement que l'âge ne justifiait pas encore, un étonnant camouflage car, Alexandre ne tarda pas à voir en elle, une intelligence maquillée à outrance mais une intelligence agréable qui volait bien au-dessus de la moyenne de celle de l'assemblée. Les autres, en dehors de tous ces supplices de peau que la mode, chez certains, s'évertuait à élever au rang du raffinement, portaient des tenues vestimentaires classiques, certaines un peu plus ostentatoires que d'autres. Il y avait du monde un peu partout. Les canapés et les fauteuils avaient déjà embarqué certains dans d'étranges voyages. D'autres, sur le sol, étaient ou allaient partir dans la même direction, mais en seconde classe. Une musique défilait dans le paysage artificiel, des sonorités pleines de gémissements de guitares et de fracassements de batteries. Le volume avait été contrôlé et les décibels réduits à l'espace délimité par les murs. On ne voulait pas déranger les voisins. On avait dû le faire, mais on ne voulait plus le faire. La police était *réactive* aux tapages nocturnes dénoncés et il valait mieux ne pas attirer l'attention.

Elle n'était pas bienvenue à ce type de voyage, les « trip parties ». Mais il n'y avait pas que des *voyageurs* ou bien des consommateurs de ce tourisme un peu particulier. De petits groupes discutaient debout, des verres à la main. L'appartement était cossu. Alexandre apprit plus tard que Jérôme y habitait avec deux amis, dont un avait installé une amie avec lui. Ils étaient quatre désormais à le partager. Des portes étaient ouvertes un peu partout pour absorber la totalité des invités. Il y en avait partout. Alexandre aperçut Jérôme, en pleine discussion. La jeune femme en noir l'avait rejoint rapidement, après s'être frayé un chemin à travers un parterre de corps allongés, certains enchevêtrés. Quelques lampes d'ambiance seulement étaient allumées laissant par-ci par-là des zones quasiment obscures. Seuls les couloirs et la cuisine dont la porte était maintenue ouverte pour faciliter les divers approvisionnements étaient bien éclairés. Jérôme se détourna vers Julie et Alexandre qu'elle tenait par un pan de sa veste et il les salua de la main, leur faisant signe de venir les rejoindre. Julie répondit à l'invitation en premier, précédant Alexandre dont l'enthousiasme à le rejoindre était comparable à celui d'aller retrouver une vieille tante grincheuse et critique dont on ne pouvait attendre que des mots amers et pleins de reproches. Jérôme portait un T-shirt sans manches et des jeans faussement usés. Il avait mis du gel sur ses cheveux qui pointaient en hauteur comme des indicateurs de son état. Il avait remis sa main dans la poche arrière d'une fille qui le dépassait d'une tête. Un autre type tenait une cigarette qu'il portait à la bouche nerveusement, inhalant profondément la fumée. L'extrémité rougissait avec intensité à chaque inspiration. Sans dégager sa main de la poche de la fille, Jérôme se pencha vers Julie et l'embrassa, sur la joue d'abord, laissant glisser sa bouche sur le lobe de l'oreille de Julie, puis sur son cou. La fille lui retira sa main de la poche avec une grimace d'agacement et d'ennui. Ainsi libéré, il prit Julie par la taille et laissa sa bouche refaire le même parcours, mais de l'autre côté. Dans un allemand irréprochable, il demanda à la fille avec qui il semblait en pleine osmose charnelle et puis à une autre, tout aussi polarisée par ce qui semblait lui échapper, de les laisser quelques instants et de le rejoindre à nouveau, un peu plus tard. Elles s'exécutèrent dans une docilité étonnante qui n'échappa pas à Alexandre.

« Je ne pensais pas que tu viendrais, Julie ! » confia-t-il à Julie en desserrant son étreinte, sans repasser au français. « On ne te voit plus dans les soirées, tu ne sors plus, tu ne peux pourtant pas dire que tu n'aimais pas cela. Ah oui, c'est sans doute pour faire plaisir à papa et maman. La bonne petite fille rangée que tu es. Ah mais oui, bien sûr : tu as ton escorte agréée ! Ce cher Alexandre... J'avais oublié. Enfin non, j'avais pas oublié. Comment le pourrais-je ? Bonsoir Alexandre ! C'est sympa de m'avoir emmené Julie. Sans toi, je ne suis pas certain... Vous faites plaisir à voir tous les deux. Joli couple.

— T'es con Jérôme. Tu dis n'importe quoi.

— Je dis n'importe quoi ? Tu serais venue sans lui ? » Alexandre se retourna vers elle, attendant la réponse.

Il haussa ses sourcils, incertain de ce qu'elle dirait.

— Je fais ce que je veux Jérôme. Je n'ai pas besoin d'ange gardien, ou de protecteur, pour sortir. C'était l'occasion pour Alex de sortir un peu et de découvrir un peu de ses contemporains allemands.

— Il va être servi ici. Mais je reste convaincu que tu ne serais pas venue sans lui.

— Ça te dérange ?

— Pas le moins du monde. Au contraire, je suis rassuré de voir que tu ne sors pas avec n'importe qui. Moi, lui, on est pareils, non ? il ria et fut pris d'une quinte de toux qui sembla durer une éternité.

— Tu devrais te soigner, Jer. Tu m'avais dit que tu le ferais.

— Je suis en traitement. Tu vois. Et il tira longuement sur sa cigarette qui s'embrasa sur presque un centimètre.

— Comme cela !

— Je prends d'autres choses aussi. Plus efficace encore. Mais allez vous servir quelque chose dans la cuisine ; il y a de tout, comme tu sais Julie. Tu connais bien le chemin. Emmène Alex avec toi avant qu'il soit dévoré par mes copines. Même dans la pénombre je vois leurs regards affamés se tourner vers lui, elles le bouffent déjà, rien que par les yeux, il suffit d'un rien pour qu'elles le fassent pour de bon. Fais gaffe Julie. Reste sur tes gardes. Comme t'es pas vraiment *tolérante...* Je suis bien placé pour le savoir, non ?

— Bon, ça va. Change un peu de registre.

Alexandre lui remit alors la bouteille qu'il sortit gauchement du sac en plastique.

— Une modeste contribution à la soirée, Jérôme !

— Belles manières, oui, quelles belles manières, en effet. Mais c'est sympa. Commencez donc par un peu de vin. Vous passerez aux choses un peu plus sérieuses plus tard. Merci Alex. Deux cadeaux pour une soirée c'est trop ; vraiment.

— Deux ? Je ne vois pas. Répondit Alex.

— Mais si, enfin : ta bouteille et... Julie. Elle n'a rien à voir avec une bouteille, je te l'accorde mais en termes de cadeau, tu ne pouvais pas me faire plus plaisir.

— Allez viens Alexandre. Allons nous servir un verre et laissons Jérôme avec tous ses autres cadeaux !

La cuisine était en désordre. Des canettes de bière débordaient déjà des deux petites poubelles placées près d'un monumental réfrigérateur et étaient retombées sur le carrelage du sol, certaines debout, d'autres sur le côté, sans position précise. Différentes bouteilles étaient laissées ouvertes sur une surface de travail et la table, parmi des assiettes de tranches de pain gauchement garnies de charcuteries diverses. Des bouchons attendaient leur triste sort du lendemain. Deux étaient restés empalés sur les spirales métalliques des outils des délits en cours. Trois larges assiettes en carton, de différents fromages, étaient un peu mieux présentées. S'il n'y avait pas eu de véritable effort de présentation soignée, il y en avait au moins eu sur la quantité. Julie n'eut aucun doute sur l'organisation exclusive des garçons de l'appartement pour cette soirée. Les copines s'étaient abstenues d'intervenir. La fréquence des soirées, l'ingratitude qu'elles percevaient en échange de leurs préparations, tous les lendemains de ces soirées avec leurs dégâts matériels, les souillures à faire disparaître, tout avait contribué à cette sorte de rébellion féminine qui avait germé après un temps de menaces totalement improductives et ignorées. Car les filles restaient des filles et cependant, malgré leurs égarements, les mêmes, trop souvent, que ceux des garçons, pires encore parfois, leurs intentions n'étaient pas de faire perdurer cette servitude de bonnes à tout faire dont elles avaient fini par avoir soupé. Julie en avait fait l'expérience, savait tout ce que cela représentait. La sordidité des lendemains, les efforts décuplés à faire pour tout remettre en état, l'appartement et les corps. Ou plutôt les corps puis le reste. Cela prenait du temps de se remettre de tout.

Dans un coin du salon enfumé, un garçon s'approcha d'une fille. Elle aussi semblait un peu paumée dans ce monde pour le moins étrange. C'était difficile de savoir si elle ne le connaissait que trop et n'en attendait pas grand-chose ou bien si elle en attendait encore un peu plus et que cet *un peu plus* tardait à venir. Elle ne devait avoir que seize ou dix-sept ans, espérant en avoir un ou deux de plus, pour ne plus avoir à devoir expliquer, rendre des comptes, comme si l'âge donnait des droits, effaçait des devoirs, libérait des contraintes. Voyant le garçon s'avancer vers elle, la bouche ouverte, elle inventa un sourire et pencha la tête comme un petit chien qui attend de jouer et à qui l'on va jeter un objet à mordiller puis à secouer dans tous les sens. Il tira un bout de sa langue et elle comprit, ouvrant sa bouche à son tour. La petite pastille blanche passa d'une langue à l'autre dans le secret éventé de bouches refermées l'une sur l'autre. C'était un baiser du diable. Leurs lèvres se décollèrent ensuite pour se refermer, chacune à leurs places. Ce n'était pas de l'amour, juste un terrible partage pour une extase qu'on était venus chercher. La fille sembla heureuse… Il la regarda et sourit. Ils se rapprochèrent l'un de l'autre et il l'enlaça avec l'un de ses bras. La main de l'autre bras remonta sous les quelques centimètres d'une jupe provocante et s'enhardit par devant juste en dessous de son ventre collé à celui du garçon. Elle ferma les yeux tout en continuant de lui sourire, au fur et à mesure qu'il entrait dans la moiteur de son corps. Les autres qui rentraient et sortaient ne faisaient pas attention à eux. C'étaient comme s'ils n'existaient pas, comme si l'on voulait respecter leur intimité, comme si tout était normal et que tout n'était que consommation. Le garçon dégagea alors sa main du doux labyrinthe et prit alors la fille par la main et, s'essuyant sur ses jeans trop serrés, il l'entraîna dans une pièce. La porte se referma, libérant plus encore les sens déjà bien débridés.

Le bruit de la cuisine fit oublier l'image éphémère du couple, remplacé bientôt par celle d'un autre. Les sons et les images alternaient, brouillant les pistes auxquelles l'esprit d'Alex avait peine à s'adapter. Une autre manœuvre se mit en place, un même échange, mais de mauvais principes. Un verre se fracassa par terre, répandant une petite marre rougeâtre. La lumière blanche du néon n'épargnait aucun détail, amplifiait les sons, ajoutait du sordide au sordide, s'évertuait à laisser l'hypocrisie devant la porte. Dans la grande pièce de l'appartement servant de salon et de lieu de repas, assis, debout ou bien même allongés, l'assemblée continuait de s'amuser, dans une cacophonie de rires et de paroles. Tout portait à croire qu'on ignorait ce que, à quelques mètres de là, au-delà des murs, la société s'évertuait à contrôler, doser, légaliser, pénaliser, réprimer, critiquer en son nom et au nom de chacun, tout en en étant la cause par le jeu équivoque de la morale et de l'hypocrisie, de la lucidité et de l'aveuglement, de l'assistance et de l'abandon, en feignant de chercher à comprendre pourquoi de tels besoins existent, et d'en chercher les véritables coupables.

« Que regardes-tu, Alexandre ? » lui demanda Julie qui avait lu son étonnement sur le visage.

— Rien de particulier. Et tout en même temps. Tout.

— Le désordre ?

— Cela sans doute et toutes ces odeurs qui m'inquiètent un peu.

— Je sais. Tu vois, Alex, ma vie, il y a quelque temps…

— Oui. Continue.

— Ma vie était comme cette cuisine.

— En désordre ?

— C'est exactement cela. C'était pire encore… Vraiment.

— C'est-à-dire ?

— Je ne pouvais pas nettoyer, ni ranger, ni trouver les trucs de ménage, les vrais trucs qui remettent en ordre.

— Je comprends. Mais c'est du passé maintenant, non ?

— Oui, je ne veux plus revivre cela. Mais c'est dur parfois. Et puis tous ces copains qui continuent à vivre avec ce désordre permanent.

— Rien ne les empêche de faire comme tu as fait.

— Ce n'est pas aussi simple.

— Question d'entourage !

— Et de volonté. Je crois que c'est plus facile de ne plus jamais faire de ménage !

On rentrait et sortait de la cuisine. Plus pour se servir des boissons que pour prendre les tartines et les crudités qui donnaient aux *victuailles* un air faussement diététique et sain, bien qu'en eux-mêmes, elles l'étaient, malgré tout. Julie semblait connaître presque tout le monde. Elle embrassait plus qu'elle ne serrait de mains. Quelques filles n'avaient pas droit à cette reconnaissance pour des raisons qu'Alexandre ne chercha même pas à comprendre. Elle le présentait la plupart du temps mais parfois, tout comme elle pouvait tourner la tête à certains quand elle voulait garder sa distance vis-à-vis d'eux, elle feignait même de ne pas être avec lui, l'ignorant presque et le laissant dans un embarras qu'il maîtrisait difficilement. À chaque fois, elle s'éloignait de lui, pour le rejoindre ensuite. Son comportement lui paraissait désagréablement étrange. Ce n'était pas la même Julie. Il lui demanderait de s'expliquer une fois qu'ils seraient repartis, sans la certitude d'avoir le courage de le faire, sans une autre certitude, celle d'avoir surtout une quelconque raison de le faire. Julie n'avait pas non plus à se justifier. Il n'avait qu'à partir, s'éloigner de ce qui n'était pas son milieu, sans attendre, sans elle et la laisser à son passé et à ses amis qui restaient tellement présents. Pourtant, l'idée de la laisser à ce monde auquel, visiblement, elle ne s'était pas totalement détachée, le répugna. C'était comme une responsabilité qu'il se refusait pourtant d'avoir mais qui l'empêchait de la laisser, de faire comme si rien n'existait entre eux, de ne pas reconnaître l'attachement qui s'était formé entre eux, tellement rapidement. Elle revint alors vers lui et trinqua son verre contre le sien.

« Tu as l'air de bien t'ennuyer. Nous ne sommes pourtant ici que depuis un quart d'heure ! Ton visage est crispé. Détends-toi un peu.

— Je ne connais personne, Julie... Comment veux-tu que je me sente ?

— Tu es avec moi.

— Tu es avec *eux* !

— Y a Sam qui est là aussi. Elle te dévore des yeux. Tu ne l'as pas vue ?

— Qui est Sam ?

— Ne fais pas l'idiot. Tu sais bien qui je veux dire.

— Non, franchement, je ne vois pas.

— C'est vrai. Tu n'avais d'yeux que pour son joli petit cul ! Alors le visage...

Jérôme te l'a même fait remarquer. Remarquer que tu l'avais regardée d'une façon très intéressée. C'est sa copine, après tout ! Tes yeux sortaient de leurs orbites.

— Et elle était défoncée...

— Les mecs se moquent pas mal de ça quand ils ont envie d'une fille !

— Pas moi, Julie. Pas moi. Toujours est-il que cette fille ne m'intéresse pas. Et je n'aimerais pas que Jérôme se méprenne sur mes sentiments vis-à-vis de sa Sam, comme il se méprend, me semble-t-il, sur "les nôtres" !

— T'inquiète, Alex. Il est partageur.

— J'aimerais qu'il le soit un peu moins. Toujours est-il, pour finir, que je ne connais personne. Mais cela ne fait rien, je vais faire connaissance avec un monde qui n'est pas vraiment le mien...

— Nous sommes venus ensemble, non ?

— Je t'accompagne, disons plutôt !

— Ce n'est peut-être pas l'endroit pour jouer sur les mots !

— Non, on a d'autres jeux, ici...

— Viens danser, plutôt. Jérôme fait toujours en sorte que l'on danse dans ses soirées.

— Des soirées classiques, en quelque sorte !

— Oui, en quelque sorte. Il faut prendre ce qu'il y a de bien et laisser le reste de côté.

— Alors, on va prendre le bien. Je te suis... Mais je ne suis pas un super danseur.

— Moi non plus Alex, moi non plus. Il suffit que nous restions dans le rythme, ensemble. Et peut-être de se coller l'un à l'autre ? Qu'en penses-tu ?

— On va voir. »

Ils dansèrent quelques rocks et quelques slows. Les enchaînements surprenaient mais permettaient de se reprendre. De se laisser aller aussi, pour Julie, qui s'appliquait à se coller à lui, à l'envelopper de tout son corps autant qu'il lui était possible de le faire. Elle en faisait un jeu. Jouer avec Alexandre l'excitait, se moquer de lui l'irradiait de plaisir. Son corps était chaud et Alexandre sentait son cœur s'emballer après les hystéries des danses pour lesquelles il s'appliquait à garder la cadence. Il aimait ces moments retrouvés de bonheur d'effacement du soi pour l'amalgame des êtres et les redoutait à la fois. La lumière intime aidait à oublier la gêne et dépasser la réserve qui, de nature, préservait son discernement. Peu de monde dansait.

Des filles, en les voyant, s'étaient mises elles aussi à entrer dans cet amusement, entre elles, sans réels partenaires. Julie savait qu'elles voulaient s'approcher d'Alexandre. C'était une façon de le faire. Elle redoublait alors son étreinte dans les slows qui n'en finissaient pas de laisser libre cours au jeu auquel les deux finalement se prêtaient. Les autres, encore conscients, assis à même le sol, certains adossés aux murs, les regardaient, comme captivés, par envie et regret de ce qu'ils manquaient. Certains autres aussi les haïssaient, sans trop vraiment de raison. Consciente de leurs sentiments et dans une totale inutilité de défiance à leur égard, elle allait jusqu'à en rajouter, parfois un peu trop, en approchant sa bouche de celle d'Alexandre. Leurs lèvres étaient prêtes. Plus que leurs sentiments encore. Alexandre, dans sa perdition, trouvait suffisamment de sens pour ordonner ses gestes et Julie respectait la réticence de l'émotion qu'elle devinait en lui, la distance qu'elle s'efforçait de comprendre et fustigeait à la fois. Pourquoi fallait-il que tout s'arrête alors que tout s'apprêtait à prendre son élan et durer un peu, que le présent se contentait d'un passé à peine existant, sans se donner l'exigence de prendre plus de temps et d'avoir des notions de véritables souvenirs, ceux vrais qui demeurent pour toujours ? Seules les danses qu'ils enchaînèrent les unes après les autres les approchèrent l'un de l'autre, ce soir-là. Ce n'était qu'un plaisir indéfinissable mais sans conséquence. Il aurait été différent, peut-être, un autre jour. Tous deux en firent l'entrée d'une nuit de bonheur sans en pousser la porte dont ils avaient pourtant la clé.

Jérôme s'était arrangé pour ne pas les quitter du regard, à demi caché par d'autres avec qui il parlait. Puis il s'absenta quelque temps. Dans une des deux salles de bain. Là, il s'assit sur la lunette fermée des toilettes et retroussa une de ses manches. Il essayait pourtant de ne pas s'enliser plus encore qu'il ne l'était déjà, de réduire la fréquence, d'affronter la vraie vie, de renoncer à la facilité frauduleuse. Sa volonté n'était souvent pas assez forte et la soirée avait accéléré le besoin toujours présent, aux aguets, tout comme il l'était avec Julie et Alex. Et son corps s'imprégna rapidement du formidable soulagement qu'il ne connaissait que trop bien, ce leurre de bien-être auquel il avait appris à goûter, quand rien pourtant ne justifiait sa première expérience. Ni celle de ce soir ni celle des autres à venir. C'était comme cela. Le mal connaît ses maux, là où ils se sont installés sans trouver trop de résistance, ces consciences dociles qui ne demandent qu'à prendre pour meubler leur ennui, un peu comme le feu avide des sols délaissés aux sécheresses stériles auxquels nul ne semble s'intéresser. Il sait où s'infiltrer plus encore sous d'autres formes, celles que l'on a peine à éteindre ou dont on ne maîtrise jamais ou bien alors très mal, les ravages. Le rail paraissait trop lent parfois, l'effet tardait à arriver. Parfois, il fallait aller plus vite, partir sans avoir à attendre, quand le temps est plein d'un vide que l'on pense absolu. Laisser derrière ce mal, cette sorte de misère qu'on a peine à décrire, celle qu'on s'invente, bien souvent, sans trop savoir pourquoi. C'était plus une absence, un besoin de quelque chose, que les autres n'ont pas forcément et dont pourtant, ils se passent eux-mêmes volontiers.

La grand-mère de Jérôme lui rappelait depuis qu'il était tout petit. Qu'il fallait chercher à tout prix ce que l'on voulait, qu'il n'y avait pas de raison de baisser les bras, de laisser faire la vie, de subir un destin auquel elle ne croyait pas. « Le destin est une invention des faibles » disait-elle. « Ton père est trop dépendant, il accepte trop les choses, il se plaint mais ne fait rien. Il lui manque le courage de se battre. Je veux que tu sois un Kultenbach, un vrai. Encore plus qu'un simple battant. Je veux être fier de toi. Dommage qu'Esther ne soit pas ma fille. Elle mériterait de l'être. ». Jérôme l'avait considérée bien longtemps comme une grande sœur. Elle aussi venait souvent voir sa tante. Chaque fois qu'il passait quelques jours chez sa grand-mère, elle apparaissait sans prévenir, comme pour faire une surprise, deux fois parfois pendant son séjour, selon le temps qu'il y passait. Elle parlait beaucoup avec lui. Elle lui décrivait Paris où elle était partie travailler juste après ses études. « Paris, c'est là que j'apprends le plus Jérôme, il faudrait que tu y viennes aussi un jour. Travailler, apprendre à connaître tout un tas de gens... » Mais depuis quelques années, elle ne lui disait plus rien de ce qu'elle apprenait ou bien de ce qu'elle avait appris. C'est vrai qu'ils ne se voyaient plus très souvent. Elle l'appelait encore parfois au téléphone ou prenait des nouvelles auprès d'Hélène qui n'en savait parfois pas beaucoup plus. Esther, la grande sœur qu'il n'avait jamais eue, et la mère qu'il n'avait pas suffisamment longtemps gardée. Leur différence d'âge aurait dû s'atténuer avec le temps mais, curieusement, c'était le contraire qui s'était passé. C'était comme si elle avait plus vieilli que lui, qu'elle avait plus mûri encore que lui. Il ne se confiait plus vraiment à elle et elle ne cherchait plus autant à savoir.

Dix secondes à vingt secondes, tout au plus. Il n'avait pas eu longtemps à attendre et il savait, ce soir-là, ce qu'il cherchait à fuir ou bien à ne plus faire face, quelque temps, seulement quelque temps. Il sentait déjà sa gorge se gonfler.

Chapitre 22
Najoua, Serge, Martin : une longue amitié

Najoua vivait sous une fausse identité. Cela avait été facile pour elle d'obtenir des papiers. L'argent. L'argent et un réseau d'agents fédéraux avec lesquels son mari avait travaillé sans qu'elle le sache pendant très longtemps et dont il lui avait toutefois laissé certains noms quand la situation était devenue trop dangereuse, que le temps était venu pour lui de dévoiler une part de vérité sur son activité parallèle. C'était ainsi qu'il avait qualifié l'autre partie de sa vie : *parallèle*. Il n'y avait pourtant rien de parallèle, rien de bien rectiligne, pour cette foutue partie. Elle s'était au contraire écartée de l'autre, de ce droit chemin qu'il tenait à suivre avec Najoua et auquel il tenait plus que la plupart des gens normalement responsables. Il n'avait jamais eu, quant à lui, le moindre espoir de les voir se rejoindre. Les fils du temps n'avaient fait que de s'éloigner l'un de l'autre, irrémédiablement. La bonne cause n'avait pas toujours justifié l'existence de l'un d'entre eux. Il y avait bien sûr eu quelques écarts matériels faciles, des tentations de vie encore plus confortable qu'elle ne l'était déjà. Mais ce n'était pas que pour lui. Il le voulait surtout pour elle. Cette peur ridicule de la voir partir pour un autre qui aurait plus à offrir que lui, qui la mettrait plus à l'abri. C'était ridicule. Rien n'aurait pu vraiment l'empêcher de partir. Elle aurait eu mille occasions de le faire, comme toutes les belles femmes, que l'au-delà des vingt ans n'altère pas et magnifie au contraire le sublime raffinement. *Sa* Najoua. Avec son abondante tignasse noire et sa belle peau brune et lisse. Serge se savait envié et, bien qu'il avait plaisir à laisser galvauder son amour propre, il se sentait redevable d'un prix à payer, pour ce privilège, cette extravagance que la chance avait mise sur son chemin. Il connaissait aussi beaucoup de monde. Il était longtemps resté fidèle à l'entreprise d'import-export qui l'avait embauché pour son tout premier emploi et avait été ensuite, par la force des choses, introduit dans tous les milieux des boîtes concurrentes et partenaires, certaines cependant plus respectables que d'autres, l'inverse s'étant vite révélé possible également. Najoua le soupçonnait justement de ne pas être seulement l'agent d'import-export qu'il prétendait être. Puis il s'était beaucoup impliqué dans la société qu'il avait montée. Elle était bien réelle, tout comme l'étaient plusieurs de ses clients que Najoua rencontrait de temps à autre, chez eux ou bien dans les cocktails où d'étranges contradictions s'affichaient chez certains d'entre eux, avec de sérieux décalages parfois inquiétants entre ce qu'ils auraient dû paraître et l'ostentatoire d'une richesse mal acquise. Il y avait aussi d'autres choses, comme ses voyages au Mexique et en Colombie où justement il n'avait pas fait état de véritables clients. Mentir n'était pas son fort, particulièrement avec Najoua. Alors il avait commencé par flirter toujours avec une sorte de vérité plausible, cette bonne vieille complaisance qu'il s'accordait pour se donner bonne conscience. « Il faut que je développe le business dans ces secteurs, il y a du potentiel. Tu dois bien comprendre cela. Je t'emmènerai quand j'aurai fixé des bases mais, pour le moment, il faut attendre... J'ai du mal avec les gouvernements, particulièrement avec ces deux-là. Je dois m'accrocher. Je commence à avoir de bons contacts. » Najoua lui avait dit qu'il se donnait trop de peine, qu'il avait suffisamment à faire sans avoir à chercher ailleurs, ailleurs surtout où la sécurité n'était pas assurée, surtout moins pour les étrangers qui s'y risquaient et qui se rendaient des proies monnayables faciles. Il s'agaçait parfois à entendre ce genre de discours qu'il estimait infondé, surtout pour les gens de sa trempe qui avaient bourlingué et qui n'étaient pas nés d'hier. Il revenait souvent anxieux de ses déplacements, différent, parfois agressif avec elle. Il parlait de moins en moins de ses démarches et pouvait partir sans préavis. Il recevait des coups de fil et son visage, parfois, se décomposait complètement, les yeux hagards, de la détresse ressentie qui venait de s'abattre sur lui. Il bouclait alors une valise ou deux dans une précipitation qu'il expliquait avec maladresse. Et finir par ne plus donner du tout, le moindre détail de ses « tournées ». Najoua préférait cela à des détails dont elle avait eu l'occasion de découvrir l'inexactitude la plus totale. Des hôtels dont il avait communiqué les adresses et où il n'était pas apparu du tout, ou bien alors, une vague confirmation d'un passage éclair alors qu'il avait été question de plusieurs nuits, à la même adresse, pour un même besoin d'affaire. Elle n'était pas censée l'appeler sans raison profonde, mais l'inquiétude avait fini parfois par la persuader de vérifier où il se trouvait. Ce n'était pas la peur d'apprendre qu'elle partageait son homme avec une ou plusieurs maîtresses. Elle avait confiance en lui, comme lui s'évertuait à avoir confiance en elle. C'était pire encore car c'était la peur, viscérale, glaçante, de le perdre à jamais, pour de l'argent.

Après toutes ces années, Najoua avait fini par accepter de ne plus jamais retourner en France. Depuis l'enlèvement de Serge par les guérilleros, quinze ans plus tôt, sa vie avait été tout d'abord un enfer. La traque dont elle se sentait l'objet l'avait obligée à vivre cachée, à changer de place en permanence, vivre dépendante de ses accointances, des plus acceptables aux plus douteuses. Tous l'avaient aidée cependant, sans exception et avec le même résultat. Elle avait appris à se sentir rassurée par la force des choses, malgré les incertitudes quotidiennes avec lesquelles elle vivait en permanence, s'efforçant de ne pas trop y penser. Ses allers-retours entre le Brésil et la Colombie avaient fait partie des conséquences de cette traque et son installation en Colombie, pour ainsi dire définitive, était pour elle un soulagement, une trêve bienvenue après toutes ces années noires et risquées. Le temps avait passé, les passions semblaient s'être estompées, *ils* n'avaient plus rien à tirer d'elle, *ils* avaient réussi à remonter jusqu'à Serge et le détenaient encore, dans l'espoir d'une rançon quelconque qui, jusqu'à maintenant, n'avait pas été délivrée. Elle avait mis la pression sur le gouvernement français, sans tapage ni étalage de son profond tourment, elle voulait assumer une part de responsabilité, tout en mettant aussi à contribution l'entourage diplomatique qu'elle connaissait bien. Rien cependant n'avait véritablement abouti malgré des recherches qui avaient été mises en place, aucune localisation n'avait été réalisée. Il y avait d'autres otages et Najoua, malgré toutes les garanties qu'on lui avait données, au plus haut niveau, doutait des moyens déployés vis-à-vis de Serge. Serge ne représentait pas, lui semblait-il, un élément suffisamment médiatique pour lui accorder une valeur nécessaire à une négociation concrète et objective. Elle était loin de se douter de ce qu'il représentait pour tout le monde. Mais Najoua avait toujours pensé que les guérilleros auraient libéré leur otage si leurs exigences avaient été acceptées. Ils l'avaient fait, parfois. Et elle espérait toujours encore un peu. Après tout ce temps, elle ne désespérait pas de voir chez ces gens que pourtant elle exécrait au plus profond d'elle-même, un semblant d'humanité. C'était un peu pour cela qu'elle avait choisi la Colombie, afin d'être là, quand il le faudrait, quand *il* aurait besoin. Cet espoir compréhensible et généreux l'aveuglait quelque peu. Le mélange des genres et des communautés, malgré les deux mêmes objectifs qu'ils se partageaient : l'argent et le pouvoir, avait rendu la situation difficile, confuse et surtout violente. L'extrême corruption était l'engrais de cette ivraie sans pareille. Les groupes paramilitaires avaient fini par côtoyer les trafiquants de drogue dont certains eux-mêmes avaient fini par prendre les mêmes allures et, à la lutte armée pseudo politique s'était rajouté la lutte entre groupuscules de *narcos* (c'était ainsi que Kurt et les siens les appelaient) ; les règlements de compte faisaient rage, les disparitions d'individus auxquels la bonne société ne s'intéressait guère ne se comptaient plus. Mais les débordements se faisaient plus nombreux, eux aussi, et cette même bonne société s'inquiétait de savoir qui parmi elles pourrait être la prochaine victime. Les enlèvements se pratiquaient plus ou moins discrètement selon les cas, selon la valeur des rançons que les commanditaires donnaient à leurs victimes. Pour ce qui était des simples règlements de compte, on faisait preuve d'étonnantes cruautés, les plus extrêmes, les plus insensées, les plus machiavéliques. Pour les discrétions les plus totales et les plus efficaces, on faisait disparaître les corps, en les découpant tout d'abord, puis en les faisant baigner dans des barriques d'acide. On allait même jusqu'à les faire cuire dans des courts bouillons pour les servir en repas à certains de leurs otages. Najoua était la seule à vouloir ignorer cette réalité. Son entourage la laissait aussi espérer vainement, pensant que peut-être, après tout, Serge aurait pu miraculeusement survivre. Certains *disparus* étaient toujours détenus prisonniers, on en avait la preuve.

Serge avait reçu des menaces, des intimidations. Tout commençait toujours par de simples conversations, des prises de rendez-vous pour des affaires anodines qu'il avait l'habitude à la fois de négocier par téléphone et d'authentifier par l'exactitude des propos concernant ce qu'il était en attente de trouver et puis de ce qu'on l'on pouvait attendre de ses services. Rien en apparence ne pouvait être le fruit d'un hasard impensable dans cette jungle libre et déréglementée où, pourtant tout, absolument tout, était organisé et où l'ordre trompait la loi avec les forces du mal et se donnait aux plus offrants. Serge, fort de cette connaissance et d'une certaine sagesse à douter de tout et à traquer finement l'arnaque subtile qui le mettrait en danger, allait pourtant tomber. Les certitudes permettent aux hommes de rester debout mais aussi de tomber. Et il est de ces pays où l'on en trouve la parfaite démonstration. Où le renseignement va bon train, où tous faits et gestes sont rapportés, aux amis d'un jour qui, dans l'éphémère des sentiments, et des intérêts, peuvent devenir les pires ennemis, sans que rien n'apparaisse de visible, sans que rien ne soit perceptible. Le renseignement organisé donnait une crédibilité dans laquelle n'importe qui d'autre que Serge aurait pu se trouver aveuglé. Mais il n'était pas n'importe qui. Ses activités marginales l'avaient amené à côtoyer des gens sans scrupules, prêts à tout pour arriver à leurs fins, de la racaille et des profiteurs, des petits et des grands, aux plus grands tueurs de la planète. Malgré ses inquiétudes, ses craintes, il prenait ces mises en garde un peu légèrement. Le double jeu qu'il menait n'était pas sans danger. Le crash de l'avion à bord duquel Martin Le Marrec s'était retrouvé dans un tragique concours de circonstances, avait marqué un tournant dans l'escalade de ce danger et de la violence le concernant étroitement. Serge, lui-même, aurait dû être dans cet avion. Ramon Estoblar, bras droit d'Ajunuan Portal, le trop célèbre trafiquant de la porta playa, connu pour sa cruauté et son implacable volonté de vivre sur la région en maître respecté par la pègre locale et les officiels de l'état, paya le prix de cette erreur de comportement, de cette légèreté de prise en compte de l'information et des précautions basiques de salut. Lui aussi n'avait pas pris sérieusement la menace qui planait sur lui. Estoblar jouissait de la présence quasi permanente de ses hommes de main et cette protection pouvait justifier l'excès de confiance qu'il aimait à faire ressentir. Serge, quant à lui, bien que bénéficiant de couvertures épisodiques des gouvernements, aléatoires bien souvent, était toujours resté vulnérable, très vulnérable. Ramon Estoblar avait ainsi été exécuté vingt-quatre heures après le crash, à la sortie du restaurant El Cristobal, de la via Carrera, à Medellín. Une exécution parfaitement menée, volontairement voyante et médiatique pour marquer les esprits et plus particulièrement les mauvais esprits. Le sanglant résultat de son erreur d'appréciation avait été indéniable, atteignant profondément les cibles visées, plus encore qu'elles ne pouvaient l'imaginer. C'était un ultime avertissement. Le message avait été délivré : celui de la peur.

Mais on n'échappe pas au destin que le mal organisé finit souvent par manipuler et bouleverser le libre cours. Il fallait payer, tôt ou tard, un jour, même si le niveau d'urgence pouvait avoir changé. Si toutefois les narco-trafiquants et la junte colombienne menaient, malgré tout, différents objectifs, ils se retrouvaient dans une lutte contre le gouvernement en place dont les uns contestaient une morale déjà pervertie et les autres une légitimité qui n'était pas reconnue, le tout dans une violence sans limites et sans loi sinon celle des plus forts et des moins scrupuleux. Rien ne serait sans doute arrivé si Serge n'avait pas été reconnu par l'un des sbires de Madonna Revellio, l'héritière de l'empire de Don Carlos, son père, l'un des plus puissants et des plus respectés trafiquants mexicain. Georgio Sanchez avait appartenu à la section WC de la police d'État. Il avait appréhendé bon nombre de malfrats du milieu, infiltré minutieusement des filières. Marcos Vélasquez, le patron du *Grupo de Operaciones Especiales* à Mexico, un type intègre, dévoué à la cause de l'épuration de la société mexicaine, ne jurait que par lui. Il appréciait l'adjoint de Georgio, également, un acolyte plus qu'un adjoint, le Starsky de Hutch ou peut-être le Hutch de Starsky, avec pourtant plus de réserve, une sorte d'incertitude et de malaise qu'il ne pouvait vraiment expliquer. Estobal Marchitos. Marcos Velasquez fonctionnait au flair, comme un chien parfaitement entraîné, rodé aux pollutions sensorielles subversives. Mais Georgio avait su abuser du chien, anéantir ses qualités et pouvoirs olfactifs, à force de caresses contrôlées, d'aboiements imités, de confiance travaillée et définitivement acceptée. Marcos ne pouvait qu'accorder un blanc-seing à Estobal, même si c'était à contrecœur, même s'il gardait vis-à-vis de lui, la méfiance du chien tiraillé entre l'odeur du sucre et celui du doute qu'aucun autre que lui ne pouvait vraiment avoir, celui que l'homme seul peut ressentir en lui et qui l'incite à attendre plutôt qu'à mordre dans l'instant, comme dans le sommaire des règles de l'entraînement qu'on lui avait fait suivre.

Serge les avait rencontrés, tous les deux, dans une boîte de nuit de la capitale mexicaine, une première fois. Puis, une seconde, dans une usine désaffectée de la banlieue où ils ne devaient pas être vus ni reconnus. Serge n'avait pas été emballé par la décision de la DST d'organiser cette rencontre à l'abri des regards, de l'impliquer dans une stratégie pour laquelle il ne se sentait que très en marge. Bien sûr, se disait-il, il avait des comptes à rendre, bien sûr *on* avait des choses à lui reprocher, bien sûr il lui tardait de se retrouver définitivement du bon côté. Seulement voilà, l'addition n'est pas qu'un simple calcul, les pourcentages fluctuent, il se retrouve d'étranges retenues venues d'on ne sait où mais dont il faut tenir compte. Mais tout cela n'était que pour Najoua, après tout. Les prises de risques, ces coups de poker douteux. Et pour lui aussi, sans se l'admettre, sans reconnaître qu'il aimait les trains de vie confortables, les amis, les vrais et les moins véritables, le monde en tous les cas qui allait et venait, dans leur confortable maison de Mariquita et puis les voitures, les fringues, la bouffe, le personnel de maison. Mais curieusement : pas les femmes. Il aimait trop Najoua pour la décevoir, lui donner le prétexte de partir pour un autre, ou tout simplement de partir. Serge n'était pas un homme violent et trouvait plus de plaisir à obtenir par le raffinement et une certaine forme de classe que par tout autre moyen d'intimidation et de menace verbale ou physique. Tout le reste, cependant, avait un coût, un coût dont il avait négligé de reconnaître l'excès. Mais de là à payer une facture dont sa vie pourrait en être le paiement... Par la force des choses pourtant, il avait pris conscience de la gravité de la situation. Il avait fini par redouter l'issue de cet engrenage dans toute cette affaire, de regretter la faiblesse dont il avait fait preuve, les ambitions malsaines par lesquelles il s'était laissé séduire et aux conséquences desquelles il n'avait que très peu de chance d'échapper. Il aurait dû être mieux mis en garde, mais on trouvait en lui les qualités qui servaient aux agents doubles : l'art de pouvoir travailler indifféremment avec des gens en totale opposition et confrontation, celui aussi de faire abstraction des uns lorsqu'il était avec les autres, ou bien l'inverse, mais se souvenir en permanence, sans le laisser transparaître, pour quelle cause il travaillait : la sienne sans doute et aucune autre vraiment.

Ni Serge Wali ni Najoua n'avaient songé un seul instant à retourner en France, pas même en Europe. Les familles de l'un et de l'autre n'avaient pas compris leur départ en Amérique du Sud. Elles l'avaient considéré comme un rejet. Une lubie tout d'abord. Elles avaient pensé que l'enthousiasme retomberait, que l'éloignement des proches ramènerait l'étrange couple de jeunes fous, d'aventuriers, disaient même certains. La mère de Najoua, d'une santé fragile, n'avait pas surmonté la peine de voir leur unique fille partir au bout du monde, avec cet homme étrange dont on doutait de la fidélité. C'est ce que l'on avait raconté à l'époque, dans la famille de Najoua. Celle de Serge pensait un peu la même chose mais en souriait plus qu'elle ne s'en souciait.

L'entourage familial de Najoua avait pourtant été impressionné par Serge, avec sa vraie gueule de star comme, à contrecœur, ils avaient tous fini par le reconnaître. Il avait effectivement un faux air de Robert Mitchum, mais il fumait des Gauloises sans filtre, toujours avec ce petit geste qu'il faisait après chaque première bouffée. Le brin de tabac qui se coinçait à la commissure de ses lèvres et qu'il fallait pincer entre un pouce intact et un majeur jauni par la nicotine ou bien faire dégager d'un petit souffle avisé pour les plus réticents à se décoller. Le genre de type qui faisait tomber les filles et qui pouvait les laisser tomber ensuite quand il en avait assez d'elles. Mais un homme avec qui, finalement, même la mère de Najoua se serait elle-même laissé embobiner. Un genre aussi d'agent secret, un homme en tous les cas qui avait ses secrets. Elle ne pouvait pas mieux dire. Pour les secrets. Pas pour l'attachement qu'il avait avec sa fille. Elle n'eut pas l'occasion de découvrir combien elle avait eu tort. Elle s'éteignit sept mois plus tard. Jalouse finalement de sa fille, de la vie qu'elle devait avoir et qu'elle aurait forcément avec le Mitchum de service qu'elle n'avait jamais rencontré sur sa route. On mit alors sa disparition sur le compte du chagrin, celui que Najoua avait causé, sans trop savoir vraiment pourquoi, sans vraiment savoir. Ce fut bien, en revanche, le chagrin qui balaya Albert Dallebeau, son père, très peu de temps aussi après. Et ce fut Najoua qu'on accusa à nouveau d'être coupable de son déclin rapide, puis de son décès.

Elle avait fini par croire au mal dont elle avait pu être la cause. Personne de son entourage ne la délivra de ce difficile fardeau. Il fallut qu'elle attende quelque temps encore avant de comprendre que sa présence n'aurait finalement rien changé. Elle avait hésité avant d'entreprendre une quelconque démarche. Najoua s'était souvenue de quelques mots qu'une assistante à domicile lui avait adressés aux obsèques de sa mère. Sur le moment, ils ne voulaient rien dire vraiment, ce n'était ni l'endroit ni le moment pour y réfléchir. Il était trop tard, de toute façon, le mal avait eu son effet. Ce n'était pas n'importe quel mal pourtant. Serge avait peine à voir Najoua malheureuse, bien qu'elle le cachait, mal mais le cachait cependant aussi bien qu'elle le pouvait. Il lui avait suggéré d'appeler madame Leberre, pour en savoir un peu plus, entendre sa version, ce qu'elle savait de la maladie de sa mère. Trois ans après, madame Leberre se souvenait encore bien de sa malade, de celle dont elle avait eu la charge, à domicile. Quelle n'avait pas été sa surprise de recevoir ce coup de fil du bout du monde ! Elle était plutôt fière que l'on se souvienne encore d'elle, que l'on soit encore reconnaissant pour ce qu'elle avait fait, même si elle n'avait fait après tout que son boulot, même si sa dévotion était la même partout ailleurs et non pas que chez les Dallebeau. Bien sûr, la vie avait continué pour elle, bien sûr elle s'occupait encore d'autres personnes dépendantes mais les Dallebeau cependant, elle ne les oublierait pas, surtout pas madame Dallebeau, avec sa gentillesse et sa générosité. Najoua n'avait pas à culpabiliser. La maladie n'avait guère laissé d'alternative sinon celle d'attendre le jour qu'elle déciderait de frapper, définitivement, comme la fatalité, mais une fatalité à laquelle on est livré et dont le dénouement est connu, ainsi que dans les bien vilaines histoires. Monsieur Dallebeau était devenu un être cynique, renfrogné, exigeant, grossier même parfois, ce qu'il n'avait jamais été auparavant. Madame Leberre s'était fait une raison et s'en était accommodée. Il avait perdu, après tout, celle avec qui il avait passé l'essentiel de sa vie. Même si c'est dans l'ordre des choses, certains ont plus de mal à l'accepter. Elle l'aimait bien pourtant, l'associant à Madame, lorsqu'il poussait sa patience à s'égarer sur les chemins de l'agacement. Ainsi, elle tenait bon. Et monsieur Dallebeau, c'était un peu madame Dallebeau.

Tout le monde aurait pu savoir et admettre aussi bien que Najoua ce qui s'était passé et pourtant, personne n'avait cherché ni à comprendre ni à pardonner. C'était trop facile, de faire endosser une responsabilité, de s'affranchir d'un simple partage de peine, d'un simple effort de soutien et d'esprit familial. Mais le temps avait passé, effacé une partie de ces incompréhensions. Il était cependant un peu tard. Najoua n'avait pas eu le temps d'attendre. Tout s'était précipité. Alors, elle avait décidé de ne plus rentrer, quoi qu'il arrive ; plus rien ni personne, pour elle, ne justifiait un quelconque retour. Cela convenait à Serge, au pétrin dans lequel il s'était laissé un peu entraîner malgré lui. N'avait-il pas, après tout, la gueule de l'emploi, les dispositions à devenir ce qu'il était devenu ? Il s'était laissé prendre à un jeu dont il n'était pas trop certain des règles mais avec toutefois, comme pour tous les autres, ses gains et ses échecs. Il n'avait pas mesuré la portée de ses choix, la portée des comptes qu'il aurait à rendre et du malheur sur les autres qui serait, en tout état de cause, un gage de son remboursement. Des courriers se perdirent dans le désert des adresses que les Walis laissèrent derrière eux. Un seul parvint pourtant jusqu'à eux, adressé à Najoua. L'oncle de Lyon, Vincent Delarteau. Il affectionnait sa nièce. Elle était un peu comme sa fille, une fille qu'il aurait aimé avoir. Presque un fils qu'il n'avait pas eu non plus. Serge l'avait rencontré plusieurs fois. Les obligations familiales du début de leur idylle… Mais aucune sympathie n'en était sortie. Ce fut plutôt le contraire. Serge n'avait pas aimé l'influence qu'il essayait d'avoir sur Najoua, pour qu'elle reprenne les études abandonnées à la hâte et qu'elle s'*établisse* enfin, par la suite quand son avenir serait planifié. Et fonder une famille. La réciproque, pour autant qu'il y en eût une, était vraie car Vincent voulait pour elle un type bien, responsable. Pas un aventurier comme Serge. Malgré l'affection qu'il avait pour sa nièce, Delarteau ne cachait pas son sentiment de désaccord avec le choix qu'elle se préparait à faire.

Ce type, si sûr de sa personne, gonflé de ses certitudes, imbu de tous les caractères qu'il exécrait chez les autres mais que finalement, lui-même avait et qu'il trouvait naturels chez un homme, un vrai. Et puis ce nom, « très peu de chez nous », qui sous-entendait rien de bon vraiment, sinon toujours cette idée d'apatridie évidente, d'aventure et de malheur attendu pour sa nièce. C'était pire encore pour un faciès qui ne disait rien, ne dévoilait rien, sans couleur, sans tendance, sans classement. Une trop belle gueule pour être catholique. D'ailleurs, quel genre de mariage réserverait-il à sa femme ? La mairie, simplement la mairie… Dans le meilleur des cas. L'hypocrisie ne faisait donc pas partie de la personnalité de Delarteau. Face à cette détestation non voilée, les parents de Najoua lui firent comprendre pourtant que cela ne le concernait pas, que Najoua avait suffisamment de caractère pour juger ce qui était bien pour elle, ou bien ce qui ne l'était pas. Son père partageait le sentiment de son beau-frère mais préférait, à contrecœur, prendre le parti de sa femme et défendre leur unique fille. Serge avait remarqué la provenance de la lettre. Toujours la même adresse, à Lyon, depuis plus de quarante ans. Il l'avait déchirée, par exaspération, cette lettre, sans prendre la peine de la lire, respectant un semblant de manières auxquelles il était attaché. Ce fut la seule chose qu'il put se reprocher par la suite, vis-à-vis de Najoua, en dehors de l'inextricable aventure dans laquelle il l'avait entraînée et dans laquelle, toutefois, elle avait pris un certain goût à s'y trouver impliquée, sans trop savoir vers quoi elle les entraînerait.

Cela faisait un peu plus de vingt-trois ans que la vie avait basculé. Pas basculé comme une vie peut le faire pour chacun avec le temps qui passe, simplement, avec ses étapes heureuses et malheureuses, mais dans la violence et l'effroi, la crainte à chaque coin de rue, et le fardeau permanent de la culpabilité.

Martin Le Marrec avait été un ami de longue date. Ils s'étaient rencontrés à Londres, la première fois en septembre 1978. Trente ans déjà qu'ils se connaissaient, Martin et elle. Tout de suite, ils s'étaient sentis attirés l'un par l'autre. Une attraction qui n'avait jamais été au-delà du simple plaisir de se retrouver, d'être ensemble, et de l'amitié. Les choses auraient pu aller autrement si Serge n'avait pas été là, dès le début. Sans jamais se le dire, ils savaient que sans lui, les cours de leurs vies auraient profité des reliefs du destin pour se rejoindre quelque part, à un moment qui viendrait, forcément, après les méandres de la réflexion et l'extraordinaire puissance des sentiments. Ils partageaient beaucoup de leur temps, déjeunaient souvent ensemble, allaient au cinéma quand Serge déjà, entretenait ses relations, avec la verve et l'aisance dont, très tôt, il avait su faire preuve. Il avait déjà les dents longues, bien blanches et bien rangées aussi, sur sa gueule de beau mec dont il se servait d'une façon si naturelle, presque inconsciente. Serge n'abusait cependant pas de ses soirées d'affaires, il tenait à être auprès de Najoua autant qu'il le pouvait. Il tenait tout simplement à elle comme elle, aussi, tenait à lui. Pourtant, avec Martin, son attachement à Serge était soumis à rude épreuve, quelque peu ébranlé, fragilisé. Elle ne devait s'en prendre qu'à elle-même car lui respectait Serge et éprouvait vis-à-vis de lui, une sorte d'admiration. Lui prendre Najoua aurait violé les règles dont il s'était fait de l'amitié. Et puis, il aurait voulu lui ressembler, profiter bien plus encore de ce que la facilité de Serge générait, de la fascination dont il était l'objet, de toutes ces portes qui semblaient s'ouvrir à lui. Lui ressembler, c'était aussi rester à l'écart de la femme des autres. Pour ce qui était du reste, cette faim dévorante de devenir quelqu'un, d'avoir une affaire mirobolante sans devoir attendre des années, Martin mit plus de temps à comprendre et faire la part des choses. Il réfléchissait plus et tardait à prendre des décisions. C'était valable dans le travail et cela l'était également dans sa vie sentimentale. Il n'y avait que sur ce point de l'arbitraire des sentiments qu'ils se ressemblaient un peu. Les sentiments. La peur de blesser. Au fil du temps, au fil des années qu'ils travaillèrent ensemble, à Londres, le petit ami de Najoua devint ainsi le grand ami de Serge. Najoua s'en étonna. Il fallait pourtant qu'il y eût quelque chose de profond pour que les deux êtres qu'étaient Martin et Serge s'apprécient ainsi. C'est sans doute à cause de ce *quelque chose* qu'elle ne voyait pas bien que Najoua les aimait tous les deux, différemment sans doute, mais avec une passion déstabilisante pour chacun d'entre eux. Mais le destin fait parfois bien les choses et dirige les cheminements. Il anticipe à nos places, voit ce que l'on refuse de voir et d'admettre, l'irrévocable surtout, ce qui, plus tard, ne conduit nulle part sinon aux tourbillons des tourments.

Serge ne tarda pas à montrer des signes d'impatience pour quitter l'Angleterre où, disait-il, l'herbe était déjà trop piétinée, ce gazon sur lequel il était permis de marcher. *Trop de gazon,* trouvait-il. Trop de limites à l'espace. Un vert trop vert pour être vrai, une illusion du bonheur, de liberté d'entreprise. Londres lui plaisait cependant pour son exceptionnel vivier à contacts, décideurs, spéculateurs, patrons d'entreprises, des gens souvent partis de rien et qui avaient fait fortune. Il fallait bien y traîner ses guêtres quelque temps, apprendre des autres et se faire connaître auprès d'eux, et summum des summums : devenir si possible leur ami ; puis enfin, partir ailleurs, tout plein de ces leçons qu'on croit avoir comprises et dont il faut bien s'inspirer pour faire comme eux. L'erreur de Serge fut de brûler des étapes, d'écouter l'impatience dont il s'était nourri depuis qu'il était tout petit.

Martin s'était préparé à un départ des deux tourtereaux, sans préavis, comme cela, du jour au lendemain. Il sentit l'imminence pendant les trois derniers mois que ses amis passèrent à Fulham, dans leur petit appartement qu'ils habitaient, Wargrave Street. Serge souffrait là aussi de l'étroitesse des lieux, de la petitesse des moyens dont il disposait pour vivre. Ils allaient souvent les uns chez les autres, Martin à Fulham et les Wali à South Kensington, dans le bedsit que Martin habitait, quand ses colocataires lui laissaient parfois l'appartement à lui tout seul et qu'il pouvait ainsi « recevoir ». Non pas qu'il attendait qu'ils soient partis pour inviter, surtout des copines sans lendemain, chacun le faisait, chacun avait sa chambre et cet espace restait *son* espace à soi où il fallait bien s'amuser, se rapprocher plus intimement de la vie, car pour cela, il n'en fallait pas beaucoup, mais c'était quand il fallait se lancer dans un peu de cuisine, et s'installer hors du carré réservé, enflé de sa bow-window typique du quartier.

Najoua aimait descendre Regent Street et rêver seule de ce qu'elle voudrait bien acheter. Les temps étaient durs, l'argent manquait mais elle ne s'en plaignait pas. Elle avait plaisir à regarder les fringues, simplement les regarder. « On ne peut pas me faire payer le plaisir qu'ont mes yeux », disait-elle parfois « qui plus est, tout ce qu'il y a de beau et donc de plus cher, et qu'un jour peut-être... ». « Un jour, Najoua, un jour... » répondait Serge, avec sa conviction habituelle, sa détermination de mettre le monde à ses pieds, enfin, une partie du monde. Ce fut un de ces jours-là où ils étaient tous les deux, devant leur *pint* de bière et leur *chicken pie* que Serge l'annonça à Martin :

« Nous allons partir à la fin du mois, c'est-à-dire, précisément, dans trois semaines !

— Tu aurais pu attendre que j'aie terminé mon plat du jour, avant de m'annoncer cela...

— Ce ne devrait pas être une surprise depuis le temps que je dis que nous allons partir, que je *te* dis que nous allons partir, qui plus est !

— Entre ce que l'on dit et ce que l'on fait, il y a une marge...

— Je sais, mais tu devrais un peu mieux nous connaître.

— Mieux *te* connaître plutôt, non ?

— Najoua rêve de partir aussi, tu sais cela aussi.

— Sans doute. N'empêche que je...

— Tu te sens lâché ?

— On peut dire cela comme ça.

— C'est Najoua ?

— C'est Najoua qui quoi ?

— Le fait qu'elle parte...

— Le fait que *vous* partiez.

— Je sais que tu t'entends bien avec elle.

— Disons plutôt que l'on s'entend bien tous les trois.

— C'est vrai. Mais elle t'apprécie plus que tu le penses. À moins que tu ne le saches déjà et que tu joues la comédie... Je ne suis pas complètement aveugle, vois-tu.

— Je n'ai rien cherché d'autre que son amitié, et la tienne.

— Je sais cela mais je comprends aussi que d'autres hommes puissent être sensibles à son charme. Réaliste mais pas idiot, je veille *au grain* et je fais tout pour qu'elle n'ait pas de raison de partir avec un autre.

— On ne peut jamais vraiment être certain. Même si…

— Même si on ne fait pas de faux pas !

— Même si on ne fait pas de faux pas.

— Ne me dis pas que…

— Non, rassure-toi. Comme je viens de te dire, je ne vois pas Najoua autrement qu'une bonne amie. Et que ta femme.

— J'ai confiance en toi, Martin et, bien sûr, en elle.

— Et en toi !

— Et surtout en moi, je te l'accorde mais… Dois-je y entendre un zest de reproche ?

— Ce n'est qu'un simple constat. Je ne veux pas faire partie de ces gens qui critiquent les autres pour ce dont la vie ne les a pas dotés.

— Tu n'as vraiment rien à envier de moi, Martin. J'ai ce brin de folie qui me fait avancer et que tu n'as peut-être pas mais que ta "sagesse" remplace. Je ne sais vraiment pas qui de nous deux est le mieux loti. Mais je ne changerai pas pour autant, bien que j'aie conscience de mon inconscience, si tu vois ce que je veux dire. Cela ne plaît pas à tout le monde, certains prennent cela aussi pour de l'arrogance. Il n'y a qu'une personne qui pourrait y voir à redire et pour laquelle je ferais l'effort de changer. Je n'en suis même pas certain. Je suis déjà trop vieux pour être autrement, pour espérer encore pouvoir changer.

— Ne me dis pas que c'est Najoua !

— Ne te moque pas. Bien sûr que c'est elle. Mais elle ne m'impose rien, malgré la pression qu'elle peut subir.
— Quelle pression ?
— Elle a dû te le dire, non ?
— Je ne sais pas à quoi tu fais allusion !
— Sa famille…
— C'est-à-dire ?
— Je ne suis pas trop *apprécié*, voilà tout.
— En es-tu certain ?
— Ils n'ont pas vraiment de diplomatie, vois-tu. Tout est si clair.
— On ne voit jamais quelqu'un "emporter" sa fille d'un très bon œil, surtout quand il s'agit de sa fille unique.
— Il n'y a pas que ses parents. Ils sont tous remontés contre moi. Mais pour te dire la vérité, je m'en fous un peu. Ce serait différent si Najoua prenait cela à cœur. Or, elle est comme moi, un peu baroudeuse, elle veut découvrir le monde, mener une vie un peu plus excitante que celle menée par la plupart des gens, étranglés, étouffés dans les dimensions claustrophobes de leur existence.
— Tu sembles être si certain de ce qu'elle veut !
— Je peux me permettre de l'être un peu plus que toi, non ?
— Sans doute.
— Effectivement, il n'y a pas de doute. On ne fait pas que l'amour ensemble, Martin. On parle aussi parfois…
— Ce n'est pas ce que je voulais dire. Il faut juste être certain de l'aventure dans laquelle tu vas l'entraîner.
— Elle m'entraîne, comme tu dis, autant que je peux l'entraîner. C'est une décision à deux.
— Basée malgré tout sur *ton* avenir, plus que sur le sien.

— C'est plus que de l'amitié que tu ressens pour elle, Martin ! Cette crainte de la voir malheureuse... Mais c'est tout à ton honneur. Ta retenue. La distance que tu as su garder avec elle. Pour moi. Ou *à cause de* moi plutôt.

— Tu prends cela comme tu veux Serge. Ce n'est pas parce que tu veux voir les gens heureux que tu es amoureux d'eux pour autant.

— C'est vrai. Quand bien même serais-tu amoureux d'elle, comment pourrais-je te le reprocher ! Nous ne sommes peut-être d'ailleurs pas les deux seuls à l'être. Hormis ce détail, Martin, je peux te dire que j'ai vraiment confiance dans l'avenir, oui, vraiment confiance et elle aussi. Et puis, ce n'est pas la fin de notre amitié, mon ami, juste une mise à l'épreuve, disons. Tu verras que la distance ne nous séparera pas, qu'elle ne se mettra pas entre *vous*.

— Je t'en prie Serge, ce...

— Entre *nous* si tu préfères.

— Je préfère.

— Nous resterons en contact.

— On verra. Le temps et la distance m'effraient un peu je dois dire.

— Cette amitié à laquelle tu fais allusion en viendra à bout. Tu ne devrais pas t'inquiéter. On se reverra. La terre n'est pas si grande.

— Elle semble à peine te suffire.

— Il y a tant de monde à y puiser leurs ressources.

— Tu auras ta part, *vous* aurez votre part !

— Tu peux compter sur moi, je ne la laisserai pas filer... »

C'était cela, Serge. La confiance. L'incroyable confiance en lui. L'instinct pour tout ce qui touche à la vie. Moins aux dangers et ce qui pouvait l'en priver. Un jour, au coin d'une rue, quand l'habitude des craintes lui ferait oublier la sagesse de ceux appelés à durer.

Martin eut du mal à avaler sa dernière bouchée. C'était un vendredi de juin. Le deux juin, précisément. On avait proposé un contrat à Martin, le premier, sérieux. Pour rester. Rester... Le printemps avait été un vrai printemps, cette année-là, comme il n'y en avait pas eu depuis longtemps. On avait vu les étés s'imposer à d'interminables hivers, sans transition, et ressenti l'impression d'un temps passer plus vite encore. Tout le monde était heureux de voir le soleil et le ciel bleu après cet hiver donc qui, lui aussi, avait fait respecter son nom et ses excès. Seule la douceur de l'air se faisait désirer, laissant au mercure le soin d'exprimer sa réticence à venir encore. Le pub était bondé de monde et chacun contribuait au grondement qui couvrait les discussions d'un voile enfumé d'intimité. Des confidences s'échangeaient, des projets se dessinaient, des ruptures étaient en mal d'être raccommodées, mais rien n'allait vraiment au-delà d'un petit périmètre des tables. Tout cependant se devinait un peu sur les visages des uns et des autres. Ça sentait la bière et la fumée de cigarette. Ça sentait bon le pub, avec sa cuisine et sa sauce au vin. Martin commanda une autre *pint* pour lui et pour Serge, sans même lui demander s'il en voulait une autre. Le trop-plein déborda des verres et le serveur décapita les monticules blancs mousseux avec sa raclette, aussitôt l'antique manette en faïence de la pompe remontée. Il apporta les deux boissons et les déposa sur deux nouveaux dessous de verre de publicité de bière allemande qu'il jeta sur la table comme dans un jeu de marelle. Il repartit sans attendre vers une autre table, après avoir laissé, dans la même mécanique de service, le ticket de consommation, le torchon, en cliché, sur l'épaule. Martin resta silencieux dans le brouhaha ambiant. Serge lui laissa quelques instants de répit puis il lança ses mots au travers de ceux des autres qui n'avaient pas cessé, sans qu'ils se heurtent vraiment entre eux, les siens tranchants et précis.

« Nous allons partir au Brésil où nous ne resterons que quelques mois, afin d'avoir une sorte de tête de pont et nous partirons ensuite pour la Colombie.

— Pourquoi pas en Belgique ? Ce serait plus proche.
— Ne dis pas de bêtise !
— Désolé.
— C'est par là-bas que cela se passe...
— C'est par là-bas que *tu* veux que ça se passe !
— Pour ce que je veux faire, oui.
— La Colombie n'est pas l'endroit au monde le plus sécurisé.
— C'est comme partout, il suffit de faire attention, de ne pas se faire remarquer, rester à sa place, vivr...
— C'est tout à fait toi, cela. Rester discret !
— Je sais me tenir quand il le faut.
— Je l'espère. Ne peux-tu pas comprendre un peu l'appréhension de la famille de Najoua, malgré tout ?
— Je suis sa famille aussi, non ?
— Je présume que tu as raison.
— J'ai raison et tu le sais.
— Mais la famille ne voit peut-être pas d'un bon œil que vous ne vous mariiez pas !
— Balivernes, ce n'est pas un bout de papelard qui va changer les choses, donner de la sécurité à qui que ce soit.
— Je suis d'accord avec toi mais tu ne peux pas en vouloir à d'autres qui voient différemment.

— Qu'ils se contentent de voir alors ce que leurs œillères leur permettent de voir !

— Et de se taire.

— Parfaitement ! D'autant plus que sa mère aurait aimé faire la même chose...

— Faire quoi ?

— Respirer l'air d'ailleurs, voir le monde. Gagner sa vie en profitant de tout cela. Najoua ne veut pas vivre la même existence qu'elle.

— Sa mère te l'a dit ?

— You are kidding ? Pas elle, bien sûr. Najoua me l'a répété et cela ne m'étonne nullement. Sans doute a-t-elle fini par trouver son existence trop insipide et il me paraît normal qu'elle ait pu en parler à sa fille pour lui éviter d'avoir des regrets, tu comprends ?

— J'ai bien compris. Tu es toujours branché sur ton commerce de produits médicaux ? Tes fameux échanges entre l'Europe et l'Amérique du Sud...

— C'est juste. Une partie de l'Amérique du Sud, en tout cas. L'activité n'est pas encore trop développée. Du moins, il y a de la place pour moi ; une belle place. Il y a là-bas les composants essentiels des médicaments, les plantes si tu préfères. Ici, en Europe, nous avons la technique de transformation. Ils peuvent récupérer une partie de ces produits transformés. Et puis j'ai d'autres créneaux, s'il le faut. Et il le faudra bien, quoi qu'il arrive.

— Tu es incroyable. Tes inépuisables ressources pour rebondir !

— Une raison de plus pour aller de l'avant et ne pas se morfondre et surtout s'inquiéter. »

Serge avait fait sortir une cigarette du paquet bleu un peu froissé en le frappant en dessous, d'un coup de pouce qu'il avait replié sous son index. Il tendit le paquet à Martin qui le regarda comme une pomme qu'Eve lui aurait proposée. Mais il n'était pas Adam... Parce que l'autre n'était pas Eve. Eve, c'était Najoua. Et le paradis, c'était là où elle était... Deux cigarettes dépassaient de l'ouverture un peu malmenée. Sans filtre, au tabac brun, elles devaient bien souvent essuyer des refus. Elles n'avaient un quelconque intérêt qu'auprès des *vrais* fumeurs. Serge en faisait partie, presque fier de l'être. Un club à part, en quelque sorte. Les Anglais ne comprenaient pas comment il pouvait fumer un tel tabac.

« C'est vrai, tu ne fumes pas. Najoua non plus. C'est peut-être notre seul point de désaccord ! Entre elle et moi je veux dire. Un point cependant à ton avantage, je dois reconnaître. Ça m'ennuie d'ailleurs, vois-tu ! »

Martin haussa les épaules et Serge lui sourit. Il baissa la tête, comme pour réfléchir et son front s'ondula de plis imprécis où les rides, avides d'habitudes, commençaient à prendre leurs repères d'un espace dont ils voulaient faire leur terrain favori. Martin, pour sauver la face, cacher ce qu'il pouvait cacher de ce qui n'était autre que du désarroi, tendit son verre vers son ami qui, sans marquer d'étonnement, s'empara du sien pour le frapper contre l'autre, plus violemment qu'il ne le voulait. Deux vagues de bière percutèrent les bords des verres et retombèrent sur leurs mains, puis sur la table de bois sombre verni. Martin reposa son verre puis secoua sa main sur la surface du sol. Serge lui donna sa serviette et s'essuya lui aussi. « Au Brésil ! » lança Martin. « À votre réussite là-bas ! Je vous souhaite tout le bonheur possible ». « Merci Martin. À ta réussite également, ici ou ailleurs. Tu viendras nous voir quand nous serons installés. Quoi qu'il arrive, nous resterons en contact. Je n'écris pas trop en vérité mais je laisserai le soin à Najoua de te donner des nouvelles et notre contact. Tu verras, rien ne changera vraiment entre nous… Nous reviendrons en Europe de temps en temps. On se fera signe… ».

 Les yeux de Martin se fixèrent quelques instants dans ceux de Serge. Ses yeux étaient plus proches encore l'un de l'autre qu'ils ne l'étaient en général, dans ses moments détendus, comme ceux d'un rapace à l'affût, prêt à l'envol. Comme ceux de sa mère, dans les mêmes moments, de réflexion et d'inquiétude, d'incertitude ou de désaccord. C'était fou comme il lui ressemblait parfois. C'était fou comme il pensait comme elle dans ces mêmes moments de trouble et d'émotion, mais, en dépit de la grande lucidité qu'il lui reconnaissait et pour laquelle il l'admirait, jamais il n'était certain de la justesse de ses réflexions et encore moins de la sienne. Elle lui avait donné presque tous les traits de son visage, ses yeux surtout, leur bleu clair trop sensible au soleil et qui leur faisait froncer les sourcils, inscrire deux plis de sévérité qu'ils n'avaient pas mais qui inquiétaient, faisaient réfléchir et qui, somme toute, leur servait après tout plutôt bien.

 Serge craqua enfin une allumette et embrasa sa cigarette. Il n'aurait surpris personne des clients attablés autour d'eux s'il avait frotté l'allumette en dessous d'une de ses chaussures, s'était ensuite redressé lentement puis rapproché la flamme chuintante, la tête penchée, de la cigarette en sursis. Il ne fit que d'agiter l'allumette pour l'éteindre enfin. Si toutefois chacun vivait ces instants dans sa bulle du temps et de sa rencontre, il y avait comme une présence indéfinissable que Serge rayonnait autour de lui et qui pouvait traverser ces enveloppes d'anonymat les plus hermétiques. Mais on ne tournait pas un épisode de Marlow, c'était juste une page de leur vie, d'un roman qu'il restait presque entièrement à écrire. Ce n'était que le prologue d'un long récit que Laurence Martin aurait aimé écrire mais dont il lui manquait tant de détails pour comprendre et justifier de la fin qu'elle connaissait pourtant.

Dès l'annonce de leur départ, tout devint différent pour eux, tous les trois. Le temps, surtout, se précipita, interdisant de trop penser. Ce fut plus difficile pour Martin qui, lui, restait. Qui n'avait d'autre à faire que de rester. Il ne se doutait pas combien les Walis lui manqueraient, Najoua surtout, bien qu'il se refusait à l'admettre, à cause de Serge sans doute, mais surtout pour lui-même. Elle avait pris une place importante au quotidien et dans les lendemains, une place rassurante qui lui faisait les attendre sans appréhension, jamais, et plus souvent avec l'envie de s'y trouver déjà. Elle savait l'écouter mais lui confier aussi ce pour lequel, trop souvent, entre homme et femme, on hésite à parler et qu'on réserve à soi-même ou bien aux gens du même sexe. Martin pensa alors qu'il serait peut-être raisonnable pour lui de partir également, sans trop attendre, sans trop savoir encore pourtant où vraiment aller ni ce qu'il aimerait faire qui l'aiderait à prendre à nouveau la vie entre ses mains. Il avait oublié celle qui l'entourait, cette vie qui pourtant grouillait autour de lui et dont la sienne faisait partie, les mains qui s'étaient tendues vers lui et qu'il avait négligemment ignorées au profit de cette suffisance que son amie représentait, que l'existence de ses deux amis comblait sans doute un peu trop. Martin était finalement encore plus à l'étroit que ne l'était Serge. C'était peut-être lui qui avait le plus besoin de voir ailleurs, de piétiner le monde et d'assouvir une faim qui avait la flemme de se manifester ouvertement.

Martin ne revit Najoua et Serge que dans de rares occasions. Serge avait eu raison. Ce fut elle qui garda le contact et donna des nouvelles. La première année, elle envoya régulièrement des lettres ou bien des cartes postales, toujours sous enveloppe. Elle avait beaucoup de choses à raconter, même quand elle pensait qu'une carte suffirait. Elle y rajoutait alors des phrases en désordre et dans tous les sens, remplissant en fait les espaces blancs souvent signes de banalité et d'existence sage et sans épices. Avec Najoua, c'était tout le temps le contraire ; son écriture rayonnait une extrême intensité et une excitation qu'elle savait délivrer au lecteur attentif qu'était Martin. Les cartes venaient d'un peu partout du Brésil et de la Colombie, avec des noms de régions ou de villes que Martin se donnait la peine de localiser dans son Atlas : Covenas, Cucuta, Ibagué, Puerto Ayacucho, le lac Yahuarcocha, Bahia de Caraquez… Tout semblait aller si bien pour les Walis. Ils bourlinguaient comme ils avaient prévu de le faire. Selon Najoua, Serge commençait à se faire bien connaître ; il avait des entrées un peu partout, des ambassades et consulats aux plus paumés des coins arides et montagneux où d'incroyables paysans réussissaient à faire pousser l'incultivable, aux plus inhospitalières aussi des forêts aussi que l'on ne puisse imaginer. Najoua le suivait partout au début ; ils s'absentaient parfois plusieurs journées de leur *ferme* au Brésil. C'était plus une baraque en planches et quelques misérables dépendances qu'une ferme véritable. Ils louaient l'ensemble pour une bouchée de pain mais Najoua en disait tant de bien que Martin ne pouvait croire qu'à un bonheur véritablement trouvé. Elle était heureuse, même au début alors qu'il leur fallait supporter l'inconfort de leur installation et le nouveau train de vie auquel il leur avait fallu redescendre. Tout était nouveau, Fulham était à des milliers de kilomètres mais les Walis avaient trouvé l'espace qu'ils s'étaient donné comme objectif, ils avaient rencontré tout plein de gens dont Serge attendait tant. Son affaire prenait forme, petit à petit, et Najoua, au contraire de Serge, ne montrait pas de signe d'impatience. Elle savait qu'il faudrait du temps et qu'il faudrait supporter quelques mois de vaches maigres. Des vaches maigres, il y en avait, un peu partout. Tout le monde n'était pas destiné à réussir dans la vie, comme Serge pouvait et voulait le faire, et beaucoup devaient s'accommoder du peu que l'injustice des hommes leur permettait d'avoir et qui leur avait été laissé en aumône, s'ils acceptaient d'être reconnaissants et de collaborer, avec ceux mêmes qui décidaient des partages. Leurs pauvres bétails faisaient peine à voir et Najoua en avait un peu souffert. Au fur et à mesure de la réaction de ses courriers, elle laissa transparaître sa gêne, presqu'un écœurement qui ne surprenait pas particulièrement Martin. C'était un de leurs fréquents sujets de conversation : les injustices, familiales, sociales, professionnelles et toutes les autres qui ne manquaient pas.

Martin la revit six mois après leur départ et puis, deux autres fois, quelque temps après les obsèques de ses parents. Serge n'était pas venu, plus par manque d'argent que par manque d'envie de revoir l'Europe, de raconter un peu aux anciens amis le début de sa nouvelle aventure, de maintenir ses contacts. Il n'eut même pas à rajouter tout ce qui aurait pu l'enjoliver, exciter l'auditoire, car beaucoup restait à faire. Il resta *travailler*. Najoua consacra, à chaque fois, l'essentiel de son temps, à ses proches qui, devait-elle se le rappeler avec un peu de tristesse, composaient la partie de son univers la plus éloignée d'elle, celle qu'elle comprenait le moins mais à laquelle elle était restée toutefois très attachée. Celle qui, finalement, lui avait tellement reproché de partir. Malgré son indépendance, l'attachement à sa liberté, elle avait cédé et plié sous le poids des remords stimulés. Martin l'avait compris et s'était contenté de très rares instants que Najoua, pourtant, lui avait réservés, rien que pour lui, et rien que pour eux deux. Ce fut tout, en presque vingt ans d'absence et d'éloignement, pointillés cependant par des courriers, fidèles et à chaque fois richement détaillés, mais de plus en plus sporadiques et irréguliers. Jamais elle ne faisait allusion à ceux que lui envoyait Martin qui, de ce fait, doutait toujours de leur arrivée à destination.

Ce fut Serge qui revint ensuite en Europe, lorsque ses affaires commencèrent à se développer et à lui imposer quelques déplacements. Des voyages uniquement d'affaires, jugeait-il nécessaire de faire préciser à Martin par l'intermédiaire de Najoua. Il passa quelquefois des coups de fil évasifs à Martin, regrettant d'être pris par le temps et de ne pas être en mesure de le rencontrer. C'était des énumérations de choses à faire, à n'en plus finir, de gens à rencontrer, pas n'importe lesquels, des déjeuners d'affaires. Personne de leurs connaissances communes n'eut vraiment l'occasion de le rencontrer, ni même d'entendre parler de son passage. Ces quelques mois déjà passés en Amérique du Sud l'avaient redimensionné, décuplé son côté hâbleur qui, pour Martin, faisait de lui un personnage caricatural mais plutôt sympathique. Une fois seulement, il fit la démarche de rencontrer Martin. C'était en Alsace où Martin avait été nommé. C'était aussi dix ans plus tard. Il devait se rendre en Allemagne pour une *mission* dont il s'était bien gardé de donner trop de détails et qu'il appréhendait un peu. Le filigrane de son comportement n'en disait pas bien long et ses commentaires étaient trop vagues et confus pour en tirer de quelconques conclusions. Malgré l'inquiétude qu'il laissait étrangement transparaître, il semblait heureux de revoir Martin, de reparler de leur vie à Londres, de leur insouciance de l'époque, des projets qui le faisaient rêver, de tout ce qu'ils avaient à attendre de la vie, de Najoua et de son temps subtilement partagé entre l'amour et l'amitié, entre lui et Martin. Il lui avait réitéré leur invitation à venir passer quelques jours chez eux, au Brésil, lui et sa famille. Faire une pause, découvrir la nature, autre que celle que l'Alsace ou bien la France pouvaient lui offrir. L'horizon pour Martin s'était grand ouvert à lui aussi et il parcourait fréquemment l'Europe, et au-delà parfois. Le Brésil n'était pas sur sa route, certes, mais il voyageait beaucoup et le monde avait pris, pour lui aussi, une autre dimension. Tout cela, il l'avait écrit à Najoua, mais Serge semblait tout découvrir de Martin, de son activité au sein d'une nouvelle entreprise tout juste créée, et de son engagement familial dont Serge se réjouissait, rassuré ainsi de voir un chapitre d'histoire sentimentale qu'il s'était forcé d'accepter au nom des grandes idées généreuses et du partage, au nom surtout d'un constat de sentiments auxquels il était impossible de faire renoncer Najoua, enfin refermé. Martin avait pourtant gardé une place importante dans ses souvenirs à elle, mais le temps avait passé son éponge sur l'ardoise de la vie, effaçant la brillance des sentiments, mais ils restaient là, quelque part, quasiment intacts et sagement rangés. C'était comme si Najoua gardait pour elle seule, tout ce qui concernait Martin. Comme si Serge lui accordait un jardin secret dont il pouvait deviner tous les plants cultivés, mois après mois, année après année.

Benoît était né de cette union avec Mary, leur premier enfant. Martin n'était pas retourné seul en France. Une relation s'était formée peu après le départ des Walis. Elle n'avait pas été un antidote à leur séparation. Une heureuse chronologie dans le temps, un coup de foudre, un grand bonheur, un autre bonheur, imprévisible forcément mais bienvenu. Martin ne s'était pas posé de questions, n'avait pas cherché à combler une sorte de vide auquel, après tout, s'était-il dit, la vie se chargerait d'apporter un nouveau contenu, un jour ou l'autre, quand viendrait le temps. Ils s'étaient rencontrés, comme cela, dans une file d'attente de cinéma, un jour où ils voulaient être seuls, dans une foule anonyme. C'est comme cela que le bonheur frappe souvent à la porte, sans donner d'explication, sans raison apparente. Ils allaient tout simplement bien ensemble. Et pourtant, à nouveau, sans qu'une raison particulière s'immisce au quotidien bien ordonné de sa vie, Martin vingt ans après, allait un beau soir de rentrée d'automne, se retrouver dans une autre foule, moins anonyme celle-là, sélectionnée, quantifiée, surtout professionnelle, mais tout aussi abyssale, pour y peiner à trouver l'*autre*, sans la chercher ni la vouloir vraiment, et commencer à faire du début de l'automne de sa vie, une abstraction de son expérience et plus encore, une libération de ses sens sclérosés par les habitudes aveuglantes et peut-être par l'ennui, l'ennui de se les interdire et d'en oublier les merveilleuses sensations.

Chapitre 23
Julie – La rechute

J'eus un étrange sentiment en ouvrant ma boîte de messagerie ce matin-là comme je le faisais chaque jour, à l'identique de tous les collaborateurs de l'entreprise, en tout début de journée. Les quelques semaines passées m'avaient permis d'étoffer d'une façon surprenante mon « carnet » d'adresses de clients et prestataires auprès desquels j'avais dû me rapprocher, à la demande de Weberstein et à ma propre initiative, car il y avait ce qu'il voulait bien me dire et m'associer mais il y avait aussi tout le reste, de ce vaste milieu qui faisait de l'activité une quête permanente aux bonnes mais aussi mauvaises affaires.

Ce courrier électronique venait d'une adresse inhabituelle dont je ne reconnaissais ni l'origine ni une quelconque identité. Le texte était court, sans équivoque et ne pouvait provenir que d'un expéditeur parfaitement au courant de ma vie à Frankfurt, de mes rencontres, et surtout de ma localisation. Je crus tout d'abord à une méchante et stupide plaisanterie d'un des collaborateurs mâles de la maison comme il peut s'en faire partout où quelqu'un sort avec le fils ou la fille du patron, mais, au fil de ma réflexion, j'arrivai à la conclusion qu'il s'agissait de quelque chose d'autre, de plus inquiétant, voire menaçant.

« Éloigne-toi de Julie et laisse-la tranquille. Ce sera mieux pour toi et surtout pour elle. N'essaie pas de savoir d'où vient ce message ni comment il a pu te parvenir, tu perdrais ton temps. Suis mon conseil. Un ami qui *lui* veut du bien, plus qu'à toi-même. ». Le fait que tout soit écrit en allemand ne me surprenait pas. C'était plus efficace pour m'égarer dans ma recherche. Je voyais mal quelqu'un de BaxterCo faire l'effort d'écrire en français ; pour certains cela aurait impensable, un tel effort malgré la simplicité du texte, la facilité de mettre les mots bout à bout et d'en faire ce texte ignoble et méprisable. J'imaginais mal que l'on pût essayer d'exploiter la confusion de cette façon. Tous les Français et autres autochtones, au contraire, parlaient et écrivaient parfaitement l'allemand, c'était la condition sine qua non pour travailler à B.A, Germany, BaxterCo Abroad. C'était ainsi que Kultenbach voulait renommer l'Entreprise, en dehors de l'hexagone, sans succès jusqu'à présent ; cependant, la décision n'avait pas encore été discutée sérieusement par les membres de la Direction et des actionnaires. Il y avait mieux à faire et l'urgence, pour autant qu'il n'y en eût qu'une à cette époque, ne se situait pas à ce niveau-là. De cette façon de me faire parvenir le message, je ne pouvais donc écarter qui que ce soit. L'informatique était l'outil essentiel de communication de l'entreprise, comme pour beaucoup d'autres. Des dizaines de postes étaient utilisées quotidiennement, par de vrais professionnels et, même si la plupart d'entre eux n'entendaient rien à leurs composants et leurs fonctionnements propres comme c'était mon cas, la plupart usaient pleinement de toutes leurs fonctions et les manipulaient avec la plus grande dextérité. L'effet était réussi car, si toutefois il y avait à l'évidence un bon nombre de personnes dont mes fréquentations laissaient totalement insensibles, j'avais expérimenté suffisamment de situations inconfortables et de réflexions des uns et des autres pour me poser un certain nombre de questions à leurs propos, sur les effets de mon existence sur la leur, et assurément sur moi-même. Les histoires d'alcôves circulaient au sein de B.A (j'aimais bien le concept de B.A, j'aimais moins son géniteur, même s'il ne s'agissait peut-être encore que d'un simple embryon de dépôt de projet), comme elles pouvaient circuler partout ailleurs, mais elles ne contribuaient qu'à faire sourire et susciter quelques moqueries sans grande méchanceté. Inga faisait la première page de journaux parlés des couloirs, entre les garçons, près du distributeur de boissons, dans la petite pièce de repos du dernier étage de la tour où l'on s'étonnait de se laisser aller à rêver en voyant les avions décoller au-dessus de la ville miniature. Je laissais dire et m'en voulais un peu de laisser passer certains propos sur Inga sans broncher. C'est vrai qu'elle inspirait les plus vils fantasmes par sa plastique de femme objet mais elle avait quelque chose de naturel pourtant, de simple et d'attachant qui jurait avec ce que l'on disait d'elle et de sa « légèreté ». Il était difficile de croire à la liberté sexuelle qu'on voulait bien lui prêter, eu égard à l'ami avec lequel elle semblait s'être attachée, cette armoire à glace que j'avais rencontrée une fois et qui ne devait pas avoir, à mon sens, un très grand sens du partage et du pardon. L'inaccessibilité de la fille faisait forcément exciter la convoitise déjà bien naturelle des hommes. J'aurais aimé qu'elle sache que je pensais autrement d'elle mais je ne me rendais pas bien compte qu'elle était aussi à des années-lumière de ce que l'on pouvait bien penser d'elle.

Le message m'avait pourri la journée. Je n'en avais parlé à personne, scrutant par-ci par-là les regards que je croisais, espérant y trouver des signes, des preuves de culpabilité, mais je perdais mon temps à espérer vainement percevoir un visage rougissant au croisement de mon regard à celui des autres. C'était ridicule, pourtant, ce que j'avais appris de mes rencontres à Paris, de cette expérience passée à décrypter les visages et les mots émanant d'un hasard improbable et d'un choix calculé, m'avait rendu soupçonneux de ceux qui venaient de me découvrir et qui semblaient avoir tant à me dire. Tout comme il paraissait ridicule aussi de comparer des situations qui n'étaient sans doute pas comparables mais que pourtant, je pensais intimement liées par quelque chose d'indéfinissable me concernant, qu'il m'était presque insupportable de croire dépendantes de mon passé, un passé si modeste dans l'échelle du temps et dans la hiérarchie de ce qui le composait.

Tout le monde se comporta, ce jour-là, comme d'habitude, avec les mêmes silences, les mêmes élévations de voix au travers du grand bureau, les téléphones qu'on décrochait et raccrochait.

Je n'avais pas revu Julie depuis notre sortie chez Jérôme. Elle n'en avait pas montré la nécessité et mon altercation avec lui n'y était pas pour rien, tout comme la leçon de morale à laquelle je m'étais prêté avec elle, après la soirée en question.

J'aurais voulu frapper Jérôme avec le plus grand des plaisirs, ce soir-là. Si toutefois je ne l'avais pas fait, je lui avais dit sans la moindre diplomatie ce que je pensais de lui et de son abjection. Je savais qu'il aurait voulu que j'aille jusqu'au bout, pour en ressortir la victime, montrer aux autres, et plus encore à Julie, que je ne savais que profiter de la nature pour régler mes comptes et que c'était ma seule façon de discuter. Me faire perdre la face devant elle. Je devais en effet peser deux fois le poids de Jérôme, tatouages et piercings compris. Il m'aurait été facile de lui donner la correction qu'il méritait. Comme il me fut facile de transformer ma frustration d'épargner à Jérôme la peine de m'humilier en colère, sans nuance envers elle. C'est là où finalement j'avais eu tort, abusant de l'avantage que j'avais sur elle, de ce mépris que je pouvais avoir sur les faiblesses des autres, faiblesses de personnalité et de caractères dont j'avais peut-être eu la chance de ne pas être fait et dont j'ignorais presque encore l'existence. Il n'y avait pas de raison que je m'en prenne à cette fille, cette jeune femme qu'était Julie, sinon celle sans doute venant du fait que je m'étais attaché à elle et que j'avais cru en ce qu'elle m'avait dit. Je la connaissais finalement à peine, presque convaincu pourtant du contraire. Le fait qu'elle essayait de se sortir de sa mauvaise passe me rassurait et galvanisait la confiance quelque peu aveugle que j'éprouvais pour elle. C'était peut-être tout. Le reste importait sans doute peu. Elle était jeune, avec toutes les incertitudes qui gravitaient autour d'elle et que je pouvais imaginer sans difficultés. Il lui restait un assez long chemin encore à parcourir, plus long peut-être que celui qu'elle avait déjà parcouru, ce mauvais chemin en pente descendante, qu'il fallait remonter, en empruntant parfois les lacets d'une thérapie sans doute trop douce et donc trop lente à mes yeux. J'aurais donc pu massacrer Jérôme. L'envie était là, forte comme jamais elle pouvait l'avoir été. Il suffisait donc de peu et jamais il ne m'était arrivé un tel sentiment. Mon modeste passé rugbystique au lycée m'avait appris à modérer ma hargne, à contenir les accès de colère et de violence que font germer parfois l'attitude des autres ou tout simplement leur propre hargne, pareille à la mienne mais à laquelle je ne donnais que très peu de crédit, pour me sentir plus fort, plus performant. Je ne faisais que de suivre la philosophie du « coach ». J'avais vu la petite manigance de Jérôme, au cours de la soirée, remarqué sa façon d'attirer l'attention de Julie, de se rapprocher d'elle quand je faisais l'effort de socialiser un peu avec l'étrange faune de la soirée avec laquelle il me semblait ne rien avoir en commun et ne pas avoir de raison de me trouver. Je savais que l'alcool et la drogue ne faisaient pas bon ménage et que, séparément, ils faisaient déjà leurs propres dégâts. Non pas par expérience, sinon celle que j'avais pu avoir avec l'alcool, mais essentiellement aux dires des autres. Ce soir-là, j'étais, hélas, témoin de ce que cela pouvait vouloir dire. Julie connaissait le chemin descendant, les façons de s'y prendre pour arriver plus bas, avec l'intime conviction d'un bas toujours plus bas encore. Avec la force de l'entraînement, la dangereuse dynamique des corps appelés par tous les vides. Elle m'avait aussi convaincu de sa connaissance des nocivités et surtout par un certain réalisme. La fragilité était pourtant encore bien réelle pour elle et Jérôme le savait. Dans sa naturelle inconscience que le jeu auquel il restait dangereusement attaché lui renforçait et dont il avait toujours besoin, il voulait entraîner Julie à nouveau avec lui, comme il avait commencé à le faire, il y avait de cela quelques mois déjà. Il lui suffisait de se poster à l'un des tournants de la lente remontée et d'attendre, le moment venu.

Julie avait disparu quelques minutes dans la cuisine, d'interminables minutes et je m'y étais rendu pour me rendre compte de ce qui se passait. J'avais trop tardé à le faire. Jérôme en me voyant arriver avait affiché un sourire cynique, provocant et j'ai haï ce moment comme un cauchemar auquel je voulais rapidement échapper. Les pupilles dilatées, il me regardait avec satisfaction. Julie dans sa lucidité encore épargnée, avait quelque peine à cacher sa gêne. Mais elle rejoignit rapidement Jérôme dans la folie retrouvée et cessa de se préoccuper de ce je pouvais bien penser. J'appelai ses parents pour les prévenir que Julie ne rentrerait pas ce soir-là, que nous avions consommé une peu plus que d'habitude et qu'il était plus sage pour elle de ne pas prendre la voiture. Je ne voulais pas qu'ils la voient dans cet état-là. Je redoutais de devoir être confronté plus tard à leur critique, bien que je n'en avais pas la charge ni la responsabilité, mais nous avions décidé d'aller ensemble à cette soirée et d'en revenir ensemble, propres et intacts. Et je ne pouvais m'empêcher de culpabiliser et de m'en vouloir. S'il n'avait été question que de quelques verres de trop, j'aurais déposé Julie chez une de ses amies qu'elle m'avait présentée mais l'état dans lequel elle se trouvait m'inquiétait. Après m'être pris la tête avec Jérôme, je commandai un taxi et me rendis chez moi avec elle. Je dormis sur le canapé et installa Julie dans la chambre, résistant à ses avances nébuleuses mais sans équivoques qu'elle réitéra plusieurs fois jusqu'à ce qu'elle sombre dans un profond et vertigineux sommeil.

 Elle réapparut vers cinq heures du matin, avec une apparence de loque et de ce qu'elle était redevenue. Elle avait allumé la lumière du salon sans réfléchir au fait que je m'y étais tout juste endormi, une heure et demie tout au plus auparavant. Elle s'excusa gauchement pour ce qui s'était passé, pour son comportement dont curieusement elle se rendait compte. Ce n'était pas le moment pour le faire. C'était du moins ce que j'avais instantanément pensé. Il n'y a pas d'heure pour accepter des excuses ou bien d'en présenter ; il me fallut quelques années pour m'en rendre compte et apprécier vraiment ce qu'elles représentent. Pendant plus d'une heure, j'écrasai Julie de reproches. J'étais *shooté* moi-même mais d'une colère démesurée, par un rôle excessif à la fois de père, de grand frère et peut-être même de petit ami. Julie plia sous le poids des réprimandes, laissant couler sur son visage décomposé, d'authentiques larmes de tristesse et de remords. Je ne me laissai pas attendrir par les regrets et les explications qui restèrent au fond de sa gorge. Je ne les aurais pas entendus, c'était à elle d'écouter et de digérer ce que je pensais avoir à lui dire. La bonne parole. J'étais sincère dans mon discours, profondément bouleversé de la voir dans un tel état. Il aurait fallu attendre, contenir ce qui n'était d'autres que de la déception. Mais j'étais hors de mon lit à cette heure de la nuit, hors de mes habitudes, hors de moi, hors de ma raison. À force de retenir ses mots et ses larmes que j'avais fini par ne plus voir, elle dut aller vomir dans les toilettes, recracher tous les résidus de ses excès que son corps peinait à assimiler et à broyer de ses substances chimiques. Il y en avait trop pour ce petit corps fragile dont elle ne m'avait rien caché, quelques heures auparavant, et dont je ne voulais pas garder l'image qu'il me semblait lui avoir volée. J'entendis ses efforts à se vider, les gémissements plaintifs qui s'échappaient de sa gorge encombrée de vomissures et de mots refoulés. Tout redevint presque silencieux au bout de quelques minutes. J'attendais d'entendre la chasse d'eau et de me rassurer par ce bruit si particulier que l'on ignore si souvent par convenance et que l'on espère, pour dissiper l'inquiétude. Il ne vint pourtant pas. Elle retourna se coucher, toujours sans rien dire, ni me regarder. Sans éteindre la lumière qu'elle avait allumée et qui, creusant plus encore les orbites de ses yeux ravagés des fatigues endurées, ajoutait à la lividité de son teint, la blancheur des corps sans vie. Je sentais sur mon propre visage le même masque crispant ma peau. Je regagnai enfin le canapé laissé en bataille, après avoir effleuré l'interrupteur. Nous nous étions assis à même le sol. Le temps m'avait paru interminablement long et j'étais heureux de retrouver un semblant de confort qui, comme les bras de Morphée, m'entraîna aussitôt cette fois, dans un profond sommeil.

Julie se doucha aux environs d'une heure de l'après-midi. Je dormais encore. Elle prit ma serviette de toilette sans le moindre embarras pour réapparaître de la petite pièce embuée, habillée de cette décence la plus élémentaire puis disparut dans la chambre pour, je pensais, s'habiller. Le bruit de l'eau m'avait réveillé. J'avais cru un moment à la pluie mais le salon était baigné d'un magnifique rayonnement du soleil. Je croyais me réveiller d'un mauvais rêve, ou bien d'un beau. Je ne savais plus très bien mais Julie venait bel et bien de passer devant moi, dégoulinant d'eau, les cheveux montés en un chignon instable et désordonné qui lui donnait un air d'innocence qu'il m'aurait plu qu'elle ait vraiment. C'était comme l'éclaircie après l'orage, une percée de ciel bleu dans un plafond gris cotonneux, plein d'électricité et de courants aériens que rien ne laisse deviner de leurs délires. J'étais resté allongé sur le canapé, groggy de cette nuit infernale, plus encore peut-être qu'elle ne l'était elle-même. Elle avait tiré la chasse, nettoyé la cuvette, effacé les traces de la nuit, maquillé la laideur en pureté, triché avec la vie, installé une passerelle entre l'inconvenable et l'acceptable.

Elle prépara un café, sans me demander, dans la cuisine. L'odeur se répandit rapidement dans l'appartement, s'introduisant au travers de chaque ouverture, chaque interstice, indifférent à son cloisonnement. Julie semblait connaître l'endroit, ses rangements, savoir où se trouvaient les produits de cuisine. Je mis quelque temps à m'en rendre compte, je me réveillais avant l'heure, sans mon compte de sommeil. Elle posa une tasse de café près de ma couche de fortune, sans rien dire, sans me regarder. Elle resta accotée à l'embrasure de la porte de la cuisine, le regard vide et lointain, tenant son café sur sa cuisse, l'autre bras enroulé autour de son torse jusqu'à son épaule. Elle but le liquide réparateur à petites gorgées, puis retourna dans la chambre où je l'entendis s'allonger lourdement sur le lit. Je me levai aussitôt, craignant qu'elle ait eu un malaise. Mais je n'avais entendu ni la tasse ni la soucoupe se fracasser sur le sol. J'avais raison, ce n'était qu'un simple écroulement, de fatigue sans doute. Elle avait tout posé sur la petite table de chevet où la photo de Maria avait la place d'honneur. Maria la regardait, Maria nous regardait, silencieusement, avec ses grands yeux émeraude et son sourire de belle Joconde, ma Joconde à moi. Je n'avais pas pu lui parler cette nuit-là. Je l'avais prévenue que je sortirais, sans rajouter les détails qui n'auraient rien apporté sinon avivé des questions auxquelles je n'aurais pas eu les réponses et auxquelles je n'aurais jamais les réponses, au risque peut-être de percevoir beaucoup trop tard l'intérêt qu'il avait pu y avoir de s'en intéresser. Julie était allongée de tout son long sur le lit, jambes et bras écartés, comme crucifiée. La serviette de bain était bouchonnée dans un coin. J'étais rentré dans la chambre sans réfléchir. Julie avait enfilé le peignoir et avait eu le temps de l'ajuster, de resserrer la ceinture. Elle faisait comme chez elle et sans doute se sentait-elle ainsi.

« Ça va ? » lui demandai-je.

« Ça ira mieux demain, il faut un peu de temps. Tu comprends ça, n'est-ce pas ?

— Je pense comprendre. Tu vas...

— Oui, je vais rentrer chez moi. Je suis désolée pour hier soir, je le suis, sincèrement.

— Je te crois. Je le suis d'ailleurs aussi.

— Pourquoi devrais-tu l'être ?

— D'avoir accepté d'aller chez Jérôme.

— Tu ne pouvais pas savoir...

— J'aurais dû savoir que toi, tu savais ce qui pouvait arriver. Désolé pour tout ce que j'ai pu te dire en rentrant, tous ces mots durs.

— T'inquiète pas, Alex ; je ne m'en souviens pas vraiment et je présume que je les méritais.

— En quelque sorte. Pourquoi te laisses-tu entraîner par ce type ? Tu m'avais dit que c'était fini entre vous. Reste éloignée de lui, Julie, le plus éloignée possible. Le plus drôle est qu'il me demande la même chose, c'est quand même le comble ! Le con.

— Faut pas dire ça !

— Faut dire quoi alors d'un type qui veut t'influencer pour choisir les mauvaises options ?

— Je ne sais pas. Rien peut-être, quand on ne sait pas vraiment...

— Sait quoi ?

— Pourquoi les gens ont-ils de tels recours ? Leurs problèmes à eux.

— Ce n'est pas une raison pour entraîner les autres dans leur m..., leurs remèdes qui ne sont que des leurres. Et qui sont les leurs, et pas les tiens, Julie, pas les tiens.

— Leur merde !

— Tu as bien compris. Qu'il ne se fasse aucune illusion : tant que je serai ici, il me verra à tes côtés. À moins que tu me demandes le contraire.

— Pourquoi cela ? Tu es missionné par mes parents ?

— Non ! J'aime bien tes parents, et tu es une fille bien. Je ne veux pas qu'on profite de ton manque de confiance. La boîte est une grande famille et il faut faire en sorte qu'elle le demeure.

— Il y a des moutons noirs, dans les troupeaux, dans les familles, comme tu dis. On est toujours plus ou moins amenés à les rencontrer…

— Peut-être mais fais en sorte de les éviter. Tu n'as pas besoin de ces gens, de ces marginaux qui n'ont peut-être rien ou si peu pour se raccrocher mais qui veulent qu'il en soit de même avec toi. Ils veulent dégringoler avec d'autres, mais surtout pas seuls. Vous n'avez rien en commun Julie, absolument rien. Éloigne-toi de ces ratés !

— Si, la fameuse famille Entreprise…

— Arrête Julie, tu n'es pas sérieuse.

— Non, comment pourrais-je l'être vraiment, avec l'état dans lequel je me trouve ? J'ai ma tête qui va exploser.

— Je ne sais pas quoi te donner pour remédier à cela. J'ai de l'aspirine mais je ne suis pas certain que ce soit suffisant.

— Il faut laisser passer. J'espère que les parents…

— Ne vont pas se rendre compte…

— Oui. Tu vas leur dire quelque chose ?

— Juste que l'on a bu un peu trop. Seulement si ton père me demande…

— Il ne le fera pas.

— Je l'espère. Mais pourquoi dis-tu cela ?

— Mon père a peur de connaître les vérités, en général. Il ne veut voir que le bien. Il fuit un peu le reste.
— On ne peut pas lui reprocher cela.
— Ce n'est pas très réaliste.
— Mais optimiste.
— Si tu veux... Maintenant, sors de là, Alex ! Je dois m'habiller. Ta copine nous regarde. Elle n'aimerait pas... Tu as de la chance, elle a l'air sympa. En plus elle est belle.
— Elle l'est.
— Tu es fidèle ?
— Je n'ai pas de raison de ne pas l'être. Et j'essaie de l'être quand les tentations s'avèrent plus fortes et plus irrésistibles.
— Ça t'arrive souvent.
— Comme chez tous les hommes, Julie, j'imagine.
— Maintenant sors ! Ou bien j'enlève ça ! »
Elle feint d'ouvrir le peignoir. Je ne détournai pas les yeux et la regardai intensément. Elle ne se souvenait visiblement pas du spectacle qu'elle m'avait donné, au petit matin. J'essayai quant à moi de l'oublier. Par un étrange sentiment, je voulais me débarrasser de l'image de son corps. Comme s'il m'était défendu, ce qu'il n'était pas vraiment ; sa simple vue, pourtant, m'apparaissait de trop, et mes sens presque incestueux. Je ne voulais pas lui montrer la gêne qui m'envahissait à nouveau. C'était même un autre embarras, plus évident et plus déroutant. Nous étions plus conscients de nous-mêmes. Elle, surtout. Mais pas entièrement. Je refaisais surface, repositionnant les images mélangées par quelques verres d'alcool et surtout la fatigue qui m'avait anéanti. Je devais lui montrer que son attitude de petite allumeuse me laissait totalement indifférent et que je n'avais nullement l'intention de baisser les yeux. Peut-être s'amusait-elle de la situation, provoquant de moi ce dont elle pouvait se

douter ? Il n'était pas l'heure pour ce jeu, ni le lieu, ni l'occasion. Je lui proposai de la raccompagner chez elle, réalisant un peu tard qu'il me faudrait retourner par mes propres moyens. Encore fallait-il récupérer sa voiture abandonnée près de l'appartement de Jérôme. L'idée du bus ne me réjouissait guère. Je ne savais même pas vraiment s'il y en avait un. Et je redoutais celle de rencontrer ses parents. De leur faire face, d'ignorer ce qui s'était passé, de la laisser conduire. C'était un peu lâche. Très lâche. Elle me soulagea très vite d'une culpabilité dont je ne voulais pas supporter le fardeau. Les vingt-quatre dernières heures m'avaient pesé considérablement. C'est difficile de savoir si Julie en était consciente. Mais elle voulut me rassurer en se levant d'un coup, probablement d'une fausse énergie retrouvée, puis en m'embrassant près de l'oreille en me glissant : « Ne t'inquiète pas, ça ira, tu vois bien. Je ferai attention. Ne dis rien à mes parents, surtout à mon père car c'est lui que tu verras lundi. Je crois qu'ils sortent ce soir. Cela me laissera du temps pour remettre un peu d'ordre. Repose-toi ! Et merci... ». Ma robe de chambre s'était un peu entrebâillée mais Julie s'était empressée de resserrer la ceinture. Elle revenait à la vie. Je n'avais quant à moi qu'une seule envie : celle de me glisser dedans, dans la tiédeur qu'il resterait peut-être encore, dès qu'elle aurait pris la route pour rentrer là où elle était le plus en sécurité.

Je ne pus m'empêcher de regarder avec insistance les collègues du bureau, tâchant de trouver sur leurs visages un signe quelconque de culpabilité, un indice qui aurait pu désigner l'un d'entre eux. Ils étaient témoin au quotidien de mes faits et gestes, comme je pouvais l'être vis-à-vis d'eux, mais un, en particulier, pouvait avoir mille raisons de plus à m'observer, relever mes habitudes, les préférences que je pouvais avoir dans mon relationnel, tout dans le fond auquel on pouvait trouver stupidement à redire. Mes yeux balayaient comme un écran de radar de tour de contrôle et tout, hélas, verdissait à chaque rotation localisant de potentiels obstacles. Un plus particulièrement se mit à se dessiner d'une façon plus intense, bien qu'il n'était pas à Baxter, une sorte de profil ou d'image que je reconnaissais bien : celui et celle de Jérôme Kultenbach. Il était évident que je serais alerté de cet obstacle possible. J'avais programmé mon cerveau avec des données simples, sans trop de discernement, sans y ajouter les filtres nécessaires à plus de justesse et moins de conclusions ou d'hypothèses rapides et de connivence avec moi-même et avec ce à quoi je voulais les associer. Oui, bien sûr, j'aurais voulu qu'il en soit ainsi, que Jérôme soit le coupable de cette mise en scène ridicule pour me repasser un message que, somme toute, il m'avait déjà passé. Je n'avais pas beaucoup d'estime pour lui et, contrairement à Julie, ne lui accordai que très peu d'indulgence. Sans doute l'aimait-elle encore un peu, sans doute savait-elle de lui et de sa famille beaucoup plus que je n'en savais. La faim de vérité ne justifiait pas forcément tous mes raccourcis pour trouver à me mettre quelque chose sous la dent. Je voulais aller vite, en finir de cette autre inconnue. Et il m'était difficile de ne pas y associer Jérôme. Je lui en voulais tant d'avoir fait retomber Julie et de vouloir assouvir sa faim de la voir retomber, avec lui. Et le faisceau ne cessa de tourner toute la journée, balayant, balayant toujours les mêmes ombres, le même profil, la même facilité. Il continua de tourner la nuit suivante. Je n'appelai pas Maria, me contentant d'un très court message écrit sur le téléphone, rappelant l'essentiel, ce que je pensais suffisant à dire ce soir-là et à elle de lire, faute de l'entendre. Je travaillai avec difficulté à mon mémoire qu'il me faudrait rendre dans deux mois déjà. Nous nous étions dit, Maria et moi, que cette séparation pourrait nous convenir, nous permettre de travailler plus à fond. Et de nous retrouver ensuite conscients de nous être manqués l'un et l'autre, juste pour nous prouver à nous-mêmes et l'un par rapport à l'autre.

À la pause de dix heures trente, celle que je m'étais fixée avec Sylvain Paturel, au fil des jours et de la redondance des actes journaliers de la vie et qui vieillissent en habitudes, je me décidai de lui en parler. J'avais mal dormi, peu avancé dans mon travail, avec l'impression de contour des yeux scotchés par les tiraillements d'une insomnie dont je ne réussissais jamais à me défaire ni à compenser par une quelconque facilité de récupération que certains peuvent avoir la chance de posséder. Benoît me fit une réflexion qui était sans équivoque sur la sale tête que je pouvais avoir, s'inquiétant de mon état. Il ne m'avait rien dit la veille à propos de Julie. Pas le moindre commentaire. Il était apparu au contraire assez serein et joyeux, comme à un retour de vacances, rechargé à bloc d'oxygène, d'iode, de tous les éléments bienfaiteurs du repos. J'avais craint qu'il me parle de ce qui s'était passé. Julie avait peut-être raison. Peut-être répugnait-il à poser des questions et d'en recevoir les réponses qu'il ne voulait pas entendre. Ce n'était pas ainsi que je le percevais pourtant.

Cathy m'avait dévisagé elle aussi, mais sans dire un mot. La parfaite secrétaire, discrète et observatrice, au service du patron qu'elle respectait, qu'elle vénérait presque. Avec Sylvain, depuis qu'il s'était plus ou moins établi avec son amie, les sujets de sa conversation avaient remonté le long de son corps et dépassaient désormais le dessus de la ceinture. De l'amusement que je pouvais tirer de ses exagérations, j'avais fini par trouver un peu d'ennui. Je n'avais pas la répartie, pas la hauteur, ou plutôt la bassesse. Si ce n'avait pas été Sylvain, j'aurais plongé dans une lassitude certaine. Mais c'était lui, et il avait cette façon de tourner ce qui n'avait rien d'autre que de la pure vulgarité, sans compter son sérieux, en franche rigolade et caricature des âmes complètement écervelées.

« T'en as une tête ce matin ! T'es malade ? Je ne peux quand même pas te soupçonner d'avoir fait la bringue... Oh, Inga peut-être ? Je t'ai remarqué la reluquer à chaque fois que l'on sort le soir, quand elle est à l'accueil. Comment c'était ? Son pote est en voyage ? J'espère pour toi qu'il n'en saura rien... Mais bon, tu peux faire le poids avec lui. Mais il ne joue sans doute pas qu'avec les mains. Je ne serais pas étonné qu'il manie les armes à feu, ou même les armes blanches. Plutôt les armes blanches, d'ailleurs. La blanche, ce doit être son truc !

— T'arrête un peu ton cirque, Sylvain, merde... J'ai pas dormi ou très mal dormi si tu veux savoir.

— Et grossier par-dessus le marché ! Des soucis ?

— En quelque sorte...

— Tu veux me dire ?

— Si tu veux bien que je te raconte...

— Maintenant que je t'ai proposé et si cela te fait du bien de m'en parler...

— Cela me fera encore plus de bien que tu me trouves la clé d'un mystère qui m'a foutu ma nuit en l'air. Sans compter toute la journée d'hier.

— Cela fait beaucoup pour un jeune garçon comme toi !

— N'y rajoute pas d'ironie, s'il te plaît. Tu verras que ce n'est pas drôle. J'ai vu cela dans des films, lu cela dans des canards, n'en pensant pas grand-chose et pensant encore moins que cela pourrait m'arriver et à l'effet que cela pourrait avoir sur moi. »

J'expliquai ce qui était arrivé, quand et comment j'avais trouvé le message, et puis je me sentis obligé de faire allusion aux étranges coups de fil que j'avais reçus au lendemain de ma *montée* à Paris et de mes rencontres dans le monde inconnu de Laurence Martin qui ne m'avaient pas laissé indifférent. Je ne savais pas si je faisais un bon rapprochement mais il m'était difficile de dissocier les deux situations. Ces façons de m'interpeller, d'intervenir dans ma vie, presque mon intimité, avaient pour le moins quelque chose en commun, dérangeant, hypocrite et lâche. Je ne contredis cependant pas le point de vue de Sylvain pour qui ces événements, espacés dans le temps tout d'abord, et aussi dans la distance, n'avaient a priori pas de réelles similitudes, sinon peut-être leurs incursions dans ma vie personnelle que j'estimais pourtant préserver suffisamment et dont je ne laissais qu'à très peu de gens la possibilité d'approcher le côté personnel, hautement barricadé, par ma discrétion et ma façon de communiquer ce souhait. Sylvain cessa ses plaisanteries au fur et à mesure que je lui faisais part de cette période troublée, m'écouta avec le sérieux qu'il savait avoir lorsqu'il s'agissait du travail et des points de vue qu'on lui demandait de formuler, dès que j'abordai le sujet du message informatique. Il savait écouter, analyser et sa vivacité intellectuelle était un véritable régal auquel personne ne restait insensible.

Les postes de travail, les ordinateurs, bien que dédiés à chaque collaborateur, se voyaient de temps à autre occupés par d'autres que ceux habituels et Sylvain proposa de venir à mon bureau, d'essayer de trouver d'hypothétiques indices et cela, sans soulever plus d'étonnements ou bien d'interrogations dont j'avais déjà largement eu ma part. Il ne laissa pas transparaître beaucoup d'espoir d'y remarquer quelque chose, de trouver des évidences qui livreraient d'hypothétiques secrets. Il manipulait l'informatique comme l'on manipule les outils plus conventionnels, moins virtuels. Pour lui et pour bien d'autres individus évoluant dans ce milieu, les ingrédients étaient cependant bien réels, quelque part, bien que réduits à des tailles extraordinairement infinitésimales et impensables. Mais cette maîtrise, comme pour toutes les autres sciences, était ainsi partagée par d'autres sans scrupules, exploitée, déviée de ses objectifs qui étaient, à la base, honnêtes et pour le bien de l'humanité. Je le savais et lui le savait encore plus. Les hackers faisaient parler d'eux, comme les cambrioleurs de banques ou bien de grandes bijouteries. C'était presque comme si une sorte d'admiration s'établissait vis-à-vis de ces preneurs de l'imprenable, un respect déplacé pour les chirurgiens des systèmes de sécurité, ces observateurs des habitudes et des confiances mal placées qui font toujours la une des journaux bien souvent inutile et perverse. J'avertis Sylvain qu'il me faudrait m'absenter mercredi matin pour quelques heures. Je me rendais de plus en plus à la chambre de commerce de Francfort, au grand dam de Hans qui voyait d'un mauvais œil l'augmentation de mon périmètre d'action qu'il pensait avoir précisément défini et cadré et auquel Benoît avait décidé de rajouter une dimension fonctionnelle, somme toute logique et en adéquation avec ce que l'on attendait de moi. Hans, dans sa rigidité habituelle, presque caricaturale, avait dû lui-même me l'annoncer en premier et il avait montré son visage des mauvais jours à cette occasion. Pour le garder presque définitivement à mon égard, jusqu'à maintenant.

L'analyse de Sylvain fut ce qu'il m'avait prévenu qu'elle serait. Aucun indice ne laissait la possibilité de localiser l'origine de l'envoi du maudit message. Il y avait des cybercafés un peu partout, ils florissaient dans certaines rues de la ville où les jeunes, et parfois moins jeunes se retrouvaient, dans la solitude du virtuel, celle de ce dont on a besoin et qui n'existe finalement pas vraiment. Sylvain, au lieu de me rassurer, me poussa plus loin encore dans mon inquiétude. N'importe qui aurait pu utiliser un ordinateur du bureau, des bureaux de Bco. A pour adresser l'email, l'objet de mon inquiétude du moment ! Je le savais, sans le savoir vraiment, sans vouloir trop y croire. Sylvain confirma ma crainte. Tout ce monde autour de moi, dans l'entreprise, aurait pu en être l'auteur. Weberstein, Guillaume Kultenbach, tous ceux aussi qui étaient en âge de sortir avec Julie, tous ceux que ma proximité avec Benoît dérangeait, tous ceux que mon implication à avoir scanné l'entreprise, à avoir aussi surtout remarqué les incohérences, tous ceux que j'avais pu ou pouvais ainsi déranger et qui un jour pourraient être montrés du doigt. Personne ne pouvait être écarté. Sylvain peut-être. C'était le seul en qui j'avais vraiment confiance, en dehors du patron lui-même. Mon rapport, qui n'avait rien d'un véritable audit, avait sans doute alimenté des questions, même s'il n'était destiné qu'à Benoît, même s'il n'allait pas servir de référence pour une remise en question du fonctionnement de l'entreprise ni encore moins pour une redistribution des rôles de chacun, voire un remaniement des équipes. Mais je savais que Benoît avait été intéressé par ce que j'y avais écrit, les questions qu'il fallait véritablement se poser. Il m'en avait parlé, avait creusé certains points et je savais par-dessus tout qu'il en avait sérieusement fait allusion à Guillaume Kultenbach, en privé, bureau fermé.

Rien du rapport que j'avais rendu n'avait transpiré dans les réunions bimensuelles qui se tenaient et auxquelles j'étais invité. Benoît savait qu'évoquer certains de mes commentaires me mettrait sans doute tout le monde à dos et il avait eu la finesse et la patience de se laisser du temps pour plus de réflexion. Pas suffisamment de patience cependant pour épargner son bras droit : G.Kaltenbach. C'était assez pour qu'il me jette l'anathème et qu'il fasse en sorte que d'autres me jugent indésirable.

Personne ne me dit quoi que ce soit, mais au regard de ses plus proches collaborateurs, il n'y avait guère d'équivoque et je savais qu'il avait parlé. Et Weberstain faisait partie de *son* entourage.

Sylvain ne m'apprit rien véritablement. Il me confirma seulement ce que je savais déjà et qu'en même temps je craignais aussi : ce type de message pouvait provenir de n'importe quel endroit dans le monde. J'étais convaincu pourtant que son auteur n'était pas loin de nous, pas loin de moi et qu'il me regardait réagir, m'inquiéter, s'amusant de moi, comme les gamins s'amusent des insectes qu'ils ont placés dans des boîtes à chaussures, usant de leur cruauté en les agaçant avec des fétus de paille, les retournant et les repositionnant contre leur gré, les martyrisant avec des éléments contre lesquels les pauvres bestioles ne peuvent rien faire sinon de les subir jusqu'à ce que cette cruauté atteigne son paroxysme et qu'elles en crèvent, après une plus ou moins longue agonie. J'étais un peu comme un de ces insectes, *ils* étaient les gardiens de la boîte, les tortionnaires et j'étais leur prisonnier et leur souffre-douleur. Comparé à mes cauchemars récurrents qui n'étaient peut-être que le fruit de je ne savais quelle imagination ou obsession, les paroles que j'avais très clairement entendues et les mots bel et bien écrits que j'avais lus, et dont il restait une trace concrète, m'avaient retourné et m'avaient physiquement et moralement atteint. Pourtant, je me refusai de tomber dans le piège et de me laisser enfermer dans la claustrophobie de l'inquiétude provoquée et de réagir et répondre œil pour œil. *Ils* en seraient tous pour leurs frais.

Alors, le deuxième message me parvint, par la même voie, trois jours plus tard. Du même style, de la même ignominie et de la même lâcheté. Il ne me prit que quelques secondes pour le lire, trop peu de temps pour ne pas me sentir obligé de le lire, le relire à nouveau, afin de mieux comprendre ce qu'il y avait à comprendre, de l'analyser. Mais en vain. Mon sang s'accéléra, au rythme de l'emballement de mon cœur qui martelait mon émoi, contre ma poitrine. L'origine était tout aussi absente que dans le premier message. Il ne pouvait en être autrement. Je ne voulais pas montrer mon embarras ni modifier mon comportement habituel que j'avais chaque matin, à la lecture de mon courrier électronique. Je ne voulais pas lever la tête, encore moins regarder autour de moi, chercher un visage, une silhouette fuyante. Maîtriser chaque muscle de mon propre visage, rendre fluide l'écoulement de la routine à laquelle, malgré toute ma volonté d'apprendre et de découvrir, j'avais fini par succomber, comme tous les autres. Qui pouvait dire si j'avais réussi ? Moi, sans doute, seulement moi, mais était-ce bien objectif ? Il me fallait cette rassurance. Justement pour ne pas fléchir ni donner l'impression de tomber.

Imprimé en France
Achevé d'imprimer en juillet 2021
Dépôt légal : juin 2021

Pour

Le Lys Bleu Éditions
83, Avenue d'Italie
75013 Paris